U0133474

满族口头遗产传统说部丛书

满族说部乌勒本概论

荆文礼 富育光 著

吉林人民出版社

图书在版编目(CIP)数据

满族说部乌勒本概论 / 荆文礼，富育光著．-- 长春：
吉林人民出版社，2019.5
（满族口头遗产传统说部丛书）
ISBN 978-7-206-16869-7

Ⅰ．①满… Ⅱ．①荆… ②富… Ⅲ．①满族文学—民
间文学—文学史—中国 Ⅳ．① I207.921

中国版本图书馆 CIP 数据核字（2019）第 293267 号

出 品 人：常　宏
产品总监：赵　岩
统　　筹：陆　雨　李相梅
责任编辑：原占平　张文君　葛　琳
装帧设计：赵　谦

满族说部乌勒本概论
MANZU SHUOBU WULEBEN GAILUN

著　　者：荆文礼　富育光
出版发行：吉林人民出版社（长春市人民大街 7548 号　邮政编码：130022）
咨询电话：0431-85378007
印　　刷：吉林省优视印务有限公司
开　　本：720mm×1000mm　1/16
印　　张：21.25　字　数：380 千字
标准书号：ISBN 978-7-206-16869-7
版　　次：2019 年 5 月第 1 版　印　次：2019 年 5 月第 1 次印刷
定　　价：80.00 元

满族面具：树神

满族面具：长白山神

萨满神鼓背面

金代铜镜（内蒙古敖汉博物馆藏）

满族斑吉柱

赤峰岩刻符号（赤峰博物馆藏）

大兴安岭鄂伦春族皮艺

红山彩陶祭祀女神(德辅博物馆藏)

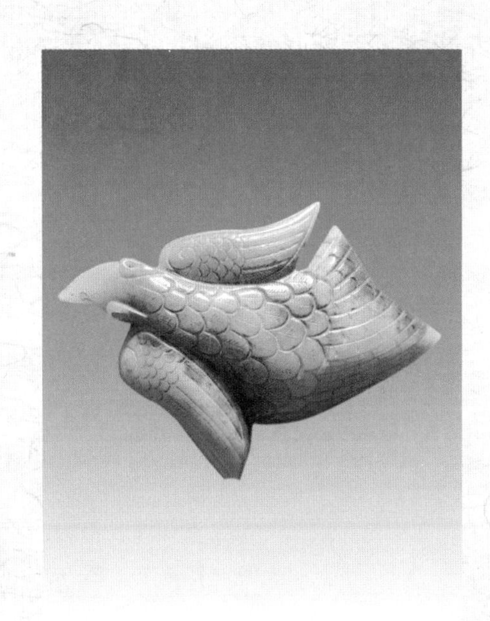

海东青玉雕（金代）

骑鹿女神陨石雕（红山时期）

渤海文字瓦当（黑龙江省博物馆藏）

红山彩陶（赤峰博物馆藏）

万字刻纹陶器（赤峰博物馆藏）

红山彩陶（赤峰博物馆藏）

红山二道井子遗址（内蒙古赤峰市）

青铜浮雕：玛克辛舞（金代）

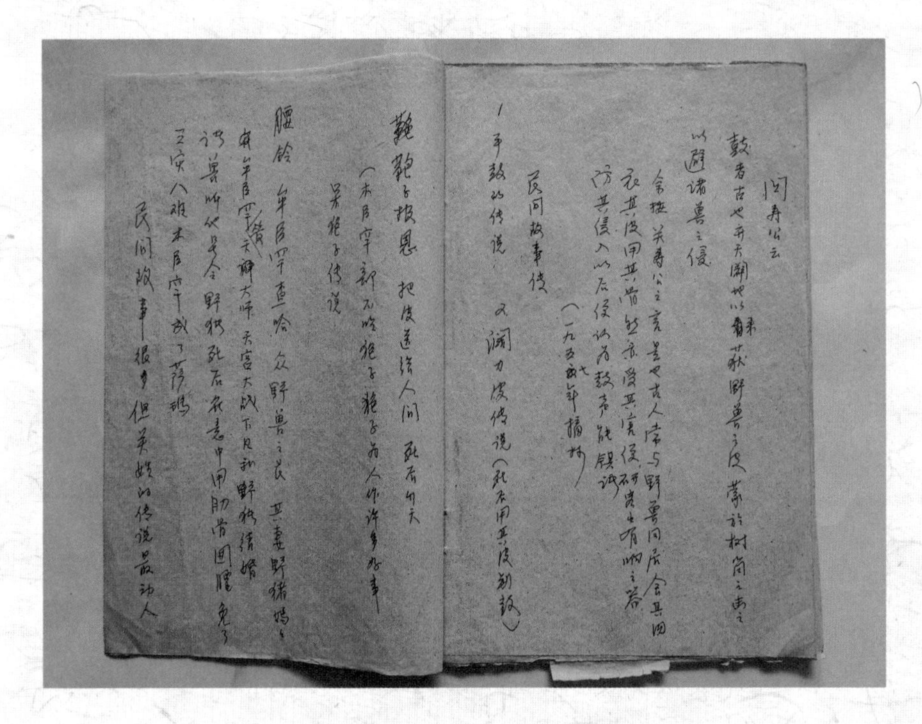

问寿公云
鼓者古也开天辟地以来获野兽之皮蒙於树筒之[illegible]
以避诸兽之侵
余按 关寿公之言是也古人常与野兽同居食其肉
衣其皮用其骨然亦受其侵害不时有啃啮之苦
防其侵入以石[illegible]以为鼓声能[illegible]
（一九五七年摘抄）
民间故事传
1 手鼓的传说　又 阔力皮传说（死后用其皮制鼓）

[illegible]狍子报恩　把皮送给人间　死后升天
（木丹窣[illegible]不吃狍子　狍子为人作许多好事）
呆狍子传说
腰铃　牟丹窣查哈　众野兽之长　其妻野猪妈妈
[illegible]天神大师　天宫大战下凡和野[illegible]结婚
许多兽[illegible]死后衣[illegible]中用肋骨[illegible]免了
[illegible]八班木丹窣成了萨满
民间故事　很多　但[illegible]的传说最动人

傅英仁先生手稿

辽金麻布彩绘玛虎舞（请鹰神）

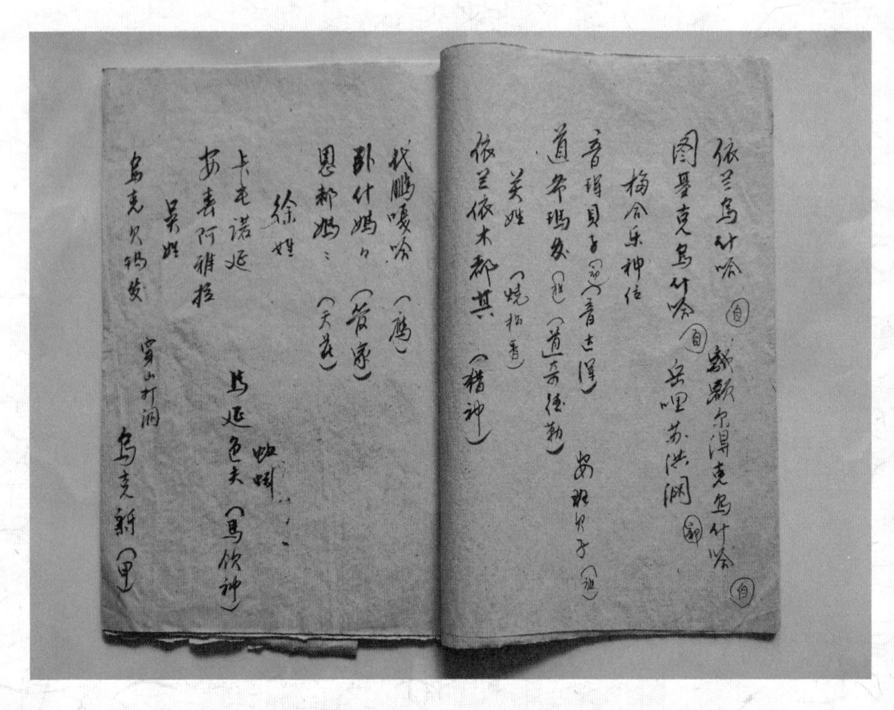

傅英仁先生手稿

红山石雕：三女神（德辅博物馆藏）

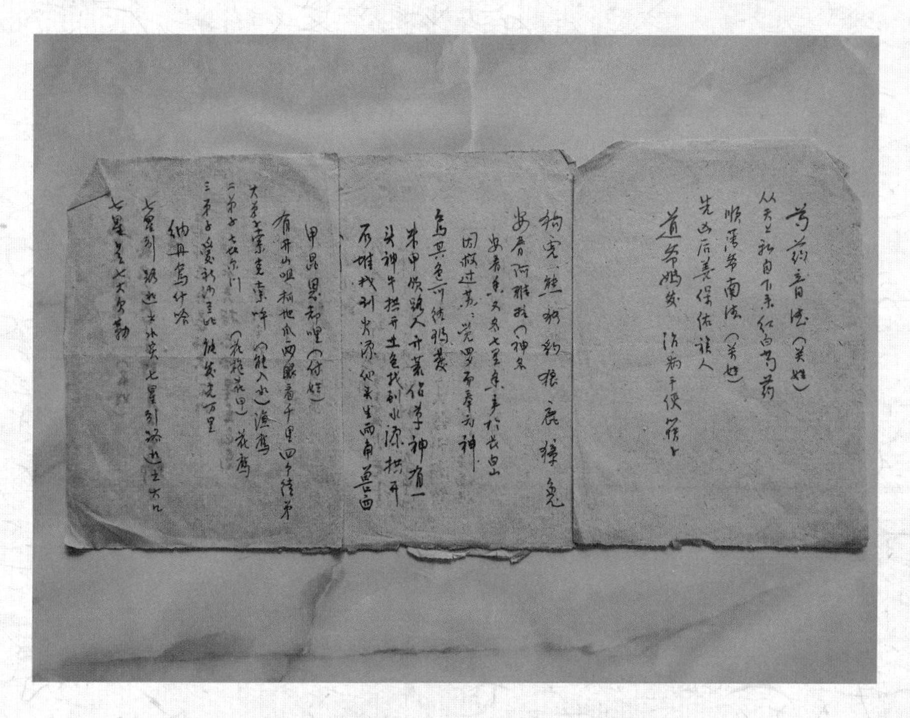

芍药音译（关姓）
从天上和白下来红白芍药
顺[illegible]爷南法（关姓）
先出后善保佑族人
道爷妈妈 治病千便[illegible]

狗、熊、豹、豹、狼、鹿、獐、兔
安春阿雅拉（神名
安春[illegible]七星[illegible]手于长白山
[illegible]过[illegible]
[illegible]
[illegible]路人开[illegible]神有一
头神牛拱开土包找到水源拱开
石堆找到火源[illegible]

甲昆思都哩（付姓）
有开山咀耕地[illegible]眼看千里四个徒弟
大弟子[illegible]
二弟子[illegible]（[illegible]）花鹰
三弟子[illegible]万里
纳丹岱什哈
[illegible]七星[illegible]
七星[illegible]

傅英仁先生手稿

四神兽纹铜镜（金代）

◉ 鹿神(布呼恩都力)

满族面具：鹿神

辽金青铜镜(内蒙古敖汉博物馆藏)

(图片提供：王松林)

序

冯骥才

任何民族的文学都包括两大部分。一是个人用文字创作的、以书面传播的文学，一是民间集体口头创作的、口口相传的文学。后一部分文学是前一部分文学的源头，是根性的文学。中国作为东方文明的古国，口头文学的历史去之遥远。就像西方文学始于古希腊罗马的神话故事，我国文学史上第一部作品是《诗经》，即民间口头文学集，这表明口头文学是一个民族文学的源头。在漫长的历史中，这两部分文学一直同根并存，相互滋育，各自发展，共同构成一个民族文化与精神的极为重要的支撑。

中华民族有着巨大文学想象力和原创力。数千年间，各族人民以口头文学作为自己精神理想和生活情感最喜爱和最擅长的表达方式，创作出海量和样式纷繁的民间文学。口头文学包括史诗、神话、故事、传说、歌谣、谚语、谜语、笑话、俗语等。数千年来，像缤纷灿烂的花覆盖山河大地；如同一种神奇的文化的空气在我们的生活中无所不在；且代代相传，口口相传，直到今天。

我们的一代代先人就用这种文学方式来传承精神，表达爱憎，教育后代，传播知识，娱悦生活，抚慰心灵；农谚指导我们生产，故事教给我们做人，神话传说是节日的精神核心，史诗记录文字诞生前民族史的源头。它最鲜明和最直接地表现中华民族的精神向往、人间追求、道德准则和价值取向。中国人的气质、智慧、审美、灵气、想象力和创造力，充分彰显在这种口头的文学创造中。

这种无形地流动在民众口头间的口头文学，本来就是生生灭灭的。在社会转型期间，很容易被忽略，从而流失。

特别是在这个现代化、城市化飞速推进的信息时代，前一个历史阶段的文明必定要瓦解。口头文学是最脆弱、最易消亡。一个传说不管多么美丽，只要没人再说，转瞬即逝，而且消失得不知不觉和无影无踪，所以联合国教科文组织把口头传统和表现形式，包括作为非物质文化遗产媒介的语言列为非物质文化遗产之一。

在中国，有史诗留存的民族并不很多，此前发现的有藏族史诗《格萨尔王传》、蒙古族史诗《江格尔》、柯尔克孜族史诗《玛纳斯》、苗族史诗《亚鲁王》。作为满族民族历史和文化传统的重要载体——“说部”，是满族及其先民世代相传的极其宝贵的精神财富。它最初用“乌勒本”（满语 ulabun，为传或传记之意）指称，后受汉文化影响，改称为“说部”或“满族书”“英雄传”。说部最初用满语讲述，至清末满语渐废，改用汉语并夹杂一些满语讲述。在漫长的历史进程中，满族各氏族都凝结和积累了精彩的“乌勒本”传本，如数家珍，口耳相传，代代承袭，保有民族的、地域的、传统的、原生的形态，从未形成完整的文本，是民间的口碑文学。“满族说部迥异于其他文类，不仅涵盖了口头传统，也吸纳了民俗学中多种民间文艺样式，包容性极强。”

我以为，对于无形地保留在人们记忆与口口相传中的口头文学，抢救比研究更重要。它是当下“非遗”工作的重中之重，要清醒地认识到文化和文明于人类的意义。当社会过于功利的时候，文化良知就要成为强音，专家学者要在抢救非物质文化遗产中勇于承担责任，走进民间帮助艺人传承与弘扬民间艺术，这也是知识分子的时代担当。

让人感到欣喜的是，经过吉林省的专家学者近三十年的抢救、发掘和整理，在保持满族传统说部的原创性、科学性、真实性，保持讲述人的讲述风格、特点，保持口述史的原汁原味的基础上，将巨量的无形的动态的口头存在，转化为确定的文本。作为“人类表达文化之根”的满族说部，受东北地域与多族群文化的影响，内容庞杂，传承至今已逾千万字。此次出版的《满族口头遗产传统说部丛书》为四十三部说部和一本概论。“说部”分为讲述萨满史诗的“窝车库乌勒本”、讲述家族内英雄人物的“包衣乌勒本”、讲述英雄和历史人物的“巴图鲁乌勒本”、讲述说唱故事的“给孙乌春乌勒本”四大部分。概论作为全套丛书的引领，从学术研究的角度对乌勒本产生的历史渊源、民族文化融合对其的影响、发展和抢救历程等多方面深入思考。

多年来“非遗”的抢救、保护、研究和弘扬，已取得卓越的成就。但未来的路途依然艰辛漫长，要做的事情无穷无尽。像口头文学这样的文化遗产的整理和出版，无法立即带来什么经济利益，反而需要巨大的投资和默默无闻的付出，能在这个物质时代坚守下来，格外困难。

文化传统和传统文化不是一个概念，我们的终极目的不是保护传统文化，而是传承文化传统。传统文化是固定的、已有既定形态的东西。我们所以要保护它，是因为这些文化里的精神在新时代应以传承，让我们的文化身份不会在国际资本背景下慢慢失落。

现在常把文化自觉与文化自信并提，这两个概念密切相关同时又有各自的内涵。文化自觉是真正认识到文化的重要性和自觉地承担；文化自信的关键是确实懂得中华文化所具有的高度和在人类文明中的价值。否则自信由何而来？

对传统文化的抢救与整理，不仅是为了传承，更为了弘扬。我们的民族渴望复兴，复兴的重要精神支撑在我们的传统和文化里，让我们担负起历史使命，让传统与文化为民族的伟大复兴发挥它无穷的力量。

冯骥才

二〇一九年五月

目录

第一章
绪　论……001
第二章
满族说部乌勒本产生的历史渊源……011
第三章
民族文化融合对满族乌勒本产生与发展的影响……026
第四章
满族说部乌勒本的发展与抢救历程……045
第五章
满族说部乌勒本的传承……075
第六章
窝车库乌勒本……091
第七章
包衣乌勒本……147
第八章
巴图鲁乌勒本……206

第九章
给孙乌春乌勒本……260
第十章
满族说部乌勒本的重要价值及意义……300
附原序……309
参考文献……321

第一章 绪 论

满族是一个具有悠久历史的东北古老民族。在几千年历史发展的长河中，满族及其先人创造了光辉灿烂的民族文化。至今流传在一些满族群众中的脍炙人口的口头遗产传统说部，便是最具代表性的民族文化遗产。

第一节 什么是满族说部以及满族说部包括的内容

什么是满族说部？乍听起来似乎感到很陌生。随着国家抢救非物质文化遗产的深入，满族说部这个词渐渐进入人们的视野，被更多的人所了解。满族说部是满族及其先民女真族传承久远的民间长篇说唱艺术，是满族及其先民最具有代表性的口碑文学。满族的先民自古就有“讲古”的习俗，各氏族的族长、萨满和德高望重的老人在节庆、寿诞之日和萨满祭祀时向族人讲述族史、家传、族源传说、英雄事迹、萨满神话等，人们将这些“讲古”“说史”“唱颂根子”的故事，亲昵地称为“乌勒本”。“乌勒本”是满语，汉语译为传或传记之意。“乌勒本”在《清文总汇》中解释为“经传之传”，其含义不仅是记述某位英雄的事迹，还有其神圣之意。从这里可以看出讲述“乌勒本”是非常庄重、神圣的事情。以往在满族各氏族中，都有自己最精彩的“乌勒本”和讲唱“乌勒本”的名师，各氏族如数家珍，互炫荣耀。讲唱“乌勒本”最初都用女真语、满语。清中叶以后，由于民族文化融合，许多满洲人改用汉语，满语渐废，所以讲述“乌勒本”时改用汉语或中间夹杂一些满语，称其为“满汉合璧”，到后来干脆用汉语讲述了。民国以来，由于语言的变化和诸多原因，在多数满族群众中已将“乌勒本”改为“说古”“满族书”“说部”“家传”“英雄传”等名称。“乌勒本”一词只在一些姓氏谱牒和萨满神谕中保存着。但是，人们仍感到“满洲书”等众多称谓，既不像满语便于人们理解与传播，也未能体现“乌勒本”恢宏内容的艺术特征。二十世纪三十年代后，瑷珲等地满族说部传承人便用“说部”一词代替，借以区别在满族中家喻户晓的“朱伦”“朱奔”，即活泼短小的俚语、瞎话等。从这里我们可以看出，“乌勒本”和“说部”是不同时代对“讲族史”“唱根子”“颂英雄”活动的不同称谓，其性质和要旨是相同的，只不过“说部”是“乌勒本”的延续与发展。随着时代的变迁，说部传承人根据自己对族史和祖先英雄事迹的了解，不断增添素材和情节，使故事首尾相接、情节曲折、语言生动，其内容比以往的“乌勒本”更丰富。现在人们习惯地在“说部”前边加上“传统”字样，更说明“说部”的历史渊源和时代的延续性。说部发展到近代，无论是讲述形式和内容都发生了很大变化，这正是满族社会生活变化后的演进形态，是“乌勒本”口碑艺术传播过程中的嬗变，是一种正常的现象。

满族及其先世女真人有史可考，远自中原周秦时代，有三千多年的生存文化史。它与东北亚阿尔泰语系诸民族一样，自古就虔诚崇信原始宗教——萨满教，敬天敬地，挚爱自然万物生灵，更崇拜祖先神祇。故而，在世代萨满神歌中，代代诵颂着许多惊天地、泣鬼神的璀璨创业神话。满族先世漫长史前文化，从来都是靠结绳记事，口耳传诵，正像古书中所说的“无文墨，以语言为约”(《太平御览》卷七八四)。这种特定的文化形态，就决定了“讲族史”“唱根子”“颂英雄”的“乌勒本”必须以口头的形式讲述和传承。讲述内容全凭记忆，并以口耳相传的方式，世代承继不衰。为防止讲述被内容被遗忘，最初采用一缕缕棕绳的纽结、一块块骨石的凹凸、一片片兽革的裂隙，刻述祖先的坎坷历程和氏族英雄的伟业。在当时女真人心目中，这些绳结、骨石、兽革代表着祖先的声音和事迹，深藏着他们昨日的悲欢离合。聪明的古代女真人在没有文字的情况下，就是利用这些符号增强记忆，记录历史，从而达到望图生意、看物想事、唱事“讲古”的目的。这便是“乌勒本”的最古老的形态，也叫“古本”“原本”“妈妈本”。满族人将这种原始形态的“妈妈本”尊称为“乌勒本”比特喝。

随着社会的发展，女真人有了自己的文字，满族也创制了满文，氏族中文化人日益增多，原来用符号记录说部、讲述梗概的“乌勒本”比特喝，逐渐改用女真文、满文、汉文或汉文标音满语作为讲述提纲。萨满祭祀时赞颂祖先事迹的“神本子”大都用满文或汉文标音满语书写。

讲述人和萨满凭着提纲、神本子和储藏在大脑中的记忆，发挥讲唱天赋，其赞词和颂歌越讲唱越丰富，经过几代甚至几十代传承人的不断加工润色，逐渐形成洋洋巨篇，这就是我们今天见到的满族传统说部文本。

二十世纪八十年代初，吉林省社会科学工作者开始抢救满族说部，他们深入到吉林、黑龙江、辽宁、北京以及河北、四川等满族聚居地区调查访问，掌握了满族说部传承人的线索，并对个别传承人讲述的说部录了音。至二〇〇二年六月吉林省文化厅成立了抢救满族说部编委会，正式启动这项抢救与保护满族说部的浩大工程。经过十几年的努力，已取得丰硕的成果。从已抢救、整理、出版的五十多部的满族传统说部来看，内涵博大精深，气势恢宏，形式丰富多彩，它包罗天地生成、氏族聚散、兴亡发轫、古代征战、英雄颂歌、蛮荒古祭、生产生活习俗、天文地理等知识，每一部说部都凝结着满族及其先民勇敢顽强、开拓进取的民族精神和丰硕闪光的民族智慧，堪称雄伟壮丽的民族史诗。满族说部之所以如此厚重，主要由以下三个方面的因素构成：

1. 满族是一个有着悠久历史的古老民族，在三千多年繁衍生息的政治舞台上，各氏族都涌现出很多可歌可泣的英雄人物和壮烈悲怆的故事，这些故事都在各氏族的说部中有所反映。说部在对本氏族中一定时期里所发生的重大历史事件、英雄人物的总结和评说时，具有极严格的历史史实的约束性，甚至在人物、地点、年代、矛盾冲突、事件纠葛与结局等方面，都不允许隐讳或粉饰，均要忠实和翔实地阐述。在满族及其先民看来，说部反映了满族真实的历史，只有这样才对得起祖先，才是对祖先的尊敬。

2. 满族及其先民诸姓氏都将记忆和传讲自己的族史、家传即说部视为己任，崇高而神圣，因而世代传承不渝。说部由氏族中德高望重的穆昆达、萨满或出类拔萃的专门成员承担整理和讲述义务，没有酬报，同时遴选杰出后生代代传承。为此所做的一切，完全发自对氏族祖先和英雄人物崇敬和仰慕之情。所讲内容全凭记忆，口耳相传，心领神会。说部无固定文本拘束，整理和讲述时吸收了众人的谈资，汇集了各方面的材料，因而使说部愈传愈丰、愈精。可以说，说部是群体天才创作的结晶。

3. 说部是长篇说唱文学，具有民间文学的生动性特点。说部多由一个主要故事为经线，辅以多个枝节故事为纬线编织而成，使之矛盾错综复杂，故事环环相扣，情节跌宕起伏，又杂糅地域的、民俗的奇特景观。

可以说，每一部说部都反映出一个波澜壮阔的世界，使其思想内涵厚实凝重。说部的艺术形式多为叙事体，以说为主，说唱结合，夹叙夹议，加之用口语化的北方语言讲唱，活泼生动，形象逼真，具有感人至深的艺术魅力。

除了上述三个方面的因素使满族传统说部厚重并凝聚着丰富的文化内涵及艺术特征，堪称民族史诗外，还可以从它浩瀚的内容来分析。从现已出版的说部和目前正在抢救、整理的说部来看。其形式多样，内容庞杂。为便于研究，从内容划分，大致分为四种类型。

1. 窝车库乌勒本：满语“窝车库”，汉意即指“神位”“神板”“神龛”，所以窝车库乌勒本俗称“神龛上的故事”。这类说部由满族一些姓氏萨满讲述世代传承下来的萨满神话与历代萨满祖师们的非凡神迹和伟业。萨满神话主要讲述善神怎样战胜恶神，创造世界、宇宙和人类的故事。窝车库乌勒本主要珍藏在萨满的记忆与一些重要的神谕及萨满遗稿中。在漫长的历史长河中，满族神话之所以能够流传至今，其主要原因是它紧紧依附在原始信仰的萨满教祭祀仪式中，萨满通过咏唱神词、神赞将萨满神话延续下来。因萨满神事行为有严格不可外泄的训规，随萨满谢世与社会动荡变化，目前萨满神话遗存已属凤毛麟角。现已出版的黑水女真人创世神话《天宫大战》、东海萨满英雄史诗《乌布西奔妈妈》、创世神话《恩切布库》《西林安班玛发》《奥克敦妈妈》以及《尼山萨满传》等便是典型代表。

2. 包衣乌勒本：即家传、家史。近二十多年来，我们在田野调查中发现满族诸姓中家传、家史比较多，如吉林省长春市满族赵东升先生承袭祖传的《扈伦传奇》，黑龙江省双城市（今双城区）马亚川先生承袭的《女真谱评》，黑龙江省瑷珲富察氏富希陆先生传承的《东海沉冤录》《扎呼泰妈妈》《萨大人传》和宁安市傅英仁先生传承的姊妹篇《萨布素将军传》和宁安市傅氏家族传承的《东海窝集传》，黑龙江省黑河市祁学俊传承的《寿山将军家传》，上海市爱新觉罗德甄传承的《爱新觉罗的故事》等，都是家传、家史的代表作。

3. 巴图鲁乌勒本：即英雄传。这部分满族说部内容很丰富，可分为两大类，一是真人真事的传述，一是历史传说人物的演义。真人真事的传述，如金代的《阿骨打传奇》《金太祖传》《金兀术传奇》《金世宗走国》，明末清初的《两世罕王传》《雪妃娘娘和包鲁嘎汗》《扎呼泰妈妈》，清初的《木兰围场传奇》《鳌拜巴图鲁》，清中晚期的《雪山罕王传》《萨哈连船王》《飞啸三巧传奇》《傅恒大学士与窦尔敦》《松水凤楼传》《鳇鱼贡》《兴安野叟传》等；历史传说人物的演义有《元妃佟春秀传奇》《萨布素外传》《平民三皇姑》等。

4. 给孙乌春乌勒本：即说唱故事。这部分主要歌颂各氏族流传已久的历史传说中的英雄人物，如渤海时期镜泊湖的爱情传说《红罗女三打契丹》，属同一题材的还有《比剑联姻》《绿罗秀演义》，长篇说唱《苏木妈妈》《莉坤珠逃婚记》；地方风物传奇《白花公主》《伊通州传奇》等。

对已掌握和出版的五十多部满族说部就其内容划分为上述四种类型，我们基本上把博大精深、内容凝重、气势恢宏、多彩多姿的满族说部都涵盖进去，它无愧是中国民间文学的一座丰碑，放射着璀璨的光芒。

第二节　满族说部乌勒本的特征

满族说部作为民间口头文学是一种传袭式的文学，在未用文字形成讲述文本之前，整个故事都储藏在讲述人的脑海之中，它具有民间文学滋生、孕育、荟萃的一应特征。但是，满族说部乌勒本一旦形成，它便构成了独具一格的民间口述史，是满族及其先民用自己的声音记录自己的历史，娓娓动听地讲述“昨天的故事”。通过“颂祖”“缅祖”“唱根子”礼俗，将“民族文化记忆”熔铸成无比生动、千姿百态的说部艺术。经过千百年的口头传承形成了自己独特的风格，凝聚了有别于其他口头文学的鲜明特征。主要表现在：

1. 满族说部的神秘性。满族及其先民虔诚讴歌“祖史”“家传”“英雄伟业”，考其源与信仰萨满教的自然崇拜、祖先崇拜观念有关。萨满教的一些神事活动无形中给满族说部披上了一层神秘面纱。在吉林省吉林市乌拉街满族镇韩屯村瓜尔佳氏穆昆达关闵秀讲述的说部中，有位“朱奔妈妈”，她是一位善讲氏族家传的千岁聪慧女神，在她千根银发、百褶皱纹里都深藏着数不尽的北海迷人的历史和故事。在吉林省桦甸市红石水电站刘义老人讲述的说部中说：“在塔他拉氏家族谱系里，供奉着一位‘德德瞒尼’，其神形是一尊木刻的扁嘴鸟神神偶。相传，有了人类，就有这只神鸟，它是人类的伙伴。它与天地同寿，它知道人类一切坎坷经历。这只鸟只要嘴一颤动，便会为氏族回忆起一段往昔的历史。它是满族塔他拉氏世代供奉的一位记忆神和故事神，在讲述说部之前，都要虔诚地供奉它。”

萨满创世神话《天宫大战》，讲述以阿布卡赫赫为代表的善神与耶鲁里为代表的恶神进行殊死搏斗，最终善神战胜恶神，万物才获得了生存，从而创造了人类世界。《天宫大战》故事是歌颂天地万物的众神谱，讲述惠及人类的“神们的事情”，因此过去最受北方满族族众崇拜，奉为“天书”“神书”，所以不是任何人可以不分场合随便传讲的，必须由族中最高神职执掌者大萨满传授。该书的引子写道：“从萨哈连下游的东方，走来骑九叉神鹿的博额德音姆萨满。”博额德音姆萨满是本氏族已经逝去的一位女萨满，是她的萨满魂魄传讲神龛上的故事。也就是说，这位女萨满讲述《天宫大战》是神授的，不是一般人随便可以讲的。另外，一些萨满神话也是在祭祀时由萨满讲述的。黑龙江省宁安市满族说部传承人傅英仁在他的《萨满神话故事》一书的后记中说：这些神话从不对外讲述，“只在萨满中流传，严禁泄密，不准外传，带有神秘性”。这些神话故事之所以被称为“神龛上的故事”，是源于氏族成员对原始宗教萨满文化的信仰与崇拜以及赞美萨满们拯救民众的神奇功绩，为说部增添了神秘色彩。

2. 传承的单一性。满族的先民以往都是以氏族为单位进行迁徙征战、开疆守土的，涌现出许许多多叱咤风云的氏族首领和英雄业绩，这些真情原貌都保存在氏族长老的记忆之中。多年来我们在民族学调查中发现，在满族各个家族中，都有一部部长短不等、壮丽辉煌的家传。千百年来，这些氏族故事和英雄事迹就靠着氏族传袭的方法，自行传述和保存下来。所以，满族说部的承继源流，主要以氏族中的一支或家族中直系传承为主，虽有师传，但多半是血缘承袭，即祖传父，父传子，子子孙孙，口耳相传，承继不渝，并有清晰地传承谱系，从而保持了说部传承的单一性与承继性。如著名满族传统说部《萨大人传》，是黑龙江省瑷珲大五家子富察氏家族的祖传珍藏本，其传承顺序是：富察氏家族第十一世祖、清道光朝武将发福凌阿传给长子——瑷珲副都统衙门委哨官伊郎阿将军，伊郎阿又传给长子富察德连，富察德连又传给其子富希陆和其侄富安禄、富荣禄，富希陆又传给长子富育光。一般来说，讲唱人大都与说部所宣扬的事件及其主人公有直系血缘关系，他们既对本氏族历史文化有一定的素养，又谙熟说部内容，并有组成说部题材结构的卓越能力和创作才华，使讲述内容不断丰富。满族著名传统说部《扈伦传奇》的传承就是很好的证明，其最早的传承人是纳喇氏第十一代的乌隆阿，他把家史传给曾孙德明（五品官，通今博古），德明经过梳理后传给其侄十六辈霍隆阿（笔帖式），霍隆阿传给十七辈双庆（五品官，精通满文和汉文），下传其子崇禄（八品官），二十辈的赵东升先生承继祖父崇禄先生，对家史进行整理。这些传承人既是满汉齐通的大家，又是朝廷的官员，他们不仅有转战沙场的深厚阅历，还有高深的文化和组织素材的创作才能，他们博古通今，通晓阿尔泰语系诸民族的语言、风俗和历史，把记忆和传讲自己的族史视为己任，并潜心进行整理、讲述。同时，他们在氏族中自行遴选弟子或由自己的后裔承继传诵。另外，萨满神话也是在萨满之间传承的，老萨满在去世之前将萨满神话传给他可心的弟子，弟子再传给弟子。千百年来，满族说部一直延续一条口头传承规律。所以，传承人在满族说部的纵向传承与横向传播的过程中，为保存民族文化遗产做出了应有的贡献。作为口头文化遗产，可以说，没有传承人，就没有满族说部。

3. 讲述环境的严肃性。在满族各个氏族中，讲唱乌勒本是非常隆重而神圣的事情，令族众铭记和崇慕。讲唱乌勒本是敬祖、颂祖，是祖制家规，“每岁春秋，恭听祖宗乌勒本，勿堕锐志”（黑龙江瑷珲满族《富察氏谱书·序文》）。讲故事的人都不是寻常之人，满语把讲故事的人叫“朱伯西”，都是族中德高望重的玛发、穆昆达、妈妈、萨满或氏族中指定的讲唱人。讲唱说部都是在一定场合、一定氛围和一定时间里讲唱的，并有一定的程序。一般在逢年过节、男女新婚嫁娶、老人寿诞、喜庆丰收、氏族举行隆重祭祀或葬礼之后讲唱乌勒本。据民俗笔记《瑷珲十里长江俗记》载：“近世，瑷珲富察唱讲萨公布素，习染诸姓。富察氏家族家祭收尾三天，祭院祭天中夜后起讲，焚香，诚为敬怀将军之义耳。”把讲唱说部与萨满家祭糅为一体。讲唱乌勒本之前，穆昆达、玛发带领全族虔诚肃穆地从西墙祖宗神龛上，请下用石、骨、木、革绘成的符号或祖先影像、神谕、谱牒，族众上供、焚香、祭拜。然后，讲述者梳头、洗手、漱口，听者按辈分依序而坐，一般长者坐前边，年轻人坐在后边。大家坐好后，讲述者满怀激情的开始讲唱乌勒本。讲完，阖族仍要肃穆地将祖先影像或神谕、谱牒等送回西墙上的祖宗匣子里。讲述的传本或提纲，称之为神本，像供奉族谱、神器一样，放在木匣之内，平时供于室内西墙神龛上，讲唱时恭恭敬敬地请下来，讲毕再肃穆地送回去。这一系列程序表明有严格的内向性和宗教气氛。不像平时讲“朱奔”（满语，意为瞎话、故事）那样随意，无拘无束，什么场合都能讲，姑妄言之，姑妄听之。

4. 讲述目的的教化性。满族及其先民有着光辉灿烂的历史，在民族矛盾和抵御外侮的斗争中，曾几度崛起，几度衰败，不屈不挠，各个民族都卷入激烈的斗争旋涡，涌现出众多可歌可泣的英雄人物和非凡的事迹。各个氏族把这一桩桩、一件件事情详细地记载在各个家族世代传袭的口碑说部之中。为光耀门楣，激励族人，教育后代，各个氏族不遗余力地随时积累、记录、采集、撰写本家族的英雄故事，不断丰富族史、家传的内容。所以，说部传承人讲述祖先过去的事情，都是真实地记述，是对祖先英雄事迹的虔诚赞颂。讲唱说部的目的，不只是消遣和余兴，而是非常崇敬地视为培育儿孙的氏族课本，是进行族规祖训、爱国、爱族、爱家的教育，起到增强氏族凝聚力、亲和力的作用。通过“颂祖”“唱根子”“颂英雄”，勉励子孙铭记祖先创业的艰难，要承继祖德宗功，继往开来，把这作为讲述说部的根本目的和信条。如讲唱《萨大人传》，通过对将军英雄事迹的传诵，使族人得到教益，激励后代不辱家风，承袭爱国之志，守卫边陲，高扬国威。从这里我们可以看出，满族说部不同于宋、元、明以来的话本，从《全相评话五种》和《清平山堂话本》中可知，其多属艺术创作之短篇历史小说类，而且都是“古今惊听之事”的民间传说，说话人添枝加叶，给予改编，其创作动机，一是娱乐，二是劝诫，没有更深刻的思想内涵。北宋流行的“讲史”，通常称为“说三分”和“五代史”，即讲“三国”——魏、蜀、吴三国相争的史实和五国争战之事，讲史的目的，无非是娱乐，以史为鉴。艺人以此作为谋生的手段。但是，满族说部，不论从讲述目的、要旨、效果以及题材艺术化程度，均不能同话本相比。至于民间流传的笑话、瞎话，更不能和说部相比了。民间笑话有随意性，故事中的人物、时间、地点都不固定。如说，从前，在某某地方有这么一家子等，民间流传一首有趣的歌谣：“瞎话，瞎话，讲起来没把儿，东沟一咧，西沟一叉。三根儿羊毛，织件马褂儿，老头儿穿八冬，老太太穿八夏，扔在锅台后，结个大倭瓜……”从这首歌谣我们看出，一些民间故事所起到的开心、娱乐作用，它与满族说部的教化性根本不能相比。

5. 讲述形式的多样性。满族传统说部多为叙事体，以说为主，或说唱结合，夹叙夹议，活泼生动。为了使讲述生动，讲述者根据故事情节偶尔模拟人物、动物的动作，使其形象逼真，增加讲唱的浓烈气氛。说唱时多喜用满族传统的蛇、鸟、鱼、狍等皮蒙的小花鼓和小扎板、恰拉器、口弦琴伴奏，情绪高昂时听众也跟着呼应，击双膝伴唱，构成悬念和跌宕氛围。从《萨大人传》《东海沉冤录》和《飞啸三巧传奇》中可以看出，有说有唱，引人入胜。有的说部在开头还记录了讲唱的曲谱。如《萨大人传》在讲述之前先用满语唱一遍“敬酒歌”，曲调高亢、悠扬，非常好听，现已失传。歌词大意是：“黑龙江的水啊，总是那么辽阔；兴安岭的山啊，总是绵延无边；萨大人的乌勒本啊，要比山高，比水长，比海深，富察氏家族的辈辈儿孙们给您磕头了！我们摆上了高桌，敬上了鹿肉，献上了美酒，奉上了供品，请萨大人的神灵尽享吧！”讲述人唱完“敬酒歌”之后，又唱了一首“定场歌”，其歌词是：“在吉祥的日子里，受族众之托，我要虔诚讲诵，……这是百天唱不完的古歌，这是百天说不尽的朱奔，我要敬颂祖代的巴图鲁。……我敲响鹿皮神鼓啊，我弹起银色的木库连，我要动情地敲起来，我要动情地跳起来，我要动情地唱起来，我要动情地讲起来，小突离（摇车）里安睡的哈哈济（小子）别闹哩，沙延包（白帐篷）里的沙里甘居（姑娘）别笑哩，要学长辈谦恭的样子，听我开讲《萨大人传》……”唱完开讲正文故事。有的说部大部分是唱的，唱说结合，据著名满族说部传承人黑龙江省宁安市傅英仁先生说：“早些年，我三爷傅永利讲《萨布素将军传》时，大部分都是唱，他唱完一段，接着说，然后再唱。他唱得非常好听。可惜我没学会，曲子没传下来。”

讲唱满族说部关键在于说，说讲究真、细、险、趣四个字。

真，即真实，故事情节合情合理，真实可信。如《飞啸三巧传奇》讲守北疆国门英雄图泰和卡布泰在同敌人斗争英勇牺牲后，他们的属下用两匹白马驮着他们的官服和灵牌，“边走边哭，这哭声、呜咽声和松涛声混在一起，真是天、地、人都悲痛啊。三巧哭得简直都不能动了，乌伦劝她们三姊妹不要哭了，可是，劝劝，自己也哭起来了”。讲得合乎情理，人的感情都是自然地流露。

细，即讲得细腻，绘声绘色，细致入微。如《东海沉冤录》讲东海女真人的风俗习惯，“冬涂鱼油，身披貂裘珠珞；夏体赤裸，腰围条遮羞萝。手弹鬃琴，夜伴篝火唱情歌”。讲得形象逼真，栩栩如生。

险，即讲得惊险，不平铺直叙，突出关键的地方，使之有悬念，更有艺术魅力。如在《阿骨打传奇》严禁用人畜陪葬一节中讲述，当阿骨打看见完颜希尹用活奴隶、牲畜为他岳父挞懒陪葬时，他让完颜希尹把奴隶放了，并说：“女真从古至今杀人者处死，还要罚其家人做奴隶，难道你不知道吗？”完颜希尹吓得浑身颤抖，回答不上来。挞懒的儿子野酷说：“用活人活畜陪葬，这是自家的财产，岂能和杀他人同论？”阿骨打一听怒满胸膛，大喝一声：“休要强词夺理。”命令完颜希尹将奴隶放了，如不然将他与野酷一同陪葬。吓得完颜希尹真魂都出窍了，瘫歪在地。这时完颜希尹媳妇将她姑姑阿骨打的婶娘请来求情，阿骨打说：“野酷目无国法宗规，死罪可免，贬为奴隶两年。”讲得一波未平，一波又起，很惊险。

趣，即讲述的语言要风趣幽默，使人发笑。如《萨布素将军传》，讲萨布素小时候与小伙伴瓦礼祜放牛的故事。老章京来了，“见萨布素的牛个个膘满肉肥；瓦礼祜的牛秃毛缺角的活像一堆堆柴火架子”。从此，萨布素更尽心地驯养这群牛。他采了芦叶做成“布拉”(哨子)，吹出各种各样的鹧鸪调，牛群听了就知道什么时候吃草、喝水，什么时候出圈、回家。萨布素又训练出二牛、三牛、四牛，有领头的、把边的、后阵的，就像一群列队的西丹兵(指服预备役的八旗男丁)。把牛讲得很形象、风趣、通人性，让人听了很可笑。

传承人讲唱说部时多喜用满族传统用的蛇、鸟、鱼、狍等皮革蒙制的小花抓鼓和小扎板伴奏，当讲唱到故事情节紧张、情绪高扬时，听众与讲述者情感互动，也跟着呼应，击双膝伴唱，讲述的故事情节跌宕，引人入胜。

6. 流传的地域性。满族说部最早都在氏族内部流传，没有向外氏族讲述的义务。随着八旗官兵戍边、迁徙，许多氏族的说部都在八旗兵中传讲，深受各旗和各族群众的喜爱，这样有的说部逐渐脱离原氏族的范围，被众多氏族传诵，成了该地域著名的说部。如《尼山萨满传》，已成为北方民族如达斡尔、鄂伦春、锡伯族、鄂温克、赫哲等民族讲述、传承的书目。满族说部在流传中，那些赖以生存的山川自然景物都给以说部在内容与形式等方面直接或间接的影响，因而产生不同的版本。在黑龙江、松花江、乌苏里江、阿什河一带，盛传阿骨打的传说、金兀术的故事以及萨布素的故事等，很具有地域文化的特征。另外，像《松水凤楼传》《比剑联姻》《木兰围场传奇》等，由在满族中传承随着民族文化融合，转到汉族中代代传承，并扩展了流传地域，因而丰富、发展了满族传统说部。

第二章　满族说部乌勒本产生的历史渊源

历史唯物主义告诉我们，一切社会文化形态的产生与传播，都同当时的社会生活、生产力和生产关系的状况相关联。我们要谈满族传统说部乌勒本产生的原因，不能不追溯满族及其先民所处的历史状况以及当时的生产生活情景，从中探查事物的本质，找出乌勒本产生的历史渊源。

第一节　满族及其先民悠久的历史是产生乌勒本的客观基础

满族的先民是一个有着悠久历史的古老民族。满族的先民据史料记载可追溯到商、周时期的肃慎。《山海经》载："东北海之外……大荒山中有山，名曰不咸，有肃慎氏之国。"不咸山，即长白山，可见肃慎人自古就在白山黑水一带繁衍生息。肃慎氏和周王朝很早就有文化交往关系。《孔子家语》卷四载：肃慎曾以"楛矢石砮"为信物贡服于周天子。随着历史的前进，肃慎人在不同的朝代改为不同的称谓，汉魏称为挹娄，南北朝时期称为勿吉，隋唐称靺鞨，宋辽时称女真，明清称满洲。满族的先民在历史上曾有过三次崛起，其中两度入主中原，是中华民族中创造辉煌历史的伟大民族。唐朝初年，粟末靺鞨在东北的土地上曾建立"渤海国"，是北方少数民族的地方政权，史称"海东盛国"。辽代以降，满族先民黑水女真部迅速崛起，其首领阿骨打，承继祖业，统一女真诸部，誓师反辽，一举扫平有二百余年历史的桀骜恃强的庞然大国——辽王朝，建立了雄居北方的大金王朝。随后攻宋，进军中原，占据中国半壁江山。到金世宗乌禄时，在经济和文化等诸方面均达到了鼎盛时期，史称金世宗为"小尧舜"。明末，建州女真首领努尔哈赤统一互相分裂的女真诸部，挥师反明，建立中国历史上又一个东北少数民族地方政权后金。其后人打败明王朝，定鼎中原，建立大清王朝，进而打败李自成、张献忠及明朝各个政治军事集团，收回台湾，平定三藩之乱，打败沙俄的野蛮入侵，统一大西北，建立了空前“大一统”的多民族的国家，使中国形成统一版图和多元一体化的历史格局。满族及其先民曾几度争战几度崛起，几度鼎盛几度衰落，为求生存与发展，各个氏族、部落迁徙征战，部族兴亡发轫，强凌弱，众暴寡，互相争雄称王，分合频繁，特别是抵御外患，各个氏族都无法选择地交织在历史的旋涡之中。漫长的历史充满着可歌可泣的英雄人物和壮烈悲怆的故事，在民间均字字珠玑地进行忠实的口碑记录。满族的先民凭借自己对善恶美丑的感受和对社会现象的审视，把这一桩桩、一件件值得传诵的事和一个个值得讴歌的人，珍藏在记忆之中，成为各个氏族世代传承的口碑史料，以此谈古论今。满族及其先民创造的威武雄壮、不屈不挠的斗争历史和从中涌现出的无数壮怀激烈的英雄人物的不平凡事迹就是满族说部赖以生存的肥沃土壤。

第二节　满族及其先民创造源远流长、光辉灿烂的文化是满族乌勒本的滥觞

一方水土养一方人。满族及其先民历经三千余年的风雨沧桑，世代生活在数千里广袤的江河林海，征伐叛乱的砥砺，苦寒环境的锤炼，创造出颇具特色的渔猎文化，培育了自己争强好胜的民族精神与品格，使他们成为粗犷剽悍、质朴豪爽、善歌尚勇、多情重义，“精骑射，善捕捉，重诚实，尚诗书，性直朴，习礼让，务农敦本”(《盛京通志》)的民族。

一、养成剽悍善射的民族性格

满族的先民世世代代生活在白山黑水之间，艰苦的环境，造就了骁勇尚武的民族品格。据《后汉书·东夷传》载“挹娄，古肃慎之国”的习俗：“处于山林之间，土气极寒，常为穴居，以深为贵，大家至接九梯。好养豕，食其肉，衣其皮。冬以豕膏涂身，厚数分，以御风寒。夏则裸袒，以尺布蔽其前后。……种众虽少，而多勇力，处山险，又善射，发能入人目。弓长四尺，力如弩。矢用楛，长一尺八寸，青石为镞，镞皆

施素，中人即死。”（《后汉书》卷八五）勿吉“人皆善射，以射猎为业”（《北史》卷九四）。“靺鞨人多勇力，善射。”（《括地志辑校》卷四，中华书局点校本，二五一页）狩猎生活，培养他们善射的本领，从肃慎一直传承下来。艰苦的环境锻炼了他们吃苦耐劳、聪慧敏锐、骁勇善战的性格。宋代洪皓长期生活在金国，他在《松漠纪闻》中说：“渤海男子多智谋，骁勇出他国右，至有三人渤海当一虎语。”女真人的性格是：“俗勇悍，喜战斗，耐饥渴苦辛。善骑，上下崖壁如飞，济江河不用舟楫，浮马而渡。”（宋·宇文懋昭撰《大金国志》卷之三十九）徐梦莘在《三朝北盟会编》中对女真人的评价是：“金之兵入水如蛟，入山如虎，登城如猿，不可敌也。”（该书卷二十八）这充分表现出女真人坚韧不拔的意志和行动敏捷、刚毅粗野的特性。女真人后裔继承优良传统，发扬善骑射的民族精神，清太宗皇太极说：“我国娴骑射，以战则克，以攻则取。”（《清史稿》卷三，长春：吉林人民出版社，第三十八页）尔后，康熙、雍正、乾隆等几朝皇帝继承先祖的遗志，把“国语骑射”作为治国之本。从上述我们可以看出，艰苦的环境培养了满族的先民粗犷勇悍、耐饥渴、善骑射的民族精神和品格。

二、一脉相承的文化底蕴

满族的先民在生产劳动中创造了自己的文化。在长期狩猎的生活中，摸索出用人工模仿鹿唤之声以诱鹿，进而射之。宇文懋昭说：女真“每见兽之纵，蹑而求之，能得其潜伏之所。又以桦皮为角，吹（作）呦呦之声，呼麋鹿而射之”（《大金国志》卷之三十九）。哨鹿，是女真人的发明创造，体现着女真人的聪明才智。这种模仿呼鹿之声，就是女真音乐的雏形，进而女真人在生活中创造了自己的乐曲，“其乐唯鼓笛，其歌唯鹧鸪曲，第高下长短如鹧鸪声而已”。同时，女真人还创造了自己的歌舞，当富贵子弟日夕饮酒，“其地妇女闻其至，多聚观之，间令侍坐，与之酒则饮，亦有起舞讴歌以侑觞”。女真的舞蹈最早见诸隋文帝时期，徐梦莘在《三朝北盟会编》卷三中载：“隋开皇中，遣使（女真）贡献，文帝因宴劳之，使者及其徒起舞于前，曲折皆为战斗之状。文帝曰天地间乃有此物，常作用兵意。”这说明早在隋文帝时代女真族的先人就有了反映本民族战斗生活的舞蹈，其舞蹈再现了往昔战斗的情景。女真族不仅创造了音乐、舞蹈，还创造了本民族的文字。最初女真族没有文字，“其法律吏治则无文字，刻木为契，谓之刻字，赋敛调度皆刻箭为号，事急者三刻之”（徐梦莘《三朝北盟会编》卷三）。聪明的女真人，在无文字的情况下，用刻符号的办法传达一种思想，作为交流的工具，从某种意义上讲，刻木为契已起到文字的作用。有的氏族用结绳、刻石的办法记事，一缕缕棕绳的纽结，一块块骨石的凸凹，记述祖先的坎坷经历。阿骨打建立政权后，为便于推行政令和提高女真族文化素养，令完颜希尹创制女真字。完颜希尹依仿汉人楷字，因契丹制度，合本国语，制女真字，太祖阿骨打大悦，于天辅三年八月颁行。女真文字的创制，用来翻译汉文经书和典章制度，促进民族文化融合，对推动女真由奴隶制向封建制转化起到重要作用。

总之，艰苦的环境、肥沃的土地，造就了满族的先人争强好胜的性格，不断创造和丰富本民族绚丽多彩的文化，成为产生满族说部的滥觞。

第三节　满族先民流传已久的“讲古”习俗和“诵唱祖宗创业艰难”活动是产生乌勒本之根

满族及其先民是一个讲究慎终追远、重视求本寻根的民族。满族的先民在原始氏族社会，就以“穆昆”作为基本的血缘组织。所谓“穆昆”即家族，其长称为“穆昆达”，汉译为族长的意思。穆昆达负责族内一切大事。在漫长的历史长河中，各个氏族、部落在穆昆达的率领下，在拓疆守土、迁徙征战中涌现出许许多多气壮山河的感人事迹和英雄故事，各氏族以此谈古论今。他们通过“讲古”“颂祖史”活动，向族人讲述氏族的来历和祖先英雄的光辉事迹，以此让后人铭记族史，不忘先人。金代景祖第八子阿离合懑“为人聪敏辨给，凡一闻见，终身不忘。始未有文字，祖宗族属时事并能默记，与斜葛同修本朝谱牒。见人旧未尝识，闻其父祖名，即能道其部族世次所出。或积年旧事，偶因他及之，人或遗忘，辄一一辨析言之，有质疑者皆释其意义”（《金史》卷七三，列传第一一）。穆宗第五子乌野为使女真人了解各姓氏的发展演变，撰写了《女真郡望姓氏谱》（《金史》卷六六，列传第四）。由此可见，女真人记族谱、追根问祖是寻常之事。宇文懋昭在《大金国志》中载，女真的习俗“贫者以女年笄，行歌于途，其歌也乃自叙家世”（该书卷之三十九）。这说明女真族早就有“行歌于途”“自叙家世”的“讲古”习俗。据《金史》卷六六载："女真既未有文字，亦未尝有记录，故祖宗事皆不载。宗翰好访问女真老人，多得祖宗遗事。"从中可知，金代初期民间"讲古"习俗的盛行，并引起上层统治者的重视，金世宗乌禄身体力行，带头"唱根子"，把不忘祖宗创业艰难的"敬祖""颂祖"活动推向高峰。据《金史·乐志》载：世宗不令女真后裔忘本，重视女真纯实之风，大定二十五年四月，幸上京，宴宗室于皇武殿，共饮乐。在群臣故老起舞后，自己吟歌，"歌曲道祖宗创业艰难……歌至慨想祖宗音容如睹之语，悲感不复能成声"。世宗及群臣参与"唱根子"的活动，势必宣扬民间"讲古"的习俗。因而，"讲古"习俗一直延续下来。清末宫廷中有一种称为"黄大衫队"的讲评班，讲评班的人一进宫就穿上皇帝赏赐的黄马褂，专门给皇帝"讲古"。傅英仁的曾祖父就是讲评班的人，专门给慈禧太后讲《两世罕王传》。满族民间"讲古"活动史料十分匮缺，但从一些文人、学者的调查笔记中能得到一些信息。俄国学者史禄国先生于一九一二年至一九一五年在黑龙江两岸的通古斯部落和满族中调查，然后出版了《满族的社会组织——满族氏族组织研究》(北京：商务印书馆1997年版)，他在该书中写道："讲述传说故事是满族人喜闻乐见的一种消遣方式。这里有一种半专业性的故事能手，他们在人们空闲时候表演。满族人幻想性的故事(他们称为"说古")与历史性的故事相区别，他们通常更喜欢历史性故事。只有在冬天，满族人才为了听故事聚在一起，他们在下午或晚上花很长的时间听故事能手讲述。"(该书第一百六十六页)上述事实足以说明"讲古""唱根子"是满族及其先民传承久远的习俗，它在传播满族文化，让后人牢记祖先功德起到很大作用。因此，满族先人的故事在"讲古"中传播，在传播中对祖先功德、英雄事迹又不断加工、升华。这是产生满族说部的直接根源。

第四节　萨满教多元神崇拜观念以及由此产生的神话故事，是产生满族乌勒本的源头

满族及其先民将"讲古""说史""唱颂根子"的活动，推崇到神秘、肃穆和崇高的地位。考其源，同满族的先民所虔诚信仰的原始宗教——萨满教的多元神崇拜观念，有着十分密切的关系。原始先民在漫长的生产劳动和生活中，无力与强大的自然力抗衡，如火灾、雷雨、冰雹、洪水

等，对这些复杂的自然现象得不到解释，于是幻想在人的周围有一种超自然的力量主宰一切，并认为自然的一切事物都有灵魂，是他们控制着人类，给人类带来幸福，也带来灾难。原始先民把这种超自然的力量叫作神，于是便产生了万物有灵论、图腾崇拜和原始神话。正如恩格斯所说："由于自然力被人格化了，最初的神产生了。"(《马克思恩格斯选集》第四卷)原始先民在一个氏族、部落中往往崇拜一种动物或植物，认为它们是本氏族、部落的祖先，传述着超乎人类能力的离奇古怪的故事和神话，并严格遵守着相关的禁忌，这就是原始先民的自然崇拜、图腾崇拜。原始先民有了原始信仰和原始神话，便利用各种方法举行祭祀，向神灵祈祷、膜拜，于是产生了原始宗教，即萨满教。在萨满教诸神中，有许多自然神祇，如星、月、雷、雨、火，还有动物、植物，原始先民认为这些神祇与自己的血肉有关系，每个氏族都起源于某种动、植物，这些神祇是该氏族的祖先和保护神。除自然神祇、动物神祇(包括图腾神祇)外，最重要而数目繁多者便是人神，即祖先英雄神祇。这些祖先在部落征战、带领族人抗拒自然灾害中做出了伟大的贡献，是他们心目中的英雄神。满族各个氏族都有自己供奉的祖先神，在氏族谱序中除简单记载祖先创业的丰功伟绩外，还有口述的生动故事，凡此种种都由萨满或穆昆达口耳相传。人们对祖先英雄神，供奉它，赞美它，毕恭毕敬，祈祷祖先神灵保佑族众，荫庇子孙。因而在萨满祭祀中，有众多歌颂和祈祷祖先神体的神谕、赞文、诗文和祷语，有的长达一个多时辰，也有叙事体的长篇祖先英雄颂词和萨满创世神话等。如在黑龙江省满族著名文化人士吴纪贤先生整理的《吴氏我射库祭谱》中说："吾族公祭，均祭至高无上之母亲神灵，神名之重之多，譬如兴安之树，不可数也。"每当祭祀时，萨满都要唱天地开辟、万物形成以及人类起源的神话古歌，以娱人乐神。家祭是满族祭祖的主要方式，一般在每年九十月以后举行，家祭的主要活动有吃祭祖肉、背灯祭等，伴随祭祀活动咏唱祖先颂歌，有时也即兴歌唱，如《抛砖》唱道："一块砖，两块砖，老罕王起事长白山。"家祭活动通常与努尔哈赤发生联系，如祭祀乌鸦解释成感念它救护努尔哈赤之恩，背灯祭是感念救过努尔哈赤的佛陀妈妈等。满族及其先民的"颂祖""讲祖"礼俗，世代承继不衰，是因为把勉励子孙，铭记祖先创业艰难，承继祖德宗功，继往开来，奋志蹈进，作为祖先崇拜的根本目的和信条。特别是乾隆十七年颁布的《钦定满洲跳神祭天典礼》，统一了萨满祭祀，使萨满祭祀变成家族祭祖活动，把祖先崇拜推向高峰。有的满洲望族，蒙受皇家隆恩，恭设祖先家祠，奉祭和宣扬为国创立殊勋的祖先英威。有不少家族在祖宗龛上悬挂先人影像、神偶。届时，萨满和穆昆达在率族众跪拜中，依序唱颂各位祖像的非凡事迹。经年累世，各氏族在集体智慧的滋育下，颂词、赞文日益丰富扩展，情节愈加凝练集中，使之逐渐升华为长篇祖先颂歌。满族及其先民以讲唱氏族族史、英雄史传为中心主题的说部艺术，正是依照传统的宗教习俗，对本族族史和英雄事迹的讴歌和礼赞。这是满族传统说部产生的源头。

第五节　原始观念是产生满族说部乌勒本与北方民族史诗的远古文化渊源

在我国东北白山黑水之间广袤冰原地区，东起三江汇合处，中经松花江、嫩江和大小兴安岭，西至内蒙古呼伦贝尔草原，自古以来就居住着满、蒙古、鄂伦春、鄂温克、达斡尔、赫哲、锡伯等民族，他们以渔猎、放牧、采集、耕种为生，处于同一社会发展阶段。由于环境所迫，为求生存经常迁徙，生活无定所，彼此交往密切，过着同样的生活，有着相近的习俗和文化素养。因此，这一地区从遥远的洪荒年代起，就蕴藏着大量史前文化遗存。丰富的原始文化为北方各民族口述文学的发展提供了广阔空间和优越的条件。

在远古时期，北方民族中的满族先世以及鄂伦春、鄂温克、赫哲、锡伯族同属阿尔泰语系——通古斯语支，语言相近，但都无文字，每个民族都需采用一种形式进行语言交流，向后代子孙传授生产技艺、生存经验以及民族发展的足迹。满族的先世采用“乌勒本”的说唱形式；鄂伦春族采用“摩苏昆”说一段、唱一段的形式；赫哲族采用“伊玛堪”的说唱形式；达斡尔族采用“乌钦”的演唱形式；锡伯族运用“念说”(锡伯语称郭尔敏朱伯）的说唱形式；蒙古族用“好来宝”的说唱形式；等等。这些不同民族的不同称谓，均属本民族对传承久远的长篇说唱形式的独特叫法，对其传唱的书目称其为史诗或英雄叙事诗等，之所以这样认定，因为它包含着每个民族各自不同的历史发展阶段，反映不同的社会生活以及先世战胜自然和部落战争的宏大、壮阔的场面，揭示了本民族最古老、最原始的生活。这些古老的历史记忆通过各自的说唱形式一代代传承下来。

一、满族说部乌勒本与北方民族史诗、叙事诗同出一源

我国北方满一通古斯语支的各民族自古就栖息在冰缘地区的崇山峻岭、莽莽森林、辽阔的草原和江河湖泊之滨，在这特殊的环境中，由于原始先民的生产工具简陋，没有征服自然的能力，因而对周围的环境变化感到惊奇，对人和动植物的生死各种现象不理解，对风、雨、雷、电所造成的灾害产生恐惧的心理，原始先民便想象有一种超人的力量“神”在主宰这一切。于是便用想象中的“神”对上述现象加以解释，用“神”去征服自然力、支配自然力，并把“神”的行为给以人格化、形象化，使其有着生动的情节，由此便产生了神话。正像马克思所说：“想象，这一作用于人类发展如此之大的功能，开始于此时产生神话、传奇和传说等未记载的文学。”（马克思《摩尔根〈古代社会〉一书摘要》）这说明原始社会的条件并以此产生的观念是形成神话的基础，而神话又是反映生活的独特表现形式。

在漫长的历史长河中，北方诸民族都创造了自己的神话。满族的先民根据自己的体验创造并传承了乌勒本东海创世神话史诗《天宫大战》，以其古朴、优美的语言讲述天、地的生成，有一场善神阿布卡赫赫与恶神耶鲁里的大战，经过持久的惊心动魄的天上、地下的反复鏖战，最终善神阿布卡赫赫获胜，创造了人类。鄂伦春族的“摩苏昆”《英雄格帕欠》史诗，讲述格帕欠为拯救山民与吃人的魔王犸猊之间的残酷斗争，打得天塌地陷、雷劈电闪，烟雾漫天。魔王变出九个脑袋，眼冒蓝火，口吐青烟，向格帕欠反扑过来，被格帕欠用大蛋将它砸死，从此使山里人过上了平安的生活（《黑龙江民间文学》第十七集）。鄂温克族的神话以优美、绮丽的幻想讲述天神保鲁恨巴格西用泥土捏成人形和万物，从此有了人类和世界，记录了原始人类征服自然、改造世界的朴素观念（《黑龙江民间文学》第六集《用泥土造人和造万物的传说》，马名超采集）。赫哲族“伊玛堪”《香叟莫日根》（《黑龙江民间文学》第二集）讲述香叟莫日根可以架起神风，横跨北海，力擒千年神兽“乌鲁古力”，在这场斗争中有神通广大的保护神在保佑他。在许多“伊玛堪”中都描写莫日根在遇难时有“德都”（姑娘）或“福晋”（妻子）变成神鹰“阔力”，在空中俯冲作战，从而战胜邪恶势力。在“伊玛堪”中将女英雄幻化成神鹰“阔力”，并赋予神格化，使她获得超人的力量，创造出非凡的奇迹。无独有偶，在满族创世神话《天宫大战》中对神鹰也有精彩的描写，当天神阿

布卡赫赫战胜恶神耶鲁里后，便派神鹰哺育了一个女婴，使她成为世上第一个大萨满。史诗中说道：

> 神鹰受命后，
> 便用昆哲勒神鸟衔来太阳河中的生命与智慧的美羹喂育萨满，
> 用卧勒多赫赫的神光启迪萨满，
> 使她通晓星卜天时；
> 用巴那姆赫赫的肤肉丰润萨满，
> 使她运筹神技；
> 用耶鲁里自生自育的神功诱导萨满，
> 使她有传播男女媾育的医术。
> 女大萨满才成为世间百聪百伶、百慧百巧的万能神者，
> 抚安世界，传替百代……

由此可见，满族的鹰神和赫哲族的鹰神“阔力”都是古老的氏族神，是氏族萨满的化身。在母系氏族社会里，萨满都是女性，而萨满又是氏族的酋长、氏族的母亲，死后被奉为祖先神灵。这种母系氏族社会的观念是同考古发现的几千年前的女雕和鹰雕遗物是一致的。黑龙江省考古工作者在密山市兴凯湖畔新开流新石器时代遗址，发现了骨雕鹰头，这个遗址经科学测定距今已有五千四百年至六千年左右。二十世纪八十年代初，我国考古工作者在辽宁省的建平、凌源两县交界的牛梁河村发现一座神女庙，出土距今已有五千多年的母系氏族社会的象征物——陶质妇女裸体塑像。不仅如此，一九八四年，吉林省科研工作者在吉林省珲春县杨泡公社征集到一个鹰头人身的女性裸体神偶，高五十厘米，怀中抱个女孩，正在哺乳。这是何姓满族保留下来的传世神偶，尊称为“鹰神格格”，是创世生育女神，也是萨满诞生祖神，人类的母亲[①]。所有这些都证明在远古母系氏族社会时期确有对鹰神的崇拜观念，这是满族说部乌勒本、赫哲族“伊玛堪”等史诗产生的时代渊源。

我国北方民族尽管都有自己的语言和不同的生活习惯，并创造出了有自己特点的记录历史的方式，但在遥远的古代，他们所经历的渔猎、

① 富育光，王宏刚. 萨满教女神［M］. 沈阳：辽宁大学出版社，1990.

游牧生产是相同的，其祖先有着共同的生活、共同交流思想的古代文化史，其讲述的神话源流是同出一源的。这是远古先民所处的母系氏族社会的意识形态所决定的。

二、北方民族普遍存在的萨满文化基因，是产生北方民族史诗的重要根源

我们在第四节中谈到，北方民族的原始先民在漫长的社会生产劳动和生活中，无法与强大的自然力抗衡，幻想万物中都有一种超自然的力量"神"帮助他们、庇佑他们，这就是万物有灵论。由于原始先民有了意识和幻想，产生了语言交流工具，便产生了神话和原始萨满教。正如恩格斯指出的："一切宗教都不过是支配着日常生活的外部力量在人们头脑中的幻想反映，在这种反映中，人间的力量采取了超人间的力量形式。"[①] 从考古实物、古代典籍与口传神话中可知，最初的萨满教崇拜的众神是以女神为核心的，所以萨满教应产生在母系氏族社会初期，繁荣在母系氏族社会的中晚期以及奴隶社会、封建社会。

满一通古斯语支系的诸民族，都经历过原始母系氏族社会的历史发展阶段，故其先民都信奉萨满教。在这些民族中，萨满教万物有灵的自然崇拜观念、图腾崇拜观念、祖先崇拜观念是根深蒂固的，它伴随着历史的发展一直流传下来，成为滋育北方民族文化的源泉与沃土。

1. 自然崇拜：北方民族原始先民最初从崇拜物灵开始，而后逐渐演化成人格化或半人格化的神祇。自然崇拜中最突出的是对日月星辰和火以及动物的崇拜。因北方寒冷，原始先民非常崇拜给他们带来温暖与光明的太阳神，因此北方民族都有拜东方日出之地之俗。鄂伦春族称太阳为神，叫"得勒钦"；满族称太阳神为"舜"大姐姐，月亮（比牙）为二姐姐、狩猎神，白云是三姐。云神，满语为"依兰图其"，或称"依兰格格"。达斡尔族、鄂温克族、鄂伦春族、赫哲族、锡伯族称此神为"依兰图苏"。北方民族自古以来就流传着救火、拜火的古俗。满族称火神为"托亚恩都力"，即火母神。过去除夕时有在院中架柴点火或迎"突恩都力（火神）"的习俗，预示来年吉祥平安；鄂伦春族称火神为"透恩博如坎"，吃饭时要往火里放一些食物，以示供奉；鄂温克族称火神为老妈妈；赫

---

① 马克思，恩格斯. 马克思恩格斯选集：第三卷［M］. 北京：人民出版社，1963.

哲族称火神为“佛架妈妈”。总之，北方民族拜火的习俗是母系氏族社会的产物，反映当时妇女执管生活的权利（以上见富育光著《萨满教与神话》）。上述这些自然崇拜观念，都具有浓厚的北方民族文化特征。

2. 图腾崇拜：北方原始先民把某种动植物视作与本氏族有特殊的亲缘关系，并把这种动植物作为本氏族的保护神和氏族的标志，这便是氏族的图腾。如北方民族对熊有着浓厚的崇仰习俗，鄂温克族称熊为祖父、祖母；鄂伦春尊称熊为老爷子，或直呼“阿马哈”（舅舅）或雅亚（祖父）、太帖（祖母）；赫哲族人称熊为“老年人”“长者”；满族很多姓氏萨满祭祀时要迎请熊神降临，也有的姓氏将熊的形象绘成熊旗以象征氏族的标志。在满族说部乌勒本《雪山罕王传》中记述了乞列迷人过熊节。赫哲族“伊玛堪”中则有跳鹿神的盛大仪式。北方民族也有将狼作为图腾崇拜的民族，如蒙古族崇拜苍狼，鄂伦春称狼为“古斯格”，叫它“翁”，是按狼的叫声起的名。北方民族上述相似的图腾崇拜，与其先民早期渔猎、牧业生产生活紧密相连，因而有着共同的原始思维观念，这是人类历史发展到一定阶段的产物。

3. 祖先崇拜：由母系氏族社会原始观念产生的自然崇拜和图腾崇拜，发展到祖先崇拜，说明生产力已有了发展，人类已进入父系氏族社会。祖先崇拜主要是指对自己有血缘关系的死去的直系男性先祖的灵魂与偶像的崇拜，祖先的英魂成为护佑人间子孙的守护神。北方诸民族崇拜最遥远的古代人多为人兽结合或者是以实物替代的祖先神，如满族不少姓氏在世代保留的祖先神匣中有鹰头女身祖先神偶、女头豹身的祖先神偶等。鄂伦春人供奉祖先神“阿娇儒博如坎”，对“阿娇儒”要供奉野猪进行祈祷，祈求保佑病人早日痊愈。达斡尔族每个穆昆达都有自己的祖神“霍卓尔”，“霍卓尔”祖神是个女神，是达斡尔族的族源根子。鄂温克人称本氏族神为“舍卧刻”，“舍卧刻”是木制人形神偶。赫哲族称老祖宗为“萨格弟玛发”，平时放在西炕墙上的搁板上。除供奉神偶外，满族和赫哲族还绘制彩色祖先神像，供奉在西墙神板的神匣中。这些祖先神都是为本族、本氏族生存与开拓建立勋业或做出贡献的人，所以被世代崇拜和敬仰。

北方诸民族有了萨满教崇拜观念，就要举行各种祭祀活动，满族主要是举行了堂子祭、家祭。《吉林通志》载满族民族祭祀中说：“祭祀典礼，满洲最重一祭星，一祭祖，至春秋祭，则前一日以黍米煮熟，捣作饼，曰打糕，荐享后以食，合族并亲串以族人，为察玛戴神帽，系裙腰铃，持鼓跳舞，口颂古词，众人击鼓相和，曰跳加神。”蒙古族祭鄂博，俗称“敖包”，即祭祀山神、路神。鄂伦春祭祀从“摩苏昆”《英雄格帕欠》中可以看到，祭祀的神有“迪尔恰布坎”（太阳神）、“鄂欧勒恩布坎”（北斗星神）、“托窝布坎”（火神）、“波窝布坎”（掌管山林之神的总主），直至风、雪、冰雹、麋鹿、虎豹之王等，以祈祷狩猎生产丰收。达斡尔族崇拜信奉的神灵有：“白那查”（山神）、“毕尔格巴尔汗”（沙神），萨满祭祀祈祷渔猎丰收。鄂温克人有盛大的“奥米那楞”祭礼，所有萨满都参加这个盛会。鄂温克人吃饭、喝酒时先敬火神，每年十二月二十三日是火神节，要举行隆重的祭祀活动。赫哲人每年春季二三月及秋季七八月跳鹿神，亦称跳太平神。此外，赫哲人还祭天神、祭吉星神，打猎回来举行家祭，等等。北方诸民族萨满祭祀的祭歌都非常形象、生动，有的咏唱祖先业绩的神谕赞词长达一个多时辰，萨满手持单鼓，甩着腰铃高声颂唱，族众击鼓相和，这种载歌载舞的热烈气氛和经常举办的萨满竞歌比赛活动，充分体现北方民族中的文化特征。不仅如此，萨满文化还造就了能歌善舞、“讲古”“颂祖”的北方民族。在此基础上，北方诸民族都诞生了有本民族特点的说唱形式的口碑文学，如满族先民创造的“乌勒本”、鄂伦春族的“摩苏昆”、赫哲族的“伊玛堪”、锡伯族的“念说”、达斡尔族的“乌钦”等。尽管北方民族对说唱文字的叫法不同，但都蕴藏着丰富的萨满文化元素，反映着远古时代原始氏族文化观念，通过萨满咏唱与传承，将原始文化遗迹保留下来，使其具有鲜明的北方民族文化特征。所以，萨满文化是产生北方民族英雄史诗、英雄叙事诗的源头，而这些史诗是在同一社会文化土壤上长出的花卉，同样鲜艳夺目、光彩迷人。

三、英雄时代是产生满族乌勒本和北方民族史诗的社会基础

在漫长的历史发展中，我国北方民族都经历了由原始母系社会向父系社会过渡的严酷斗争。各氏族或部落为了生存，争夺领地、争夺奴隶和财产、争夺领导权，部落之间经常展开生死搏斗。这种征战、迁徙、融合再征战、再迁徙、再融合的往复不断，促使社会逐渐由母系氏族社会向父系氏族社会转变，并进入奴隶社会初期。马克思指出：“在更早的时期妇女还享有比较自由和比较受尊敬的地位，但是到了英雄时代，我们就看到妇女地位由于男子的统治和奴隶的竞争已经降低了。”（《〈政

治经济学批判〉导言》）马克思指出的“英雄时代”是指已由母系氏族社会转入父系氏族社会，由于对拥有奴隶的竞争已转入奴隶社会。古希腊“荷马史诗”是古希腊由原始社会向奴隶社会过渡时期的产物，史诗再现了惊心动魄的原始社会的战斗场面，塑造了英勇、果敢、坚强的英雄形象。钟敬文主编的《民俗学概论》中指出：“原始性叙事诗的产生，当在人类社会野蛮初级阶段神话繁荣之后。古老的英雄叙事诗的产生，是在原始氏族社会解体、奴隶社会及封建社会，我国三大英雄史诗大约都产生于原始氏族社会末期、奴隶社会初期。”[①] 北方民族传袭已久的满族乌勒本东海创世神话《天宫大战》当属原始性叙事诗，产生在人类社会野蛮初级阶段之后，它的从属篇有《西林安班玛发》《恩切布库》以及东海萨满史诗《乌布西奔妈妈》、女真英雄史诗《苏木妈妈》、女真英雄叙述史《女真谱评》《阿骨打传奇》《金世宗走国》以及东海野人英雄史《东海窝集传》等。这些作品都真实地记录了北方诸民族在古代氏族社会部落之间的征服与反征服、掠夺与反掠夺以及血亲复仇的斗争和生活画面，反映部落头领（酋长或额真、莫日根）与邪恶势力、妖魔、鬼怪或入侵者不屈不挠的斗争，赞美他们为正义而斗争的高尚品德。这正是在英雄辈出的特定历史背景下，孕育了大量英雄史诗的古老思想源头和社会基础。无疑，北方民族世代传承下来的这些“乌勒本”“摩苏昆”“伊玛堪”等具有英雄史诗和英雄叙事诗的共同特征。

从上面叙述中我们看到，在北方满—通古斯语支的民族史诗中都有一个最流行、最常见的语汇“莫日根”，即英雄的意思。在满族的一支生活在张广才岭的巴拉人叫“莫尔根”，生活在东海锡霍特山的女真一支“恰喀拉”人把英雄叫“卯日根”。“莫尔根”和“卯日根”都是“莫日根”的音转，是通古斯语中残存的古老词汇，也是北方民族在英雄时代对渔猎能手所凝聚成的最荣耀的称号。《五体清文鉴》（民族出版社，一九五七年，影印本第一千四百五十二页）对“莫日根”的解释为“智者”之意，《清文汇书》的注解略为详细，“圣贤之贤、智。围场射着的多，捕捉拿得多，比较出众之人”（《清文汇书卷八，十二页》）。可见，“莫日根”一词是指英雄好汉的意思。在北方民族史诗中所歌颂“莫日根”战胜自然、妖怪、邪恶、部落之敌的非凡事迹，是英雄时代对英雄崇高精神的真实写照，并以人类童稚的想象把英雄神格化，加以崇拜。

---

① 钟敬文. 民俗学概证［M］. 上海：上海文艺出版社，1998.

就是在这个英雄时代、英雄崇拜观念的基础上，才产生了北方民族的“乌勒本”“摩苏昆”“伊玛堪”“念说”“乌饮”等英雄史诗和英雄叙事诗。虽然这是人类处于童年时期、原始社会生产和思维观念的产物，但是它却具有划时代的意义。对这种现象马克思做了精辟论述，他说：“在艺术本身的领域里，某些具有巨大意义的形式，只有在艺术发展的不发达阶段上才是可能的。”“它（指艺术）的一定繁盛时期绝不是同社会的一般发展成比例。”（马克思《〈政治经济学批判〉导言》）所以，北方民族的英雄史诗就是在原始社会进入奴隶社会的土壤中结出的美丽果实。

尽管北方诸民族的英雄史诗和英雄叙事诗的产生以及作品内容、形式有许多共同点，但由于各民族所处的环境和社会、历史等条件的差异，以及生活习俗、民族心理素质的不同，各民族的文化也不同，并有自己民族的特征。满族先民靺鞨族，曾于六九八年至九二六年，在今吉林敦化建立地方民族政权，后将王都迁至黑龙江省宁安市上京龙泉府。唐玄宗册封其首领大祚荣为“渤海郡王”并加授“忽汗州都督”，始以渤海为号。渤海国历时二百二十九年，留下了丰富的海东文化。满族先民女真族完颜部首领完颜阿骨打，于一一一五年在东北阿城创建大金朝地方政权。一一五三年，海陵王完颜亮迁都中都（今北京），进入中原。金朝到金世宗、金章宗统治时期，金国政治文化达到巅峰。一二三四年金朝被蒙古所灭。进入明代，满族先民第三次崛起。建州女真首领努尔哈赤二十五岁起兵，统一女真诸部，于一六一六年在赫图阿拉称罕，创建后金地方政权。一六二七年努尔哈赤第八子皇太极继位，史称清太宗。一六四四年，皇太极第九子福临在多尔衮和济尔哈朗以辅政王身份辅佐即帝位，史称清世祖，并在摄政王多尔衮八旗劲旅护拥下，同年挥师入关，明亡，定鼎中原，传十帝，统治中国二百六十年之久。满族及其先世从有史可载的肃慎、挹娄、靺鞨到女真，悠远而独特的风云历史，金戈铁马，宏伟壮阔的战争场面，在许多满族传统说部乌勒本中都有非常细腻、翔实而鲜活的记录，这是“伊玛堪”“摩苏昆”“乌饮”“念说”所不可比拟的。在部落战争和民族战争中，各个氏族都无法选择地卷入战争的旋涡，涌现出无数英勇无畏、壮怀激烈的英雄。这些都在满族各氏族的家谱、史书和乌勒本中都有浓墨重彩的描绘。乌勒本中许多英雄大都是历史上创造辉煌基业的真人真事，经几十代传承人的传承和润色，虽然在个别事迹上有所附会和演绎，但基调是与历史相吻合的。满族及其先民有慎终追远、缅怀先烈的古俗，并一代代传承下来。所以，满族先民创造的乌勒本每个氏族都有详细传承谱系和传承线路。另外，满族乌勒本的讲述环境、讲述目的、传承人的遴选都有着鲜明的民族特征，与鄂伦春族的“摩苏昆”、赫哲族的“伊玛堪”、达斡尔族的“乌钦”等有着不尽相同的地方。

综合上述五个方面论述，我们可以看出，满族说部的产生是和满族及其先民所处的社会历史、文化习俗、宗教信仰等因素紧密相关的。我们今天所见到的满族说部乌勒本，是经历由雏形到定形，由小到大，由短到长，由单一到多样的漫长历史发展过程，并在社会不断发展变化中有所发展、变异。

第三章 民族文化融合对满族乌勒本产生与发展的影响

满族及其先世在历史发展的长河中，曾有过三次崛起，对我国历史发展都产生过深远影响。早在周圣历元年，以粟末靺鞨为主体建立了东北地方政权。粟末首领大祚荣建立靺鞨国。唐开元元年，唐玄宗册封大祚荣为“渤海郡王”，统辖忽汗州。从此粟末靺鞨政权以渤海为号，使满族文化得以荟萃和高扬。后来，女真首领阿骨打扫平有二百多年基业的辽王朝，建立金朝，使女真历史文化获得突出而显著地发展。有史可证，满族及其先世的传统文化，在金世宗完颜雍等金朝统治者的高度倡导和推广下，使满族及其先世传统的乌勒本得已进一步弘扬与发展。待到建州女真罕王努尔哈赤崛起，其后人定鼎中原，建立多民族统一的大清王朝。在漫长的历史发展中，政治相对稳定，各民族文化互相渗透，对满族说部乌勒本的产生与发展起到巨大的促进作用。

第一节 民族文化融合对满族乌勒本产生的影响

女真族早在原始氏族时期，民众虽然还处于无知的野蛮状态，但已能讲述祖先传下来的信已为真的神话及简略的生存经历，这就是最原始形态的乌勒本。“至昭祖时稍用条教，民颇听从，尚未有文字，无官府，不知岁月晦朔，是以年寿修短莫得而考焉。”(《金史》卷一）正像宇文懋昭所说：“女真旧绝小，正朔所不及。其民不知纪年，问之则曰：‘我见草(青）几度矣。’盖以草一青为一岁也。”(《大金国志》卷之十二）自从景祖乌古廼被辽任命节度使，至此才“有官属，纪纲渐立”(《金史》卷一)。女真因无文字，在与辽官员交流中只好用契丹字。于是完颜贵族中涌现出许多积极主动学习契丹字的先进人物。“宗雄好学嗜书，尝从上猎，误中流矢，而神色不变，恐上知之而罪及射者。既拔去其矢，托疾归家，卧两月，因学契丹大小字，尽通之。”（《金史》卷七三，列传第一一）乌野子宗秀“涉猎经史，通契丹大小字”（《金史》卷六六，列传第四）。阿骨打建立金朝政权，国势日强，与邻国交好，仍用契丹字，有诸多不便，所以阿骨打令完颜希尹撰本国字，备制度。“希尹乃依仿汉人楷字，因契丹字制度，合本国语，制女直字。天辅三年八月，字书成，太祖大悦，命颁行之。”（《金史》卷七三，列传第一一・完颜希尹）阿骨打及金代统治者，为了更好地学习契丹和汉族文化，维护女真统治地位，制定了一系列政策。

1. 重用辽、宋旧臣，引进其他民族典章制度和先进文化

女真刚建立大金国不久，太祖阿骨打便下诏：“国书诏令，宜选善属文者为之。其令所在访求博学雄才之士，敦遣赴阙。”太祖阿骨打还下诏：“若克中京，所得礼乐仪仗图书文籍，并先次津发赴阙。”（《金史》卷二，本纪第二・太祖）阿骨打认识到，要灭辽没有满腹经纶、雄才大略的志士支撑是不行的，于是到处访求、网罗这方面人才。正像《金史》中所说：“太祖既兴，得辽旧人用之，使介往复，其言已文。太宗继统，乃行选举之法，及伐宋，取汴经籍图，宋士多归之。”（《金史》卷一二五，列传第六三）金初以来，杨朴、韩昉、刘彦宗、左企弓、韩企先、蔡松年等辽、宋的旧臣都纷纷降金，并得到金朝统治者的重用。世宗曾经说过：“丞相韩企先，自本朝兴国以来，宪章法度，多出其手。”（《金史》卷六）这些辽、宋的旧臣，为金朝典章制度的建立和完善，为促进民族文化融合和发展女真文化做出了重要贡献。特别是熙宗和海陵王改革勃极烈旧官制，中央置尚书省，为实行唐、宋官制创造了条件，使女真从奴隶社会迅速向封建社会过渡。

2. 尊孔崇儒，吸收汉族先进文化

金熙宗皇统元年宋金和议成，经过二十年的休养生息，使女真深受汉文化影响。刘祁称：“……偃息干戈，修崇学校，议者以为有汉人景风。”（《归潜志》卷十二）由于熙宗从小跟韩昉学习汉文化，对儒学产生极大兴趣。“熙宗即位，兴制度礼乐，立孔子庙于上京天眷三年，诏求孔子后，加璠[1]承奉郎，袭封衍圣公，奉祀事。”（《金史》卷一〇五，列传第四三・孔璠），不仅如此，熙宗还亲自参加祭孔。“上亲祭孔子庙，北面

① 璠：孔璠，字文老，孔子的第四十九代孙。

再拜。退谓侍臣曰：'朕幼年游佚，不知志学，岁月逾迈，深以为悔。孔子虽无位，其道可尊，使万世景仰。大凡为善，不可不勉。"(《金史》卷四，本纪第四)熙宗把孔子的地位提到帝王的高度，使万世景仰。至世宗时，不仅自己读经史，还译成女真字颁行，让女真人按儒家思想去做人。"世宗方兴儒术，诏译经史，擢国史院编修官，兼笔砚直长。"(《金史》卷九五，列传三三)"始大定四年，世宗命颁行女直大小字所译经书，每谋克选二人习之。……且诏京师设女直国子学，诸路设女直府学，拟以新进士充教授，以教士民子弟之愿学者。"(《金史》卷五一，志第三二)大定二十三年八月，"以女直字《孝经》千部付点检司分赐护卫亲军"。同年九月，"世宗谓宰臣曰：'朕所以令译《五经》者，正欲女直人知仁义道德所在耳。'命颁行之"(《金史》卷八，本纪第八)。章宗继位，把尊孔崇儒之风推向高峰。宇文懋昭说："章宗性好儒术，即位数年后，兴建太学，儒风盛行。"(《大金国志》卷二十一)章宗时期，增修曲阜宣圣庙，敕党怀英撰碑文，章宗亲自参加释奠之礼。泰和四年，"诏亲军三十五以下令习《孝经》《论语》"(《金史》卷一二，本纪第一二)。金朝统治者正是用儒家的孝和仁义道德来统一女真族的思想的。

3. 引进各类艺人、工匠，推动文化艺术和生产力的发展

金朝统治者清醒地看到，女真是个北方游猎民族，农业生产、建筑、医药、文化艺术等方面都比中原落后，要发展，必须有各类人才。一一二七年，金人攻陷北宋汴京，索要大批工匠、艺人，将他们迁移到内地。徐梦莘在《三朝北盟会编》中说："金人来索御前祇候：方脉医人、教坊乐人、内侍官四十五人……修内司、军器监、工匠、广固搭材兵三千余人，做腰带、帽子、打造金银、系笔和墨、雕刻图画工匠三百余人，杂剧、说话、弄影戏、小说、嘌唱、弄傀儡、打筋斗、弹筝、琵琶、吹笙等艺人一百五十余家。令开封府押赴军前……"(《靖康中帙》卷五十二)这些艺人和工匠到了金朝内地，正逢金熙宗改革，他们如鱼得水，各显其能，北部中国开始强盛起来。正如史书中所说："南北讲好，与民休息。于是躬节俭，崇孝弟，信赏罚，重农桑，慎守令之选，严廉察之责……群臣守职，上下相安，家给人足，仓廪有余，刑部岁断死罪，或十七人，或二十人，号称'小尧舜'，此其效验也。"(《金史》卷八)良好的社会和经济环境，使艺人们活跃起来，因而促进了杂剧、说唱艺术的发展。从山西平阳一带稷山县马村四号、五号、八号，化峪镇二号、三号金墓出土的杂剧砖雕均可以得到验证。还可以从女真剧作家石君宝的杂剧《诸

宫调风月紫云亭》看到民族文化融合的典型事例。剧中写诸宫调女艺人韩楚兰与女真人完颜灵春相爱，历经诸多波折困苦，韩楚兰守志不移，两人终于团圆的故事。

4. 女真人与汉人杂居共处受到潜移默化的影响

由于金廷伐宋，使女真人大举南迁，特别是海陵王迁都燕京，女真人生活在广大汉族繁荣的经济和高度发达的文化氛围之中，耳濡目染，潜移默化，促使女真人全面、深刻地接受汉族文化的影响，特别是儒家的政治思想、伦理道德观念以及由此形成的一些汉族风俗习惯，一步一步地深入到女真人生活的各个方面。如果说女真府学教育是自觉的、理性的接受汉文化，那么生活上的接触则是不知不觉地在感性上的接受。致使一些女真人学习汉语，改汉族的姓名，穿汉族的衣服成风。正像恩格斯所说："在长时期的征服中间，文明较低的征服者，在绝大多数的场合上，也不得不和那个国度被征服以后所保有的较高的'经济情况'相适应；他们为被征服的人民所同化，而且大部分甚至还采用了他们的语言。"①

女真族在同异族人民接触过程中，积极吸收他族有益的养分，丰富自己的文化，以推动社会的进步，这是充满生机和活力，适应时代发展潮流的一股顺向力。但是，女真族在同汉族文化融合，促使求同性文化发展的同时，金朝统治者清醒地看到，这样会使女真族文化消失。大定十六年，金世宗与亲王、宰执、从官谈论古今兴废事时，说："女直旧风最为纯真，虽不知书，然其祭天地，敬亲戚，尊耆老，接宾客，信朋友，礼意款曲，皆出自然，其善与古书所载无异。汝辈当习学之，旧风不可忘也。"（《金史》卷七，本纪第七 · 世宗中）不久又对皇太子及诸王说："汝辈自幼唯习汉人风俗，不知女直纯实之风，至于文字语言，或不通晓，是忘本也。汝辈当体朕意。至于子孙，亦当遵朕教诫也。"并命"应卫士有不闲女直语者，并勒习学，仍自后不得汉语"（《金史》卷七）。大定二十七年，颁布"禁女直人不得改称汉姓，学南人衣装，犯者抵罪"（《金史》卷八）。金世宗对参知政事孟浩说："女直本尚纯朴，今之风俗，日薄一日，朕甚悯焉。"（《金史》卷八九，列传第二七）于是，反复强调保持女真旧俗，这正是民族意识存异性的具体表现。所谓民族意识，是一个民族在共同文化基础上所表现出的共同心理状态，它反映着该民族文

① 恩格斯. 反杜林论［M］. 北京：人民出版社，1957.

化的本质和特征。在漫长的历史发展中，女真族经过原始氏族社会生产、生活的发展和在与外族交往、斗争中，形成了适应自己生存、发展的风俗习惯和粗犷剽悍、质朴豪爽、善歌尚勇的民族性格，一代一代承继下来。正是这种民族意识使女真族由东北边陲的氏族部落，一跃成为灭辽降宋占据半个中国土地的大金王朝统治者。在女真人看来，这是祖宗的功德，女真族的骄傲，永世不忘。因而，在民间兴起一股“讲古”“颂祖”之风。据《金史》卷六六载：“宗翰好访问女直老人，多得祖宗遗事。”宋宇文懋昭说：“贫者以女年及笄，行歌于途。其歌也，乃自叙家世。”（《大金国志》卷三十九）正因为族众中有“讲古”的风气，“天会六年，诏书求访祖宗遗事，以备国史”。金世宗为了强化民族意识，阻止被汉族同化，让族人不忘女真旧俗，“使太祖皇帝功业不坠，传及万世”（《金史》卷八八，列传第二六）。身先士卒歌本朝乐曲，咏唱祖先创业艰难、继承祖宗遗志的颂歌。这种不忘祖宗创业艰难、保存和延续女真敦厚淳朴之风的举动，正好遇到民间盛行的“讲古”“唱根子”的适宜土壤和女真族与汉族文化融合碰撞，便促进具有划时代意义的新的文化形态的兴盛与繁荣，这就是最早以“颂祖”“讲祖”教育后人为宗旨的金代乌勒本。其表现形式以说或歌唱为主，虽然篇幅简短，还不够丰满，但已具备了讲述乌勒本的各种要素，其主要标志是：

（1）立庙祭祀，行尊祖之仪

最初女真只有“讲古”“敬祖”之风，而没有建庙祭祖之举。宇文懋昭说：“金国不设宗庙，祭祀不修。自平辽后，所用宰执大臣多汉人，往往告以天子之孝在乎尊祖，尊祖之事在乎建宗庙。若七世之（庙）未修，四时之祭未举，有天下者可不念哉。金主方开悟，遂立太庙。”于是，金熙宗于天眷二年九月立太祖原庙于庆元宫。“迨海陵王徙燕，再起太庙，标名曰衍庆之宫，奉安太祖、太宗、德宗。又其东曰原庙，奉安玄祖、太圣皇帝杨割。追尊远祖，起自七代龛福，以下各加尊谥，立庙祭祀。”（《大金国志》卷三十三）自始才有祭祀之礼，尊祖之仪。到金世宗时，民间已兴起杀生祭祀之风。大定十四年，下诏，“猛安谋克之民，今后不许杀生祈祭。若遇节辰及祭天日，许得饮会”（《金史》卷七）。金世宗不仅统一了祭祀规则，还扩大了祭祖范围，把群臣功绩最卓著者的图像也放在了衍庆宫，圣武殿每遇节庆进行祭祀，以此对祖先功德伟业的讴歌与缅怀。“世宗思太祖、太宗创业艰难，求当时群臣勋业最著者，图像于衍庆宫：辽王斜也、金源郡王撒改、辽王宗干、秦王宗翰、宋王宗望、梁王宗弼……兖国公刘彦宗、特进斡鲁古、齐国公韩企先，并习室凡二十一人。”（《金史》卷七〇）。这为后人供奉祖先图像开了先河。金统治者对祖先神灵的崇拜日益达到登峰造极的程度，这与女真人虔诚信仰的原始宗教萨满教的祖先崇拜观念有着密切的关系，他们举行祭祀，祈祷祖先灵魂，能够荫庇子孙。在萨满祭祀中，有众多歌颂祖先的神谕、赞美诗文，也有长篇叙事体的祖先英雄颂词，也就是乌勒本。

（2）金统治者身先士卒，创作和讲述、咏唱祖先功德的乌勒本

金世宗于大定二十五年四月，巡幸女真故地上京，对群臣说：“吾来故乡数月矣，今回期已近，未尝有一人歌本曲者，汝曹来前，吾为汝歌。”命宗室子叙坐殿下者皆上殿，面听他歌唱。“曲道祖宗创业艰难，及所以继述之意……当唱至慨想祖宗音容如睹之语，悲感不复能成声，歌毕，泣下数行。右丞相元忠暨群臣宗戚捧觞上寿，皆称万岁。于是诸老人更歌本曲，如私家相会，畅然欢洽。上复续调歌曲，留坐一更，极欢而罢。”（《金史》卷三九，志二〇·乐上）对世宗讲唱祖宗功德的那种虔诚、生动、形象的描绘，为后人讲述乌勒本树立了楷模。

金世宗不仅咏唱，还经常向群臣讲述祖先的业绩。大定二十六年六月，世宗对右丞相原王说：“尔尝读《太祖实录》乎？太祖征麻产，袭之，至泥淖马不能进，太祖舍马而步，欢都射中麻产，遂擒之。创业之难如此，可不思乎。”（《金史》卷八，本纪第八），虽然只是寥寥几笔，却把太祖英勇顽强的战斗精神勾画出来了。

世宗之子显宗承继父业，教子不忘祖先创业艰难，命侍读完颜匡（撒速）作《睿宗功德歌》，教章宗歌之。其词曰：

> 我祖睿宗，厚有阴德。国祚有传，储嗣当立。
> 满朝疑惧，独先启策。徂征三秦，震惊来赴。
> 富平百万，望风奔仆。灵恩光被，时雨春肠。
> 神化周浃，春生冬藏。

此歌盖取宗翰与睿宗定策立熙宗，及在陕西与娄室大破张浚于富平的事迹。“大定二十三年三月万春节，显宗命章宗歌此词侑觞，世宗愕然曰：‘汝辈何因知此？’显宗奏曰：‘臣伏读《睿宗皇帝实录》，欲使子知创业之艰难，命侍读撒速作歌教之。’世宗大喜，顾谓诸王侍臣曰：‘朕念睿宗皇帝功德，恐子孙无由知，皇太子能追念作歌以教其子，喜哉盛事，

朕之乐岂有量哉。卿等亦当诵习，以不忘祖宗之功。’命章宗歌数四，酒行极欢，乙夜乃罢。”（《金史》卷九八，列传第三六）这些歌唱和口述故事就是乌勒本的原始形态，由于长年讲述吟咏，素材不断积累扩大，在跨越历史的长河中，逐渐演变成气势恢宏的长篇乌勒本，如我们现在所见到的《阿骨打传奇》《金兀术传奇》《金世宗走国》《苏木妈妈》等，就是在原始形态基础上发展而来的。

（3）有讲述环境和听众

有讲述环境和听众，说明讲述乌勒本已变成一种经常性的活动。从世宗朝的宫廷讲述、吟唱已发展到宦官之家和百姓中讲述。《金史》卷八五有这样的记载：越王永功之子寿孙“奉朝四十年，日以讲诵吟咏为事，时时潜与士大夫唱酬，然不敢明白往来。……居汴中，家人口多，俸入少，客至，贫不能具酒肴，蔬饭共食，焚香煮茗，尽出藏书，谈大定、明昌以来故事，终日不听客去，乐而不厌也”。族众来寿孙家听故事，“终日不听客去，乐而不厌”，可见他讲的多么生动，引人入胜。礼部尚书张暐“斋居与子行简（长子）讲论古今，诸孙课诵其侧，至夜分乃罢，以为常”（《金史》卷一〇六，列传第四四），以此对子孙进行教育。

（4）有了讲述人和传承人，使乌勒本一代一代传下去

在金代已涌现一批记忆力强，有口才，善“讲古”“颂祖”的讲述人和传承人。景祖第八子阿离合懑“为人聪敏辨给，凡一闻见，终身不忘。始未有文字，祖宗族属时事并能默记，与斜葛同修本朝谱牒。见人旧未尝识，闻其父祖名，即能道其部族世次所出。或积年旧事，偶因他及之，人或遗忘，辄一一辨析言之，有质疑者皆释其意义”。“天辅三年，寝疾，宗翰日往问之，尽得祖宗旧俗法度。”（《金史》卷七三）从这里我们可以看出，阿离合懑是个很出色的讲述人和传承人。此外，在《金史》中还记载了一些女真老人向翰林学士讲述朝廷遗言旧事，为他们写史、著书立说提供材料。“皇朝中统三年，翰林学士承旨王鹗有志论著，求大安、崇庆事不可得，采摭当时诏令：故金部令史窦祥年八十九，耳目聪明，能记忆旧事，从之得二十余条。司天提点张正之写灾异十六条，张承旨家手本载旧事五条，金礼部尚书杨云翼目录四十条，陈老目录三十条，藏在史馆。”（《金史》卷一三）由于采摭祖先遗事的频繁，使讲述活动愈演愈烈，无形中培养、锻炼了传承人。他们用“金子一样的口”讲述族史和祖先的英雄事迹，受到族人的尊敬。正因为有了传承人才使讲述活动一代一代延续下来，他们对发展和传承乌勒本是功不可没的。

清承金代传统，把“缅祖”“颂祖”的讲族史、唱英雄的乌勒本继往开来，发扬光大。清太宗崇德元年，遣官建太庙，追尊列祖，祭告山陵。皇太极曰：“朕读史，知金世宗真贤君也。当熙宗及完颜亮时，尽废太祖、太宗旧制，盘乐无度。世宗即位，恐子孙效法汉人，谕以无忘祖法，练习骑射。后世一不遵守，以讫于亡。我国娴骑射，以战则克，以攻则取。……恐后世子孙忘之，废骑射而效汉人，滋足虑焉。尔等谨识之。”（《清史稿》卷三）康熙、雍正、乾隆等几代皇帝也一再强调“国语骑射”为治国之本，特别是乾隆十七年颁布的《钦定满洲跳神祭天典礼》，统一了祭祀规则，使萨满祭祀变成家族祭祖活动，把祖先崇拜推向高峰。在萨满祭祀中，各氏族都有歌颂祖先神祇的神谕、赞文和长篇祖先英雄颂词，进而发展成长篇乌勒本。满族各氏族中都有自己最精彩的乌勒本，涌现出《两世罕王传》《扈伦传奇》《乌布西奔妈妈》《萨布素将军传》《东海沉冤录》《萨大人传》等许多满族说部巅峰之作，填补了中国文学史和中国民俗史的空白。

第二节　民族文化融合对满族说部发展的影响

女真建立金朝前后，北宋正是农业生产发展，商业和手工业空前繁荣时期，致使一些大中城市市场、商铺活跃，聚集了成千上万户的商人和手工作坊。由于经济的发展，市井的繁华，市民阶层的扩大，促进了各种文艺形式的发展。宋孟元老在《东京梦华录》序中对北宋末期汴京有过生动的描绘：

> 太平日久，人物繁阜。垂髫之童，但习鼓舞；班（斑）白之老，不识干戈。时节相次，各有观赏：灯宵月夕，雪际花时，乞巧登高，教池游苑。举目则青楼画阁，绣户珠帘。雕车竞驻于天街，宝马争驰于御路。金翠耀日，罗绮飘香。新声巧笑于柳陌花衢，按管调弦于茶坊酒肆。

当时汴京歌乐遍及市肆，出现许多瓦舍和勾栏，仅一个桑家瓦子就有勾栏五十余座，其中最大的“棚”可容纳千人。市民经济富裕，有闲暇时间，可以放纵到勾栏中娱乐，听“说话”。

当时说书叫说话，包括讲史、小说、说诨话三种。吴自牧在《梦粱录》卷二十中载：“讲史书者，谓讲说《通鉴》，汉、唐历代书史文传，兴废争战之事。”“盖小说者，能讲一朝一代故事，顷刻间捏合，与起令随令相似，各占一事也。”通常认为讲史是说大书，谓长篇，小说是说短篇。说三分是讲《三国志平话》，所谓五代史，是讲《五代史平话》。讲三国故事，在当时北宋是很流行的，深受民间喜爱。苏轼在《东坡志林》卷六中曾记叙“涂巷小儿听说三国语”的情景：

> 王彭尝云：“涂巷中小儿薄劣，为其家所厌苦，辄与钱，令聚坐听说古话。至说三国事，闻玄德败，颦蹙有出涕者；闻曹操败，即喜唱快。以是知君子小人之泽，百世不斩。”

这个事例足以说明说书和听说书已成为北宋市民阶层一大盛事。在勾栏、瓦舍中，人们“不以风雨寒暑，诸棚看人，日日如是”（《东京梦华录》京瓦伎艺条）。宋代讲史、说书这个空前繁荣的大背景，对金代以“讲古”“颂祖”为要旨的乌勒本的发展产生了积极而深远的影响。

1. 宋、金时期民间口头叙事文学的勃兴为乌勒本的发展开拓了更加宽阔的道路

唐朝是雅文学鼎盛时期，到宋朝时已渐显衰颓之势，而俗文学却悄然崛起。民间口头叙事文学如话本、说唱、杂剧等的勃兴，促进了金代以“缅祖”“颂祖”“唱根子”为宗旨的乌勒本的发展。

宋朝初期，都市中兴起演唱故事的活动，人们把演唱故事的艺人叫作“说话人”，他们演唱时所用的底本叫作“话本”。如“新编五代史平话”“清平山堂话本”等。讲史和小说只是长短和历史与现实有别，其性质都是一类。正如王国维所说：“宋之小说，则不以著述为事，而以讲演为事。……而都城纪胜、梦粱录均谓小说人能以一朝一代故事，顷刻间提破。则演史与小说，自为一类。”[①] 宋代小说的繁荣对金代叙事文学的发展起到刺激和示范作用。而外因通过内因起作用。金代的民间叙事文学伴随着人民的生产劳动、宗教和其他民俗活动而产生，并有着深厚的基础。由于女真文字创制较晚，很多口头歌谣、故事都没有记录下来。最早的歌谣有“欲生则附于跋黑，欲死则附于劾里钵、颇剌淑”（《金史》

① 王国维. 王国维戏曲论文集［M］. 北京：中国戏剧出版社，1957.

卷六十五《跋黑传》)，是指昭祖之子跋黑谋反世祖劾里钵、肃宗颇剌淑之事。其后有童谣："青山转，转山青。耽误尽，少年人。"盖言是时人皆为兵，转斗山谷，战伐不休，当至老也。反映人民的反战情绪(《金史》卷二三·五行)。泰和年间还有童谣："易水流，汴水流，百年易过又休休。两家都好住，前后总成留。"(《金史》卷二三·五行)反映人民对宋、金政治事件的认识和态度。萨满跳神的巫歌在金代也很盛行，《金史》卷六五载："国俗，有被杀者，必使巫觋以诅祝杀之者，乃采刃于杖端，与众至其家，歌而诅之曰：'取尔一角指天、一角指地之牛，无名之马，向之则华面，背之则白尾，横视之则有左右翼者。'其声哀切凄婉，若《蒿里》之音。既而以刃画地，劫取畜产财物而还。"从萨满哀切凄婉的歌声看出女真人善于歌舞的性格。宇文懋昭说：女真"其乐唯鼓笛，其歌唯鹧鸪曲，第高下长短如鹧鸪声而已"(《大金国志》卷之三十九)。金朝迁都燕京后，女真人的歌曲在汉族中广为流传，宋曾敏行在《独醒杂志》卷五说："宣和末客京师，街巷鄙人多歌蕃曲，名曰《异国朝》《四国朝》《六国朝》《蛮牌用》《蓬蓬花》等，其言至俚。一时士大夫皆歌之。"足见女真歌曲在汉族中影响至深。女真的歌曲语言虽然质朴俚俗，是村坊小曲，但能顺口而歌，听后能使人神气飞扬，正像明徐渭在《南词叙录》中所说："今之北曲，盖辽、金北鄙杀伐之音，壮伟很戾，武夫马上之歌，流入中原，遂为民间之日用。"[①] 与此同时，在宋、金时期形成一种重要的民间说唱艺术——诸宫调。宋王灼《碧鸡漫志》卷二曰："熙、丰、元祐间……泽州孔三传者，首创诸宫调古传，士大夫皆能诵之。"所谓诸宫调，是因连缀许多不同宫调的乐曲(词或曲)，杂以说白，以说唱长篇故事而得名。诸宫调首创于北宋，盛行于金代，现存的主要作品有，金佚名《刘知远诸宫调》(残篇)、董解元《西厢记诸宫调》。清焦循在《剧说》中说："至金章宗朝，董解元——不知何人，实作西厢搊弹词，则有白有曲，专以一人搊弹并念唱之。嗣后金作清乐，仿辽时大乐之制，有所谓连厢词者，则带唱带演，以司唱一人、琵琶一人、笙一人、笛一人，列坐唱词，而复以男名末泥、女名旦儿者，并杂色人等，入勾栏扮演，随唱词作举止。……北人至今谓之'连厢'，曰'打连厢''唱连厢'，又曰'连厢搬演'。"[②] 由于连厢的曲调悠扬悦耳，内容雅俗共赏，成为当时女真人及北

① 中国戏曲研究院. 中国古典戏曲论著集成［M］. 北京：中国戏剧出版社，1959.

② 中国戏曲研究院. 中国古典戏曲论著集成［M］. 北京：中国戏剧出版社，1959.

方各兄弟民族酷爱的一种民族艺术形式。在原抄本连厢词中有这样的联语："国朝仕吏消暇日，雄文妙韵谱华章。庭榭勾栏客接踵，昼夜十日赏连厢。"（王玫罡《乾隆艺苑览胜》北方文艺出版社）仅四句联语就把女真人统治的金朝各界人士欣赏、迷恋连厢的盛况生动、形象地描绘出来了。

民间说唱的兴盛，为宋杂剧、金院本的发展和散曲的盛行创造了机遇。金章宗对杂剧十分喜爱，常在宫中演出。据《金史》卷六四、元妃李氏师儿传载：优人玳瑁头者戏于前，演出"凤凰四飞"杂剧，讽刺章宗元妃李氏势盛。又据《大金国志》卷十九载，明昌二年正月加上太后尊号，章宗曾在宣华殿宴集百官及宫人内外命妇，"纵诸伶人百端以为戏"。不久，章宗又下诏"禁伶不得以历代帝王为戏"（《金史》卷九）。这说明在民间伶人演出杂剧经常扮演帝王，从另一个侧面看出杂剧的兴盛，已引起金统治者的注意。不但如此，女真人受其影响直接参与其中。女真人剧作家李直夫是金末元初人，对女真生活了如指掌，他的杂剧《宦门子弟错立身》中，写女真宦门子弟完颜寿马喜欢歌唱，放弃优越、富裕、尊贵的生活，甘愿当汉族路岐艺人的女婿，他自称"舞得、弹得、唱得"，跟着他们挑着"戏担"，提着"杖鼓行头"，浪迹天涯，随处作场。完颜寿马感叹自己的生活是："路岐岐路两悠悠，不到天涯未肯休。"从这出杂剧我们可以看到女真人受杂剧影响多么深。

金代叙事文学的发展为乌勒本开辟了广阔的道路，在民间"讲古"的基础上，由于金统治者的提倡，"缅祖""颂祖"教育后人的乌勒本在各类叙事文学的竞争中脱颖而出，并得到迅速发展。

2."说话"从民间传播到宫廷供奉，加速了乌勒本的发展

"说话"在北宋十分兴盛，郎瑛在《七修类稿》中说："小说起宋仁宗，盖时太平甚久，国家闲暇，日欲进一奇怪人事以娱之，故小说得胜头回之后，即云'话说赵宋某年'。"[①] 这里所说的"小说"，是指"小说"类话本，是"说话"的一个科目（或种类）。"说话"最初讲述民间传说或当朝新闻，从民间、街头讲述，而后进入勾栏专业演讲，以此作为谋生手段。金攻占汴京后，打破了这个平静、昌盛的局面，并将诸色艺人带到北方。宋徐梦莘《三朝北盟会编》靖康中帙五十二"金人求索诸色人"条载："杂剧、说话、弄影戏、小说、嘌唱、弄傀儡、打筋斗、弹筝、琵琶、吹笙等艺人一百五十余家，令开封府押赴军前。"金人押解这些艺人由巩

① 张兵. 宋元话本[M]. 沈阳：春风文艺出版社，1999.

义市渡黄河经太行山北上。有的艺人在金军中或沿途说书，引起金统治者的兴趣和重视，并诏说书人到宫廷做供奉。如《金史》卷一〇四，列传四二载："贾耐儿者，本岐路小说人，俚语诙嘲以取衣食，制运粮车千辆。是时材木甚艰，所费浩大，观者皆窃笑之。"所谓路岐人，《武林旧事》卷六"瓦子勾栏"条说："或有路岐不入勾栏，只在要闹宽阔之处做场者，谓之打野呵，此又艺之次者。"路岐人贾耐儿靠讲小说，被金廷委以重任。"对方擢任王守信、贾耐儿者为将，皆鄙俗不材、不晓兵律。"后被罢之。(《金史》卷一〇七，列传第四五・张行信)。说话人张仲轲做海陵王的宫廷供奉，经常为海陵王讲传奇小说，并博得信任。《金史》卷一二九载："张仲轲幼名牛儿，市井无赖，说传奇小说，杂以排优诙谐语为业。海陵引之左右，以资戏笑。"海陵王即位，仲轲被任秘书郎，后为左谏议大夫。世宗曾曰："海陵以张仲轲为谏议大夫，何以得闻忠言?"(《金史》卷六)后来《醒世恒言》的话本《金主亮纵欲亡身》中也提到张仲轲之事。此外，还有讲史艺人刘敏为海陵弟弟衮说五代史的故事。《三朝北盟会编》二百四十二载："亮又一亲弟判宗正雍王衮，徙于外藩，除西京留守大同尹，有说书者刘敏讲演书籍，至五代梁末帝以杀逆诛友珪之事，充(应为衮，引者注)拍案厉声曰：有如是乎。奴婢契丹人梼梼提点上告变云大王谋反，宣诏至燕京斩而烹之，二子皆赐死。"完颜衮因听说书人讲五代梁末帝朱友贞杀亲弟朱友珪之事，惹来杀身之祸，这说明讲史的启示作用是很大的，金统治者常用说书人讲史教育后人。在金代也盛传三国故事，章宗曾诏译《诸葛孔明传》，并以此赐给太傅徒单克宁(《金史》卷九二)。金宣宗"诏谕近侍局曰：'奉御、奉职皆少年，不知书。朕忆曩时置说书人，日为讲论自古君臣父之教，使知所以事上者，其复置。'"(《金史》卷一六)由此可见，金统治者对说书人讲自古以来君臣父之教的重视。

清与金一脉相承，最初几位皇帝也有说书人做供奉。据顺治十年刑部残《题本》所记，说书人"石汉供称……我于太宗皇帝陛下说书六年"[1]，他讲的似乎就是《三国志传》。达海曾将《三国志》译为满文，皇太极喜欢读或听《三国志》，有史书为证。文馆沈文奎疏言："上喜阅《三国志》，此一隅之见，偏而不全。帝王治平之道，奥在《四书》，迹详史籍。"(《清史稿》卷二三九)皇太极不仅喜欢读，还将《三国志》上的斗

① 陈汝衡．陈汝衡曲艺文选［M］．北京：中国曲艺出版社，1985.

争策略灵活运用在反明的战争中。皇太极率清军逼燕京，迎击袁崇焕、祖大寿，皆败。皇太极率轻骑往视，“获明太监二人，令副将高鸿中，参将鲍承先、宁完我等受密计。至是鸿中、承先坐近二太监耳语云：‘今日撤兵，乃上计也。顷上单骑向敌，敌二人见上语良久乃去。意袁都堂有约，此事就矣。’时杨太监佯卧窃听。翌日，纵之归，以所闻语明帝，遂下崇焕于狱。大寿惧，率所部奔锦州，毁山海关而出”（《清史稿》卷二）。皇太极施反间计，假手朱由检（崇祯帝），杀了袁崇焕，毁了长城，使后金失去最可怕的敌人。据说皇太极是受《三国志》中蒋干盗书反遭周瑜愚弄的故事启发而采取的行动，却收到意想不到的效果。皇上的重视，给说书的发展提供了极好的机遇，说书艺人抓住这个时机在城镇、乡村大说《三国演义》，因而使关羽、诸葛亮、刘备、张飞的故事在民间广为流传，家喻户晓。有的边远地区，竟把关羽的故事移到满族的生活之中，出现了《关玛发传奇》的说部，深受满族群众的欢迎。清初开国君主福临受其父皇太极的影响，也嗜好说书，江南评话家韩圭湖曾做内廷供奉。据邓之诚《骨董琐记》卷六《韩生评话》所云：“韩生者，善评话，顺治中尝供奉内廷。”[①] 由于金至清以来历代统治者对说书人的重视，推动了满族及其先民的“讲古”活动。所以，宋以来的“讲史”说书，对女真人及其后世满族的“讲古”“颂祖”活动有很大启发，从而使乌勒本的讲述内容不断充实、扩展，英雄事迹、人物形象越讲越丰富，逐渐升华为长篇祖先颂歌。

3. 借鉴“说话”的叙述形式和艺术体制，使“乌勒本”逐渐丰富完善

宋代的“说话”是一种民间口头文学，后来“说话人”把他们讲述的内容梗概记录成文字，类似讲述提纲，这个底本被称为“话本”，代代传下来。“话本”经过宋、元、明几百年的艺术实践，形成了独特的叙述形式和一整套的艺术体制。首先，“话本”在正文之前都用一个“引子”来开场，有的用一首诗或一首词作为开场，如话本《西山一窟鬼》，开头为一首“念奴娇”词，这是集古人辞章之句，然后一句一句进行解释，以此来烘托气氛。有的开头用小故事做引子，接着引来正文，如话本《错斩崔宁》开篇说：“这回书单说一个官人，只因酒后一时戏笑之言，遂至杀身破家，陷了几条性命。且先引一个故事来，权做个‘得胜头回’。”其次，是“入话”。“引子”之后转入正文，就是“入话”，如话本《西山

① 陈汝衡. 陈汝衡曲艺文选［M］. 北京：中国曲艺出版社，1985.

一窟鬼》在解释沈文述的“念奴娇”词后，便说：“话说沈文述是个士人，自家今日也说一个士人。”立刻转入表演“十数回跷蹊作怪的小说”的正文。再次，分章、回，说话人一次不把故事说完，遇到故事紧张场面时，暂告一段落，留下一个“扣子”，也就是悬念，让听众下次接着来听，往往采用“欲知后事如何，且听下回分解”。下一回开始，再慢慢叙述那些紧要关头的故事。最后，在结尾时，说话人往往用一首诗做这一回或章的结尾，有的用“有诗为正”引一首诗，渲染主题，作为这一回的小结。“小说话本”的这种体裁对明、清的长篇小说影响很深，它已成为中国小说的民族形式，是奠定中国叙事文学的基石。

无疑，这种艺术体裁对满族乌勒本也有深刻影响。千百年来，满族乌勒本传承人在讲述过程中，反复琢磨怎样才能把族史、英雄传讲得生动具体，耐人寻味，不断寻找讲述的最佳方法，探索新路子。当他们在听到宋以来“说话人”讲述的小说、讲史，或看到“话本”的材料后，觉得汉人讲述小说或说书的方法很适合满族乌勒本的讲述体制，于是便吸收过来，经过一番改造，使之适应讲述内容的需要，变成乌勒本自己的艺术体裁。从现已出版的五十多部满族说部乌勒本来看，有几种不同的艺术体裁。

①全面吸收的，如《扈伦传奇》《萨布素外传》《绿罗秀演义》等。在《扈伦传奇》中采取回目的方法，每回的标题对仗、押韵。开篇前引了一首词：“浩荡松江水，巍峨长白山。风流佳话记当年！叱咤纵横日，大地起波澜。英雄出草莽，蛟龙跃潭渊。古往今来岁月添。千载兴亡事，弹指一挥间！”然后引出《三国演义》开头说的话“天下大势，分久必合，合久必分”进入正文，讲述女真族联合诸部誓师反辽，建立金朝，一百多年后，被蒙古人打败，女真又走向群龙无首的分裂状态，经过四百多年的漫长岁月，女真族又结为一体，建立大清王朝。传承人在讲述女真分久必合，合久必分的故事后，用了“一切赘言到此为止，该书开讲正文了”，一转引出金太祖完颜阿骨打的嫡系子孙在辽东建立扈伦国的纳齐布禄的故事。结尾时用了一首诗：“正是，少年气盛逞英雄，良缘机遇锡伯城。”为吸引听众，用了一句卖关子的话：“要知纳齐布禄比武如何，且待下回再叙。”《绿罗秀演义》的开篇还有“说书人”讲史的特点，“各位阿哥落座，先听我唱来：长江滚滚流水，浪花淘尽英雄。古来多少往事，尽付谈笑声中。青史几行名姓，郊外无数荒冢。寻找残碑断碣，发掘古人行踪”。唱完接着说：“一曲唱罢，咱们正式开讲《绿罗秀演义》。”

接着引入正文。

②有的乌勒本只采取对仗的回目，没有用“有诗为正，且听下回分解”的话作为本回的结束语，而是按故事发展自然结束。如《元妃佟春秀传奇》《木兰围场传奇》《比剑联姻》等。《元妃佟春秀传奇》开篇引了乾隆皇帝作的《望祭长白山》诗，把长白山与清皇室的关系点明。然后说：“闲言少叙，书归正传。听客问了，你要讲的元妃佟春秀传奇故事，与长白山有什么关联？听客您坐好了，请听我慢慢讲来。”这样进入正文，很有吸引力。

③按故事发展段落自然分章节，根据内容标题目，题目字数不等，没有严格要求，如《萨布素将军传》《女真谱评》《阿骨打传奇》便是。这种体裁自然流畅，各章节之间衔接不紧密，有时没有必然的联系，甚至可以独立成章。

④每部书前都有引子，讲故事起因和传承。引子有的是唱，有的是说。这类乌勒本故事连贯性比较强，根据故事发展分成几章，每章的标题根据内容而定，文字一般都是简短明了。如《萨大人传》《飞啸三巧传奇》《东海沉冤录》等。《萨大人传》开场时先说，然后唱了一首“定场歌”，其歌词是：“在吉祥的日子里，受族众之托，我要虔诚讲诵。……要学长辈谦恭的样子，听我开讲《萨大人传》。”唱完，引用了嘉庆朝大学士戴均元的一首《赞萨布素》五言绝句开场，其诗为：“忠勇传家世，沥血荐国恩。箜篌声切切，常忆故将军。”每章结束语都是：“欲知详情，请听下章乌勒本。”吸引听众接着听下去。《飞啸三巧传奇》的引子是说，讲述人用金子一样的嘴把这部书的神秘性讲出来，很是吸引人。讲述人是这样开场的：“我焚烧起三束安期香，满屋清馨，香烟缭绕。看哪，听啊，香烟里降临了晓彻祖先勋业的千岁妈妈，千岁妈妈来了！她骑着神鹿，背上背的褡裢袋里，装着什么？装满了昨天的故事、昨天的血泪、昨天的足迹。听啊，我的皮鼓响得多么清脆、多么甜美、多么迷人。这鼓声，就是千岁妈妈铿锵的歌声。歌声里，传开了往昔北海的惊涛骇浪，传开了往昔雪山冰原的征杀；歌声里，激扬着往昔护卫疆土的颂歌。”然后引出这部书来，讲述人娓娓讲述第一章。这个引子，也就是开场白，讲述人讲得很有激情，很有感召力。这部书每章的结束语是这样说的：“要知下情如何，你听说书人给你说个究竟。”这种体裁既学习了宋代以来“说话人”讲小说、讲史的体裁，又加以改造，使之更具有满族乌勒本的特色，更具有满族的风格。

综上所述，宋以来的民间说唱艺术，如杂剧以及小说、讲史、嘌唱等为满族说部注入了活力，增加了许多新的元素，如韵语、诗词、歌曲、小调等，使歌颂族史、家史、英雄传的满族乌勒本的内容不断丰富，表现形式日臻完善，到清朝中期已形成许多气势恢宏的洋洋巨著，使满族民间口述史的乌勒本达到炉火纯青的地步。

第三节　民族文化融合与满族乌勒本的变异

各民族之间长期杂居生活，不同民族的风俗习惯、宗教信仰、生产技艺、文化娱乐形式、审美情趣等互相交流、互相渗透、互相融合，使民间口头文学产生变异。满族说部也如此，在其流传过程中也经常伴随着变异。究其产生的原因和变异的现象主要有：

1. 民族之间的流动、聚居使乌勒本在流传过程中产生变异

口头文学是一种流动的文学，只有在流传过程中才能产生变异。满族说部最初只在氏族中较小的范围中流传，自康熙年间都统郎坦、彭春等奉旨率八旗兵到黑龙江瑷珲戍边，北方民族中的达斡尔族、鄂伦春族、鄂温克族、赫哲族、锡伯族等民族怀着民族感情，纷纷从各部落加入八旗兵参加抗俄保卫领土的斗争。余暇时间，都统彭春率先向八旗兵勇讲述乌勒本，在他带动下，一时间讲述《扎呼泰妈妈》《天宫大战》《尼山萨满传》等乌勒本已成风气。雅克萨保卫战胜利后，各族的八旗兵回到家乡，同时他们也把听到的说部传给本族的父老乡亲，特别是简短、易记、深受人民欢迎的《尼山萨满》，很快在各族群众中传播开来。在传播中，各族人民依据本族的风俗习惯和审美情趣在情节上做了发挥、改动，但内容大同小异。如达斡尔族称《尼桑萨满》，鄂温克族称《尼荪萨满》，鄂伦春族叫《尼海萨满》《尼顺萨满》，赫哲族叫《一新萨满》。这些民族至今还流传这个故事。在鄂伦春族流传的《尼海萨满》中，把主人公巴尔都巴彦改为白都白彦，住地由松花江下游的古城改为大兴安岭深山老林之中。尼山萨满过阴来到一座古城，在《尼海萨满》中变成撮罗子，唱词根据鄂伦春语做了很大改动，故事情节都变得鄂伦春化了。《尼山萨满》故事在传播中适应了新的环境和民族心理习惯，但是万变不离其宗，整个故事还是原来的样子。这是满族乌勒本变异的一个典型事例。

2. 脱离原氏族内祖传父、父传子的宗族传承范围，被更多氏族、民

族传承颂扬，使乌勒本发生变异

在北方，满族乌勒本很受各族群众欢迎，所以一些乌勒本脱离原氏族内部传承的现象比较普遍，这正说明满族乌勒本有很强的吸引力和旺盛的生命力。满族乌勒本《飞啸三巧传奇》最早的传本是咸丰初年由瑷珲副都统衙门三等笔帖式关雁飞大人传下来的，当时的名字很多，有叫《飞啸传》《穆氏三杰》《飞啸三怪》的，有叫《新本三侠剑》的，还有一个传本叫《飞啸三巧传奇》，是清代二等笔帖式郭阔罗氏由卜奎传到瑷珲的，当时城里有个书场，有人专门讲《飞啸三巧传奇》。此外，这部书在流传过程中发生了变异，出现了刘氏本、祁氏本、孟氏本，虽然故事有长有短，风格不同，但都是《飞啸三巧传奇》的不同传本。《飞啸三巧传奇》这部书吸收了其他版本的长处，使之评书特点非常浓，书中借用了汉族说书的很多“扣子”，讲述技巧也颇像专业说书人。从这里可以看出此书最早的创作者很可能是一位汉学家，或者是一位懂汉学的官员，并十分了解清代乾隆、嘉庆、道光年间宫廷的秘史及大臣们的生活背景，在此基础上创作出来的。这部书使我们认识到，满族文化就是在同汉族文化交流融合中发展的，这是人类文化发展中的正常现象。正像高尔基在谈到民间故事流传过程借用其他民族文化精华时所说的：“借用并非任何时候都会发生歪曲，有时它会使好的民间故事锦上添花。古代民间故事的借用和用每一个种族、每一个民族、每一个阶级的特点加以补充的过程，在理性文化和民间创作的发展中曾经起过重大的作用，这一点大概是毋庸怀疑的。”①

满族乌勒本在传播中吸收、借鉴其他民族的文化，不断丰富自己，进而又使乌勒本产生变异，出现新的作品。变异反过来又推动满族乌勒本的发展。所以，满族乌勒本的繁荣与发展，客观上与民族文化融合、借鉴、吸收有密切的联系。这正是满族乌勒本发展的历史轨迹。

第四节　几点启示

1. 满族乌勒本是随着女真渔猎文化与汉族农耕文化碰撞而发展的，是适应金代统治者和女真人需要的一种新兴口述文艺形式。历史唯物主

① 高尔基. 论民间故事——(一千零一夜)俄译本序[N]. 光明日报，1962-2-20.

义告诉我们：一切文化史现象，都同当时的社会生活及生产力和生产关系的状况相关联。金代初期，正是由奴隶社会向封建社会过渡时期，社会斗争激烈，英雄辈出，各个氏族都卷入这场伟大斗争的旋涡之中。特别是经过女真和汉文化大融合，一方面使女真文化飞速发展，另一方面又使女真原始之风日益淡薄。满族乌勒本就是在这样的土壤和契机中产生和发展的。满族乌勒本作为一种综合的、动态的语言艺术，人民群众的口述史，是这种社会生活在人民群众头脑中的反映。它是通过人民群众的眼睛观察社会现象，并直接用口头叙述的方式反映社会生活的本质，传达满族的先民女真人的真实的心声，由几代人甚至几十代人不断加工、润色，在族内世世代代口耳相传，使歌颂祖先功勋和英雄伟业的故事不断升华，以此表达人民对社会生活的看法和对美好生活的追求，因而它是人民群众集体审美观的直接的、朴素的表现。它是一定时代、一定生产方式的产物，也是该民族生活、历史所形成的。正如马克思所说："不是人们的意识决定人们的存在，恰巧相反，正是人们的社会存在决定人们的意识。"[①]

2. 满族乌勒本作为民间口头文学，除了社会状况是产生的决定性因素外，还要看到满族的先民女真人赖以生存的自然环境对它的内容与形式等方面的直接或间接的作用。满族及其先民历经三千余年的风雨沧桑，世代生活在广袤数千里的白山、黑水之间，冰天雪地，寒风凛冽，靠集体射猎和捕鱼生存。艰苦环境的锤炼，培育了自己的民族精神与品格，使他们成为粗犷剽悍、质朴豪爽、自强不息、善歌尚勇、多情重义的民族。女真族由于过去没有本民族的文字，他们喜欢用口传心授的方式记述祖先的功德和民族精神，而不过分依赖文字记载，这已成为女真族的原始遗风。在金代民族之间频繁交往，民族文化相互融合、相互渗透的生活中，女真人仍然顽强地保留着自己民族的精神。虽然在乌勒本中吸收了汉族讲史和说书中的一些表现形式方面的元素，为乌勒本注入了活力，但它在讲述目的、讲述形式、题材艺术化程度上与《清平山堂话本》《全相评话五种》有本质的区别。满族及其先民在世代承袭的乌勒本中，通过缅怀先烈，颂祖、敬祖之举，展示本氏族的光辉历程，凝聚民族的精神，进而表现出他们的民族意识和民族个性。正像我国著名民族学家费孝通指出的："一个民族总是要强调有别于他民族的某些特点，通过这

① 马克思，恩格斯. 马克思恩格斯选集：第一卷［M］. 北京：人民出版社，1995.

些特点，以及民族对它的感情，展现这个民族的个性。”[1]民族意识、民族精神是一个民族在共同文化基础上所表现出的共同心理状态，它反映着该民族文化的本质和特征。这就是满族乌勒本经过千百年的发展演变，在中国民间口头文学的庞大体系中，仍具有鲜明的民族特征的主要原因。钟敬文先生说：“一个民族的文化，是那个民族存在的标志。它是那个民族全体成员的社会生活赖以建立、继续和发展的不可缺少的条件。”[2]满族乌勒本是满族及其先民女真人的一种文化形态，它真实地反映满族及其先民所处的社会历史生活面貌，并不断延续、发展着民族精神。所以，满族乌勒本就是满族及其先民女真族存在的重要标志。

3. 满族乌勒本在千百年的流传过程中，其故事情节由简到繁，表现形式由单一的歌词或几句叙述的故事到复杂的讲唱结合，以至形成故事情节跌宕起伏、人物形象鲜明生动的洋洋巨篇，其内容和形式不断丰富、发展、变换，思想内涵也发生了深刻的变化，其中也包含着来自异族文化的影响，使其内容和形式逐步完善。满族乌勒本是依靠讲述而存在的口头文学，因而也是一种流动的民间文学，它总是伴随着时代的变革和人民生活的变迁而发展和变异。活跃在人们口头上的满族乌勒本，总是这样或那样地适应着时代的要求，历代的传承人或讲述者都是根据自己的了解和亲身体验，对故事情节和内容进行加工修改，使乌勒本内涵不断丰富扩大。只有这样，它才得以流传开来，生存下去，否则就会被历史所淘汰。但是，乌勒本万变不离其宗，讲族史、唱英雄，歌颂祖先功德、教化族众、继往开来的宗旨不能改变，否则就不称其为乌勒本了。正如恩格斯所说：“我们还有权利要求民间故事应该符合自己的时代，否则它就不成为民间故事书了。”[3]

① 费孝通. 关于民族识别问题［J］. 中国社会科学，1980.

② 钟敬文. 民俗文化学梗概与兴起［M］北京：中华书局，1996.

③ 恩格斯. 德国民间的争书［M］// 马克思，恩格斯. 马克思恩格斯论艺术：第四卷. 北京：中国社会科学出版社，1982.

第四章　满族说部乌勒本的发展与抢救历程

满族及其先民有着悠久的历史，最早可以追溯到两千多年前的肃慎；两汉三国时期称为挹娄；南北朝时称为勿吉；到隋唐时又称为靺鞨。靺鞨后来发展为粟末、白山、黑水等七部。唐代，大祚荣以粟末靺鞨为主体，在松花江上游，长白山北麓一带，建立地方政权“震国”，这些不同称谓的满族先人与中原王朝，一直保持“贡使相寻”的关系。公元十世纪，建立大辽王朝的契丹人打败渤海国。公元十二世纪女真完颜部崛起，联络其他弱小部落，以其勇悍而不死的民族气魄，击败了逞嚣一时、有二百多年基业的大辽王朝，建立了雄踞北方的大金王朝。满族的先民历经三千余年风风雨雨的历史砥砺，形成了善歌尚勇，“精骑射，善捕捉，重诚实，尚诗书，性直朴，习礼让，务农敦本的民族精神与品格”（《盛京通志》）。女真人以其光辉的历史足迹，完成了从氏族社会到奴隶制的过渡，并创造了源远流长、独具特色的女真文化。随着金朝的南迁，女真人的语言、习俗都发生了变化，女真族、汉族、契丹族文化的撞击、融合，其结果是产生女真族文化的新质，那就是以忆族史、颂祖宗功德、教育后代为宗旨的乌勒本民间口头说唱艺术。

唯物史观告诉我们，任何事物都有一个产生—发展—衰落的过程。乌勒本也如此。经过千百年的传承、演变，乌勒本由诞生—成熟—鼎盛—衰落—濒临消亡，走了一条既光辉灿烂又坎坷不平之路。

第一节　金代为乌勒本走向兴盛时期

女真自古以来就虔诚地信仰原始宗教——萨满教，其重要表现为自然崇拜（包括动物、图腾崇拜）和祖先崇拜。这是原始人自然生存观念的反映。人类在生产力极端低下的状态下，无力抗拒大自然的蹂躏和戕害，即便是依靠集体的力量也难以战胜强大的自然力，于是便幻想有一种超自然力，即人们观念中的超自然中的神，作为自己精神的向往和慰藉，以此与强大的自然力抗衡。这些神祇除自然神祇、动物神祇（包括图腾神祇）外，最重要而且数目繁多者便是祖先英雄神，即曾与自己朝夕与共、叱咤风云的氏族首领、亲人或祖先，在萨满祭祀中他们都成为神圣的祭坛中的神祇或英雄，择时虔诚祭拜。

萨满教之所以高扬祖先崇拜观念，是由于人类思维观念中的灵魂观还占据主导地位，认为人死后的灵魂与常人以不同形态活跃在宇宙空间，与人有同样的喜怒哀乐以及生活需求与嗜好，且具有超自然伟力，可助人亦可祸人。正如恩格斯所说："在那个发展阶段绝不是一种安慰，而是一种不可抗拒的命运。"[①] 于是，人们企望死去的祖先灵魂，能够荫庇子孙，竭力抚慰之灵，供奉它、赞美它，毕恭毕敬，诚惶诚恐，唯恐触怒先灵而殃及族众。萨满教极力崇拜祖灵，亦包括对本氏族历世祖先和英雄神祇（部分瞒爷神祇）赫赫业绩的讴歌与缅怀。在萨满祭祀中，有众多歌颂和祈祝祖先神体的神谕、赞美诗文，也有叙事体的长篇祖先英雄颂词，气氛热烈，态度特别虔诚。正因如此，对祖先神灵的崇拜日益达到登峰造极的炽热程度。

我国史书均以统御中原的王朝正史为宗。满族先世被称为"东夷""化外野民"。进入唐宋两朝，出现了可以与中原王朝抗衡之辽契丹族与金完颜氏家族，即辽朝和大金朝。满族及其先世女真人的古文化概貌与遗存，辽金两朝各方载记颇多。故此，探索满族传统说部乌勒本，多以辽金开始。当时金国萨满教非常盛行，出兵打仗、生儿育女、患病医治都请萨满祈祷。《金史》卷一曰："世祖天性严重，有智识，一见必识，暂闻不忘。凝寒不缩栗，动止不回顾。每战未尝被甲，先以梦兆候其胜负。"在攻打乌春部时，世祖曰："予昔有异梦，今不可亲战。若左军中有力战者，则大功成矣。"令肃宗等拜天战之，果真获胜。《三朝北盟会编》卷三中载：女真"其疾病则无医药，尚巫祝，病则巫者杀猪狗以禳之"。又云："兀室奸猾而有才，自制法律文字，成其一国，国人号为珊蛮，珊蛮者，女真语巫妪也，以其通变如神，粘罕以下，皆莫之能及。"这说明金国开国元勋、大将、女真文字创造者完颜希尹就是著名的大萨满，

① 恩格斯.路德维希·费而巴哈与德国古典哲学的终结［M］// 马克思，恩格斯.马克思恩格斯选集：第4卷.北京：人民出版社，1963.

他能够通变如神，宗翰以下的将领都莫能及之。可见，萨满的神威在女真人心目中是非常受崇敬的。正因为萨满教崇拜天神和祖先神，女真人无论是出兵打仗还是进山林狩猎，都祈祷天神和祖先保佑平安。太祖在攻打辽达鲁古城时，见“有火光正圆，自空而坠。上曰：‘此祥征，殆天助也。’酹白水而拜，将士莫不喜跃”。而后金国制定“五月五日、七月十五日、九月九日拜天射柳，岁以为常”（《金史》卷二）的祭祀规范。

由于金朝统治者虔诚信仰萨满教，为下层人民起到示范、带动作用，近而促进萨满教的繁荣与发展。金熙宗、海陵王积极学习汉文化，对金朝典章制度进行一系列改革，采取封建化措施，如建祖庙、建孔庙举行祭祀等，推动了社会的发展。到金世宗时，女真基本上完成了由奴隶制向封建制的过渡，使金朝呈现一派“群臣守职，上下相安，家给人足，仓库有余”的社会安定、经济繁荣的景象，金世宗也被称为“小尧舜”。这为萨满教“祭祖”“颂祖”“唱根子”活动奠定了坚实的基础。金世宗面对女真人“寝忘旧风”，维护本族旧习，不忘先祖的功绩，传及万世。世宗曾对尚书右丞相唐括安礼曰：“朕夙夜思念，使太祖皇帝功业不坠，传及万世，女直人物力不困。”他在回上京会宁府时，在群臣面前带头吟唱“祖宗创业艰难……至慨想祖宗音容如睹之语，悲感不复能成声，歌毕，泣下数行”（《金史卷三九 · 乐志》）。这生动描绘很像女真民间讲唱“祖先故事”的慷慨音容。由于金世宗提倡不忘祖先功德，与萨满教的祖先崇拜观念相吻合，于是促进以“颂祖”“唱根子”“忆族史”教育后人为宗旨的乌勒本走向兴盛。其标志是，有讲述人、有传承人、有听众、有讲述环境。具体表现我们在民族文化融合促进满族传统说部乌勒本的产生与发展一章已详细论述。

金代正是辽金争雄、金宋征伐、金戈铁马、英雄辈出的时代。所以，在民间口述文学乌勒本中有更多的传世之作，并以此作为辉煌的主题。著名乌勒本《阿骨打传奇》，歌颂女真首领阿骨打，承袭祖业，敏黾韬晦，率完颜部子弟军弹指间扫平有二百余年北方基业、桀骜恃强的大辽王朝，一雪征敛初夜之耻的英雄事迹。此外，还流传有《金太祖传》《金世宗走国》《金兀术传奇》《泾川完颜氏传奇》等乌勒本。还流传着歌颂渤海国时期女英雄的《红罗女三打契丹》《比剑联姻》等。这些乌勒本当时都是简短的不成型的小故事，经过千百年的口耳相传，一代一代地不断充实、加工、润色，逐渐形成我们今天看到的内容浩瀚的洋洋巨篇。

第二节 元明为乌勒本日臻完善时期

一二二七年成吉思汗灭西夏，欲想东侵灭金，不料死于六盘山西南之清水县。元太宗窝阔台即位后，以河南地盘诱宋，联宋攻金。一二三四年联合宋军一起灭金。一二七一年又南下攻宋，一二七九年灭宋。从此汉人、女真、契丹人都沦为元朝蒙古人的奴隶。元朝统治者对汉人、女真监管非常严，夜晚不准闭门，凡聚合结社、鸣铙做佛事等都要治罪；读禁书和言语讽刺者判徒刑；词曲及其他文字有“犯上”者判死刑。在这高压政策面前，女真人只好老老实实、规规矩矩地当奴隶，否则就会被奴隶主处死。但元朝保护了宗教，以此去麻痹人民的斗志。提出:“凡萨满教（蒙古原来的宗教，也是契丹、女真原来的宗教）的巫师、藏传佛教的僧人、佛教的和尚、道教的道士等，都予以免除赋役等特权，明令保护，并强令人民对他们尊敬。”[①]元朝统治者对萨满教和萨满的保护与尊敬，无疑促进女真族萨满教的发展。特别是居住在北方边远地区的女真族各氏族经常举办祭祀活动，歌颂祖先的功德，将乌勒本讲唱活动代代传承下来。许多氏族部落为了提防强大汉文化的浸染与渗透，由专门的氏族萨满、穆昆达用本民族的语言传讲祖先颂歌，始终保持内向传承的民族文化特征。

进入明代，朱元璋派北伐军扫荡山东、河南、河北，收复大都（北京），从此元朝灭亡。朱元璋推翻元朝的奴隶制和半奴隶制的统治，下令“诸遭乱为人奴隶者，复为民”，将在蒙古统治者铁蹄下沦为奴隶的汉人、女真人解救出来，从此女真人生活自由，过着相对平静的生活。到明中叶以后，随着女真社会内部矛盾日益尖锐，强凌弱，众暴寡，出现各部落之间的连年迁徙、征战，各氏族都不可避免地卷入斗争的旋涡，涌现出许多可歌可泣的英雄事迹。明末时建州女真崛起，努尔哈赤统一扈伦四部，抗击明朝大军的进攻，建立后金。女真各氏族部落都参与了这场轰轰烈烈的斗争。所以，在许多氏族中都有大小、长短不等的部落发轫史、征战史、创业史和英雄史，产生许多流传后世的乌勒本精品在氏族内部秘密传诵，世代传承不渝。

---

① 吕振羽.简明中国通史［M］.北京：人民出版社，1956.

元明时期，传承了许多女真神话、传说故事，如《尼山萨满传》《东海窝集传》《扈伦传奇》《两世罕王传》《东海沉冤录》以及东海萨满史诗《乌布西奔妈妈》等许多著名的传统说部乌勒本。从流传后世的这些乌勒本精品来看，到元明时期已日臻完善，其主要标志是：

1. 乌勒本原本内容单一、形式单调、字数简短的口头讲述史，经过历代传承人不断增添、加工、润色，已变成内容丰富、形式多样的洋洋巨篇乌勒本。每部乌勒本都是对本氏族一定时期所发生过的重大历史事件的生动总结和评说，具有极严格的历史史实的约束性和表现生活的真实性。所讲述的故事有头有尾，情节跌宕起伏，生动感人，是民间口述史的真实记录。《扈伦传奇》是纳喇氏祖传的族史，该乌勒本反映明末时期女真部落迅速崛起，建立乌拉、叶赫、哈达、辉发四个民族地方政权，四部互相攻战，争夺统一女真的领导权，最后被建州部努尔哈赤所灭。故事错综复杂，矛盾斗争连篇，但始终围绕纳喇氏祖先创建“扈伦国”的经过和布占泰灭亡这个主线进行讲述，情节曲折，故事首尾相接，已形成内容丰富的传奇故事。

2. 乌勒本已发展成长篇叙事体的民间口头文学，其特征鲜明，以说为主，说唱结合，夹叙夹议，生动活泼。通过人物对话塑造人物性格、形象，使人有栩栩如生、身临其境的感觉，这是口述文学的重要特征。在讲述中，偶尔伴有讲述者模拟动作的表演，使听众喜闻乐见。《尼山萨满传》用较短的篇幅，赞美了一位神技超凡、肯于热心助人的寡妇女萨满，不惧邪恶，机警有方，最终从阎罗冥府里拯救了无辜幼童，而她本人竟蒙罪献身。当她在阴间拉着费扬古的手疾步而行，突然前边有个黑骷髅鬼拦住道路，手拿麦秸点火烧着油锅，气哼哼地对她说：“薄情负义的尼山萨满，还认识我不？你能舍命来救外人，难道不想救活同你拜堂的畏根[1]？快快施神法，把我领回家夫妻团聚！”

尼山萨满仔细一瞧，是自己死去多年的男人，蹲身打千，恳求说：“想念的男人啊，夫妻离别，怎不苦思苦想？可惜你人死多年，身上关节已断，血肉已干，骨架已碎，咋能还阳呢？可怜咱家有老母，宽恕我吧，放我过去，我要回去给咱妈煮饭，给猪烀食、喂鸡、喂鸭、磨面到月牙儿偏西。”

黑骷髅鬼咬牙切齿，气愤地打断尼山萨满的话，说：“想逃出我的手

[1] 畏根：满语，即丈夫。

心，除非你长九对翅膀！尼山萨满，竖起你的耳朵听着，你过去待我不亲你清楚，如今还不念夫妻情面救活我，我对你也该报仇怨。翻开的大油锅滚冒着蓝烟金花，这是替你张罗的油棺材，你是自己跳下去，还是让我抱你进去？”黑骷髅鬼摇拳跺脚，尼山萨满苦苦哀求，黑骷髅鬼拦住妻子不让走。

尼山萨满在阴间哪敢多逗留，一心要领费扬古早见双亲，怕耽搁在路上多惹事端。尼山萨满气得咬咬牙，脸发青，摇动着神帽，甩着腰铃，唱道：

> 特尼林特尼昆[1]，狠心的丈夫细听真，你活着时留下什么？一领炕席三指土，粮囤没粮跑癞蛛。我心肠善良不求功禄，不贪银财，帮助乡邻除邪祛病，尊老爱幼，才挣来咱家好名声。你活着贪杯无赖不养妻娘，至今不改前非。恨你敬酒不吃吃罚酒，特尼林特尼昆，盘旋在林子尖上的大白鹰，快快扇起百里飓风，抓起我的丈夫黑骷髅鬼，把他扔进酆都城，永世沉沦黑泥河，化成臭水，再不能投生！

尼山萨满念着，飞来一只白鹰，大翅一扇乎，黑骷髅鬼早随风无影无踪了。

这段对话形象逼真，扣人心弦，颇有浓厚的民间生活气息和传奇色彩，引人入胜。

3. 各氏族已有专门讲述人才，世代传承着家族故事。讲述者由本氏族德高望重、出类拔萃的萨满、穆昆达、妈妈等承担，他们都有聪明才智和较高的文化素养，记忆力强，具有一流的讲唱口才，能把故事讲得有声有色、娓娓动听，深受族众欢迎。东海萨满史诗《乌布西奔妈妈》产生于十五世纪的明成化年间，当地人口耳相传，并以独特的象形符号，如虫蠕鸟啄，刻痕深浅不一，大小不等的符号，由上而下，螺旋形镌刻在锡霍特山神秘洞窟之中。这些符号图画便是长诗故事的主要提示。东海众氏族萨满们，只要依图循讲，便可把长诗浩瀚的内容讲唱起来。这些萨满深受族众崇敬。

从上述三个方面我们可以看出，满族先民创作的乌勒本随社会的发

---

① 特尼林特尼昆：萨满神歌中的衬词。

展正日臻完善，它已成为满族先民的民族史诗、英雄大传，在民族文化中发挥更大的作用。

第三节　清代为满族传统说部乌勒本发展的鼎盛时期

明末，由于社会矛盾斗争复杂，女真各氏族部落都卷入斗争的旋涡，虽然频于迁徙、征战，但不忘续家谱，祭祀祖先，缅怀先人的创业艰难，以此激励后人。所以，各氏族讲唱乌勒本活动盛传不衰。进入清代，特别是大清定鼎中原，满族诸姓家族的先人，多为八旗军的著名将领，治理朝政的要员，他们在拓疆守土、抵御外侮、民族通好、施政兴邦等重大事件中，都发挥着重大的作用，涌现出许多可歌可泣的英雄事迹，惊天地，泣鬼神，是后人的宝贵精神财富。正好遇到社会稳定，经济繁荣，出现了康乾盛世，百姓安居乐业，致使各氏族的后裔有精力、有能力把先人的事迹编成乌勒本，代代传承。清代各氏族曾创作和传承黑水女真创世神话《天宫大战》《努尔哈赤罕王传》《扎呼泰妈妈》《元妃佟春秀传奇》《雪妃娘娘和包鲁嘎汗》《鳌拜巴图鲁》《莉坤珠逃婚记》《萨大人传》《萨布素将军传》《萨布素外传》《飞啸三巧传奇》《雪山罕王传》《木兰围场传奇》《萨哈连船王》《松水凤楼传》《伊通州传奇》《碧血龙江传》《寿山将军家传》《爱新觉罗的故事》《泾川完颜氏传奇》《鳇鱼贡》《傅恒与窦尔敦》等不胜枚举。从上述这些书目来看，反映清代社会的各个方面，堪称清代社会各阶层的实录，民族文化的百科全书。这足以说明清代满族传统说部乌勒本发展到了鼎盛时期。

清代各氏族的乌勒本之所以如此繁荣、兴盛，其主要原因是：

（1）清统治者的提倡和积极参与促进乌勒本的发展

明万历四十四年建州女真首领努尔哈赤统一海西女真后登皇帝位，定国号为金，史称后金，意在继承女真完颜氏王朝的传统，不忘先人的创业艰难，继往开来。皇太极登上大宝，经常以金史为鉴，不忘祖法，娴习国语、骑射，使子孙后代不忘之。他对诸王、贝勒、大臣说："朕读史，知金世宗真贤君也。当熙宗及完颜亮时，尽废太祖、太宗旧制，盘乐无度。世宗即位，恐子孙效法汉人，谕以无忘祖法，练习骑射。后世一不遵守，以讫于亡。我国娴骑射，以战则克，以攻则取。往者巴克什·达海等屡劝朕易满洲衣服以从汉制。朕唯宽衣博鮹，必废骑射，当朕之身，岂有变更。恐后世子孙忘之，废骑射而效汉人，滋足虑焉。尔等谨识之。”不久，皇太极又说：“昔金熙宗循汉俗，服汉衣冠，尽忘本国言语，（金）太祖、太宗之业遂衰。夫弓矢，我之长技，今不亲骑射，唯耽宴乐，则武备浸驰。朕每出猎，冀不忘骑射，勤练士卒。诸王贝勒务转相告诫，使后世无变祖宗之制。”（《清史稿》卷三，本纪第三）皇太极之所以反复强调不忘祖制、不忘国语骑射，因为它是满族及其先民固有的文化传统，是民族的根本特征，是战则克，攻则取的法宝，告诫子孙后代不要忘之。要牢记先祖创业之艰难，胜利果实来之不易，使后世不变祖宗之制。

康熙和乾隆根据太宗的谕旨，使后世子孙不忘先祖的功德，勉励他们开创基业，奋勇向前，根据太宗、太祖实录分别写出《太宗皇帝大破明师于松山之战书事文》和《太祖大破明师于萨尔浒之战事文》。两位皇帝以深厚的感情，比较详尽、细腻地记录了后金时期两次关键性的战役，并抒发了他们追终慎远不忘祖德宗功的情怀。正如乾隆所说：“每观‘实录’，未尝不流涕动心。思我祖之勤劳，而念当时诸臣之宣力也。谨依‘实录’叙述其事。”“此予因‘实录’尊藏，人弗易见，而特书其事，以示我大清亿万年，子孙臣庶，期共勉以无忘祖宗开创之艰难也。”[①]从这里我们可以看出，两位皇帝写这两篇叙事文的宗旨与讲述乌勒本的宗旨和叙述的方法相同，所以说它是乌勒本的书写稿也可以。

由于清廷统治者对“讲祖史”“唱根子”乌勒本的重视，各氏族都把本族先人开疆守土、抵御外侵的英雄事迹汇聚成乌勒本在祭祀先人时涌唱，以此教育后人。比较典型的便是在康熙年间产生的著名的乌勒本《萨大人传》和《萨布素将军传》。

萨布素，富察氏，满洲镶黄旗人，祖籍吉林乌拉，生于宁古塔将门府第，自幼严受家训，忠厚爱人，曾以“西丹”兵（清八旗养育兵）童龄随伍，少而有谋，勇武善战，聪敏过人，屡立奇功，由笔帖式递升领催、骁骑校、佐领、协领、副都统。康熙二十二年，清廷增置黑龙江将军衙门，萨布素以其出类拔萃的才干被康熙帝钦点由宁古塔副都统衔擢升为第一任黑龙江将军。为抵御沙俄的入侵，他与彭春等将领共同指挥了雅克萨之战，取得了清史中签订中俄“尼布楚条约”的历史性胜利，为维

① 赵志忠.清代满语文学史略［M］.沈阳：辽宁民族出版社，2002.

护边疆领土完整做出了不可磨灭的贡献。萨布素在任黑龙江将军十八年中，为国为民做了许多好事，驻守边疆、进剿噶尔丹、筑修城池、开辟驿道、设立官庄、兴办义学等等，政绩显赫，受到朝廷的嘉奖和族众的好评。于是，在东北各地纷纷传诵着他的传奇故事，特别是在萨布素本族的后裔中流传着两部长篇说部乌勒本：一部源自萨布素的故乡宁安富察氏家族，世代传承着《萨布素将军传》，以傅永利和傅英仁为重要传承人；一部是同萨布素一起由宁古塔到瑷珲戍边时留下的富察氏家族，由瑷珲大五家子富察氏家族总穆昆达、说部总领富察德连先生承继的祖传藏本《萨大人传》。从康熙朝果拉查起，经历朝已有二百七十余年的传承史。宁古塔和瑷珲两地富察氏家族传承的《萨布素将军传》和《萨大人传》，相映生辉，都从不同的侧面传颂了老将军勇捍边陲、戎马一生的光辉业绩，堪称满族说部艺术的姊妹篇。

此外，在瓜尔佳氏家族中还传承着《萨布素外传》乌勒本，因为不是本家族为萨布素立传，所以称外传。

（2）史书上记载的满族神话与传说推动各氏族传讲神话活动

满族及其先民传讲的神话主要依附于萨满教，靠萨满口耳相传，有的用满文或满汉文合璧，或用汉语标音写在神本子上以及在宗谱谱序上简单记载族源传说。在民间也有口头传承的神话。在官方史书用满文记载的神话很少，迄今为止，我们所见到的只有著名的族源神话“三仙女”的传说。据满文《天聪九年档》[①]记载：

> （五月）初六日，率兵往征黑龙江方向虎尔哈部之诸大臣，携招服之诸头人及优秀者谒见汗，依礼杀羊一百零八、牛十二宴之……此次军中招服之名为穆克西科者告曰：“吾之父祖世代生活于布库里山下布勒霍里湖。吾之地方未有档册，古时生活情形全赖世代传说流传至今。彼布勒霍里湖有天女三人——恩库伦、哲库伦、佛库伦前来沐浴，时有一鹊衔来朱果一，为三女中最小者佛库伦得之，含于口中吞下，遂有身孕，生布库里雍顺。其同族即满洲部是也。布勒霍里湖周百里，距黑龙江一百二三十里，吾生育二子后即迁离彼布勒霍里湖，前往黑龙江名为那尔珲地方居住。

---

① 关嘉禄，等. 天聪九年档［M］. 天津：天津古籍出版社，1987.

这是第一次在官方文献上记载的满洲源流神话，后来被历朝史书所引用，可见对这段满洲源流神话的重视。但各种史书记载的与《天聪九年档》中所叙述的神话有所不同，如成书于乾隆年间的《满洲源流考》中记载：

恭考发祥世纪，长白山之东，有布库里山，其下有池，曰布勒湖里。相传三天女浴于池，有神鹊衔朱果置季女衣，季女含口中，忽已入腹，遂有身孕。寻产一男，生而能言，体貌奇异。及长，天女告以吞朱果之故，因赐之姓曰爱新觉罗，名之曰布库里雍顺。与之小舠，且曰："天生汝以定乱国，其往治之。"天女遂凌空去。于是乘舠顺流至河步，折柳枝及野蒿为坐具，端坐以待。时长白山东南鄂谟辉之地，有三姓争为雄长，日构兵相仇杀。适一人取水河步，归语众曰："汝等勿争，吾取水河步，见一男子，察其貌非常人也，天不虚生此人。"众皆趋问，答曰："我天女所生，以定汝等之乱者。"且告以姓名，众曰："此天生圣人，不可使之徒行。"遂交手为舁，迎至家。三姓者议推为主，遂妻以女，奉为贝勒，居长白山东鄂多哩城，建号满洲，是为国家开基之始。

从这段记载我们可以看出，后人增加了许多演义成分，使故事更为完整，但三天女为满族之祖的主要故事情节没有变化。这为历代民间神话的传承提供了很好的典范，并促进满族神话的流传。在满族许多家族中都传颂着天地的生成、阿布卡赫赫造天造地、天宫大战以及本氏族的来历和祖先神话，如《三仙女的传说》《太阳和月亮的传说》《老三星创世》《神魔大战》《他拉伊罕妈妈》《鄂多哩玛发》《多龙格格》《三音贝子》等。有的家族在萨满神谕中传颂着本族的起源，宁安梅赫勒氏祭祀时神龛里供放一块石头，他们认为自己是神石的后代，称石头为"卓禄妈妈"。富察氏家族的神谕中写道：

在古老又古老的年月，我们富察哈拉祖宗们居住的虎尔罕毕拉（今牡丹江）突然变成忽尔罕海（即镜泊湖），白亮亮的大水淹没了万物生灵。阿布卡恩都力用身上搓落的泥做成的人只剩下了一个。他在大水中随波漂流，眼看就要被淹死了，忽然水面漂来一根柳枝，他一把抓住柳枝，才免于淹死。后来，柳枝载着他漂进了一个半淹在水里的石洞，化作一个美丽的女人，和他媾和，生下了后代。

满族各氏族萨满传承或家传的神谕中类似上面的神话比较多，所以说，清代是满族神话流传的重要时期。

(3)《钦定满洲祭神祭天典礼》的颁布，促进缅祖、颂祖的家祭活动蓬勃发展

清代以来，萨满祭祀名目繁多，除祭天、祭星、祭佛朵妈妈外，还要祭风、雨、雷、电等自然神和祭鹰、虎、熊、马等动物神祇，但请神、排神、颂神、送神礼序繁杂。乾隆朝时颁行了《钦定满洲祭礼祭天典礼》，统一了祭祀规程，促进了满族诸姓家祭的祭祀规范化、庙堂化，各姓必行朝祭、夕祭、背灯等，所祭神多半是佛朵妈妈以及诸氏族的祖先神祇。这样就把家祭中的“缅祖”“颂祖”“唱根子”的祖先崇拜观念提到很高的地位，产生了众多祈祝祖先功德的神谕和赞美诗文，有的竟长达一个时辰之久，从而促进了各氏族讲唱乌勒本的活动。如《雪妃娘娘和包鲁嘎汗》《扎呼泰妈妈》《鳌拜巴图鲁》《萨大人传》都是由家祭中的颂词逐渐发展成乌勒本的。在萨满祭祀中，满族不少姓氏专有悬祭祖先神影礼仪。届时，萨满和穆昆达们要在率族众跪拜中，依序唱颂各位祖像的非凡业绩。还有不少满族望族，蒙受皇家隆恩，重金恭设祖先家神祠，奉祭和宣扬为国创立殊勋的祖先英威，其颂词逐渐演化成乌勒本。讲述的传本或记录的提纲，被称为神本，像供奉族谱、神器一样，放在木匣之内，平时供于室内西墙神龛上。讲唱时再恭恭敬敬请下来。富察氏家族讲诵乌勒本久已成制，而且规矩很严。每讲必先由萨满奶奶从西墙神龛，请下装伴奏用的恰板、铜钟、铜镜等物件的神匣，众人拜祖祭祷，尔后由族中长老或遴选的“色夫”(师傅)们，焚香漱口，讲唱乌勒本。把讲唱本氏族的乌勒本看成家祭中的重要活动和组成部分，从而促进了乌勒本的创作、讲唱和传承。

(4) 宫廷成立讲唱乌勒本的黄大衫讲评班，激发了各氏族讲唱乌勒本活动

据满族说部传承人傅英仁介绍，清末宫廷中有一个专门为帝王讲述故事的讲评班，其曾祖父就在此班中。讲评班的人在政治上待遇很高，一进宫就穿上皇上赏赐的黄马褂，时人称之为“黄大衫队”。这些讲述者少年时就常听本族萨满、穆昆达讲述乌勒本，他们记忆力强，口齿伶俐，从小就是讲故事能手。十五岁时被选入宫，二十岁还家。入宫时在训练

班里学习三个月，然后分南北两派向慈禧太后和皇上讲述。南派讲汉族的历史传奇故事，北派主要讲努尔哈赤罕王传以及萨布素抗俄守边的故事。傅英仁的曾祖父属于北派，擅长讲这两部书。和傅英仁曾祖父一同讲努尔哈赤罕王传的还有河北省石家庄市郊区一位完颜氏后人王恩祥的祖父。

据郑天挺先生在《探微集》一书中探讨，在清代，随从皇帝的内大臣、侍卫所穿的行褂是用明黄色的绸缎或纱做成的黄马褂。黄马褂是天子近侍的服装，一般甘心为统治者服务的人是羡慕的。封建统治者利用这种心理，拿黄马褂作为赏赐仆从们的奖品，表示承认他们做了亲近侍臣，以它做工具，收买人心。于是产生所谓“赏穿黄马褂”的盛举。可见，黄马褂为天子近侍阶层之标志，讲评班的人专为天子说书，属于天子的近侍；黄马褂又是帝王赏赐之物，因为他们说书能为帝王排忧解闷，当属受赏之例。（孟慧英《满族民间故事传承人故事承继路探微》）

据傅英仁先生介绍，他曾祖父在清宫讲《萨布素将军传》时，曾在宁古塔副都统衙门满文公文纸的背面，用毛笔写了《萨布素将军传》的讲述提纲。他按照提纲的提示，可以把每件事的完整故事生动地讲述出来。后来，他将这个提纲传给三祖父傅永利，并一再嘱咐，这是我在宫廷讲述的提纲，是根据先人一代一代传下来的故事整理的，你一定保管好，传给后代。三祖父临终时又传给他。

因为满族有“讲古”的习俗，慈禧太后从小就喜欢听故事，宫廷中光有讲评班讲故事她还感到不解渴，就在她六十大寿时，让从小生长在离她家乡叶赫很近的依克唐阿将军讲伊通州的传奇故事，她百听不厌。

由于清朝统治者对“讲祖”“颂祖”的乌勒本的重视，各个氏族涌现出众多歌颂祖先勋业的乌勒本，使乌勒本的传承、传播得到飞速发展。据富希陆先生的《瑷珲十里长江俗记》中载：“满洲众姓唱诵祖德至诚，有竞歌于野者，有设棚聚友者。此风据传康熙间来自宁古塔，成居瑷珲沿成一景焉。”由此可见，满族早年讲唱乌勒本，是相当活跃的，甚而搭棚竞歌，真可与我国南方一些民族歌坛相媲美。村寨以歌咏比族史、资历、功业、地位。满族诸望族众姓间，则以具有乌勒本而赢得全族的拥戴和尊重。在宁安这种习俗一直延续到民国以后。据辽宁大学金天一教授在一九七九年采风中获悉，宁古塔满族人逢年过节，共聚一堂，经常举行各项娱乐竞赛活动，其中最引人入胜的、观众最多的就是“讲祖”大赛。“讲祖”就是各家派出一名“讲祖”选手，讲自家家族的丰功伟绩、祭祀神话等。从“讲祖”活动看，参加“讲祖”的已经不是单传、秘传的选手，参加活动的人几乎都是族内海选。选那些能说会道，善于创作，机敏善辩的能人参加。因为“讲先祖”活动很类似现在的文艺会演，所以无论谁都不甘落后，倘若你家族有上山捕虎者，我家族便有下海擒龙人；你家族的先人曾有为部落解救过三灾八难的，我家人就有为朝廷立下不朽功勋的，大有“水涨船高”之势。[①] 从这里我们不难看出，清代满族各氏族讲述、传承乌勒本的繁荣、昌盛景象。

第四节　民国至中华人民共和国成立前为满族说部发现、传承、记录时期

最初乌勒本都用满语讲唱，随着社会的发展、民族文化的融合和社会生活的需要，许多满族人都改操汉语，满语渐废，所以一些传承人都改用汉语或夹杂一些满语讲唱乌勒本。民国以来，在多数满族群众中已将“乌勒本”改称“满族书”“说部”“家传”“英雄传”等名称。“乌勒本”一词只在一些姓氏谱牒和萨满神谕中保存着。“乌勒本”与“说部”两个名称，反映时代的发展，标志着满族“乌勒本”随着社会生活的巨变和观念的发展，逐渐丰富、充实，演化成长篇满族说部。这一时期，由于一些有知识的传承人对民族文化遗产的重视，开始挖掘、记录满族说部，从而使说部从氏族秘传中浮出水面，得到飞跃发展。

1. 首次发现《尼山萨满》传说的手抄本

自民国以来，清朝灭亡，虽然满族的社会生活发生了巨变，但各个氏族仍然在寿诞、婚嫁、家祭以及续谱等重大节日讲述本家族的说部。一些超出氏族范围的说部和神话故事等在民间广泛流传。富希陆先生的《瑷珲十里长江俗记》中就有“满洲人家祭祖奉先，必动鼓乐，围听萨大人、母子坟、三啸剑、拯儿魂，以消长夜”的记载，文中除提到《萨大人传》、《雪妃娘娘和包鲁嘎汗》(即母子坟)、《飞啸三巧传奇》(即三啸剑)三部满族著名长篇说部外，还提到“拯儿魂”，即《尼姜萨满》。《尼山萨满》因篇幅短小精致，故事生动感人，深受北方各族群众的喜爱，特别是在瑷珲、齐齐哈尔、宁安一带流传广泛，不仅口头传承，还有用满

① 金天一. 满族讲祖习俗的演变与发展［J］. 满族研究，1990.

文记录的文本，以防失传。一九〇八年俄国人格列宾尼西科夫在我国齐齐哈尔附近访察时找到世界上第一本满文《尼山萨满》手抄本。而后于一九一三年在瑷珲找到两个《尼山萨满》手抄本。一九一三年又在符拉迪沃斯托克得到两个《尼山萨满》手写本。抄写稿的时间，齐齐哈尔本开头有“光绪三十三年”文书的字样，瑷珲一本成稿时间为“宣统元年”二月二十一日写完，瑷珲两本为“宣统元年”六月二十七日写完。符拉迪沃斯托克本在抄写完故事之后，结尾处抄录者德克登额写了一段关于抄本文字形成的过程：“我看《尼山萨满》之书年代久远，大部已遗忘，所记已残缺不全，恐有挂一漏万之嫌，只以记忆记之，亦无甚情趣。如果觅得全善之书，可补此书之缺也。此致 俄国西方大学满文教师 德克登额 敬拜 格尔宾齐可夫 格老爷，谨请研读，如有所漏，赐教为盼。为此告知。[①]从这里我们可以看出，德克登额在很久以前就看过《尼山萨满》的手抄本，大部分已遗忘，这次是凭记忆抄写的。另外，德克登额是被俄罗斯西方大学聘去教满文的，是格尔宾齐可夫让他手抄的，最后请他研读赐教。关于德克登额是何处人，季永海先生在《〈尼山萨满〉的版本及其价值》一文中指出：“笔者于一九八六年在黑龙江省调查满语时，曾听黑河市大五家子满族老人富俊山说过，二十世纪初，瑷珲精通满文的满族知识分子曾多次去符拉迪沃斯托克教授满文，如德子玉，吴姓，大约在一九二〇年前后，曾前往符拉迪沃斯托克任教。德克登额很可能就是瑷珲一带人。”[②]据宋和平先生考证，“德子玉叫吴德子玉，他的满文名字叫德克登额，瑷珲人，他曾多次去苏联符拉迪沃斯托克讲授满文”[③]。这足以说明早在清末和民国初期《尼山萨满》在瑷珲广泛流传。

俄国学者史禄国先生于一九一二年至一九七一年，曾到阿穆尔河两岸的通古斯部落和满族人到满洲做了考察，出版了《满族的社会组织——满族氏族组织研究》和《北方通古斯的社会组织》两部力作。他最早在《满族的社会组织——满族氏族组织研究》一书中披露了满族民众传统的“讲古”盛事。他在该书中说：“讲述传说和故事是满族人喜闻乐见的一种消遣方式。这里有一些半专业性的故事能手，他们在人们空闲的时候表演。满族人把幻想性的故事（他们称为‘说古’）与历史性的故事相区别，他们通常更喜欢历史性的故事。只有在冬天，满族人才会

① 荆文礼，富育光．尼山萨满传：上下册［M］．长春：吉林人民出版社，2007.
② 季永海．《尼山萨满》的版本及其价值［J］．民族文学研究，1994.
③ 宋和平．《尼山萨满》研究［M］．北京：社会科学文献出版社，1998.

为了听故事聚在一起，他们在下午和晚上花很长的时间听故事能手讲述。他们更喜欢男故事能手，而不是女故事能手。”[①] 另外，他在《北方通古斯的社会组织》中说：“通古斯人爱听故事。有各种年龄、性别和风格的讲故事人。优秀的讲故事人深受到场人们的赞赏……他们讲的故事有好多种类，即多少被遗忘的叙事诗、历史传说、狩猎故事、恋爱故事以及关于动物和萨满教的故事等，往往由于听众的要求而重复表演。”“往往因为受较长的故事或议论的吸引通宵不寐，一般是过半很久之后才就寝。”史禄国先生把满洲通古斯语群“讲古”的盛事说得非常详细、生动。另外，也有力证明在满族中流传着脍炙人口、生动感人的民间叙事诗，他说：“在访问瑷珲（今黑河——译注）地区的满族人期间，我采录了称得上是满族的《奥德赛》[②] 的《特普塔林》(这部美不胜收的史诗以及满族民间文学的其他资料有一些部分已被翻译出来，但由于俄国的政治动荡未能发表。——原注)，它是由一位老太太口述给我的。我所记录的这一诗篇以及其他的故事、传说和各种不同的萨满歌词是我们进行民族研究的极好的参考资料。”[③] 史禄国先生不仅认为《特普塔林》是满族的史诗，而且还将其比作满族的《奥德赛》，虽然有些溢美之词，但是说明它的重要价值。瑷珲老太太讲的《特普塔林》似指《尼山萨满》，因为当时瑷珲很多满族都会用满语讲《尼山萨满》。

在清代北方少数民族中都流传着《尼山萨满》的故事。一九三四年台湾历史语言研究所曾出版了凌纯声的《松花江下游的赫哲族》一书，书中收录了他在赫哲族调查时采录的《一新萨满》的传说。关于这个传说的来源他曾明确指出:《一新萨满》“是赫哲人看了满文而口译的。这是满洲人故事。在一九〇八年俄国人格列宾尼西科夫发现这故事的满文手抄本，然至今尚未发表”。这说明赫哲族的《一新萨满》是从满文手抄本《尼山萨满》译过来的。他讲的一九〇八年俄国人亦发现这个故事的满文手抄本，是指俄国学者格列宾尼西科夫曾多次发现的“齐齐哈尔本”，至今尚未发表。尽管凌纯声没有看到俄国人发现的“齐齐哈尔本”，他已认定赫哲人看了满文然后口译成《一新萨满》，与满族的《尼山萨满》是同

① 史禄国. 满族的社会组织——满族氏族组织研究［M］. 北京：商务印书馆，1997.

② 《奥德赛》是古希腊盲诗人荷马记录的一部史诗。该史诗记叙古代希腊联军在特洛伊战争中，将领俄底修斯利用“木马计”攻陷了特洛伊城。胜利的将领纷纷回国。俄底修斯乘船回国，在海上遇到各种困难，他利用智慧战胜灾难，最后回家大团圆的故事。

③ 史禄园. 北方通古斯的社会组织［M］. 呼和浩特：内蒙古人民出版社，1985.

一个故事。

另据一九四〇年日本文《满洲事情案内》所编《满洲事情案内所据告》所载："在今天的满洲北部，流传着关于尼山女萨满的诗体故事的手抄本，在那里面清楚地记录着关于萨满教的依据，特别是关于它的仪式。"(《满洲名俗考》，方红象译)

从上述这些公开出版的资料我们可以证实，从清末至一九四〇年，在黑龙江北部瑷珲、齐齐哈尔一带的满族民间盛传着《尼山萨满》的故事，而且有许多满文手抄本传世。清末至民国年间满语已废弃，但在边远地区的黑龙江瑷珲、齐齐哈尔一带还有很多满族人懂得满文，并用满语和满文记录窝车库乌勒本《尼山萨满》。

俄国人格列宾尼西科夫从齐齐哈尔、瑷珲、符拉迪沃斯托克获得的满文手抄本《尼山萨满》，一九六一年由苏联学者沃尔科娃在国际上第一次公布了《尼山萨满》传说，并称《尼山萨满》为"满族史诗"，是"全世界最完整和最珍贵的藏品之一"。满文《尼山萨满》的公布，引起国际上学者的注意和重视，先后有德、英、日、朝鲜、意文等版本在世界各地出版。我国学者庄吉发、赵展、季永海、赵志忠、宋和平、奇车山等先后翻译成中文发表。目前，国际上已建立起"尼山学"新的学科进行深入、系统地研究。

2. 调查记录满族创世神话《天宫大战》

一九〇〇年，发生了震惊世界的"江东六十四屯"惨案，许多满族被迫离开几辈人居住的海兰泡逃到江西，在瑷珲一带落户。各氏族的家谱都被焚烧殆尽。紧接着一九一一年辛亥革命，推翻清朝政府，满族的社会地位、经济生活都发生了巨大变化，满族的习俗逐渐衰退，特别是满语已退出历史舞台，人们都改用汉语。生活在基层的一些满族知识分子已深深感到民族特征正在削弱，传承民族文化迫在眉睫，抢救濒临消失的口头文学重任在肩。于是，他们开始记录、整理本家族长辈传承的乌勒本。黑龙江省瑷珲大五家子的郭霍洛 · 富察美容在民国初年经常向族人讲唱《尼姜萨满》。后来，郭霍洛 · 富察美容老人传给长子富希陆。富希陆念过私塾，有文化，从一九二六年开始记录母亲讲述的《尼姜萨满》，后来又请本村的赵小凤、吴保顺参与回忆讲述，使故事较为完整。富希陆一一做了笔录。一九三〇年，瑷珲大五家子富察氏家族为庆祝立新房基，喜迎庚午除夕，郭霍洛· 富察美容向家族讲唱《西林安班玛发》，由长子富希陆追记。

在满族等北方诸族古老的萨满教神谕中，开篇前都有“创世神话”，作为神谕的契子，或称“神头”。祭神必须先颂神歌，以表示慎终追远、报祖崇源的虔诚心意。一九三四年黑龙江瑷珲的吴纪贤先生记录了其父大萨满吴勒仲老人口述的《吴氏我射库祭谱》。吴大萨满在族中“讲古”时用汉语唱讲，其“神头”唱的“富陈乌朱”，呼唤古代专门负责讲唱氏族古神话的最早的第一代萨满神魂，请其降临，为后代传唱创世神歌。一九三六年富希陆在黑龙江省孙吴县四季屯记录了富姓中大萨满富七爷讲述的《富察哈喇史传仪礼跳神录》中的噶鲁顿创世神话，其“神头”中的女性大神叫奥雅尊，是萨满教原始神话中的创世母神。[1]

一九三六年富希陆在黑龙江省孙吴县四季屯，满族阎铁文之父处搜集到创世神话《天宫大战》的残本故事。就在这一年，富希陆又在孙吴县关锁元之父处记录了由其讲述的《天宫大战》。此外，在满族瓜尔佳氏祖传萨满口述本中，还讲述了穆丹林神的故事，亦属《天宫大战》创世神话内容。所以，《天宫大战》神话在北方多元传播，它不是一部一姓的自传神话，而是有其信仰的广泛性。

一九三九年，富希陆和吴纪贤在孙吴县四季屯找到著名的老猎手白蒙古，在他的地窨子小茅屋里记录了他爷爷大萨满传讲闻名于世的“窝车库乌勒本”《天宫大战》神歌九大“腓凌”(章节)。由于满族文化人富希陆、吴纪贤对本民族文化的热爱，满族创世神话才得以传世。类似满族创世神话《天宫大战》的故事，在黑龙江省宁安市的民间也广泛流传。宁安、海林等地区所流传的满族萨满世代神话，从时代、观念与内涵研究，均较之晚近，受佛道习染浓重，主要是由满族傅、关、赵、吴四姓老萨满口传下来的。宁安市有著名的三大萨满，他们都是傅英仁的亲属长辈，其中有舅爷梅崇阿、舅父郭鹤龄，姨夫关寿海，这三位都是通古博今、神道突出、掌握众多神话故事的大萨满。傅英仁在十三岁时得了精神病，病愈后被关寿海收为弟子，成为小萨满。一九三五年，舅爷梅崇阿向他讲述了《人的尾巴》《抓罗妈妈》等二十多个神话故事。一九四一年，舅父郭鹤龄向他讲述了《塔拉伊罕》《鄂多哩玛发》等十几个神话故事。特别是他师父关寿海从一九三五年到一九四六年，向傅英仁讲述了他从未听过的萨满神话《佛赫妈妈和乌申阔玛发》《阿布卡恩都力创世》《阿格达恩都力》《沙克沙恩都力》等，还讲了一百五十多位各姓氏祭祀

① 富育光. 萨满教与神话［M］. 沈阳：辽宁大学出版社，1990.

神和祭祀规程。此外，宁安还传承着《宁三萨玛（残本）》的传说故事。傅英仁随着年龄的增长和文化水平的提高，认识到这些神话故事的重要性，于是便追记下来。

这是清末到二十世纪四十年代在北方满族民间最早发现的窝车库乌勒本《尼山萨满传》《天宫大战》等神话故事手抄本和记录的手稿，它丰富了我国神话宝库，填补了北方民族没有神话的空白，无疑这是一份最有价值的文化遗产。

3. 记录、整理本家族传承的族史、家传、英雄传

二十世纪三十年代以后，由于特定的政治环境使得满族很多口述文化渐渐消失，一些满族有志于本民族文化传承的文化人开始将本家族的族史、家传、英雄传记录下来，以防失传。

进入民国时期，社会变迁，各个阶层的生活都发生了变化。但居住在黑龙江省瑷珲大五家子富察氏家族对祭礼、族规沿袭不变，每逢年节或祭祀以后都要讲说部。一九二八年，郭霍洛·富察美容向全族人讲述了承继其父郭振坤和二爷郭詹爷讲述的《飞啸三巧传奇》，歌颂了那些忠于大清，捍卫疆土，同邪恶势力做英勇斗争的英雄壮士，深受族众的欢迎。当时长子富希陆做了详细记录，后来经过多次整理将这部书传承下来。

二十世纪二十年代，大五家子富察氏家族总穆昆达、说部总领富察德连先生向其全族讲述承继的祖传珍藏本《萨大人传》。一九三四年，在他病故之前传给长子富希陆及其侄富安禄、富荣禄。由富希陆收藏，并对说部内容进行铭记。此外，富察德连还向家族传讲了《东海沉冤录》，由其长子富希陆承袭之。富希陆因工作甚忙，便由姐夫张石头代之。一九四七年到一九四九年，富希陆和张石头共同切磋，写成翔实的备忘文本纲要，后又经过多次不断充实、润色，形成手抄文本。

在宁安的富察氏家族也传承着《老将军八十一件事》即《萨布素将军传》，传承人傅永利在一九三二年带着刚满十三岁的侄孙傅英仁到各屯说《东海窝集传》《两世罕王传》和《金兀术传奇》等几部长篇说部，傅英仁仔细听，并熟记在心里。到十七岁时，傅英仁已能把几部长篇通讲，但讲起来仍然没有三祖父那么流畅自然。一九三八年春节期间，傅英仁跟三祖父到卧龙屯说《萨布素将军传》时，被当地警察署抓去严斥一顿，并下令不许再讲此类评书。这时傅英仁已在小学当教员，三祖父让他把几部说部用文字记录下来，以便传给后代。到一九四四年时，傅

英仁已把这几部书的口述文本写出六大厚册资料本，大约有三百多万字。

一九四十年，傅英仁在宁安官地教书时，有一位姓关的老人，满族名叫色隆阿，向他讲了东海窝集部的一些原始材料，故事很生动。一九四六年时，色隆阿的弟弟关隆棋也向他讲述了有关东海窝集部的内容。傅英仁以三爷傅永利讲述的《东海窝集传》为蓝本，把关氏兄弟讲述的内容补充进去，形成了后来他讲述的版本。

早些年，萨布素、红罗女、绿罗秀的故事在吉林、黑龙江一些地区家喻户晓，妇孺皆知。尤其以瓜尔佳氏家族中的关福绵讲唱的《萨布素外传》《比剑联姻》《绿罗秀演义》给人留下的印象最为深刻。关福绵为关墨卿的老叔，清末在宁古塔副都统衙门当差，满汉齐通，人称“福大人”。民国以后，成了落魄文人。关福绵擅长讲说部，口若悬河，绘声绘色，使听的人如醉如痴。民国初期，宁古塔的满族人家讲唱说部十分盛行，各个姓氏都有老祖宗传下来的珍藏的氏族英雄史，各家族互相炫耀。傅英仁的三爷傅永利经常讲唱的富察氏家族世代传承的《萨布素将军传》《三打契丹》，在宁安城很有影响。关福绵讲唱的是瓜尔佳氏家族代代传承的《萨布素外传》《比剑联姻》《绿罗秀演义》，在当地也颇受欢迎。久而久之，分成南北两派。南派以傅永利为代表，主要活动在缸窑沟、西园子一带。为了让各姓氏的族众信服，他身挎一柄宝剑，背着皇帝颁给的敕书到处讲唱。北派以关福绵为代表，在城北一带讲唱。为了证明确实是祖宗传下来的，在他家一张存放百年的小桌子上供奉红罗女、绿罗秀画像，每逢节庆都要叩拜、祭祀，供族人瞻仰。渐渐地傅永利和关福绵开始较真儿了，一个说他讲得对，一个说是老祖宗传下来的，也没错。两人互不相让，争论不休。傅英仁的父亲傅明毓担心这样下去会伤了两个家族的和气，便摆了一桌酒席，请傅永利和关福绵同桌共饮。从此化解了矛盾，平息了争论，各讲各的，互不干涉。[①] 从上述事例足可以看出民国初期宁古塔各氏族传讲说部的盛况。

在吉林纳喇氏赵姓满族中秘传《扈伦传奇》，主要讲述该家族祖先创建“扈伦国”的经过以及乌拉国布占泰灭亡的原因。在清代，该说部有很多内容是违禁的。随着清朝的灭亡，该家族传承的部分违禁内容得以解禁，不再担心有被追究的危险。一九一四年，该家族举办烧香办谱祭祖活动，公开讲述族史。该说部传至十八辈崇禄时已是清末民初。崇禄

① 于敏.《萨布素外传　绿罗秀演义》传承情况［M］. 长春：吉林人民出版社，2007.

满汉齐通，传给第二子德荫（即赵东升父亲），汉名赵继文，生于清光绪三十三年丁未。德荫为一方才子，写一手好文章。崇禄精心培育他传承族史《扈伦传奇》，不料因记录的文字惹祸。一九四三年的一天夜里“伪满警察”突然搜查他的住宅，抄去一些书籍和文本。据说要定“反满抗日”的罪名，德荫因此得病不治而亡。崇禄只好把族史传给二十辈的伊孙赵东升。

二十世纪四十年代，在黑龙江省双城市（今双城区）民间流传一部《女真谱评》的手抄本。这是一位满族人赵焕珍藏的家传古书，他把这部用毛笔撰写的十册手抄本《女真谱评》送给外孙马亚川。这个手抄本是马亚川的外祖父赵焕的表弟傅延华撰写的。傅延华是光绪年间的落第秀才，一直生活在民间。当时，清王朝江河日下，使他日益忧虑国家的命运、民族的前途。他想从民族的历史中，寻求民族振兴之路。所以，他对民间流传的民族族源传说和英雄故事有一种特殊的感情，不仅刻意搜集这方面的传说故事，而且把它整理成文，并在一些重要的传说故事的后面写上自己的评价，故起名为《女真谱评》。这时马亚川已小学毕业，有一定的阅读能力，他暗地里聚精会神地读《女真谱评》。他感到小时候听外祖父和族人讲的故事在手抄本中都有，便产生强烈的兴趣，爱不释手。后来，他讲起《女真谱评》里的故事便脱口而出，如数家珍，成了《女真谱评》的传承人。

这个时期，满族各个氏族“讲古”“讲唱”“说部”已成风气，涌现出许多脍炙人口的说部。在吉林省吉林市的乌拉街传讲着《松水凤楼传》《白花公主》《鳇鱼贡》，伊通县传讲着《伊通州传奇》，在辽宁省的新宾县等地传讲《元妃佟春秀传奇》《平民三皇姑》，在北京传讲《两世罕王传》，在黑龙江省阿城流传《金兀术传奇》，在河北石家庄、围场传播《木兰围场传奇》，甘肃泾川县流传《泾川完颜氏传奇》等，不一而足。在传讲过程中，一些满族有识之士和文化人已意识到说部的重要价值，开始记录传承人讲述的文本，以便代代传承下去。从这些丰富多彩广为流传的说部来看，它已充分体现了满族精神文化的内涵和在历史上发展的轨迹。

第五节　中华人民共和国成立后为满族说部绝唱、认定、抢救、保护、研究时期

一九四九年中华人民共和国成立，在毛泽东文艺思想的指引下，民族文化工作者调查、采录民间口头文学的热情得到激发，采集工作也逐步走向由国家统一规划、统一领导的科学化轨道。但由于各种历史原因，尤其是一些传承人相继谢世，传承乏人，记录说部的相关资料也有丢失、损毁现象。一九七八年党的十一届三中全会以后，逐渐重视民族民间传统文化，使满族说部得以及时抢救和保护。这个时期可分为三个阶段：

1. 中华人民共和国成立后至一九七八年的近三十年为讲述、记录满族说部阶段

中华人民共和国成立，人民当家做主人，社会稳定，各民族和睦相处，为满族各氏族"讲古""颂英雄"的讲唱说部活动提供一个良好的社会环境。

一九〇〇年，杨青山随叔父从江东六十四屯逃难到西岸，在瑷珲大五家子定居。他小时候从叔父口中学会讲唱满族说部《雪妃娘娘和包鲁嘎汗》，他经常在冬闲时向满族、达斡尔族、鄂伦春族人讲唱这部书。一九五〇年冬，杨青山将《雪妃娘娘和包鲁嘎汗》传授给他的挚友富希陆，富希陆逐字逐句记录下来，定名《雪妃娘娘和包鲁嘎汗》并收藏起来。后来，富希陆又将这部书传给其子富育光。一九五三年，富育光利用在黑河地区工作的机会，曾访问熟悉这部书故事内容的黑河职工干部学校教师徐昶兴、下马场祁世和、大五家子吴宝顺等人，对该说部的细节做过核对，并听过他们对该书的不同讲述。

一九五三年，傅英仁考入东北师范大学中文专修函授试点班，经过三年学习，从理论上提高了对满族文化的认识。从一九五八年开始，他利用和农民同吃、同住、同劳动的机会，搜集了六七十个民间故事，十七份满族家谱，三家满族家祭仪程和五十多则民俗。一九七〇年，傅英仁被分配到蔬菜公司工作。他利用外出调种子的机会，在河北石家庄访问了完颜氏后人，得到了一些珍贵的材料，在佳木斯与赫哲族传承人傅万金谈了三天三夜，得到《金兀术传奇》的一些材料。这些都丰富了三爷给他讲述说部的内容。

从一九五九年至一九七八年期间，富育光曾聆听和帮助家父富希陆、四叔、杨青山、祁世和补记过本家族传给他们的说部底稿，如《萨大人传》《飞啸三巧传奇》《雪妃娘娘和包鲁嘎汗》等。

一九五九年春，富育光大学毕业不久，为迎接中华人民共和国成立十周年，参加了由中共吉林省委宣传部及省文联组织的征集和编辑《吉林省民间故事选》《吉林省民歌集》工作。富育光在延边调查时了解到《妈妈坟的传说》，使他产生特殊的钟爱之情，千方百计想了解到故事的全貌。一九七二年，农历大年初一，他独自一人来到黑龙江省东宁县（今东宁区），他穿过密林，爬大山，踏着厚厚的积雪，走访了狼洞沟、小乌蛇沟、祁家沟、大肚川、闹枝子沟等，访问满族遗老和汉族群众，终于找到会唱能讲《白姑姑》的鲁连坤老人，使富育光挖掘出快要失传的东海萨满史诗《乌布西奔妈妈》。

一九七八年，富育光返回故里瑷珲大五家子探亲时，听父亲富希陆讲述《东海沉冤录》，并做了笔录，记录稿存放多年。

中华人民共和国成立后，赵东升已十四五岁了，并有一定的文化知识，其祖父崇禄开始向他传授族史《扈伦传奇》和一九〇〇年他亲身经历的沙俄入侵、杨凤翔将军战死北大岭的事迹，他自编自撰《碧血龙江传》。二十世纪六十年代初，赵东升大学毕业了，开始整理祖父传给他的这两部书。

赵东升祖父崇禄先生去世十年之后，即一九六四年（甲辰）赵氏家族恢复了烧香办谱祭祖习俗。这是自清亡后的一九一四年（甲寅）修谱之后中断了半个世纪之久的又一次大型烧香办谱活动。这次议程主要放在传讲乌勒本上。在神案前，大萨满经保向全族演讲洪匡失国的全部经过，赵东升做了详细记录。这是赵氏家族的血泪史，是在清代谈虎色变的一段秘闻。现在只有赵东升一人能讲这个完整故事，他也成了唯一的传承人。

这一时期一些著名满族说部传承人崇禄、杨青山、张荣久（即张石头）相继去世。

2. 一九七八年到一九九八年为普查发现传承人和采录满族说部的最初阶段

党的十一届三中全会以后，我国进入一个新的历史时期。中国文联以及中国民间文艺研究会等各个学会恢复活动。接着辽、吉、黑三省民间文艺研究会相继建立，正式出版了《辽宁民间文学》《吉林民间文学丛刊》《黑龙江民间文学》等刊物，进一步扩大了民间文学的搜集范围，将满族民间口头传承作为重点，使满族民间故事和长篇说部得到及时采录、整理、出版。

十一届三中全会刚刚开过，时任吉林省社会科学院院长的历史学家佟冬先生以其远见卓识率先成立民族文化研究室，富育光任室主任，佟先生指示他们背起行装，到田野采风。于是富育光、程迅、王宏刚、于又燕等人到黑龙江、吉林、辽宁省满族聚居的村庄调查访问。此事得到辽宁大学满族著名学者赵志辉、俞智先和全国民协副主席、著名民间文艺理论家贾芝先生的指导，少走了许多弯路。从一九八〇年冬至一九八三年春，富育光等人在北京、天津、河北等地山乡采风问俗，结识了许多民间艺人、故事家，搜集到珍贵的长篇说部《两世罕王传》的资料。

一九八〇年辽宁大学的俞智先、金天一，黑龙江民研会的王士媛、马名超以及富育光、程迅、王宏刚先后到黑龙江省宁安市采访傅英仁。金天一整理出傅英仁讲述的数十篇满族故事和神话故事。王士媛也整理了傅英仁讲述的几篇神话故事，发表在《黑龙江民间文学》刊物上。一九八一年程迅、王宏刚在宁安停驻三四个月，采录傅英仁讲述的《萨布素将军传》，他们边听傅老讲边录音，共录了一百六十余盘录音带。一九八二年，傅老给王宏刚、程迅讲述了《红罗女三打契丹》。在傅老家他们结识了另一位传承人关墨卿，他讲的是《比剑联姻》，王宏刚因时间关系，只录了关墨卿讲述的开场白，这个开场白讲得生动、活泼，很吸引人。关墨卿表示他能把讲述的内容用文字记录下来，王宏刚同意他自己先记录下来。一九八三年，当王宏刚整理完二十万字的《红罗女三打契丹》初稿时，恰逢吉林省扶余县新城戏剧团团长张来仁、文化局局长韩光烈造访，他们听了这个故事，热泪盈眶，表示头拱地也要把这个故事搬上舞台。一年后，新城戏的第一个满族剧目《红罗女》上演。次年，该剧获全国少数民族优秀剧目“孔雀杯”奖，获国家民委、文化部颁发的“民族团结”奖，此剧团从此被命名为满族新城戏剧团，可见满族说部的艺术价值。

一九八二年秋，王宏刚与程迅拜访黑龙江省双城市的满族说部传承人马亚川。在和他交谈中，发现他知识广博，尤其对女真历史故事、英雄传说相当熟悉，一口气能讲上十几个不重样的故事。这些口碑资料不仅有较高的文学价值，还有较高的历史学、民族学、民俗学研究的价值。便约定他把从外祖父那传承的《女真谱评》《阿骨打传奇》写出来。

二十世纪八十年代初，在宁安录完傅英仁讲述的《萨布素将军传》和《红罗女三打契丹》后，富育光便着手投入对吉林省吉林市乌拉街满族文化遗产的考察。他结识了旧街村许明达、赵文金，北兰村罗汝明、罗治中、关世关五位满族文化人。他们分别向富育光讲述了满族说部《德青天》和《德青天断案》以及与这两部书内容相同的《松水凤楼传》，富育光高兴地做了笔录。

一九八四年五月，由文化部、国家民族事务委员会、中国民间文艺研究会联合下发了关于开展搜集整理民间文学“三套集成”的通知，于是全国再一次掀起普查、采录的高潮。就在这关键时刻，吉林省社会科学院老院长佟冬离休，因院里经费短缺及其他原因，这一项目被迫中断，包括傅英仁讲述的《萨布素将军传》《红罗女三打契丹》正在整理中的文字稿都遗憾地被存放起来。但作为个人的搜集、整理工作仍然继续进行。

一九八四年四月，傅英仁被中国民间文艺研究会黑龙江分会授予民间故事家称号。

一九八四年夏秋之际，孟慧英曾到东北三省十多个县进行民间故事搜集工作，接触了许多故事讲述者，其中她发现了两个故事大家，即傅英仁、马亚川。另外，她记录了穆晔骏讲述的一组恰克拉人的故事。

一九八五年，中国社会科学院民族文学研究所的宋和平同志到黑龙江宁安市采录了傅英仁讲述的《东海窝集传》，并现场录了音。

一九八五年夏天，爱新觉罗・乌拉熙春到黑龙江省考察满语，搜集一些满族古神话。

一九八五年，富育光调入吉林省民族研究所，在从事其他研究项目的同时，继续坚持调查、整理满族说部《萨大人传》《两世罕王传》和黑水女真创世神话《天宫大战》。

一九八六年春，富育光应邀参加在广西南宁召开的“中芬两国民间文学搜集保管学术研讨会”，并在大会上介绍了多年来对中国满族等北方诸民族文化抢救的收获，特别阐述了满族传统说部挖掘整理的可喜成果，首次向国内外公布了鲜为人知的“满族说部”的称谓。

一九八〇年富希陆去世。病危时电召长子富育光返回故里，系念祖传的《萨大人传》，他边吃着药边口述，富育光记录。这期间满族说部传承人去世的还有关墨卿、穆晔骏、刘显之、李克忠、孟晓光、许明达、马文业、徐昶兴等。关墨卿在去世前将已记录完的《比剑联姻》《萨布素外传》《绿罗秀演义》手稿交给傅英仁。傅英仁将后两个手稿交给富育光，希望有机会能够出版。

这期间一些民间文学工作者在调查、采录、整理的基础上，陆续公开出版了满族民间故事和神话的专集，其中有：

中国民间文艺研究会辽宁、吉林、黑龙江三省分会合编的《满族民间故事选》(一、二集) 由春风文艺出版社分别于一九八一年、一九八三年出版。

乌丙安、李文刚、俞智先、金天一编写的《满族民间故事选》，一九八三年在上海文艺出版社出版。

富育光整理的《七彩神火》，一九八四年在吉林人民出版社出版。

傅英仁搜集整理的《满族神话故事》，一九八五年在北方文艺出版社出版。

富育光、王宏刚等整理的《康熙的传说》，一九八六年在中国民间文艺出版社出版。

爱新觉罗・乌拉熙春的《满族古神话》，一九八七年在内蒙古人民出版社出版。

于又燕、富育光整理的《风流罕王秘传》，一九八九年在中国文联出版社出版。

于又燕、王禹浪、王宏刚整理的《女真传奇》，一九八九年在时代文艺出版社出版。

这一时期，东北三省很多民间文化工作者深入基层，搞田野调查，初步摸清了满族说部流传情况，发现了许多满族说部传承人，如傅英仁、马亚川、穆晔骏、鲁连坤、赵文钧、许明达、何玉霖、关世英、马文业、刘显之、孟阳、张淑珍等，并对傅英仁讲述的《萨布素将军传》《红罗女三打契丹》《东海窝集传》以及神话故事现场做了录音，而后整理成最初的记录文本。王宏刚与马亚川共同研究商定先回忆记录出《女真谱评》《阿骨打传奇》的文字稿。这时期孟慧英还记录整理了穆晔骏讲述的《恰喀拉人的故事》等。由于有的传承人还没来得及记录他们讲述的说部就去世了，使一些脍炙人口的说部失传了，这是我国民族文化的很大损失。而目前健在的传承人都已年逾古稀，必须有一种紧迫感。所有这些都为后来抢救、保护满族说部打下了坚实的基础，他们的功绩是不可磨灭的。

3. 从一九九九年至今为绝唱、抢救、出版、研究时期

随着全国各地各民族经济、社会、文化的科学、协调发展，农村逐步实现现代化、城镇化，口头非物质文化遗产濒临消失。党的十六大提

出“扶持重要文化遗产和优秀民间艺术的保护工作”，所以抢救和保护满族传统说部已提到重要议程。

一九九九年，富育光在中国社会科学院民族文学研究所主办的《民族文学研究》第三期发表了《满族传统说部艺术——“乌勒本”研考》一文。这是全国第一篇关于满族传统说部的专论文章，文中提出什么是满族说部及其特征、传承情况和重要价值。该论文在国内外产生良好反响，为后来抢救满族说部做了理论指导。

为抢救满族说部，一九九九年五月，吉林省文化厅原厅长、中国民间文学“三套集成”吉林卷主编吴景春同志与吉林省艺术研究所原所长荆文礼同志商定，以中国民间文学集成吉林卷编委会的名义，向中国民间文学集成全国编辑委员会打了《关于将满族说部纳入〈中国民间故事集成·满族说部卷〉的申请》报告。这样好出师有名，以政府名义抢救满族说部。六月初，他们进京向中国民间文学集成常务副主编钟敬文、周巍峙同志汇报。两位领导听到汇报后，分别做了重要指示。钟老说：“我过去听到中国民研会的同志介绍过满族说部的事情，满族是一个伟大的民族，千百年来，有那么多氏族，传承下来这么多的英雄故事，而且都是长篇，很了不起。周扬在世时我曾向他汇报过，周扬说：‘满族说部篇幅长，蕴藏量大，哪一套集成也容纳不下。等我们搞完‘三套集成’再集中力量抢救它，说起来，这已是十多年前的事情了。现在你们吉林的民间故事卷已经出版了，有力量来抓抢救满族说部的工作。因为满族说部都是大部头的作品，我想，你们不要往‘三套集成’上靠，要单独申请国家科研项目，我给你们写满族说部的推荐信。”周巍峙同志说：“满族是个很了不起的民族。应该说，清朝对建立我国多元一体的文化格局和版图做出了贡献。满族说部反映各个氏族祖先的英雄业绩，内容很健康，很有教育意义，它是祖国民族文化百花园中的一朵奇葩。你们动手早，抢救得及时，千万不能让它在我们这一代消失了。我同意钟敬文老先生的意见，满族说部有这么丰富的蕴藏，纳入哪套集成都不合适，你们可以单独申请国家科研项目。现在距申报今年国家科研项目的截止日期已过了两个月，鉴于这项工作十分紧迫，不能再等了。这样吧，你们回去后用吉林省文化厅的名义打个申请报告，我特批。”两位领导对抢救满族说部的重视，使吴景春、荆文礼同志增强了信心，并明确了单独申请国家研究项目纳入国家科研总体规划的工作思路。二位返回长春后按领导的意见写了报告，但因某种原因，报告迟迟没能上报。

两年后，二〇〇一年七月末，又将此事向过去曾负责吉林省文教工作的省委原副书记谷长春同志做了汇报。他听过介绍后非常高兴地说："抢救民族文化遗产，这是造福子孙后代，功德无量的事情。应该组织力量立刻抓好这项工作。"谷长春同志向时任吉林省文化厅厅长的周维杰同志介绍了抢救满族说部的情况，周维杰同志说："抢救和保护民族民间文化遗产是文化厅义不容辞的工作，我们应抓紧抓好。"于是决定开始筹备抢救满族说部的工作。首先搭班子，组织一支业务素质好、熟悉北方民族民间文化的专兼职相结合的科研队伍做抢救满族说部工作，其次是制定抢救和保护满族说部工作规划和各项规章制度，最后是向省财政厅申请抢救满族说部经费，并于当年十月，省财政厅批给十二万元作为抢救满族说部的启动资金。所有这些，都为实施抢救满族说部工程奠定了思想、组织和经济基础。

传承人富育光同志听到这个消息，立刻投入讲述、录制《萨大人传》和《飞啸三巧传奇》的工作。赵东升同志在整理家传的《扈伦传奇》，其他如田野调查、采风工作继续进行。

二〇〇二年六月二十五日，经省政府领导同意，吉林省文化厅成立了以谷长春为主编的吉林省中国满族说部艺术集成编委会，宣布吉林省抢救满族说部这项浩大的工程正式启动，标志着抢救满族说部已纳入政府议事日程，从此抢救、整理满族说部的工作走上了正规化、系统化之路。

吉林省抢救满族说部工作一直是在中共吉林省委、省政府、文化部领导以及全国著名专家钟敬文、贾芝、刘魁立、乌丙安、刘锡诚的关怀支持下进行的。时任中共吉林省委书记的王云坤、省长洪虎都对抢救满族说部做了重要批示。领导专家们都充分肯定了抢救满族说部的重要意义，并提出了许多指导性的意见。贾芝和刘魁立先生还为满族说部申报国家科研项目写了评语和推荐书。

二〇〇二年八月，编委会副主编吴景春、荆文礼同志去宁安对傅英仁等人讲述的说部现场进行录像。当时傅英仁已是八十二岁高龄，头脑很清楚，讲述故事不紧不慢，很风趣。看出傅老讲述说部很有功底。这是对傅英仁讲述说部第一次录像，也是最后一次。而后，荆文礼多次去宁安傅英仁等处调查、采录，和傅英仁坐在炕头上听他"讲古"。从二〇〇三年以后，富育光、荆文礼、赵东升、于敏等人进行了大量的田野调查，他们曾到黑龙江省的齐齐哈尔、孙吴、黑河、瑷珲、呼玛、逊克、加格达奇、三江口以及吉林省的珲春、吉林市乌拉街、敦化、辉南、九台、辽宁省的新宾、凤凰城、本溪、辽阳，河北省的易县、遵化、围场、承德以及北京等地进行普查，了解满族说部的传承线索，并搜集到《元妃佟春秀传奇》《平民三皇姑》《木兰围场传奇》等说部。特别是从二〇〇四年春开始，他们曾四次去黑龙江省孙吴县沿江乡四季屯采录何世环老人用流利的满语讲述的《音姜萨满》《骄傲的鲤鱼》《貉子和獾子》《白云格格》等神话故事，何世环老人在讲述前进行了焚香祭拜和漱口、梳头、洗脸等一系列活动，对讲述现场录了像。在满语已基本消失、绝迹的今天，何世环老人能用流利的满语讲说部，这是满族语言和口头文学仅有的历史迹存，是绝世珍宝，其价值无法估量。

我们还没来得及系统采录著名的满族说部传承人马亚川便于二〇〇二年五月去世了。傅英仁也于二〇〇四年十月辞世。这是对抢救满族说部的重大损失。从这两位传承人匆匆离去，可以看出满族说部濒临失传的严重性。

由于文化部领导和专家对吉林省抢救满族说部的重视与支持，二〇〇三年八月，满族说部被批准为全国艺术科学“十五”规划国家课题；二〇〇四年四月，被文化部列为中国民族民间文化保护工程试点项目；二〇〇六年五月，被国务院批准为中国首批国家级非物质文化遗产代表名录。可以说，抢救满族说部五年走了三大步，其成绩是有目共睹的。

到二〇〇五年初，编委会根据“忠实记录、慎重整理”的原则和保持讲述者的原汁原味精神，已整理完《萨大人传》《飞啸三巧传奇》《东海窝集传》《比剑联姻》《扈伦传奇》《雪妃娘娘和包鲁嘎汗》《金世宗走国》等七部书共三百五十多万字。将打字稿事先送给有关专家审定，并于七月中旬由中国民族民间文化保护工程国家中心、全国艺术科学规划领导小组办公室、吉林省文化厅联合在北京召开了“满族传统说部阶段性成果鉴定暨研讨会”。专家们被丰富多彩的满族说部“活化石”所震撼，认为满族说部是绝唱，绝对珍贵。同时，专家对如何整理好满族说部提出许多建设性意见。

会后，吉林省满族说部艺术集成编委会认真研究专家提出的每一条意见，并根据专家的意见进行修改，使说部文本保持讲述人讲述的风格、特点，保持满族说部的原汁原味。

二〇〇七年十二月，吉林人民出版社出版了首批满族传统说部丛书十一部，即《萨大人传》《东海沉冤录》《雪妃娘娘和包鲁嘎汗》《飞啸三巧传奇》《萨布素将军传》《东海窝集传》《扈伦传奇》《乌布西奔妈妈》《萨布素外传》《绿罗秀演义》《尼山萨满传》。其中《萨大人传》《东海沉冤录》《飞啸三巧传奇》《尼山萨满传》都为上下册，《萨布素外传》《绿罗秀演义》因篇幅较短，两部书合为一册。出版后，吉林人民出版社召开新闻发布会暨研讨会，与会的领导、专家和新闻媒体的记者都被满族拥有这些英雄史诗所震撼。

二〇〇九年四月，吉林人民出版社出版了第二批满族传统说部丛书，包括《女真谱评》《阿骨打传奇》《比剑联姻》《金世宗走国》《红罗女三打契丹》《天宫大战》《西林安班玛发》《苏木妈妈》《创世神话与传说》《恩切布库》《碧血龙江传》《元妃佟春秀传奇》《平民三皇姑》《木兰围场传奇》《伊通州传奇》《瑞白传》等十七部，其中《女真谱评》为上下册，《天宫大战》与《西林安班玛发》两部合一册，《苏木妈妈》与《创世神话与传说》两部合一册。

从已出版的两批二十八部满族传统说部丛书来看，满族说部的四种类型即窝车库乌勒本、包衣乌勒本、巴图鲁乌勒本、给孙乌春乌勒本都有，传播的地域和传承的范围都有扩大，如辽宁、河北、北京等地都有说部和传承人，这说明凡是满族聚居的地方，特别是一些具有凝聚力的氏族都传承着本家族歌颂祖先功德的口传说部艺术。

二〇一五年末，出版了第三批满族说部丛书，共二十六部，其中有《金太祖传》《金兀术传奇》《泾川完颜氏传奇》《两世罕王传》《爱新觉罗的故事》《乌拉秘史》《扎呼泰妈妈》《莉坤珠逃婚记》《傅恒大学士与窦尔敦》《鳌拜巴图鲁》《松水凤楼传》《寿山将军家传》《萨哈连船王》《雪山罕王传》《奥克敦妈妈》《鳇鱼贡》等。

这是在二十世纪八十年代调查、采录的基础上，吉林省文化厅启动抢救满族说部工程以来的十四年间所取得的丰硕成果，为保护我国民族文化遗产做出的巨大贡献。这些满族及其先民世代传承的古老神话、各氏族迁徙征战史和英雄史就像一座丰碑屹立在世界民族文化之林，闪耀着璀璨的光芒。

满族传统说部丛书的出版，引起科研单位、大专院校的民族文化研究工作者的高度重视，他们纷纷撰写论文对满族说部进行评论。二〇〇九年七月，学苑出版社出版了富育光主编的《金子一样的嘴——满族传统说部文集》共收入二十八篇文章。

二〇一一年七月，中国社会科学出版社出版了高荷红著的《满族说部传承研究》，该著作对满族说部的传承沿革、传承地域、传承特征进行了比较深入的分析与论述。

近几年来，北京、辽宁、吉林的专家、学者对满族说部的研究分别在全国哲学社会科学基金项目中立了课题，如吉林省社会科学院的周惠泉研究员、辽宁大学的江帆教授以及富育光、荆文礼等，高荷红又获得中国社会科学院专项基金资助。二〇一二年，大连民族学院郭淑云教授的《东海女真史诗乌布西奔妈妈研究》已入选国家哲学社会科学成果文库。二〇一三年，吉林省社会科学院的王卓和杨春风分别在满族说部的神话研究方面申报了全国哲学社会科学基金项目。

为深入、系统研究满族说部，吉林省社会科学院于二〇一一年八月成立了吉林省满族说部学会并举办了首届满族说部学术研讨会。此次研讨会由中国社会科学院民族文学研究所、吉林省社会科学院、吉林省民族宗教研究中心主办，来自北京、上海、吉林、辽宁、黑龙江、台湾等专家、学者一百五十多人出席了盛会。研讨会就满族说部的价值和重要意义、满族神话的特征及其文化内涵进行热烈讨论。有的学者还从具体满族说部文本出发，做了具体的分析和解读。研讨会收到了预期的效果。

二〇一二年十二月，长春出版社出版了《满族古老记忆的当代解读——满族传统说部论集（第一辑）》由邵汉明担任主编，朱立春、王卓担任副主编，该论文集共收入三十七篇论文，展示了近几年来研究满族说部的丰硕成果。

第五章　满族说部乌勒本的传承

满族及其先民根据自己渔猎、农耕的生产生活以及氏族聚散、古代征战、部族兴亡、蛮荒古祭的历史和涌现出的英雄人物的非凡事迹，创作了乌勒本，并以口述的形式进行传诵。正如《太平御览》称，满族自古“无文墨，以语言为约”。没有文字记载，光靠语言传达是最容易失传的。但是满族及其先民千百年来经过历朝历代，无论是兴盛还是衰败，其乌勒本都盛传不衰，一直传承至今，其奥秘就在于有一定的规律在主宰着传承行为。

第一节　满族说部讲述环境、方式、职能的民俗特征是满族说部传承的重要条件

首先，我们了解一下民俗是什么，然后剖析满族说部的讲述环境、方式、职能的民俗特征。

所谓民俗，即通常所说的民间风俗，是指人民群众在社会生活中世代相传、沿袭成习的一种生活模式，它是民众共同创造、遵守、享用和规范的行为准则。我们用这样的观点看看讲述满族说部的民俗特征是什么。

满族及其先民千百年来沿袭古风，各氏族凡有寿诞、婚嫁、出征、丧葬、祭祀等重大日子，在兴致之余，都要讲述乌勒本。在讲述乌勒本之前，穆昆达或萨满首先非常肃穆地从西墙的神龛中请下祖先影像和用兽皮、兽骨、石块等绘成的符号（这是说部最古老的形态，也叫“古本”“传本”）以及伴奏用的恰板、铜钟、铜镜等物件，众人拜祖祭祷，而后讲述人焚香、漱口、梳头，族众按辈分围坐，开始讲唱“乌勒本”。讲后再把祖先影像、说部的“古本”“传本”和伴奏物件恭敬地送回西墙的神匣子

之中。这种民俗盛举，年复一年，都是如此进行，于是渐渐成为各个氏族的祖制家规，阖族上下都享用、遵守。正如黑龙江省瑷珲满族《富察氏谱书·序文》中所说的“每岁春秋，恭听祖宗‘乌勒本’勿堕锐志”。这种讲述说部的习俗促使满族说部世代传承，一直延续至今。我们还可以从以下三个方面来论述。

1. 萨满祭祀的民俗特征是满族说部传承的源头

满族及其先民自古就信仰萨满教，自然崇拜和祖先崇拜观念根深蒂固，认为人死后灵魂永在，与常人以不同形态活跃在宇宙空间，并具有超自然威力，可助人亦可祸人。人们企望死去的祖先灵魂，能够荫庇子孙，于是竭力抚慰亡灵，供奉它、赞美它，毕恭毕敬，诚惶诚恐，唯恐触怒先灵而殃及族众。而萨满教极力崇拜祖灵，亦包括对本氏族历世祖先和英雄神祇赫赫功绩的讴歌与缅怀。因而对祖先神灵的崇拜日益达到登峰造极的炽热程度。在满族及其先民看来，缅古莫过于习古，对祖先生活的模拟与复演，以及虔诚地歌颂祖先的功绩，被视为最尊敬、最崇拜的表示。于是才有了繁复而系统的祭祖礼序，例如悬祖先神影祭、祖先遗物祭、祖先鸿业缅颂祭、镌刻祖先尊容开光祭等，产生了众多祈祷祖先功德的神谕、赞美诗文，以至发展成长篇说部。所以，满族世代祖先崇拜的“颂祖”“讲祖”礼俗，承继不衰。

满族及其先人萨满祭祀跳神，始终是在以一族同姓为单位的氏族血缘群体中进行，因此说萨满祭祀是凝聚民族心理的巨大文化载体。每当祭祀颂祖、讲祖时，在穆昆达和萨满的带领下阖族男女老幼都一同参加，并起到示范作用，同时将颂祖的说部传给他得意的弟子，这样就保证了说部的代代相承。从上述我们不难看出，满族及其先民各氏族进行的萨满祭祖、讲祖、颂祖是具有传承性的、反复出现的生活模式及相关的精神现象。如果失去萨满祭祀的民俗活动，讲述人往往也施展不出讲述才能，说部也很难传承下去。

2. 满族及其先民的“讲古”习俗是说部赖以传承的根基

满族“讲古”的习俗极为遥远，早在金朝，世宗为了不忘女真旧俗，使太祖皇帝功业不坠，传及万世，他身先士卒歌本朝乐曲，咏唱祖先创业艰难、继承祖宗遗志的颂歌。在他的带动影响下，金朝上下形成一股“讲古”颂祖之风，并变成经常性的活动。据《金史》卷八五载：越王永功之子寿孙“奉朝请四十年，日以讲诵吟咏为事，时时潜与士大夫唱酬，然不敢明白往来。……居汴中，家人口多，俸入少，客至，贫不能具酒肴，蔬饭共食，焚香煮茗，尽出藏书，谈大定、明昌以来故事，终日不听客去，乐而不厌也”。可见，他讲的故事多么生动，引人入胜。寿孙就是一个口齿伶俐、文化底蕴深厚的讲故事家，名副其实的“讲古”传承人。有了讲故事家和传承人，“讲古”习俗就一代代延续下来。俄国学者史禄国先生早在一九一二年至一九一七年曾多次对东北地区做了考察，他了解到满族民众中传统的“讲古”盛事：“讲述传说和故事是满族人喜闻乐见的一种消遣方式。这里有一种半专业性的故事能手，他们在人们空闲的时候表演。满族人把幻想性的故事（他们称为‘说古’）与历史性的故事相区别，他们通常更喜欢历史性的故事。只有在冬天，满族人才为了听故事聚在一起，他们在下午和晚上花很长的时间听故事能手讲述。”“往往因为受较长的故事或议论的吸引通宵不寐，一般是过半夜很久之后才就寝。”① 看看，满族传承人讲述的故事多么吸引人，通宵不寐，真是到了痴迷的程度。这种“讲古”的习俗一直延续至今，东北地区的满族，冬天大雪封地，坐在热炕头上，围在火盆的周围，一边搓着苞米一边听传承人讲述族史和英雄故事；夏天在房前屋后的树荫下，大家坐在讲述人的身前身后，津津有味地听着遥远的故事，特别开心快乐，从而使精神上受到熏陶和感染。马亚川讲述的女真起源的一些神话故事和完颜部反辽建金的故事都是从小听老人“讲古”时获得的。

所谓“讲古”，就是一族族长、萨满和德高望重的老人讲述族源传说、民族神话和民间故事等。正因为如此，人们也把“讲古”称为“唱根子”，讲自己祖先和本氏族的来龙去脉，讲祖先的英雄奋斗史，以此教育后人，不忘祖德宗功，奋发前进。所以，“讲古”把祖先英雄崇拜当作自己的信条，激励后人代代传承下去。这是满族说部世代传承不渝的根基。

3. 穆昆制是满族说部世代传承的血脉

女真族早在氏族社会末期，就形成了氏族部落组织，女真称这种组织为“猛安谋克”，“猛安”即部落，“谋克”即氏族。“猛安者千夫长也，谋克者百夫长也。”（《金史》卷四十四）谋克是氏族，也被称为穆昆。古老的穆昆制度，是以同一“哈喇”（姓）为轴心，凝聚成稳固而紧密的同一血亲的氏族生存群体。恩格斯曾说过：“氏族的名字创造了谱系。”（《家庭、私有制和国家的起源》）“哈喇谱系”记载着同一血缘关系的家族一代传一代的名字。所以史禄国说，“氏族的整体性最突出地表现于氏族的谱牒之

① 史禄国．满族的社会组织——满族氏族组织研究［M］．北京：商务印书馆，1997.

中”。这种氏族族群体都由穆昆达统领，一般情况下都住在同一嘎珊。萨满祭祀一般以穆昆为单位进行，平时族中的祭祀、婚嫁、寿诞等活动亦在嘎珊举办，由穆昆达主办，甚至所有族众的衣、食、住、行、学文习武、生活余兴等都在嘎珊里进行。为统一族众行动，氏族立宗法、族规。凡在同一谱系下的本哈喇子孙，既有弘扬本哈喇精神、功绩的天职，又有承袭本哈喇一切遗产的权利。为此，氏族首领穆昆达、哈喇达以及萨满们，都处心积虑地创造本哈喇的非凡业绩和荣耀，把传咏本族创世神话和不胜枚举的祖先英雄故事的乌勒本作为氏族的精神财富，并培育儿孙驾驭这些精神财富的本领，使其成为高扬氏族文明的继承者。正如富希陆先生在满族民俗笔记《瑷珲十里长江俗记》中所说的：“乌勒本皆咏己事，不言外姓哈喇逸闻趣话。盖因祭规如此。凡所叙故事，与神案谱牒同样至尊，享俎奠，春秋岁列阖族祭仪中。”讲唱乌勒本是各个氏族世代沿袭的家风，所以讲族史、唱英雄、扬族威的传承教育无比虔诚、肃穆，对“有金子一样的嘴”的讲述人，视若圣贤，人人恭敬，成为学习的榜样。族中少年在父兄耳濡目染下，勤学苦练，将学讲乌勒本、争做传人视为己任。这种传承是同一氏族内的同一血脉传承。如乌拉纳拉氏家史《扈伦传奇》和《洪匡失国》，在氏族内部已传承十辈、三百多年，其传承脉络是：第十辈图达里（布占泰之兄、布丹之子）、达尔汉（布占泰长子、洪匡之兄）、阿布泰（布占泰二兄满泰贝勒第三子）等人传下，十一辈乌隆阿，十二辈乌达哈、喜才、索色、倭拉霍，第十三辈倭拉霍第五子五格，传伊子凌福（十四辈），再传德明（五品官）、德英（十五辈），德英传十六辈霍隆阿、富隆阿（笔帖式），下传十七辈双庆（五品官），双庆传长子崇禄（八品官），崇禄传次子继文（十九辈）和伊孙赵东升（二十辈赵姓家族的穆昆达）。从乌拉纳拉氏传承的《扈伦传奇》和《洪匡失国》两部乌勒本来看，都是氏族同一血脉的传承，所有氏族内的人都能体会到血浓于水的骨肉亲情，从而产生一种强烈的认同感、亲和力，使说部世代传承不衰，保持了说部的完整性。这说明穆昆制是凝聚氏族力量的精神支柱，只要氏族存在，就会使讲述家史的说部世代传承下去。

第二节 满族说部的传承线路

满族说部的传承，是指说部在时间上传衍的连续性，也指一种传递方式。满族说部传衍的连续性不像一般民间故事传衍无定制，比较混乱，而是有翔实的传承线路，也称传承谱系，是有根有蔓的，非常清晰。满族说部的传承线路是由说部流传规律和讲述方式所决定的一种民众现象。满族各氏族每逢在祭祀、寿诞、婚嫁、征战、修谱等重大日子都由穆昆达或萨满讲述本氏族的乌勒本，歌颂祖先的英雄业绩，阖族崇穆恭听。这是本家族的祖先颂歌，只在家族中秘传，没有向外族讲述的义务。这种流传规律的民俗现象决定该说部是单传的，其传承线路只在本氏族中直线传承。

仅就目前抢救、出版的五十多部满族说部来看，其世代沿袭成俗的传承线路，大致有以下几种：

1. 家族传承

这是极为普通的祖承线路，也称血缘传承。在满族中，凡讲唱本家族族源历史或家族祖先英雄传奇类的说部，原传袭家族把它视为祖传遗产，由直系血缘关系的后裔承继，祖传父，父传子，子子孙孙，传承不渝，有着十分清晰地传承谱系，始终保持说部的单传性质。常见的传承线路是：

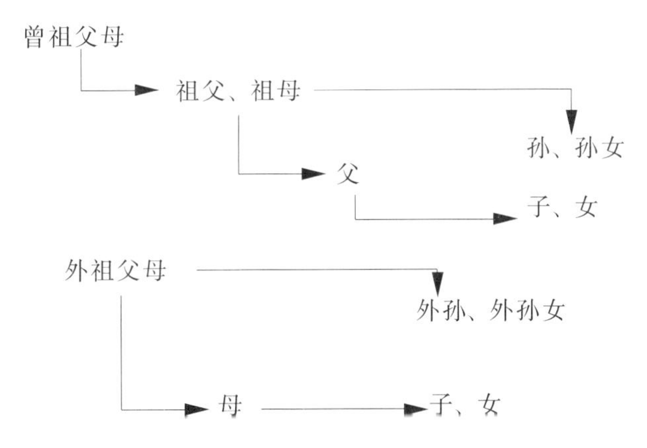

比较典型的是富察氏家族传承《萨大人传》的谱系：

萨布素·富察氏，满洲镶黄旗人，曾任宁古塔副都统。康熙二十年调萨布素赴黑龙江瑷珲戍边，带走富察氏一支。萨布素是首任黑龙江将军，清朝著名抗俄将领。在任黑龙江将军十八年中，驻守边疆、率兵抗俄、进剿噶尔丹、筑修城池、开辟驿道、设立官庄、兴办义学，政绩显赫，屡立奇功。萨布素去世后，康熙末年，住在瑷珲的富察氏家族，在三世祖穆昆达果拉查筹谋下，采录了对老将军生前的回忆并广邀各族遗属对老将军往事的回忆，使《萨大人传》乌勒本粗具规模。这个古老的传本，自康熙朝果拉查起，经历朝已有二百七十余年家族传承史。其传承顺序大体是：富察氏家族第十世祖、清道光朝武将福凌阿，传给长子——瑷珲副都统衙门委哨官伊朗阿将军。一九〇〇年，伊郎阿抗俄殉难于北大岭，全族议定将说部总领事务及说部卷匣由其妻琪任格掌管。琪任格病逝后，委以长子富察德连。富察德连传给其子富希陆和其侄富安禄、富荣禄，由富希陆收藏。一九八〇年富希陆病危时传给长子富育光。

另外，留守在宁古塔的富察氏家族传下《萨布素将军传》，是《萨大人传》姊妹篇，为一个家族不同支系传下的两部说部。《萨布素将军传》的传承谱系可以往上追溯，是其说部讲述者傅英仁的三爷傅永利传给他的，傅永利是傅英仁的三太爷传给他的。三太爷在慈禧当政时曾加入宫廷的黄大衫队，专讲《萨布素将军传》，后来他把这部书的讲述提纲传给傅永利。再往上追溯就不清楚了。

从满族说部《萨大人传》的成书和传承过程来看，讲唱人都与宣扬的事情和主人公有直系血缘关系，而故事流传都是在家族内部进行的，所以这是一条极为普通的祖承线路。

家族传承是在族内秘传，有一条严格的戒律，姑娘出嫁不许到婆家讲自己氏族的祖先史、祖先神，否则视为对祖先神的不敬。另外，到婆家讲自己氏族的祖先神，婆家会认为用娘家的神祇毁婆家神，扰乱族心，会受到责骂或制裁。随着努尔哈赤统一女真诸部，皇太极将珠申改为满洲，各个氏族都是满洲的成员，特别是乾隆颁布《满洲祭祖的规定》以后，各氏族对祖先神的戒律逐渐淡化，姑娘到婆家可以讲自家的祖史。如傅英仁的祖母梅合勒氏、母亲郭傅氏都向他传承自己家族的故事，这也是一种血缘传承。

2. 社会传承

(1) 亲缘传承。满族说部在各个氏族中都有流传，有的说部已脱离开本氏族的樊篱向外族扩散，并得到外族的传承。特别是一些与本氏族有亲属关系的人得天独厚地听到这些说部，然后向本氏族传播。这种传承叫亲缘传承，他们之间只是一种亲属关系，没有血缘联系。比如，黑龙江省瑷珲县大五家子的张石头，从小长在富察氏家族中，虽没有文化，但聪敏好学，通晓满语、满俗。他记忆力强，听过的故事过耳不忘，深得富察德连和郭霍洛·富察美容夫妇的喜爱，并将自己女儿许配给了他。从此便成了富察氏家族的成员。他对说部产生了极大的兴趣，从岳父母口中学到说部故事《七彩神火》《音德布马彦》《库尔金学艺》《千里寻亲》等，他向族人讲述的格外生动活泼、绘声绘色、感人肺腑，深受族众拥戴。正因为张石头有讲唱说部的才能，岳父富察德连将家传的长篇说部《东海沉冤录》传给长子富希陆和他。从此富希陆和张石头成了《东海沉冤录》的传承人。

另外，像傅英仁的姨夫关寿海传给他的《采参阿哥》等许多说部故事，使傅英仁丰富了满族说部。傅英仁与关寿海没有血缘关系，是一种亲缘传承。

(2) 族缘传承。指继承族内其他氏族传承人讲述的说部，丰富自己氏族传承说部的内容或书目。在黑龙江省宁安市有个姓于的满族老太太，会讲满族神话。傅英仁在农村劳动期间，他和农民互相讲传说故事，于老太太一口气给他讲了好几个关于鹿神、虎神的神话故事，听得傅英仁着了迷，一一记录下来，丰富了他传承的满族神话宝库。又如，居住在黑龙江省瑷珲大五家子的满族说部传承人杨青山，满族，其祖辈世居黑龙江江东精奇里江桃木河。有位疯爷爷乌德林老玛发擅讲唱满族说部《雪妃娘娘和包鲁嘎汗》，受到当地群众的欢迎。他生活上无依无靠，得到杨氏家庭的照顾，感激不尽，后来将两部书传给杨青山的爷爷。爷爷又传给杨青山的叔叔。一九〇〇年，爷爷病逝，他随叔叔逃到江西，在瑷珲大五家子定居。杨青山聪明、活泼，天生一副好嗓子，好唱好说。他从小就听叔叔给村里人“讲古”，讲《雪妃娘娘和包鲁嘎汗》，由于长期耳濡目染，不知不觉也学会讲唱这部说部了。杨青山孤身一人，生活上无依无靠，便与富希陆的姐夫张石头住在一起，并得到他们夫妇的关怀照顾。后来，他把《雪妃娘娘和包鲁嘎汗》传给富希陆，并由他逐字逐句地记录下来。

上述两例都是比较典型的族缘传承。随着满族说部流传的广泛和久远，其族缘传承的范围逐渐扩大，传承者都是满族族众。

(3) 地缘传承。传承人所在的地方历史悠久，文化底蕴深厚，在民间蓄存着大量的民间故事。传承人要丰富、发展自己传承的说部，必须吸收当地民间故事所长，为我所用。这里主要指两个方面的吸收和借鉴：一是承继地方故事家讲述的故事；二是承继地方独有的风物传说和故事，使其具有鲜明的地方性。比如，在宁安有专讲神鬼故事和笑话的梅大个子、关大白话，他们讲的故事活灵活现，听了之后让你毛骨悚然，有的笑话，让你笑得都能流眼泪。爱讲地方传说的吴铁嘴、风水先生胡万起二人，一生走遍了宁古塔的山山水水，串遍了各屯各乡，专门搜集地方风物传说。他们对宁安的每个山头，每条水系，每座古庙、古坟，甚至对怪石、古树都能讲出传说趣闻。傅英仁所掌握、讲述的几十个地方传说故事，大部分都是从他们二位那里得来的。马亚川的故乡，黑龙江省双城和与之相邻的阿城有两条河，即阿什河、拉林河，古时称安出虎水和涞流水。这两条河流域孕育了一个英雄部落，即女真完颜部，一举灭了辽国，建立金国。这里流传许多关于阿骨打的故事，马亚川讲述的《女真谱评》中的故事都是从这里听到的。

3. 师徒传承

为扩大说部的传播范围和使说部世代传承下去，在族内选优，公推聪颖好学、能言善讲的青年作为接替人，举行拜师学艺仪式。被选者父母亦甚觉荣耀。这种师徒传承已脱离氏族内单传、秘传的樊篱，向其他氏族和民族传承。如果说家族传承是满族说部的历史宝库，社会传承、师徒传承便是一个丰富多彩的万花筒，两者传承的结晶便构成满族说部波澜壮阔、多彩多姿的民族史诗。

4. 萨满传承

在漫长的历史长河中，满族的家传、英雄传和神话之所以能够流传到现在，其主要原因在于，它紧紧地依附原始信仰的萨满教祭祀仪式，并珍藏在萨满的记忆中。在萨满祭祀中，有众多歌颂和祈祝祖先神体的神谕、赞美诗文和祷语，亦有叙事体的长篇祖先英雄颂词。这些神谕和颂词只有最高神职的执掌者即德高望重的安班（大）萨满玛发才有口授故事和解释故事的资格。萨满被族人视为最有威望的奇人，有惊天地泣鬼神的智谋，有金子一样能言善辩的嘴，讲起说部来几天几夜，滔滔不绝。这些神话传说都保存在老萨满的记忆中，只能在萨满口中流传，若记录下来，又怕丢失，造成对神的不敬。所以，在萨满教风行的时候，在传授这些神话时必须先在祖先神堂前焚香、洗手、漱口，跪在神前听老萨满传授，听的人绝不许插话、乱问，听懂多少是多少，过后不补课。只有顶门弟子才可以传授后再向老萨满请教，直到记熟为止。一般情况都是老萨满晚年时才口传心授给得意弟子。比如，傅英仁在十三岁那年被姨夫大萨满关寿海收为小萨满。傅英仁聪颖好学，有悟性，关寿海便向他讲述了他从未听过的萨满神话，讲了一百五十多位各姓氏祭祀神。关寿海病危时，傅英仁在病榻前侍候，关寿海拉着他的手说：“孩子你千万记住我跟你讲的萨满祭祀仪式和神的来历，这都是老祖宗一代一代传下来的。你是我的直传弟子，一定要记住。”傅英仁跪下说：“姨夫请放心，我一定会记住。”如今傅英仁讲述、整理的《满族萨满神话》就是这样传承下来的。

满族说部的流传时间和传承脉络错综复杂，已无法准确考究其最初在民间产生的时间和出自哪个哈喇的讲唱艺术，更无法详知经历了多少哈喇的传述、修润与承袭，只能从其流传地域和故事内容、脉络分析，大约推断其形成和传播经历的概貌。从这里可以看出，说部传承者就是满族族众，是民族智慧的结晶。这是满族说部在延续中形成一条特有的口头传承规律，如《红罗女三打契丹》《金世宗走国》《飞啸三巧传奇》《雪妃娘娘和包鲁嘎汗》等即是。

第三节　满族说部传承的方法

满族的先民自古“无文墨，以语言为约”，生产生活知识和祖先英雄故事等都靠口头传承。为了牢记祖宗的历史，使之代代传承下去，他们创作了许多传承的方法。

1. 符号传承法

早在金国初期，女真人就会用刻符号的办法进行语言交流和传承事情。宋代宇文懋昭在《大金国志》中说：“与契丹言语不通，而无文字，赋敛科发，刻箭为号，事急者三刻之。”各个氏族为了传颂自己的族史和神话故事，用结绳记事或在兽骨、皮革、石头上刻各种符号和简易的形象绘画，这便是祖先的声音、语言，俗称“说史”“石谱”“骨书”，这是说部的最古老的形式，也叫“古本”“原本”“妈妈本”。由谙熟这些神秘符号的长老，望图生意，看画“讲古”，连篇累牍地讲出祖先的英雄故事。这一缕缕棕绳的纽结、一块块骨石的凹凸、一片片兽革的裂隙，刻述着祖先数不尽的坎坷历程。这些符号就是历史的浓缩，深藏着氏族先祖昨天悲欢离合、喜怒哀乐的故事。这些符号使事情一代代传承下去。著名的东海萨满史诗《乌布西奔妈妈》最早并不以文字形态流存于世，而是以符号进行传承。当地人是以独特的象形符号，如虫蠕鸟啄，刻痕深浅不一，大小不等，由上而下，螺旋形镌刻在锡霍特山神秘洞窟之中。符号图画便是长诗故事的主要提示。东海众氏族萨满们，只要依图循讲，便可讲唱起来。由于时代的发展、文化的进步，符号传承法逐渐减退，但边远地区还在利用。到民国初期，虽然有了用满文或汉字记录说部的讲述提纲，但在偏僻的农村，仍习惯看符号讲述说部。富育光的奶奶富察美容常常是摆弄嫩江宝石就能说乌勒本，其口诀是：“紫纹龙鳞奇石块，红黑黄白模样怪，嬉笑怒骂全都有，外加条穗一大串。”人们戏称为“石头书”。满族的先民就是用这种刻绘符号的办法，记忆、讲述、传承家史和神话故事的。

2. 家族殷嘱法

满族世代祖先崇拜的“敬祖”“颂祖”“讲祖”礼俗，承继不衰，其奥秘就在于祖传父、父传子、子子孙孙口耳相传的家族殷嘱法。祖辈虔诚的敬祖行为，为子孙做出榜样，并勉励子孙铭记祖先创业艰难，承继祖德宗功，继往开来。子孙在父、祖影响下，勤学苦练，潜心钻研，以学讲说部、承继先祖遗志争做传承人为己任。父、祖辈为鼓励儿孙传承好说部，把自己多年来传讲说部的经验、体会教给他们。

满族说部是满族先民世代生存记忆的口述史，是对先贤和氏族英雄的礼赞，不同一般讲“朱奔”(瞎话)，崇高而神圣。其传承特征为代代口耳相传。如何记得扎实、牢靠，这里有着秘诀。富育光从小学说部，老人们就教他三大技法，即首先要练口述基本功：要勤练小口“布亚昂卡”，再练习说大口“安巴昂卡”，特别是要锻炼铭记记忆符号“它莫突”。富育光在长辈传授和影响下，七岁乍学说唱说部时，就是先跟大人说唱“小口”的说部“引子”，满语叫“雅鲁顺”，即学说小段子，如《尼山萨满》等练嘴巴。及长，在奶奶和父亲诱导下，学说“大口”，即“放说”《萨大人传》《雪妃娘娘和包鲁嘎汗》等长篇说部故事。他学说之初深切体会到，满族说部是祖上留传下来教育儿孙的百科全书，洋洋大观，有的能说上数月，要记住这样的长篇说部，必须有驾驭能耐。这就全靠助记物，俗称“它莫突”。父亲教他秘诀：“学说或记忆说部，万变不离其宗，一定牢记‘抓骨、入心、葡萄蔓’。”抓骨，就是要理解和驾驭说部核心要点，关乎壮胆、成功与失败。每部书虽皆庞然可畏，但其内核却如同一条长龙，有一根脊梁骨通贯全身，由它再统揽头、肋骨、四肢。说唱或记忆说部，就先牢牢把握住这根龙的脊梁，从头到尾理解透，然后对头、肋骨和四肢内容自然就会摆弄清楚了。讲起说部来，犹如大元帅稳坐中军帐，不乱不慌，谈吐若定。入心，关乎全局效果，讲唱说部必须全神贯注，身心投入，才会激发生成喜、怒、哀、乐、忧、恐、惊，自发调动起滔滔记忆和表演才华，狠抓住听众的心。所说“葡萄蔓”，是对“抓骨、入心”秘诀记忆法的高超总结。记忆或讲述长篇说部，如同吃吐大串葡萄，总蔓是全故事，蔓上每一挂葡萄都是全故事的分枝细节，一定掌握好各环节和分寸。由总蔓切入吃吐，然后再进入萄萄挂中一粒一粒地吃吐，吃吐一枝后再吃吐一枝，循序渐进，环环紧扣地吃吐完毕。说部强调说唱结合，以说为主，古有蛇、鸟、鱼、狍皮蒙成之花鼓，以及扎板、口弦（给督罕）伴奏，佐以堆石、结绳、积木等法助记。这样就能把握全书，说得酣畅淋漓。

3. 托梦神授法

往昔在满语中把萨满教神话称为“窝车库乌勒本”。“窝车库”译成汉语即“神位”“神板”“神龛”的意思，“窝车库乌勒本”即“神龛上的故事”。既然是“神龛上的故事”，就显得非常严肃、神秘，不是一般人能得到的，也不是任何人都可以讲的，只有一族中最高神职执掌者，即德高望重的安班萨满玛发，才有口授故事和解释故事的资格。于是就出现了托梦神授法。据瑷珲县大五家子富察哈喇家族耆老回忆，民国初年，本屯的富德才老人曾于病中梦到在黑龙江江边钓到九条“黑色七星鱼”，醒来疯癫地满屋找“七星鱼”，全家大惊。结果果真在屋外木盆里有九条活着的“七星鱼”。北方民俗，七星鱼又称“鳇鱼舅舅”，见到此鱼渔民视为不祥，渔产不丰。德才便痴言七星鱼引他见江中一白发婆，口授“窝车库乌勒本”九段，从此便能疯讲《天宫大战》，其细节竟超过萨满口传内容，使萨满敬佩崇拜。同样，于一九三九年，由吴纪贤、富希陆记录孙吴县四季屯白蒙古萨满讲述的《天宫大战》，记录者问此神话源于哪位萨满师父，白蒙古说是白发婆梦授予我的。

不仅是神话故事有梦授的情景，就连长篇家传、英雄传也有梦授获得的情况。据满族说部《雪妃娘娘和包鲁嘎汗》的传承人杨青山老人讲，杨氏家族祖居黑龙江江东精奇里江桃木河，他们结识了一位双目失明的乌德林老玛法，身背长琴，腰挂弯脖小鼓，擅讲唱《大丘坟》等长篇说部。乌德林阅历丰富，又有一口讲唱才艺，自称夜梦雪妃娘娘而私得此说部，于是在族众中讲唱起来，一时风闻四野，使“大丘坟”的雪妃故事传遍了黑龙江出海口所有地方。

“梦授说”，在我国其他少数民族的史诗中也有类似的说法。郎樱先生在《萨满文化在口承史诗中的遗存》一文中指出：“在柯尔克孜族史诗《玛纳斯》与藏族史诗《格萨尔》的演唱者中，‘梦授说’的现象也相当普遍。几乎每位歌手都说自己在梦中或是生大病，遇到史诗中的人物或是祖先神灵，从而获得演唱史诗的本领……”著名《格萨尔》演唱艺人扎巴老人说：“他七岁时曾梦见格萨尔的大将丹玛切开他的腹部，将《格萨尔》之书放入腹内。梦醒后大病一场，从此唱出了三十多部《格萨尔》。”[1]

从上述三个事例我们可以看出，在萨满教盛行的满族中，托梦神授说部的现象是有的，因为说部是讲祖先的故事，萨满教祖先崇拜，已把祖先视为神人。神人的故事只有神最清楚、最会讲，在满族瓜尔佳氏民间传说中，有位朱奔妈妈，就是一位善讲氏族家传的千岁聪慧女神。所以，用托梦的方法向凡人传授家史和神话可视为一种传承方法。

第四节　传承人应具备的条件

满族说部传承人在氏族重大节日中讲述本家族的说部，由于反复听讲，有的族人也能转述。但严格说来，不是所有能转述者都是说部传承人。因为要做满族说部传承人必须具备以下几个条件：

1. 在族内是德高望重、出类拔萃的佼佼者

我们从满族说部的传承谱系中可以看出，各姓氏讲唱说部的人不一，有穆昆达、萨满、管事奶奶等，他们都是深受族人敬仰的民族文化中坚，他们掌管着全氏族的生产、生活、征战、祭祀等一切大权，为全氏族过上平安幸福的生活，勇于献出自己的生命，受到族人的爱戴。他们久经历史的沧桑，有渊博的生活经验和资历，最熟悉本家族说部的文化内涵和深刻的影响力和凝聚力，并积极主动用说部教育儿孙，缅怀祖德宗功，继往开来，光宗耀祖，成为一代英豪。所以，他们把讲述说部看成是大德之举，勇于承担讲唱义务，并自觉为此献身。只有像穆昆达、萨满、管事奶奶等这样的人才能成为满族说部的传承人。

2. 具有继承民族文化传统的心理素质和深厚感情

满族是一个有着悠久历史的民族，千百年来，各氏族部落的穆昆达、萨满不遗余力地用本民族的语言传承着本部落发轫史、征战史、创业史及英雄史、家传，说部传承人认为这是祖先留下的宝贵遗产，是光耀门楣、激励后人奋勇前进的精神动力，千方百计维护、继承本氏族的文化

① 富有光.金子一样的嘴［M］.北京：学苑出版社，2009.

特征，把它视为崇高而神圣的事情。穆昆达和萨满将“妈妈本”或讲述提纲同祖先神像、宗谱一起供奉在祖先神堂之中，进行精心呵护和保管，如遇风云不测，首先请走祖先神堂之中的宝匣。瑷珲富察氏家族曾几番险遭战火和匪患，可敬的族中穆昆达和萨满们，到祖先祠堂先背走祖先影像和乌勒本宝卷，宁舍金玉财宝，也不让神龛和说部宝匣受损，用生命保护乌勒本遗稿不受损失，代代传承不渝。这是因为穆昆达和萨满等传承人对民族文化的深厚感情所决定的。比如，《女真谱评》的最初撰写者是马亚川外祖父赵焕的表弟傅延华，他是一位蒲松龄式的人物，光绪年间的落第秀才。当时，清王朝江河日下，使他日益忧虑国家的命运、民族的前途，想从民族的历史中，寻求民族振兴的道路，从民族的英雄传说中，汲取振兴民族的精神力量，所以对本民族传说和英雄故事有一种特殊的感情，不仅刻意搜集这方面的传说故事，而且把它整理成文，并在一些重要的传说故事后面写上自己的评价，故起名为《女真谱评》。傅延华就是以忧国忧民的深厚民族感情从事传承工作的。[1]

3. 具有高深文化素质和创作才能

满族各个氏族讲唱族史、家传、英雄颂歌的说部长短不一，有几千字的，也有数十万言甚至近百万言的洋洋巨篇，绝非文化愚蒙者所为，传承人有着广泛的社会基础和文化底蕴。他们之中有的是本族卓有名望、学识渊博的文化人，有的是博古通今、满汉齐通的大家，还有朝廷的学士、编修、将军、笔帖式等，他们本身都是才智多能者。因此，他们既对本氏族历史文化有一定的素养，又谙熟说部内容，并有组成说部题材结构的卓越能力和创作才华。在传播过程中，他们善于把祖先零散的故事收纳起来，对片段的故事进行梳理、调整，经过他们提炼、加工，使故事情节在反复构思中有了更精巧的组织。当他们再向族人讲述时，得到大家的承认、喜爱和推崇。赵东升家族传承的《扈伦传奇》就是如此，从十二辈倭拉霍传起，到二十辈的赵东升，各个传承人都是满汉齐通，知识渊博，有的是五品官，有的是笔帖式，他们熟悉本家族的历史，并收集到许多生动的故事，对前一代讲述的说部进行补充、润色，使本家族的说部日臻完善。其他传承人像梅崇阿、关寿海、郭贺龄、傅英仁、富希陆、富育光、马亚川、穆晔骏、完颜玺、爱新觉罗·德甄、赵书等，都是满族文化的知情人，谙熟族史、家传，并在民间收集许多与家传的说

① 周维杰. 抢救满族说部纪实［M］. 长春：吉林人民出版社，2009.

部相关的材料和故事，充实自己讲述说部的内容，并发挥创作才能，将这些故事衔接得天衣无缝，形成斑斓多彩的乌勒本故事。这些传承人都有高深的文化底蕴，对说部既能口头讲述，又能书写。所以，人们称他们是“书写型”的传承人。

4. 具有一流的讲演口才

满族说部是用口语讲述的口头民间说唱形式，传承人除了具备上述三个条件之外，还必须具有金子一样的讲演口才。

讲述满族说部是一种语言艺术，讲究流畅、生动，引人入胜，使听众跟着你的思路走。所以，传承人必须具有超人的禀赋，能说善唱，把故事、人物讲得活灵活现、栩栩如生，从而能够抓住听众的心。有的说部虽然有底本，但并非是完整的故事记录，只是有章回名目和几个故事线索的提示，讲述者看到这个简要的提纲，就能联想故事，连续讲上几个小时，所以讲述说部嘴皮子才是真功夫。正像富希陆先生在《瑷珲十里长江俗记》中所说的：“唱讲者各姓不一，有穆昆达，有萨满。而萨满唱讲者居多，睿知金口，滔滔如注，庶众弗及也。”说部传承人为了把自己锻炼成具有一流演讲口才的人，经常训练三个才能：①见到什么事物，马上能用非常形象、生动、简洁的语言，把这件事物的模样、大小、性质说得一清二楚，给人一种喜欢的实感。②平时锻炼自己凡是见到的事物都能印入脑海，不论经过多长时间，只要突然提起这件事，就能娓娓道来，说得头头是道。③锻炼口才，力争做到口若悬河，见事生词，见景生情，有问即答，随机应变。通过这样反复的锻炼，满族说部传承人都具有一流的口才。这也是满族说部千百年来能传承下来的一个秘诀。比如，吉林省永吉县乌拉街满族乡的说部传承人关世英，听他讲故事类似听评书，他的声音像刘兰芳一样悦耳动听，讲起来有板有眼，声情并茂，有很强的吸引力和感染力。

第五节　满族说部传承人的作用

1. 对说部的创新与发展起到一定的促进作用

满族说部最初的“古本”“妈妈本”都是比较简短的小故事，后经历代传承人的补充、加工、润色逐渐形成珠联璧合的洋洋巨篇，其传承人功不可没。满族说部传承人凭借着自己对善恶美丑的感受和对未来的向往与追求，对族史和祖先英雄事迹怀着崇敬的心情，广泛征集资料和相关的故事，经过提炼和不断地加工润色，将其故事和新的语汇补充到本家族传承的说部中去，使其内容日益丰富，情节亦愈加凝练集中，更富有典型化和艺术魅力，呈现了满族说部雄阔、遒劲的壮美风格和蛮荒古朴的文学情调。

随着时代的发展，满汉文化融合已是强大的趋势，传承人在整理祖上传承的说部时，吸收了汉族的评书和明清小说章回体的特点，使说部更具有吸引力，这正是满族传统说部顽强生命力的表现。如傅英仁讲述、宋和平和王松林整理的《东海窝集传》，赵东升整理祖上传承的《扈伦传奇》，关墨卿讲述、于敏整理的《萨布素外传》《绿罗秀演义》等都吸收了评书的特点，书中有扣子，书讲到关键时刻，说书人便说“欲知后事如何，请听下回分解”。听起来很像评书，但他表现的内容却是说部，这就是传承人把评书的表现形式拿过来为我所用，改变了平铺直叙的方法，促进说部的创新与发展。

2. 传承人在纵向传承与横向传播的链条上起着重要作用

通常所说的传承，是指自上而下、从古至今的时间延续传承，传播是指前后左右空间的流动。从这里我们可以看出，传承人起到承上启下、前后左右空间流动的桥梁作用，从而使说部文化占有广大的时间和空间，使其在多元文化互相撞击与吸收、融合中发展。其结果满族说部不仅为该氏族、该地区的民众所喜爱，促进传统文化的延续和发展，也向其他地区、氏族、民族渗透，并得到喜爱和传承。满族说部所反映的内容，与人民息息相关，因而受到北方各族群众的欢迎。像传承人富希陆就起到承上启下的作用，他把父亲、母亲传给他的《萨大人传》《飞啸三巧传奇》等说部，经过自己潜心地整理，又传给长子富育光。事实上，满族说部在传播过程中早已超出氏族、民族的界限，像《尼山萨满传》《萨大人传》《雪妃娘娘和包鲁嘎汗》《飞啸三巧传奇》《松水凤楼传》等故事早已在达斡尔族、鄂温克族、赫哲族、鄂伦春族、锡伯族以及汉族中广泛流传，只是过去没有被发掘而已。特别是《尼山萨满传》，各族人听到后，回到本族讲述时，按本族的特点改其名，如鄂伦春族叫《尼海萨满》，鄂温克族叫《尼桑萨满》，赫哲族叫《一新萨满》，虽然书名改了，但内容没有变。这说明在传播中发展了尼山萨满文化。

3. 传承人对满族说部稳定性、完整性的形成和保护起到重要作用

满族说部原本内容单一、形式简单，经历代传承人不断补充、加工、

润色，把简单的故事情节系统化、人物面貌形象化，逐渐使说部处于稳定、完整的格局。后世传承人认为，说部是老祖宗一代一代传下来的宝贵财产，只有保持原貌才是对祖先的大敬。所以他们在传承、整理说部时，保持原来的故事情节不变、人物属性不变、语言风格不变、民风民俗不变。这样就保持了说部的稳定性和完整性。

满族说部最初用满语讲述，随着时代的发展，民族文化融合，满语濒临消亡，满族说部知识型的传承人没有让这一口头文化遗产一朝俱尽，而是改用流行不衰的汉语讲述，中间穿插用满语讲述的人名、地名和专有名词，使说部仍保留满族的特色、满族的精神风貌。所以，满族说部仍然是满族的口头文化遗产。正像刘魁立先生所说："严格地说，没有传承人也就没有非物质文化遗产。"①

从以上论述我们可以看到，民族文化遗存之所以不因社会风云变化而消失，永葆无限的生命力，功莫大焉者就在于各民族中都有一批可钦可敬的文化传承人，像保姆，像园丁，像卫士，精心呵护着祖宗文化，使其青春常在。

① 周维杰.抢救满族说部纪实[M].长春：吉林人民出版社，2009.

第六章 窝车库乌勒本

二十一世纪之初，陆续公开出版了三批五十多部满族说部，其内容无比丰富，所表现的内涵雄浑壮阔，博大精深，将满族的民族精神展现得淋漓尽致。其形式既有创世神话，又有氏族史诗，还有英雄大传，真是琳琅满目，美不胜收。在这庞大的满族说部书目中，就其内容和形式可分为四种类型，即窝车库乌勒本、包衣乌勒本、巴图鲁乌勒本、给孙乌春乌勒本。首先分析一下窝车库乌勒本。

窝车库，为满语，译成汉语为“神位”“神板”“神龛”之意。窝车库乌勒本，即“神龛上的故事”，也就是通常所说的萨满神谕、萨满教神话，被尊视为神训神书。这些珍贵遗产多数保存在各氏族“谱牒”、“萨满神谕”(神本子)、“族规圣训”、“祭祀礼规”、“族源遗拾”等不同类型的各种手抄资料传本中，世代秘传。这些萨满神谕等手抄资料本，承载着族源发轫神话和本氏族英雄神话，由萨满讲唱传播。此外，还有大量的口碑传承神话，广藏于诸姓萨满、穆昆达、故事讲述家和传承人之口。往昔各氏族逢年节、喜庆、婚嫁、寿诞等活动举行祭祀和“讲古”时，族人按辈分依序坐好，萨满或穆昆达净面、梳头、漱口后讲述氏族创世神话和祖先英雄神话，以此教育后人慎终追远、追本溯源，不忘先人创业之艰难，继往开来，不懈奋斗。千百年来，由于满族各氏族祭祀和“讲古”活动盛传不衰，窝车库乌勒本便一代一代传承下来，至今在满族中仍保存着鲜活的神话故事。

第一节 满族先世神话的起源及其特征

满族先世自古以来就生息、劳动、繁衍在祖国黑龙江、乌苏里江、牡丹江、松花江流域广大地区，素称白山黑水为满族的故乡。有史可查已有三千余年的历史。三千年以前这里一片森林、江湖、草莽，满族的先世过着原始人群居的生活，生产力极端低下。满族先民最初的时候，在生产劳动和生活中，就对与自己相伴相生的动物、植物以及雷鸣闪电、风雨冰雹、日月星辰周而复始的出现产生浓厚的兴趣，发出各种疑问，这些动物、植物是怎么来的？各种自然现象是怎么形成的？为什么给人类生活带来幸福又造成那么大的灾难？诸如此类的问题时时困惑着他们，促使他们去思考、去认识。由于当时满族先世认识能力低下，所以不得不借助想象力，即对各种现象的认识充满奇妙的幻想，认为在人的周围有超自然力量在支配，以为万物都是有灵魂的。恩格斯说："由于自然力被人格化了，最初的神产生了。"满族的先世把这种超自然的力量叫作神。在此基础上形成天神主宰的思想。这些蒙昧的观念，便产生了原始宗教和原始神话。正如马克思在《〈政治经济批判〉导言》中说的："任何神话都是用想象和借助想象以征服自然力，支配自然力，把自然力加以形象化。"这种想象正是满族先世生产力低下的客观现实在头脑中的反映，是一种不自觉的认知行为。

满族先世从这些蒙昧的观念中，逐渐产生了原始信仰和原始神话。在有了原始信仰和原始神话的同时，原始先民用各种方法举行祭礼，向神灵祈祷、膜拜，于是产生了原始宗教——萨满教。正如恩格斯所说："一切宗教都不过是支配着人们日常生活的外部力量在人们头脑中的幻想的反映，在这种反映中，人间的力量采取了超人间的力量的形式。"[①]那么，究竟什么是神话？茅盾先生在《神话研究》一书中下了一个确切的定义，他说：神话是"一种流行于上古民间的故事，所叙述者，是超乎人类能力以上的神的行事，虽然荒唐无稽，但是古代人民相互传述，却信以为真"[②]。茅盾先生强调了两点：一个是超乎人类能力以上的神的行事，一个是古代人信以为真，这正反映了原始人的信仰。所以说，神话是人类信仰的产物。同时，也是意识的产物，它深深地植根于原始社会的现实中，植根于人类生存的条件中。神话的产生需具备两个条件：首先，原始人类有了意识，有了幻想；其次，有了语言交流的工具，使神话得到传播。这两个条件缺一都不会产生神话。满族先世神话的产生，说明原始先民在洪荒时期已有了宗教意识。流传下来的各类神话就是对上述问

---

① 马克思，恩格斯. 马克思恩格斯选集：第三卷［M］. 北京：人民出版社，1963.

② 茅盾. 神话研究［M］. 天津：天津百花文艺出版社，1981.

题的佐证。

什么是原始宗教？我们知道，人类在适应外部世界的过程中，在遇到生病、死亡和各种困难的情况下，为了得到解脱，便幻想一种超自然的力量，帮助他们战胜疾病、死亡和生活中的各种困难。他们凭借着这种信仰举行仪式祈祷，将自己逃避到超自然的领域中去，以求神灵庇佑、保护，于是便产生原始宗教。满族先世所信奉的原始宗教是萨满教，主张万物有灵，自然崇拜、祖先崇拜。在萨满神谕中记载着各类天神和氏族祖先神的丰功伟绩，这便是神话的载体。萨满代代供奉、传诵。所以说，满族先世神话中的神就是祭坛膜拜的神，萨满教中歌颂神的事迹就是今天人们认为荒诞无稽的神话。

综上所述，原始宗教和原始神话，是古代先民的观念形态，它反映了原始先民的理想与愿望，是原始人类在生产力低下的荒蛮时期，同时产生的一对孪生兄妹。“宗教存在，神话便存在着。宗教与神话相依而生，相依而存。”[①] 原始宗教与原始神话，同时植根于人类同自然积极相互作用的过程中，谁也离不开谁。满族先世神话与萨满教也正是这种关系的真实写照。

满族先世神话的基本特征：

1. 满族神话总是与先民居住的独特地理环境和渔猎生活有着千丝万缕的联系，成为满族古俗和精神文化的源头

马克思对神话的本质做了极为科学的概括，他说：神话是“已经通过人民的幻想用一种不自觉的艺术方式加工过的自然界和社会形式本身”[②]。这说明神话是一定社会现实的反映，而社会现实是形成神话独特的反映生活的基础，这在满族神话中有充分的表现。

傅英仁传承的神话《天宫大战》中说：阿布卡赫赫打败了耶鲁里，将它九个头中五个头的双眼取下，使它变成瞎子，最怕光明和篝火，只要燃放篝火，点起冰灯，照亮暗隅，九头鸟便不敢再危害人世间了。后来，满族夜点冰灯的古习传袭至今，特别是居住在黑龙江、乌苏里江、松花江下游的满族人家，常常于春节期间在家门口放两个冰灯，甚至在猪栏门口也放两个造型古朴、晶莹闪亮的冰灯。这说明，满族燃点冰灯之俗，不仅是为了观赏，而且有避邪趋吉的宗教意味。

---

① 富育光. 萨满教与神话［M］. 沈阳：辽宁大学出版社，1990.

② 马克思，恩格斯. 马克思恩格斯选集：第二卷［M］. 北京：人民出版社，1963.

从这则神话我们可以看出，神话表现的内容总是和原始先民所处的环境紧紧相连，所以满族及其先民千百年来沿袭的古俗和反映的精神面貌是有着深厚的根源的。所以说，满族先民所处的原始社会生产力极其低下的条件是形成神话的基础。满族先民创作的神话是一种原始的艺术形式，是和产生神话的那个时代的地理环境、生产生活情况相适应的。不同的民族所处的不同自然环境和所从事的不同经济活动，决定了其不同的神话内容特点。所以，神话所表现的思想内涵和观念，成为满族古俗和精神文化的源头。

2. 结构完整、内容完善的神话故事，构成满族神话体系多元化的重要特征

满族先世神话经历了以“万物有灵”观、“自然崇拜”观念为基础的创世神话、洪水神话、星辰神话、图腾神话、祖先英雄神话、职司神话以及萨满神话等，凡此种种无不说明满族先世神话观念体系是一个相当发达的、多元化的神话体系，几乎包括了神话的全部体裁。从马亚川传承的《女真谱评》、富育光传承的创世神话《天宫大战》和同属一个系列的《恩切布库》《西林安班玛发》《奥克敦妈妈》，鲁连坤传承的东海萨满史诗《乌布西奔妈妈》，满族与北方民族广泛传播的萨满过阴追魂的《尼山萨满传》等，从这些神话中我们可以看到，宇宙起源，天神创世造人，人类群婚、人兽联姻，氏族起源以及萨满的丰功伟业等诸多生动丰富的神话情节和母题。这些神话故事有头有尾，结构完整，神的形象都充满人情味，与人一样都有情欲，能饮食，并具有善恶的秉性，真实地再现了那个时代人的性格和本质风貌，展现了满族的先世在开拓自然界中同各种困难进行英勇斗争的民族性格，回荡着真善战胜邪恶、光明战胜黑暗的积极向上的主旋律，充分显示出满族先世神话的悠久历史，是对我国古神话的丰富与补充，是对世界文化宝库的重要贡献。

满族创世神话《白云格格》[①]就是一个结构完整、人物形象鲜明、神话母题丰富的典型事例。

故事中说：“天地初开的时候，天连水，水连天，天是黄的，地是白的。渐渐，世上才有了人呀、鸟呀、鱼呀、兽呀、虫呀。住在九层天上的天神阿布卡恩都力，照见地上出现奇怪的生灵，大发雷霆，要把地上所有生物统统收回上天。”于是叫雷神、风神、雹神、雨神刮起风，降下暴

① 富有光. 苏木妈妈 创世神话与传说［M］. 长春：吉林人民出版社，2009.

雨，落下冰雹。遍地汪洋，白浪滔天。“人呀，鸟兽呀，混在一块漂流，谁也顾不得伤害谁，都在黑浪里号叫、挣扎……拼命找地方活命。”“地上生灵遭受灾难，深深地感动了天上善良的白云格格。”白云格格是天神阿布卡恩都力的小女儿，望见大地上滚滚翻动的白水，又气又恨，心想：“准是阿玛干的，阿玛太专横了。”她产生了同情心，从宝船上拣几根小树枝扔下去，立刻变成万根巨树，人爬上去，逃命，虫啊、野兽爬到木头上，漂到远处藏身。白云格格想，光扔几根树枝咋行，只有把地上的洪水收住，那些生灵才能得救。要想收住洪水必须打开阿玛让她掌管的万宝匣，可是那是违犯天规、家法的事情，严厉的阿玛绝不会饶恕。白云格格想了想，宁愿受到制裁，也要搭救地上的万物。她冒着生命的危险，从阿玛的寝宫偷出开天钥匙，打开聚宝宫，拿出两个万宝匣，打开后往地上倒，不大一会儿，地下白亮亮的水，马上变成大地了。“白云格格由于心慌撒得不匀，有的高点，有的厚点，有的薄点，所以大地上高一块，低一块，凹一块，就出现了一条条山丘和平地、凹地，土少的地方就变成一片平川。……后来人们都说兴安岭山不陡，土质肥，就是白云格格留下的。”

白云格格撒完土之后，知道闯下了大祸，阿玛绝不会善罢甘休。她无处藏身，只好跑去哀告大姐顺格格（即太阳神），顺格格知道小妹违犯天条，不敢收留，用烈火和太阳的光芒照射她。又跑到二姐比牙（月亮）格格那，让二姐宽恕她。二姐知道她为解救地上生灵才干出这种事，但自己保护不了她，便催促小妹赶紧逃吧！这时“白云格格，眼含热泪，穿好雪白的银光衫，围上红霞披肩，勒紧黄云彩带，拴上粉红荷包，一狠心飘呀飘，飘到大地上。三格格从天宫逃到地上”。这时，天神阿布卡恩都力知道后十分愤怒，“让雷神妈妈打着炸雷，风神妈妈刮着飓风，雹神妈妈抛着冰坨子，雨神妈妈淋着洪水，一齐追撵着白云格格”。即便这样，众神还是没找到白云格格，阿布卡恩都力“又派雪神降雪，刮寒风，冻死地上的所有花草，让白云格格没处藏身。大雪铺天盖地，树有多高雪就有多深。百花凋零了，大树上绿叶全都掉下来了”。阿布卡恩都力心想这回三格格该回来了，可是仍没回来，他实在忍不住了，就对着雪地哀求说：“伊兰甘追[1]，伊兰甘追，你认个错，回天上吧！阿玛饶你啦，不然，你再不回来，我要一年下半年的雪，世代不变，那时候，我看你怎

① 伊兰：满语，三的意思；甘追，即姑娘。

么办。”

“可是，刚强、正义、善良的白云格格，想到自己是为了搭救地上的生灵，宁可尝尽地下的寒苦，也不向阿玛认错。……雪还在下，白云格格就把自己的银光衫裹了一层又一层，绕了一圈又一圈，冻呀，冻呀，最后把自己冻成一棵身穿白纱、木质洁白的树，永世长存在大地上。后人都管这种树叫白桦树。”

看，这则神话结构多么完整，有头有尾，故事跌宕起伏，对白云格格以及天神阿布卡恩都力和顺大姐、比牙二姐的形象刻画得栩栩如生。整个神话所表现的社会内容深刻，揭示了女儿神与父亲神的矛盾冲突，其本质就是反映父系社会的人与神的对立与斗争，反映人类对自然灾害的抗争。白云格格为拯救地下生灵遭受灾难，不怕违犯天规家法，最后悲壮地牺牲自己，变成寒冬傲雪的白桦树，这是北方民族抗争自然与社会压迫的誓死不屈的民族英雄之魂的象征。在整个神话中，神都被人格化了，神就是英雄，英雄就是神。

3. 满族神话突出歌颂了始母神和众多的女性大神，表现女神主宰世界的特征

二十世纪三十年代，黑龙江省瑷珲地区的满族文化传承人吴纪贤先生在记录整理的《吴氏俄射库祭谱》第三段《妈妈祭》中说：“吾族公祭，均祭至高无上之母亲神灵，神名之重之多，譬如兴安之树，不可数指也。”将母亲神之多比喻为兴安之树，可见女神已构成一个自成体系的女神神系。这在满族先世的神话中可以得到验证。在满族创世神话《天宫大战》所描述的惊心动魄的善、恶之神的搏斗中，就有各司其职的三百女神参加这场生死斗争。其中比较重要的女神有：

天地三姊妹尊神阿布卡赫赫、巴那姆赫赫、卧勒多赫赫；
九色花翅大嘴巨鸭女神；
霍洛浑和霍洛昆唱歌、跳舞女神；
曼君牧兽女神；
多喀霍生命女神；
奥朵西放云马女神（阿布卡赫赫身边第三个侍女）；
大侍女喜鹊女神；
二侍女刺猬女神；
都凯蚯蚓女神；

西斯林风神；
突姆火神；
顺太阳女神；
比牙月亮女神；
那丹乌西哈七星女神；
百草女神雅格哈；
花神依尔哈；
护眼女神者固鲁；
大力女神福特锦；
大鹰女神嘎思哈；
西方女神洼勒格；
东方女神德立格；
北方女神阿玛勒格；
南方女神朱勒格；
中位女神都伦巴；
鼠星女神兴恶里；
人类始母神女大萨满等。

在《天宫大战》捌腓凌中说：

天树通天桥，
通天桥路分九股，
九天九股住着宇宙神，
都是耶鲁里从地上赶上来的。
九股分住着三十妈妈神：
一九雷雪三十位，
二九溪涧三十位，
三九鱼鳖三十位，
四九天鸟长翼神，
五九地鸟短翼神，
六九水鸟肥脚神，
七九蛇猬追日神，
八九百兽金洞神，

九九柳芍银花神，
统御寰天二百七，
三位赫赫位高尊。

这三百女神分属天、地、动物、植物等九个自然系统，各司其职，由天母阿布卡赫赫、地母巴那姆赫赫、布星女神卧勒多赫赫统领，形成一个强大的象征着善、光明的女神神系，与恶神神系耶鲁里进行顽强的斗争并付出巨大的牺牲，最后才战胜恶神神系，为人类创造出适于生存的现实世界。

在傅英仁先生传承的满族神话中有许多篇歌颂女神战胜自然以及同邪恶势力做英勇斗争的故事。如断事神塔拉伊罕妈妈、弓箭神多龙格格、部落保护神伊尔哈、子孙娘娘神佛托妈妈、鹿神抓罗妈妈以及天音、天姿创始神德利妈妈等。这些女神和女英雄都是性格开朗、年轻有为、有勇有谋的志士，敢于战胜自然、同邪恶势力做英勇斗争的英雄。为了本部族过上平安的好日子，他们不怕将自己变丑、变为禽兽，甚至不怕牺牲自己。多龙格格为消灭祸害两个氏族的妖鹏，历经多方苦难找到能让人长出翅膀的清泉水，后来她长了翅膀，飞到长白山学习神箭，消灭了妖鹏。抓罗格格为保护鄂多哩人过着平安幸福生活，忍痛请鹿祖先神给自己头上安上双角，用双角发出的刀箭战胜乌斯人，搭救出鄂多哩人和鹿群。这些女性英雄形象高大，光彩照人，死后人们追认她为神，氏族年年祭祀。

上述这些歌颂众多女神英雄的神话，均产生在母系氏族社会的繁荣时期，也只有在母系社会才能产生女神观念和幻想的女神形象。三百女神已形成一个强大的女神系列，说明当时社会已有强有力的氏族领导集团，其领导核心就是以天母神阿布卡赫赫三姊妹为代表的，她们统领女神系列的一切大权，充分反映了母权制的社会形态。这是满族先世神话的一个重要特征。

4. 有关萨满的神话在满族神话中占有重要位置，萨满又是神话的保存者、讲述者、创作者，所以满族神话具有萨满神话的重要特征

世间的大萨满是怎么来的？在满族创世神话《天宫大战》玖腓凌中说：

阿布卡赫赫又派神鹰哺育了一女婴，

使她成为世上第一个大萨满，
神鹰哺育的奶水，
太阳河便是昆哲勒衔来的生命与智慧的美誉。
……
阿布卡赫赫使命她哺育了世上第一个通晓神界、兽界、灵界、魂界的智者——大萨满。
……
女大萨满才成为世间百聪百伶、百慧百巧的万能神者，
抚安世界，传替百代……

神话中又接着说："不知又过了多少亿万年，地上是水，天上也是水，大地上只有代敏大鹰和一个女人留世，生下了人类。这便是洪涛后的女大萨满，成为人类始母神。"神话告诉人们：是神鹰把一个女婴哺育成世间第一个女大萨满，神鹰与女大萨满媾育，生下了人类。于是，女大萨满成为人类始母神。

在满族神话中歌颂萨满奇功的比比皆是，在东海萨满史诗《乌布西奔妈妈》中，乌布西奔大萨满就有小女萨满九九八十一人，分到九九八十一个部落。乌布西奔大萨满传承、保存了先世传给她的神话，然后向她的弟子教唱神词，众萨满背记，怕时间长遗忘，都各自想办法助记。"达尔古妈妈记在树叶子上，达尔里妈妈记在树皮里面，达尔布妈妈记在草秸上，画虫画鸟画飞鱼，都各有密语。"这就是满神神谕最早的形式，也是一个氏族的部落神话。

满族神话《石头蛮尼》讲述大萨满为民除害的功绩，与满族一些姓氏供奉的吉祥神是一致的。石头蛮尼是苏木哈拉的大萨满，他活着的时候，神通广大，除邪去病，为民解除困难，有求必应，远近闻名。他死后人们尊称为蛮尼，并用石头给他刻了像。在祭祀这位神的时候，大人小孩都不许乱说乱动，更不许紧盯着石头蛮尼的像。满族神话《沙克沙恩都力》说的是，刚有人类的时候，只知捕猎觅食，不知天灾病患，阿布卡恩都力为这件事很担心，派沙克沙（喜鹊）下界，向人类预报一些吉凶祸福。魔鬼耶鲁里摆迷魂阵，要吃五十个人，沙克沙知道后上长白山求长白山主帮助。长白山主教他破阵的方法，最后打开迷魂阵，救了五十个人。天神见沙克沙有这么大的功绩，又把他召回天上。从此，沙克沙的名声传遍各部落，说他是逢凶化吉遇难呈祥的沙克沙恩都力。满族称

他是喜神，各氏族供奉的诸神之一。每逢添人进口、修建新房、大病得愈、出兵打仗平安归来等，都要祭祀喜神。祭祀喜神时不杀猪。这充分反映出满族先民对萨满教的虔诚信仰，可见早在母系社会时期，自然崇拜、图腾崇拜、祖先崇拜已成为满族先民的民族意识。我们从各哈拉崇拜祭祀的祖先神和图腾，都能找到相对应的神话。满族萨满祭仪中占有最重要地位的天神，就是满族神话中的阿布卡恩都力。梅哈乐哈拉祭祀的《蛇神》，就是神话中的小白蛇；吴扎拉氏祭祀的鹿神，就是神话中的抓罗妈妈等。这种满族各姓氏祭祀的神与神话中的神呈现同一性，反映了满族神话就是萨满神话的重要特征。所以说，萨满教与神话是相依而生的一对孪生姊妹。

第二节　满族萨满创世神话《天宫大战》

满族先世黑水女真萨满创世神话《天宫大战》，是窝车库乌勒本的重要诗篇，它以原始人对自然力的神奇幻想，波澜壮阔的气势和跌宕起伏的故事情节，并伴以优美动听、激情澎湃的满语咏唱古调为旋律，深受人们的喜爱，在我国北方满族先民中广泛流传，各氏族世代传讲不衰，大约已有数百年的传咏史。在二十世纪三十年代以前，全用满语讲唱《天宫大战》故事，而且讲的都是“神们的事情”，深受北方满族族众的虔诚崇拜，奉为“天书”“神书”。正因为如此，讲唱《天宫大战》，不是任何族人都可以不分场合随意传讲的，必须由族中最高神职执掌者，即德高望重的安班萨满玛发才有口授故事和解释故事的资格，其他人是不能传讲的。往昔，萨满咏唱《天宫大战》，俨然如同阖族举行一次萨满颂神礼，非常虔诚。所以《天宫大战》故事，在北方满族诸姓族众中，记忆最深刻，可以说闻名遐迩。

满族萨满创世神话《天宫大战》的流传地域，主要在黑龙江、乌苏里江流域和东海窝集部及宁安市等地区。宁安市流传的《天宫大战》故事，主要是由满族付、关、赵、吴四姓老萨满口传下来的。满族说部丛书收录的《天宫大战》主要是流传在居住黑龙江畔瑷珲县大五家子、下马场、蓝旗沟、孙吴县四季屯、大桦树林子、小桦树林子、霍尔莫津等满族众姓之中，如满洲巴林哈喇、萨克达哈喇、章佳哈喇、瓜尔佳哈喇等姓氏，世代传讲，一直讲唱不衰并较好地将口传原件保存下来。二十世纪三十年代，他们讲唱的富有特色的动人古歌《天宫大战》，被生活在当地的满族文化人士吴纪贤先生和富希陆先生所注意，首先采录居住在孙吴县四季屯的满族人阎铁文、关锁元之父讲唱的《天宫大战》片段，后来经过调查访问，他们又找到一位满族杰出的文化传承人——孙吴县四季屯著名老猎手白蒙古，听他一句句地咏唱，认真记录下来，由富希陆先生慎重珍藏。这个《天宫大战》文本，就是白蒙古讲唱，吴纪贤和富希陆采访，由富希陆记录并珍藏，后又传给富育光先生的。

白蒙古，本名叫白蒙元，巴林哈喇，满洲正白旗人，一生擅套狍子，嗜酒，因赞其猎技像蒙古猎手，故绰号"白蒙古"。祖籍黑龙江以东"江东六十四屯"的桦树林屯。清光绪二十六年，白蒙元父母及兄妹惨死，他随病爷爷逃过江来，在江西四季屯安家落户。爷爷曾是江东地方著名的大萨满，一生擅长讲唱满族古歌。爷爷在有生之年将闻名的窝车库乌勒本《天宫大战》神歌九大"腓凌"(章节)传给孙子白蒙元。白蒙元为人豪爽，喜酒好唱，嗓音甜美，保留众多满族动听的民谣小调和神话故事。《天宫大战》就是由他讲唱，吴纪贤、富希陆记录下来的，他们为保护满族文化遗产做出了重要贡献。

1. 女大萨满讲述神龛上的故事《天宫大战》的情景

《天宫大战》的引子说："从萨哈连下游的东方，走来骑九叉神鹿的博额德音姆萨满。"博额德音姆是女真语，译成汉语是"回家来的人"的意思。博额德音姆萨满，是本氏族已经去世的一位女大萨满，她骑着九叉神鹿回家来，是她的萨满魂魄传讲神龛上的故事《天宫大战》。博额德音姆萨满本身是一位才艺卓绝的歌舞神，又是记忆神。相传，博额德音姆附体于萨满之后，便要唱歌、跳舞，通宵欢唱，歌喉婉转，从不知疲惫。她学各种山雀啼啭声与真雀无异，能站在猪身上起舞，猪惊而不跑。往昔萨满祭祀时，若查访祖坟地址、原居地、祖谱远代宗嗣接续不清，便要迎请白发女神博额德音姆萨满，降临神堂，指点迷津。

从这里我们可以看出，博额德音姆已从人间的萨满变成圣殿中的女神，是她在讲唱《天宫大战》故事，故而讲述创世神话《天宫大战》是一种神谕，是讲神书、天书。在北方民族崇信的萨满教中，一些重要的神话都是通过神谕、神传、梦授等奇特方式传播的，有的是德高望重的大萨满向他得意的弟子秘授。在满族说部《萨大人传》中，有位宝德音大萨满，孑身老妪骑鹿神游于黑龙江上下两岸诸部落，白发不知其岁，暮年不知其所终，手击鱼骨踏舞翩跹，被人们尊称为疯妈妈。她能一连数夜说唱乌勒本，即《天宫大战》故事。在二十世纪三十年代末，吴纪贤、富希陆在记录白蒙元讲唱的《天宫大战》时，曾索问他此神话源于谁？白蒙元亦称是白发婆授予他的。说明这则神话是萨满神授予白蒙元的，从此流传于世。

2.《天宫大战》的主要内容

世上最先有的是什么？最古最古的时候是什么样的？创世神话《天宫大战》讲："世上最古最古的时候是不分天、不分地的水泡泡"，"水泡泡里生出阿布卡赫赫"。"有水泡的地方，都有阿布卡赫赫。她小小的像水珠，她长长的高过寰宇，她大得变成天穹。"神话提出最古最古的宇宙是"天水相连"的混沌世界，而至高无上的天母阿布卡赫赫是从水泡里生出来的，说明水是孕育生命的母体，原始先民对生命产生的观察很有科学道理。神话接着说：阿布卡赫赫的"体魄谁也看不清，只有在水里才能看清她是七彩神光""她能气生万物，光生万物，身生万物"，于是"阿布卡赫赫下身又裂生出巴那姆赫赫[①]"，"阿布卡赫赫上身，裂生出卧勒多赫赫[②]"。三位女神是"同身同根，同现同显，同存同在，同生同孕。阿布卡赫赫气生云雷，巴那姆赫赫肤生谷泉，卧勒多赫赫用阿布卡赫赫眼睛生顺、比牙、那丹那拉呼[③]，三神永生永育，育有大千"。创世神话《天宫大战》告诉人们，大千世界是怎么来的，风、云、雷、日、月、七星以及万物都是三位女神孕育而生的，这形象地反映了原始初民创世的宇宙观。

那么，"世上怎么有了男有了女"？创世神话《天宫大战》接着说："阿布卡赫赫见世上光生女人，就从身上揪块肉，做个敖钦女神，生九个头……还从卧勒多赫赫女神身上要的肉，给她做了八个臂，……让她侍守在巴那姆赫赫身旁，……阿布卡赫赫、卧勒多赫赫这回同巴那姆赫赫造男人。"巴那姆赫赫忙三迭四顺手抓下一把肩胛骨和腋毛，和姐妹的慈肉、烈肉揉成了一个男人。阿布卡赫赫问："男人不同于女人的地方在哪啊？"巴那姆便想到学天禽、地兽、土虫的模样造男人。巴那姆赫赫"慌慌忙忙从身边的野熊胯下要了个'索索'[④]，给她们合做成的男人形体的胯下安上了"。于是，敖钦女神"马上变了神形，一解九头八臂的两性怪神"。

---

① 巴那姆赫赫：地神，也是一位女神。

② 卧勒多赫赫：也叫希里女神，即布星女神。

③ 顺、比牙、那丹那拉呼：满语，即日、月、小七星。

④ 索索：满语，指男性生殖器。

她自己有“索索”，
能自生自育，
又有阿布卡赫赫、
卧勒多赫赫、
巴那姆赫赫身上的骨肉魂魄，
又有九头学到百能百技，
有利角可刺破天穷大地，
刺伤了巴那姆赫赫，
钻进巴那姆赫赫肚子里。
她自生自育，
生出无数跟她一样的怪神。
它就是九头恶魔神，
无往不胜的耶鲁里大神。

耶鲁里对三女神毫不惧畏，反而欺凌诸女神。耶鲁里闹得地动山摇，日月无光，万物惨亡。于是，产生两大对立的神系，即以阿布卡赫赫为首的代表善和光明的诸女神，以耶鲁里为代表的恶、黑暗诸大神。两大神系展开一场人类创世之初的善与恶、光明与黑暗、生命与死亡、存在与毁灭的两种势力的激烈搏斗。这种思想正符合萨满教观念，认为人类创世之初，必有两种势力的针锋相对的殊死搏斗，最终以真、善、美、光明获胜，万物才真正获得了生存的权利与可能，人创造了人类世界。[①] 创世神话《天宫大战》表现两大神系的激烈斗争，反映远古人类开拓自然、征服自然、战胜罪恶势力的社会实践与认识，此时正是母系社会向父系社会过渡时期社会冲突在思想观念上的反映。

3.《天宫大战》故事反映的主要思想及重要价值

天宫大战表现两大神系的搏斗，是充满智力、神力的技巧竞争，因而不是一帆风顺、一蹴而就的事情，而是一波三折、跌宕起伏、有胜有败的争斗，最终代表人类利益的天神阿布卡赫赫获胜，繁衍了人类。在这曲折、波澜壮阔、惨烈壮观的斗争中，以天神阿布卡赫赫为代表的众女神表现出许多闪光的思想和英雄作为，成为后人学习、继承的楷模。

① 富育光. 萨满教与神话［M］. 沈阳：辽宁大学出版社，1990.

（1）三位创世女神在天宫大战的生死搏斗中，首当其冲，冲锋陷阵，表现她们大无畏的英雄气概

耶鲁里被女神打败之后，不甘心，找阿布卡赫赫比试飞速。阿布卡赫赫心想，任你怎么飞跳，也跳不出我肤体之外。结果，粗心大意，被耶鲁里骗进了北天雪海里。阿布卡赫赫在雪海里饿得没有办法，把山岩里的巨石吞进了腹内。巨石里住着多喀霍女神，是光明和火的化身，烧得阿布卡赫赫浑身充满了巨力，撞开雪山，冲上穹宇。可是阿布卡赫赫被火烧得肢身融解，双眼变成日、月，头发变成了森林，汗水变成了溪河。天上的日、月，大地上的森林和江河都是天母的躯体变成的，天神阿布卡赫赫这种勇于斗争和甘愿献身的精神实乃可歌可敬。反映北方初民之所以对故乡山河和日、月的热爱，因为这是由天神阿布卡赫赫的躯体变成的。

（2）用拟人化的手法写神，把善神和恶神都写得像人一样有七情六欲，食人间烟火

在天宫大战中，耶鲁里跑得快，阿布卡赫赫总是追赶不上，她身边的三侍女奥朵西女神“便想出一个巧妙的招法，用藤草编成白色的马借给耶鲁里。耶鲁里挺高兴，哪知骑上白马便被藤草缠住。耶鲁里这才被阿布卡赫赫捉住，服输了。耶鲁里说了软话，阿布卡赫赫心慈手软，放了他”。神话中一方面说耶鲁里的狡猾，善于根据形势做出自己的抉择，被捉住就赶紧服输，另一方面说阿布卡赫赫见耶鲁里说了软话，就心慈手软放了他，结果酿成大患。接着神话又表现耶鲁里性格的另一面：

> 不料，耶鲁里马上就变样了，
> 还照样伤害生灵。
> 耶鲁里见阿布卡赫赫身披九彩云光衫，
> 姿貌秀美，
> 便想调戏她，
> 并想得到她。
> 阿布卡赫赫格外恼火。

从这里我们可以看出，《天宫大战》创世神话是按人的模样和欲望创造神的，说耶鲁里是反复无常、极不可信的恶神，把女神说得如同人间女人一样善良、心慈，屡屡上当受骗。虽然短短几句，却把不同神的不

同性格描写得极为生动、可信。

(3) 创世神话《天宫大战》所反映善、恶两大神系的搏斗，并不是一边倒的，而是各有胜负，这是一场比智慧、比招数、比勇敢的一波三折、动人心魄的斗争

神话中说："耶鲁里看见东方天空有个蓝色的草地，西斯林女神用风翅抚盖着天上的草地。耶鲁里知道这是阿布卡赫赫在天上栖居的地方，便乔装成一个赶鹅的老太太，拄着个木杖吆喝着走来。守护阿布卡赫赫的西斯林女神当时贪恋睡觉，被耶鲁里轻易地破了风阵，抓住了阿布卡赫赫。"

神话柒腓凌接着说：

阿布卡赫赫被抓，
天要塌陷了，
天摇地晃，
日月马上暗淡无光。
天上的神禽，
地上的神兽相继死亡，
阿布卡赫赫的两个妹妹，
吓得手足无措。
三姊妹同根同存，
一个若是被杀死，
两个妹妹也就随着窒息。
大难眼看临头，
耶鲁里要执掌穹宇，
众魔手舞足蹈，
争霸天地间的星房地窟。

就在这千钧一发之际，在阿布卡赫赫泪眼溪流旁，住着护眼女神者固鲁，她们化作了一朵芳香四散、洁白美丽的芍丹乌西哈[1]，光芒四射，耶鲁里一见这朵奇妙的神花，爱不释手。谁知白花突然变成千条万条光箭，直射耶鲁里的眼睛，疼得他闭目打滚，逃回地穴之中。

① 芍丹乌西哈：满语，即芍药星星。

这说明善神天母阿布卡赫赫并不是坚不可摧的，她手下的女神也有犯错误的时候，而聪明狡猾的耶鲁里是利用她贪恋睡觉的机会轻易破了风阵，抓住了阿布卡赫赫。而魔高一尺，道高一丈，任凭耶鲁里再狡猾，也躲不过阿布卡赫赫身边的女神者固鲁的眼睛，她变成洁白美丽的神花，骗过耶鲁里，然后又变成千万条光箭直射耶鲁里的眼睛，使他不得不逃回地穴之中。《天宫大战》神话这种惊心动魄、跌宕起伏的故事情节，正是原始先民社会意识形态中复杂斗争的反映，给人以深刻地启示。

（4）已形成三百女神神系集团，在天母阿布卡赫赫率领下集体参战，表现了集体主义的精神

从《天宫大战》创世神话中我们可以看到，恶魔耶鲁里神威齐天，多次将宇宙三姊妹神逼入绝境，即将执掌穹宇，但天母身边的三百女神各个施展绝技、神功，在与耶鲁里比智、比勇的斗争中，奋不顾身，英勇搏斗，终于使恶魔耶鲁里无处藏身，邪恶势力不能得逞，给人类带来安静的生存环境。

神话中说："通天桥路分九股，九天九股九层天，每股分别住着三十位妈妈，九天九股共二百七十位统御寰宇，三位赫赫位高尊。这些宇宙女神都是耶鲁里从地上赶到天上去的。"这说明"萨满教的自然神殿虽然建立在九层天穹的空灵世界中，但其基石仍是初民的世俗生活"[①]。天穹中这些威武不屈的三百女神，虽然都披上了自然神祇的外衣，但她们都是母系社会氏族、部落集体力量的化身。这反映原始初民把世俗生活神化为神圣的女神王国，一同战胜邪恶势力。

耶鲁里在和众女神搏斗中，屡战屡败，便提出"要一对一地比试高低。双方都不要带帮手，胜者就是执掌寰宇的额真达爷"。阿布卡赫赫便与卧勒多赫赫商议对策，卧勒多赫赫说于大姊，她将星群列成战阵，供大姊战累了歇脚。阿布卡赫赫与耶鲁里争杀在一起。最后耶鲁里神力难支，掉在德登女神脚踩着的地心里，被巴那吉额姆最宠爱的女儿福特锦力神摁住。宇宙三女神在众神的辅佐之下，打败了九头恶魔耶鲁里。这是三百女神集体力量、集体智慧的结晶。《天宫大战》创世神话，以通篇的故事颂扬集体主义精神，告诉人们只有依靠集体的力量才能战胜邪恶势力，保护人类的生存环境。

---

① 富有光，王宏刚. 萨满教女神［M］. 沈阳：辽宁人民出版社，1995.

（5）神话高扬为集体自我牺牲的精神，歌颂舍己为人的英雄气概

在《天宫大战》柒腓凌中说：耶鲁里闯出地窟要吃掉阿布卡赫赫和众善神，他喷出恶风黑雾，遮住了天穹。突姆火神临危不惧，用自己身上的火光毛发，抛到黑空里化成依兰乌西哈、那丹乌西哈、明安乌西哈[①]、图们乌西哈[②]，帮助了卧勒多赫赫布星。神话中说：

然而，突姆火神都全身精光，
变成光秃秃、赤裸裸的白石头，
吊在依兰乌西哈星星上，
从东到西转来转去。
照彻大地和万物，
用生命的最后火光，
为生灵造福。

突姆火神为驱散耶鲁里喷出的恶风黑雾，全身被烧得精光，变成光秃秃的白石头，最后还发出微光，照彻大地和万物，为生灵造福。你看突姆火神的自我牺牲精神多么伟大呀！

不仅如此，神话中还讲述了盗火女神其其旦的故事。神话中说：“最古，先人用火是拖亚拉哈大神所赐，在阿布卡恩都力未给人以火之前，茹毛饮血，常室于地下同蝼鼠无异。”可是

其其旦女神见大地冰存齐天，
无法育子，
便私盗阿布卡恩都力的心中神火临凡。
怕神火熄灭，
她便把神火吞进肚里，
嫌两脚行走太慢，
便以手为足助驰。
天长日久，
她终于在运火中，

① 明安乌西哈：满语，即千星。
② 图们乌西哈：满语，即万星。

被神火烧成虎目、虎耳、
豹头、豹须、獾身、鹰爪、
猞猁尾的一只怪兽，
变成拖亚拉哈大神。
她四爪踏火云，
巨口喷烈火焰，
驱冰雪，
逐寒霜，
驰如电闪，
光照群山，
为大地和人类送来了火种，
招来了春天。

这些生动、感人的诗句，反映了原始初民为氏族的利益不惜牺牲自己的英雄气概，其崇高的境界不亚于古希腊神话中的盗火神普罗米修斯。普罗米修斯同情人类的苦难，把天上的火偷来送给凡人，并传授给人类科学知识，给人聪明才智，使他们有了技能、智慧，战胜困难，享受文明与幸福。主神宙斯对此不满，他把普罗米修斯绑在高加索悬崖上，每天派一只鹰来啄食他的肝脏，使他遭受折磨与痛苦。普罗米修斯是古代文学为人类创造的最崇高、最伟大的艺术形象，至今为人类颂扬。而满族神话《天宫大战》中的其其旦女神为人类盗火被烧成一只怪兽，同样是伟大、崇高的艺术形象。

(6)《天宫大战》神话讲述世上第一个大萨满是怎么来的，为什么她是百聪百伶、百慧百巧的万能神

天宫大战结束后，天母阿布卡赫赫为人类做的第一件大事就是派神鹰哺育一个女婴，使她成为世上第一个大萨满。神话中说：

阿布卡赫赫便命她哺育了世上第一个通晓神界、兽界、灵界、魂界的智者——大萨满，
神鹰受命后，
使用昆哲勒神鸟衔来太阳河中的生命与智慧的神喂育萨满，
用卧勒多赫赫的神光启迪萨满，
使她通晓星卜天时；

用巴那姆赫赫的肤肉丰润萨满，
使她运用神技；
用耶鲁里自生自育的奇功诱导萨满，
使她有传播男女媾育的医术。
女大萨满才成为世间百聪百伶、百慧百巧的万能神者，
抚安世界，传替百代……

女大萨满是人类的始母神，天母阿布卡赫赫让神鹰哺育她，卧勒多赫赫同神光启迪她，巴那姆赫赫用肤肉丰润她，使她成为通晓三界的智者，是百聪百伶、百慧百巧的万能神者。天宫大战结束后由女萨满来抚安世界，她不仅是自然界真、善、美、光明的代表，也是人类驱逐邪恶、开拓美好幸福生活的象征。这是原始先民对萨满较为完整认识的最初记录，深刻反映了神话与萨满教发生、发展的因缘关系。

（7）创世神话《天宫大战》对满族及其先民的古俗缘起进行了有趣的解答

在柒腓凌中说："在与耶鲁里搏斗时，突姆火神自己烧得全身精光，变成光秃秃、赤裸裸的白石头，吊在依兰乌西哈星星上，从东到西转来转去。后世人把她叫作"车库妈妈"，即秋千女神。从此，世上才有了高高的秋千架子，吊着绳子，人头顶鱼油灯荡秋千，就是纪念和敬祀突姆火神这位慈祥而具有献身精神的伟大母亲，揭示了后世满族荡秋千习俗的来历。"

在玖腓凌中说："阿布卡赫赫打败了耶鲁里，将它九个头上的五个头的双眼取下，使它变成瞎子，最怕光明和篝火，只要燃放篝火，点起冰灯，照亮暗隅，九头鸟便不敢危害世间了。从此，才在世间留下夜点冰灯，拜祭篝火的古习。满族一直传袭的燃点冰灯之俗，不仅是为了观赏，而且有避邪趋吉的宗教意味，这深刻地揭示了该民俗中所蕴含的文化内涵，从而说明神话是该民族精神文化的源头。"

满族先世创世神话《天宫大战》是一曲以幻想的形式，反映原始先民与自然力搏斗、开拓人类生活的壮歌，反映母系时代人类与邪恶势力进行的生与死的激烈抗争，折射出人类童年时期的理想与愿望，表现了他们的宇宙观和生存观。它以鲜明的地域民风特点、完整的故事情节、完美的女神形象和丰富的文化内涵，成为我国和世界神话宝库中不可多得的瑰宝。特别是创世神话《天宫大战》在表现形式上、思想内容上，

尤其是在表现善、恶两大神系的殊死搏斗上，感人至深，光彩照人，完全可以同世界诸民族的古神话相媲美。

在满族窝车库乌勒本《天宫大战》的从属篇目中有《恩切布库》《西林安班玛发》和《奥克敦妈妈》。这三部从属篇其内容已摆脱《天宫大战》中那种神魔对抗、争夺执掌天穹的主题，但仍然延续和保留光明与黑暗斗争的场面。恩切布库、西林安班玛发、奥克敦妈妈以半人半神的身份率领人类驱除瘟疫、赶走邪恶，创造文明、和谐的社会环境。《恩切布库》讲述了恩切布库女神如何帮助阿布卡赫赫打败九头恶魔耶鲁里，沉睡万年之后重返人间，带领人类躲避洪水、瘟疫等灾难，教人用火并保留火种，使众多的氏族成为统一的部落，恩切布库被拥戴为头位达妈妈、大萨满的故事。西林安班玛发，也称“西林色夫”，他是位技艺神、文化神、医药神、工艺神。神话中颂扬他祛邪扶正，为民除魔，成为本民族心目中备受尊敬的守护神。他虽然是一位普通的萨满，但他有飞天本领，他跳神昏迷，自己的灵魂能够出壳，凭借神力可以在寰宇间寻找善神或恶神，为族人赢得吉祥和幸福。《奥克敦妈妈》神话歌颂远古大神奥克敦妈妈与日月同庚，与天地同岁；她有九个乳峰，四海之人永远吃不完她那甘甜的乳汁；她持家有方，智勇双全，是管家神、畜牧神、保婴神、无畏的战神。所以，她是萨满神坛上最早出现的唯一一位女性大神，备受族人敬仰。纵观这三部《天宫大战》同属神话，都是歌颂恩切布库、西林安班玛发、奥克敦妈妈三位大神如何率领人类由愚氓走向进化的非凡的开发史，纵情讴歌他们为创造人类的生存环境呕心沥血的光辉业绩。《天宫大战》和《恩切布库》《奥克敦妈妈》都是以女神为核心，反映母系时代女子的崇高地位和作用。在《天宫大战》结尾处讲述阿布卡赫赫改为阿布卡恩都力，变为男性天神，西林安班玛发是男性大神，这正反映了母系氏族社会向父系氏族社会过渡的生活现实，折射出人类社会进化史的轨迹。正如马克思在《摩尔根〈古代社会〉》一书摘要中所说：“过去的现实又反映在荒诞的神话形式中。”

第三节　东海萨满史诗《乌布西奔妈妈》

满族东海萨满史诗《乌布西奔妈妈》，以其雄浑的内容、磅礴的气势和古老美丽而传奇性的英雄神话故事，揭示东海古时鲜为人知的珍贵历史以及山林、东海的风貌。史诗用满族东海的古调、古音尽情讴歌众部落中威名显赫的乌木逊部落女罕、大萨满乌布西奔妈妈的非凡一生。后世族人每年春秋举行萨满献牲例祭时，都要先向东拜，祭奠妈妈神，要给妈妈叩头。乌布西奔妈妈还是原居住东海窝集的尼玛察氏（杨姓）、何舍里氏（何姓）、扈伦瓜尔佳氏（关姓）、钮祜禄氏（郎姓）等家祭的重要神祇。萨满在祭祀时都要咏唱乌布西奔妈妈为氏族造福的重要功绩。因此，东海萨满史诗《乌布西奔妈妈》属于窝车库乌勒本。

1.《乌布西奔妈妈》的产生与传承

史诗是以“乌布逊”部落为轴心展开的故事。从“乌布逊”部落的名称来看，早在金元时期已有，据《黑龙江乡土录》载：金代白号姓中，有“温都逊”之姓氏，与“乌布逊”音相近，可视为音译之不同。古时都以姓氏定部落名称。史诗中曾提到明朝成化年号，说明故事起码应该产生于一四一六年至一四八七年间，发生在东海窝集锡霍特阿林（山）南麓、近东海海滨一带原始母系氏族部落时期。此时，东海各部因争猎场、争出海捕鱼连年纷争，甚至全部落出动展开激烈地争杀，又逢黄河洪灾泛滥，冀鲁豫灾民闯关东来到滨海，当时社会极为混乱。人们盼望有个英明的罕王出世，能够统一诸部落，结束这种动乱的局面，让人们有猎打、有鱼捕、有吃有穿，过上安稳的日子。由于东海女真人虔诚信奉萨满教，他们祈求天神能降下大萨满，拯救这个世界。这就是史诗《乌布西奔妈妈》产生的动因和社会背景。史诗的诞生地和最初传播区，当在今日俄国境内远东沿海边疆区乌苏里江上游、锡霍特阿林（山）南段中麓原女真人世居的莽林洞穴遗址。当然，史诗最初产生和流传的时间可能比这个时间还要早，但已无稽可考。

史诗《乌布西奔妈妈》的传承，最初是萨满依据符号图形进行传承。史诗主人公乌布西奔妈妈是东海女真乌布逊部落的一位名声显赫的女罕王、大萨满，她统一了东海女真七百嘎珊（部落），并率领族人寻找太阳初升的地方。在航海中逝世，部落的萨满和首领为她举行了隆重的海葬，并将其业绩镌刻在东海锡霍特阿林（山）山脉临近海滨的德烟山古洞中，在洞顶上由上而下螺旋式地刻在岩壁上。所刻的符号均为圆形符号，这便是萨满传讲史诗的依据和提纲。这些图形和符号所蕴藏的文化内涵其他人是不知道的，只有本部落乌布西奔生前的萨满才能够识读和解释。每逢举行祭祀乌布西奔妈妈时，萨满依据这些符号进行诵唱，族人渐渐学会了唱讲史诗《乌布西奔妈妈》的全部内容。

十九世纪中叶，沙皇俄国入侵，于一八六〇年强迫清政府签订不平等的中俄《北京条约》，把乌苏里江以东直抵日本海的四十多万平方公里的中国领土划入俄国版图。用炮火枪击赶走原居住这里的满族、赫哲族、鄂伦春族、汉族以及恰喀拉人、乌德赫人。这些土著居民纷纷逃到乌苏里江、瑚布图河、绥芬河以西以及珲春河、布尔哈通河、穆棱河流域谋生。口头文学的传承是随着人的流动而转移的，史诗《乌布西奔妈妈》的流传随着族人的迁徙而脱离了原始洞穴的岩画母体，带入东北，后世萨满全凭记忆背咏，在原东海女真部族后裔中继承与传讲。从而形成萨满传承与氏族后裔传承双向并举的局面。

原居住乌苏里江上游、锡霍特阿林的女真后裔逃到绥芬河、瑚布图河、穆棱河以西，远离世世代代祖居之地，出于对故乡的眷恋之情，经常向新的族人讲萨满英雄史诗《乌布西奔妈妈》的故事。这个用满族语言讲述的气势磅礴、感人至深的史诗，引起一些通晓满文满语、热爱本民族文化的官员和文化人的重视，他们以极大的热情投入到对史诗的采录、整理、传播之中。这里贡献最大的是在依兰副都统衙门供职的依兰三老，即刘西禓、关正海、勒穆赫氏及其后代。

刘西禓，汉族，清光绪年间依兰副都统衙门笔帖式，满汉齐通，会俄语，多次代表清廷与俄国人打交道。他们祖上生活在苏昌沟东，靠东海南湾，他对史诗《乌布西奔妈妈》讲述的故事、环境都非常熟悉，所以怀着炙热的感情进行采录、整理。其孙刘秉文，任东宁村小学教员。刘家祖孙三代都传讲《乌布西奔妈妈》。

关正海，长白纳殷瓜尔佳氏，东宁老户，是清光绪年间依兰副都统衙门中重要阁僚，会满文，通俄语，曾讲过史诗《乌布西奔妈妈》。

勒穆赫氏，满族镶红旗，祖居乌木逊故地，在同治朝依兰副都统衙门内任管贡差，后任门军武卫，巡察界碑时遇害。其子为人耿正，满汉齐通，光绪末年分掌开垦田庄要任。民国年间为当地重要的乡董。

《乌布西奔妈妈》重要的传承人鲁连坤，字雨亭，清光绪三十二年生，勒穆赫氏之孙。其先祖是“东荒片子”(即东海窝集部）人，世居兴凯湖南支窝稽岭。鲁连坤于民国末年在穆棱市中学读过书，在牡丹江师道毕业，一直住在东宁县。青年时期鲁连坤有股爱乡土的激情，喜好在民间搜集古俗古谚，喜酒好歌，是一方民事通。东宁旧名三岔口，属交通要冲。早在沙皇俄国逼迫清朝签订不平等的《北京条约》前，内地人要进入东海窝集部，东宁是必经的咽喉要地，所以这里街市繁华，商号林立，不仅有饭馆、烧锅、肉铺、绸缎庄，还有茶社，说传统评书和当地“号子楼”(即“东海段子书”)。这里居住着满、汉、赫哲等不同的民族，各操各自语言，各有各自的生活习俗。鲁连坤从小受这种文化氛围的熏陶，加上他本人聪慧伶俐，通晓几个民族语言，掌握了当地的民俗史话和满族古歌古曲，在当地很受人们尊敬和赞誉，人称“鲁老师”“坤爷”。闲暇时，他曾写过《东海传》《我所知的“跑东海”“跑南海”》《奕山罪责录》等。据鲁连坤说：“《妈妈坟的传说》，也就是《白姑姑》或叫《乌布西奔妈妈》，都是祖上早些年从‘东荒片子’带过来的。我是打小跟我阿玛学的。阿玛好讲好唱，我打小听习惯了也就慢慢熏会了。阿玛是跟他奶奶学的，就是我太奶奶。太奶奶娘家是东海库雅喇人氏，姓孔，东海部的人。前清初年，跟老罕王努尔哈赤进关，后来有一支调回宁古塔副都统衙门听差。咸丰朝后，有人驻到符拉迪沃斯托克做俄国通事。《乌布西奔妈妈》就是这些前辈从当地土著人中采集得来的。”算起来，从勒穆赫的母亲到鲁连坤传讲《乌布西奔妈妈》已有四代传人。

满族口头遗产传统说部丛书收入的《乌布西奔妈妈》就是鲁连坤传承下来的鲁氏家族传本。特别值得提出的是，鲁连坤老人对此书的叫法做了仔细的考证，他说：“《白姑姑》的叫法，是民国年间来闯大荒片子刨参、打貂的关里家的汉人弟兄们起的名称。我们是旗人，还用满语原词，更亲近多了。在早，我阿玛讲唱时就叫‘乌布西奔妈妈’，当时这么听的。……乌布西奔按满洲话解释，就是最聪明、最有本事的人的意思。”

勒穆赫氏家族特别是他们的后代鲁连坤老人对满族东海萨满史诗的传承和定名做出了重要贡献。

2.《乌布西奔妈妈》的主要内容

史诗《乌布西奔妈妈》原为满语韵文，诗体共六千多行，可诵可唱。史诗以东海哑女乌布西奔成为威名盖世的女萨满为主线，歌颂她征伐四方，统一东海诸部，成为七百嘎珊的女罕和大萨满，将家乡建成和平、幸福的乐园的英雄事迹。她为寻找“太阳升起的地方”，进行数次海上远征，收服诸多岛国，不幸在东征途中逝世，族人为她举行隆重的海葬祭礼，并把她的遗体安葬在锡霍特阿林的岩洞之中。史诗以神奇莫测的情节、跌宕起伏的故事、波澜壮阔的气势，感人至深，具有很强的震撼力。从全诗的内容来看，应为东海女真人的萨满英雄史诗。

全诗共分十个章节，蕴含着丰富的神话母题，为人们展现一幅古时东海神话般的历史画卷，表现了满族原始先民的思维特征。其主要内容为：

(1)《引曲》

《引曲》是满族民间大型古歌中惯用的引子。它以激昂悦耳的长调为主旋律，起到调动群情、收拢众心的良效。本诗引曲与尾歌均采用满语诵唱，大意是：大地上太阳的子孙，神雀送来光辉，美好清晨，清晨大地，乌布西奔妈妈所赐予。

(2)《头歌》

史诗的《头歌》，以大海般的情怀、以太阳般的热情抒发讲唱者对乌布西奔妈妈伟业的赞颂之情。

在麋鹿啸崽的佛思恩霍通，
在海浪扑抱着的金沙滩边，
在岩洞密如蜂窝的群峦之间，
在星月普照的云海翠波之巅，
乌布西奔的业绩，
乌布西奔的英谕，
乌布西奔的足迹，
乌布西奔的天聪，
犹如万顷波涛无沿无际浩渺无垠。
我弹着鱼皮神鼓，
伴随着兽骨灵佩的声响，
吹着深海里采来的银螺。
是阿布卡赫赫给我清脆的歌喉，
是德里给奥姆妈妈[①]给我广阔的胸怀，
是巴那吉额姆[②]给我无穷的精力，
是昊天的飓风给我通天的声音。
萨满的魂灵授予我神职，
唱颂荒古的东海和血海的争杀，
跪咏神母育地抚族的圣功。

---

① 德里给奥姆妈妈：东海女真人古神话中的东海女神。

② 巴那吉额母：即地母神，与阿布卡赫赫为姊妹神，同是满族先世女真人崇拜的原始女性创世大神。

值得提出的是，天母给讲唱者清脆的歌喉，东海神女给他广阔的胸怀，地母给他无穷的精力，风神给他通天的声音，不仅如此，萨满的魂灵还授予他神职，跪咏神母育地抚族的圣功，这一切都是神给的。接着讲唱者咏唱乌布西奔妈妈的伟业：

像吐丝的蜘蛛无穷无尽，
像头顶的长虹横亘沃野，
像飘摇的彩云千里无际，
像脚下的碧涛万顷无涯。
如果神母授我以生命，
我生命的日日夜夜全部咏讲，
咳！只能是讲述乌布西奔妈妈
神武传说的开头。
愿天母授我千人、万人的生命，
恐难讲述东海灿烂的昨天。

诗中用四个像字形容乌布西奔妈妈的伟业无穷无尽，就是用他生命的日日夜夜都来讲述，只能讲述乌布西奔妈妈神武传说的开头，就是用千人、万人的生命来讲述也很难讲完东海灿烂的昨天，乌布西奔妈妈的伟业就这么多，史诗极具浪漫色彩。

(3)《创世歌》

史诗讲述东海之初开降白冰，冰厚如山。天母阿布卡赫赫派神鹰下凡，鹰爪抱着一个鸟蛋抛地，变成耀眼光芒，将冰山融化出一汪清水，从水中跃出一只火燕，火燕幻化成鱼首裸体的神女。火燕身躯虽融入东海，但耀眼的光发未能束成一团，飞落东海东西南北的林谷沟溪。在百崖的顶端长着一朵白莲，莲花九瓣是神羽所化。史诗说：

纵使阿布卡赫赫派下百位神明，
也难平服东海世人的攻讦；
纵使阿布卡赫赫派下百位萨满，
也难荡尽东海世间的凶残。

这个世间的环境太乱了，于是在创世歌结尾时说：

七百嘎珊，
遍地狼烟，
难道有谁可堪称东海创世的圣罕？
时势呼唤能够拯救这个混乱局面的英明罕出世。

(4)《哑女的歌》

讲述东海鱼首裸女大神德里给奥姆妈妈仁慈宽厚，不忍东海的哀怨，钦定将自己身边爱女塔其乌离小妹派下人间，并告诉她："你去做救世萨满吧，勿怕煎磨，巧理河山！"然后指点金雕和黄莺儿带走塔其乌离。

在锡霍特阿林有个乌布逊部落，人们正站在高高树屋外，仰望天神的厚恩，忽见两只豹眼大金雕护卫一只长尾黄莺投下一个小皮蛋。部落首领古德罕难测其吉凶祸福，命人用抛河、群狗争食、火烧、土埋等办法，欲将其除之。突然黄土堆一声巨响，尘土崩飞，一群绒貉露出土中，有个女婴儿正酣睡在貉窝里。萨满妈妈祭海问卜，言知天降神女，乌布逊部落迎来古德罕六十寿辰。女婴呆视族众，不露半语，乌布林人惊奇，阿布卡怎么赏赐个哑女。

(5)《古德玛发的歌》

古德罕命人将哑女扔到弃儿营。可是哑女不哭不泣："她像跟山雀说话一样聋哑，她像跟海鲤鼠出世一样呆傻。"但她是东海女神德里给奥姆妈妈的娇女，她是天神塔其乌离星辰小妹，很快成长为熟皮女中最棒劳力。接着史诗讲述哑女的非凡才能：

白雪融消三次了，
她就能下海抓蟹，
白鹊枝梢絮巢了，
她就能上树吃鸟蛋。
七岁斗鲨叉海参，
九岁布阵捉海狸。
黑云来了她说："海啸。"
黑潮来了她说："飓风。"
吉伦草发香了——
她说："该采椴蜜。"

卡丹花冒出了黑腻——
她说:“瘟疫。”
吉伦草发香了她说:“客来。”
幼小的哑女呵,
便如吉星叱咤风云。

从此乌布林人齐赞哑女“乌布西奔”,是最有聪明才智的人。住海边的黄獐子部知道后,偷偷从弃儿营抱走哑女,奉为阿济格女萨满,断卜风云百疑,主持司祭,从此黄獐子部迅速强盛起来。这引起乌布逊部古德罕的嫉恨,便率族众攻打黄獐子部,结果被打败,族人伦为奴隶,他无脸见人,便逃跑离开乌布逊。这时乌布逊无头领一片混乱,又赶上瘟疫泛滥。族人不知古德罕跑到何处,请乌布西奔指点迷津。最后找回古德罕,请回乌布西奔做执掌乌布逊圣坛的萨满。这一切主要讲述部落战争,使乌布逊部由强变弱,在这关键时刻,乌布西奔被推为部落大萨满,从此新的征号响彻东海。

(6)《女海魔们战舞歌》

史诗在这一节讲述乌布西奔哑女突然会说话了,她常向族众传授神的古趣的事儿,讲颂神殿的威容,个个听得如醉如痴。乌布西奔语重心长地说:

纵然有众神庇佑,
幸福仍靠双手创取。
无力的安适是死亡,
无心的度日是自枯,
无为的徜徉是自残,
无志的前程是退灭。
耶鲁里仍时刻作诡,
耶鲁里仍日夜睽睽,
不可松怠啊,乌布林,
乌布林必是温馨乐园。

但是,东海有个闻名的莲花之岛,被魔女罕王占据,常密袭乌布逊,灾祸频频。其岛自称女儿国,女人喝岛中池水即孕,生女为仆,生男弃于野，魔女擅舞，诡疑难解。乌布西奔决意收复，并制定“不取穷兵黩武之策，以情惠魔，以舞治舞”的对策。乌布西奔领四徒跳起激越的顿吉玛克辛（斗舞），魔女们被世间难见的神舞迷醉，两位魔女罕王拜倒在仁慈的乌布西奔神裙下，连连恳求“情愿永做您的仆随”。从此，乌布西奔创下了名垂千古的朱勒格玛克辛（古舞）、朱勒格乌春（古歌），向众弟子传授了窝陈玛克辛（祭舞）、多伦玛克辛（礼舞）和乌布逊玛克辛（族舞）。

接着，乌布西奔采集百药为族人治病，平定了都沐肯兄妹霸占南海之乱，扫平了安查干古寨水盗，收服了内海巴特恩图女魔，荡平了外海三百石岛敌窟，统御乌布逊和四周七百嘎珊，成为英明的萨满女罕。族人给她戴上七颗闪烁的睛珠。

(7)《找啊，找太阳神的歌》

史诗记述了乌布西奔妈妈多次派族众探海，远渡重洋寻找太阳初升的地方。充分反映出东海先民萨满教中的太阳崇拜观念。然而乌布西奔派他的爱徒“海宝”琪尔扬考探海一去不返，加速了她亲自征海的决心。史诗以极大的热情唱出乌布西奔大萨满探求太阳初升的迫切心情：

神威无敌的阿布卡赫赫，
请授我神意。
大地之光，万物之母啊——“舜莫林”额姆，
久盼得知您初升何方圣地？
东方的太阳啊，
总是从东海中见你。
我虔诚地乘筏击鼓，
太阳依然从东海中升起。
我离筏登岸，
曾在锡霍特阿林之巅，
驾起高高的楼宇。
太阳之宫依然陡现于大海彼岸的角隅。
乌布西奔思神的诚祈，
如渴的求知欲，
探海不止，彻夜痴迷。
阿布卡赫赫啊，
太阳之宫必居海中隐匿。

为了让太阳神长留乌布逊，她亲自去探海迎请舜莫林——太阳神。东征的路越走越难，海浪滔天，船时刻有沉覆浪中之险，乌布西奔毫无惧色，奋勇向前。

(8)《德里给奥姆女神迎回乌布西奔——乌布林海祭葬歌》

史诗讲述乌布西奔几次出海东征都失败，她彻夜无眠，黎明时跪向东海，迎接太阳神的光临，感慨地说：

太阳神啊，我是你的女儿，
我要拜寻辉煌的圣宫，
请助佑我，庇护我，
我如何能找见你腾升之域，
叩瞻你赤诚的圣容。

有志者事竟成，凡事必要亲自弄清。族众已多遭海困，有苦应该自己亲尝。她决定亲自出海寻找太阳圣土，谁知乌布林第五次出海，乌布西奔在海中逝世，海神神母将她接走。史诗中说：

乌布西奔莫明盖世，
德荫万顷海域，
无不感戴妈妈恩惠之心。
众心和睦，
乌布西奔五十春秋惨淡经营，
东海没有欺诈、懒怠、凌弱、恃强，
夜不闭户，
日无殴斗，
岛岛相敬，
歌舞融亲。

东海各部落族众同称乌布西奔女罕为“恩都力额姆妈妈”(神母妈妈)。

(9)《德烟阿林不息的鲸鼓声》

讲述乌布西奔的爱徒、女罕，用妈妈传授的画图符号铭刻妈妈的光辉事迹。于是刻于锡霍特阿林的洞窟里，年年祭祀，代代香火缭绕。洞窟夜有鼓声，德烟阿林不息的鲸鼓，世世传遍锡霍特阿林，为东海人带来幸福吉祥。

(10)《尾歌》

用满语唱颂，与《引曲》相呼应，起到收拢众心的良效。

3. 史诗《乌布西奔妈妈》的特点与价值

(1) 史诗《乌布西奔妈妈》运用丰富的艺术表现手段，具有感人至深的震撼力

史诗且唱且说，满语、汉语相糅，韵白相间，妙不可言。史诗运用了比喻、烘托、心理描写等多种艺术手段，创造出生动的生活画面，刻画出丰富多彩的人物形象，使听众、读者感到如见其人、如临其境，从而领略到人间最美好的感情和情绪。

比如，史诗开头在讲述乌布逊南多锦妈妈骄横好斗时说：

> 多罗锦大姊南多锦妈妈执政，
> 在外甥古德贝子挑唆下，
> 狂妄自大，骄慢好勇，
> 像只威风不可一世的老公鸡，
> 啄这个，咬那个，不肯宁静。

比喻她像只不可一世的老公鸡，今天啄这个，明天咬那个，不肯宁静，把一个好斗的女罕形象刻画得淋漓尽致。

史诗中在刻画黄獐子部法吉女罕时是这样说的：

> 法吉女罕头戴耀眼王冠，彩铃嘤嘤，
> 三千海珠镶嵌着九彩透龙宝玉传世奇珍，
> 双耳长垂着一对三连银环熠熠闪光飞雀竞鸣，
> 身披鲸睛龙骨鹅绒白云蛤的水浪银光衫，
> 真宛若九天神女降落凡尘。

从穿戴的描绘上可看出法吉女罕的不凡，接着描绘了哑女乌布西奔的形象：

美女萨满——哑女乌布西奔，
不是当年瘦弱的襁褓小天孩儿，
修长艳美身姿法吉妈妈也逊百分，
手持令旗端庄大方，亭亭玉立。

前面比喻修长艳美身姿的法吉妈妈宛若九天神女下凡，其美貌可谓绝伦了，但她和乌布西奔相比却逊色百分，乌布西奔手持令旗端庄大方，亭亭玉立，虽然没有用更多的笔墨描绘她，但已使听众、读者如闻其声，如见其面了。

乌布西奔从哑女到统一七百嘎珊的女罕、大萨满，史诗中一再歌颂她的丰功伟绩，如神女下凡，但乌布西奔和族中众人一样，都是凡人，她也有自己的爱情，史诗中说：

乌布西奔从朦胧哑女，
成为女罕威名盖世，
有多少伶女俏男拥拥随侍。
然而，都逊于“海宝”琪尔扬考，
少年英杰，广闻博识，
最令女罕神往情痴。

史诗的后面又直截了当地说：

东海古习女罕拥有众男佣，
而乌布西奔痴意钟情，
深深挚爱着“海宝”琪尔扬考。
两人虽相识暂短，
因对大海的无限依恋，
使两颗火热的心如太阳般赤诚。
乌布西奔自得知琪尔扬考失事，
真像失去了大海，岁月难熬，
梦寐以求要找回心上人。

当扶尼部落套洛甘玛发昨观晚霞像火烧，劝阻乌布西奔不宜远行，大海必卷风暴。

乌布西奔坚定地说：

纵然海卷狂刀，
救人心急火燎，
琪尔扬考他们生死未卜，
必得速速寻找。

短短几句话，就将乌布西奔出海寻找的决心和急切的心情跃然纸上。

当乌布西奔亲自出海寻访太阳圣土，病在船上，史诗用白描的手法刻画了乌布西奔妈妈的形象：

身姿修美的乌布西奔女罕，
终日朝朝，勉于政事，长夜不寐，
思虑劬劳，苦度五十柳绿冰消，
鬓生白发，两眼角老纹横垂。
她有过三个爱男侍奉，
都未能入身而长逝，
孑身一生。

在母系掌权的社会，女罕拥有众多男佣侍候是正常的事情，然而乌布西奔终日朝朝，勤勉于政，一心要治理好东海七百嘎珊，让族人过上安顿舒适的日子，无心考虑个人爱情之事，所以纵有三男侍奉都未能入身。史诗从个人生活的侧面来塑造乌布西奔的光辉形象，真是细腻逼真，让人领略到人间最纯洁、最美丽的感情。

（2）史诗《乌布西奔妈妈》传承着东海女真人优美、古老的创世神话母题以及生动活泼的歌舞、谚语之精华，具有很强的吸引力

史诗开头讲述乌布西奔不平凡的诞生，其本身就是一则优美、古老的创世神话。史诗中说：古昔东海滨什么都没有，只是一抔凋败的黄土，后来天降白冰，冰厚如山。在滚滚的雷鸣声里，一只金肥的巨鹰将一颗鸟蛋抛地，把冰川融化出一汪清水，水泡中跃起一只火燕，在冰川中穿梭不息，化成一位鱼身裸体的美女。她在疲累中头仰北方，足踏南海，把陆地化成东海。火燕本是阿布卡赫赫侍女日神幻化，因没听天母的旨

谕，将其永留海底。神燕羽毛是天穹侍女，百岩上长着的一朵白莲，莲花九瓣是神羽所化，其中八个花瓣化成八个部落，一个花瓣化成禽、兽、虫、虾。各部落之间为争食、争猎而争吵、贪战、厮杀。七百嘎珊遍地狼烟，究竟谁是平息征战，建立友爱、互助、统一国家的罕王？神话最后呼唤谁可堪称东海创世的圣罕。

这则神话是讲述乌布西奔出生的社会背景和历史重任。当乌布西奔妈妈统一了七百嘎珊，建立和平幸福的人间乐园后，五次出海东征寻找太阳初升的地方，最后将要死在大海中时，乌布西奔妈妈把执掌部落的权柄交给她的两个爱徒时，讲述了乌鸦格格的神话。乌布西奔妈妈对两个爱徒说：

我梦里听到师姐召我，
你们和睦友爱，要携手相亲。
我离去后，你俩同掌乌布逊，
要学乌鸦格格，
为难而死，为难而生，
勿贪勿妒，勿惰勿骄，
部落兴旺，百业昌盛。

但是，她的徒弟特尔沁不解乌鸦故事，乌布西奔妈妈闭目讲诵：

天地初开的时候，
恶魔耶鲁里猖獗寰宇，
风暴、冰河、恶浪弥天，
万物不能活命。
阿布卡赫赫是宇宙万物之母，
将太阳带到大地，
将月光送到宇内，
让身边的众神女捏泥造万物，
让身边的众神女用露气造谷物，
让身边的众神女用岩粉造山川，
让身边的众神女用云水造溪河，
才有了宇宙和世界。

耶鲁里不甘失败，
喷吐冰雪覆盖宇宙，
万物冻僵，遍地冰河流淌。
阿布卡赫赫忠实侍女古尔苔，
受命取太阳光坠落冰山，
千辛万苦钻出冰山，
取回神火温暖了土地。
宇宙复苏，万物生机，
古尔苔神女困在冰山中，
饥饿难耐，误吃耶鲁里吐出的乌草穗，
含恨而去，化作黑鸟，
周身变成没有太阳的颜色，
黑爪、壮嘴、号叫不息，
奋飞世间山寨，巡夜传警，
千年不惰，万年忠职。

这则神话与开头的创世神话相呼应，反映当时母系氏族社会的现实，人们用神话的思维方式幻想对自然力和超自然力进行模仿，即以神生人、神造人的形式加以表达。从哑女乌布西奔于鸟蛋中神奇的诞生，到天资聪慧，能预卜各项事情，从其原形来看，她是神的替代，并通过讲述神话的方式来暗示乌布西奔所具有的神性。通过乌布西奔向徒弟讲述乌鸦格格为取回神火温暖大地，牺牲自己，变成黑鸟，奋飞世间山寨，巡夜传警，千年不惰，万年忠职的行为，来表达她的理想和愿望。这实际正是在暗示乌布西奔妈妈的英雄本色。

史诗还引用了许多古歌、民谣、谚语等，增加了口述文学的特点和气氛，如“虎狼争食嫌山小，蛟龙争水怨江短”“一石击起千层浪，一语顿消百世恨”“小河千回百折总有源，凡事千绪万端总有根”“可卑的人，遇事投机取巧；可敬的人，遇事百折不挠”等。从这里我们可以看出，史诗《乌布西奔妈妈》之所以有强烈的震撼力和感染力，它是集民间文学之大成，是东海女真人历史知识的总汇。

(3) 史诗再现了原生态的、古朴的萨满文化

东海萨满史诗《乌布西奔妈妈》顾名思义，是乌布西奔妈妈大萨满的史诗。该史诗讲述主人公乌布西奔妈妈身兼大萨满和部落女罕的双重

身份，她一生为部落所做的一切活动，如驱除瘟疫治病救人、统一部落、探海出征寻访太阳圣土等，都离不开萨满祭祀活动。当古德罕偷袭被黄獐子部打败之后，他无脸见人逃跑了，部落人不知他逃到何方，苦苦哀求，请乌布西奔占卜指出躲藏的地点。史诗中说：

圣明的乌布西奔萨满，
昨日哑女今朝展新姿，
慧目天聪非凡质，
沙延安班夹昆[1]，
是她叱咤风云的得心神祇，
唤来四宇众神齐相集。
卜占极遥远的吉凶，
测卜世人的影迹，
马上迅悉千里，
晓彻细微秘事。
乌布西奔喃喃抖身，
体态似乎唱咏，
乌布西奔翩翩臂舞，
手语似乎唱咏。
神鼓劲敲声传百里远，
侍神人伴唱呼应：
“大白鹰快降临！”
“大白鹰快降临！”

史诗中说，忽然乌布西奔跃身舞双鼓，举过长发鹰展翅，双鼓慢慢合拢，向南亭立。这是神鹰传报：

寻人在南，
有水之邦。
黄犬相伴，
可见其王。

① 沙延安班夹昆：满语，为萨满天禽神祇，大白鹰。

部落人按乌布西奔指点的方向，果真找到了古德罕王。乌布西奔凭着先知先觉的神性将古德罕逃往的地点测到，通常人们把这理解为一种神奇故事，其实这正是揭示了不容忽视的萨满信仰，大萨满能够测卜吉凶祸福。史诗还讲述了乌布西奔登基的仪式如同盛大的萨满教祭礼，非常隆重，史诗说：

次晨，螺号齐鸣，
倾族众人山人海，
古德老罕王跪请哑女，
身边陪伴还有仆从与众萨满，
女奴成千，彩衫如海。
群山百鹿，
松柏翠柳，
红雁白鹤，
都翘盼天女萨满出世。
洪乌[1]响了，
神鼓响了，
众萨满焚香叩拜东海云霓，
只见从江心水上走来了，
一鸣惊人的哑女。
她用海豚皮做了一面椭圆鸭蛋鼓，
敲起疾点如万马奔驰。
她把白鼠皮披挂全身，
她把灰鼠皮披挂全身，
她把银狐皮披挂全身，
她把黑獭皮披挂全身，
她用彩石做头饰，
她用鸟骨做头饰，
她用鱼骨做头饰，
她用獐牙做头饰，

① 洪乌：满语，即铃铛。

她用豹尾做围腰，
她用熊爪做围腰，
她用猞尾做围腰，
全身披挂百斤重，
坐在鱼皮鸭蛋神鼓上，
一声吆喝，
神鼓轻轻飘起，
像鹅毛飞上天际。
在众人头上盘旋一周，
落在乌布林毕拉河沿。
一群水鸟飞游展翅，
鱼群蹿出了水皮儿。
乌布林毕拉众头领个个目瞪口呆，
乌布林毕拉的盗首个个抱头痛哭，
乌布林毕拉的毒瘟顿时烟消云散，
乌布林毕拉的天空立刻晴空万里。
众萨满跪在女萨满跟前，
古德老罕王手捧金印叩拜神女。
女萨满扶起众人，紧握老罕王的手。
“我为乌布逊部落安宁而来人世，
你们就叫我乌布西奔萨满吧！”
从此，东海响彻新的征号
——乌布西奔萨满大名百世流传。

史诗极力渲染、高扬乌布西奔萨满非凡的神服、头饰、神器和神术，众首领个个看得目瞪口呆。正如富育光、王宏刚在《萨满教女神》[1]一书中所说：在萨满教中，神服中的图案、服饰不是单纯的审美情趣，而是萨满教神灵世界完整的象征体系的主要组成部分，神器是萨满召请神灵与驱除恶魔的法器，神术是萨满神力的具体标志。作为乌布西奔身领东海七百个部落萨满神位的大萨满，必然有非凡的神服、神器与超群的萨满神术。

---

① 富育光，王宏刚. 萨满教女神［M］. 沈阳：辽宁人民出版社，1995.

史诗又讲述了乌布西奔为救一位瘦骨嶙峋、奄奄一息的老妇时穿的神服：

身披白色天鹅羽毛斗篷的乌布西奔，
头戴海鱼骨编织的银色神盔，
身穿鲸鱼骨片编成的银色神甲，
足蹬鲸鱼骨镂刻、黑衬豹绒高袜的轻腿靴，
手击黑石板，边跳边咏，
白鸥翱翔，疾鼓声声，
哀舞抒衷，召请祖灵。

乌布西奔在昏迷中翩翩起舞，攀上九丈高的海滩圣坛，焚香祈神，然后从九丈高的神坛上旋飞而下，轻盈无声。史诗又说：

乌布西奔神降姿容，
后世模拟难忘，
创下了萨格达玛克辛（女真人古舞的一种），
俗言“呼喝玛克辛”（形容老人各种声态怪貌）
驼背弯腰，顿足跷脚，
哑舞自娱，世代传流。

短短几句把乌布西奔萨满跳神的舞姿描写得活灵活现。总之，史诗全篇都充满了萨满文化的特征，保留了东海女真人古朴、纯净的萨满祭祀活动，这说明史诗《乌布西奔妈妈》产生于萨满教鼎盛时期，对后人研究萨满教有重要价值。

（4）史诗《乌布西奔妈妈》的民族特色

满族及其先民女真人自古生活在白山黑水一带，以渔猎生活为主，有不同于其他民族的社会生活和文化传统，因此有自己民族的文化发展道路。这是产生史诗《乌布西奔妈妈》的现实基础，也是构成其民族特色的重要因素。史诗描绘了一幅幅东海地域美丽的风景画和多彩多姿的民俗画，对构成民族特色具有特殊意义。史诗的《头歌》讲述了东海迷人的风景：

在群鹊争枝的东海岸，
在麋鹿啃崽的佛思恩霍通，
在海浪扑抱着的金沙滩边，
在岩洞密如蜂窝的群峦之间，
在星月普照的云海翠波之巅。

短短五句诗，以动静结合的方法，把美丽、富饶并具独特地域风貌的东海岸风景画展现在听众和读者面前，以引起听众和读者的遐想。

史诗在描绘乌布林东山的景色时这样说道：

在乌布林朝向太阳初升的山巅，
世代尊称舜吉雅毕拉峰，
代表着锡霍特阿林骄傲的身容，
高耸入云，
自古美称为天云的歇脚坪。
成群的岩羊，奔跑在山崖腰间，
成群的岩雀，飞翔在山崖林丛，
白天鹅时时鸣唱在山顶，
白银海雕时时盘旋在山尖。
平时，它们总是隐藏云中，
很少能见到山巅的巍颜。
雨在山巅崖间飞落，
雷在山巅胸怀中滚响，
风在山巅崖脚下咆吟。
人们总是望见舜吉雅毕拉山巅的幻景。
每逢太阳出山，
便可见到山顶展现光晕，
像一颗星辰嵌在山顶。
每逢太阳落山，
便可见到山顶的光芒，
隐入山峦绿荫。
奇异的光彩，
它是太阳神的影子，

它是太阳神的光晕，
引起人们无穷联想，
和对它的敬崇。

史诗将乌布林东山描绘得如此美丽奇妙、生机勃勃，活像一幅东海岸边风光秀丽的山水画镶嵌在人们脑海中。这个迷人的景色在其他地区见不到，只有在东海女真人居住的地方才有，这是一方山水的独特魅力。写景是为了抒发人们的感情，唤起听众和读者对东海山林的热爱，从而认识到《乌布西奔妈妈》所产生的独特地理环境。史诗最后写道："奇异的光彩，它是太阳神的影子，它是太阳神的光晕。"归到史诗的神话母题，引起人们联想和崇敬。所以，自然景物的描写对形成民族特色有着重要作用。

此外，一个民族的生活习俗是具有民族特色的重要内容。史诗再现了东海女真人的风土人情和生活习俗，具有鲜明的地域特征。史诗是这样描写东海人的生活习俗的：

男女个个体魄彪悍如虎熊，
相遇必以"布库"(摔跤)争雄。
尊者所求，卑者必应，
背负尊者上下岩崖若飞，
常缚鹿擒隼不言重。
寒季，身披茅蓑、羽服与皮裘，
盛夏，枝叶围胯，赤身光足而行。
众女俗习丝麻、小皮蔽阴，
丰乳垂露，长发飘然。
群男赤身裸腱，
同女人们嬉舞从不遮掩。
东海人理念尚美，
遮裸为羞，遮阳为懦，
赤裸健肌，阳壮猛男。
常以赛美竟雄长，
伙聚海滨沙滩，
肉搏血拼，

凶顽无双者为“珊音哈哈”(好男儿),
推当东海人生涯的靠山。

这是东海女真人千百年来延续下来的生活习俗，反映他们对美、丑的基本认识。史诗还反映了东海人衣、食、住的习俗，史诗中说：

东海人世代披皮为服，不晓缝连，
茅草为巢，不知筑室，
生咽肉糜，不习火食。
乌布西奔神慧天聪，
传教乌布逊冬凿地室，夏栖树屋，
习用踏板雪行飞驰，
生火、留火，熏肉烤吃。

此外，史诗还记述了树葬、海祭等东海人多姿多彩的生活习俗以及诸海岛风土人情，这是东海女真人群体经过千百年来在生活中不断创造、完善、传承下来的一种人文景观，一种独特的民众文化，它在东海萨满史诗《乌布西奔妈妈》中展现，既为史诗增添了光彩，又真实地再现了史诗《乌布西奔妈妈》所揭示的社会现实，表现了时代的本质风貌，突显了史诗的民族特征。

总之，史诗《乌布西奔妈妈》歌颂了东海哑女成为威名盖世的女萨满，征伐四方，尊为七百嘎珊的女罕，将家乡建成和平幸福的人间乐园的英雄事迹。从史诗的形成和内容来讲，可称为英雄史诗或萨满英雄史诗。从本质上来看，史诗主人公乌布西奔由神授变人，成为统领七百嘎珊的英雄，为寻求太阳之所，希图将圣光洒向遥远的族众，不顾自己染重病，率众徒探海远征，最后死在大海之中。这神奇的情节，崇高的精神境界，悲壮的结局，具有很强的震撼力。所以，该史诗本身就具有世界意义，它可与我国著名的三大史诗《格萨尔王》《马纳斯》《江格尔》相媲美。

第四节 《尼山萨满传》

满族说部《尼山萨满传》以其生动、离奇、感人的故事情节深受北方各族人民的喜爱。故事的主人公尼山萨满虽然是一位普普通通的乡野寡妇，但她心地善良，怜爱族众，身藏高超神技，是个有勇有谋的萨满，她历经几番磨难、周折，终于救回被阎罗王掠走的无辜少年的灵魂，起死回生，使员外家皆大欢喜。而尼山萨满本人却冤屈蒙罪被投井而亡。尼山萨满为拯救黎庶而无畏的精神受到世人的颂扬，成为满族及北方民族家喻户晓、妇孺皆知的女萨满、女英雄。

1.《尼山萨满传》的传承与传播

《尼山萨满》的故事诞生何时何地，现已无籍可考。但从文本中交代的背景材料我们可以找到一些线索。有的文本说故事发生在明朝，有的说清初以前，并出现皇太极的名字，甚至还有的文本说在金朝的时候。尽管文本提出的时间并不能说明该故事产生的年代，但至少可以看出此故事曾在那个年代流传。另外，在文本的开头都介绍了员外的富有。有的文本说“家有万贯财产，家奴、差奴、骡马不计其数”(符拉迪沃斯托克本)，有的说“富贵达四海，牲畜遍山野”“家有奴仆三十余人”(新本)，有的说费扬古进山打猎，“驾着猎鹰，挑选五百名兵丁出发了”(民族本)。总之，不同的文本都说员外家有万贯财产，奴仆不计其数。作为满族口头遗产传统说部，是一种意识形态，它是社会现实的反映。所以，从文本透露的这些信息，我们可以断定《尼山萨满》故事产生的时间起码是在明朝末年以前，也正是满族的先人处于奴隶主统治的遥远时代。至于《尼山萨满》的产生地点，根据文本所提到的和故事传播区域来看，应该是在黑龙江和松花江下游。富希陆先生根据母亲传承整理的《尼姜萨满》在开头中明确提出“清初以前，松花江下游有个闻名的古城叫依罗哈达(沿江山岭)”。其他文本对故事发生地讲得都比较简略，用古时候“有个罗罗屯”一笔带过，具体地点没有详细交代。从清末以来在北方民族口头传承的《尼山萨满》和用满语记录的文本来看，主要流传在黑龙江省的瑷珲地区、齐齐哈尔地区以及宁古塔一带，在这些地区的满族族众中广为流传，家喻户晓。这足以证明《尼山萨满》的故事最初就发生在这一带。

在谈到《尼山萨满传》的传播，首先得提到俄国人格列宾尼西科夫于二十世纪初在中国的齐齐哈尔和瑷珲等地所搜集到的《尼山萨满》满文手抄本。格列宾尼西科夫于一九〇八年在齐齐哈尔搜集到世界上最早发现的《尼山萨满》满文手抄本，其开头有“光绪三十三年文书”的字样，后来在瑷珲搜集到两个本子，一本记录满文手抄本成稿时间为“宣统元年二月二十一日写完”，瑷珲两本亦有“宣统二年元月二十七日写完的字样”。还有一个符拉迪沃斯托克本于民国二年写的，是格列宾尼西科夫让满文教师德克登额根据记忆记下来的。他在手抄本的结尾处写了一段有关手抄本形成的文字：“我看《尼山萨满》之书已年代久远，大都已遗忘，所记已残缺不全，恐有挂一漏万之嫌，只以记忆记文，亦无甚情趣。如果觅得全善之书，可补此书之缺也。”[①] 这段文字说明，德克登额在很久以前就看过《尼山萨满》的手抄本，他是根据记忆抄写的。关于德克登额是何地人，中国社会科学院的宋和平先生根据调查判定“用满文记录符拉迪沃斯托克本《尼山萨满》的人，是瑷珲人，并非符拉迪沃斯托克人，而文本也并非符拉迪沃斯托克人所藏”。这有力地证明了瑷珲人对《尼山萨满》传承与传播的时间比较久远，范围也比较广。

值得提出的是，一九一五年至一九一七年俄国人史禄国曾去蒙古和满洲做了考察，他说：“在访问瑷珲（今黑河）地区的满族人期间，我采录了称得上是满族的《奥德赛》的《特普塔林》，它是由一位老太太口述给我的。我所记录的这一诗篇以及其他的故事、传说和各种不同的萨满歌词是我们进行民族研究的极好的参考资料。”[②] 他称“这部《特普塔林》是美不胜收的史诗”[③]，是瑷珲一个老太太讲给他的。这部《特普塔林》即说唱故事，似指《尼山萨满》，当时瑷珲满族人仍讲满语，以说唱故事的形式讲唱《尼山萨满》的人比较多，满族人称《尼山萨满》为《音姜萨满》。可见，瑷珲地区的满族人传讲《尼山萨满》的故事是极其普遍的事情。另外，我们还可从富希陆先生的《瑷珲十里长江俗记》得到佐证。他在这部著名的民俗笔记中说：“满洲人家祭祖奉先，必动鼓板之乐，敬诵‘萨将军、母子坟、三啸剑、救儿魂’，以消长夜。”救儿魂即指《尼姜萨满》。在瑷珲一带的满族家祭时都诵唱《萨大人传》《雪妃娘娘和包鲁嘎汗》《飞啸三巧传奇》《尼山萨满》，满族人把传讲《尼山萨满》等故事

---

① 邢文礼，富有光. 尼山萨满传：上下册［M］. 长春：吉林人民出版社，2007.

② 史禄国. 满族的社会组织——满族氏族组织研究［M］. 北京：商务印书馆，1997.

③ 史禄国. 北方通古斯的社会组织［M］. 呼和浩特：内蒙古人民出版社，1985.

作为家祭的一项重要内容。

在瑷珲等地不仅满族人会讲《尼山萨满》，达斡尔族、鄂伦春族、鄂温克族、赫哲族等许多北方民族都会讲《尼山萨满》，只不过在传播中根据本民族的生活习惯改变了名称、地点，其主要内容是相同的。如达斡尔族叫《尼桑萨满》，鄂伦春族称《尼顺萨满》《尼灿萨满》《尼海萨满》，鄂温克族称《尼桑女》《尼荪萨满》，赫哲族叫《一新萨满》等，这是民间故事在传承中的变异，是一种正常的现象。这说明满族的《尼山萨满》故事深受北方各族群众的喜爱。

为什么北方民族对满族史诗《尼山萨满》如此钟爱？康熙二十二年从盛京、吉林、宁古塔调满洲八旗劲旅远戍黑龙江，参加雅克萨保卫战。八旗军中就有达斡尔族、鄂伦春族、鄂温克族、赫哲族、锡伯族的将士。当时清军都统郎谈、彭春，副都统玛拉大人带头向将士讲满洲说部，教将士满语、满文。在清军大营中学满语、满文，讲唱本民族的故事已成风气。清军胜利回师后，各族将士将传播满文、讲唱说部之风一直传袭下来，直到清末。据鄂伦春族关金芳介绍，鄂伦春族著名的故事家孟古古善在清末时曾参加八洲兵，在清军中学会说满语、识满文，熟记了满洲八旗兵讲的《尼山萨满》的故事，回乡后他就向鄂伦春族同胞讲述这个故事，受到热烈欢迎。康熙三十四年，黑龙江将军萨布素在墨尔根（嫩江）和瑷珲各办一所官学，除满族子弟入学外，附近一些部落的达斡尔族、鄂伦春族、鄂温克族、赫哲族的幼童也参加学习。由于满文在北方民族中得以普及，满文的应用亦甚广泛。所以，当年在齐齐哈尔、瑷珲的满族、达斡尔族、赫哲族等人家中，见到装订整齐的满文书册或各类手抄译稿，是极为平常的事情，这也包括用满文记录《尼山萨满》书稿的手抄本。一九三四年凌纯声先生在他的《松花江下游的赫哲族》一书中收录了《一新萨满》，对这个故事的来源他明确地指出，《一新萨满》"是赫哲族人看了满文而口译的。这是一个满洲人的故事"。另外，达斡尔族的《尼桑萨满》，据整理者萨音塔娜讲："《尼桑萨满的传说》是巴达荣嘎老师提供的，他是由满文资料译成汉文的。我在采风时，由奇克热和金贵德两位老人讲述过该故事。整理时，我在该译文基础上糅进了口述的内容，并在文字上稍加改动。"这说明满族文化对北方民族影响很深，特别是《尼山萨满》的故事传播很广，已在北方各族群众中扎下了根。

说来，《尼山萨满》能在北方民族中广泛流传，其中一个重要原因是都虔诚地信奉萨满教。由于满族和北方民族有共同的宗教信仰、共同的生活环境和共同的生活情趣，使他们对尼山萨满有勇有谋，敢于到阴间拯救一个少年灵魂的行为无比崇敬，对这样一个受人尊敬的女英雄最后被冤枉处死感到同情。这是共同的审美理想所产生的效果，也是《尼山萨满》在北方少数民族中广为流传的重要原因。

2.《尼山萨满》塑造了一个为拯救一个少年的灵魂敢于同魔鬼、阎王斗争的女萨满的光辉形象

史诗首先塑造了一位心地善良、诚实、热心助人，天大的难事都敢应承的萨满形象。在富希陆先生根据其母富察美容在民国初期讲述整理的《尼山萨满》中说道，当巴尔都巴彦跪请尼山萨满救救他的哈哈济时，尼山萨满说："巴彦玛发，请快起来，我不骗你，我仅仅是个学了'几个奥云'（表示学萨满的时间）的小萨满，神法不高，修炼不深，恐怕耽误了你的大事。山外有山，天外有天。你还是赶紧去请更有名望的老萨满吧！"巴尔都跪地一个劲儿地磕响头，哀求尼山萨满帮忙。史诗中介绍尼山萨满，为人心肠热、心地善良，平日不贪吃、不求穿。嘎珊的人挑选她当萨满，天大难事都敢应承，尽心尽力。这时，她被眼前巴尔都的一片诚心感动了，便说："好吧，我用托里给你看一看。"尼山萨满说的一些事，巴尔都说都属实时，史诗中说，尼山萨满见巴尔都巴彦哭得老眼像红灯笼，一片诚心，便说："唉，我是一个年轻无能的萨满，怎敢揽这个重担啊！既然你诚心实意地恳求，那么我拾掇拾掇神箱用具，忙完家里活计，马上动身。"[①] 这表明尼山萨满是个实事求是、恳于热心助人的人。

在奇车山根据一九六一年莫斯科出版的符拉迪沃斯托克本翻译的《尼山萨满》中也提到，尼山萨满对巴尔都巴彦说："我是个法术不精的小萨满，怎么能够完成你的心愿呢？白白浪费你的钱财的话，岂不可惜吗？你们还是去请别的法术高强的萨满吧！我是新学的萨满，法术尚不精不熟，不便办理此事。"可是，巴尔都巴彦仍伏在地上苦苦哀求。尼山萨满无法推托，就说："巴彦阿哥请起，我去试试看。要是侥幸救活了，也不要太高兴，要是救不活的话也不要怨恨我。请你记住我的这些话。"短短几句对话，把尼山萨满谦虚、谨慎，很有同情心的平凡的妇女形象刻画得栩栩如生。

---

① 荆文礼，富有光. 尼山萨满传：上下册［M］. 长春：吉林人民出版社，2007.

接着史诗通过尼山萨满在拯救费扬古灵魂过阴所遇到的各种艰难险阻来塑造她的形象。

尼山萨满在神像前点上年期香，敲着鼓拜三拜，边跳翁滚舞边唱：

最得心的帮手，霍根克（指二神）贴近身边站吧，
最敬佩的帮手，霍根克竖竖耳朵听吧，
搭救让黑暗夺走的生命，
你替我备上降魔的祭品。
快快拴好公鸡的膀，
快快捆好花狗的腿，
快快备好百碗酱呀，
快快捆好毛头纸呀，
纵使火海刀山，我要赴汤蹈火，
纵使灾祸重重，我要百折不回。

尼山萨满在众神护送下，到阴间去寻找费扬古的灵魂。虎神和熊神替她开路，飞虎神和鹰神驮她在天上巡游，海鸟神和水獭神引她进水府搜寻，蛇神和蟒神领她下岩穴中查看，找了三千三百个穴洞，问过三千三百位尊神，都不知费扬古的踪迹。尼山萨满最后用铜镜一照，现出伊尔蒙罕（满语，即阎王）凶恶贪婪的绿脸，她知道费扬古的下落了。这既表现出尼山萨满不怕磨难一定要找回费扬古灵魂的决心，又表现出找费扬古灵魂的艰难。接着史诗说尼山萨满不顾疲劳，走啊，走啊，眼前有一条白浪滔滔的大河拦住去路。尼山萨满对管船的玛发说：

我是神威无敌的尼山萨满，
寻找一位阿玛丢失的爱子，
寻找一位额莫失散的男婴，

要到遥远的伊尔蒙罕城。
救回可怜的幼小魂灵，
阖家欢聚，世代安宁。
好心的管船的玛发啊，
快送我过河赶路程……

尼山萨满用解释、开导、规劝的方式，使好心的管船玛发送她过了生死河。尼山萨满走了一程又一程，来到一座古城，有两个恶鬼把守，见尼山萨满叫城，瞪着鹰眼，咧着嘴喝问："你是何人，胆敢闯闹冥府？威严的伊尔蒙罕命我俩守卫城门，你速速退下，小心我们掏出你的肝肠，喝干你的血！"尼山萨满毫不惧怕，把百斤重的腰铃一抖排山吼，震得土城乱颤悠，吓得两个恶鬼干张嘴说不出话来。尼山萨满泰然地说："我有天上的三百颗星辰照路，我有地上的三百位野神护身，惩恶扬善，救济无辜。尼什哈河边有个尼山萨满你们可知我的名字？"二鬼一听是尼山萨满驾到，忙说："你要找的费扬古是阎王舅舅鲁呼台奉阎王伊尔蒙罕之命抢来的，已被关进禁城，天有多高城就有多高，城由勇猛的鲁呼台把守，神鬼难抵呀！"尼山萨满不信邪，让二鬼领路来到禁城。尼山萨满喝问道："凶狠的鲁呼台，你为什么把一朵小花摘掉？你为什么把刚学过日子的小孩偷来？你为什么把长命百岁的人带进地府？"面对勇猛的阎王舅舅鲁呼台，尼山萨满毫不惧怕，并把矛头直指向他。当鲁呼台告诉她是奉阎王谕旨将费扬古带来的，阎王很喜欢他，并收为皇子。尼山萨满把鲁呼台看成唯命是从的奴才，决意去跟阎王要人。尼山萨满瞧见禁城里费扬古正跟一帮小孩玩耍，忙命众神相助，唱道：

阿布卡里，阿布卡里，
穹嘎山九层金楼子里住着的白鹰，
章京峰八层银楼子里睡着的神鹏，
山尖洞里，七条大蛇呀，
山腰洞里，六条大蟒呀，
长白山的五只猛虎，
兴安岭的四只花熊，
榆树通的三只青狼，
笸箩沟的两只白獾……
依兰乌西哈照明，
那丹乌西哈指路，
像流星降落伊尔蒙罕的城吧，
像闪电追照费扬古的踪迹吧，
用巨爪扣紧他，用肩膀背上他，

快把魂灵送到我的金鼓上……

当伊尔蒙罕听了鲁呼台有一只大鹰把费扬古抓走的禀报后，勃然大怒："我为一方之主，人间地下的生死凭我安排，谁不畏惧啊！快去追查，谁胆大包天，竟敢抢走我的爱子呀？"从阎王的严厉话语中得知世间没有不惧怕他的，衬托出只有尼山萨满不畏惧他，而且胆大包天敢抢走他的爱子。你看尼山萨满的胆子有多大！

当鲁呼台受命来追赶尼山萨满，想要索回费扬古时，尼山萨满据理驳斥，她说："我领回费扬古，秉公办事。伊尔蒙罕依仗权势抢掠可怜的费扬古，天理能宽恕吗？尼山萨满的秉性你会有耳闻，阿布卡恩都力下界，我也据理力争。伊尔蒙罕你能吓住我吗？我可不怕哟！你不当谏臣良将，反助恶凌弱，难道让我用神鼓惩治你吗？快快收起你那淫威，好言了结了吧！"尼山萨满直接痛斥伊尔蒙罕依仗权势抢掠可怜的费扬古的行为。尼山萨满的反抗精神多么强烈，可以说天不怕地不怕。所以，鲁呼台也惧怕尼山萨满的神鼓和腰铃声，只好送个人情，经过一番讨价还价，让费扬古活到九十岁，没病没灾，儿孙满堂。最终，尼山萨满战胜魔鬼和阎王，夺回费扬古的灵魂。在这场惊心动魄的斗争中，尼山萨满充满自信，始终是主动者、胜利者。史诗向人们展现一个助人为乐、勇于同魔鬼和阎王斗争的有血有肉的女萨满的英雄形象。

当尼山萨满领着费扬古的灵魂正往回走时，史诗安排了在阴间尼山萨满与死去的丈夫相遇的矛盾斗争，此情节感人肺腑，耐人寻味。尼山萨满拉着费扬古的手疾步而行，突然眼前有个黑骷髅骨拦住路，气呼呼地对她说："薄情负义的尼山萨满，还认识我不？你能舍命来救外人，难道不想救活同你拜堂的畏根（即丈夫）？快快施神法，把我领回家夫妻团聚！"

史诗说，尼山萨满仔细一看是自己死去多年的男人，便蹲身打千，恳求说："想念的男人啊，夫妻离别，怎不苦思苦想？可惜你人死多年，身上关节已断，血肉已干，骨架已碎，咋能还阳呢？可怜咱家有老母，宽恕我吧，放我过去，我要回家给咱妈煮饭，给猪烀食，喂鸡、喂鸭、磨面到月牙偏西。"

这一段话表现出尼山萨满对死去的丈夫和婆母的真挚感情，也反映出满族的先民在所处的封建社会中妇女的地位和所从事的劳动。当她丈夫一听救不了他，便让她自己跳进翻开的油锅，或是抱着她进去，以此威胁尼山萨满。尼山萨满苦苦哀求，黑骷髅鬼拦住去路不让走。尼山萨满气得脸发青，又不敢在阴间久留，一心要领回费扬古早见双亲，于是便唱道：

特尼林特尼昆（萨满神歌中的衬词），
狠心的丈夫细听真，
你活着时候留下什么？
一领炕席三指土，
粮囤没粮跑癞蛛。
我心肠善良不求功禄，不贪银两，
帮助乡邻除邪祛病，尊老爱幼，
才挣来咱家的好名声。
你活着贪杯无赖不养妻娘，
至今不改前非。
恨你敬酒不吃吃罚酒，
特尼林特尼昆，
盘旋在林子尖上的大白鹰，
快快扇起百里飓风，
抓起我的丈夫黑骷髅，
把他扔进酆都城，
永世沉沦黑泥河，
化成臭水，
再不能投生。

尼山萨满念着咒语，一只大白鹰呼扇翅膀，黑骷髅随风无影无踪了。在尼山萨满与死去的丈夫生死矛盾的纠葛中，表现出尼山萨满怀旧情，以情义为重的心理，她一再恳求、苦苦哀求，可是黑骷髅就是拦路不让过，尼山萨满一心要领回费扬古早日见双亲，怕耽搁在路上多惹事端，一怒之下，才让大白鹰神祇把黑骷髅抓到酆都城。其前提是他的尸首已腐烂，不能复活，在阴间又不痛改前非。为让费扬古早日见双亲，摆脱丈夫的纠缠，尼山萨满不得不乞求神灵，忍痛采取这个行动。这既表现了尼山萨满懂世理、重感情的温柔女子的性格，又表现出作为女萨满的刚毅、果断的坚强个性。这说明满族的先民在步入封建社会初期各种伦理观念在束缚人们的思想、行为，而尼山萨满却成为冲破封建礼教的先驱。正因为如此，尼山萨满才惹来杀身之祸。婆母以杀丈夫罪将尼山萨满告到京城，皇上下旨秋日斩首，将尼山萨满的神帽、腰铃、神鼓等神器扔进枯井里。尼山萨满为拯救费扬古的灵魂而被处死的悲剧结局，发人深思。

3.《尼山萨满》的价值和意义

(1) 向人们展示形象生动、活灵活现的萨满祭祀仪式和法术，对研究萨满教具有重要价值和意义

尼山萨满为拯救巴彦之子费扬古，用萨满过阴的神术到冥府寻找费扬古的灵魂，向人们展示了生动、形象的萨满野祭的全过程。

1) 请神。请神是萨满跳神的重要程式，具体请何神，因萨满而异。

尼山萨满穿了神衣，系上腰铃裙，戴上九雀神帽，扭动杨柳一样柔软的身子，学着阳春之曲，高声摇动神铃，唱起了神歌来祷告：

> 火格牙格，
> 从那石窟中火格牙格，
> 离开来这里火格牙格，
> 请马上降临火格牙格。

2) 神附体。唱到这里，萨满昏迷了过去，神祇从她的背后径直附到了身上，萨满咬着牙唱道：

> 火格牙格，
> 立在一边的火格牙格，
> 领来的二神火格牙格，
> 并非而立的火格牙格。
> 大二神火格牙格，
> 立在跟前的火格牙格，
> 苗条娇弱的二神火格牙格，
> 围在身边的火格牙格，
> 聪明的二神火格牙格，
> 用你那薄薄的耳朵火格牙格，
> 打开了听着火格牙格，

用你那厚厚的耳朵火格牙格，
掩住了听着火格牙格。
就靠近了我的头火格牙格，
捆绑好啊火格牙格。
把那虎纹猎犬火格牙格，
就在我的脚边火格牙格，
用铁链拴上火格牙格，
把那用百样粮食做成的面酱火格牙格，
放在我身旁火格牙格，
把一百张白栾纸火格牙格，
卷起来准备好火格牙格，
我要去那阴间火格牙格，
去找灵魂火格牙格。
到那地府火格牙格，
去拿命啊火格牙格。
到那险恶的地方火格牙格，
把命找回来火格牙格，
发奋去捡回来火格牙格。
这全靠你二神呀火格牙格，
请尽力全去火格牙格，
用心努力火格牙格，
把魂领回来火格牙格。
在鼻子周围火格牙格，
给我倒上火格牙格，
二十担水火格牙格，
在桌子周围火格牙格，
给我浇上火格牙格，
四十桶水火格牙格。

吩咐完之后，萨满昏迷倒下。二神那拉费扬古慢慢扶她躺下后，给她整理了一下腰铃等，把公鸡、猎犬安置好，又把纸张和面酱放好。自己靠着萨满坐下，打起神鼓唱起引路神歌：

二神唱赞歌:“青格尔吉英格尔吉,
快把灯炷青格尔吉英格尔吉,
熄灭了吧青格尔吉英格尔吉。
今夜里青格尔吉英格尔吉,
为把巴雅拉氏的青格尔吉英格尔吉,
色尔古岱费扬古青格尔吉英格尔吉,
魂儿招来青格尔吉英格尔吉,
去那阴间青格尔吉英格尔吉。
去寻找魂灵青格尔吉英格尔吉,
去险恶之处青格尔吉英格尔吉,
把命取来青格尔吉英格尔吉,
把那丢失的魂儿青格尔吉英格尔吉,
捡回来青格尔吉英格尔吉。
定能战胜妖魔青格尔吉英格尔吉,
降伏那妖怪青格尔吉英格尔吉,
你的大名青格尔吉英格尔吉,
传扬天下青格尔吉英格尔吉。
在各个地方青格尔吉英格尔吉,
大有名望青格尔吉英格尔吉。”

这时众神祇都跟随在尼山萨满身边，往阴间去找阎王。只见野兽神祇在地上跑，禽鸟神祇在天上飞，蛇蟒屈神伸向前，像旋风一样一会儿就到了河边。

3）送神。尼山萨满带着费扬古回到巴尔都巴彦家。二神那拉费扬古把二十桶水倒在尼山萨满鼻子周围，把四十桶水倒在脸的周围。唱起催醒歌:

克克库克库,
今天晚上克库,
把灯和蜡烛克库,
都已熄灭了克库。
是什么名分克库,
是什么地位克库。

不是本族的克库，
就会相左克库。
巴雅拉氏的克库，
从枝叶发芽的克库，
从根上长苗的克库，
色尔古岱费扬古克库，
因为去打猎克库，
得病死去克库，
三个萨满已分辨克库，
四个萨满已掂量克库。

这时候，尼山萨满浑身开始发抖，突然坐起来，诵唱起找回魂灵过程的神歌来：

德叶库德叶库，
请大家和二神听着啊德叶库德叶库，
巴尔都巴彦德叶库德叶库，
你们各个仔细听着德叶库德叶库。
把你的儿子德叶库德叶库，
用金香炉德叶库德叶库，
装了来的德叶库德叶库，
用手掬着来的德叶库德叶库。
因为是你的宝贝德叶库德叶库，
挟着来的德叶库德叶库。
把那死去的人德叶库德叶库，
救活了啊德叶库德叶库。
把魂儿德叶库德叶库，
还给原身德叶库德叶库，
已经附在身上了德叶库德叶库。[1]

尼山萨满唱完神歌又仰面倒地，二神赶紧拿香在她鼻子前熏了一下，

① 荆文礼，富有光. 尼山萨满传：上下册［M］. 长春：吉林人民出版社，2007.

她才醒了过来。

从这里我们可以看到，尼山萨满由请神，到神灵附体，再到阴间寻找费扬古灵魂，以致最后清醒过来，费扬古被救活，尼山萨满表演了整个的野祭程序。野祭，民间又称放大神，是萨满通过神灵附体形式祈祷降神的祭祀活动。由于乾隆朝颁布《钦定满洲祭神祭天典礼》，统一了满族祭礼为家祭，取缔了各氏族原有的祭祀体系和萨满昏迷术。久而久之，使一些满族人忘记了古老的萨满祭祀传统。而《尼山萨满》却向人们生动地展示了古老的萨满过阴的全过程，延续了萨满教文化的传统，这对萨满教的研究具有重要的价值。

(2)《尼山萨满》是北方文化史的真实反映

纵观《尼山萨满》的全书，始终贯穿着对女神崇拜、对女萨满的崇拜，这充分反映出母系社会中妇女的地位和主宰一切的作用，是对那个时代的真实记录。不仅如此，史诗通过尼山女萨满施展阴招魂术，冒死闯地府，夺回少年费扬古的灵魂，反映了北方民族文化上曾经有过的文化史实。据关小云、王宏刚的《鄂伦春族萨满调查》中说："据鄂伦春族女萨满关扣尼的姐姐关扣杰介绍，她生下来体弱多病，久治不愈，就请当时的女萨满丁氏来招魂。萨满到'布尼'(阴间)将其魂找到后，吞进自己肚里，回到阳间，然后将一个萨满服上的铃铛系在她的背后，这个神铃能保佑她不受邪魔侵染，直到她十三岁时，萨满才将魂灵归其本体。当时萨满连连打嗝，据说是将孩子的魂灵从肚子里吐出来，然后吐到鼓面上，鼓圈边出现了白色小火球，这就是灵魂。小火球沿鼓圈走，萨满将鼓面扑向孩子的头顶部，就意味着将魂送到孩子体内。从此，孩子就好了。"① 据鄂伦春族大萨满孟金福说："招魂不是一般萨满都能干的，必须是神术高超的大萨满才能胜任。"这些都充分证明，《尼山萨满》中所反映的尼山萨满到阴间寻找费扬古灵魂之事是有现实生活依据的。因此，该史诗是那个时代满族历史文化的真实写照。

(3)《尼山萨满》用生动的故事反映出萨满教与藏传佛教的矛盾与斗争，因而显现出萨满教日渐衰退的趋势

在富希陆整理的《尼姜萨满》中这样说道："尼姜萨满的威名一下传到了皇宫，皇上甚喜，忙派车轿接尼姜萨满进京陛见。皇上身边新打外地请来几位藏传佛教的高僧，一个个胖头胖脑，嫉贤妒能，知道尼姜萨

① 孟慧英.中国北方民族萨满教[M].北京：中国社会科学文献出版社，2000.

满神通广大，挖空心思在皇上跟前使坏，暗害她。”当尼姜萨满把在阴间遇到死去的丈夫，因他肌体已朽烂，不能救活之事告诉了婆婆，婆婆听了更加气愤。她婆婆“正愤愤不平呢，让高僧知道了，就把老婆婆领进京城刑部大堂，告了尼姜萨满杀夫大罪。高僧背地又在皇上跟前添油加醋地说：‘尼姜萨满崇信邪恶，对夫不敬不仁。皇上若留这种人，必被中原大国耻笑。杀一儆百，国人全服啊！’皇上下旨，处尼姜萨满死罪，秋日斩首”。这则史诗故事明确点出，因尼姜萨满神通广大，几个高僧嫉贤妒能，挖空心思在皇上跟前使坏，暗害她。事也凑巧，他们以尼姜萨满的婆婆因其没有救活丈夫而愤愤不平为由，向皇上告了状，于是皇上下旨处死尼姜萨满。史诗点明了萨满教与藏传佛教的矛盾焦点，尼姜萨满被处死，说明在这场斗争中萨满教是失败者。

在《尼山萨满》另一异文——金启综整理的《女丹萨满的故事》中说得更为直接、有意思。该故事中说：“有一次皇帝的儿子太子得了重病，皇帝请了两个高僧医治，百治无效，太子的病越来越重，终于死去 。皇帝非常悲痛。这时听人说女丹萨满能取回死人的魂，就立刻派人套车去接她。”果然，女丹萨满取回太子的魂，救活了太子。皇帝见太子复活，非常高兴，忽然又想起死去的妹妹，又命女丹萨满把他妹妹的魂从阴间救回来。女丹萨满回答说：“‘皇帝的妹妹已死了三年，尸体已烂，取回魂来没有尸体还是活不了。’皇帝见女丹萨满拒绝，很不高兴，又勾起她飞进午门之事，甚至要发怒了。这时，没有治好太子病的两个高僧，看见有机可乘，便对皇帝说：‘女丹本来可以做到的，她是故意违抗皇帝命令的。’皇帝在高僧的挑唆下，终于大怒了。立刻命人把女丹萨满扔到西方的一个井中，并用茶碗口粗细的铁链压在上面。女丹萨满被高僧陷害，就这样死在井中了。”从这则故事可以看出，人们是站在女丹萨满的立场上，把矛头直指高僧，是高僧嫉贤妒能，在皇帝面前说坏话，陷害女丹萨满的。从故事的结局来看，更表达了人们的意愿。故事的结尾说：“女丹萨满死后，皇宫中立刻黑沉沉如暗夜一般，连着三天不见太阳，皇帝问怎么回事，有的大臣说：‘好像有一只大的飞禽的翅膀遮在皇宫上。皇帝让一位善射的将军射了一箭，结果只射下鹰尾巴上的一根羽毛。’大臣说：‘这必是女丹萨满死得冤，听说她生前能役使雕神，这是她冤魂不散的缘故！’皇帝听后也挺后悔，便说：‘女丹，你如果真是死得冤，我让你永远随着佛满洲祭祀时受祭。’皇帝说完这话之后，皇宫的上空立刻亮堂了。从此佛满洲祭祀祖先时，旁边还要祭雕神，便是从这里来的。女丹萨满就是萨满的创始人。”[1] 由于女丹萨满冤死，引起雕神的愤怒，并用巨翅遮住了太阳，使皇宫上空黑沉沉如暗夜一般，迫使皇帝封其为神，从此生活中的女萨满便成为圣坛上萨满教的女祖神。

正因如此，《尼山萨满》在北方民族中产生深远影响，可以说家喻户晓，妇孺皆知。北方各族群众在流传中保持故事原型的基础上，都依本民族生活习俗和审美情趣，在讲述中进行发挥、创作，表现了浓厚的民族特色，进而增加了《尼山萨满》的生命力和传播力。不仅如此，《尼山萨满》也受世界各国学术界的重视，先后有许多国家用德、英、日、朝、意等文字翻译出版。一些国外满学家称《尼山萨满》为“满族史诗”，是“全世界最完整和最珍贵的藏品之一”。国外一些学者对《尼山萨满》的研究称之为“尼山学”，并把它作为阿尔泰学中的一个新学科。正如中央民族大学赵志忠教授所说：“《尼山萨满》与满族的历史、满族的宗教、满族的诗歌、满族的习俗、满族的语言以至于满族的音乐、满族的经济等方面有着十分密切的关系。”[2] 足见《尼山萨满》的重要价值和深远的文化影响力。

① 荆文礼，富有光. 尼山萨满传：上下册［M］. 长春：吉林人民出版社，2007.
② 赵志忠. 清代满语文学史略［M］. 沈阳：辽宁民族出版社，2002.

第七章　包衣乌勒本

包衣乌勒本，满语，汉译为家史、家传的意思。包衣乌勒本是对本部族、氏族的起源、历史发展过程以及一定时期所发生重大的历史事件进行记录和评说，特别是明末清初，乃至整个清代，满族诸姓先人，跟随努尔哈赤起兵反明，统一女真诸部，在生死搏斗的历史旋涡中，都表现出大智大勇、不怕牺牲的英雄气概，为建立后金立下了汗马功劳。大清定鼎中原后，在拓疆守土、抵御外侮、治国兴邦、安居乐业、民族通好等各项自治活动中，在各自的岗位上，都洒尽血汗，为保卫大清、平定各方之乱做出应有的贡献。所有这些，都是本部族、氏族引以无上骄傲和自豪的事情，致使其后裔将这些英雄业绩和家族祖先传承的口述历史演化成洋洋数十万字的说部。族人在祭祀时“唱颂根子”，赞扬家族的不平凡经历，唱颂祖先的光辉业绩，并以史为鉴教育和激励后人。

包衣乌勒本的传承与讲述分两种情况，一是家族内部自上而下一代一代单线密传，所讲内容是祖先的秘史，不许任意改动，有严格的约束性，限定在极小的范围中讲述，所以从不向社会公开，如《扈伦传奇》《乌拉秘史》《泾川完颜氏传奇》等。另一种包衣乌勒本虽然讲的也是祖宗过去的历史，但没有更多的保密内容，其历史已在社会公开并产生深远影响。所以，这类说部已脱离氏族的藩篱，向其他氏族扩散，甚至被一些名门望族世代传承，如《女真谱评》《东海沉冤录》《扎呼泰妈妈》《寿山将军家传》《爱新觉罗的故事》等。

第一节　马亚川和他传承的《女真谱评》

在已出版的五十多部满族传统说部中，马亚川传承讲述的《女真谱评》《阿骨打传奇》等说部占有很重要的分量，特别是《女真谱评》更是一部鸿篇巨制，在最初的手抄本中已涵盖了女真神话、完颜氏崛起、金朝建立、清朝的兴盛等一系列内容，可以说是女真族的无韵史诗。因此，它在满族民间文学史上具有很重要的位置。

那么，马亚川是何许人也？为什么他能传承那么多罕见的女真传奇故事？

一、马亚川是个有着深厚女真文化底蕴，“嘴皮子”和“笔头子”都过硬的优秀满族说部传承人

1. 马亚川的家庭生活环境是促使他积极主动传承和保存女真传奇故事的重要原因

马亚川，黑龙江省双城市（今双城区）人，一九二九年生。本姓马，官姓傅，附姓费，即马傅费氏，满族镶黄旗，祖籍辽宁省岫岩县。马亚川的先人在清朝是个贵族，过着不劳而获的生活。辛亥革命推翻清朝后，由于他爷爷不劳动只知吃喝玩乐，不几年就将房地折卖净光后死去。他父亲变成赤贫户，积劳成疾，二十九岁就去世了。马亚川哥四个，顶数他最小，在他还未满周岁时，母亲被堂伯父卖到江北。因母亲想念最小的儿子，被地主一烙铁打死，只好把马亚川寄养在姥姥家。马亚川在姥爷、姥姥和舅舅、舅母等亲人照顾下，成长很快，念了四年乡村小学。马亚川的姥爷名赵焕，是造厨的，谁家有红白喜事都请他置席做菜，走遍了附近的村屯。姥爷到外村时也经常带着马亚川。满族过去有“讲古”“叙祖”的习俗，就是讲述自己的祖先开天辟地、古往今来的英雄斗争故事。晚上闲暇时间，村民们凑到一起谈古说今，马亚川在一旁侧耳细听，每个故事都深深印在他幼小的心灵中。姥姥赵沈氏是接生婆，积累了许多当地女真人的故事。所以，从马亚川记事时起，就经常听姥爷、姥姥、大舅父赵振江讲祖先的故事。夏季雨天在屋里一边扒麻一边讲，冬天坐在炕上边搓苞米边讲，经常讲到三星平西，马亚川听得特别入神，一点儿都不困。有时听故事，他连饭都忘了吃，老人讲到哪儿，他就跟到哪儿。所以，他从小就是个故事迷，并用心记下这些故事的内容。后来，马亚川写的大批女真故事，有不少都是从老人“叙祖”中听取并保存下来的。这是促使马亚川能传承、保存女真文化史料的重要原因。

2. 赵焕将《女真谱评》手稿传给马亚川，使他成为真正的说部传承人

马亚川姥爷赵焕的表弟傅延华，是生长在阿什河、涞流河一带的一位蒲松龄式的人物，光绪年间的落第秀才，一直生活在民间，了解许多女真族和完颜阿骨打举兵反辽的故事。当时清王朝江河日下，他百般忧虑大清的命运、民族的前途，他没有别的办法，只好把自己收集民间流传的女真族前朝的故事汇集起来，整理成文，并在一些重要的地方写上自己的评价，故起名《女真谱评》。傅延华用楷书写在黄表纸上，然后用纸捻装订成二十多册。后来傅延华患了精神病，此手抄本由赵焕收藏。赵焕去世前把《女真谱评》和一些古文书籍都交给了马亚川。对《女真谱评》手抄本，马亚川爱不释手，他仔细翻看，虽然识字不多，但故事内容他都能顺下来。他感到，小时候听姥爷和其他族人讲的许多故事在手抄本里都有，使他加深了印象，更加热爱这本手抄本，并增强了他的民族感情。所以，后来他讲起《女真谱评》中的故事脱口而出，出口成章，如数家珍。

3. 马亚川的居住地是他的女真故事取之不尽的源泉

马亚川的老家住在双城市（今双城区）希勤乡希勤大队，这个地方的老地名叫新营子正红旗五屯，距离当初阿骨打修建的皇帝寨寥海城（今称对面城）只有二十华里①。从八百多年前的金朝第一代王都——上京会宁府（今阿城）算起，往西南方向查看，哪儿是当年的大半拉城子、小半拉城子、花园沟，哪是多欢站，哪是涞流水、阿什河，都能一一找出它们的方位来。就拿寥海城来说吧，从前叫对面城，分小城和大城。小城是阿骨打建在一处高岗上的皇帝寨子，大城是他操练兵马的地方。这些地方都流传着数不清的传说故事，当年阿骨打怎么聚集三千兵马誓师反辽，阿骨打建立金朝时怎么不修皇宫建皇帝寨，妃子们怎么种田、种菜等，当地的满族人都如数家珍般地讲述祖先传下来的这些可钦可敬的故事。这些生动有趣的故事都灌满了马亚川的耳朵，而且这些遗迹和故事紧密相连，使马亚川一举目就产生联想，使他对女真传奇故事记得扎实、牢靠。所以，他居住的金源福地是产生和流传女真故事的源泉。

4. 马亚川有着曲折的生活阅历和广博的知识，培养、锻炼了他的口述能力和惊人的记忆力

一九四六年，马亚川参加革命后，曾在黑龙江省公安厅兰棱第一检

① 1华里=0.5千米

查站做公安工作。在冬季布置军民联防时，他有机会沿金太祖阿骨打在涞流水（今拉林河）右岸建下的城寨，亲眼察看了一遍，还到附近村屯访问过不少满族老人，听了许多故事，充实了他小时候听来的传闻逸事。一九四八年秋，马亚川由省公安厅执法处调到海林县公安局工作，走遍了横道河子、五常、宁安、东京城等诸地的山山水水，听到许多满族“叙祖”的故事，把他耳朵里灌得满满的。在一九五三年经济建设时期，马亚川调到双城食品公司任计划员，后任食品公司工会主席。一九五七年，由于马亚川在食品公司所属的副食品商店，创造了“干部参加劳动，职工参加管理，群众参加监督，改革不合理的规章制度”的“三参一改”民主管理企业经验，受到中央和省委领导的重视。这一年在中央召开的全国群英会上，周总理亲自把奖给双城市副食品商店的锦旗授给马亚川。于是马亚川成了全省轰动的人物，在各种会议上讲话发言，他从不打稿，一说起来，却总是出口成章，动不动就是四六八句，跟“讲古”似的，既悦耳又动听，会场上没有一个打瞌睡、溜号儿的。马亚川擅于记忆和演讲，这就是满族说部讲述家所具有的禀赋。为了解马亚川的记忆能力，黑龙江师范大学马名超教授曾有意识地对他做过“测试”。“有一次，我有意岔开他昼夜想的女真旧话或帝王传说不讲，单让他给讲农村常记的‘瞎话儿’。如果不是肚囊儿格外宽绰的真正故事家的话，经一提问，非哑口无言不可。可是亚川呢，他毫不迟疑地立刻给我说了一则《教的曲子唱不得》，听过之后，我是完全慑服啦。因为那是一则环扣十分紧密的典型故事，如不是烂熟于心并事先过脑子，一讲非岔劈不可。但亚川却把傻子学话中出现的一连串‘包袱’，甩得利利落落、酣酣畅畅。他是多么优秀的天才故事家呀！对他的了解，不是通过‘访问’，而是在一块编书、改稿，一做就是连续几年的清理遗产的工作。恰是这样，才使我比较深入地了解到他所掌握的六七百篇稀有的女真故事，确确凿凿是贮藏在特异的记忆宝库之中！”[①] 经过马名超先生的实际考察，使我们确认无疑，马亚川讲述的六七百篇女真传奇故事是他先祖传承下来的。而他之所以能够在脑海中保存并流畅地讲述出来，这和他多年锻炼的惊人记忆力和天才的口语表达能力有关，这就是满族说部传承人所具备的有别他人的禀赋。

① 马名超.满族故事家马亚川保存的女真叙事文化史料［J］.黑龙江民间文学，1990.

二、《女真谱评》的主要内容

《女真谱评》(马亚川讲述，王宏刚、程迅整理)是述说完颜部的产生与崛起，而后统一三十五个小部落，组成部落联盟，反抗辽朝的残酷压迫，以至起兵反辽，建立金朝的系列传说。该说部由一百七十二个首尾相连的小故事组成，像涓涓溪水，汇成波澜壮阔的历史长河。整个故事跌宕起伏，情节生动感人，语言优美流畅，堪称女真时期的无韵史诗。

《女真谱评》的故事从九天女和猎鱼青年被黑龙救到天池，在长白山西北开辟一条粟末水(即松花江)，他们在这儿定居，过着相亲相爱的神话生活。一天，猎鱼青年被一群赤身裸体的女人抢走。因女人国没有男人，抢到男人如获至宝。九天女拼命追赶。这群野女人发现九天女特别能耐，会做石刀石斧，而且用石头摩擦能起火，将打的兔子、狍子烤熟了吃，故称她为“女真”，当时的含义就是神仙的意思，这就是“女真”的起源。后来九天女找到函普后两人在安出虎水重建家园，生两男一女，改称“生女真”。不久，生女真发展起来，成为“完颜部”。到女真第二代乌鲁、第三代跋海、第四代随阔、第五代石鲁时，女真逐渐发展起来，附近的大小嘎珊如白山、耶悔、耶懒、土骨伦等都被征服，听从完颜部的指挥，石鲁已受辽朝加封，为扩大完颜部到处奔波立法，使完颜部的名声越来越大。到乌古迺时，已成为辽朝的节度使、女真人的都太师。乌古迺死后，众人推选劾里钵为部落联盟长。一天劾里钵的媳妇赫达氏接到兰洁报信儿，说温都部要攻打完颜部，可急坏了赫达氏，因当时劾里钵和国相颇剌淑均在外边打仗，部落里无兵把守。可她身怀有孕不能征战，在这危急关头，她一方面派人火速给劾里钵送信儿，让他去攻打温都部，一方面令使女扮她的模样，携带物品向相反方向逃去。而她扮成赤贫妇女模样，向荒郊野外走去。就在这荒草之中，她的第二子阿骨打降生了。

该说部讲到这里是一个转折点，其主线都是围绕着阿骨打展开的。如阿骨打失踪、阿骨打拜师学艺、阿骨打下山救父、春捺钵阿骨打献鱼，从此阿骨打名声大震。其父——部落联盟长劾里钵把巡察各部的事都交给阿骨打去办，让他在巡察中熟悉各部落的地形、部落状况，以便治理内乱，集中力量打击反叛者和强盗。他到各部落除妖灭怪，为民除害，断案如神，收服女真部落，深得民众热爱，人们都管他叫“活神仙。”阿骨打在巡察各部落时，发现很多土地荒废，有的虽然种上了，但到秋后庄稼不结籽粒。一天阿骨打遇见胜陀祠的胜陀真人，上前施礼，欲求教国以何为本？胜陀真人说：“以我观之，国以民为本，民以耕为本。少主巡察各部，驱妖灭邪，剿盗肃正，皆属顺民心，民心顺，乾坤定。但这还不够，尚须鼓民耕，积五谷，训兵马，此谓兵精粮足，社安民顺，方成大业。”从此，阿骨打鼓励民众勤奋耕种，适时下种、收割，获得粮食丰收，为攻打辽国打下了雄厚的物质基础。而后劾里钵病重，其遗嘱曰：“我死后，颇剌淑继之。”他拉着盈哥的手说：“颇剌淑后，由你继之，你后由乌雅束继之。乌雅束柔善，若办契丹事，阿骨打能之。乌雅束后，阿骨打继之。方能兴金灭辽，成其帝业。有此子我安矣！”公元一一〇二年，辽朝大将萧海里叛变辽国，派斡达剌联络完颜部攻辽，被阿骨打识破，盈哥明白阿骨打的意思，对斡达剌说：“我完颜与辽亲如手足，如同一家，小国之邦仗辽国支持，常以礼相待，攻打辽国如同攻打完颜部也。”命人将斡达剌送回辽国。辽天祚帝听斡达剌说盈哥对辽国之忠心，他埋怨朝臣对完颜部疑神疑鬼，这正中了阿骨打麻痹辽朝之计。接着阿骨打助辽打败了萧海里，并将萧海里首级献给天祚帝，天祚帝大加赞赏。经此一战，女真完颜部更加强大起来，阿骨打在涞流河畔建立十座城堡、七座营寨，屯兵、练兵，修戎器，备粮草，养精蓄锐，为发兵反辽做准备。

乌雅束去世，阿骨打继承都勃极烈王位，从此揭开女真新的一页。阿骨打采取一系列措施，三年免征税，解放奴隶，动员妻室种地，自食其力，教儿习文练武，建城寨，训兵马，屯粮草，积蓄力量，待时机成熟一举反辽。辽朝对女真建城寨、造军械不放心，几次派人刺探阿骨打的军情。都被阿骨打略施小计，以虚虚实实、实实虚虚骗过辽朝的密探，使天祚帝认为阿骨打对辽没有二心，从而更加信任完颜部阿骨打。而阿骨打却以辽朝强迫女真纳贡海东青，强奸妇女、打死村民、烧毁村寨，逼得人们没有活路，加上以向辽朝讨要女真叛徒阿悚，辽朝拒之为由，阿骨打举兵誓师反辽，乘辽不备，率三千七百名将士火速进攻，一举攻下宁江州，建立金朝，在众将领的拥戴下，阿骨打当上了皇帝。

总之，《女真谱评》以生动的语言，向读者讲述了女真完颜部的起源神话，其先人在与自然斗争中发现了火，学会筑巢、制作石器工具，在生活中使他们认识到直系血统不能交配，否则生下的孩子都痴、呆、傻，这是人类一大进步，从而逐渐展现由母系制过渡到父系制的艰苦、曲折的历史过程。讲述者用生动的故事述说光靠氏族力量不能抵御外族的掠夺、欺压，必须结成部落联盟。这样完颜部逐渐团结、联合附近的部落，形成强大的部落联盟，向有二百多年基业的大辽王朝宣战，一举攻下宁江州，建立金朝的大业，使人们看到一幅幅波澜壮阔、有声有色的历史画卷。

三、《女真谱评》的成就与价值

《女真谱评》从九天女与函普经过神奇的经历结为夫妻，函普被完颜部人敬为始祖起，讲述了德帝乌鲁、安帝跋海、献祖绥可(随阔)、昭祖石鲁、景祖乌古迺、世祖劾里钵、萧宗颇剌淑、穆宗盈哥、康宗乌雅束，直至太祖阿骨打建立金朝等各个历史时期的斗争故事，为我们展示了千百年无复可见的历史画卷，对民族学和历史学的研究有着重要的价值。

1. 九天女和猎鱼郎等一系列女真起源神话，曲折地反映了女真原始社会的生活片段

该说部从天神之女九天女与猎鱼青年被黑龙救下天池，在粟末水旁定居讲起，他们如何发现了火，烤兔子吃，将火引进山洞，他们过着相亲相爱的夫妻生活，生了一男一女。一天猎鱼青年去粟末水猎鱼，被一群赤身裸体的女人抢走。九天女就在后面追，中途遇见毒蛇拦路，九天女斩蛇追鱼郎。原来这群女人正在发情期，没有男人，恰巧遇到猎鱼青年，长得英俊，以为是神仙，抬起就跑。猎鱼青年被这群赤身裸体的女人缠得精疲力竭，奄奄一息。九天女追赶到，发现猎鱼青年已牙关紧闭，不能吃东西了。九天女领这群女人筑巢，将火引进窝棚，教他们制造石器、狩猎、捕鱼。这群女人见九天女有本事，一齐跪下，称她为“女真”，即是神仙的意思。后来这群女人大部分生了孩子，部落的人口不断增加，这就是女真的起源。

九天女生的一男一女两个孩子长大后，相亲相爱成为配偶，结果他们生的孩子全是傻子。把女真愁坏了。一天女真遇到一个白胡子老头，说他是为搭救她不断后而来，让她抱来全是黑毛的两头猪饲养，长大了杀了，在猎鱼青年画像前祭祀。转年他们按老头指引的话祭祀时，突然发起大水，在慌乱之中，两个孙儿、孙女落入水中。女真刚要去救，突然山“啸”了，洪水像野兽一般，将两个孩子冲走，无影无踪。女真骑着千里驹寻找。这时女真又遇到原先告诉她的白胡子老头，对女真说：“这个地方叫安出虎水，北山上有个好人，他就是猎鱼青年的再身，名叫函普，住在山洞里。你就到那找他，在洞口喊：山洞、山洞你快开，女真找函普来。洞门一开，函普就认你啦。你们俩还有情分，今后还能生二

男一女。”女真按老头说的去做，果然俩人在此重建家园，生了二男一女，改称“生女真”，从此生女真发展起来，成为完颜部的起源。

从上述的女真起源神话我们可以看到，它产生于原始社会的初期，是当时人们在原始思想基础上不自觉地把自然和社会生活加以形象化而形成的一种幻想神奇的故事，石器的发明、火的发现，直系血缘结亲生的孩子都是傻子，群婚、群女找男、男躲群女等，直接反映了原始社会由母系向父系过渡的生活景观。当然，神话不是科学的历史，但它却含有一定的历史因素，并从中给人们透露出某些历史的影子。从女真起源神话的幻想中，我们可以找到已经被历史遗忘或消失的女真族原始生活的某些片段和某些发展动向，从中悟出民族发展史上某些带有根本性的问题。正如马克思所说：神话“是已经通过人民的幻想用一种不自觉的艺术方式加工过的自然和社会形式本身”[①]。所以，民族起源神话，是各民族远古生活的历史投影，是人们思想愿望的曲折反映。女真族由兄妹血缘婚姻、群婚、乱婚带来的危害，逐渐走向族外婚，正是氏族组织形成时期，从而形成完颜部。所以，恩格斯说：“自一切兄弟和姊妹间，甚至母方最远的旁系亲属间的性交关系的禁例一经确立，上述的集团便转化为氏族了。换言之，即组成一个确定的、彼此不能结婚的女系血缘亲属集团。”[②]九天女和猎鱼郎等系列神话所反映的女真族完颜部的诞生正是如此。

2. 塑造了大智大勇、顶天立地的民族英雄阿骨打的光辉形象

民间文学很重要的一个特点，就是通过讲述生动、曲折的故事情节，塑造有血有肉、栩栩如生的典型人物形象。而满族传统说部《女真谱评》也正是通过讲述首尾相接的小故事塑造阿骨打这一民族英雄的光辉形象，充分体现了这一特征。

古语云：“时势造英雄。”这是千百年来颠扑不破的真理。早在女真还处在原始社会时期，刚刚建立起氏族、部落，为争夺猎场、猎物，各氏族部落间经常打仗斗殴，战胜者不仅掠夺猎场和猎物，还将战败部落的人沦为奴隶。于是，各部落皆称王争长，互相征战，甚至骨肉相残，强凌弱，众暴寡。加上辽朝残酷压迫女真人，辽官要海东青，抢女真女人陪睡，不给就打就杀，逼得女真人没有活路了。人们希望出现一个能平

---

① 马克思，恩格斯. 马克思恩格斯选集：第二卷［M］. 北京：人民出版社，1995.

② 马克思，恩格斯. 马克思恩格斯选集：第四卷［M］. 北京：人民出版社，1995.

息女真内部战争，建立部落联合体，共同对付辽朝的人，让女真人摆脱苦难，过上平静安稳的日子。正当人们千呼万唤时，完颜部阿骨打出现了。正如马克思所说："每个社会时代都需要有自己伟大人物，如果没有这样的人物，它就要创造出这样的人物来。"[①] 那么，满族说部《女真谱评》通过先人口耳相传是怎样塑造阿骨打这一民族英雄形象的呢？

（1）阿骨打的神奇降生，为英雄成长披上了神秘面纱

说部中讲述温都部的首领黑子趁完颜部的劾里钵和国相颇剌淑领兵在外之机攻打完颜部。劾里钵妻子赫达氏一面派人给劾里钵报信儿，一面自己扮成赤贫的妇女悄悄向荒郊野外跑去。刚跑出十几里路时，就听身后传来马蹄声，杀声震天，一片杀气腾腾的景象。赫达氏泪珠滚滚，暗暗哀叫："天哪！天哪！我死不足惜，可怜要降生的娇儿，还没见天日，就跟我一命归阴不成？"说部中说道："正在她哀痛的时候，忽然从四面八方飞来乌鸦和乌鹊，真是遮天蔽日，齐奔插在地上的木杆飞来，齐刷刷地落在地上，将赫达氏遮蔽。"这时温都部首领黑子骑马追来，看到这群乌鸦感到是不祥之兆，认为乌鸦能在这里安详地欢叫，说明赫达氏没向这个方向跑，于是调转马头回去了。接着说部中说："就在黑子调转马头回去的时候，草莽之中传出'呱呱'婴儿啼哭之声，赫达氏生产了，生一男孩。在临产时，乌鸦、乌鹊在半空搭成一座乌鸦与乌鹊之棚，蔽着天日。赫达氏生这男孩，就是她的次子阿骨打。""阿骨打生在五月初五，降生时金光闪耀，如果没有乌鸦、乌鹊所蔽，早已映红了天空，当时也照亮了草莽之地。"

阿骨打这一神奇而不平凡的降生经历，为后来他除妖灭怪，为民除害，民心归顺，成其大业奠定了基础。

（2）通过巡察各部落民情和置身探辽的一系列行为，塑造阿骨打大智大勇、胆量过人的英雄形象

阿骨打十三岁那年，听说辽朝皇帝道宗在混同江春捺钵，吃"头鱼宴"，他要去看看。经劾里钵同意，阿骨打和阿离合懑两个人去了。他俩骑马来到混同江边，离辽朝春捺钵之地不到半里地，俩人用冰镩凿冰窟窿，不一会儿，清一色的大白鱼从冰窟窿里往外跃，一直跳跃出二十多条。看着这些鱼，阿骨打心生一计，对阿离合懑说："八叔！我见着这些大白鱼，心生一计。咱俩何不将这大白鱼用马驮着，给辽朝道宗皇帝

① 马克思，恩格斯. 马克思恩格斯选集：第一卷［M］. 北京：人民出版社，1995.

送去，就说为‘头鱼宴’献上贺礼。虽然咱搭上二十几条鱼，可舍不得孩子也套不着狼，能用鱼做个台阶，探探辽朝的虚实，咱们心里也有个底儿，将来好对付他，省着总欺负咱女真人！”阿离合懑也同意，并报告给辽卫兵。道宗皇帝高兴了，叫他们进来。说部中说：“阿骨打学着大人的样儿，牵着马，扬着脖儿，端着个小架儿，大摇大摆在江心里直奔辽春捺钵。”阿骨打跪在道宗皇帝面前说：“女真完颜部劾里钵次子阿骨打奉父之命，前来贡献混同江白鱼，为皇上、皇后的‘头鱼宴’献上贺礼。愿皇上万岁、万万岁，皇后千岁、千千岁！”你看阿骨打多会随机应变啊。辽梁王延禧问他还能给我捕一条吗？阿骨打说让我试试吧。阿离合懑在一旁为他捏一把汗，怕捕不上来被辽朝官员耻笑。只见“阿骨打撸胳膊挽袖子，走到冰窟窿跟前，他将鱼钩咔嚓往里一伸，为啥咔嚓一声，因为江水已被冰碴儿封住了。他将钩伸进去这么一和弄，还没等他将钩取出来，果真就从水里蹿出一条大白鱼。这条白鱼有百十多斤重，吓得阿骨打拔出鱼钩向后一闪，坐个大腚蹲儿，大白鱼正好跃在冰上，活蹦乱跳的！”辽梁王延禧惊讶地说：“阿骨打你果然是钓鱼的能手！”打这儿，给延禧留下的印象，阿骨打只会捕鱼捉虾。从这个故事中我们可以看出，阿骨打是个有胆有识，智勇双全的小英雄。一个十三岁的孩子就敢于到辽帝面前献鱼，而且还表现出彬彬有礼的样子，其目的是探辽虚实，把献鱼当作台阶，与辽帝见面，了解真实情况。这个形象让人感到真实可信。

阿骨打到暮陵水一带巡察各部落时，发现村民的财产被强盗掠夺，他打听情况后，单身去强盗的老窝探听情况，然后采取智取的办法使肖达户归顺，后来成为反辽的一员勇将。

阿骨打听说土骨伦部来了一伙强盗，为首的叫“一撮毛”，欺男霸女，无恶不作。阿骨打带着肖达户来到土骨伦部的庙儿岭。阿骨打让肖达户妻子、女儿上庙烧香诱敌，他单身一人去找“一撮毛”。阿骨打和“一撮毛”刀对刀地打起来。阿骨打一刀砍死“一撮毛”，救出二十多名受难的妇女，下山后族人都给他磕头，称他是活神仙。

说部《女真谱评》通过讲述除妖灭怪、剿盗匪安部落、顺民心归民意等一系列故事，塑造一个活生生的、大智大勇的阿骨打形象，使人感到这个英雄就生活在民间，谁有难处他都能帮助解决。

(3) 把阿骨打塑造成一个深思熟虑、远见卓识的帅才

在该说部《阿骨打单身探辽》一节中讲述阿骨打二十四岁那年，劾

里钵患重病卧床不起，国相颇剌淑接到密报，直屋铠水的麻产联合泥庞古部的跋黑，勾结辽军攻打完颜部。在这紧急时刻，国相背着劾里钵召开紧急军事会议，有的主张打，有的主张和，正在大伙乱作一团的时候，阿骨打却主张“联辽伐麻，麻破跋黑无患矣”。但是，谈何容易？阿骨打斩钉截铁地说：“我愿以三寸不烂之舌前往说之。”他这一说，大伙都不同意他去，危险性太大。怎么办？在这危急时刻国相颇剌淑只好把此事告诉盟主劾里钵。劾里钵对国相说：“阿骨打此举，事关重大，关系到生女真兴亡之计。此举成功，我们兴矣。让他去吧，此子聪明才智过人，绝无闪失也。”颇剌淑一听大喜，问阿骨打：“带多少兵马？”阿骨打说：“只带四名护卫。”颇剌淑说：“那怎么行呢！”阿骨打说：“兵实而虚，兵虚而实。多带兵马使辽国感到我心虚，反引起猜疑；不带兵马，辽国见之，必暗惊恐，我意难测，反使辽国畏敬之。”单说这天阿骨打带领四名护卫，不披甲胄，全是族民打扮。阿骨打单身一人去拜访辽统军曷鲁骚古，阿骨打龙行虎步而进，虎视眈眈地注视曷鲁骚古。曷鲁骚古问：“来者何人？”阿骨打便大声答道：“女真，劾里钵次子阿骨打也。”曷鲁骚古问：“此次来有何见教？”阿骨打说：“奉父之命，一来拜访统军代父问候；二者父让我趁访拜之机，结识统军，以便今后常来讨教；三者嘛，顺便向统军通牒。我父率军不日克直屋铠水，擒麻产之首献于辽，见女真讨叛逆之心如坚石也。”阿骨打说到这儿，略停顿片刻，然后接着义正词严地说：“听说麻产向辽求援兵之事不知真假，故父让我顺便问之，并声明，讨伐麻产是我生女真内事。如辽要出兵，实属干涉、侵犯生女真之举。女真完颜部绝不坐以待毙，故来陈述之。”阿骨打先礼后兵，奉承曷鲁骚古，表明女真对辽顺从的态度，擒到麻产将首级献给辽帝，足见女真讨叛逆之心坚如磐石。然后又理直气壮地讲述讨叛逆麻产实属女真内部之事，辽要出兵是干涉女真之举，完颜部绝不坐以待毙，申明自己的态度和决心，看你怎么办？这时曷鲁骚古不得不惊惶地说：“此乃谣传耳。麻产求兵有之，而辽未应也。况辽帝钦赐劾里钵为节度使，岂能出尔反尔。”阿骨打严肃地说：“我国虽小，兵犹精。文有国相颇剌淑运筹帷幄，武有盈哥、辞不失、欢都等英勇善战之将。麻产叛逆一平，我女真泰然，视大国以礼焉。”曷鲁骚古只好顺水推舟地说：“完颜之叛逆，亦辽之叛逆，应共诛之。如尔起兵，我以兵相援共伐之。”阿骨打回绝说：“统军之意，可转告我父，但我父意已决，麻产乌合之众，不堪一击，连我完颜部都无须兴师动众，只一股之兵，擒之割首献于辽，望统军静候之。”

曷鲁骚古见阿骨打不是凡人，要禀辽帝诏之，辽帝不允。曷鲁骚古命四城门紧闭，别让阿骨打跑了。多亏在辽司天府内行医的李国志拿着令牌，将阿骨打放出南门，快马加鞭回到完颜部。辽军在后面追已经晚矣。

这个故事的背景，是在完颜部盟主劾里钵病重，卧床不起，麻产趁机联合跋黑并勾结辽军进攻完颜部，这关系到女真兴亡之大事。年仅二十四岁的阿骨打沉着冷静，深思熟虑，排除战与和的众议，提出联辽伐麻，麻破跋黑无患的主张。在阿骨打看来，当面与辽统军曷鲁骚古陈说利害，辽必支持我完颜部，这样麻产之联不攻自破，当务之急，非此之举，不能解危矣。阿骨打单身探辽，面见统军曷鲁骚古就证明了这一点。这说明阿骨打确有远见卓识，不愧为女真族的民族英雄。

在满族说部《女真谱评》中反映阿骨打颇有远见的故事很多。比如，完颜部统一各部后，在点将台边上建客馆，摆迷魂之术，使外来的人摸不到底细，使辽官认为我是野人，不需防范。这样女真才有喘息之机，暗训兵马，造军械，待时机反辽；辽军将领萧海里叛辽，派使者斡达刺到完颜部来，请求出兵共同反辽。这一行为的阴谋被阿骨打看穿，盈哥命人将斡达刺送回辽国，天祚帝更认为完颜女真对辽无二心焉。后来辽朝派几千甲兵捕讨萧海里，都被萧海里打败，还是阿骨打率兵打败萧海里，并将萧海里的首级割下献给辽天祚帝，这更迷惑天祚帝，使阿骨打在涞流水建立十座城堡、七座营寨，大规模屯兵，养精蓄锐，为反辽做了充分准备。阿骨打为了反辽打仗，必须先储备粮食，一面鼓励族人垦荒种地，对受灾的地方，制定三年不征税政策，还让他的妻室自己开荒种地，自食其力。建立多欢站，要发兵攻打契丹，年轻的男女没成婚的成婚，没受孕的让住在多欢站受孕，解决女真人生儿育女、后继有人的问题，受到族人和兵丁的欢迎。从这些故事中都能看出阿骨打的远见卓识，有金国开国元勋和女真族民族英雄的本色。

(4) 阿骨打是个大义灭亲的民族英雄

在《断头台》一节中讲述一个感人肺腑的大事。其故事情节是：一天，阿骨打正在筹划攻打宁江州诸事，突然有人告诉他，你儿子绳果出事了。阿骨打气得跑回家找大老婆阿娣。阿娣说，绳果不像话了，从宁江州掠个美人，领到多欢站都不回家。阿骨打气得到多欢站找绳果。阿骨打对多欢站的人说：“绳果的丑事，你们早就应该告诉我，哪能瞒着我，这不是绳果一个人的丑事，是咱女真人的丑事……”阿骨打大声喝道：“将绳果给我捆绑拿下！绳果扑通跪在阿骨打面前：“请阿玛饶恕孩儿吧。”阿骨打抽出佩剑，大喝一声：“谁不动手将畜生捆绑，先做剑下之鬼。”这时他大老婆阿娣跑来求情说：“你饶了绳果吧，他今后改好就是了！”被阿骨打拒绝了。不一会儿，吴乞买、撒改、阿离合懑、斜也等都跪在阿骨打面前说：“都勃极烈，说啥得饶恕绳果这次！”阿骨打也慌忙跪下解释说：“绳果所犯之错，是祖之立法所不容也，不按法惩治他还如何实现灭辽兴金！”正在这时，阿娣将颇剌淑的老伴蒲察氏领来，她颤巍巍地说：“将孙儿绳果放了，赶快放了！”阿骨打忙跪在蒲察氏面前，痛哭流涕地说：“四婶娘，绳果是我的心肝，要惩治他，难道我心里好受吗？可他犯的是宗规族法！宽恕他，就等于我破坏宗规族法，就等于阿骨打放弃兴金灭辽大业，置阿骨打于死地，是因儿女情长放弃大业而不顾。若放了绳果，阿骨打无地自容，绝不再生于世上，请四婶娘深思！”蒲察氏一听，惊恐地说：“怎么，要杀了他！”阿骨打两眼流泪地说：“不杀他，今后还咋维法？不杀他还咋能降顺契丹和外族民心？不杀他还咋治理全军？”蒲察氏长叹一声说：“你说得在理，我老了，遇事糊涂，是呀，不能因小而失大呀！由你做主吧！”说罢转身走了，众勃极烈一看，连四婶娘说情都未准，反被阿骨打说服了，谁也不再说情了。这时，阿骨打登上点将台，高声宣布：“绳果打仗无功，跑进宁江州抢掠有夫之妇，硬性奸污，不仅宗规族法不容，女真军法更不能容，犯死罪，今日斩之，如果今后谁敢再犯，与绳果同样，在此断头！”说罢，阿骨打亲自将绳果的头砍了。

这则故事，很生动、很感人，真是惊天地泣鬼神，催人泪下。为了兴金灭辽大业，阿骨打亲自将违犯宗规族法的儿子绳果砍了头，表现了大义灭亲的英雄气概。儿子绳果跪下苦苦哀求，老婆、众勃极烈、四婶娘纷纷来求情，阿骨打都未准，阿骨打是不是没有人性？不是的，阿骨打也重视骨肉之情，他对四婶娘说：“绳果是我的心肝，要惩治他，难道我心里好受吗？”当四婶娘惊恐地说：“怎么，要杀了他！”阿骨打心里也很痛苦，两眼流着泪说：“不杀他，今后还咋维法？不杀他还咋能降顺契丹和外族民心，不杀他还咋治理全军？”在大是大非面前，阿骨打只能忍痛割爱，为民族大业着想，这更表现了他大义凛然的民族英雄本色。

（5）塑造一个不脱离群众、不修宫殿、不摆架子、坐土炕议事的皇帝形象

《女真谱评》在讲述攻破宁江州之后，众勃极烈就提出让阿骨打当皇帝的事，阿骨说：“只一战取胜就称帝，岂不令人耻笑太浅薄也。”阿骨

打的多房老婆听说他要当皇上都想当娘娘。吴乞买拿张修建宫殿的图纸让阿骨打看，被他回绝了。阿骨打对妻子说："祖上为女真创业有多么艰辛，咱们可不能学辽、宋皇上那样，咱们每天不也骂他们吗？骂辽朝廷禧昏庸擒女真、打女真，此仇非报不可！皇上我是得当，你也得当娘娘，图玉奴当妃，这是肯定的。可我们不是要当骑在女真人头上的皇上、娘娘，而是要为女真争这口气，报仇雪恨，女真人永不给他朝当奴隶！我们是要当这样的皇上、娘娘！如果要像辽、宋那样修什么皇宫和金銮殿，我宁肯不当皇上，说啥不能抖这个神儿！"

阿骨打登基这一天，他走到前朝门一看，嗬！用军兵排成一道墙垣，将民众全拒之门外，心想："这咋行呢，这不将我置于民众之外吗？离开民众，我还叫什么皇上。"于是传旨说："将朝门和四周的护卫兵丁全撤了，不要设卫兵，不仅今天不设，永远不设，可让民众随便从此走过，如有胆敢不遵朕之旨意者，严惩之！"接着，讲述者讲述了阿骨打登基当皇上的精彩细节：

> 在叮咚、噼里啪啦鞭炮声中，众勃极烈簇拥着阿骨打走进"乾元殿"(即皇家议事室)，阿骨打改得对，这七间房子，搭的是对面炕，西山墙下搭个西山炕，亦称万字炕，在炕顶上放个龙墩，啥龙墩？就是一个木头墩儿，起名叫龙墩。就将阿骨打拥到龙墩前，让阿骨打坐在上边，就算是登基坐殿了！
>
> 阿骨打登上龙墩坐下，接着吴乞买、撒改、阿离合懑、辞不失、斜也等跪地参拜。惊吓得阿骨打赶忙从龙墩上跳了下来，跪在地上，两眼泪珠滚滚地说："使不得呀！使不得！朕今日当皇帝，是诸勃极烈仰仗民众，同心协力，奠基金业，我虽尊为皇位，都勃极烈与勃极烈旧俗仍不能改，有事同坐而议之，千万不要行此跪拜之礼也！"
>
> 阿骨打满眼流泪的一一将勃极烈们扶起。
>
> 勃极烈们被阿骨打感动得也全都流了眼泪，又都扑通一声跪在地上，感谢阿骨打的恩德。
>
> 阿骨打惊慌失措又跪在地上，说："如此折杀我也！我是肺腑之言，绝无虚情假意，故而我坚持不修宫殿也在此焉，才将乾元殿改成皇家议事室，今后就按我之意而行之。"阿骨打说到这儿，高声呼叫说："来呀！将木头墩给朕撤下去！"

撒改惊慌不知所措地上前阻拦说："皇上，这可使不得呀，使不得，龙墩可不能撤！"

阿骨打将手扶在撒改的肩膀上，说："国相！一切都在其实，不在其虚耳！如此一个木头墩儿让我坐之，不仅高高在上不得劲儿，更重要的是将都勃极烈们，隔层座儿如隔层山，说话唠嗑，议论事情，多不方便，撤下去，撤下去！"

将龙墩撤下去之后，阿骨打才盘腿坐在西山炕上，让勃极烈们在对面炕头上陪坐。接着才让诸猛安、谋克、皇室子弟进来参拜，这参拜不是拜阿骨打自己，而是参拜勃极烈。

从上述这一段生动、细致地讲述，看出阿骨打不忘祖上创业之艰辛，不忘民众之苦，虽登皇位，但不脱离民众，不修皇宫，不坐金銮殿，不设御门军，让民众随便出入皇帝寨，不封娘娘，不立太子，坐大炕议国事，这是世上罕见的皇帝。正因如此，阿骨打的军队由三千多人猛增至一万多人，其势不可当，一举灭了有二百多年基业和上百万军队的大辽王朝，进而攻宋，占据淮河以北半壁江山。

满族说部是民间的口述史，是满族的先民女真人根据自己所见所闻经过不断加工润色，世代传承下来的口述史，但不是历史。虽然阿骨打是历史上的真人，但不是历史上真人的照相，而是一个典型的艺术形象，它反映人民群众的立场、观点、感情和民族审美理想，这是人民群众的意识、愿望在历史人物身上集中的表现。所以，我们看到阿骨打是一个文韬武略、大智大勇、远见卓识、不脱离民众、不修皇宫、不坐皇椅的伟大的民族英雄的光辉形象，是个完美的艺术形象。它是通过真善美与假丑恶的斗争显现出来的。虽然有关阿骨打的故事历经千百年之久，但仍然给人以美的感受。这就是满族传统说部《女真谱评》的价值所在。

3. 向人们展示了一幅女真时期萨满祭祀的历史画卷

我国北方民族都信仰萨满教，萨满一词早在十二世纪南宋人徐梦莘在《三朝北盟会编》中就有过记载："兀室（乌舍）奸猾（通变）而有才，自制女真法律、文字，成其一国，国人号为珊蛮。珊蛮者，女真语巫妪也。以其变通如神，粘罕以下皆莫能及。"这是国内外到目前为止，对"珊蛮（萨满）"一词在史书上最早的记录。至于萨满如何进行祭祀活动，却没有详细记载，只是在《金史》卷六五有"有被杀者必使巫觋以诅祝杀之者"的简要记录。而女真人世代传承下来的民间口述史《女真谱评》

却对当时萨满祭祀情况做了详细的记载，使后人看到了女真萨满祭祀的生动场面。

在《女真谱评》伏魔一节说到，阿骨打降生后每天夜间哭号不止，从天黑哭到天亮，用什么方法也哄不好，四处讨药也无效果。这时外边来两位“神医”，专治邪病。赫达氏问：“你们能治我儿的夜哭症吗？”神医说：“能治，小主人究竟是中魔还是中邪，需请神卜断，得备香案供祭祀果品。”赫达氏命使女备齐，文中说：

只见女神医洗手净面后，身换彩衣，腰束一串响铃，手举鱼皮制的单鼓，令劾里钵夫妇沐浴更衣，焚香叩拜后，女大神则慢摇腰间的响铃，哗楞楞地响，左手举鼓，右手持着鼓鞭，咚当、咚当、咚咚当后，用鞭敲着鼓边：“哎——弟子我，三拜九叩祝祈祷着哇，啊——啊，完颜部国王次子中了邪，夜不闭眼啼哭号叫，不知为什么？请伏魔大帝慈悲，救民除害，弟子之托。啊——唉……”随着女大神叨念声，女大神身上的彩衣抖搂起来，越抖越大，忽然将头摇得像拨浪鼓，当当当，单鼓也打成一个点儿，头上的髻发也摇散开了，披头散发，翻白双目，两脚一跳多高，嘴里喊着：“嘿——嘿嘿。”这时，男大神手里敲着单鼓站了起来，口里喊着：“喂——唉唉唉，神鼓一敲咚咚当。”他一边敲鼓，一边手舞足蹈地躬身施礼：“弟子接拜在身旁，鞠躬施拜候驾忙，大帝请坐先喝迎风酒，问卜驱邪靠帝威。”

女大神摇舞着，听男大神唱说后，扑通一声坐在凳子上，摇着身子颤抖着，接过男大神递给的一瓶酒，嘴对瓶口，不一会儿一饮而尽。又唱：“叫帮宾[1]你是听，嗬嗬，弟子为何事，将我请来哟！嗷嗬！嗬嗬！”

男大神接过来，敲着鼓儿唱：“帮宾我慢打鼓儿细禀着，只因完颜国王次子他，不知中了什么邪啊，整夜号叫不睡觉，折磨得国王、国妃、小主，面黄肌瘦苦难熬，恳求弟子将大帝请，慈悲为怀，驱魔赶邪救幼主哇，完颜部世世代代忘不了大帝的恩德。”

“嗬！叫帮宾你是听，快让国妃禀告，幼主何月何日何时

① 帮宾：跳神中大神的助手，俗称二神。

生。”女大神唱完，还将屁股一颠多高。

男大神咚当敲着单鼓：“叫国妃你听真，快将幼主何月何日何时生跪禀大帝卜吉凶。”

赫达氏慌忙跪在地上，给女大神叩头，禀告说：“阿骨打是五月初五午时生。”

女大神颤颤着身子，伸着右手，用大拇指掐算着：“正月、二月、三月、四月、五月、初一、初二数到初五，子、丑、寅、卯、辰、巳、午。唉嘀！幼主生占三个五，属帝王之相自来福。可惜生在荒野，中魔，魔鬼缠身夜哭闹，百日不除必夭折！”

赫达氏一听，出了一身冷汗，慌忙磕头如捣蒜，哀求祈祷：“求伏魔大帝慈悲，拯救阿骨打吧，要能将阿骨打身上的妖魔赶跑，我们世世代代供奉大帝，以报拯救之恩！”

“帮宾我煞住鼓，叩帮大帝伏魔神，嗯，哎！恳求降魔驱邪大帝呀！拯救幼主显神通。”男大神唱后又躬身施拜。

女大神拉着长声：“哎——叫帮宾你是听，自然弟子将我请，降魔伏邪我应承，也是金朝应兴盛，才遇弟子显神通。哎——叫帮宾，你是听，降魔伏邪的东西要记住。魔鬼的替身人一个，祖传雌雄宝剑一把不能少，五把神沙装盘中，黑驴蹄子狗熊掌，样样都成双，五色系线结三丈，院内扎上八卦门，单等更深夜静时，弟女请我，我来临，伏魔驱邪显神灵。”

伏魔大帝退身之后，女大神恢复原态，询问男大神，伏魔大帝如何伏魔？男大神诉说一遍，当即令劾里钵夫妇准备伏魔用的各种东西。别的都准备了，只是魔鬼替身的人用谁呢？商量来商量去，忽然赫达氏想起黑子的媳妇。这次黑子叛乱，就是她挑唆的，她就是魔鬼，用她做魔鬼的替身最合适。定下来之后，将黑子媳妇从牢房里提出来，给她抹上魔鬼脸，蓬松的头发，污垢的衣服，真如魔鬼一般。……在院内设了八卦门，万事俱备，只等夜深人静。

到夜深人静的时候，女大神披挂神衣，腰束腰铃，在供奉伏魔大帝的神位前，摇摆着腰铃，请伏魔大帝降临。

劾里钵夫妇跪在神案前，祈祷伏魔大帝下界降魔伏邪。

不一会儿，女大神请下了神，男女神敲鼓相迎，喊叫着：“帮宾我三拜九叩、九叩三拜迎接大帝，大帝一路辛苦疲劳，疲劳辛苦为国为民降魔除邪，救苦济难显神灵，特备哈拉乞[1]为伏魔大帝来接风。”随着他的喊叫声，将烧酒罐子递给女大神。女大神蹦跳着，口里狂喊着：“嗬——嗨——”身子一蹦高，接过酒罐，一饮而尽。饮完接风酒，阿骨打由赫达氏抱着，女大神口里嘟嘟囔囔念咒语，右手持雌雄二剑，左手拽着黑子媳妇脖子上的铁链子，刚出房门，一掌打在妖魔替身（黑子媳妇）上，一个踉跄。接着连过八卦门，妖魔替身已面目全非。女大神用雌剑刺向妖魔替身胸口，只听嗷嗷连声叫，妖魔替身头上蹿出一股黑气直冲天空，女大神大喊一声：“哪里逃！”将祖传雄剑刺向黑气，只听一声巨响，黑气变成一个黑大物掉在地上，众人见了大吃一惊，原来是一头大母熊。女大神将西屋西北墙上的五色线绳拉到门外左侧的柳树枝上，上面挂着不少五色布条。五色线绳的余线拴在阿骨打脖子上，女大神用剪子剪断，喝道：“锁住。”……后来，阿骨打能一觉睡到大天亮。

从上述两位驱魔治病的大神的一系列祭祀活动中，我们看到女真时期留下的比较完整的萨满野祭祭仪，为了给儿时的阿骨打治夜哭症，由女萨满（大神）和帮宾（二神，也叫扎力）首先请神，然后让神附体，帮宾赞神、驱邪，最后送神。这是在满族先民女真人口耳相传的口述史中留下的比较鲜活的萨满野祭和跳家神中换锁的生动画面，从此这个风俗一代一代地传了下来。这为研究萨满教提供了很珍贵的历史资料。

从《女真谱评》我们可以看到，马亚川先生以深厚的民族感情传承和保存了珍贵的女真民间口述文化史料，绵延如此久远而描述又极其缜密详尽，其贡献之大，这在国内传承人中是屈指可数的。马亚川先生在讲述和记录女真历史传闻逸事时一再声明，因涉及先祖业绩，事关重大，极其慎重，不可有半点的马虎，竭尽全力保存它们原来口传中的样子，只是他在现今时代讲述和记录时，没有用已逝去的那个时代的言辞，除了保留个别女真专有语汇和地方方言之外，使用了自己的语言，让听众听得更明白。这丝毫没有减弱女真时期口述史的文化和历史价值，反而使之增辉添色。这就是马亚川讲述的《女真谱评》对历史、文学、民俗学、民族学等学科的重要价值。

① 哈拉乞：满语，即白酒。

第二节 傅英仁和他传承的《东海窝集传》

满族说部著名传承人傅英仁先生讲述，宋和平、王松林整理的《东海窝集传》是一部具有神圣性和庄严性的野人女真的英雄史诗，是一部研究满族共同体形成之前的原始氏族社会难得的口述资料，因此有着重要的科学价值。

一、傅英仁的传承和依据的不同版本

傅英仁在自传中写道："从十三岁起，就和三祖父（傅永利）在一起劳动，……夏天我们爷俩在缸窑沟种地，秋天打柴，农闲领着我到各屯说《萨布素将军传》《红罗女三打契丹》《东海窝集传》《金兀术传奇》几部长篇。……我到十七岁时，已能把几部长篇通了本，但说起来仍然没有三祖父那么流畅自然。"这说明，傅英仁多次听三祖父讲《东海窝集传》，整个故事情节他已牢牢记在脑海中，并对此故事通了本，只是讲的不如三祖父那么熟练、流畅。后来，在三祖父的倡导下，傅英仁开始将这几部书整理成文字，有六大厚册，三百多万字，其中就有《东海窝集传》。这是三祖父向他口耳相传的结晶，也是后来他传讲《东海窝集传》的主要来源。一九四五年以后，傅英仁在村里成立的一所私塾教书，晚间向老乡讲《萨布素将军传》《红罗女三打契丹》和《东海窝集传》，不断加深对这些故事的记忆。一九五七年，傅英仁被迫忍痛将多年整理的这些材料都烧了，之后利用夜间别人休息时他偷偷将三爷讲述的内容写了简短的讲述提纲，既有每章节的回目，又有简短的内容提要，这样便于保存，还能通过提纲回忆全书的内容。这就是一九五七年以前傅英仁传承他三爷讲述的《东海窝集传》的蓝本。后来，傅英仁在这个讲述提纲的前面写道："一九四〇年，我在官地教书时，有一位姓关的老人，名叫关隆阿，当时已七十八岁。"这部《东海窝集传》的一些内容就是那年冬季他所讲的，后来到一九四六年时，又见到关隆阿的弟弟关隆棋，他也讲述了一些内容，我根据关氏兄弟的讲述"做了一些补充"，才形成一九五七年前的记录本。当然，该版本"主要是三爷讲述的内容"。

《东海窝集传》主要讲述野人女真怎样过着原始生活。明朝初年，野

人女真移居黑龙江省海林市的海浪河流域，称“东海窝集部宁古塔路”，从此海浪河流域称宁古塔，属努尔干都司管辖。一六〇八年努尔哈赤派额亦都攻打宁古塔旧城（今海林旧街古城），征服了东海窝集部（野人女真）的瑚叶路（今兴凯湖附近）、那木都鲁路（珲春北）、绥芬路（三岔口）、尼玛察路（双城子）、乌尔察路（穆棱）等部，被招抚后均编入满洲旗籍。另一部分不受招而逃入深山老林里定居下来，被官府称之为“不受管束的狂野之人”，满语为“巴拉”人。从此，巴拉人在林子里仍然过着原始生活。窝集是满语，意思是“稠密森林之处”，或是“密密森林之处”。所以，巴拉人是生活在大山密林里的“林中之人”。而傅永利老人与巴拉人有亲属关系，傅英仁的姨夫关振川本人就是巴拉人，傅英仁的挚友关墨卿长期生活在海林市海浪河附近，经常接触巴拉人，常听他们讲自己的族史。因此，他们三位对巴拉人的历史沿革、生活习俗、人物故事都非常熟悉，而且讲起来头头是道。中华人民共和国成立初期，傅英仁在整理《东海窝集传》时，以三爷傅永利讲述的内容为蓝本，又将关墨卿、关振川讲述版本的内容和故事补充进去，对《东海窝集传》不断加工、充实、提高，使之故事更为完整、生动。

《东海窝集传》是讲述野人女真的祖先艰苦创业的神圣伟绩的故事，因此不是在任何场合下都可以随便讲的。据傅英仁先生说：“我三爷，每讲唱《东海窝集传》时，首先洗手、漱口、上香叩拜后，才能讲唱。因为是满族的祖先之事，又有许多满族崇拜的神灵。”所以，讲述者一定要严肃、虔诚，叩拜后才能向族人讲述，这说明满族说部所具有的神秘性和神圣性。

二、《东海窝集传》的故事梗概

讲述者以真挚的感情、翔实的材料向人们讲述了满族的先民在女人掌权时代的东海窝集部一段鲜为人知的故事。当时的东海窝集部是一个比较大的部落，它统辖了九川十八寨，附近所有的部落都由东海窝集部女王统领。女王叫爱沙坤德，她有两个女儿，大女儿叫爱坤巴哲，二女儿叫沙德巴哲，都到了订婚娶女婿的时候了。东海窝集部的西南有个佛涅部落，女王的名字叫塔斯丹德，她有两个儿子，长子叫先楚，二子叫丹楚。这两个儿子被东海窝集部女王看中了，于是两个部落女王商定明年祭神树时正式将两个儿子娶过去。可是，先楚和丹楚在打猎时经常遇到穆伦部落女王的四个姑娘，他们彼此产生了爱慕之情。他们六个人商量在明年祭神树时将计就计，举行结婚大典。正说着时，四个姑娘被东海窝集部的人掳走，当了奴隶。先楚和丹楚知道四个姑娘的下落之后，整天闷闷不乐。东海窝集部女王决定在祭神树时，给两个姑娘举行结婚大典，由萨满跳神唱颂神歌，这样先楚和丹楚就成了老女王的额驸。

一天，东海窝集部老女王命先楚和丹楚率三百兵马攻打卧楞部，因卧楞部女王是她的表妹，来东海窝集部朝贡时将她的宝物托力偷走，藏在万岁楼里，所以让先楚和丹楚乘机将托力宝物抢回来。万岁楼有很多埋伏，要上去性命难保。正为难时，一位老者说：这万岁楼有四道机关，指点他们怎么破这些埋伏、机关。但哥俩儿上万岁楼的山时，遇到滚木毒石和毒箭射击，身体不适，折腾得就地打滚。这时，他们的祖母万路妈妈来到跟前，给他们指明破万岁楼的方法，叫他们夺回托力宝物之后招兵买马，推翻女王统治，建立新的大贝勒王朝。两位阿哥按万路妈妈的指点破了万岁楼，夺回托力，打败了卧楞部老女王。两位阿哥在林中狩猎时遇到从东海窝集部逃出的穆伦部的四位姑娘，此时被东海窝集部的两个格格看见，告诉女王，把两个阿哥打入水牢。不久，东海窝集部暴发了瘟疫，女王的两个格格死去，她命先楚和丹楚两个阿哥活人殉葬。

穆伦部四位姑娘冒着生命危险救出丹楚，已被看守人发现，丹楚和四个姑娘死里逃生。在到母女河时，河水刚刚结冰，四姑娘格浑跑得快，过了河，三个姐姐跑得慢，结果都掉进河里，不知死活。这时丹楚与四姑娘格浑在母女河部落又相遇了，部落女王老太太为他们做主，举行了结婚仪式。一天，格浑、丹楚和佛勒恒、索尔赫楚被大风刮到白雪滩头，怎么走也走不出来，这时又见到万路妈妈，告诉丹楚，你和格浑要走万里路，寻访高人，把基地建立起来，否则建大业是不可能的。丹楚和格浑根据万路妈妈的指点，收服了蛇盘岭的梅赫勒。浑楚、兽奴石鲁、熊岩洞的色楞和胡楞，下面有二三百兵马，大家选丹楚为牛录额真，在兴安部落安营扎寨，大练兵，虎头岭前又收服了会虎语、有十几只虎兵的他斯哈。力量壮大了，丹楚率兵去攻乌苏城。东海窝集部爱坤女王亲自率兵参战，保护城池，结果寡不敌众，丹楚掉进陷阱被擒。爱坤女王按祖传制度，殉葬的人等于死了，不能再杀他，要重新加固基地，再举大丧，还要丹楚殉葬。丹楚悔恨自己没听万路妈妈的话，没走一万里路，只走一半就忘乎所以，吃了败仗。再说格浑和石鲁、索尔赫楚带领四位石匠，杀死十几名守卫，救出丹楚和先楚，他们顺利地返回兴安部落。

回到兴安部后，丹楚把人马交给大哥先楚指挥，他带着石鲁、浑楚骑马向西南方向走去，寻找良将和军师。半路又遇见万路妈妈，告诉丹楚往南走一个月，到隐仙山找仙人孙真人。他们按照万路妈妈说的果真找到了孙真人，在山上学了两年多兵书战策，就启程回东海窝集部了。在双石寨他们遇到几年前过河失踪的三位姑娘，姑娘也一眼认出丹楚。他们兵合一处，共同向兴安哈达进发。这时各路军马都集中到兴安哈达，共有兵马一千三百多人，能征善战的将领几十人。孙真人告诉他们，一要制造刀枪，二要制造战车和云梯，三要用布做衣服和旗帜，四要有一批好马。一切准备好后，队伍组成大队、中队、小队，孙真人叫第一路由石鲁带队打先锋，丹楚带大队人马攻打东海窝集部女王的老巢。他们很快连夺三城十八寨，老女王兵败提条件，以萨满跳神比武，丹楚同意了。结果老女王又败北逃跑了。在智取东山城时，石鲁活擒老女王，东海窝集部彻底失败。在孙真人、石鲁的倡议下建立东海窝集国，先楚为大王，丹楚为二王，浑楚为三王。新王朝建立不久，老女王手下的旧部约四百女儿兵为老女王报仇，经过猛烈的战斗才将这些老女王的兵镇压下去。而后丹楚和石鲁率兵征服了九部十八寨，从此结束了女人统治东海窝集的局面。现在唯独以先楚、丹楚的额娘塔斯丹德为女王的佛涅部还是女人掌权。先楚和丹楚怎么劝他额娘让权也不行，他额娘塔斯丹德甚至拿出宝刀要砍死两个儿子，她戴上用石头做的帽子撞先楚，先楚一躲，结果她撞到石柱上，结束了生命。先楚一看额娘死了，自己抽出刀在额娘灵前自刎了。先楚的未婚妻要随先楚一同而去，也自杀身亡。经过这场母子之间残酷、激烈的斗争，终于解决了佛涅部由女人掌权和受东海窝集国管辖问题。但还有东海窝集国的残余部落，如珲春部保持女权制没有归顺，他们放出瘟疫企图把东海窝集国搞垮，在丹楚的姨母及万路妈妈和长白山主的帮助下，解除了毒水和瘟疫，使珲春部投降，四海归附。东海窝集国如旭日东升，父系王位定乾坤。

三、《东海窝集传》的价值与意义

1. 展现了由母系社会向父系社会过渡的残酷历程

《东海窝集传》(傅英仁讲述，宋和平、王松林整理) 以东海窝集部老女王为两个格格娶了佛涅部女王的两个阿哥先楚与丹楚做额驸为矛盾纠葛，后来两个格格去世，女王命两个额驸为妻殉葬，使矛盾尖锐化，因而发生一系列从女王手中逃出的兽奴、阿哈占山为王，丹楚积蓄力量，反对女王的斗争。实质上是保女权与树男权之争，向人们展现了由母系社会向父系社会过渡的漫长、激烈、残酷斗争的足迹。随着矛盾的展开，使我们看到氏族社会的政治活动，如将战俘沦为奴隶，女王和贵族残酷剥削压迫家奴，聚敛财富，窃为私有，奴隶不堪压迫，纷纷出逃，进行生死斗争。这些描绘比较准确地概括了当时社会的主要特征，即新旧社会形态交替时期各种社会力量的斗争。讲述者忠于现实生活的逻辑，编织了精彩的故事，塑造了英雄人物，在漫长的口耳相传的过程中，不断加工润色，使故事真挚感人，具有重要的科学价值。满族口头遗产《东海窝集传》虽然描写野人女真处于野蛮时期的部落战争，但它不是史实的直观再现，而是艺术的折射显现。所以，它的真实性不表现在故事本身，而是集中表达了满族先民的理想愿望，揭示了社会历史的本质面貌，为史学界研究野人女真时期由母系社会向父系社会过渡提供了佐证。

2. 为研究野人女真的文化与风俗提供了丰富资料

《东海窝集传》讲述者用生动的故事在勾画出满族的先人野人女真社会、经济形态的同时，也展现出独具特色的本民族的文化。由于野人女真长期生活在崇山峻岭、莽莽的原始森林，险要的环境形成天然的屏障，使他们与世隔绝，一直保持着古老的生活方式。书中说："那个时候人们生在山里、住在山里、吃在山里，所以出门也不用带什么干粮，只带点食盐，饿了顺便打点野味烤烤就吃。习惯了渴了就趴下喝山泉水，什么都不在乎，身体也很好。"那么他们穿什么呢？书中说："丹楚一看来的是一帮女人，赤身露体，腰间围着一块皮子，披着用各色羽毛做的披肩。这些女人一看丹楚是个年轻男人，不由得就乐了，相互之间叽叽喳喳说个不停。"因为那时女人多，男人少，所以见了男人当然乐了。还有的"披着头发，脑袋上扎着用鹿筋做成的脑箍，光着膀子，腰里围着一圈兽皮，脚上穿得更热闹了，都是熊皮靴，走路没有声音"。因为野人女真以狩猎为生，从他们穿着打扮充分看出狩猎文化的特征。尽管如此，他们也有自己独特的文化，草黄了就算是一年。书中说："格浑就问：'老人家，你是看到几次草黄啦？'老人说：'那墙上不是有吗。'格浑一看墙上有木头牌子，一年挂一个，正好挂了七十四个，方知老太太今年是七十四岁。"至于一些生活习俗就更有意思了。先楚和丹楚大破万岁楼，卧楞部女王投降，将托力宝物归还原主，表示愿意年年进贡，岁岁朝贺。书中说："说完双方各端出三碗酒，女王和先楚走上前去，由胜方先楚用刀尖挑破手腕，滴血入酒碗，端起碗喝了一口，负方再喝一口，随后对天发誓。”书中还讲了残酷的人头祭习俗。书中说，有五十奴隶要反抗老女王，结果失败了。这时老女王讲：“从第一代创业大玛发至今已是六辈了，原来第五辈玛发时就应该举行大祭。今天正好用你们的人头，为第六辈玛发举行大祭，咦？不是五十个人吗，怎么缺了五个人呢？缺的人就从阿哈中选吧。”于是又从阿哈中拉出了五个无辜的人。这五个人都被砍了头。那院中真是血流成河，惨不忍睹。这时，又挖了九个人的心和猪头摆在一起，用来祭祀他们的第六代大玛发。从此东海窝集部的女王，在历史上第一次开了人头祭，同时也流传下了用人头祭旗、祭天的习俗。从这个习俗我们可以看出东海野人女真的文化是一种野蛮状态，但又是开放的，不断吸收汉族文化，以丰富自己民族的文化。先楚、丹楚的祖母万路妈妈曾多次到中原去过，学会了很多汉人的生产技术和文化，就教他们学会做饭、做衣服、生产、懂礼节，多掌握此功夫，要到中原去请一名尼堪（汉人）人做军师，还教巴拉部落盖半截地上、半截地下的房屋，比地窨子亮堂多了。另外，一位老太太和阿尔法玛发还教他们种麻、织布、做酒，认识荞麦、谷子，做饽饽吃等。这样使东海野人女真逐渐摆脱吃生肉，不穿衣服的原始状态，向农耕文化迈进。丹楚为了建立大业，尊万路妈妈的嘱告，到中原隐仙山请军师孙真人。孙真人除了教他们中原文化外，还教他们打仗、如何布阵以及战术等，帮助他们很快推翻东海窝集部女王统治，建立男人掌权的新的社会，从而使东海窝集部从母系社会转变为父系社会。

3. 把萨满的作用推到很高的地位

满族的先民虔诚地信奉萨满教，认为萨满有神鹰一样的勇猛和智慧，能够知晓神意，疏通人与神或神与人之间的思想感情，能够驱魔除邪，能够护佑人们幸福安康。故此，萨满在族众中享有特殊地位，处处离不开他。这在《东海窝集传》中有详细精彩的叙述。

（1）举行祭神树招亲仪式，请萨满跳神唱神歌

按照东海窝集部的婚俗，不管双方的父母是否同意，男方女方必须在神树下自由结合才行，要不然，婚姻大事谁说了也不算数。因此，又举行祭神树。书中说道：“在神树祭祀正式开始之前，有二十七位女萨满戴着虎皮帽子，穿着鹿皮裙子，点燃八十一盆年祈香，香烟缭绕，显得神圣肃穆。神树周围生起篝火，接着东南西北四路大篝火也生起来了。他们击鼓跳神，高声唱着祭神歌。之后由关锅头开始宰杀，共有八十一

只鹿，鹿的四条腿吊在架子上。各部派出的八十一个锅头，拿着石刀单腿一跪，将鹿脑袋割下来，把鹿头挂在早已搭好的神架上。各部落带来的神器，如木筒、大鼓、小鼓敲打起来，然后将鹿头放在祭坛上，全场一片欢腾。所有带来的牲畜都一律剥皮，忙坏了各部刀斧手。待祭品摆好后，全体人员跪下向神树祈祷，祈求全年幸福安康。第二遍祭神树开始了，二十七位萨满又开始跳神颂唱神歌，接着是众人跳舞。”当祭神树完毕，开始择婚选偶，女的找男的，男的找女的，彼此找情投意合的伴侣，然后到老女王面前求得认同。要婚配必须祭神树，祭神树必须由萨满神主祭，萨满在野人女真心目中是至高无上的。

（2）萨满能除邪、捉鬼、去瘟疫

萨满能够预言，说东海窝集部不出三天将有一场瘟疫发生，宫殿上空有黑雾笼罩，不出三天必有大灾大难。萨满达对女王说：“魔鬼耶鲁里派了五六个魔鬼洒下了瘟疫，瘟疫马上就要开始了。”于是，老女王让萨满达请神问卜，除邪捉鬼，人们马上杀猪献供，摆桌上香。萨满穿上神衣，系上腰铃开始跳神了。当萨满跳神进入了一个时辰的昏迷后，醒来对女王说：“天神马上派八位神灵前来捉鬼。头三天，宫内外人不能乱走乱窜，不许击鼓吹号发出声音。晚上更不能出门，不许点灯，只能睡觉。”把萨满除邪祛瘟疫的跳神祭祀说得很详细，女王对萨满达是非常尊重、崇信的。

（3）在打仗中靠萨满祈祷天神保佑

东海窝集部女王听说丹楚带几百人来攻打乌苏城，她带了奴隶兵、女兵各两百人，又带了十八位老太太和十八位萨满，军营中的一切调动和指挥都听从老太太、萨满和女王的。书中说道：“不管是行军还是打仗，都有萨满祈祷天神保佑，而且每天还为各营寨里的安全祈祷祝福。”那时双方打仗都配有萨满，丹楚军营中的萨满仅仅是祈祷，不直接上阵；老女王的萨满是直接参加战斗的。从这里我们可以看出，萨满的作用是无处不在的。

（4）以萨满跳神比武决定胜负

东海老女王被打败后，提出以萨满跳神比武决定胜负，要比四件事：“第一件是比赛跑火池，就是把火升得高高的，光着脚跑三圈就算赢了。第二件是上刀山，就是在八十一阶石刀搭成的梯子上，光着脚上下走一趟不能划破脚，就算赢了。第三件是走木桩，就是用削得溜尖溜尖的八十一个木桩摆成的方阵，在上面走来走去，这样就算赢了。第四件是手指穿石板，就是在一寸五厚的石板上连穿九个窟窿。这四件萨满的跳神比赛，你们如果赢了，我甘愿向你们投降，任凭你们处罚。”比赛的结果，老女王认输了。这四项是比较原始、古老的萨满祭祀竞技活动，特别是跑火池，是火祭的重要内容。原始先民素有崇火拜火的信仰。在祭祀时，请下拖亚拉哈火神，她赋予众萨满和众族人娱火技能，使人人都可以在又宽又长的熊熊火焰上跳跃、奔跑、跳舞，将火祭推向高潮。《东海窝集传》把原始的萨满跳神比武活动生动地展现在人们面前，为研究萨满教提供了鲜活的资料。

第三节　赵东升家族与祖传的《扈伦传奇》和《乌拉秘史》

赵东升家传的《扈伦传奇》和《乌拉秘史》在满族说部包衣乌勒本中是很典型、很有特点的两部书。

一、乌拉纳喇氏是有着六百多年历史的名门望族

赵东升是海西女真人的后裔，本姓纳喇，其始祖纳齐布禄生于元末，创业在明初，至今传下二十四五代，已有六百多年的历史。据该族族谱上记载，纳齐布禄的曾祖名叫倭罗孙，这是他们迁居该地后改的姓氏，因女真人有以地为氏的习惯。后来，纳齐布禄在纳喇河滨自成部落，故改姓为纳喇。约在明永乐四年，纳齐布禄在族人的拥戴下，建立一个势力不大的地方政权，称“扈伦国”，纳齐布禄为扈伦国王。纳齐布禄王位传子多拉胡其，多拉胡其生二子：长子撮托、次子佳玛喀。王位由次子佳玛喀继承，长子撮托被派往长白山自成部落，称“长白督都额真”。佳玛喀生四子：长子都勒希、次子扎拉希、三子速黑忒（后任明朝塔山前卫左都督）、四子绥屯，亦任都督，其后另立哈达部，哈达万汗（王台）即其孙。

赵东升家族是都勒希后裔。都勒希生三子：长子额赫商古、次子库桑桑古、三子古对珠延，由第三子继承王位。赵东升家族为古对珠延之后。古对珠延生二子：长子太安、次子太兰，太兰继承时扈伦国沦亡。太兰子布颜，在明嘉靖四十年时取消扈伦国号，扩建乌拉城，改称乌

拉国。

布颜生六子：长子布干、次子布勒希、三子布三代、四子布云、五子吴三太、六子博克多。长子布干继承贝勒，生三子：长子布丹、次子满泰、三子布占泰。满泰继承乌拉贝勒，生五子，女阿巴亥为努尔哈赤大妃，生多尔衮兄弟。满泰卒，布占泰为乌拉国第四任国王。他先后娶了努尔哈赤两个养女和一个亲生女儿为福晋，最后还是被他岳父努尔哈赤击败，乌拉国灭亡。

布占泰是纳喇氏第九代，在位十八年。布占泰生八子，长子达尔汉，清初携兄弟及族人归顺，编入正白旗，因大破李自成农民军有功被授予骑都尉，晋二等轻车都尉世职；次子达拉穆，被指定为乌拉国王位继承人，授台吉，在建州部灭亡乌拉国之战中城陷自杀，其子孙后来定居北京；三子阿拉木、四子巴颜、五子布彦托，其后世均不详；六子茂莫根当过正白旗佐领，其子孙在宫内任职；七子噶图浑，任正白旗佐领，后升巴牙喇（护军）参领；八子洪匡，其福晋为努尔哈赤孙女，生二子，长子乌隆阿、次子布他哈，由于洪匡起兵反抗努尔哈赤被抄家灭族，洪匡出逃自杀，长子乌隆阿被别人救出，为逃避追查，生存下去，改为赵姓，世代在今吉林省九台区莽卡乡锦州屯繁衍生活。乌隆阿为第十一代，他生十子，第八子倭拉霍生五子，第五子五格（第十三代）；五格生三子，第三子凌福（十四代）；凌福传德明、德英，二人均为五品官（十五代）；德英生四子，传第四子富隆阿（笔帖式，十六代）；富隆阿生二子：长子双庆（字子渔，五品官，十七代）；双庆生二子：长子崇禄（八品官，清亡改学中医，十八代）；崇禄（又名国瑛）生三子，次子继文（十九代）；继文（名焕章，号竹泉，松江居士）生一子东升（二十代），即赵东升。

从这个家谱我们可以看出，乌拉纳喇氏是个有着六百多年悠久历史并传承二十代的名门望族。它经历了部落时期无数次的兴衰起伏和历史的沧桑巨变，涌现出许多可歌可泣的事迹和英雄人物，传下了大量部落征战、祖先生死斗争的逸闻秘史。在族内祖传父，父传子，子子孙孙，代代承继不渝。所以，纳喇氏赵姓家族讲述族史的乌勒本流传于明末，形成于清初。它与其他姓氏不同之处是限定在极小的范围内单线秘传，不准中断，也不准外泄，始终处于高度警惕和保密状态，因为它传的是“祖宗的秘史”，扈伦四部与建州部血泪的斗争史，在清代是十分忌讳的，像《扈伦传奇》和《乌拉秘史》这类说部，是冒着极大的风险才得以保存并传承下来的。

从这个家谱我们还能看到，纳喇氏子孙都是那个时代的佼佼者，是带领部族战胜困难、走向幸福的指挥者，因此是具有文韬武略、民族文化底蕴丰富的家族。虽然历经几百年，却能传下家族拓疆守土、部落征战的秘史。特别是进入清代，传承人几乎都是文化人，有的在朝廷做官，满汉齐通，文墨娴熟，很容易接触文书档案和文献资料以及社会各界人士，对原有口传的乌勒本进行不断地丰富、润色，使家传的族史日臻完善。但对家族的历史必须忠实讲述，即使涉及祖先的事迹，也要直言不讳，该一是一，该二是二，无论是功是过，都要如实讲述，即便是对祖先乌拉王室的种种劣迹也毫不留情地给予披露，以警后人。所以，纳喇氏赵姓家族讲述的族史乌勒本，把它看成是向族人进行教育的课本，使后人慎终追远，求本寻根，铭记祖先创业的艰难，承继祖德宗功，吸收历史的教训，继往开来。所以，纳喇氏赵姓家族三百多年来讲述的族史《扈伦传奇》和《乌拉秘史》是昨天历史的真实记忆，是对祖先英雄业绩的虔诚赞颂，是教育族人爱国、爱族、爱家，增强氏族凝聚力的生动教材。

二、满族说部《扈伦传奇》和《乌拉秘史》的由来与故事梗概

《扈伦传奇》和《乌拉秘史》都是明末清初由纳喇氏家族及其后裔传讲的有关祖先盛衰兴亡的历史故事。特别是明朝末年，海西女真、建州女真、东海女真兴起，各部落连年征战，强凌弱，众暴寡，金戈铁马，风雨沧桑，涌现出许多慷慨激昂、威武壮烈的英雄斗争事迹和逸闻遗事，在纳喇氏赵姓家族中世代传承，逐渐形成气势恢宏、波澜壮阔的乌勒本《扈伦传奇》和《乌拉秘史》。从该说部的发端到形成，大约走过了近三百年的漫长道路，扈伦四部后裔，本着对祖先的敬仰，把先人的事迹编成故事，世代传承不渝。虽然几经劫难，但终于将家传的族史传承下来，保留了故事的原貌，不至于被历史湮没失传，这是难能可贵的。

1.《扈伦传奇》的由来及故事梗概

据传承人和整理者赵东升先生讲，《扈伦传奇》是由《扈伦秘闻》《南关逸事》和《叶赫兴亡》三个家传的乌勒本组合而成的。根据内容的需要和时间发展顺序，把三个说部组合到一起，忠于传承人讲述的原汁原味，对故事情节结构、主题思想保持不变，对与史实不符的地方，也不

做改动，保持故事的原貌。整理时只是对不连贯的内容与情节将其连贯起来，使故事更为完整。

《扈伦传奇》的故事梗概：

元朝末年，纳喇氏始祖纳齐布禄为躲避元兵追捕，随母跑到辉发河谷，他想起翁姑玛法（太爷）的遗言，纳喇氏的老家在松阿里乌拉弘尼勒活吞（城），便辞别母亲，历经千辛万苦找到乌拉部落和弘尼勒城，族人奉他为城主，纳齐布禄正式建立扈伦国，自称扈伦国王。自建国后，海西诸部纷纷归附，纳喇氏日益兴盛。但到第四世都勒希继承王位后，扈伦国已走下坡路，他的儿子古对朱延接替他主持乌拉部，其侄子克什纳受命去塔山卫。后来族人巴岱达尔汉反叛杀死克什纳。克什纳四子旺济外兰投靠哈达部，那是纳喇氏的根基。因为从纳喇氏第四代起，已有三支去了哈达，在那可以安身。旺济外兰在哈达做了大明四品地方官，后改名为王中。旺济外兰在哈达崛起，北关叶赫部并没把他放在眼里，阻止贡市，引起各部不满。明朝推行以夷制夷的老办法，使女真互相攻击，两败俱伤，朝廷好坐收渔人之利。旺济外兰率兵攻打叶赫，杀死叶赫首领祝孔格，得了刺书七百道，势力大增。后来因胜而骄，失掉民心，被部下刺杀。王中子年幼不能治事，于绥哈城迎回克什纳长孙万（王中侄）到哈达主政，正式建国称汗，史称万汗，明朝赐名为王台。北方女真各部纷纷来投，东海女真也定期前来贡市。众部推万汗为盟主，从此正式确定万汗在女真社会的领导地位。建州王杲联合叶赫太杵进攻哈达，结果太杵被万汗斩杀，于是两部结下怨仇。万汗坐镇哈达，遥控建州，远抚东海，由于踌躇满志，心生骄傲，矛盾重生，威名一落千丈，诸部开始叛离。首先肥河卫叛离，在辉发河畔扈尔奇山筑城称王，建立辉发国；乌拉部布颜筑城建立乌拉国称王。

建州女真酋长来力红杀死明朝抚顺守备裴承祖，辽东总兵官李成梁率六万大军来围剿建州女真各部，建州右卫都指挥使王杲投奔哈达万汗。万汗同其子扈尔罕用计捉拿王杲，王杲被送到京师受磔刑。朝廷论功行赏，封万汗为右柱国、龙虎将军，子孙世袭哈达国王，授扈尔罕为塔山前卫都督同知，就连万汗年仅十岁的幼子孟格布禄也授为都督佥事。万汗虽受赏，却受到女真人的指责。这时叶赫西联蒙古，南通建州，策动王杲之子阿台为父报仇，很快结成一个反哈达的军事联盟。叶赫贝勒杨吉砮率兵三千加上蒙古土默忒部和科尔沁部五千骑兵到开原贡市要讨回敕书，结果受李成梁的骗，被明军围剿，杨吉砮自刎而死，清佳砮吐血而亡。李成梁还要围攻叶赫，这时万汗小妃、杨吉砮之妹温吉格面见李成梁，大义凛然，说服李成梁，使哈达两位年轻首领歹商和孟格布禄与叶赫首领布寨、纳林布禄结盟，哈达退还叶赫敕书，叶赫退还抢占哈达的土地。但由于哈达内乱不止，势力大减，只有歹商能坐稳哈达王宝座，为了拉拢建州部，他把同父异母妹妹嫁给努尔哈赤。这时的努尔哈赤为报父、祖之仇，不断发展势力，安费扬古、额宜都、噶哈善、哈思虎和常书都来投奔他。此时，叶赫西城和东城两贝勒布寨、纳林布禄感到李成梁最怕努尔哈赤，要取得建州的援助，李成梁就不敢威胁叶赫了，于是要让小妹孟古与努尔哈赤完婚。努尔哈赤说："叶赫与建州联姻，阿哥要攻明报仇，我们不能坐视不管，请放心去干吧！"结果李成梁大军围攻叶赫时，努尔哈赤却按兵不动，叶赫两贝勒被李成梁抓获。巡抚辽东都御史顾养谦求情不杀叶赫二主，用他们牵制建州努尔哈赤的力量，并由明朝出面做媒，将布寨之女东哥许与哈达国少主歹商。纳林布禄和布寨合谋，在歹商迎亲时，用箭射死歹商，支持孟格布禄复国，统一哈达。从此，叶赫成了继哈达万汗之后的海西女真的实际盟主，并取得明朝的信任。

辉发国王机褚贝勒的长子拉丹达尔汉的儿子拜音达里，趁老王爷患病之机，将他七个叔叔杀死，用血腥屠杀的手段登上了贝勒的宝座。由于他施暴政，人民不服，引起宗族反抗。拜音达里派使者请求努尔哈赤出兵帮助。努尔哈赤派额宜都、扬古利、安费扬古三将，以三弟舒尔哈齐为统帅，到辉发见人就杀，实行种族灭绝之策。经过半年多的恢复，国内秩序好转，拜音达里到海龙城以打猎为名，选美女。这消息传到叶赫，叶赫首领感到是出兵的好机会，布寨率精兵三千去攻打辉发部。拜音达里一见叶赫大军压境，兵强马壮，只好求乌拉国帮助。乌拉国王满泰在主政的几年中，附近诸部都被收服，国势强大，兵精粮足，满泰答应出兵。布占泰要代满泰领兵去辉发，点兵一千披甲，急奔海龙城而去。到海龙城后，布占泰请叶赫布寨、辉发拜音达里赴宴。宴会上布寨和拜音达里争论不休，几乎到了剑拔弩张的地步。此时空中有飞鸟喧叫，鹞子捕捉小鸟，布占泰说："今日凭着上天神灵的意愿，要是射下鹞子来，那就是天神让你两家罢兵。要是射不下来，那就是天神让你们打仗，我谁也不帮助，立刻撤兵回国。怎么样？"布寨和拜音达里都答应全听小贝勒的。结果布占泰射下鹞子，双方撤兵。布寨决定将十二岁的小女东哥许婚布占泰，两国修姻盟之约。从此，布占泰扬名于海西，叶赫在扈伦四部中的霸主地位愈加巩固。

万历二十年，纳林布禄邀请辉发贝勒拜音达里、哈达贝勒孟格布禄、乌拉贝勒满泰各派使臣到叶赫结盟，共同出兵攻打建州。结果首次出兵失败，其原因是轻视努尔哈赤的力量。这次他们集聚了九部三万兵力，推举叶赫纳林布禄为盟主，攻打古勒山。不料中努尔哈赤之计，布寨被刺死，叶赫兵四处逃散，拜音达里一见不好，令队伍撤退，纳林布禄挥刀向前，与努尔哈赤厮杀起来。纳林布禄抵挡不住，布占泰拦住了努尔哈赤，纳林布禄趁机逃脱，布占泰在战斗中被俘。纳林布禄派使臣赴建州要布寨尸体，努尔哈赤一怒之下将布寨尸体劈成两半，引起布占泰的怨恨。努尔哈赤派使臣到叶赫逼婚，让布寨之女东哥嫁给他，不答应也得答应。努尔哈赤为了争取扈伦四部中最强的乌拉国，拆散扈伦联盟，放布占泰回国，主乌拉国政。叶赫以向哈达索要兵饷为由，出兵哈达边境。哈达贝勒孟格布禄向建州求援，结果努尔哈赤借此机会攻下哈达城池，孟格布禄自杀身亡，从此哈达亡国。不久，努尔哈赤又攻辉发城，拜音达里想争取乌拉援助，乌拉布占泰却表示既不帮助建州，也不支援辉发，保持中立态度，这样努尔哈赤就放心大胆地干了。建州大军压境，拜音达里见大势已去，主动投降，从此辉发国灭亡。努尔哈赤为了拉拢乌拉，几年来，将两个养女嫁给了布占泰，后来又将自己的亲生格格嫁给布占泰，以此控制乌拉不与叶赫结盟。不久，努尔哈赤率两万大军围困乌拉城，布占泰的兵抵挡不住，他只好过江而逃，奔叶赫驰去。努尔哈赤三次遣使到叶赫索要布占泰，都碰壁而归，于是又出兵两万攻入叶赫境内，东西城两贝勒金台石和布扬古壮烈殉国。从此扈伦四部皆亡，女真族走向统一。

2.《乌拉秘史》的由来及故事梗概

《乌拉秘史》是乌拉部族人历经三百余年口耳相传有关祖先拓疆守土、建功立业、部落征战的故事，主要讲述乌拉纳喇氏的逸闻遗事。第三批满族说部丛书出版的《乌拉秘史》(赵东升讲述，赵宇婷、赵奇志整理)是由两个乌勒本合一而成，即《洪匡失国》和《乌拉秘史》，传承人将两个内容相关联的说部进行整合，使家传的秘史更为丰富、充实，更能起到警示后人的作用。《洪匡失国》是《纳喇氏宗谱》上记载的题名，但对《洪匡失国》的具体内容却只字不提。早在顺治九年壬辰，在朝中任正白旗都统世袭佐领的满泰贝勒的长子阿布泰、被朝中授以二等轻车都尉世职的布占泰长子达尔汉和时任镶白旗副都统的满泰长兄布丹之子图达理，三人牵头，举办了乌拉王族直系族人重修《纳喇氏宗谱》，当时已将洪匡长子乌隆阿找到，从此传下了《洪匡失国》的真实事件。此事平时不准讲述，只有在修谱时由大萨满讲述，听者不许提问。自清亡后的一九一四年（甲寅）修谱之后中断了半个世纪。一九六四年，举办了一次大型烧香办谱活动。当时主持修谱跳神活动的是纳喇氏第二十辈经保大萨满，是本说部传承人赵东升先生的族兄。在神案前，经保大萨满向全族讲述了《洪匡失国》的全部经过，当时赵东升全部做了记录。在一九九〇年《长白学圃》刊发的《扈伦逸闻》中的《洪匡失国》，就是经保大萨满在一九六四年办谱时讲述由赵东升记录的文本。满族说部丛书《乌拉秘史》中讲述的《洪匡失国》，是赵东升根据祖父崇禄先生向其传承的家传文本进行讲述的。两者基本内容相同，只是在个别枝节上有所区别罢了。

《乌拉秘史》的故事梗概：

在海西女真的扈伦四部中，哈达万汗死后，子孙争权内乱，势力大弱。叶赫发展起来，成为四部的盟主。由于建州部向外争地盘，叶赫组织四部攻打建州，结果失败了，乌拉部统率布占泰被俘。三年后，老汗王努尔哈赤放了布占泰，让他继承乌拉国王位。这期间，努尔哈赤将三个女儿嫁给布占泰，建州又先后娶了乌拉三位格格，可谓亲上加亲，但矛盾却日益加深。叶赫西城贝勒布寨见布占泰是个人才，将女东哥许给布占泰，叶赫与乌拉结盟。九部联军兵败古勒山之后，布寨阵亡，努尔哈赤要拆散乌拉与叶赫的联盟，逼迫叶赫西城贝勒布扬古将东哥嫁给努尔哈赤。接着努尔哈赤突袭哈达，使哈达灭亡。不久，建州努尔哈赤又灭了辉发国。布占泰意识到问题的严重性，想恢复与叶赫盟约。这时努尔哈赤将亲生女穆库什嫁给布占泰，三四年后，努尔哈赤突袭乌拉，布占泰率兵抵抗，见王城已破，率五百兵马逃到叶赫。布占泰第二子达拉穆台吉见城池已陷，自杀身亡，第八子洪匡，因是老汗王的大女儿所生，所以没跑，乌拉城陷后，努尔哈赤只找到布占泰这个最小的儿子洪匡，让他继承他阿玛布占泰当乌拉贝勒，并将他的孙女嫁给洪匡。逃居叶赫的布占泰得知这个消息，秘密回乌拉两次，劝洪匡拒婚，并告诉洪匡不要墨守成规，要量才用人。一旦时机成熟，让他举事，布占泰自会带叶赫兵来援助。因洪匡左右不了努尔哈赤，乖乖地做了大金国的额驸。洪匡启用了昔日的小叫花子吴乞发，并提拔为大将。自老汗王调走三旗驻防兵后，洪匡就开始谋划复国大业。一天西域沙摩吉、沙摩耳哥俩儿来献两匹宝马，洪匡见确实是宝马，收下，但没对这哥俩儿委以重用。洪匡放走了这哥俩儿，并写了封向老汗王的推荐信。洪匡去建州给老汗王拜寿，喝得大醉，努尔哈赤要这两匹宝马，洪匡说他还要用它们来创业呢，他把心中的秘密暴露出来，使努尔哈赤感到洪匡已有反意，不让他回乌拉。不料被努尔哈赤大妃满泰之女、洪匡的堂姐听到了，秘密把他放走了。洪匡逃回乌拉之后，其妻努尔哈赤之孙女派人给老汗王送密报。洪匡见事情已挑明，将大金国的旗帜撤下，换上乌拉国的旗帜，改年号为洪匡元年，洪匡果然造反了。再说，努尔哈赤已知洪匡有反意，就容不下他，便发兵攻打乌拉。在沙摩吉、沙摩耳哥俩儿的带领下，攻破哨口江防，占领城池，火烧乌拉城。在紧急关头，洪匡抱着七岁的儿子乌隆阿，骑着大铁青马出了紫禁城。一位按巴巴得利（大恩人）救了乌隆阿，洪匡逃过江，在今吉林省九台区莽卡乡锦州屯自缢而死，年仅二十八岁。乌拉城破后，按巴巴得利背着小乌隆阿出城，几经辗转，流落到锦州屯。长大后娶妻三房，生子十人，即现在的十大支始祖。由于朝廷追究甚严，只好隐姓埋名，以求生存。因乌隆阿大太太娘家姓赵，从此改为赵姓至今。

3.《扈伦传奇》和《乌拉秘史》的价值

《扈伦传奇》和《乌拉秘史》是讲述本民族、本氏族的史祖开疆守土、建功立业的逸闻故事，是先人一代一代传下来的家史和有关英雄人物的斗争事迹，可以说是不折不扣的祖先的秘史。有的补充了正史的不足，有的填补了正史的空白，为史学界从事历史研究提供了充分的史料。

布占泰是乌拉国末代国王，纳喇氏赵姓家族的九世祖，是明清之际女真人历史上富有传奇色彩的风云人物，他曾远征东海窝集部，扩大了乌拉国的疆域，打败了车臣汗的进攻。使一个势弱的乌拉国变成雄踞东方的女真强国。布占泰武艺高强，力大无比，十岁就掌握祖先纳齐布禄百步穿杨的箭法，长得一表人才，成为女真人中第一美男子。在叶赫攻打辉发，辉发求乌拉支援时，布占泰用射鹞鹰的办法，促使叶赫和辉发讲和，叶赫贝勒布寨将东哥格格许给布占泰。努尔哈赤为了牵制乌拉力量，曾将两个养女和一个亲生女儿嫁给布占泰，但布占泰同建州却水火不容，刀兵相见，布占泰战败逃到叶赫，直到身死异乡也不肯向老汗王努尔哈赤低头。所有这些，正史上均不载。

关于《洪匡失国》之事，更是清廷的大忌。该书讲述，清廷入关后的顺治九年壬辰，乌拉纳喇氏家族自灭国后第一次举办修谱祭祖时，据发起人之一的阿布泰和主持人之一的周达里回忆："当汗王听他们讲完对洪匡事件的评论后，即让随军的巴克什（记事官）把笔录的《档子》呈上来，上面记道：“天命十年乙丑春正月，乌拉洪匡叛，上亲率诸王贝勒讨灭，焚其城，洪匡遁，诛其同谋者五百余，越十日，返。”

老汗王对巴克什说，以后实录也不要记此事，吩咐将此条以火焚之，不留痕迹，让它成为千古之谜。由此，洪匡其人其事在历史上消失了。但家谱中第八子不能空位，以七子嘎图浑下移。所以，有关洪匡失国的历史，正史是不载的。本书揭开了千古之谜，填补了正史的空白。

第四节　富察氏家族传承的姊妹篇：《萨大人传》和《萨布素将军传》

在黑龙江省长期流传着有关萨布素将军家传的长篇说部：一部源自萨布素的故乡，宁安富察氏家族所在的宁古塔，一部源自萨布素为抗俄戍边驻守瑷珲所带走的富察氏家族的一支。同一家族不同的支系，在不同的地点传承着颂扬萨布素的同一母题，虽然两地说部产生的源流不同，但由于特殊的宗族亲缘关系和共同的文化旨趣所凝结起来的深厚感情，通过不同的角度，达到歌颂萨布素将军的共同目的。宁安，在大清开疆守边的征战烽烟中。萨布素在玛发、阿玛的教育下从一个放牛娃、马甲锤炼成为八旗劲旅中的一员高级将领。瑷珲，则是清政府远设在黑龙江畔抵御外侮的前哨疆场，用大量生动的故事歌颂萨布素如何以统帅之谋，兵进额苏里，建黑龙江新城（即瑷珲城）、雅克萨奏凯，继建墨尔根城和卜奎（齐齐哈尔）城等，萨布素整个后半生的辉煌历程和坎坷生平，都镌刻在这片黑龙江热土上。宁安和瑷珲两地富察氏族众，各依对萨布素的记忆和经历，以及他们的耳闻目睹，汇集成两部长篇说部。宁安富察氏家族，由傅英仁承继其三祖父傅永利老人传讲的《萨布素将军传》(程迅、王宏刚整理)；瑷珲富察氏家族，由富希陆先生承继其祖父伊朗阿、父亲富德连传承下来的长篇说部《萨大人传》，富希陆又传其长子富育光。这两部内容浩繁的家传相映生辉，堪称满族说部艺术的姊妹篇。

一、《萨大人传》产生的源流

据瑷珲富察氏族人回忆，《萨大人传》能流传后世，凝集了多少代人的心血。康熙末年，在富察氏三世祖穆昆达果拉查筹谋下，采录了大量的老将军生前个人口述的生平回忆。萨布素深受祖父哈勒苏影响，其性格倔强幽默，豪爽乐观，对于自身从孩提到将军苦辣酸甜的人生趣事，还有那些曾提携他的众族人，总是衷情怀恋，经常现身说法，启迪亲朋。这使说部倍加撼人心魄。另外，广邀各族遗老和老将军亲随家人，以及曾蒙恩于老将军夫妇的北方族众和宁古塔、吉林故地人士，叙谈所知的老将军往事以补充内容，纠误完善说部故事，才使这部乌勒本粗具了长篇规模。当时富察氏家族讲唱的老将军故事传本，名称并非统一：有称《萨克达额真玛发乌勒本》的，即《老主人传》，也有称《萨宁姑乌勒本》或《萨宁姑安巴尼亚玛笔特喝》的，即《萨大人传》。后来确定以《萨大人传》命名，在族中及周围的拖克索和嘎珊传讲。

雍正朝后，对《萨大人传》进行第二次增补，当时任黑龙江将军的萨布素季子常德，曾向本族穆昆达赠送老将军遗文墨宝，详解其父灵车归葬遇水患之事。在几代穆昆达操劳之下，先后向萨布素同朝戍边卫国的彭春、马喇、巴海、林兴珠之后人，借阅过文牍函册，问询逸闻往事。道光朝因罪谪贬齐齐哈尔的大学士英和，在瑷珲聆听此说部后便倡议："勿囿于内，广而昭之。"此外，道光、咸丰两朝的戴均元、赛冲阿、倭仁、富俊等几位大人都非常关爱《萨大人传》，叮嘱说部多载民情民风，重史乘之说，杜"姑妄言之"之弊。从而加深了《萨大人传》囊括史实的厚重内涵，使其更具有民间口述历史的科学价值和艺术的生命力。一九〇〇年，多少手足同胞惨死黑龙江，当时任瑷珲副都统衙门委哨官的富察氏伊朗阿战死于大岭。富察氏家庭由其妻琪任格太奶奶掌家，为凝聚阖族溃散之心，重建家园，亲自向族人讲唱《萨大人传》，兴奋时，拉起族人载歌载舞，吸引来荒塞北域逃难归来的满洲瓜尔佳氏（关）、吴扎拉氏（吴）、尼玛查氏（杨）、章佳氏（张）等族亲和沿江毗邻之汉、达斡尔、鄂伦春、鄂温克等族父老兄弟聆听《萨大人传》，鼓舞人民的斗志。所以，《萨大人传》已成为瑷珲一带各族群众的良师益友，是一部深受人们欢迎的满族口碑说部书目之一。该说部最初都是用满语讲唱，到清咸丰、同治两朝后渐兴用满汉两语传讲。民国兴，满语渐废，用汉语讲述之风日盛。尽管如此，在该说部产生的地域黑龙江瑷珲大五家子、四季屯、兰旗沟、下马场一带，直到中华人民共和国成立初期，还有不少人用满语讲唱，后来才逐渐改用汉语。最初讲唱《萨大人传》无固定唱本，直到清末，为了讲唱有所依据，流传方便，才有人用纸记下了讲唱提纲，且一个故事一个纲，然后再将这些故事汇集成本，便形成了《萨大人传》的传本。这个传本经几代人不断丰富、润色，其内容更加充实、浑厚，形成洋洋巨篇。族人对讲述传本，非常敬慕，平时像供奉族谱、神器一样，放在木匣之内，供于室内西墙神龛上。讲唱时，再恭恭敬敬地请下来。这个传本经过百余年几代人传承一直传到富希陆手中，后来，说部卷匣和文稿陆续被收缴焚烧。

二、《萨布素将军传》产生的源流

萨布素去世后，他的儿子常德在吉林当了将军。当时富察氏四世祖乌勒喜奔在常德的将军衙门当笔帖式，文化素养很高。他通过常德将军了解了许多萨布素的生平事迹，并谙熟萨布素抗俄斗争的故事。所以，他是最早能够把萨布素将军的故事成套讲出来的人。每当他回宁古塔老家探亲时，就恭敬地向族人讲萨布素的故事，以此教育、激励后人。从此，在宁古塔富察氏家族就传下了《萨布素将军传》的故事。康熙朝时，嫩江发大水，农田三年颗粒不收，萨布素命令开仓放粮赈灾。因此事萨布素获罪被免官。雍正年间，为萨布素下诏书平反了，圣旨传到宁古塔，轰动了全城，富察氏家族欢天喜地开了庆祝大会，于是萨布素的故事传遍了宁古塔。由于朝廷对萨布素的重视，有关他的感人故事，不仅族内人知晓，就连瓜尔佳氏（关姓）、吴扎拉氏（吴姓）、尼玛查氏（杨姓）等满族诸姓和汉族、赫哲族、达斡尔族群众都能流利地讲上一段。在讲述过程中，不断补充故事情节。到了同治年间，富察氏传讲的《萨布素将军传》的故事已形成规模。在家族中一代代口耳相传，在传到傅英仁的曾祖父名下时，他年轻，怕忘记，就在同治时期宁古塔副都统衙门的公文纸背面记录了《萨布素将军传》讲述提纲。此时，正赶上宫廷成立了专为皇上、皇妃讲述故事的讲评班，傅英仁的曾祖父被选入班中。同时，将这个提纲也带入宫中，这个班的讲述者从十五岁时被选入宫，二十岁时还家。入宫时在训练班中学习三个月，然后将自己带来的故事向皇上讲述。傅英仁的曾祖父一讲努尔哈赤的故事，二讲黑龙江将军萨布素抗俄的故事，很受欢迎。皇上给这个讲评班的人待遇很高，一进宫就穿上皇上赏赐的黄马褂，时人称之为“黄大衫队”。傅英仁的曾祖父回到宁古塔后，把《萨布素将军传》和讲述提纲传给傅英仁的三爷傅永利。傅永利在民国初期开始在宁安的西园子、缸窑沟、卧龙屯等地讲述《萨布素将军传》，他边讲述边将收集到的新内容补充到故事中去。傅永利虽然不识多少字，但知识很丰富，特别是对满族的民俗、民风、萨满祭祀了如指掌，所以他在讲述《萨布素将军传》时，把这方面的故事情节都充实到说部中去，使《萨布素将军传》的内容更为充实厚重。傅英仁从十三岁起就跟三祖父走屯串户讲《萨布素将军传》，他边听边记，到十七岁时已能通本了。后来，三祖父让他把《萨布素将军传》详细记录下来，以便传下去。所以，今天由程迅、王宏刚整理，傅英仁讲述的《萨布素将军传》就是傅永利讲给傅英仁的传本。

三、《萨大人传》和《萨布素将军传》的价值和意义

这两部书都是在广阔的历史背景下，讲述富察氏家族的祖籍家世，其重要人物萨布素的祖父哈勒苏、父亲虽哈纳在女真各部来回征战，在强凌弱，众暴寡的尖锐斗争中，追随努尔哈赤父子，冲锋陷阵，表现出尚勇无畏的精神，为建立后金和巩固大清做出贡献。这是富察氏家族的骄傲，是教育、激励子孙继往开来的精神力量。在祖父、父亲的影响下，萨布素茁壮成长，从马甲到领催、骁骑校、佐领，最后一举成为首任黑龙江将军。

1.塑造了戍边守土抗击沙俄入侵、一心爱民的萨布素光辉形象

这两部书塑造了许多栩栩如生的英雄形象，如哈勒苏冒死救皇太极，左眼中箭仍趴在皇太极的身上，护卫八贝勒。又如，描写虽哈纳妻子舒穆禄格格的形象："头戴英雄盔，身穿英雄甲，外面罩件丝绒斗篷，一派英俊威武的风姿。"但重点还是塑造了萨布素的形象。

萨布素于天聪四年生在宁古塔将门府第，自幼严受家训，学文习武，弯弓射箭，在马背上度过了童年，成为智勇双全的英俊少年。在额莫舒穆禄、阿玛虽哈纳、玛发哈勒苏和恩师周顺的教诲及影响下，继承和发扬了富察氏家风，忠厚爱人，以武风铸魂，处处表现出虎劲儿、猛劲儿、勇劲儿的尚武精神。萨布素在孩提时代，听说东海来的扎尔色、扎尔太兄弟俩把波尔辰妈妈和许多家的鱼梁子薅了，为给波尔辰妈妈报仇，按爷爷哈勒苏教授的办法，同小伙伴上山捉小狼挂在东海人住的大树上，引来狼群震慑"水鬼"的故事，将萨布素的聪明、机灵、天真和稚气讲得活灵活现。萨布素每天早晚练功非常刻苦，所以箭术、枪术、刀术及轻功、马术都很好，在宁古塔校场比赛中，屡屡夺魁。萨布素从小随伍，在八

旗兵中摸爬滚打，屡立奇功，从马甲晋升为笔帖式，又递升为领催。萨布素结婚才十几日，宁古塔沙尔虎大将军命他与巴海北上了解罗刹斯捷潘诺夫一伙匪徒侵犯黑龙江流域的情况，他与巴海接受命令后匆匆告别亲属急忙启程。直奔黑龙江的呼玛尔河口。他们化妆成打鱼郎，只身深入罗刹营地，骗罗刹兵乘坐他们的小船，进而了解到罗刹兵力情况和动向，及时禀告朝廷。朝廷下旨，宁古塔正式建立都统衙门。为此，俄国沙皇政府感到震惊，使他们企图鲸吞黑龙江以北领土的野心受到了扼制。特别是萨布素受皇命被委任黑龙江将军的十八年中，带领富察氏家族和满洲八旗官兵从宁古塔、吉林北戍黑龙江，修筑城池，亦军亦农，储备粮草，与各族军民奋勇驱逐入侵之敌，驰骋疆场，浴血奋斗，叱咤风云，表现一种英勇无畏的尚武精神。他与彭春共同指挥了雅克萨之战，制战策，运筹帷幄。在战场上，身先士卒，不顾个人安危，率领八旗兵打败了罗刹，与沙皇俄国签订《尼布楚条约》，为维护大清边疆领土完整屡建奇功。不仅如此，萨布素在驻守边疆、进剿噶尔丹、筑修城池、开辟驿道、设立官庄、兴办义学等诸多方面，政绩显赫，深得民众的热爱。康熙帝在康熙三十七年第二次东巡时，盛赞萨布素守疆功勋，以亲御蟒袍、缨帽赐之。

萨布素不仅是一位名声显赫的抗俄英雄，还是爱民如子、心系民众疾苦的一位慈善的将军。在《萨大人传》和《萨布素将军传》这两部姊妹篇中，最后都从不同的角度讲述了萨布素为体恤民众因灾无粮受饿的困苦，开仓放粮的故事。在富育光传承的《萨大人传》中是这样讲述的：

> 康熙三十六年秋，嫩江又发洪水，沿江十八个庄子全部被淹没，致使庄田无收，灾情甚巨，逃难的黎民无数。萨布素无计可施，只好向国库借粮。国库确实有粮万石，粮仓如丘。可董旰[①]等人就是不借，有意为难他，说没有圣意，休想得到半粒儿粮食。萨布素的眼睛都急红了，心想："我不能眼看着百姓活活饿死，救命要紧呀！豁出去了，一定要为民请命。哪怕惹恼了皇上，即使顶戴不要，也要请求救民！"他的老部下和亲朋一再苦劝千万不要冒此大险，萨布素没听，还是诚言奏请皇上开恩，开仓赈济。最终疏文得允，予以救灾，民生得安，万众欢腾！可是由于嫩江水患连年，庄稼颗粒不收，"百姓号哭，盗匪

① 董旰：户部尚书档房主事、吏部右侍郎。

肆虐，社会动荡，民不聊生。萨大人实在没招儿，便再次从国库借粮”。有的重臣奏报皇上：“萨布素徇私捏报屯种，浮支仓谷，罪应死。”康熙深知萨布素是替民受苦，经反复斟酌，决定免死罪，削世职，于佐领任上行走。后又觉不忍，提为宫中侍卫处之散秩大臣，驻京师。

当萨布素获罪贬官离开齐齐哈尔时，书中是这样说的：

万民空巷，号啕跪送。人们哭诉道：“萨大人是为百姓温饱丢官的，大人无罪！”“萨大人冤枉，我们代罪，代罚！”窝赫、麦里西、索郎阿、依里布等宁古塔来的将士，要一起进京面见皇上，为萨大人明理、替罪；达斡尔、蒙古、鄂伦春、鄂温克等族的一些牧民，用刀刺破胳膊，破血立誓要求见皇上，以满腔热血恳请留萨大人在将军任，罪牢由大家替坐。各个街巷全动起来了，人声沸腾，群情激昂，萨布素见此情景，感动得热泪盈眶啊！含悲给众乡亲跪叩哀求道：“众乡亲，兄弟姐妹们，不要为我萨布素行此蠢事。国有国法，家有家规，齐齐哈尔民众忍饥挨饿，乃将军治理无方所致，罪有应得。尔等今后务要聆听新任将军之言，励精图治，首先必治好水患。弟兄们啊，一定要治好嫩江，这是一条凶狠、狂暴的河，只有水患平，万事则兴。今遭贬官，为黎庶丢了顶戴何足惜！敬乞众乡亲保重，愿北疆福寿安康！”

此说部将萨布素为民请命，不怕丢官遭贬，不怕入狱掉头的精神以及遭贬后仍与北疆民众情感息息相通的形象跃然纸上，使人听了、看了非常感动。

在宁安傅英仁传承的《萨布素将军传》中对卜奎遇水灾，百姓无粮眼看要饿死，萨布素开仓放粮的故事是这样讲述的：

将军在衙中走来走去，想怎么办呢？最后他拿定主意，将两个副都统请来说：“我请你们两个来商量，老百姓饿到这个程度，怎么办？”两个副都统也都直叹气没有办法，将军把脚一跺，说：“明天开仓放粮。”

"仓里没有粮。"

"咱们有军粮。"

"啊呀，那咱们不敢，那是杀头的罪。"

"不行，宁可我被杀头，也要放粮，请示朝廷，来不及了，再有三五天，老百姓会饿死一大批。今年放粮，以后丰收了再填上。"两人不能附和，连说："这是犯罪啊，请将军三思。"

萨布素说："此事是我一个人决定的，所有罪都我一个人担着，你俩帮助我把粮放了。"两人含泪退下。

第二天萨布素到了将军衙门大堂上，将八旗所有佐领都找来了。八旗佐领来了一看，案桌后面只有一套将军服，萨布素穿着便服在一侧，将大家迎了进来。这是怎么了呢？

将军等大家来齐了，向管仓库的佐领行了大礼，说："帮帮我的忙，开仓放粮。"

那个佐领一听就明白了，回礼道："万死不辞。"

萨布素高声说："各位可证，今日之事是我一人决定的，与各位无关。"众佐领跪拜齐喊："愿同将军同生死。"

萨布素令笔帖式将全城档子拿来，让众佐领按册子名单放粮，就连临时来卜奎的难民也每人一份。让佐领告诉大伙儿，这是皇上给百姓的救命粮。众人领命而去。

佐领们含着眼泪放粮，放出一斗心一跳，到分完了粮，佐领们都哭着说："将军啊，您犯了重罪了。"

将军摆摆手说："就是砍了头，只是我一个人。咱们八旗子弟南征北战，立了汗马功劳，忍心让他们白白饿死吗，卜奎城是我们一砖一瓦建起来的，嫩江大堤是我们拆房修起来的，不能毁于一旦，何况我总不会有杀头之罪。"萨布素把大家劝回去了。

不到两三个时辰，风声便传出去了，老百姓知道是将军冒着杀头的罪放的粮，不少人把粮食背回来了，齐刷刷地跪了一地，要萨布素把粮食收回去。萨布素再三劝说，他们仍跪地不起。来的人越来越多，不少官兵也来了，他们宁可饿死，也要保住自己的老将军。跪地的人有的都饿昏过去了。将军抽出刀来放在自己脖子上说："如你们再强劝，我只有一死。"人们只得站起来。萨布素说："赶紧吃饱饭，种地去，我们要安生在卜奎，还要好好种地。”人们只得将粮食背了回去。

朝廷很快知道了此事，下了圣旨，要萨布素将军把粮如数归还，不然的话要派钦差大臣查处。怎么办，违旨有杀头罪。萨布素对使者说：“我当了多年将军，但家无积蓄，卜奎军民仍然在生死挣扎，也一时交不上军粮，只能由我领罪了。”使者长叹，只能回京城复命。八旗军民不少人为萨布素感到不平，结集了一百多人往盛京、北京出发，准备告御状，走了不到半天，将军打发人劝他们回来了。

不久，朝廷派来了钦差大臣满大人，向萨布素宣读圣旨：“萨布素是私自开仓，发放军粮，本应斩首示众，念其屡立战功，革职为民。”

萨布素微微一笑说：“我明知有罪，但作为一个地方官不能为保住自己的这个位置，就不管老百姓死活，我宁可得罪朝廷，也不能让老百姓饿死。”

从上述两部说部的片段我们可以看到，同是富察氏家族传承的说部，因地域不同，传承人不同，对萨布素开仓放粮的同一命题，采取不同的角度、视野，用不同的语言，歌颂萨布素关心民众疾苦，为民请命，不怕被贬官、掉脑袋的自我牺牲精神。因此，深得民众的拥戴。从这些生动感人的事迹，让人感到萨布素是整个满族的骄傲，也是中华民族的优秀子孙的骄傲。所以，这两部说部起到异曲同工的效果。《萨大人传》的传承人从大的历史背景下讲述萨布素与民众的鱼水关系和情怀，而《萨布素将军传》讲述者从开仓放粮的具体细节上歌颂萨布素为民请命的决心和气魄。所以说，两部说部互为补充，不愧为满族说部的“姊妹篇”。

2. 展示了满族及其先民和北方诸民族的生产生活景观和五光十色的民俗现象

《萨大人传》和《萨布素将军传》这两部鸿篇巨制，传承人都以饱满的激情讲述着天寒地冻、风雪连天的塞北生活景观和满族以及北方诸民族沿袭弥久的古朴的生产、生活习俗。人们读着此说部，犹如迎面扑来一股强劲的北国之风，眼前立刻展现一幅绚丽多彩、五光十色的民俗画面，使人宛如身临其境，观赏那美丽动人的新婚之宴。这两部说部都生动形象地描述了满族及其北方诸民族丰富多彩的生活情况和风俗习惯，包括祭祀神灵、祈祷丰收、出兵征战、婚丧嫁娶、孩子出生、治病讨药、山茶制作等，无不跃然纸上。这些从满族的先民传下的古老的风俗习惯，对研究满族的历史、文化、民俗学具有重要的、珍贵的价值。

对北国风光的描写，《萨大人传》中这样说道：“一路上，初春的风光甚是美好。翠绿的柳林，万木葱茏，枝条吐绿。柳树条子上长满小毛毛狗，一片片毛茸茸的小白球绽开了，柳絮如绒，特别好看。”

当冬天吴巴海巴图鲁率军西进奔精奇里江时，书中是这样讲述的：

> 北方的江风，那是刺骨寒哪！飞雪像沙粒儿一样硬，落在车棚儿上，像石子滚下来，似乎要把棚盖儿砸烂。沙粒儿雪落在马身上，马竟疼得咴儿咴儿怪叫，低头扬鬃，踏蹄不前。强劲的寒风将马吹得直打晃儿，站都站不稳，有如绊马索，将双腿绊住了，直尥蹶子，说啥不往前走。人骑在马上，风雪扑面而来，雪粒儿打得脸生疼啊！睁不开眼睛不说，头也抬不起来，只好匍匐在马身上。即使是这样，江风一吹，仍很难喘过气来，憋得全身发软。几辆大篷车似的雪橇经凛冽的寒风一刮，不仅减缓了行进的速度，还随风飘飘摇摇地乱晃，感到随时都能折个子。沙粒儿雪打得桦皮棚子不停地抖动，人在里面根本坐不稳，像个不倒翁似的东倒西摇。不少人被晃得哇哇直吐，脸色青灰，吓得孩子哭、女人叫的。……天这么冷，风雪这么大，马咴儿咴儿直叫。不管你怎么赶，它不仅不往前走，还愣是往树趟子里钻。雪橇在风里颠簸着，有时蹿起挺高，像个皮球似的，弄不好翻了车，那就很麻烦了。

讲述者把北方冬天风雪严寒，八旗将领顶风冒沙粒儿雪艰难行进的场面说得生动具体、活灵活现，使听者仿佛置身于八旗队伍之中，坐着雪橇与风雪搏斗，给人以身临其境之感。

在讲述狩猎生活时，《萨大人传》讲述者是这样说的：

> 北方满族多以狩猎为生，春天有春猎，秋天有秋猎，冬天有冬猎。各个狩猎队伍，人欢马叫，一群群的狗撒欢儿般跑前跑后，热闹得很。果然不出所料，随着狗叫声，一支队伍出现了。只见前面有三四十条各色各样的狗，接着是四十多人的马队，后面还跟着三辆大车，飞快地向前走着。

狩猎带着大车是为了装载吃的、喝的和帐篷，返回时还要装些猎物。冬天进山狩猎，都是赶雪橇，由几十条狗拉着。对狗橇书中讲得特别有意思：

狗橇快呀，一条头狗在前边领着，后头二十条小狗全听它的，汪汪汪不停地叫着向前跑。赶狗橇的人主要是赶头狗，因为头狗熟悉道儿，对它的叫声儿，其他的狗听了，知道是怎么回事儿。赶路时，不必用鞭子抽，只摇就行。一摇一吓唬，边唱着歌边喊着，头狗便明白主人的意思，开始叫唤。那汪汪的叫声，人是听不懂，可狗与狗之间都懂。这叫声即是告诉同伴儿：现在上坡儿了，现在下坡儿了，现在过沟了，现在拐弯儿了，等等。叫声是狗之间的语言，因此只要指挥好头狗，别的狗在风雪中会相互叫唤着、呼应着，才能步调一致、跟得上。

讲述者根据先人的经验，将狗如何通人性，帮助猎人狩猎、拉雪橇描绘得非常精彩，这是满族先人多年狩猎生活的结晶，很有认知价值。

在《萨大人传》和《萨布素将军传》中都讲述了许多丰富多彩的满族习俗，如婚俗、生孩子的习俗、篝火宴等，在《萨布素将军传》中对萨布素与苏木姑娘结婚是这样讲述的：

族中老小都集聚在年轻的骁骑校萨布素家中，古朴而热闹的婚礼正在进行。

选择吉日良辰，
摆下新婚宴席，
杀了自家养的肥猪，
供奉在天诸神。
请神保佑，夫妻幸福，
六十无病，
七十不衰，
八十子孙满堂，
九十须发才白，
百岁无灾。
子孙孝敬兄弟仁义，
父宽子善日后做官，
夫妻共享富贵生活。

德高望重的老穆昆达唱完了这一首“阿查布密”(即合卺歌)，萨布素与苏木姑娘二人上前施礼致谢，答谢老人的祝福。就在这时，外面一声传禀：老将军沙尔虎达大驾光临，如同油锅里撒进了盐粒，好像篝火中又添了新柴，已经进入尾声的婚礼又掀起了高潮。

主婚人唱起了新的赞歌，姑娘和小伙子们围着新郎新娘翩翩起舞，跳起了“莽式舞”(满族传统喜庆舞)，众人齐喊“空齐”，热闹非凡。

德高望重的沙尔虎达把祝福的美酒，轻轻泼洒在新人头上，用他那浑厚的嗓音唱道：

像天边一朵红霞，
像崖头一只雄鹰，
苏木姑娘与萨布素，
就像天和地永不分离，
为祝贺这千里姻缘，
请接受我这虔诚的心意。

该是双方过礼的时候了，主婚人这句话刚出口，沸腾的人群当时就安静下来。

萨布素一定是猜透了主婚人的心思，他不慌不忙地给众人施了大礼，又像变戏法似的从怀里掏出一块熊皮，双手托着它，两眼凝视了片刻，动情地说道：“这是我英雄的祖先充舜，在长白山力搏巨熊留下的遗物，他用这张熊皮把部落的人从洪水中救了出来，他把这张熊皮分成五块，分给了我们富察哈拉的五支人。现在赠送给你，虽说不是金银财宝，却是富察哈拉的骄傲！”

苏木姑娘脸上飞着彩霞，眼中闪着清波，她上前一步，单腿跪地，双手高举过头，接过熊皮，捧在胸前，银铃似的说道：“阿玛订下了这金银般的亲事，额娘选好了这玉石般的良缘，我喜欢的是你的勇武刚健。姑娘我骑马来到亲人身边，整箱整匹的嫁妆我没要，只带一张宝弓来。”

这时，早有贴身女侍挤上前，递给她一把乌黑闪亮的雕花大弓。

富察哈拉与阿勒楚克苏木氏的先人，都曾为大清国的建立出生入死，流血牺牲。而今，眼见英雄的后辈人，在婚礼中交换的是这样的礼物，老章京沙尔虎达也禁不住热泪盈眶了。他激动地捋着黄胡子，说：“大清国有你们这样的儿女，何愁故土不能收复，何愁罗刹不能平定。”

在《萨大人传》中讲述虽哈纳与舒穆禄格格的婚礼比较简单，是按女真人大婚的习俗，选定了三日婚，即：

头一天在家祭祀，祭拜祖先。之后，男方去迎接新妇，当晚打下处，就是在离男方家较近又看不到自家房檐儿的亲戚家住下；第二天接新人到男方家，举行结婚仪式；第三天大会亲朋，摆下女真的燔烤古席。哈勒苏全家按三日婚的礼俗，忙得不可开交，加上迎来送往，一直闹腾了三天，婚礼才算结束。

女真人生孩子的习俗有别于其他民族，有着自己鲜明的特点，在《萨大人传》中是这样讲述萨布素出生的：

女真人有这么个习俗：生小孩儿前，门上单独挂布勒喀（彩条）的，预示着要接女孩儿；挂带有彩皮条儿小弓箭的，象征着要接男孩儿。

按女真的习俗，凡是天马年出生的孩子，要刻一匹飞翔的骏马放在产妇的厅堂里。象征着出生的孩子勇猛、顽强，将来定有一股天马精神，奔腾万里。得由谁刻呢？要由家族里德高望重、最受崇敬的人来刻。如此说来，在这个富氏家族里，理所当然地要属哈勒苏了。哈勒苏非常高兴，兴致勃勃地到外边选好了木头，拿到屋里又是锯，又是削，又是凿的，很快刻就了一匹突呼莫林（骏马）。……为什么要供在厅堂呢？因为骏马不单单是给大家看的，它还是代表神，代表阿布卡恩都力，寓意奥都妈妈（女神）和乌莫锡妈妈（子孙神）给这个家族送来了小巴图鲁。既然是供奉，就要上香，并要摆上奉品。

北方一些民族生孩子还有一个古俗，就是要在依山傍水的地方搭建一座新帐篷。将孩子所有必备的用品用车拉到那儿，再由亲人护送产妇到帐篷里生育儿女，之后还要住上七天。因为那里空气新鲜，产妇心里敞亮，可以减少生孩子时的紧张和痛苦。孩子出生后，需用江水为婴儿擦身子、擦眼睛，用露水擦身上的茸毛。这样，孩子将来便可吉祥永寿。做饭、熬粥和饮用的水，全用各种野花儿榨出的汁儿，此风俗在舒穆禄生产时依然保留着。不过，这次富察氏家没去野外搭建帐篷，因为他们的房子是新盖的，既宽敞又漂亮。再加上产房的地上又铺满了各种花草、香枝儿、野药，同在野外搭建的帐篷里的空气一样清新，同样能愉悦身心。

人们把生孩子看成是件极神圣的事情，看成是神的恩赐。皆信奉神、爱神，认为人要心地善良，做好事。接生前需敬神，诸事不能得罪神，包括孩子吃的、用的、穿的、戴的及产妇屋里的摆设和用品，都不能悖逆天道。如果有想得不周到的地方，得罪了奥都妈妈和乌莫锡妈妈，神就不愿意了，你的孩子便不能长寿。富察氏家族也不例外，那真是绞尽了脑汁，把一切该用的东西全备好了，还特别做了郭勒敏查勒芬衣包特，即长寿袋。什么是长寿袋呢？是为了避免产妇受凉，用来铺在身下的垫子。这个垫子要用山里的白辛草、马兰草、雁来红、星星草、红根草等五种草编织而成，可以是方形的，也可以是椭圆形的。……除此之外，还用唐古沐林皮特（百兽皮）做了马那干（用来包孩子的小外衣或小包袱皮），孩子穿上会很暖和。……不仅女真族是这样，鄂伦春族、鄂温克族、达斡尔族也是这样。

由于满族的先民女真族生活在北域高寒的艰苦环境中，总结出一磁疗生儿育女的方法，经过长期衍变，不断改正方法，以适应气候的变化和本民族的生活习惯，如此实践，渐渐成为一种习俗。从上面的讲述我们可以看到，这种习俗积存着厚重的历史蕴含，有着鲜明的满族生活特征，如孩子生在野外的帐篷里，孩子出生后用江水、泉水洗身上等，它与汉族有的地方忌讳血污，不准婴儿在床上，让产妇坐在盆上或铺上麦秆、谷草生产等，有着很大的区别。满族说部《萨大人传》《萨布素将军传》讲述的婚俗、生儿育子习俗、狩猎习俗等，是满族及其先民女真族这一群体经过几百年的创造、完善、传承，保存下来，形成满族多姿多彩的民俗文化和人文景观，对研究民俗学提供了丰富的资料。

3. 反映满族虔信萨满教，表现各种形式的祭祀活动

满族的先民女真人都信奉萨满教，在庆丰收、上山狩猎、下河捕鱼、生儿育女、婚丧嫁娶都要举办祭祀活动。在《萨大人传》中讲述生儿的祭祀仪式，书中是这样说的：

新生儿到了第九天，按照女真人的礼俗，要大礼祭祀，称之为“常祭祀”。女真人讲究祭祀，无论是婚丧嫁娶还是生儿育女，

都要如此。为什么呢？一个由于这次是生儿，生儿是大喜事儿；再一个是生孩子要带血呀，即指有些血污的东西，有血灾，当然要进行祭祀。一般来说，较大的祭祀皆由萨满主祭。

祭祀开始，杀了三头鹿。即用杀鹿来诚谢祖先，诚谢众神灵，这叫神鹿祭，也有用猪或其他野生动物来祭祀的。为什么要杀三头鹿呢？因为要连祭三天。鹿被杀死后，将鹿头、鹿骨分别埋在院子里四个角落的墙下，鹿肉则让前来参加祭祀的人吃。吃剩下的全部撒到野外，给众牲吃。祭祀主要活动有：首先将产妇生孩子时所用的那些已经沾上血污的东西，如垫在身底下的用五种草编织的长寿袋、包孩子用的马那干以及其他布帛等，都在神的面前一块儿烧掉。据传，这些东西要随便扔出去，神会怪罪的，容易出罗乱。接着在萨满神鼓声中，烧锅温水，给新生儿洗一个恩都力木克（神水）澡，象征着孩子更加健康、平安。这种祭祀有三层意思：一是为了清室、净室。把生孩子使过的一些脏了的用品清理干净，使屋子更加整洁。二是为了对祖先、神灵表示承谢。因为生儿在女真人心目中，那是祖先和神灵的保佑赐给的贵子，所以要献牲。全家跪下叩头说："神灵保佑，祖先神保佑，母子平安，全家平安，吉祥万福。感谢我的祖先，我们献上牲灵，请诸神和祖先享用吧。"三是请保护本族儿孙健康的女神、智慧神降临神堂，永远住在这个家中。在一间净室选出一个地方设神堂，供上乌莫锡妈妈、奥都妈妈、歪历妈妈的神位。这一切进行完之后，全族人喝团圆酒，吃祭祀肉，一连三天的隆重家祭才算结束。

讲述者将祖传的生儿家祭的全过程讲得非常详细、生动。不仅如此，就连萨布素与巴海结为兄弟，两人在北疆的抗御罗刹中，忠贞不贰，誓死保卫边疆，也要举行祭祀。按照满族的传统习俗，由富察氏家族老萨满主持。在《萨大人传》中是这样说的：

这天，他们在三棵杨富察氏大院里竖起神杆，摆上高桌，上香、烧纸，杀了一只鹿、一头猪、一只羊，把鹿头、猪头、羊头供在神案上。先由萨满唱祭歌，击鼓跳神，然后所有能参加祭祀的各姓族人在一起吃同心饭，就是同心粥，即小肉粥；喝同心酒，烤燎毛猪，祭天、祭地，共表忠心。沙尔虎达、宁古塔的穆昆达波尔辰妈妈、虽哈纳、舒穆禄夫人坐在院子中神案一侧的长凳上。萨布素、巴海先到神案前叩拜、焚香，再向长辈磕头。这些礼节完成以后，两人走到神案前，恭敬地从神案上拿起早已准备好的弓和梅针箭，站在高桌的前头，准备共射离高桌二十几步远的高高神杆上绑着的一只新捕捉来的白天鹅。射中天鹅的头冠子，代表着赤诚、神圣。两人射中后，萨满将天鹅血滴进事先准备好的装满黄酒的大碗中。萨满转过身，端起血酒碗，用手蘸酒撣向天、撣向地、撣向众长辈，再撣向欲结为生死弟兄的巴海、萨布素，接着分别把血酒倒在两只一样的用陶泥烧成的大碗里。巴海、萨布素向神杆、神案、天神叩头后，各自恭敬地接过血酒，一饮而尽。[①]

满族萨满祭祀礼仪源远流长，早在金代就有女真族的萨满随军打仗，举行祭天、祭星仪式，观察宇宙星空，问卜行军打仗的胜败。在清初，特别是萨布素奉命北上戍边时，八旗军中也有萨满跟随。在《萨布素将军传》中讲道萨布素含冤被贬后，皇上下旨："萨布素屡立战功，赐给'将军第一'的称号，撤销原来的罪状，晋升为黑龙江将军。"不久，全军中举行祭星、祭天仪式，书中是这样讲述的：

到了第三天晚上，在一个大广场，有五百多人拿着火把，在四外围一圈，把当间儿的场子照得通亮，然后摆上香案，祭了北斗星。一个旗一头猪，按宁古塔的习俗是立着杀。第二天再祭天，完了就背用灯祭。随军的老萨满系上腰铃，向自己的生神祝拜。火把都灭了，升上香，手鼓和腰鼓都放起来了，很庄重严肃。

祭祀完了，火把又点起来了，把各旗祭星的猪肉马上回锅，连夜吃肉。祭星的猪不能见太阳，晚上必须吃。各屋把锅也支起来了，赶紧煮肉，那边把米饭捞出来了，连夜吃祭祀肉……

因为祭天不用再找士兵了，萨布素就带大小官员进行祭天典礼。也立上索罗杆，支上锅，把猪剥了皮，然后分成几个碗供在上头，向天祷告、还愿，也叫祭杆。完了，赫哲族人就过来了，说我们还有个习惯，等到了最盛的时候我们还要祭祀一天，萨布素说好吧。

第二天，赫哲族人就在神树下，又祭祀一天。神树就是挑

① 富育光，于敏．萨大人传［M］．长春：吉林人民出版社，2007.

一棵最大的树，人们围在下面，供上羊、鱼又跳一次神，有的少数民族还跳鹿神，各族都有自己的神。[1]

从这两部说部我们可以看出，满族及北方诸民族对萨满教信仰与崇拜习俗根深蒂固，保留了珍贵的萨满祭祀遗存，汇聚了满族及其先民在漫长的历史发展中所创造和积蓄下来的祖先文化足迹和灿烂的文化遗产，是我们研究萨满教的宝贵财富。

第五节 《扎呼泰妈妈》

满族传统说部《扎呼泰妈妈》(富育光讲述，荆文礼整理) 又名《顺康秘录》，是深受满族喜爱的一部大书。书中歌颂爱新觉罗家族的努尔哈赤、皇太极的大智大勇建立大清以及孝庄皇太后如何辅佐顺治、玄晔儿孙登基、亲政，一统天下，进而出现康乾盛世的光辉业绩。孝庄皇太后的感人事迹在满族中有口皆碑，家喻户晓，特别是她教育幼冲的福临和康熙如何茁壮成长的育人经，被称为大清国“孟母”新书，在京城乃至关外满族聚居地区广为传诵。所以，《扎呼泰妈妈》是一部很有特点的包衣乌勒本。

一、《扎呼泰妈妈》成书与流传情况

满族传统说部《扎呼泰妈妈》产生年代较早，在康熙年间就开始讲述、流传《扎呼泰妈妈》的零散故事。书中介绍，在康熙二十六年太皇太后薨，圣祖爷为了免得挂念，下谕由身边的崇德育文高僧将太皇太后的故事汇总一起，随时讲述，以释朕无限的思亲之恋！崇德育文高僧汇集的故事，后来传到宫外，甚至在北疆的满族中都有流传。早年，在黑龙江瑷珲大五家子讲《萨大人传》时，族人都不约而同地提到《扎呼泰妈妈》这部书，都说康熙帝最想念、最孝敬扎呼泰妈妈，不仅御驾东巡，亲自护拥太皇太后祭拜福陵、昭陵、永陵，每天陪伴左右，而且每遇到巴海、萨布素时，时常情不自禁地向他们回忆太皇太后对自己的教诲和大恩大德，讲述自己儿时如何顽皮、淘气，皇祖母如何因势利导地教育

① 傅英仁，程迅，王宏刚. 萨布素将军传［M］. 长春：吉林人民出版社，2007.

他，讲到此时，总是潸然泪下。在康熙三十年前后，萨布素曾多次进京述职，康熙帝询问他将东巡时所追忆之太皇太后起居及零散口谕汇集一起之事。萨布素很重视康熙帝的重托，下过很大功夫，首先在黑龙江省齐齐哈尔、瑷珲等地满洲八旗族众讲述说部时将三位太皇太后特别是孝庄皇太后养育子孙之事讲述出来。最初只是片段的回忆或讲述零星小故事。随着时光推移，到雍正、乾隆、嘉庆三朝以后，讲述者对说部内容不断拓展、充实，已具备记史的规模，出现讲述《扎呼泰妈妈》的小段子，渐渐与瑷珲富察氏家族的《萨大人传》并驾齐驱，互相补充，相得益彰。于是，《扎呼泰妈妈》就在当地传开了。

早年，在齐齐哈尔、瑷珲一带的满族说部之所以能够声闻关东大地，与嘉庆、道光朝的大学士，后被贬到齐齐哈尔的英和大人有着密切关系。《萨大人传》等成书皆蒙英和栽培和眷顾，《扎呼泰妈妈》等也有他的心血，特别是对清初宫廷一些内幕等诸故事做了详细补充。后来，他们父子又将说部《扎呼泰妈妈》传播至盛京沈阳与京师。此外，富察氏十一代祖吉屯保（官讳发福凌阿）也是该说部推波助澜人，咸丰末年告老还乡，晚年在故乡热心于整理家传，他仔细翻阅《扎呼泰妈妈》，敬崇有加，告谕其子——瑷珲副都统衙门委哨官道："此书源出于圣祖谕旨，乃我富察氏阖族之荣。不宜称为秘史，光明正大，育人宝卷，应仍用《扎呼泰妈妈》，尤彰敬诚也。"从此，满族说部乌勒本《扎呼泰妈妈》的名称一直传袭至今。

满族说部《扎呼泰妈妈》遗稿，系由富育光祖母于一九三二年爷爷病逝前将记忆说部的一大团彩条带子和小匣仔细保存下来。约于一九四五年春天奶奶病重，因父亲在孙吴镇教书，奶奶将保存说部的小匣交给女婿张石头保存，父亲赶回大五家子不久奶奶病逝。中华人民共和国成立前，由于土匪猖獗，闯进张石头家，藏说部的小匣连同柳箱一起被抢走，再无音信。据富育光的先父富希陆回忆，他年轻时在故乡常听母亲和几位姑姑讲《扎呼泰妈妈》，每讲都有新意。经过详细打听，方知有些内容是从沈阳、齐齐哈尔等地传来的，使这部书更为丰满。一九五一年，黑龙江省艺术研究所的隋书今先生赴瑷珲大五家子采录满族民间故事时，曾听过富希陆讲述《扎呼泰妈妈》，引起隋先生极大兴趣，商定来年春天再详细记录，后因种种原因未能脱身成行。本说部是二十世纪六十年代末富希陆在其女儿倩华家向长子富育光讲述的。二〇一二年富育光根据那时的记录进行回忆讲述。

二、满族说部《扎呼泰妈妈》名称的由来

扎呼泰妈妈是满语和汉语的合璧，汉译是“擅管事妈妈”。扎呼泰妈妈最早的称谓，出自满族世代虔诚信奉之萨满教祭礼。在氏族萨满崇祀大神中，有一位足智多谋的女神“窝离妈妈”，也称“渥离妈妈”，即是“万历妈妈”“扎呼泰妈妈”，皆是“窝离妈妈”的转音。她为了氏族安宁、子孙繁衍，不怕猜疑、不嫌脏累，终日巡游大地，实心实意扶佑族人。她治家有谋，教子有方，能够逢凶化吉，遇难呈祥。所以，扎呼泰妈妈备受族众崇敬，都愿意将扎呼泰妈妈接到家，成为形影不离的护身神。人们向扎呼泰妈妈祈祷，使女人心灵手巧，女红成锦，育籽成田，育畜成圈，育鸭满塘，多孕百子，万难皆消。为此，人们以崇敬的心情聆听说唱《扎呼泰妈妈》乌勒本，潜心苦学“妈妈经”，唯有必听“妈妈经”才会成为合格的“珊音赫赫”，成为像扎呼泰妈妈一样被世人敬重的好妈妈。正因为如此，这部族众必听的“妈妈经”亦被尊称为“朱色箔乌吉勒比特喝”，即“育子课本”“育儿书”。

三、《扎呼泰妈妈》的艺术成就

满族传统说部《扎呼泰妈妈》讲述皇太极继汗位后，秉承先王伐明遗志，首先扫除进攻明朝的障碍西部察哈尔林丹汗，进而率军围攻大凌河，逼明投降，接着大清八旗兵进攻北京，推翻大明王朝，定鼎燕京。当时正处于兵荒马乱、百业待兴、万事从头的艰难之际，但朝中掌舵人，不畏艰难，励精图治，扭转乾坤，使大清的航船乘风破浪，顺利前进。在这场惊心动魄的斗争中，涉及朝中内外上下各色各类人物，头绪繁多，令人眼花缭乱。但是这部书讲述非常巧妙，以同出草原一个家族的三个美女的聪明伶俐的征服力和巧智安天下的掌控能力贯穿全书，成为该书的书胆。此外，这部书的惊人之处在于以史实为纵线，以各类人物演绎的故事为横线，编织出一幅幅生动的画面。书中外讲大权独揽、性如狡黠、野獾子似的多尔衮，内讲冲龄好事的福临幼帝，两人矛盾迭起，相互不谐，屡生事端，险些酿成大祸。纵然事态发展波澜起伏，扣人心弦，但千条溪流归大海，万绿丛中一点红，掐着大清舵柄的仍是足智多谋的草原美女西西皇太后。这恰恰是满族说部《扎呼泰妈妈》吸引人和屡讲不衰的艺术魅力所在。

1. 成功地塑造了栩栩如生的光照千秋的国母孝庄皇太后的形象

西西是蒙古科尔沁部博尔济吉特氏家族寨桑之女，是皇太极皇后哲哲的侄女。家庭教育和生活环境对西西性格的形成有很大影响，书中说：

> 她是草原的骄傲，美丽的明月，天资聪睿，三岁能歌舞，五岁习弓马，九岁擅摔跤，男儿都惧怕，不愧是女中魁杰。她自小受父寨桑之命闯入千里牧场，勇斗狼群，智降棕熊，洪水中引部众逃生，在草莽烈火中遇险不惊，指挥十几万牧民父老遇难呈祥，使之没受到伤害。西西在科尔沁部虽是年幼少女，已经骑马驰骋千里牧场，每次马赛、布库赛、那达慕大赛，从来都是声名赫赫，男女中勇夺魁元。[①]

美丽的大草原造就了西西的性格，从小就喜欢成为父母牧场的大总管，整天跟着牧羊老人放牧，追撵野豹、狼群，护养马和羊群。到赫图阿拉成为皇太极的贵妃也没改变她的性格，帮助畏根壮大自己旗的力量，控制其他旗对自己旗的冲击与干扰，使皇太极越来越有强大的不可震撼的影响力。为此，也越来越得到皇太极的宠爱。在商讨攻打林丹汗的家族会议上，西西提出林丹汗众叛亲离，病入膏肓，只要建州巧计挖心，必获全胜。有的贝勒说，眼下何人堪当挖心之任呢？西西坚定地说："我！"并申明她去的有利条件。为了让皇太极坚信自己的能力和出行方便，西西女扮男装，不会引起林丹汗的注意。书中是这样说的：

> 突然珠帘一打开，从室内走出一位戴玛拉嘎[②]的美貌少年，上身穿着蓝皮的德格勒[③]，外罩是金黄色绣着百头鸟的库勒莫[④]，珠沃勒博克[⑤]套在外身，下身腰间两侧挂满金黄色的察绰克穗子，有几个美丽的七彩哈布它嘎[⑥]，格外招人，脚蹬小鹿皮高鞠部托勒[⑦]，外身还披着金色驼绒的大亲奇[⑧]，缓步走出，来到皇太极面前，叩头下拜，说："英明汗，蒙古布尔丹台吉给您老叩头啦，祝英明汗万福金安！"低头连磕三个头。

---

① 富育光，荆文礼. 扎呼泰妈妈［M］. 长春：吉林人民出版社，2013.

② 玛拉嘎：满语，汉译为冠帽。

③ 德格勒：满语，汉译为袍。

④ 库勒莫：满语，汉译为褂。

⑤ 珠沃勒博克：满语，汉译为坎肩。

⑥ 哈布它嘎：满语，汉译为荷包。

⑦ 部托勒：满语，汉译为皮靴。

⑧ 亲奇：满语，汉译为斗篷。

西西这个打扮，把皇太极弄愣了，从而相信了她的能力，使他更放心。皇太极让希福护卫命多尔衮、多铎兄弟为左右两翼兵马护卫，于是大队人马向奈曼、敖汉等地进军。当西西他们在奈曼寺庙见到林丹汗的女婿索诺木杜楞时，他的原配妻子楚楚控诉他要害死自己的罪行时，索诺木杜楞突然手往腰间一摸，向上一抬时，西西早已看出他要下毒手，就在神不知鬼不觉之际甩出两枚袖箭，射在索诺木杜楞的手背和手腕之上，他的箭落在地上。西西非常顺利地制服了索诺木杜楞。于是，奈曼、敖汉等地就都归皇太极了。西西聪明、美貌、勇敢、机智的形象跃然纸上。

明崇祯十三年，皇太极发兵围攻锦州，转年松山城破，洪承畴和巡抚邱民仰被俘。一些贝勒上奏"杀死洪承畴，兵发北京城"，皇太极力排众议，要劝洪承畴真心投降。可是一连多日，洪承畴一言不发，甚至绝食，皇太极也想不出办法。多尔衮举荐，让西西庄妃出马，凭她的机敏口舌打动洪承畴，皇太极准允。

西西到狱中见洪承畴瘦得非常明显，走进厨房，亲自调制了"窝尔霍达拉拉"，就是人参小米粥，放了糖、大枣、桂圆之类的补品，香甜可口，体贴入微，可洪承畴就是不张口。西西擎着小白勺，两眼瞅着他一动不动，僵持片刻，终于打动了洪承畴，张口咽了下去。接着书中这样说道：

> 西西说："大将军，人生一世，要耀祖光宗，何寻短见？我给您背一首《水调歌头》，有了思乡情，就不会想死了。'谁是中州豪杰？借我五湖舟楫，去做钓鱼翁。故国且如首，此竟莫匆匆。'"
>
> 洪承畴听罢便轻蔑地问道："你知道这是何人所作？"
>
> 洪大都督一肚子傲气，满以为落入土贼窝里，根本没想到在荒蛮的辽东能有文士知音。更没想到站在自己身边的美女能通晓一些古书，原以为都是山野之人，只能脸白净而已。他闭着双眼，不屑一顾。哪知道西西马上答道："南宋杨炎正，济翁先生所作。"
>
> 洪承畴是进士及第，才高八斗，平生最喜读书，一下勾起他的情绪，忙问："你难道也会读汉书？"
>
> 西西笑一笑，答道："范宪斗（即范文程）先生是我的恩师，他教我读《资治通鉴》。"

洪承畴问道："难道你还知道《资治通鉴》？"

西西说："北宋司马光编写，全书二百九十四卷，通贯古今，鉴于往事，资于治道，大清立在治国，岂有不学之理？"

洪承畴惊愕，面前化妆夷女，美艳多学，看来建州绝非如陕甘流寇犯上作乱之辈，不可小觑也！洪承畴深深叹了口气，便要求面见盛京崇德皇帝。

西西以她那关怀体贴人的行为和聪明才智征服了洪承畴，令洪承畴敬佩得五体投地，急忙要见皇太极，表明真心投降大清的心意。从洪承畴被擒后绝食不语，众贝勒毫无办法，到西西用言行感化洪承畴，把西西那风度才华、善解人意的女中豪杰的形象刻画得栩栩如生。

当大清国崇德八年皇太极突然驾崩，宫内哭声惊天，泪如泉涌时，面临一个严峻、尖锐的问题，谁继承皇位？西西庄妃与皇后哲哲议论，应由皇上的亲子六岁的福临继承，他是皇上最喜欢的儿子。西西面见礼亲王代善，只要他稳坐不乱，就翻不起大浪。代善表示皇位应由其子承继，但皇子中以谁为宜，皆在权衡中，让西西多多感化豪格（太宗长子）为宜。当时众贝勒议论最适合继承王位的有两人，一个是太宗九弟睿亲王多尔衮，一个是太宗长子肃亲王豪格。支持豪格的有内大臣索伦、鳌拜、谭泰等，但受到执掌两白旗的多尔衮、多铎的反对，所以一些人认为继承太宗遗志伐明直捣北京者非多尔衮莫属。但多尔衮认为自古皇位继承皆为父传子的继承方式，关键是传给哪一子对自己执掌权柄和伐明更有利。西西了解这个情况后去见多尔衮，止不住热泪地对他说："九王爷，大行皇帝升天了，把俺娘俩抛下不管了，我举目无亲，可让我怎么活啊？"说着更加悲伤，然后接着说："九王爷，我们母子的未来全靠九王爷了，您可要大慈大悲，救救我西西，看在这些年来久恋沙场的情分上，看在我那可怜的年仅六龄的小福临面上，他可是没有阿玛的孤儿了，九王爷您就是我们母子的再造贵人，千万救命啊。我愿事成由叔王统揽朝事，一切求助叔王了。"多尔衮表示："众望所归，福临承继大宝。多尔衮我鞠躬尽瘁，辅佐幼主，死而后已。"最后，礼亲王代善和诸王文武群臣定议，拥立太宗第九子，年甫六龄之福临承继大统，誓告天地。

皇太极突然无疾而终，宫廷内外一片悲哀、混乱，西西庄妃独擎危局，临难不惊，左右逢源，转危为安。从这里我们可以看出，西西庄妃驾驭局势、统领潮流的能力，不愧为女中魁元、大清国的国母。

《扎呼泰妈妈》的讲述者善于在矛盾斗争的广阔天地中塑造西西孝

庄皇太后的形象。摄政王多尔衮西征大获全胜，给皇上、皇太后呈来奏文，凡投诚官吏军民，皆需剃发，西西皇太后感到强行剃发必引起民怨，回懿旨曰：“勿屡谕剃发，激生民变，失民心则立根难久矣。”摄政王多尔衮斥皇太后“不知征夺明城百姓之艰，将在外，君命有所不受。余为摄政，岂奈妇人之见。”视自己为天下第一人，认为皇太后是妇人之见，将矛盾推向尖锐化。西西见到奏文，虽然甚怒，但觉得不能扰乱摄政王西征的大任，又不能强行剃发之制。她冷静之后，便派豪格率人秘密去北京一带耕家察访。五日返回禀报，摄政王率军所过之处，皆以剃发为降清标志，“留发不留头，留头不留发”，民怨沸腾。西西皇太后了解此情后，苦思良策。如何让睿亲王多尔衮迅速改弦更张，不伤民心，珍惜血汗换来的良好名声。最后，终于找到妥善处理的办法，请礼亲王代善和大学士范文程前去劝说。睿亲王多尔衮是聪敏过人之人，对皇太后派人了解实情，甚为敬佩，是非寻常女流之辈，堪有父皇努尔哈赤、皇兄皇太极之风，不可小觑，表示当即发文告，不再以剃发为区分归降大清的标志，望皇上、皇太后放心。

这场以剃发为矛盾焦点的国策，关系到民生安定以及大清的航船能否顺利航行的大问题。西西皇太后在这场尖锐矛盾斗争中，施展她的智慧，很容易就化解了，既使摄政睿亲王多尔衮尊重自己，又改正了国策，平息民怨，使大清国如日中天向前发展。这个掌舵人就是西西孝庄皇太后。

年为幼冲的顺治皇上对一些事情的看法常常和摄政王叔父多尔衮产生矛盾，这中间做调解说合的人就是西西皇太后。福临聪明伶俐，能一目十行，有天子之风，有胆量，有主见，要说服他很不容易。原明臣谢升大学士所讲述在民间所见所闻，给顺治帝幼小心灵打下深刻烙印，苦思冥想，像丢了魂似的，摄政王多尔衮来到面前，竟然不知。多尔衮感到丢了面子，要起大将军脾气，说：“一切事情要听叔父摄政王的！记住，皇上，从今日起不要听任何人的闲言碎语，扰乱了圣上的思绪，圣上就一心读圣贤书吧。”西西皇太后感到多尔衮那种气势、那种口气太过分了，一压再压，一忍再忍。可是福临皇上忍不下去了，大声说：“朕怎么能不闻天下事，一门死读书，天下圣君哪有此做法？”矛盾直指皇叔父多尔衮。

多尔衮表明自己朝中有许多难办又必须办的大事，没有他摄政王就没有今天的大清朝。西西皇太后是精明的人，能听不出来吗？她从内心也真感激多尔衮，要支持多尔衮治理朝政，不能顶撞他。如果激怒了多尔衮后果不堪设想。于是，她板着脸对顺治皇上说："福临，怎么跟叔父摄政王这么说话，不要随意讲话，皇上一言九鼎，金口玉牙，何况你还年幼，政事不知，干扰叔父摄政王践行大行皇帝太宗的遗训，就对不起列祖列宗了。"她又温和地对多尔衮说："九王爷，请多多原谅，圣上还是一个孩子，不懂事，涉事甚浅，万请不要介意。"西西皇太后短短几句话就把多尔衮与福临的矛盾化解了。

当顺治皇上郊游被多尔衮派人跟踪，以及了解到因八旗将领圈地引出无头尸案，并听到讽刺大清的《燕水谣》时，他逼迫圣母皇太后与皇叔父多尔衮对质。皇太后考虑此事尚未弄清不可造次，福临认为额姆瞻前顾后，优柔寡断。皇额姆教育他要像太宗、太祖皇帝一样，大军压境仍闲庭信步，要能装事、能容人，有顶天立地之神威。

从这几件事我们可以看到，在多尔衮和福临复杂、激烈的对立面前，西西皇太后能够排除个人感情和私心杂念，以高瞻远瞩的睿智正确处理这对矛盾，既批评教育福临不懂事，还不伤他的自尊心，又包容多尔衮的傲慢态度，使双方能够和解。这充分显示出西西皇太后胸襟广阔、心地善良、教子有方的圣母容颜，有泰山之巅、白山之尊、遇事不慌不乱、精明处事、稳定大局之能。

2. 成功塑造了神智天聪、有胆有识的幼冲皇上福临的形象

有一天，顺治皇上福临读了一阵《尧典》《舜典》，觉得疲累，向师父请假后到附近走一走，散散心。正巧被摄政王多尔衮看见了，顿时面生愠色，说道："怎么不在宫中听讲经筵，荒废课业，到此嘈杂之地来，圣母太后可知此事吗？"

顺治皇上福临一见皇叔父摄政王多尔衮那种孤芳自赏、目空一切的架势，从心里就很不是滋味，把他看成个小孩子，根本没放在眼里，很伤自尊心，便侃然说道："朕读卷疲累，出来舒散一下心志，是朕的意思。"

多尔衮把福临领回他读书的翰林院，然后坐在正位太师椅上，说道："皇上，本王事繁，但又不能不荐所思虑之事，国家将兴，众将征伐陕西、江南，流贼已平，扬州方定，事务繁忙，百业待兴。而皇上竟游赏到太和殿施工重地，匠役与操持工期的臣僚们将以何言问疑皇上，能有闲时赏游，大失我朝兢业忠职之美名，岂不引起降清的明旧臣暗中讥笑，大清皇上与故明皇上有何相异耶！"

多尔衮发了一顿火，满以为福临被震住了，此时，福临一声没吭，

静静地瞅着多尔衮，没有一点火气，非常反常，也非常令人惧怕。这时福临命巴图侍卫将范老色夫和刚林老色夫请来，命侍读猛峨把皇太后请来。多尔衮怕皇太后再生枝节，把事情搞杂，不让请皇太后，并且以有要事为由想走。福临一使眼色，巴图将他挡住。福临说："朕虽年幼冲动，大是大非者必讨明之。"别看人小，有心计，志气大，句句说得在理。

请的人到齐后，福临请刚林大师父讲评一下他的行为。刚林说皇上学的《尧典》《舜典》都能顺畅诵讲两典之义，能背诵《汤誓》，臣亦满意。范文程大学士让皇上背《大禹谟》，皇上如行云流水，一气呵成地背诵下来，一字不差，顺治小皇上侃侃而谈，解释得清清楚楚，几位大学士不住地点头应合。可是，多尔衮听得不耐烦，认为光会讲古文不是能耐，能不能把皇上抵燕京以来的几件大事讲一讲？洪承畴、冯铨两位大学士都觉得多尔衮话语太重，到此为止吧，想打个圆场。没等多尔衮说话，年仅七岁的顺治皇上站起来高声背诵了登极大宝的祝文，使在场的人惊愕。就连多尔衮也非常佩服，并表示必鞠躬尽瘁，死而后已，以报圣恩。这时，西西皇太后一颗悬在嗓子眼儿的心才落了下来。

从这个小故事我们可以看出，顺治皇上福临遇事不惊，沉着冷静，有心计，请两位大学士师父评判、验证他的学业，用事实说话，以理服人，大胆展示自己，这一系列行为刻画了顺治皇上天资聪敏、有计谋、有胆量，任何人的气势也镇不住、压不住他，从小就有股铮铮铁骨、凛凛刚毅之风的形象。

可是顺治出城巡游，在昌平州一家花糕店遇到一群小乞丐，却表现出另一幅形象。顺治坐在店铺吃花糕，众小乞丐都瞪着眼盯着，他还是头一次遇见世间这么可亲可爱，跟自己差不多年龄的孩子，就是太脏、太苦、太穷啦。小乞丐见这位小公子没有架子，一齐涌过来，刘老公公、巴图侍卫上前护住顺治皇上福临。在这危急时刻，福临小皇上大声说："没事，休得莽撞，这都是我的小朋友，……来吧，都请上座，这个铺子咱们揽下了，店主人快上花糕，大家都坐下来尝花糕。"当福临皇上看到小乞丐身上穿的都是破布条子，连个扣都没有，他从自己身上脱下一件蓝缎子小坎肩和一件白细布的内身襟衣，给了坐在他身边的两个小乞丐。后来，一个叫小鱼儿的乞丐给他们讲了《燕山谣》，使他知道因圈地引起民间的疾苦。福临从这些小乞丐口中了解不少情况，并与他们结成朋友，形影不离。

当顺治皇上福临十一岁出巡狩猎时，他提出要到昌平州"三宝庵"

的孤儿堂看看猫崽和小鱼儿。巴图侍卫费了很多周折才找到猫崽、小鱼儿，顺治皇上福临看到她们遭受的苦难很痛心，并表示从今往后不让她们离开自己，有朕吃的，就有她们吃的，再不让她俩遭受到一点不幸和痛苦。在西西皇太后的教育下，顺治皇上福临有了体恤民众之心，因而非常喜欢、怜悯那些天真烂漫、同自己年龄相仿的苦命儿们，肯于为他们做出一切，包括在德胜门给“燕子帮”银两等，这个对受苦受难群众的善良之心，与前面所说的敢于斗争的铮铮铁骨形象形成鲜明的对比。一硬一软两者合起来就构成了顺治皇上福临那神智天聪、心地善良、执拗倔强、有胆有识，对任何困难和权势无所畏惧，有一股王子之风的形象。

3. 冲破旧制开启满汉通婚的新风俗

书中说道，顺治皇上将昌平州孤儿堂的猫崽、小鱼儿领进宫，对皇太后说：“皇额姆救救猫崽儿、小鱼儿，救救瓜尔佳吧。”这小鱼儿和瓜尔佳是怎么回事呢？原来小鱼儿家在河北省香河县潮白河上打鱼，经常受鱼霸老谭家欺负，八旗兵瓜尔佳打抱不平，由此瓜尔佳与小鱼儿产生了感情。小鱼儿父亲求庄头说媒，庄头说满汉不能通婚，违者要掉脑袋的，不久就把瓜尔佳调走了。小鱼儿父亲怕生事端，他认识“三宝庵”的法空禅师，于是就求禅师把小鱼儿藏到孤儿堂。

满汉不通婚，早在金代就立了这个规矩。大清定鼎燕京，满洲人已融入汉人的汪洋大海之中，人与人之间相处必生情，安能抵御。自入燕京以来，满汉私婚之事已出现上百例，皆以斩杀男女以警示后人。但仍然出现，甚有不可阻挡之势，难求和睦、安定。西西皇太后说：“此举扭转‘旗民不产’的祖宗规矩，哀家一人岂能做主，哀家已延请哲哲太皇太后的懿旨，又请皇叔父摄政王与诸王定夺。”

摄政王皇叔父多尔衮说：“满汉禁婚乃祖宗旧制，断不可违。”并表示在自己为摄政王之时不能改变列祖列宗之制。

西西皇太后当即又请郑亲王辅政王济尔哈朗、阿济格及范文程、宁完我、刚林、冯铨等诸位大学士直陈己见，都一致赞同满汉通婚，认为江河东流不可逆转。

最终西西皇太后下懿旨：“哀家与哲哲太皇太后秉承太祖、太宗基业宏图，权衡利弊，唯行满汉通婚，皇基永固，皇上顺治御笔意旨，由户部行文各行省周知。”

接着，顺治皇上在西西皇太后的懿旨下，赏赐重金、布帛、绸缎为小鱼儿筹办婚嫁。鳌拜巴图鲁在正白旗查到小瓜尔佳氏。选吉日良辰，为小鱼儿和小瓜尔佳氏拜堂成亲。

该书以生动的故事、感人的情节描述西西皇太后和顺治皇上福临高瞻远瞩，以极大的勇气冲破几百年来的祖宗旧制，实行满汉通婚，各族皆大欢喜，使社会更加安定和睦，这是历史一大进步。孝庄皇太后、顺治皇上福临不循旧制、勇于创新的形象永远刻在人们记忆之中。

除上面讲述的五部满族说部包衣乌勒本外，还有《泾川完颜氏传奇》《东海沉冤录》《木兰围场传奇》《爱新觉罗的故事》《寿山将军家传》《鳇鱼贡》等。其中传承比较久远、很有特点的便是《东海沉冤录》(富育光讲述，于敏整理)，它不是讲述满族及其先民某个家族的历史故事，而是清初皇室中一些主要执政者，为总结前朝治国方略和记述女真所遭受的众多苦难故事，而凝聚成的罕世之作。这在满族传统说部中是独一无二的，具有鲜明的个性。该书以清前朝大明开国皇帝朱元璋等群英勋业为历史背景，以生动曲折、气势磅礴、恢宏壮阔的感人情节，以众多有血有肉、可钦可敬的英雄人物，栩栩如生地展现了一段鲜为人知的逐鹿荒漠辽东和东海女真人的血泪生存史。书中以真挚的感情、生动美妙的语言描述主人公刘娟娟那美丽善良、智勇双全的独特人生。书中以刘娟娟为“书胆”，讲述刘伯温在牛屎河边拾到“醉花楼”扔的弃婴，收为义女，起名娟娟。娟娟长大后到明月庵跟明月长老学剑术，娟娟向马皇后讲了自己苦难的身世，其母就是美貌端庄被称为“小西施”的女真人楚绣绣，可是楚绣绣已被太师李善长占有后赐给辽东元旧将纳哈出，娟娟决心要寻找自己生母。刘伯温向朱元璋和马皇后道出捡的弃婴右足腕上系着半块龙凤玉坠儿，而另一半龙凤玉坠儿恰巧在马皇后手中，在事实面前朱元璋只好认娟娟为自己的女儿。娟娟去辽东寻母，姐弟巧遇，但母亲被纳哈出逼疯，来到东海女真部落，母女团聚，从而演绎出一幕幕错综复杂、跌宕起伏、生动感人的故事情节。该书语言生动，脍炙人口，许多人物都讲得有血有肉、可歌可泣，使人感到情深意笃，荡气回肠，受益匪浅。因此，《东海沉冤录》在我国北方有着广泛而深远的影响。特别是书中记述的民谣曲牌，如“赞美人”“东海号子”“娘娘乐”“海的唢呐”“赶海谣”等和东海女真习俗，向人们展示一幅鲜为人知、色彩斑斓、绘声绘色的东海女真的生活画面，具有很高的科学、文化、历史价值。

第八章　巴图鲁乌勒本

巴图鲁乌勒本为满语，即英雄传的意思。满族及其先民出于对祖先的崇拜，故满族说部大多都以古代英雄人物为中心，以历史事件为背景编织而成，讴歌其英雄人物在部落或氏族兴亡发轫、迁徙征战、群雄逐鹿、统一大业、拓疆守土、抵御外患的斗争中艰苦奋斗、自强不息、英勇善战、勇于牺牲的精神和为国创业的英雄壮举及非凡事迹。在满族说部中巴图鲁乌勒本占很重的分量，如《阿骨打传奇》《金太祖传》《金世宗走国》《金兀术传奇》《两世罕王传》《雪妃娘娘和包鲁嘎汗》《元妃佟春秀传奇》《雪山罕王传》《鳌拜巴图鲁》《萨哈连船王》《飞啸三巧传奇》《傅恒大学士与窦尔墩》《碧血龙江传》《松水凤楼传》《兴安野叟传》等。巴图鲁乌勒本内容非常丰富，多半都是对历史中真人真事的述说，是那个时代对英雄人物光辉业绩的忠实记录，经后人不断补充、加工，形成洋洋巨著，如《阿骨打传奇》《金兀术传奇》《两世罕王传》《雪妃娘娘和包鲁嘎汗》《鳌拜巴图鲁》《飞啸三巧传奇》《雪山罕王传》《依将军传》《碧血龙江传》等，也有一少部分是对历史中真人或传说人物的演义，如《傅恒大学士与窦尔墩》《元妃佟春秀传奇》《贫民三皇姑》《快马杨三》等。纵览上述这些满族说部巴图鲁乌勒本，都以波澜壮阔的史实故事为轴，讲述英雄人物气壮山河、惊心动魄的伟业，以浓墨重彩的笔触，如诗如画般地歌颂真、善、美的正义、美好的事物，以辛辣的笔风，无情地抨击、讨伐那些假、丑、恶的不齿之类，堪称主题鲜明、思想积极、人物形象栩栩如生的力作，人们赞颂为无韵的英雄史诗不为过也。

第一节　《两世罕王传》

《两世罕王传》是一部流传地域非常广，深受人们喜爱的说部。

一、《两世罕王传》的产生和流传情况

《两世罕王传》讲述明嘉靖年间女真人不堪明朝的残酷压迫，纷纷奋起反抗，曾在辽东创造惊天勋业的罕王王杲及其外孙建州部努尔哈赤罕王继承祖业，在辽东赫图阿拉崛起，迅速统一女真，开展轰轰烈烈反明斗争，进而建立后金的传奇故事。王杲和努尔哈赤两个罕王在辽东影响颇深，声誉日高，因此在民间广泛流传着“说老罕，讲小罕，先有王杲，后有教场安（即觉昌安）”的民谣。这则民谣揭示了王杲与觉昌安及其孙努尔哈赤既是亲缘关系又是反明斗争的承袭关系。事实也正是如此，由于早年建州左卫王杲奋勇开拓，西联蒙古，东联东海窝集部，力量不断壮大，屡次打败明军的进攻，为女真人反抗压迫树立了榜样，方有努尔哈赤罕王击败九部联军进攻和明军的围剿，建立后金，其后人才有秉承祖业，建立大清，定鼎燕京统一天下之事。人们颂扬王杲为女真人反明开了先河，创造了以少胜多的奇迹，歌颂努尔哈赤以父祖十三副遗甲起兵，最终实现统一大业的政治伟绩。两位罕王的事迹在满族中广泛传诵，经过人们的不断补充修润，使故事越传事迹越神奇，越传越生动，情节越曲折，逐渐形成《两世罕王传》乌勒本的洋洋巨篇。

《两世罕王传》大约产生于前清初期，至于最早产生于哪个家族已无籍可考。早些年都是用满语讲述，满族话叫“朱录汗额真乌勒本”或叫“朱录汗玛发朱奔”，其汉意就是“两世罕王传”或叫“两世大玛发故事”。由于该书歌颂的是自己身边的人和事，讴歌那些在历史风云变化中起到主宰乾坤作用的大英雄的伟业，其故事又奇特、感人，所以在北方民间广泛传诵，深得民众的喜欢。一提起老罕王盖世枭雄王杲和民族英雄努尔哈赤可谓家喻户晓，妇孺皆知。往昔满族人在茶余饭后“说古”中或各氏族在忆祖、敬祖、祭祖时都要津津乐道、恭敬虔诚地讲上一段《两世罕王传》中的故事。随着各民族的迁徙征战，人们便把《两世罕王传》的故事带到不同的地域，故而早些年《两世罕王传》在民间有不少传本。因传承人的变化和年代的久远，使说部产生变异，故传本有不少差异。但故事万变不离其宗，都是在讲述王杲和努尔哈赤两世罕王的英雄事迹。

本说部的主要传人是北京西山的陈氏家族。在清末和民国年间，族中长辈常在庭院中请来本族德高望重的叔爷爷讲他最擅长、最拿手的《两世罕王传》，借以振奋精神，教育后代。因咸丰、同治年以后，社会萧条，旗人家境衰落，不少院落、房宅、古董都当了出去。旗里人啥玩

意儿都可丢，就是祖传的《两世罕王传》没有丢，时不时地请叔爷爷讲上几段，其乐融融，既不忘先祖创业的艰难，又联络了旗人的感情。民国初期，满族人社会地位发生了变化，闲来无事，为了消愁解闷，图个热闹，就请叔爷爷在巷子里讲罕王传。邻居们像汉人爱听《三国演义》《水浒传》《说岳全传》一样爱听《两世罕王传》。不仅满族人爱听，就连汉族哥们儿也爱听。就这样《两世罕王传》传开了。

最难忘的是，一九三八年秋末一个夜晚，叔爷爷让儿子从屋里西墙凹里，将他收藏的《两世罕王传》书匣取下，老人用温水擦洗书匣，然后自己翻阅过去讲唱的书本。谁知第二天早晨儿子、儿媳发现叔爷爷坐在沙发上，怀抱《两世罕王传》书匣已经仙逝。老人无疾而终，最喜爱、最牵挂的就是乌勒本《两世罕王传》。二十世纪八十年代初，富育光先生在北京郊区采风时征集到满族陈乐家族传袭下来的《两世罕王传》传本。

另一个传承人是黑龙江省宁安市傅英仁先生。据傅英仁先生讲，清末宫廷中有一个专门为慈禧太后、皇上讲述故事的讲评班，也叫黄大衫队。傅英仁的曾祖父就在此班中。当时讲评班分南北两派，南派专讲汉族的历史故事，北派专讲罕王和一些将军保家卫国的故事。傅英仁的曾祖父属于北派，讲述《两世罕王传》和《萨布素将军传》。在向慈禧太后讲《两世罕王传》后，宫廷内务府大臣奏本，该书中的努尔哈赤罕王传有些内容是帝政忌讳之事，乾隆朝时曾是禁书，故而后来在宫廷中就不让讲《两世罕王传》了。但民间并不注意这些，照样讲述。傅英仁曾祖父回到故乡后，便把这部书传给其子傅永利，傅永利传给其侄孙傅英仁。"文革"期间，傅英仁利用出差的机会在北京郊区访问了陈老，他的祖上过去也在清宫廷黄大衫队讲过这部书，后来经过口耳相传，陈老能够比较详细地讲出来。傅英仁吸收有关内容和情节，补充了三爷傅永利讲的不足。一九八四年傅英仁到长春查阅资料，在富育光处看到他在北京采风记录有关努尔哈赤罕王传的卡片，爱不释手。傅英仁把卡片的有些内容又充实到他三爷讲述的文本之中，这样《两世罕王传》的下卷《努尔哈赤罕王传》的故事就比较完整了，章与章之间衔接紧密，使全书气势更恢宏。

二、《两世罕王传》的故事梗概

《两世罕王传》的上卷《王杲罕王传》(富育光讲述，王慧新、王宏刚整理）主要讲述明朝嘉靖年间辽东女真各部纷纷崛起，强凌弱，众暴寡，称王争长，互相斗争不断。这时在苏子河畔建州部涌现出一位英雄王杲，他文韬武略，智勇双全，得到哈达部万汗的信任，并将备御大权交给王杲。他西联蒙古，东联东海窝集部，力量壮大，成为大明统治女真的主要障碍和敌人。王杲将义女额穆齐嫁给觉昌安的四子塔克世，额穆齐生努尔哈赤。王杲成为努尔哈赤的外公。嘉靖三十六年，王杲率建州女真部到抚右关贡市，杀死明守备彭文洙，掠夺东州、会安诸堡，引起朝廷大怒。嘉靖皇帝授黑春辽东平夷大将军、总兵官、皇门御典钦命安抚使，率大军攻打建州部王杲。王杲施巧计，瓮中捉鳖，以二百轻骑兵巧灭黑春的七千虎狼之师，黑春在战斗中被王杲的兵马杀死。朝廷震怒，又封杨照为辽东总兵，杨照率五千兵马分五路杀向古埒城。王杲设迷阵，陷杨照于泥沼中，以百人箭杀五千之众。王杲因势力日渐强大，便目中无人，骄纵起来，放松了对李成梁的戒备。李成梁乘其不备，率六万大军讨伐王杲，王杲被迫逃到哈达部，其部长王台和子虎儿罕将王杲抓获献给朝廷。万历三年七月甲子，一代枭雄建州部罕王王杲磔死藁街，终年四十七岁。

《两世罕王传》下卷《努尔哈赤罕王传》(傅英仁讲述，王松林整理）讲述努尔哈赤神奇般的降升，塔克世因妻子梦见天神披着野猪皮，就给孩子起名为野猪皮，汉语为努尔哈赤。努尔哈赤长大后在七星老人那里学艺三年，艺成下山射猛虎，救了抚顺市佟家庄园的佟万顺，在佟家读《汉学》《三国演义》和《水浒传》等书，并与佟家女春娅娜完婚。努尔哈赤在佟家园接纳洛寒、额亦都、安费扬古、扈尔汉等英才。回家后听说祖父觉昌安、父亲塔克世被尼堪外兰率领的明军杀害，他冲破家族的阻力，以十三副甲，举起复仇大旗，征讨尼堪外兰，抢回父、祖的尸体，举行堂子祭。努尔哈赤十三副甲起兵只几个月时间，攻图伦，取甲版，萨尔浒之战大败明军，声威大振。努尔哈赤为减少敌对矛盾，主动与叶赫部定了联盟之约，叶赫部首领杨吉努并把二女许努尔哈赤为妻。这时，罕王已有额亦都、费英东、何和里、扈尔汉和安费扬古五虎大将。罕王采取臣服明朝统一诸部的大略，当得知叶赫部联合长白部、鸭绿部要吃掉建州部时，罕王带领扈尔汉和舒尔哈齐去探长白山部，收服长白部、鸭绿江部。这时哈达、叶赫、辉发三部联合，要求把建州领土分给三部，如不给就要吞掉建州部。努尔哈赤勃然大怒，用五十兵甲破三国之敌。而后，九部联军以三万大军攻打建州。罕王说九国九条心，三万之众不如三千兵，结果击败九部进攻，这就是历史上有名的古勒山之战。从癸巳年六月至甲午年六月的一年中，击退四国之攻，战胜九部联合，取朱舍里、长白山、纳殷诸部，军威大振，远近慑服。蒙古科尔沁贝勒、喀尔喀五部贝勒遣使通好，一些弱小部落纷纷投靠。因罕王努尔哈赤有着雄心壮志，有着过人的胆识，有着惊人的才智，才在那战争不休、尔虞我诈的岁月中成了大器。努尔哈赤历时三十六年，统一了建州、海西女真及大部分野人女真部落，“诸部始合为一”。万历四十四年正月，五十八岁的努尔哈赤在赫图阿拉举行开国登基大典，正式登殿称罕，定国号为后金。罕王努尔哈赤率领文武百官举行祭天典礼，额尔德尼宣读“七大恨”，后金举兵征伐明朝。在攻打宁远城时，一颗炮弹炸伤罕王的额角，大贝勒忙背起罕王，领兵撤退。宁远的兵败，是罕王有生以来失败最惨重的一次。后来又征服蒙古各部，挽回了宁远兵败的名声，重振了军威。由于劳师远征，努尔哈赤背上长了毒疮，疼痛难忍，临死之前还让众大臣帮助贝勒夺取明朝天下！努尔哈赤是中国历史上和世界历史上的一位杰出人物，他统一了女真各部，实现了社会改革，促进社会的发展，为大清国建立和清军定鼎中原奠定了基础。

三、《两世罕王传》的民族性

《两世罕王传》讲述满族的先民女真族内部各部落之间的斗争以及如何依靠明廷发展自己并与明廷展开激烈斗争的历史。女真族由于元、明两朝的残酷压迫，生产发展缓慢，一直依靠渔猎维持生活，其社会形态仍然是原始社会或奴隶社会。到明朝末期，女真诸部纷纷崛起，奴隶主为争夺地盘、财富和奴隶，各部落之间经常发生掠夺性的战争。正如《满洲实录》所载：“各部峰起，皆称王争长，互相残杀，甚至骨肉相残，强凌弱，众暴寡。”这种战争是内部消耗，影响社会的发展，破坏人民的生活。因此，人民迫切希望各部落统一，共同对抗明朝的压迫。时势造英雄，于是建州部涌现出王杲、努尔哈赤两位领导女真人为实现民族统一、与明朝进行殊死斗争的罕王。特别是努尔哈赤，他有着宽阔的政治家胸怀、深谋远虑的军事家韬略和武艺超群、勇猛彪悍的英雄气概，经过三十六年艰苦、曲折地斗争，终于完成统一女真诸部的大业，于万历四十四年正式登殿称罕，定国号为后金。满族这种独特的历史和社会生活，是产生满族说部乌勒本《两世罕王传》的现实基础。作为民间口述史，讲述“先人昨天的故事”的乌勒本，讲述者从满族人民火热斗争的生活土壤中，选取具有本质意义和有代表性的生活片段，以及人们最关心的题材，以民族的心理、情趣和审美理想去编织、讲述那些轰轰烈烈、引人入胜的故事。这使满族说部乌勒本《两世罕王传》深深打上了民族的印记，因此它具有鲜明的民族特征。在《努尔哈赤罕王传》中描写努尔哈赤机敏善断，对女真各部斗争的形势有着正确的认识，他深知单靠自己力量是不能扩疆建土，不能兴大业报家仇的，决定去拜访叶赫部互通友好。他对叶赫杨吉努一再申明联合的重要，他说：“失了群的孤雁终归要死亡，掉了队的野猪会成为老虎的美食。目前各部纷争，弱肉强食，终非好事。天下事都是互相尊重，互相友爱，才能兴旺发达。小侄日后若有发展，也将以上为鉴，达到互相帮助联合，不但女真人联合，还要蒙古人、尼堪人联合，没有一个真正的联合，天下是不会安宁的，百姓也难以脱离水火。”这一席话，说出了当时女真各部所处的社会状况、各部之间的斗争，人民处于水深火热的灾难之中，其解决的唯一办法就是联合，形成强大的力量，共同抵抗明朝的压迫，天下才会有安宁之日。《两世罕王传》真实、形象、生动地记述了满族的先世女真人这段独特的历史风貌，反映出满族不畏强权、自强不息、骁勇善战的民族精神，从而充分表现了满族特有的民族性。

在《两世罕王传》中展现了满族独特的萨满信仰和渔猎、采集的经济生活，构成一幅民俗的风俗画。《王杲罕王传》讲述王杲在古埒城虽然发展很快，但叶赫二砮雄师在握，建州部又受觉昌安辖控，东边的王兀堂又受哈达部的助阵，如何能逢凶化吉，执掌霸业，请萨满跳神，求助于天神。王杲命奴才唤来萨满妈妈，在河边摆神案，设香。神鼓咚咚，神铃晃晃，连跳了三天。当明朝皇帝授黑春为辽东平夷大将军，率军攻打王杲的古埒城时，王杲战前夜入堂子，请萨满跳神卜占。他感到神灵在暗示他，在媳妇山吃掉黑春。于是王杲施巧计，瓮中捉鳖，以二百轻骑巧灭黑春的七千虎狼之师。在《努尔哈赤罕王传》中讲述努尔哈赤在攻打鸭绿江部时，得知该部头领毛古尔是萨满达，有鸭绿恩都力保护神保护，如遇到敌人，可以请这位神喷出水柱，高有百丈，哪怕是铜墙铁壁也能穿透。罕王虽然也是萨满，但没有这些妖术。罕王在星星出全的时候，摆上香案，系上腰铃，手执皮鼓向天做了很长时间的祷告。第二天罕王的师姐何赫里达萨满带领八个弟子来帮助罕王破妖术。当鸭绿江部毛古尔请神喷出水柱，发大水时，何赫里达等九个萨满抛出二十七个像太阳似的东西直射水面，顿时把大水推回江中，毛古尔师徒被托力罩住，活活被乱箭射死，于是罕王收服了鸭绿江部。总之，《两世罕王传》把萨满祭祀活动和降妖除怪讲得活灵活现，再现了明末时期女真人虔诚信奉萨满教的情景。

不仅如此，《两世罕王传》还讲述了丰富多彩的女真习俗。在《王杲罕王传》中讲述女真人的习俗，“姑娘到了及笄的年龄，就要自寻配偶，行歌于途，还得和男的对歌相舞，诉家世，吐情肠，表心愿，盟誓言，展未来”。宋宇文懋昭撰《大金国志》中说女真习俗：“贫者以女年及笄，行歌于途。其歌也，及自叙家世、妇工、容色，以伸求侣之意。”这说明，明末女真人仍沿袭金代女真之习俗。此外，还记述了比武选婿的习俗，《王杲罕王传》中这样写道：

> 选婿之前，族里先挑出最美的少女五人，然后在比武场里搭好“月亮台”。这月亮台是王杲自任工匠，带着亲选的众位美女女儿，和自己可心的匠师，在共同选定的山坡上两棵钻天古松之间盖起的二层小楼，月亮窗建在小楼上层正面的中间位置。小楼要高过树梢，以便地上的人们透过月亮窗仰视天上的明月由东向西经过的时候，视线不被遮挡。月亮窗平时由两扇长长的黄纱遮掩。
>
> 比武不仅要比打喜鹊，还要比马上箭。马上箭分一马一箭、一马三箭、一马五箭、一马七箭、一马九箭。一马一箭我想诸位都能明白，就是参赛者骑在飞驰的马上一箭命中目标，这一点作为一般的参赛者都能做到。但一马三箭和一马五箭乃至一马七箭、一马九箭就不一样了，特别是一马九箭，要求参赛者不仅要眼疾手快，而且要臂力过人，否则马已驰过，而箭发不出去，或者箭发出去射不着箭靶。
>
> 觉昌安的四儿子塔克世来参加选婿比赛，不仅他来了，他的兄弟礼敦也来了。礼敦贝勒因打虎围受了箭伤，正在家休养。但因塔克世要参加射箭比赛，所以礼敦虽有伤，但挂记弟弟的亲事，也来了。在他的指点下，塔克世射中喜塔喇氏额穆齐的白膀花脖喜鹊，独占鳌头。

这一段生动的描写，既反映了女真选婿的习俗，又说明女真人狩猎的生活，练就了神勇过硬的射箭本领。所以，努尔哈赤的父亲塔克世在王杲设的选婿比赛中射中白膀花脖喜鹊，娶了王杲的义女喜塔喇氏额穆齐为妻。

在《努尔哈赤罕王传》中讲述生活在东海的费英东投靠罕王后，向他介绍东海诸部野人生活情况：

> 东海诸部土地广阔，东一直到海，大小城寨不下一百五十多个，是一片物产丰饶、人口很多的地方。那地方的人不识字，也没有文书一类的东西，如果有什么事情，都以箭和标记为传达事物的工具。比如，调兵用箭头挑着木牌，召集人时用野鸡箭，有急事时用插鸡毛的箭，求婚用鹿皮筋捆着弓箭送给女方。

这种生活习俗从金代一直延续下来，我们可从《大金国志》中得到证明，宇文懋昭说："女真与契丹言语不通，而无文字，赋敛科发，刻箭为号，事急者三刻之。"

综上所述，《两世罕王传》所表现独特的民族信仰和生活习俗，是从金代女真族一派传下来的，构成该说部民族特征的很重要的一个方面。

四、塑造了民族英雄的光辉形象，具有很高的文学价值

满族说部《两世罕王传》三百年来之所以盛传不衰，其中有关王杲、努尔哈赤的许多故事在民间不胫而走，成为人们"讲祖""颂祖"和茶余饭后议论的话题，是因为该书塑造了两位女真人的英雄形象，他代表着民族的意志和精神，具有很强的感染力和震撼力，满族各个氏族把该书作为教育后代的课本。所以《两世罕王传》一直在民间传诵。

1. 讲述王杲和努尔哈赤神奇般的降生，为神化英雄制造舆论

王杲和努尔哈赤为平息各部落之间的战乱、实现民族统一大业奋斗了一生，他们是女真人心目中的大英雄。他们之所以创造了非凡的业绩，是因为他们有与众不同的秉性，有神灵在护佑他们。于是，将王杲和努尔哈赤奇特般的降生披上神秘的面纱。《王杲罕王传》中说：

> 多贝勒自从娶了美丽的小沙里甘之后，一连两年也没给他生个一男半女，夫妻俩焦急万分。这天，小沙里甘到河滩洗衣服，顺便脱下衣服，到河里洗洗身子。突然飘来一团浓云，刮着飓风，她蹲在水里避风。
>
> 就在这时，从南边涌来的乌云停在了她的头顶，并且翻滚着、升腾着，还不时响起雷鸣声。渐渐地，小沙里甘发现，这片乌云幻化成两个巨大的神龟。一个在下边，一个在上边，在不

停地扭动着。紧接着，天上下起了暴雨。小沙里甘蜷缩在水里，一动也不敢动。突然，她觉得自己的下体涌进一股暖流，一直到她的腹中。紧接着，风停啦，雨住啦，乌云也散啦。

小沙里甘来不及细想发生的这一切，见雨停了，赶紧上岸穿衣，抱起自己的木盆，急匆匆地跑回家里。

到家以后，小沙里甘就觉得自己的肚子里有些异样，她也不知道怎么回事。过了两天，多贝勒打猎回来，小沙里甘就把自己在河里遇到的事告诉了多贝勒。还是多贝勒见多识广，他一听就知道这是天上的神龟在相交，可自己沙里甘体内的变化令他猜忌："难道是神龟交配的精液遗落凡间，进到自己沙里甘的体内?"他决定先不同沙里甘同房，观察几天再说。

没想到，没过数日，小沙里甘就觉出自己怀孕了。她欣喜万分，告诉了艮根。多贝勒非常兴奋，逢人便讲："我多霍洛有神助，必天赐我骄子。"

果然，没过多久，多贝勒的沙里甘就产下一个白白俊俊的小男孩，非常聪明、机灵，小眼珠里好像有很多的话语。多贝勒爱如掌上明珠。还没满月，孩子就开始牙牙学语，好像要说话似的。他更不同于一般婴儿的是，他的一笑、一哭、一动，都似乎关系到天上的风云变幻，阴晴雨雪。

为此，多贝勒把他视为神童，起名叫"阿突罕"，这是满语，汉语为有预见的聪明小子。阿突罕十岁时梦魂拜师，学到各种武艺和《骑法神诀》，抚顺御史张学颜大人非常赏识他，收为义子，给阿突罕起汉名为王杲，王是盼望他成为女真王爷，杲汉意为明亮。王杲就是闪烁光芒的女真王爷。

无独有偶，努尔哈赤的降生也有异曲同工之妙。在《王杲罕王传》三鹰五虎护小罕中说："额穆齐怀孕十三个月没有动静，到十四个月，她疼痛难忍，觉昌安把她送到大山里，有五只老虎护在她身边，空中有三只雄鹰在她头上鸣叫，使她睡得安详。又从西天飞来一只大白鹰，嘴里吐出一道红光，使她肚子裂开，孩子降生，接着又吐出一道白光，额穆齐肚子的伤口就合上了。这个神奇的孩子就是后金国主努尔哈赤。在《努尔哈赤罕王传》中对努尔哈赤的降生却有另一种说法，讲述者这样说道：

一天夜里，哈连（塔克世的沙里甘）梦见天眼大开，看见从天上飘来一朵五彩祥云，云上端坐一位披着野猪皮的仙人，到她面前。只见那仙人从云彩上飘然走到她的身边，对她说道：‘我乃天上北斗下凡，望你好自珍重！’说完，就化作一团白光，钻进她的腹中。不久，哈连就怀有身孕了。

十月怀胎，一朝分娩。转眼到了哈连临产的日子。那天，红光满室，异香扑鼻，一道白光直冲北斗，不一会儿，一个男孩呱呱坠地。觉昌安一家高兴万分。塔克世知道妻子梦见北斗的奇事，便对哈连说："你梦见的天神披着野猪皮，就让咱们的孩子叫野猪皮——努尔哈赤吧"

《两世罕王传》讲述王杲和努尔哈赤神奇般的降生，一个是神龟相交精液遗落人间，一个是北斗神仙化作一团白光，钻进腹中，为后来努尔哈赤发现脚生七星痣，李成梁追杀做了埋伏。这是人们以美好的愿望神化了王杲和努尔哈赤的出生，预示着将来一定给人民带来幸福，成为民族的大英雄。我们知道，虎、鹰、神龟和北斗七星都是萨满教崇拜的神灵，他们是天神下凡，必成就一番大业。所以，人们从幻想出发百般的神化王杲、努尔哈赤，这与满族的先民虔诚信奉萨满教中的图腾崇拜和祖先崇拜有着十分密切的关系。

2. 塑造了真实可信、栩栩如生的民族英雄形象

《两世罕王传》以明末女真各部落纷纷崛起，称王争长，互相争斗残杀，朝廷一方面以夷制夷，一方面对新兴起的部落进行围剿，女真人必须实现统一进行反抗的特定历史环境为背景，以历史人物王杲、努尔哈赤为中心，编织精彩纷呈、跌宕起伏的故事，栩栩如生地塑造了各类人物形象，特别是塑造了光照千秋的女真民族英雄、民族领袖王杲和努尔哈赤的形象，具有很高的文学价值。

《王杲罕王传》中首先塑造了王杲年轻时脾气火暴、身怀绝技、力大无比又美貌大度的形象。明朝太子裕王和宸妃东巡，哈达部首领万汗举办了虎啸林群英比武。万汗深知自己儿子不是王杲的对手，他知道王杲是火暴脾气，沾火就着，真若是惹翻了王杲，俩人打起来，那可是老公鸡斗架，咬到一块拉都拉不开，不好收场。便命仆奴将王杲灌醉。这样万汗的儿子虎尔罕在比武场连连获胜，夺得三杆帅字旗。王杲听了暴跳如雷，举起酒坛子又仰脖喝了几大口。大吼一声，纵跳而出，被六个大汉挡住，百般阻拦，最后王杲用计将帐子点着，趁救火时王杲溜走。当虎尔罕正得意时，王杲大喝一声："虎子阿哥，别在那像儿马子一样逞能，

帅旗是我的！”于是王杲与虎尔罕战在一起，打了上百回合不分上下，虎尔罕感到体力不支，使出看家本领，回身拉开飞弩，连射三箭直奔王杲额头，结果均被王杲躲过，虎尔罕摔在马下，王杲看在情面上给他留了一条性命。这时万汗又设施毒计，让王杲拉圆大木弓，让他出丑。觉昌安早已看透，不让他应战。可是，王杲偏不听，试了七张弓都觉分量不够，万汗让六十名兵卒抬来三十张粗大的长弓，王杲一连拉断了三十杆大木弓，怒声说道：“不中，此皆童子弓，儿戏也。”把万汗气得脸都青了，命人将家藏二百多年的镔铁弓抬来，非有五百八十石之力，不可拉开此弓。王杲使足气力，大喝一声，将大镔铁宝弓拉得满圆，赢得全场喝彩。接着，王杲手持镔铁弓，重又骑上卷地龙，箭射飞马靶、火鸡靶，箭不虚发。得到裕王和宸妃的赞誉、赐酒。这时裕王和宸妃才看清楚，原来王杲这么年轻、美俊、风流倜傥，就是在偌大的中原王朝也难找出几个像他这么漂亮的，暗暗为王杲的美貌所惊叹。看，讲述人把王杲的形象塑造得多么生动逼真。

其次，塑造了王杲在部落争斗中具有非凡的聪明才智，机警敏捷和狡猾奸诈的形象。当王杲听说哈达部万汗与其子虎尔罕为叶赫女温吉格格争得大动干戈、拔刀相向时，感到机会来了，以他那三寸不烂之舌，既挑动他们父子之间的矛盾尖锐化，又得到他们的信任。他对万汗说：“罕阿玛塞北之王，功高天下，理应收妃，此乃顺应天意。叶赫献妃于罕阿玛，罕阿玛苦拒之门外，岂不伤北关民心？罕父不可迟疑，不可逊让，一定收小妾以得民心！”说完，献上苏水名骥三百匹。虎尔罕恨王杲拆了自己的良缘。王杲向虎尔罕讲：“叶赫用美人计，使你们父子刀剑相争，叶赫从中渔利。况且罕阿玛喜爱淫女，你不讨罕阿玛欢心，将来如何能接替罕位？你二十余载风风雨雨走到现在，岂能轻易地毁在一个情字上？”王杲说得虎尔罕心服口服，于是更加亲近王杲了。万汗为感激王杲，将备御大权由虎尔罕转交王杲，从此王杲统管建州各部，从哈达以南，西抵明朝抚顺、开原关的广袤沃土均受王杲控制，就连觉昌安父子、王兀堂夫妇均受王杲管辖。王杲得封有了令旗令箭，很顺利地收复了十七寨，王杲威名大震，借小外孙百日大办酒宴。虎尔罕来赴宴乘机盗得一支令箭，王杲佯装不知。万汗命虎尔罕部下十人穿王杲兵装，手持令箭命勒吉红速带兵北上，夺哈达属下的那丹山寨。勒吉红大喝道：“王杲贝勒有令，谁反哈达，神人共诛。……攻城令箭唯万汗令旗为凭，尔等定系明廷细作，挑拨我们与哈达部的关系，巴图鲁们，给我杀！”万汗听后甚喜，伸拇指曰：“王杲，是我股肱，真英雄也！”这是万汗怕王杲势力强大，对自己构成威胁，想试探王杲是否对自己忠心，想出用令箭攻城的办法。王杲诡计多端，早已看出万汗的心思，便将计就计，才有了勒吉红的一番话，于是王杲更得到万汗的信任。

再次，塑造了王杲遇事沉着冷静、睿智多谋、刚烈不屈、恃才傲物的形象。因王杲率建州部众大闹抚佑关市，杀死守备彭文诛，引起朝廷极大的震惊，皇上授“固国门神”黑春为辽东平夷大将军、总兵官、皇门御典钦命安抚使，便率七千兵马开赴辽东。黑春以为大军压境足以威慑众酋。王杲强压心中怒火，任由黑春张狂。王杲却在古埒城与家人和众将做“射柳之戏”。当他得知黑春兵马屯兵林中时，请萨满跳神占卜，他立刻明白应在媳妇山吃掉黑春。王杲连夜派勒吉红造访蒙古土蛮罕，约定蒙古出骑兵三千,一路上用歌舞、牛羊引诱黑春兵马入媳妇山瓮中，王杲带二百黑马轻骑埋伏于媳妇山中。突然电闪雷鸣，暴雨滂沱。黑春兵不知方向，人马相撞，死伤无数，土蛮兵早按王杲吩咐撤离，黑春气得口吐鲜血，晕厥倒地。王杲的兵将围剿了两天两夜，黑春和将领等三十多人都阵亡了。王杲创造了以二百将士巧灭黑春七千虎狼之师的奇迹。

朝廷又派杨照为辽东副总兵，乘王杲夫妻不合，攻建州部获胜，明廷大贺，册封杨照为辽东总兵，挂太师衔。杨照利用天热马不愿前进的特点，使王杲的骑兵发挥不了作用，便分五路杀向古埒城，又命万汗和虎尔罕分别率一千人马分两路包剿王杲。王杲知杨照用兵如神，多设迷阵诱其入阵。杨照以为王杲必用骑兵取胜，而王杲知炎夏对骑师不利，诱杨照入数百里的蒲苇滩，使其军陷于泥沼中，以百人箭杀五千之众。王杲将杨照首级送给万汗，让他转交明廷，告诫明廷勿再生事。

这都说明王杲很有韬略，擅于根据天时、地利制定作战方略，达到以少胜多、歼灭敌人的目的。王杲雄才大略、军事家的形象跃然纸上。

王杲因势力日渐强大，便目中无人，骄纵起来，他常在众兄弟面前口出狂言：“天下难有能敌古埒者！大明糟糠之躯，万汗老气横秋，杲乃日升中天也。”由于战胜明军黑春和杨照便忘乎所以，不听和他一起战斗的弟兄李乔的劝告，特别是狩猎时兵卒不慎射死他喜爱的细毛犬，王杲暴怒，刀砍兵卒，命三个看狗女为其殉葬。他的妻子一气之下跑回东海窝集老家，将士开始对他疏远。李成梁乘王杲骄傲、将士离心离德之机，率六万兵马攻打古埒城。王杲部的勒吉红、徐逊、咬乌郎等战死，王杲乘乱带领两个儿子逃跑，到哈达部万汗处躲藏起来，被万汗交给李成梁。

王杲见李成梁不下跪，宁死不屈。后被押送到京师，在万历三年七月，一代盖世枭雄王杲磔死藁街，终年四十七岁。

在《努尔哈赤罕王传》中反映了罕王戎马倥偬的战斗一生，惟妙惟肖地刻画了努尔哈赤叱咤风云的英雄形象。

满族说部具有夹叙夹议的特点，常常在人物一出场就对其外形进行描绘或评议，让听者知道人物是属于正、反不同类属，使听者对此人物的未来进行期盼。在《努尔哈赤罕王传》中，讲述者介绍了努尔哈赤奇特的降生，接着就介绍努尔哈赤的外貌和文化技艺。书中说：

> 说来也奇怪，努尔哈赤小的时候就与别的孩子不同。他长得凤眼大耳，面如冠玉，骨骼雄奇，身材高大，声音洪亮，过目不忘，博闻强识，虎箭龙引，举止威严。他跟从母亲哈连学文，哈连虽然生在珠申之家，自幼就十分喜欢汉学，读了许多儒家书籍，这给了努尔哈赤很深的汉学影响。他跟从祖父觉昌安习武，觉昌安见他骨相奇特，知此孙必成大器，便在武艺上多赐技艺。

努尔哈赤的外貌和所受的教养给听者一个初步的印象，至于后来发展如何？能不能成大器，关键看他的行为。讲述者通过努尔哈赤波澜起伏的经历和非凡的事迹，塑造努尔哈赤的光辉形象。

(1) 在典型环境特别是逆境中熔铸努尔哈赤的顽强意志，塑造他大智大勇、不畏艰险、百折不挠的英雄形象

在努尔哈赤十岁时，母亲哈连因病去世，不幸降临在兄弟三人头上，二福晋阿那把他们视为眼中钉、肉中刺，后来父亲塔克世将他们赶出家门，努尔哈赤领着两个弟弟四处游荡。无奈，三人分离，努尔哈赤要到九鼎山找七星老人学艺，掉进悬崖，昏了过去，被一位采药老人搭救。老人教他汉学，增强了知识，扩大了视野，坚定了战胜困难的信心。历经各种苦难后，见到七星老人，拜师学艺，从大到治国强兵，小到拳脚棍棒，无所不学。三年后，努尔哈赤学有所成，文武兼备，智勇双全，师父让他下山成就功业。

努尔哈赤在佟家庄园训练兵马时，忽听到尼堪外兰攻打古埒城，努尔哈赤和舒尔哈齐驰回建州卫，当听到祖父、父亲被尼堪外兰杀害的噩耗，大叫一声，晕倒在地。过了一会儿，努尔哈赤说："这血海深仇，我一定要报。大家放心，不报此仇，我誓不为人。"当努尔哈赤将父、祖遗留的十三副甲发给同生死共患难的兄弟，起兵报仇，攻打尼堪外兰，夺

回父祖的尸体时，却遇到家族的强烈反对。努尔哈赤表示，不报此仇，有何脸面见我先人，赴汤蹈火，誓报此仇。全族穆昆达礼敦见说不通努尔哈赤，请出家法神鞭。努尔哈赤在族规面前毫不退缩，昂首跪在神鞭前，向全族人说："我努尔哈赤一没有违犯族规，二没有叛离祖宗，难道为玛发和阿玛报仇就要受家法责罚？难道我们族规有这样的规定吗？如果实在要打我，我只好跪领，但这只能打我身，却打不变我报仇雪恨的心。"表明要冲破族规宗法的信念。穆昆达实在没办法，只好把他送进地牢，命卫队三百人看住他。全族会上议定，三天后努尔哈赤要不悔改，就杀了他。十六个小阿哥设计将努尔哈赤从地牢中救了出来。一波未平，一波又起，族人觉得尼堪外兰势力大，有明朝支持，要保住苏克苏浒城，过安定日子，就得投靠尼堪外兰，控制住努尔哈赤，让他回来参加全族会议，量他不敢不来，那时再杀他不迟。不料努尔哈赤手捧皇上敕书来了，这突如其来命族人接敕书的举动，打乱了他们的部署。努尔哈赤向族人申明讨尼堪外兰必胜的理由，并说："如今各位父老不想出师，也请不要阻拦我报仇雪恨。"努尔哈赤舌战族众胜利而返。族人一看说服不了努尔哈赤便举行堂子祭，庄严宣誓说："阿布卡恩都力，各位祖先玛发，你把福禄送给我们，把灾难降给努尔哈赤，我们齐心协力，若有三心二意，天诛地灭。"大家同饮血酒，形成了一个反努尔哈赤的团体。

一天，族人有二三百人马将努尔哈赤一伙居住的养鹰房团团围住。努尔哈赤来到墙头一看，几支族人骑马张弓，虎视眈眈。在这紧急时刻，讲述人对努尔哈赤的形象进行深刻的描述："挺起胸膛，圆睁二目，大喊一声，从墙内飞身跳出。这一跳犹如猛虎下山，苍龙出水，又好像一尊天神从天降下似的，没等落地，早把大家吓得倒退半里。"

从上边叙述我们可以看到，讲述者把努尔哈赤放在艰难险阻的环境中锤炼他的意志，让他置身于自然的、社会的逆境中，承受巨大的压力，让他经受来自家庭、家族和外族带来的苦难、威逼、迫害等种种考验，给他提供了"烈火炼真金"的客观环境，使他集家仇、民族苦难于一身，从而奋起抗争，怜惜人民的疾苦，关心民族的存亡，从而得到人民的支持，进而塑造努尔哈赤心胸坦荡、不忌族仇、对人谦逊、大义凛然、百折不挠、视死如归的英雄本色。

（2）塑造了努尔哈赤武艺高强、能征惯战、亲临战场指挥、剽悍骁勇的光辉形象

《努尔哈赤罕王传》在讲述民族统一的大业中，始终把努尔哈赤放在

矛盾斗争的旋涡中，在激烈、生死之战的场面上，展示他勇猛作战的顽强毅力和与敌人拼杀的英姿。努尔哈赤率兵在攻打瓮部落时，由于城中箭如雨下，打退了罕王第一次进攻，伤亡很大。努尔哈赤总结教训，发动第二次攻势，书中说：

罕王站在屋顶，亲自指挥作战，四架云梯，一齐拥向城墙，号炮连天，喊声震耳，用火箭射中城楼，顿时浓烟四起。眼看要攻破的时候，城内有一名神射手，叫鄂尔果尼，抬弓搭箭，射中罕王后颈，深有一寸多，血流不止。罕王大吼一声，拔出箭头，搭在弓上反手一射，立即射死一名敌人，这时箭伤处流血不止。众将士劝罕王退回调治伤口。罕王说："行军作战主帅不能离阵，这样才能鼓起士兵勇气，这微末之伤岂能后退！"说罢仍然指挥战斗。由于城内防守甚严，再加上罕王受伤，二次进攻也没成功。刚要收兵休息，只见罕王重新整顿盔甲，包扎了伤口，三次带头，冲向城墙。这时四面城楼全被火箭射中起火，烟雾四起，罕王站在高处连发二十多箭，射死敌兵二十多人。敌人中间有一名城守尉叫罗科，正面对罕王大声喊道："聪睿贝勒，快奔这来，我给你开城。"罕王以为他说的真话，竟驱奔向城门。哪知道，刚离城门不远时，烟雾四起，罗科突然射出一箭，正中罕王项部。罗科射的这种箭，是带有倒钩的箭头。罕王咬紧牙关，又将箭拔出，带出核桃大的肉块，血流如注，痛得罕王几乎要昏倒。众将官大惊，想要将罕王扶到后面，罕王立刻严厉地说："不许扶我，一旦敌人看我受伤，将会冲杀过来，我军有全军覆灭的危险，你们可率兵后退，我在后面慢慢退出，方为万全之计。"众将士只好垂泪依计而行。罕王身负重伤又连发几箭，才一手用力堵住伤口，一手握着弓，慢慢退了下来。

依着众将的意思，罕王应该赶紧回到栖鹰阁调治伤口。罕王立刻制止说："不能退兵，我从来没打败仗而归过，就此扎营调治，以候再战。"说罢血又流出，立刻昏倒在地，一直到第二天未时，血才止住。大家总算松了一口气。罕王这次负伤是他平生最重的一次。

由于罕王这种临阵不惧，英勇作战的毅力与气魄，大大鼓舞了全体将士的士气，各个奋勇争先，都把生死置之度外，仅用半天时间，一鼓作气，攻下了瓮部落城池。这场艰苦的战斗充分显示出努尔哈赤的英雄本色和坚韧不拔的性格。

(3) 塑造了努尔哈赤礼贤下士、宽宏大量、关爱部下、重视人才、求贤若渴、选贤任能、喜纳忠言的政治家、改革家的光辉形象

努尔哈赤听说安费扬古找到一位小寨的英雄叫哈斯虎，不由得喜出望外，亲自整衣出迎。书中说：

> 见到哈斯虎抢先跪拜。这可把哈斯虎弄得不知如何是好了，心想，一位四海扬名的贝勒爷，竟能屈膝跪拜一个白丁，感动得跪在地上，热泪盈眶。努尔哈赤把他让到上房，两个人整整谈了一天，还在教场上比武。哈斯虎纯熟的武艺，使努尔哈赤由衷高兴，决定把同母所生的妹妹，许他为妻。

哈斯虎很勇敢，立了不少功。当哈斯虎不听努尔哈赤的劝说，偷偷去和仇人比试时，被埋伏的敌兵杀了。噩耗传来，努尔哈赤哭得昏了过去。好半天才慢慢苏醒过来，痛苦地边哭边说：“哈斯虎是我害了你呀！是我的军纪不严，置你于死地。”努尔哈赤不顾族人的反对，把哈斯虎的尸体运回驻地，打破了外姓人的尸体不准停在屋内的陈规旧俗，把哈斯虎尸体停在西上屋，并以昂贵衣冠装殓厚葬。哈斯虎的死，使努尔哈赤认识到是军纪不严造成的，为此拟出五条军规，端正了军纪，提高了战斗力。

努尔哈赤非常爱护与他同生死的弟兄，额亦都曾说过：“我在攻打哲阵时，身中五十多处箭伤，罕王陪我三天三夜，眼睛连合都没合，他亲自喂水喂饭，我好了后，罕王就像小孩子似的乐得直蹦高。罕王这样关心爱护他的部下，能不为他舍生死拼命而战吗？”

在攻打瓮部时，抓住了射伤汗王的神箭手额尔果尼，舒尔哈齐举刀要砍死他，罕王大喝一声：“住手，不许杀死。”他弯腰将额尔果尼扶起，并说：“不要怕，快起来，我收养你。”将士们都埋怨罕王不该留下，罕王语重心长地说：“额尔果尼射我，是为了保他的主子，这难道不对吗？今天他归顺于我，难道就不能为我射死敌人吗？这样忠勇之士，我们应该欢迎才对。”罕王将额尔果尼和罗科提拔为牛录额真，统辖二百人。罕王这种不记私仇的大公之心，将士们深受感动。

不仅如此，罕王还重视技艺人才，他曾几次拜访纳殷部制火药的老人。老人为感谢罕王知遇之恩，亲自到东海采来硫黄硝石，制成火药，帮助罕工及将士攻纳殷部城池。在攻城时老人多处中箭，仍坚持点着炮药罐，城墙炸开了，老人也壮烈牺牲了。罕王听到这个噩耗，亲自穿上

孝服奠祭一番，并封老人为蒙斋恩都力。

在《努尔哈赤罕王传》中还讲述了罕王在使用人才方面，打破了狭隘的民族偏见，重用汉官、汉族文士和工匠、艺人，推广先进技术，促进经济改革与发展。充分反映出罕王虚心好学、自强不息的积极进取精神和博大胸怀。

书中特别刻画了罕王喜纳忠言、知错必改、从善如流的血肉丰满的形象。罕王自十三副甲起义节节获胜，就高傲起来。当他听说王甲部来攻打建州部时，高声说道："我平灭你等于捻死一个臭虫，不用人去，只打发一条狗，满可以胜你。"罕王派他的家人、奴隶博尔紧率五百骑兵打退了王甲部的进攻。罕王大喜，命生起篝火庆祝。安费扬古看不下去，以身体不适为由退席回家了。罕王感到不对劲，带着汉医和萨满来到安费扬古家，安费扬古睡着了，罕王不让叫醒，在安费扬古炕前一直站了半个时辰。安费扬古语重心长地说："我早就料到贝勒一定会来，为此我有下情告禀，万望贝勒采纳才是。依末将之见，王杲以及先祖所以失败，不是武力不强，不是战争不利，更重要原因是强而自骄，胜而自夸。总认为自己能力高、智略广、兵力强，而以强者自居，视下级为犬狗，视自己为至高无上之主宰，结果内部叛离，引来外敌，终于败北，只好南逃。自从我们起兵以来，贝勒你身先士卒，勇智过人，而且识才爱士，多少英雄都愿意归于贝勒。这是区别过去一些老贝勒治世的标志，也是大业发展的主要原因。可是最近这种礼贤下士、屈己待人的谦虚谨慎的好风尚却日渐淡薄起来。就拿昨天的情况来看，虽然你喝酒过多，有些地方显得荒唐一些，但是却能清楚地看到您确实出现了不能忽视的自满情绪，竟然说出一些贝勒不应说的言语，竟把你得力的家人、勇敢善战的将士比做一只狗，并且以此为荣。这将使一些忘死而战的将士们寒心，一些忠于你的文武干才离心。长此以往，你身边的人一天天少了，地盘也会一天天减少。尤其是对那些被征服的城寨，如果不善于招服和安抚，那么各部谁敢再投靠于你啊？"

这一番话说得罕王出了一身冷汗，赶忙站起身双膝跪在安费扬古面前，颤抖地说："今天听你一番忠言劝告，使我头脑清醒多了，如果没有今天的谈话，使我这种恶习发展下去，将会亡家、亡部、亡族，将会事业难成，前功尽弃。"

后来，罕王在军前郑重宣布解除博尔紧家奴身份，封为御前三等侍卫，并把舒尔哈齐身边的侍女赏他为妻，还赏赐他房屋、牲畜和奴仆等。

罕王这种重视人才、礼贤下士、虚心听取别人意见、勇于改正自己错误、团结将士的做法，是他能够完成民族统一大业，粉碎明廷进攻，并由战略防御到对明廷进攻的可靠保证。罕王的形象是十分可爱、可亲的，在中国民间文学的画廊中光彩夺目，熠熠生辉。

(4) 塑造了努尔哈赤雄才大略、远见卓识、足智多谋、用兵如神的伟大的军事家、政治家的光辉形象

扈伦四部叶赫、哈达、辉发、乌拉联合攻打建州失败后，叶赫贝勒布寨、纳林布禄又联合哈达、乌拉、辉发、蒙古科尔沁贝勒瓮阿代、莽古思以及明安、席北、卦尔察、朱舍里、纳殷等九姓三万联军攻打建州部。罕王派出的人侦查回来向他详细报告了敌情，敌兵不下三万人，前营连后营，营营密布，一派杀气，问罕王是否立即召集群臣，连夜出师。罕王笑了笑说："大可不必，我自有办法，你回去休息吧。"书中对罕王面对敌人泰山压境，仍然镇定自若，是这样描绘的：

> 罕王像无事似的，回到富察氏福晋卧室脱衣睡觉，睡得那样香甜、那样安逸。富察氏一看罕王像无事一样，便急得叫醒他问道："如今敌人大军压境，你却想睡大觉，难道你轻敌不成？"罕王说："你哪里知道，人要是有所恐惧，叫他睡也睡不安宁。如果我怕他们，岂能酣睡乎，前几天不知九国之兵的来期心里很着急，今日却没出我所料，果然如期而至，我已经安了心，焉有睡不着之理。我曾几次扪心自问，有没有对不起叶赫的地方。想当年二位老贝勒，在我困难的时候，曾经许亲，给我支援。我努尔哈赤绝不是忘恩之人。自布寨、纳林布禄秉政以来，对内暴虐，对外欺压，即便这样，我仍以姻亲为重，没有半点亏待于他。他几次兴师动众，掠我边民，抢我财产，叶赫所有无道天必厌之。"说罢仍酣然入睡。

第二天早晨罕王起来带领众贝勒祭祀完，布阵发兵。罕王知九部联军必从三路向我进攻，令费英东率领五百人马至紫河之南，舒尔哈齐率领五百人马截断其粮草，扈尔汉率五十人将五十只大船送到拖克索待用。罕王亲率五百精兵，共计三千兵马像猛虎出山似的杀将出来。到拖克索时，罕王带头，各大将、牛禄额真都卸掉护颈、护臂、护甲轻装登舟。当他们在山顶看见敌兵满山遍野的帐篷时，一些将士面有难色，罕王说："叶赫九国九条心，三万之众不如三千之兵。我建州兵十一心向战，各个奋勇争先，以一当十，何愁不克。我们可以略施小计引他自己入瓮，因

为他们出师无名，军士必然畏缩不前，督战者各部贝勒，必须杀在前面，擒贼先擒王，消灭他一两个领兵贝勒，其队伍不打自溃。至于左右两路我早有安排，阻击他们退路已做了布置。我们可以不费多大力气，不出一天，就能退他九国之兵，杀他个人仰马翻，溃不成军。”

结果，战事正按罕王计划进行，九部联军的粮草被烧毁，战士怕困死、饿死，哪有心情恋战。哈达贝勒一见东山口到处都是帐篷，便命令堵住东山口，不叫建州主力出击。这样罕王以五十人牵住一万人按兵不动。当纳林布禄率一万兵马杀回古勒山时，正遇额亦都率领一百甲兵如狼似虎地杀来，杀得敌人心惊胆战，溃不成军。这时罕王率军像飞虎一样杀了进来，连斩敌人九员大将，一刀将科尔沁贝勒砍伤，让来人把他们贝勒救回，又一刀杀了布寨。敌兵见主帅身亡，队伍无主，乱成一团，其他部贝勒早就逃之夭夭。这样罕王以三千兵马彻底战胜了三万九部联军。

古勒山与九部联军之战，对建州部来说是一场生死存亡的恶战，由于努尔哈赤沉着应战，巧设疑阵，击败了九部联军的进攻，从而加快了民族统一的步伐。万历四十四年努尔哈赤登基称罕，定国号为后金，以“七大恨”征讨明朝。明廷封杨镐为辽东经略，赐尚方宝剑，杨镐分四路兵马二十万人围攻后金，双方展开一场萨尔浒大战。书中生动、形象地描绘了这场大战的激烈和努尔哈赤如何施展了军事智谋，诱敌入山谷，进而歼之，或扮敌军迷惑敌人等，最终以两万精兵打败杨镐的二十万大军，创造中国军事史上以少胜多的光辉战例。萨尔浒大战在后金发展史上具有里程碑意义，使后金政权得以巩固，并转入对明朝战略上的进攻。

从上述论述我们可以看到，满族的先人以自己的理想、愿望通过口述史的形式展现努尔哈赤剽悍骁勇、骑射精湛、武艺高强、坚韧不拔、能征善战、战无不胜的神武英姿，刻画努尔哈赤虚心好学、自强不息、礼贤下士、选贤任能、勇于改革、不计前嫌、机敏善断、沉着刚毅的性格，塑造努尔哈赤雄才大略、远见卓识、足智多谋、用兵如神的伟大的政治家、军事家的民族英雄的光辉形象。

满族说部是讲述“先人昨天的故事”，是民间口述史。作为民间的“信史”，它“忠实”记录了历史的本来面貌。这种“实录”的真正价值在于它不为封建统治者的偏见所囿，真实反映了客观的实际情况，还原了历史本来面貌。说部《努尔哈赤罕王传》在歌颂罕王是民族统一和反明斗争的大英雄的同时，还展示了努尔哈赤在正史中所没有记载的生动细节，还原了作为生命个体的人性弱点和缺憾。书中说，在破了明朝杨镐指挥的两路兵马的进攻后，“抢来美女十余名，罕王命宫女领明女沐浴梳洗，留下八名传寝，还选两名给范文程。二贝勒阿敏，把父王选剩下的明女，统统带回自己房中。这一晚，罕王见明女秀色可餐，虽然自己上了年纪，却仍是兴致极高，宠爱万分”。讲述者对努尔哈赤毫不掩饰地进行了批评。不仅如此，该说部中还描述了在民族统一的战争中，努尔哈赤杀人太多，人们十分恐惧。书中说，褚英率兵攻打安楚拉库时，连攻三次都没攻上城墙，后来守城的布鲁被纳林布禄斩首，其士兵向纳林布禄反攻，建州借机没用一个时辰就结束了战斗。“褚英怒气未消，又杀了七八百本城老百姓，真是杀得血流成河，尸骨成山，连流向哈达部的小河都变成红色了。”太祖实录一书中记载：“那年，哈达贝勒所居城北溪中流血”，没写什么原因，就是这场战斗死的人太多，河水变赤。

第二节 《雪妃娘娘和包鲁嘎汗》

满族传统说部《雪妃娘娘和包鲁嘎汗》(富育光讲述，王慧新整理)自清初以来，以其生动感人和脍炙人口的传说故事，深受北方各民族喜爱和传诵。该说部讲述明朝末年努尔哈赤建州部发轫时期与蒙古各部之间大量鲜为人知的故事，讴歌各民族之间的情爱、友爱和人间高贵的品德，具有强烈的艺术感染力，因此是一部独具特色的传统说部。

一、《雪妃娘娘和包鲁嘎汗》的形成和流传

《雪妃娘娘和包鲁嘎汗》说部从明末清初以来历经四百余年的传诵，随着各氏族不断迁徙征战，传承人不断更迭，使其说部内涵不断延伸和扩大，所以对最初产生于何年代、出自何人之口已无从稽考。但从一篇遗文中可以得到蛛丝马迹。在康熙二十二年，首任黑龙江将军萨布素的《兵痕备钞》中写道：“混同北岸有巨丘，古木参差。土人诵传有母子厚葬乃成丘陵焉。”[1] 这里所言“混同北岸有巨丘”即指黑龙江入海口处有

① 富育光，王慧新.雪妃娘娘和包鲁嘎汗［M］.长春：吉林人民出版社，2007.

个大坟，相传内葬母子俩，后人景仰其贤，日久填坟献供而成高冢。该书传承人富育光先生认为这个传说与《雪妃娘娘和包鲁嘎汗》说部故事相吻合，以此证明《雪妃娘娘和包鲁嘎汗》说部故事，在清康熙朝中叶已经形成，并一直在北方各民族中流传着。由于萨布素奉旨率宁古塔八旗兵到黑龙江瑷珲地区戍边，经常往返黑龙江两岸巡视边情，与黑龙江中下游的费雅喀、索伦、赫哲等民族生活在一起，常常听到他们讲述《雪妃娘娘和大丘坟》的故事。所以，萨布素在《兵痕备钞》遗文中记录了那段话。为了验证"母子厚葬乃成丘"与"雪妃娘娘和大丘坟"的必然联系，传承人还说："说部的主人公女真后裔雪妃、蒙古科尔沁部色音布尔等都确有其人，后来死在漠北，留下荒冢。"这两个民间传说不谋而合，这是《雪妃娘娘和包鲁嘎汗》说部产生年代唯一的佐证。

从上述论述我们可以看出，满族说部《雪妃娘娘和包鲁嘎汗》最初形成的故事是很简短的，由于这个故事讴歌了当时民族之间的情爱、正义、友善、互相帮助等人间美好的品德和许多心地善良、可爱可亲的英雄人物，深受各族群众的喜爱，他们出于自己的思想、感情和愿望，对故事不断充实、加工，经过数十代的传承、传播与演变，使该书成为情节跌宕起伏、扣人心弦、洋洋洒洒的长篇说部。正如胡适所说：民间文艺作品"流传越久，枝叶添越多，描写越细碎"[①]。

满族说部《雪妃娘娘和包鲁嘎汗》流传地域比较广，传承的名称也甚多，这是因为讲述者的阅历和偏爱有别，也因流传地域不同、文化知识不尽相同，所以对书名的叫法也不同。据黑龙江省瑷珲地区一些已故满族著名文化人士祁世和、吴宝顺、徐昶兴、富希陆等先生回忆，有叫《孤女离恨》《大丘坟》的，也有叫《黑水狼儿传》的，还有的叫《宝福晋和包鲁嘎》《雪妃娘娘和包鲁嘎汗》等。虽然名称不同，但内容同出一个故事。本说部是黑龙江省瑷珲县大五家子村杨青山老人的爷爷传下来的杨氏家族的口传古本。杨氏家族祖居黑龙江江东精奇里江桃木河。清咸丰、同治年间，常与当地族众远涉北疆黑龙江出海口和鄂霍次克海，靠猎捕鹰貂为生。他们为捕猎方便，就住在黑龙江入海口的堪札阿林部落。这里的乌德林老玛发，身背长琴，腰挂弯脖小鼓，擅讲唱《大丘坟》等长篇说部。乌德林自称是无主的奴才。他原居黑龙江德钦部，后归附马拉部，又被俘到建州部。他通晓女真语、费雅喀语，阅历丰富，又有一口

---

① 胡适. 胡适白话文学史［M］. 长春：吉林人民出版社，2013.

讲唱才艺。在部落里，他们结识了一位双目失明自称夜梦雪妃的人，私得此说部便讲唱起来。于是，在各村、屯传讲宝音福晋的悲凉历史和传奇遭遇，引起听众的同情和共鸣，致使听讲雪妃娘娘的人越来越多。乌德林老玛发因讲唱雪妃的故事，而备受黑龙江沿岸数百里内各族群众的尊重。据传乌德林老玛发一次在沿江屯寨讲唱说部归来的途中，秋风干燥，突遭山火，被焚惨死。乌德林老玛发生前常栖住杨氏家族，得到家族照养。他将《大丘坟》和《雪妃娘娘和包鲁嘎汗》说部，口述传给杨氏家族，即杨青山的爷爷，后来爷爷又传给叔父。当杨青山降生时，杨氏已阖家迁居黑龙江东嘎达霍洛，以耕猎为生。一九〇〇年，杨青山的爷爷早已病逝。杨青山随叔父逃到江西，在瑷珲大五家子定居。杨青山年轻时就活泼、聪明、好唱，从叔父口中传袭并学会唱讲《雪妃娘娘和包鲁嘎汗》，后来传授给他的挚友富希陆先生，由富希陆先生逐字逐句记录下来，并定名《雪妃娘娘和包鲁嘎汗》予以收藏。中华人民共和国成立初期，富希陆先生将《雪妃娘娘和包鲁嘎汗》传给其长子富育光。一九五三年后，富育光在黑河地区工作时，曾访问过熟悉并听讲过《雪妃娘娘和包鲁嘎汗》故事的黑河职工干部学校的徐昶兴、下马场的祁世和、大五家子的吴宝顺等人，对该说部有关情节做过核对，并听过他们传承故事的不同讲述。在此基础上，富育光于二〇〇二年讲述了脍炙人口的满族传统说部《雪妃娘娘和包鲁嘎汗》。

满族传统说部《雪妃娘娘和包鲁嘎汗》的传承，正像该书的引子所说的，传讲这部书已有三百多年的历史，“从翁姑玛发（远世祖）讲到达玛发（先祖），又从达玛发讲到妈妈、玛发，世代流传不息”。

二、《雪妃娘娘和包鲁嘎汗》的主要内容

《雪妃娘娘和包鲁嘎汗》是一部慷慨悲壮的满族说部乌勒本，书中以明末建州部罕王努尔哈赤联蒙、统一女真诸部的斗争为历史背景，歌颂美丽贤淑、智勇双全的雪妃娘娘和她的英雄儿子包鲁嘎汗的神奇经历。书中说，建州部在追剿萨哈连德钦部东王的途中，建州部将领蒙古人那日松在山堑下面的河边捡到女真孤女，送到蒙古科尔沁草原其母乌云格格处收养，并给她起个美丽的蒙古名字宝音其其格。乌云格格的哥哥为科尔沁部的贝勒莽古思，其大妃生一女孩，甚觉孤单，乌云格格便将宝音其其格送给莽古思贝勒。几年过去了，宝音其其格长得非常美丽、聪

明、贤淑，擅于管理家族事物，深得莽古思贝勒和其子大管家色音布尔的垂爱，被人们称为草原上的明月。在一次部落之间争斗中，莽古思贝勒带大妃逃走，宝音其其格想回萨哈连故乡，在密林中遇山火，救出被火烤昏过去的皇太极，两人相爱，被接到赫图阿拉努尔哈赤的罕宫。她帮助努尔哈赤解决从明朝逃来的流人吃饭问题和与科尔沁联合打击喀尔喀进攻的难题，立了许多奇功，深受努尔哈赤的喜爱和器重，又被皇太极深深爱恋，努尔哈赤将她收为义女，赐为白雪格格。但因与西部蒙古各部联合已解决，努尔哈赤急于收服东海窝集部，宝音其其格已经没有用处了，以出身女真平民不能与皇太极结婚为由，将宝音其其格关在“白玉楼”中，使身怀六甲的宝音其其格含愤出走，在奔往北疆故乡的路上，生子于荒野。在扑森林大火中与婴儿失散。宝音其其格怀着失子的万分悲痛心情去萨哈连下游找静空禅师。婴儿被母狼叼走，吃狼奶长大，又得到老鹰庇佑，并向他传授生存技艺。在与狼群和老鹰的生活之中，使男孩锻炼成了英雄，他打败了德钦部，招服了周围大小七个部落，成为包鲁嘎汗。皇太极继皇位后，一直怀念白雪格格，多次派那日松等人去北疆寻找白雪格格。历经千辛万苦，白雪格格最终与儿子包鲁嘎汗相逢。白雪格格死后尊其遗嘱将其安葬在萨哈连江边的静空庵附近，皇太极封她为雪妃娘娘。其子包鲁嘎汗迁到静空庵附近的乞烈迷部，死后安葬在额莫墓的旁边。由于人们敬仰雪妃娘娘和包鲁嘎汗的功绩，到坟前祭祀填坟的人日多，渐渐成为大丘坟。《雪妃娘娘和包鲁嘎汗》的故事情节跌宕起伏、波澜壮阔，在错综复杂的民族矛盾和部落之间斗争的纠葛中，展示人物的命运和性格，演绎出一场人间真、善、美的情感和爱情、亲情、友情的慷慨悲壮的乌勒本。

三、塑造了有血有肉的人物形象

书中刻画了许多栩栩如生的人物形象，给人留下了深刻印象。

1. 塑造了宝音其其格美丽、善良、贤淑、聪明、正义、刚强、文武双全的光辉形象

书中开篇讲道，那日松将在北疆捡到的女真小孤女送到科尔沁草原，他额莫乌云格格蹲下身子仔细打量着这个小丫头：“小姑娘个儿不高，红彤彤的小脸蛋，弯弯的睫毛，一双水灵灵的大眼睛，浑身上下透着一股灵气。”“她虽是六岁的孩子，却能唱上百首北方民歌。她嗓音清

脆、甜美，在辽阔的草原上能传出老远老远，十里八里都能听见她的歌声。小姑娘跟乌云格格在一起，又学会了不少蒙古人的礼俗和蒙古民歌。科尔沁部落的人，都非常喜欢地称赞她是大草原上的明月，是吉祥的百灵鸟。”

到十三岁时，宝音其其格已经成了一个名副其实的美貌的大姑娘了。她像一株出水的芙蓉，含苞欲放的花朵，娇艳诱人，成了科尔沁草原最受男人思慕和追求的一个美丽姑娘。在宝音其其格心灵深处，已有三个男人闯入她的生活。一个是莽古思的大儿子、大管家色音布尔；一个是乌云格格的爱子、她的救命恩人那日松；一个是庄园赫赫有名的莽古思贝勒。宝音其其格是很有心计的人，对这三个人采取不同的对待方法，即亲色音布尔，敬那日松，疏老贝勒。她不忍心看到老贝勒与儿子色音布尔为自己而争斗，影响他们的感情，他们都是她的恩人、她的亲人。当色音布尔公开向她表白自己的想法时，宝音姑娘对他说：“我们之间的感情是最纯真的，就是到天涯海角，我都会记住你的。”最后她毅然决定离开科尔沁大草原回北疆故乡去。这对宝音其其格来说，是一种明智之举。一个十三岁的小姑娘就会处理人际关系，看出她的聪明、智慧，是个很了不起的人。

宝音其其格在离开庄园去北疆的路上，遇到因喀尔喀来进攻，牧民纷纷逃难时，她爬上一棵参天的杨树上，把割下的皮袍子挂在树梢上，皮袍子随风摆动，远看像一面旗帜，她大声对树下的人们说：“兄弟姐妹们，我是宝音姑娘，是莽古思贝勒派我到这里来的。各位兄弟姐妹们，你们不要气馁，你们也不该没有良心。我们怎么能扔下这么好的家园远走他乡呢？怎么能把这美丽的大草原扔给杀害我们亲人的多尔沙图汗呢？孤树不能成林，滴水不能汇成河川。只要咱们紧紧抱团，我们就是山川森林，我们就有排山倒海的力量。豺狼就不敢残害我们，邪恶就不能蹂躏我们。来吧！科尔沁的子孙们，都到我的旗帜下来吧。”

在宝音姑娘号召下，逃难的人都聚在一起，她选出“超哈达爷”（专管兵勇事务的头）、“猎牧达爷”（专管狩猎、放牧的头领）和“渔达爷”（专管打鱼的头领），大家都有事干，安排得井井有条，很快形成一个新的部落。从这里可以看出，宝音姑娘在复杂、纷乱的局势下，她善于宣传鼓动，凝聚人心，把分散的人组织起来，形成一个新的生活群体、新的庄园，发挥人们的才干，各尽所能，使大家生活都有着落，对生活充满了信心。宝音姑娘是何等精明、能干，俨然是一副草原大管家的形象。

不仅如此，宝音姑娘与色音布尔、扈尔汉共同研究制订了攻打喀尔喀部多尔沙图汗的方案。他们利用多尔沙图汗召开奖赏大会的机会，让“蔡八桶”老爷爷去献五桶“八桶香”酒，酒中有毒，宝音姑娘扮老爷爷的孙女，给多尔沙图汗献歌。那天，宝音姑娘往那一站，美貌无比，把多尔沙图汗惊呆了。宝音姑娘唱起了激情嘹亮的祝酒歌，多尔沙图汗和将士们都被宝音姑娘的美貌及歌声打动了，不停地喝酒，都喝醉了。齐秉仙大法师见情况不好，有人在酒里做了手脚，夹着多尔沙图汗，纵身跳到马背上逃跑了。结果，宝音姑娘他们没费吹灰之力，把多尔沙图汗强悍的骑兵全部制服了。色音布尔从水牢里救出乌丹格格，把被多尔沙图汗强占的庄园又夺回来了。这一斗争显示出宝音其其格的智慧和胆量，一个十几岁的小姑娘化妆成卖酒老人的孙女，在强大的敌人面前巧妙周旋，没有超人的机智和勇气是万万不行的，你看宝音姑娘多么从容、自然，她的舞姿和歌声多么优美、甜润，引起敌人将士为她风狂的饮酒，以致毒性发作，个个不省人事，进而达到了麻痹、消灭多尔沙图汗的目的。

此外，书中还把宝音其其格塑造成一位心地善良、助人为乐的形象。宝音其其格和妞妞在森林中正往前走，突然遇到山火袭来，火越烧越大。宝音其其格见一个年轻人已被烟呛得昏过去了，两个人搀着他走，大火眼看着烧过来，宝音姑娘冲上去把中间那个人接过，背到了自己身上，飞快地往火海外面跑，其他人跟在后面。宝音姑娘和妞妞一共救出六个人。宝音姑娘端来水，用筷子往昏迷的青年人的嘴里润水，还摩挲他的前胸，不一会儿，这个年轻人就苏醒过来了。此人正是皇太极，为迎接女真人冬至节，率几个人到科尔沁草原狩猎，结果遇到山火。皇太极非常感激这两位好心人，要挣扎起来给他们施礼。宝音姑娘一把拽住他的手说：“你躺下吧，不要这样客气，咱们都是出门在外的人，谁还没有为难遭灾的事呢，碰到难事互相帮一把是应该的。今天晚上，咱们就在这儿住下。我们这儿还有一些干粮和肉干，一会咱们就吃饭，算是给你们压压惊。你们什么都不要想了。咱们萍水相逢，能相识也是咱们有缘。”当皇太极发起了高烧，身上抖得像筛糠，宝音姑娘实在心疼，也顾不上自己是女孩儿家了，她躺在皇太极身边，用自己的身躯来给皇太极取暖。宝音姑娘看到皇太极戴的白玉石的鹰佩，不由得想起她刚离开科尔沁草原的那天晚上做的那个奇怪的梦：她梦见一轮明月和一只雄鹰，那只雄鹰一下子飞进自己的怀里。她现在越发觉得梦里的雄鹰跟皇太极玉佩上的雄鹰一个模样。所以，她也越来越喜欢皇太极了，并萌发出真诚的爱情。

宝音其其格到了赫图阿拉，人们到处都在传诵她如何打败凶猛残暴的多尔沙图汗的事迹。在宝音姑娘身上体现出蒙古人特有那种天赋，即热情、勇敢、豪迈、诚朴的性格和精神，给努尔哈赤带来了无限的希望，他说："这可真是吉星高照哇。一只美丽的小彩凤，落到咱们赫图阿拉来了。"在一次赫图阿拉狂欢唱女真歌、跳蟒式舞时，书中这样写道："只见彩帘拉开，彩铃悦耳，一位身穿蒙古盛装的少女，头戴金珠高冠，身穿珠饰红袍，袍沿和脖领围镶着北极狐皮的银边，穿双绣花彩铃小马靴。少女步履轻盈旋舞着来到努尔哈赤面前，翩翩下拜，莺声歌语：'尊贵的罕王爷，来自科尔沁的苦人儿给您施礼了。'她就是科尔沁草原的太阳，她就是科尔沁草原的月亮，她就是皇太极的救命恩人，她就是赫赫有名的宝音其其格。……宝音其其格高挑的身材，粉里透白的皮肤，水汪汪、毛茸茸的大眼睛，配上美丽的盛装，惊艳动人。舒尔哈齐、褚英、代善都看傻了。怪不得齐说她是草原的明月、天上的百灵，果然名不虚传。"罕王爷发现宝音姑娘身上有许多与他众多儿女不同的禀赋。她美貌、善良，而更多的是聪慧、明理和一般男儿都不具备的无畏性格。所以，罕王对宝音姑娘说："星星虽小，能光照千里。姑娘你驱逐豺狼的勇气，我努尔哈赤非常钦佩。"罕王爷非常喜欢宝音姑娘，亲自给她起了女真人的名字，叫白雪格格，并收为义女。

白雪格格到了赫图阿拉做出了许多功绩。她善于观察事物，并能提出自己的看法和措施。她发现下边人时常争斗，都是因为粮食引起的。特别是她看到从明朝那边来投的人越来越多，但到赫图阿拉却没吃的，住的也不好。她感到长此下去有损罕王的威信。她向罕王爷建议，把这些人聚在一起，到明朝那边空地种地，由八旗兵护卫，这样明朝不敢欺负他们，他们收的粮食除自己吃外，剩下的给咱们做军需用。罕王爷听了很振奋，没想到白雪格格小小年纪，竟如此有谋略，便让她统揽这方面差事，任命她为左翼总翼领。结果她把赫图阿拉治理得好上加好，同时还增加了宽甸、大甸、长甸等地方和鸭绿江到桓仁的八百多平方公里的肥沃土地。

努尔哈赤罕王爷听说蒙古喀尔喀部的多尔沙图汗想先消灭科尔沁部然后再进攻建州部时，感到蒙古的铁骑是非常厉害的，对建州部统一女真诸部进而攻打明朝威胁特别大，只能靠白雪格格出面联蒙组成反喀尔喀部多尔沙图汗的联盟，才能解围。于是罕王让白雪格格、扈尔汉和那日松，最后也让皇太极一同回科尔沁解决联兵对付多尔沙图汗之事。他们以马贩子的身份到了科尔沁。先让色音布尔做北科尔沁小部落头领芒格和孔格的工作，叫他把队伍拉出来，削弱多尔沙图汗的力量，同时他们又会见扎鲁特部恩格特尔台吉，让他联络其他几个小部落，找机会一起悄悄把三百兵马带走。一切内应的事情做好后，扈尔汉和那日松率三千兵马在隐蔽处藏起来，单等多尔沙图汗的干儿子它塔歹率军冲过来时，他们进行包剿，结果不到一个时辰，多尔沙图汗全军覆没，它塔歹也被抓住。这一战役，充分显示出宝音姑娘在蒙古部落中的威望，除喀尔喀外，各部落都听她的指挥。所以，她就像一座桥，搭上了赫图阿拉和蒙古的关系，了却了罕王的后顾之忧，可以专心从事统一女真诸部和反明的大业。宝音其其格的功勋是卓著的，但随之而来，一场命运的悲剧也降临在她身上。

白雪格格是个聪明、贤淑、善解人意、很有自知之明的人。在从科尔沁草原回赫图阿拉的路上，她反复想，为什么罕王爷给妞妞指婚没给自己指婚，为什么罕王爷最初没让皇太极跟她一起来？她想起乌丹老格格的话："八贝勒爱你，这我看出来了，可你俩年轻不懂啊，那努尔哈赤可是个猴儿尖猴儿尖的人啊，啥事都得他定夺。"白雪格格非常爱皇太极，把自己的一切都给了皇太极。一想起自己出身低微，无依无靠，这个坚强的女孩也止不住眼泪了。她对皇太极说："乌丹老格格的话有道理，很多事恐怕你说了不算，咱俩弄不好是竹篮打水一场空。你是罕王爷的心肝贝勒，他不会怎么样你，受害的还得是我们女孩家。我总有一种不好的预感，皇太极，我总觉得我跟你在一起时间不长了。"果真如此，回到赫图阿拉后，白雪格格被罕王送到"白玉楼"，行动没有自由，连皇太极要看她都非常难。一天，罕王爷让皇太极来"白玉楼"劝劝白雪格格。白雪格格见了皇太极这才相信是真的。临别时，皇太极将额莫给他的金项圈赠给白雪格格，作为永久纪念。白雪格格说，你要多保重身体，我走了以后，你还会有新妃子的。你的福晋格博黑姐姐，她是个非常好的人，不管你将来娶多少个妃子，都要好好对待她。你看，白雪格格失去了爱人，非常痛苦，但是她还在关心别人，这是多么善良、体贴的人啊。讲述者以真挚的感情塑造了一个崇高的女性形象。就在这时，白雪格格的师父洪古尔·杜木根把她这苦命的孤女接走了。

宝音姑娘与师父分手后，她孤身一人继续往北走，她要回到自己的故乡。这个凄苦、悲惨的宝音姑娘天生是个爱管闲事的人。在林中她听到一伙强盗人喊马叫声，又遇到两个贩马人赶着三十多匹马。宝音姑娘叫他们赶紧躲藏起来，前边有强盗。不一会儿，这伙强盗骑着马冲过去了。贩马人特别感谢宝音姑娘，送给她一匹小白马。宝音姑娘骑着马继续往北走，路过乌云格格管辖的东平部落，这个部落经常被乌拉部来抢马、抢姑娘，正愁得没办法时，宝音姑娘让他们团结起来，并帮助他们打败了乌拉部的人。她没透露自己的名字，为能帮助乌云格格和牧民做点事感到非常高兴，于是打马又走了。这个苦命的怀着宝宝的宝音姑娘心里装着别人，把自己的痛苦抛在外，别人遇难她拔刀相助，真是个侠肝义胆、惩恶扬善的好姑娘。

宝音姑娘历尽了千辛万苦终于回到她的故乡德钦部的老雁滩。她感到肚子剧痛难忍，用柳条搭起了小窝棚，铺上两个皮袍子，在一阵暴风雨中孩子出世了。一天她正给孩子喂奶，外边燃起山火。她到外边扑火，回来孩子却不见了。她像疯了一样，拼命呼喊着儿子，眼泪哭干了，嗓子喊哑了，她在这片烧焦的土地上，转了三天三夜，仍不见孩子的踪影，她感到连自己的孩子都没保护好，还有什么脸面活在世上，生命之路对她来说已到了尽头。这时候，宝音姑娘仍是坚强的，要活下去，按师父的嘱咐，去找静空禅师，遁入空门，忏悔自己的罪孽。

宝音姑娘到静空庵已八年了，这八年来她和静空禅师到处找失散的儿子。一天她们听老猎人说，曾看见一个戴项圈、披长头发的小野孩子，很像她丢失的孩子。有了孩子的消息她们又继续找了三十多天，白雪格格不忍心年事已高的师父跟着她到处跑，就回到静空庵。一天突然扈尔汉来静空庵，给白雪格格带来罕王爷和皇太极的礼物，一张十万两白银的银票和罕王爷封白雪格格为皇太极福晋的宝册，一再劝她回赫图阿拉。白雪格格已看破红尘，一切荣华富贵、金钱名誉对她来说都没用了，此时唯一想到的是尽快找到丢失的孩子，这是支撑她生存的精神力量。所以，她对扈尔汉说："小尼已入佛门，一切都已成过去，请将封册和银票一并带回。"白雪格格谢绝了一切，在人们面前仍然是一个刚强、倔强的女人形象。

由于白雪格格思念丢失的儿子，现在苍老得很，稀疏的头发已白了，满脸的皱纹，身体非常消瘦。但她很自重、很坚强，对别人从不讲自己的苦难身世，她从不在师父和部落族众面前流出思念儿子的眼泪。白雪格格自从师父圆寂后，自己就到处去找儿子。一天，山洪暴发把白雪格格冲到江心棒槌岛，正好与从科尔沁草原来寻找她的色音布尔神奇般地相遇了，俩人诉说离别之情后又踏上寻找儿子的征程。一天两人正走着，突然听到狼的长嚎声，接着是在犬吠声中跑来十几匹长鬃小黄马，他俩跟着犬和小黄马走，一定能找到部落人，结果见到阔别多年的那日松哥哥，又见到白雪的儿子包鲁嘎汗。白雪看到金项圈和包鲁嘎汗右肩上的一大块红痣，百感交集，抱着儿子包鲁嘎汗一阵痛哭，离别三十多年，终于找到了，母子团聚，怎不令人高兴。此时，上江博穆博果尔请来包鲁嘎汗带兵参战，掠夺了大清国额驸巴尔达奇的城寨，大清征讨博穆博果尔的大军已到。那日松已知包鲁嘎汗惹了大祸，那日松去劝包鲁嘎汗，结果却被他囚禁起来。白雪格格听说后来到包鲁嘎汗大营，厉声地对包鲁嘎汗说道："原来你这么不懂事。我真后悔当初那么辛苦地找你，难道你真想让我伤心，让我死吗？你要是我儿子，就快把我的救命恩人放出来，如果你不放，我就死在你面前。"包鲁嘎汗领着白雪格格和包音布尔到囚禁那日松的一个小屋，包音布尔把绑那日松的皮绳解开，白雪格格威严地说："包鲁嘎，如果你承认是我的儿子，就必须听我的话，马上撤兵。如果不听，我与你舅舅们马上就走。"包鲁嘎吓得没敢吱声。白雪格格见此情景，端坐在大帐帅椅上，发号施令道："包鲁嘎，我命你速带你们兵马拆锅拔灶，收拾帐篷，迅速返程。有违抗迟误者，斩；有私拿当地民众财物者，斩。"包鲁嘎诺诺听命，不到半个时辰就把兵马全部撤走。从这件事我们看出，白雪格格在正义是非面前，对恩情要大于母子之情，她对不分青红皂白、放荡惯了的儿子，即便最疼爱，也毫不留情，表现出一个严厉慈母的形象。我们还可以看出，即使努尔哈赤破坏了她与皇太极的爱情，使她过着痛不欲生的失子生活，忍受着人间最大的苦难，她的心仍然向着大清和皇太极。这说明白雪格格对爱是忠贞的，心胸宽广，不会因自己遭到不幸而改变。这更突显出白雪格格的伟大。

白雪格格因对儿子包鲁嘎汗震怒，又因长途劳累，病情加重，日日昏睡不醒。那日松、色音布尔把白雪格格送到她生长的第二故乡科尔沁草原。在她弥留之际，皇太极和皇后来科尔沁看她。白雪格格感到非常幸福，在苦难中奋斗、挣扎了三十多年，终于见到自己朝思暮想的亲人了，得到了人生中最大的安慰与快乐。可是，白雪格格没有说出话来，双眼紧闭，笑着走了……皇太极看到她手里紧紧拿着那个金项圈，感慨万千，已无言以对。皇太极降旨，封白雪格格为"雪妃"，立碑永祀。色音布尔遵雪妃娘娘的嘱托，将她的骨骸安葬在静空庵附近的林中。

总之，满族说部《雪妃娘娘和包鲁嘎汗》以明末清初氏族矛盾和民族斗争波澜壮阔的史料为背景，讲述宝音姑娘的坎坷命运和苦难经历，成功地塑造了宝音其其格——白雪格格善良、聪明、贤淑、睿智、勇敢、真诚、友爱的有血有肉、感人肺腑的女中豪杰的形象，从而歌颂人间最美好、最真挚的爱情、亲情、友情，使人深受感动和教化，从而得到美的享受。

2. 塑造了一个有着神奇的力量、举世无双的大英雄小野人包鲁嘎汗的形象

白雪格格在德钦部的老雁滩的小窝棚生下儿子，在扑山火回来时孩子不见了。结果被一只失去两个崽的母狼叼走了，在洞里母狼把他养大，教他各种生存本领，使他练出一身奇特的功夫，能跑、能跳、能蹿、能跃，所有狼的技能他全部学会了。孩子长大了，老母狼也老了，小公狼当了狼王把小孩撵跑了。老鹰教他如何摘果、生存，跟黑熊学爬树，跟小松鼠学蹿越树林的本领，这样生活惯了，就不再想狼伙伴和狼额莫了。他脖子上戴着项圈在山里跑，猎人管他叫小野孩。因他喜欢身披用柳枝编的柳服，女真人称柳为“包鲁嘎”，故给他起名为“包鲁嘎”。

包鲁嘎有着慈善、助人的热心肠。他跟猎人相当友好，经常帮助迷路的人走出大山，帮助溺水的人逃出水域。他最恨欺负人的家伙，好打抱不平。他到了德钦部，看见老黑牛压在小黄牛身上，小黄牛底下还有些人，他就来气了，左手一抓就将牛鞭和肠子薅出来了。看见小王爷坐在一堆人身上，他的火气更上来了，把小王爷的手指掰折，嚼巴嚼巴给吃了，又把小王爷塞到自己屁股底下坐上了。老王爷一看来硬的不行，来软的，学着野兽之间交往彼此打滚的方法，表示友好。小野人看老王爷打滚，就手舞足蹈地跟老王爷搂到一起，互相啃着，倾诉亲密的感情。老王爷教他发音说话，包鲁嘎天资聪敏，一点就透，这样他跟老王爷学会说不少话。

包鲁嘎对人忠厚，非常耿直、纯朴，从未想害人，所以也没想到会有人害他。德钦部王爷用计谋，把包鲁嘎灌醉，打入仓房。因包鲁嘎从小在野兽中长大，身上有股动物的味儿，仓房中的鼠王传来蟒蛇，把包鲁嘎救了。老王爷正得意时，包鲁嘎怒气冲冲、嗷嗷怪叫着进来，用右手往老王爷头顶一拍，把老王爷拍成个大肉饼，把小王爷砸死了。部落人都拥护他做王爷，他想让德钦部选个大英雄来当家。他用十几股猪皮拧成海碗粗的绳，缠到自己的脖子、双手腕子和两条腿上，让人们拽这五条猪皮绳，要是把他拽倒，他就服输，如果拽不倒他，他就做这里的

王。部落里来了上百人，大家喊号一起拽这五条绳子，也没拽倒包鲁嘎。德钦部的人都佩服包鲁嘎有超人的力量，一致拥戴他为德钦部的王，称他为包鲁嘎汗。

包鲁嘎当了王爷后，看不惯过去老王爷立下的一些老规矩，什么妃子呀、奴才呀，通通不要。他不要妃子，把过去王爷的妃子都给打发了，让她们找男人各自成亲，并把所有的奴才都放了，使他们成为部落的牧民。他让人和人之间和睦相处，不准谁的力气大就欺负人，更不准霸占别人的东西，要是让他知道，小心挨他的大巴掌。所以，从打包鲁嘎当了王以后，德钦部的牧民生活过得非常和睦、平静、幸福。

包鲁嘎汗是个很仗义、疾恶如仇的人。德钦部北边有个海滨部落叫莽吉尔嘎珊，其首领班根塔达专横无理、飞扬跋扈，经常抢掠周围部落的人畜，谁要是不听他的规矩，就扔到海里海葬。包鲁嘎一听气得火冒三丈，决心要制服班根塔达。一天，包鲁嘎汗带三十人来到莽吉尔部，包鲁嘎汗对班根塔达说："咱俩比试一下，如果我输了，我的德钦部就归你管，如果你输了，你的莽吉尔部就归我管。"班根塔达说："行，比就比，怎么比？"包鲁嘎汗说："咱俩都在冰排上站三十天，谁要能活下来，谁就赢了。"班根塔达心想，这一带都是我的人，要吃要喝都有人送，你大老远来，什么都没带，不用饿死，就是冻也把你冻死，就同意了。班根塔达虽然有吃的、用的东西，但站了不到十天就支持不住了。包鲁嘎汗没带吃的，但他会鸟语，一唱歌海鹰就给他送吃的东西。就这样，班根塔达不到十二天就饿得不行了，彻底服输。从此，莽吉尔嘎珊归包鲁嘎汗管。他把这个部落治理得富足兴旺，没有凌辱，也没有欺诈。于是，英雄包鲁嘎汗的名字在北疆传开了。

包鲁嘎汗生来就胆大，什么样的吃人魔王他都不怕。在萨哈连下游入海处，在两座大山中间有一通道，是猎人到海上去的必经之路，这个地方由野豹子部的部主神勇无敌的吃人女魔控制，谁要从此地过去必须给好处，否则过不去。这里成了雁过拔毛的鬼门关。包鲁嘎汗听说女魔霸道，长得又美丽，激起了他的好奇心。要瞧瞧这个女魔究竟长什么样。包鲁嘎汗到了野豹子部跟部主奥莫额云提出要比试一下，奥莫额云同意了，心想："我们堪扎阿林山相当高，没有特殊本领上不去，就是上去了也下不来。"这山顶上长着一种梅花，他们要比摘梅花。奥莫额云说："咱们有言在先，你要输了，我就吃了你。"包鲁嘎汗说："你要输了，就做我的沙里甘。"奥莫额云胸有成竹，原来她家有老猎人采的几枝雪梅花，以为包鲁嘎上不去山顶，输定了。包鲁嘎汗会兽语，请来五道眉（花鼠子）和山熊上山去采。第二天晌午，奥莫额云拿几枝望天梅，以为包鲁嘎拿不出来。包鲁嘎汗让人打开包袱，鲜艳、清香的望天梅展现在奥莫额云面前，野豹子部人都很吃惊，暗叹包鲁嘎汗真乃神人也。可是奥莫额云还不服输，要比海里的本事。奥莫额云自称美人鱼，无冬立夏在海中畅游。海中的大山上有个洞穴，洞穴中的海眼与海水相通。奥莫额云提出比钻洞，三天之内必须钻出来，钻不出来必死无疑。奥莫额云很自信，自己肯定能钻出来，而包鲁嘎汗不一定会潜水，找不到洞眼，肯定得死在里边。包鲁嘎汗一点都没惧怕，请来蝙蝠和蚯蚓帮忙，又请来小马蛇引路，很快就钻出洞窟，站在山腰大声喊道："漂亮的海姑娘，我的沙里甘，我已经出来了，你在哪儿呢？"三天时间到了，还不见奥莫额云的面，包鲁嘎汗求洞中的黑水獭找到已冻昏过去的奥莫额云。她苏醒过来后，心喜找到世上的大英雄，当众宣布今晚就和包鲁嘎汗成亲。这个传奇故事，用正反对比的方法，来塑造包鲁嘎汗神奇无比的英雄形象。揭开披在包鲁嘎汗身上的神秘面纱，使人感到他的一切神奇的技能，都来自从小狼额莫传授的生存本领，和广交兽类朋友有关，所以听众和读者对包鲁嘎汗神话般的故事就信以为真了，因而他的英雄形象深深在人们心目中扎了根。

包鲁嘎汗是个野性、鲁莽、天不怕地不怕的人，但又是个重义气、重孝道的人。

包鲁嘎汗与上江博穆博果尔是朋友，博穆博果尔请包鲁嘎汗参战掠夺大清国额驸巴尔达奇的城寨，引起清军的征讨，包鲁嘎汗用鹰犬伤害了不少清军。那日松方知包鲁嘎汗惹了大祸，劝他撤兵，好话说了三千句，包鲁嘎汗一句也听不进去，并对那日松说："大清朝有什么了不起的，我就不怕他，他们离我们那么远，为啥到这儿来管我们的事，挑唆巴尔达奇欺负我的好兄弟，烧人家的房子，掠夺人家财产，过些日子，他们还不得来抢我呀。不行，我不允许，我就要管。"说着他要去救博穆博果尔，被那日松拦住，一气之下，把那日松关押起来，白雪格格知道后赶到包鲁嘎汗的大营，对他说："你要是我的儿子，就把我的救命恩人放出来，如果你不放，我就死在你面前。"包鲁嘎汗看额莫真生气了，跪下了，安慰额莫，把那日松放了。在尖锐矛盾冲突中，塑造了鲁莽、野性的包鲁嘎汗的性格，为了朋友，他天不怕地不怕，什么事都能干得出来，甚至把他额莫的救命恩人那日松囚困起来。尽管他胆大妄为，一看额莫生气了，乖乖地把那日松放了，并撤了兵。从这看出，包鲁嘎汗是个孝子。在关键时刻，他还是听从额莫的话，这说明孝道大于他的野性，最终服从了额莫的指令，没酿成大祸。书中把包鲁嘎汗刻画得栩栩如生，把一个放荡、野性的小野人成长为神勇无比统一北方诸部的大英雄形象活生生地展现在人们面前。

3. 塑造了一个对爱情执着追求、勇于牺牲自我的色音布尔的光辉形象

色音布尔是科尔沁庄园莽古思贝勒的儿子，草原的大管家，相貌堂堂，一表人才，人称草原上矫健的雄鹰。已到娶妻生子年龄，阿布给他找多少个自己喜爱的女人，他一个都没看中。自从宝音姑娘在他家长大以后，他对宝音姑娘就有了好感，已被宝音姑娘的歌声、舞姿迷住了。其实，他早就爱上宝音姑娘了。偏偏他阿布莽古思贝勒要建“藏娇楼”，建好后让宝音姑娘住，做阿布的妃子。说起来，感情深藏内心的色音布尔比他阿布更爱宝音姑娘。色音布尔就想用真心来感化宝音姑娘，时间一长，宝音姑娘感到草原上最可亲、最勇猛的男人就是色音布尔。两个人思想沟通后，色音布尔就想办法阻止阿布建“藏娇楼”和摆大宴，谁能做到呢？一个是他姑姑乌云格格，一个是他的好友毕拉部部主芒格。果真芒格来了，以比武为名，袭击科尔沁。结果把芒格抓住了，打入水牢，是色音布尔把芒格救出，两人一起逃跑了。色音布尔之所以这样干，就是因阿布要宝音姑娘做他妃子之事引起的，宝音姑娘是他最爱的人，为爱断了父子情，总管也不当了，逃跑了。宝音姑娘从赫图阿拉出走北上后，一直没有消息，色音布尔受身为皇后的妹妹和姑姑乌云之命，去萨哈连找宝音姑娘，历经千辛万苦，遗憾的是没有找到，但他仍不死心。不久，色音布尔的福晋溺死在脑温江，他一狠心，把两个儿女交给叔伯兄弟养育，自己不要家族的任何名分和产业，孤身一人又继续去北疆找宝音其其格了。有幸的是，由于洪水泛滥，在萨哈连下游江心一个棒槌岛上两人神奇般地相遇了。此时，色音布尔已是满头白发，两眼充满血丝，看东西有些费劲。但宝音姑娘还是认出来了，她忘掉了一切，扑到色音布尔的怀里。两个人离别三十多年终于见面了。色音布尔一直深深爱着宝音姑娘，当他得知宝音姑娘含恨北去，曾先后三次来北疆寻找宝音姑娘，对爱的执着使他一直不放弃，最终如愿以偿。而宝音姑娘也感慨万千，为了自己，色音布尔哥哥失去的东西太多太多了。后来，色音布尔和那日松把病入膏肓的宝音姑娘送到科尔沁，不久去世了。色音布

尔遵照雪妃娘娘的嘱托，背着她的骨骸罐和皇上的封诰，又回到萨哈连，将她安葬在静空庵外的松林中。色音布尔在雪妃娘娘的墓旁搭盖了一个小泥屋，日夜为雪妃娘娘守陵。据说，色音布尔在睡眠中长逝，当地族人将其安葬在离雪妃娘娘坟墓不远的地方。一个忠于爱情、守护爱情、为爱情牺牲一切的草原上纯朴、忠厚的英雄跃然纸上，给人们留下了难以忘怀的印象。

4. 塑造了生活中罕王爷鲜为人知的形象

一提罕王爷努尔哈赤，人们自然会想到正史或一些传说所说的勇敢剽悍，满怀雄心壮志，具有过人胆识、惊人的智慧，运筹帷幄，决胜千里的形象。《雪妃娘娘和包鲁嘎汗》说部讲述了罕王爷在生活中另一副形象。皇太极狩猎回来对罕王爷说："阿玛，我告诉你一个好消息，你猜猜，救我的小宝是谁？"罕王爷问："是谁呀？"皇太极说："她就是科尔沁的明月——小英雄宝音姑娘呀。"罕王爷大笑着，边走边说："这可真是吉星高照哇。一只美丽的小彩凤，落到咱们赫图阿拉来了。"简略的一句话，显得罕王爷特别幽默、风趣，一点没有罕王的架子。罕王爷在谈到赫图阿拉的力量并不是很强大时说："咱们现在就是一个马蹄子刚迈开，马鬃刚开始扬，小屁股蛋刚开始胖起来的小马驹子。别把自己吹嘘得太厉害，要欢迎到这里来的朋友。"话语不多，比喻形象，分析透彻，反映努尔哈赤对形势看得很清楚，没有被胜利冲昏头脑。

努尔哈赤脾气暴躁，自尊心很强，容不得不同的意见。当努尔哈赤听说舒尔哈齐让刘纯正大法师派人给他送药时，命人把送药人抓起来了。舒尔哈齐大声顶了一句："大哥，你太过分了，真是拿着鸡毛当令箭。我做什么都不对，你也太霸道了！"讲述人对努尔哈赤听到这话是这样说的：

> 努尔哈赤是位自尊心特强的人。他指挥八旗兵马驰骋疆场若干年，还真没遇上一个敢在大庭广众之下，冲自己说三道四的人。努尔哈赤气得青筋暴跳，满脸通红，两腮的短短虬髯在抖动。他厉声喝道："舒尔哈齐，你好大胆。来人哪，把他给我绑上。"随着罕王爷的一声令下，护卫们马上过来，把舒尔哈齐就绑上了。
>
> 正在这时，从外边冲进一群女眷，舒尔哈齐的二福晋那穆都鲁氏跪在地上边哭边说："罕王爷饶命啊。罕王爷，是您把我许给二王爷的。我家二王爷要是有个好歹，您可让我怎么活呀？"说着，号啕大哭起来。别看罕王爷身经百战，女真的创世

英雄，他还是头一次遇到这事儿，努尔哈赤当时就没辙了。努尔哈赤的大妃阿巴亥拉了一下罕王爷的胳膊，说：“罕王爷，我们这些人先替二王爷向您告个罪，您就别生气了。您哥俩儿这么一闹，把我吓得心都提到嗓子眼了。罕王爷，求您了，还是让我把心咽到肚子里吧。行不行？再说了，二王爷的孩子有病，求人给捎点药。你不同意，以后不捎了，不就完了吗。干吗生这么大气？舒尔哈齐又是您从小带大的。处罚他，您就不心疼？您这个人哪，就是嘴硬。来人，把二王爷赶紧放了。”大妃的一席话，使努尔哈赤也就势下了台阶。

努尔哈赤容不得别人给自己施加压力，当他听说李成梁偏袒喀尔喀部，让赫图阿林给他银子时，他不由得怒气上升，把桌案拍得啪的一声响，厉声说道：“让咱们给他赔礼道歉，还要赔银子，做梦。”当初舒尔哈齐埋怨皇太极、扈尔汉不应把宝音姑娘带来，是引火烧身。现在所有的猜疑、隔阂全都解除了。努尔哈赤从座位上站了起来，大声招呼道：“兔羔子们，把阿勒给（满语，即白酒）和奴勒（满语，黄酒）拿来，跟我一起‘玛克辛’都木必（满语，跳的意思）！”努尔哈赤边说边来到台阶下带头跳了起来。努尔哈赤最喜欢跳舞，只要他一高兴，就带头跳舞。努尔哈赤的舞跳得最棒，随着鼓声、音乐声和脚步的踢踏声，舞姿刚健有力。

从这里我们看到，讲述者活灵活现、血肉丰满地表现罕王爷——女真领袖的光辉形象，同时也反映努尔哈赤作为人的本性的一面，有着喜、怒、哀、乐，和平常人没有区别，使听者、读者感到很亲切。正因为努尔哈赤有着这样复杂的思想感情，才显出他的伟大。这种细腻、真实地讲述努尔哈赤生活中的细节，在正史中是很难见到的。

在《雪妃娘娘和包鲁嘎汗》中除表现罕王爷努尔哈赤为人谦恭、胸怀宽广的同时，也表现他老谋深算，为达到打开东海大门的目的不惜牺牲宝音姑娘与皇太极的爱情。罕王爷器重宝音姑娘，是为了与科尔沁、喀尔喀及蒙古其他部建立联系，现在联系已建立起来，宝音姑娘就没有存在的价值了。所以，他要把宝音姑娘嫁给蜚优城城主乌拉贝勒的小儿子。皇太极向父汗讲了对宝音姑娘的爱情，罕王爷说：“你是我建州部首领罕王爷的孩子，宝音姑娘是咱们女真人奴才家的孩子，她怎么能配跟你成婚呢？这事我已经决定了，你不要再说了。”所以，罕王爷努尔哈赤是宝音姑娘悲惨命运的制造者。奴才家的孩子不能嫁给奴隶主的孩子，这正反映了当时女真各部之间所处的奴隶社会的现实，宝音姑娘必然成为各部落交易的牺牲品。满族说部《雪妃娘娘和包鲁嘎汗》对努尔哈赤形象客观、真实的描述，补充了历史的不足，同时也深刻揭示了满族这段独特的历史内容，因而构成该说部的民族特征。

四、《雪妃娘娘和包鲁嘎汗》的文化和科学价值

1. 弘扬萨满教图腾崇拜观念

在《雪妃娘娘和包鲁嘎汗》中用很多篇幅讲述人与动物相处的亲密关系。色音布尔打猎时捡到一只小黑熊送给了宝音姑娘，母熊已被猎人射死。宝音姑娘看到了小熊想起自己的身世，所以和小熊特别有感情。小黑熊聪明、干净，挺招人喜欢，给宝音姑娘带来不少乐趣和安慰，它已成为宝音姑娘生活中的亲密伙伴。宝音姑娘离开庄园孤身一人北上时，没见到小黑熊。一天在密林中突然看见一只黑熊抱着东西向她跑来，嗷嗷叫着，到了她跟前把抱着的东西扔掉，扑到宝音姑娘怀里，两条后腿紧紧夹住她的腰，呜呜直哭。后来，小黑熊知道主人要跟它分开了，它伤心地吼闹，甚至想办法溜须宝音姑娘，帮助宝音姑娘用嘴拿东西。宝音姑娘睡着了，它就帮宝音姑娘盖衣服。因为宝音姑娘爱熊，熊成了科尔沁人的朋友，所以科尔沁猎人很少打熊。熊憨厚可爱，通人性，又因它凶悍、强暴、难敌，北方诸民族都敬畏、恐惧，对其怀有特殊的崇拜心理。甚至成为氏族的保护神，这是对萨满教图腾崇拜观念的高扬。正如苏联学者E.H.杰列维扬科在《黑龙江沿岸的部落》一书中所说："远东的一些古代部落……平时都把熊称作'阿马哈'(爷爷或老爹)，而在林中则称作埃季亨、埃图亨，即老人(阿穆河上游通古斯语)、大伯(阿穆河上游通古斯语)……对它的一些称呼，看来与图腾崇拜观念是分不开的。"[①]

书中讲白雪格格在德钦部的老雁滩生下儿子，老雁滩是有名的狼窝，在她出窝棚扑火之际，孩子被老母狼叼到狼洞。老母狼就像对待自己的崽子一样疼他、爱他。孩子饿了，老母狼给他喂奶，孩子屙屎撒尿，老母狼给他舔。孩子长大了，老母狼带着他蹿山越涧，练就一身奇特的功夫，他能跑、能跳、能蹿、能跃，狼的技能他全学会了。狼非常凶狠，但又是非常机智、敏捷的食肉动物。狼群有严格的规矩，得到食物后头狼

---

① E.H.杰烈维扬科．黑龙江沿岸的部落［M］．林树山，姚凤，译．长春：吉林文史出版社，1987.

先吃，然后是老狼、瘦弱的狼和小狼吃，最后是壮狼吃。狼非常抱团，一只狼要是叫唤，其他狼听见声音，即使不是同伙，也马上跑来援救。狼的视死如归和不屈不挠、团结友爱的精神，是其他动物不可比的。所以，蒙古族把狼作为图腾、兽祖、战神、宗师，并视为草原和本民族的保护神。不仅如此，“满族和达斡尔族、鄂伦春族、鄂温克族一些萨满所崇敬的黑狼神，它是勇敢无敌、疾恶如仇的除恶驱暴的萨满护神与助手，凡是遇到凶险、奸猾、夜间施暴的魔怪，都要委托它用智勇在黑暗中吞噬。它是疯狼，然而它也是恶魔鬼魂的杀手。”[①] 所以，白雪格格的儿子包鲁嘎在老母狼的养育下，锤炼出刚毅顽强的性格，他机敏勇敢，力大无穷，成为统一北方七个大小部落的包鲁嘎汗。

包鲁嘎的成长除了母狼养育之外，还有鹰师的训导。小野孩被狼群撵出来后，自己不会弄吃的，饿得在林子里连哭带闹。这时，天上飞来一只老鹰，嘴里叼着树枝上结的山梨，扔到小孩的跟前，小野孩吃了，老鹰飞过来，他又要，老鹰教他爬树自己摘。老鹰在前头飞得很低，小野孩在后面紧跟。老鹰把他领到山火刚熄灭的树林中，这里有烧死的动物，他捡着吃。后来，老鹰又把他引到山林中，跟熊学爬树，学松鼠贴树皮。这样，他学会了不少动物的生存本领，不再找那些狼伙伴和狼额莫了。所以，鹰是教小野孩生存本领的师父，最受他崇敬。满族有敬奉鹰为神祇的习俗。在满族创世神话《天宫大战》中讲道：“阿布卡赫赫又派神鹰哺育了一个女婴，使她成为世上第一个大萨满。”因此，鹰神是人类第一个萨满之母，在神鹰的哺育、启迪、丰润和诱导下，使女大萨满成为世间百聪百伶、百慧百巧的万能神者，传袭百代。所以，在满族某些姓氏中供奉鹰神格格，它是本氏族的守护神，也是从远古母系氏族社会留下的氏族图腾。从这里我们可以看出，《雪妃娘娘和包鲁嘎汗》的讲述者，把鹰视为神灵，让它来传授小野孩的生存技能，锤炼本领，使他成为北方诸部落中的一代英豪。这正说明鹰神在保佑小野孩即包鲁嘎，是对萨满教鹰神崇拜观念的弘扬，也是满族敬仰鹰图腾的具体表现。

2. 保留了女真族的古歌、古谣、古谚，极大地丰富了我国乃至世界文化宝库

纵观说部《雪妃娘娘和包鲁嘎汗》所表现的满族文化呈现一种多样性，通篇是以叙事为主，且说且唱，即在每章前用歌做引子，唱后引入

---

① 富育光. 萨满论［M］. 沈阳：辽宁人民出版社，2000.

正题，向听众展开扣人心弦的故事，引人入胜。在叙事的过程中，将古歌、古谣、古谚以至舞蹈、祭祀仪式和古俗融入其中，使听众感到浓厚的生活气息，绚丽多彩的画面，宛如身临其境。书的开篇引子是这样说唱的：

天上最美的是什么？
是舜妈妈耀眼的万道光线；
地上最阔的是什么？
是巴那吉额莫无垠的山林湖海；
人世间最尊贵的是什么？
是兄弟姊妹深厚的怜悯和友爱。
我永唱的乌勒本哪，
万载千年，滔滔不绝讲述给你们
——阿哥、赫赫、萨克达爷们，
只有一个心愿；
颂赞巴图鲁，英雄的血泪歌，
颂赞巴图鲁，英雄的壮志歌，
颂赞巴图鲁，英雄的创世歌，
英雄巴图鲁，有太阳的胸襟，
英雄巴图鲁，有大地的胸怀，
英雄巴图鲁，有怜爱万牲的心肠。
河流到海，有三百三十三道弯，
说起乌勒本有曲曲折折的波澜。
北海的大雁啊，
鸣唱着包鲁嘎汗的神奇勋业，
然而，包鲁嘎汗有他神话般的童年，
讲唱包鲁嘎汗，
还要讲唱他先世的远亲
——慈爱的额莫。
黑水源头，始终没有尽头，
在源头上可以看到包鲁嘎汗昂首矗立。
他凝望着黑水，
凝望着遥远的自己的山河和土地，

这是生育他的土地，
在这片肥沃的土地上，
有包鲁嘎汗起根发蔓的传说。
渊渊巨川是由无尽的溪流汇聚而成，
树有根，水有源，
讲唱包鲁嘎汗的诞生故事，
必要讲唱他的生母
——雪山神母；
我要唱起无尽的歌，
歌颂雪妃娘娘，
我要唱起无尽的歌，
歌颂包鲁嘎汗，
会唱歌的布鲁坤神鸟啊，
给我最美的歌喉吧，
聪慧的塔其布尔神鹰啊，
给我洞彻寰宇的锐眼吧，
照穿历史的风云，
唤醒安眠的先贤，
讲述你子孙剽悍的征程，
讲述你雪域豪迈的征杀……

这个引子采取比兴的手法，形象的由远至近，由人世间最尊贵的兄弟姊妹互相怜悯和友爱之情，引入乌勒本咏唱的巴图鲁，再转入赞颂包鲁嘎汗，由包鲁嘎汗再追溯到他的生母雪妃娘娘，于是开讲雪妃娘娘神奇的一生。这种且说且唱的生动的讲述方法，使故事环环相扣，情节紧密相连，借以引起听众的兴趣，从而达到使听众与故事交融的目的，充分体现了满族说部的特征。

不仅如此，书中很难得的是向世人展示女真人古老的古歌、古谚、古代谜语等。书中讲述皇太极外出打猎，坐在车里，望着马群在草地上撒欢儿地跑着，一些人赶着牛羊在放牧，心情很兴奋，便哼起女真人古歌“乌咧咧曲”：

额莫给我弓箭捕獐狍——乌咧咧，

密林处处任逍遥——乌咧咧，
打兽要捕老龄兽——乌咧咧，
射伤了小狍小鹿——乌咧咧，
古鲁古（野兽）妈妈多心焦——乌咧咧。
阿玛给我桦舟捕鱼鸭——乌咧咧，
泛泛溪水任逍遥——乌咧咧，
网鱼要网大哲鱼——乌咧咧，
伤害了鱼苗鱼籽——乌咧咧，
尼玛哈（满语，即鱼）妈妈多心焦——乌咧咧。

这首女真古歌非常朴实，反映了女真人的渔猎生活，对小狍、小鹿和小鱼子的珍惜，让它们繁衍成长，否则森林和江湖中就没有野兽和鱼了，说明女真人很有远见。乌咧咧是衬词，没有实际意义，但在歌中却表现一种感情。

罕王爷得了第十二个儿子，在酒席宴会上，高兴地唱起女真情歌：

阿勒善（满语，甜美）的小花，
香又艳，
妙罗阔（满语，弯曲）的小路，
长又弯。
阿济格哈哈（满语，小男孩）耶，
纵情跳着玛克辛，
甜蜜在心田。
能捕捉大雁的射手，
能擒获獾子的好猎手，
能稳套小花鹿的珊延哈哈济（满语，壮小伙子），
为啥不敢去拥抱你，
日夜牵挂着的沙里甘居（满语，姑娘）。

二王爷舒尔哈齐也唱道：

您像一只勇猛的公鹿，
四十六的年华，还是小松树的年头，

风华正茂。
你能踩倒三十头母鹿；
你能盖住三十片劲松。
赫图阿拉是骏马扬蹄、猛虎出山，
前程是一片光芒似锦啊。

这些女真古歌，用极富表现力的满语咏唱，粗犷豪放、抑扬顿挫、古朴浑厚，散发着浓烈的泥土气息，表现了女真人渔猎生活的豪情壮志。这正是女真人社会生活的真实反映。

在《雪妃娘娘和包鲁嘎汗》中，讲述者运用了许多古谣、古谚，使文本呈现鲜明的古朴面目。如为了说明努尔哈赤让孩子出去锻炼，用了一句古谚："小鹰总是要出巢的，小虎总是要走进山林的。"一语道破了宗旨。还有："小燕虽小，日行万里风云路。鲤鱼虽小，能跳过千丈龙门。""花香能招来蜜蜂；有了要孵蛋的母鸡，总会招来数不清的公鸡围着它闹个不停；母鹿长大了，总能招来成群的公鹿。""春天的河水，能招来千百只鹅戏水；美丽的沙里甘居能引来上百个哈哈济的迷恋。"这些富于生活气息和表情的谚语、俗语，在短小的句子中，蕴藏着深刻的道理，使人产生无尽的联想。由于表述富于形象性，充分显示出满语语言艺术的韵律、香气和色泽。

更有趣的是，罕王爷和孩子们一起猜谜语。罕王爷用女真语说一个谜语：

阿济格，阿济格，
额木富赫。
它啊，它啊德莫。
嘎妞，嘎妞，
刻泰刻车，
木克腾莫，
额勒特克。
用汉语翻译过来就是：
小小的一块石头，
它啊，它啊，打啊，
真怪，真怪，

霎时升腾起光华。

谜底是火石。从这个女真语的谜语我们可以看出，女真语朴素无华，悦耳动听，富有感情色彩和音乐的美感，译成汉语后，感到语句死板僵化，很难如实反映出女真语的微妙韵味。我们能从该书中听到古朴的女真语的古歌、谜语是难能可贵的。

《雪妃娘娘和包鲁嘎汗》还向我们展示了女真人传统的民间舞蹈“玛克辛”蟒式舞。书中说：

只见努尔哈赤随着乐声，双手摆动，右手和右脚轻柔抬起，左手随势反臂舞动，反过来，左手和左脚又轻柔抬起，右手也随之反臂舞动。双手鹤展，双肩舞动，随着乐声踏步。

书中介绍女真舞蹈大致分为两种：“一种是哈哈玛克辛舞，这属于男子舞。这种舞蹈激昂、剽悍，旋律铿锵。跳舞的人有时就戴上各种面具，模仿一些动物的动作，非常活泼；另一种舞蹈就是赫赫玛克辛舞，这是女人舞。舞蹈动作优美、轻柔、悠缓、大方，飘飘欲仙。跳舞的人身上穿着女真人的彩衫和绣花长袍，脚上穿着寸子鞋，手腕、脚腕上都戴着大玉镯和铃铛，随着音乐声翩翩起舞，舞姿优美迷人。铃铛也随着脚步的动作发出悦耳而有节奏的声响，更增加了无穷的魅力。”

女真的舞蹈多以渔猎生活为主，舞姿活泼、欢快、自如。当时汉族文人褚文弼曾写诗赞扬女真舞蹈：

手摆长鹤翅，
云里鹤成行；
反首望花篮，
香花探手扬；
叉肩双摆肘，
池鱼卧水藏。

歌舞是一个民族文化的组成部分。女真人能歌善舞，在北方艰苦的渔猎生活环境中，仍然抱着积极向上的生活态度，反映这个民族刚毅、坚强、剽悍、乐观、对未来充满希望的性格，并与民族特有的事务和斗争紧密联系起来，就构筑了这个民族深厚的文化底蕴。

满族说部《雪妃娘娘和包鲁嘎汗》的文化价值还表现在把五光十色

的民族风俗、祭祀仪式等融入其中，形成绚丽多彩的民族生活画面。书中讲道，科尔沁乌丹格格的病刚刚见好，全部落的人都互相庆贺，给天神腾格里磕头，还专门杀了一头牛，把牛血围着乌丹格格的院子洒了一圈。这是古代的祭祀，意思是把牛血献给众神，感谢天神的保佑。他们又把牛肉剁碎，洒向野外，供给乌雅、百鸟、野兽和小动物们吃，感谢百灵的襄助。女真人对冬至节特别重视，这天家家要吃肉，各户都要出去打白兔、黄羊、野鹿，特别是白兔，洁白如雪的皮毛，象征冬日冰雪的降临，它是天神阿布卡恩都力冬天的使者。女真人对兔的吃法很多，燔烤兔脯、兔腿，做兔糕等。此外，在屋舍窗棂上张贴百兔御冬的窗花。冬至节这天，各姓萨满还要摆兔肉供，祭祀祖先神灵等。此外，讲述者还详细介绍了女真生儿育女、以西为大和结婚等方面的习俗。这些习俗是女真人长期从事渔猎生活所形成的一种生活模式，在漫长的历史发展过程中，经过集体不断补充、加工和完善，世代传承。《雪妃娘娘和包鲁嘎汗》所表现的丰富多彩的女真习俗，犹如女真生活的万花筒和多彩多姿的生活画卷，正反映了满族及其先民有着深厚的文化底蕴，极大地丰富了我国乃至世界的文化宝库。

第三节 《雪山罕王传》

《雪山罕王传》(富育光讲述，曹保明整理)是一部北海先民乞列迷人用血泪记述下来的开疆保土的壮烈英雄谱，也堪称是传袭百代的乞列迷人[①]古老悲歌。

一、《雪山罕王传》的传承情况

《雪山罕王传》是黑龙江出海口以北苦兀的乞列迷人和乌底改人讲唱的一部反映本民族在艰苦的环境中生存、繁衍、斗争的苦难历程的长歌，从该族神话般地诞生以至发展到有名字记载的第六代拖林普安班嘎珊大玛发讲起，一直讲到第十八代乌莫图鲁雪山罕王，传承有根有据，脉络清晰。该悲壮的古老长歌深受乞列迷人和乌底改人的欢迎，并经常

① 乞列迷人：生活在库页岛中的费雅喀人，为女真人的一支。

传讲已成本族人一大乐趣。时逢黑龙江瑷珲副都统衙门委哨军伊郎阿将军来此地秘密巡防，了解罗刹进犯的敌情，一住就是两年多。他在同乞列迷人后裔和乌底改人的交往中，常常听到一些族中长老娓娓动听的咏唱一部悲壮的长歌，使他深受感染，便产生记下来的决心。于是，他在看守渔网的乞列迷老人的白桦树皮窝棚里住了四十余天，反复听老人讲唱，他在桦树皮上用满语记录了这首古歌。当时乞列迷人都管它叫“果勒敏乌春”，即长歌，或者叫“妈妈音乌春”，即“奶奶的歌”，也就是祖先创世歌。

后来，伊郎阿将军将一大背囊桦树皮记录稿，千里迢迢背回故乡瑷珲。利用余暇时间，他对桦树皮记录稿逐字逐句重新抄录和整理，形成了这个说部唱本。伊郎阿根据乞列迷老人讲的这部长歌就是歌颂他们遥远的祖先雪山罕王，故给该书起名为《雪山罕王传》，又名叫《北巡记》，从此之后留下了这个书名。

由于这部书深深感动了伊郎阿将军，他利用国事繁忙之余，忙里偷闲向族人们讲述部分《雪山罕王传》中生动感人的故事。因而，总没找到一个很好的时机向族人系统地传讲这部书。清光绪十五年伊郎阿将军因功勋卓著，朝廷褒奖，皇上和两宫皇太后恩诏，近日由京师载誉归来，这是富察氏家族天大的喜事，又逢连年风调雨顺，粮谷满囤，渔猎满仓，全族特举行五日隆重的祭祀仪式。祭毕，全族恭听瑷珲副都统衙门委哨官、富察氏家族总穆昆达伊郎阿将军讲唱乌勒本《雪山罕王传》。当时听讲唱的不单是本族的人，还有不少外族兄弟，大家聚精会神听他讲唱苦兀海岛先民用血泪记述下来的开疆保疆的苦难斗争史和壮烈英雄谱。

光绪二十六年，伊郎阿将军殉国，战死在北大岭。富察氏家族在瑷珲城的房舍和不少财产被焚，其中就有伊郎阿将军在苦兀用桦树皮记下的《雪山罕王传》珍贵遗物。民国年间，其子德连穆昆达曾偕同族人中满汉齐通者，追忆伊郎阿将军讲述的《雪山罕王传》故事，并用茅头纸完全复录下来，成为满汉混用的手抄本全文。进入日伪初期，匪患猖獗，德连公家族避难中遇大火，此手抄本遗稿遗失。一九四九至一九五四年间，伊郎阿之孙富希陆，遵照母亲遗训，时常追忆爷爷讲述的《雪山罕王传》，并与其二子富世光断断续续整理成残稿。二〇〇四年之后，富育光根据残稿进行整理并向中国民间文艺家协会副主席、吉林省民间文艺家协会主席曹保明先生讲述，由曹保明根据讲述进行整理。这就是《雪山罕王传》传承的脉络和成稿的具体情况。

二、《雪山罕王传》向世人展现了深刻的历史记忆

1. 讲述苦兀（库页）岛上拖林普艾曼人世世代代的生存史

书中引了一段很长的优美的拖林普艾曼古歌，这是一首拖林普艾曼的创世神话，讲述海神奥姆妈妈的宝驹怎样变成萨哈连（黑龙江）乌拉，经过万万年，在萨哈连的尽头，堆起一道平坦的丘陵（苦兀岛）。又经过多少万年，丘陵上长出大森林，成为各种野兽的故乡。大海将螺盘蛤（也称红蛤蜊）冲上岸，在亿万年岁月的升华之下，它孕生出红衫美女，就是艾曼人，由于雷鸣其声是"拖——林——普斯"，就成了艾曼人的姓氏。所以，拖林普人称他们是红蛤蜊子孙，一直在苦兀岛生存，成为东海之主。苦兀寒冷，一年只有冬和夏两季，果实很少，为了生存，拖林普人乘大筏子来到堪察加，再奔往楚克奇，多少人葬身在大海和雪原之中。为了寻找同伴，他们日夜在苦兀、堪察加到楚克奇的海上巡游。六代达妈妈率族人攀登苦兀西海崖壁时，坠入大海，族人为她举行古老的海葬，年仅二十岁的小蛮特被选为第七代达玛发，率领族人去找生存之地。蛮特是大萨满，跳神将东海奥姆妈妈请来，聆听祖仙的训诲，叫他们回苦兀去，重创苦兀。回苦兀遇到最大的问题就是棕熊控制天下，从北到南都有它的子子孙孙，它见到人和一切动物如有反意，就拍死、咬死、踩死。蛮特率领族众驱赶熊群，经过几番斗争，在南海流哥的帮助下，总算驱走了熊群，乞列迷人结交了新的朋友，使拖林普艾曼日益兴旺起来。接任蛮特达玛发的是他弟弟都音赛德，他率领族人建起了桦皮帐房和地窨子房，他率领族人在大海中捕捉长须鲸时，遇风暴，葬送大海之中。到大明王朝时，加强了对中国北疆的治理，建立了嘎珊达，是地方一级政权，拖林普人开始向中原王朝贡献产物，以表忠心。进入清代以后，楚勒堪大集成了北疆名贵产物的交易集散地，加强了朝廷与北疆各族的密切感情。但到了十一代、十二代拖林普达玛发时，由于婚姻方面的斗争，互相残杀。十二代达玛发呼特恩的儿子青哥儿把东正教引入拖林普，引起群情激愤，处理了他们父子。康熙五十年下旨，苦兀拖林普十三代达玛发由十一代达玛发乌日根鲁的儿子拖林普（他是唯一以族名命名的人）继任。这是有史以来苦兀的部落首领首次由皇上下谕恩赐。

2. 讲述苦兀拖林普艾曼人与中原和大清的密切关系

讲述者以那娴熟的记忆和真挚的感情讲述苦兀拖林普艾曼人从神话般的诞生，以至受尽人间的种种苦难，与大海狂涛搏斗，与各种凶猛

的野兽争食，一直跌跌撞撞地延续到第十代达玛发突勒坤，不料，突勒坤为挽救山火中的族众而亡。这时历史已进入中原王朝大明时期。明永乐八年后，明成祖决意治理辽东，管理东北和黑龙江以北的苦兀岛等地方，设立了嘎珊，建立嘎珊达中央政权的地方一级政权，在黑龙江出海口还建立奴尔干都司，专门管理北方少数民族的生产、生活。拖林普艾曼人选出突勒坤的弟弟乌日根鲁为第十一代达玛发、嘎珊达。苦兀的拖林普人也开始向中原王朝贡献产物，以表忠心。为此，明廷还专门设立楚勒堪集会，接收少数民族送来的如名貂、鲸鱼鳔、雪狐等名贵的产物，朝廷还要向送来产物的族众们发放各种如布帛、粮谷等财物，称为“封赏”。进入大清以后，顺治、圣祖至雍正王朝，对北疆包括堪察加、苦兀等地进行管理，因这些土民世居边陲，不便封职，就沿袭当地历来的土法，设立部落长、嘎珊达。康熙曾下旨拖林普艾曼达玛发由拖林普继任。凡被封诰各“达”，都由皇上亲自赏赐大红袍、蓝带以及白银等，以奖其为治理地方之操劳克职。雍正十年，大清国皇上的重臣米思翰派属下来过莽乌吉里安班阿林，赏赐皇上给的乌林、铁器、布帛和银两，还给了一幅米思翰自己的画像，并说你们有什么难事，就拿着画像进京师找我。可是近十几年朝廷对他们不管了，贡品没处送。于是，拖林普达玛发派他的儿子铎琴等九人载着贡品千里迢迢去京师找娘家，到中原要见皇上。在天子脚下见到了德高望重的大人福康安，即米思翰的重孙，他向乾隆皇帝禀报了铎琴一行进京的意图。乾隆皇上对北疆特别是苦兀的情况甚为关心，在收苦兀的英雄乌莫图鲁为额驸之后，又为铎琴赐婚，将海兰察大将军的女儿比牙收为义女，许给铎琴，并让公主和他们一起回北疆治理苦兀。从这里可以看出，苦兀的莽乌吉里阿林拖林普嘎珊与中原明朝和大清一直有着亲密的关系。

3. 讲述沙皇俄国怎样一步步蚕食最后达到占领苦兀（库页）岛的目的

沙皇俄国很早就看中这片热土，最初他们以传教、建立教堂的名义到苦兀岛进行侦探。书中说，十二代达玛发达呼特恩的儿子青哥儿，一天开着快艇载着从堪察加、鄂霍次克海那边远道来的人，到苦兀就要建立东正教教堂。族人说：“我们祖祖辈辈信萨满，不信什么东正教。”他们揭露了达呼特恩父子勾结东正教人，出卖拖林普艾曼的罪恶勾当。但他们不死心，把黑手又插进楚勒堪大集。在黑龙江出海口附近设立楚勒堪，这是康熙朝开创的，其目的是通过楚勒堪大集，广交北疆诸民族。清廷仁爱济众之心，使各族心向朝廷，建立密切的关系。可是，沙皇俄国不断派遣文武势力进入楚克奇、堪察加、苦兀等地探查涉足，大有步步紧逼之势。所以，乾隆皇上注意到这一局势，曾嘱咐理藩院、兵部说："务应谨言慎行，守严口门。"为此，清廷派哈番管理楚勒堪大集。但不久，在楚勒堪大集上就发现有罗刹人和南海毛人，特别是罗刹与苦兀北山鲁木河的卢赖玛发勾结，把楚勒堪大集哈番抓走，让他们的心腹老胖子到那去顶替哈番，把一切名贵产品都囤积起来。沙皇俄国又派使臣到苦兀岛上，向卢赖传达沙皇叶卡林娜要大鹏雕的旨意，又用金钱和首饰拉拢乞列迷人，并扬言大清离你们远，不会给你们好处，企图挑拨朝廷与北疆各族的亲密关系。乞列迷人由于罗刹和一些坏人的挑拨，现在分了好几伙，北有东正教，南有穿大和服的毛人，再加上一心向着朝廷的拖林普家族，苦兀岛上四分五裂，人们各想各的。从一伙歹徒劫走楚勒堪大集的朝廷哈番一事，已表明有一股反清、侵占土地的逆流正在乞列迷人中涌动，这是关系到苦兀岛和乞列迷人命运的天大的事情。乾隆皇帝谕旨，乌莫图鲁巴图鲁与铎琴等兄弟回北疆，把大清国皇上的关爱之情带到荒寒的苦兀岛上，乞列迷族众受到莫大的鼓舞。

三、塑造了性格鲜明的大海之子乞列迷人乌莫图鲁巴图鲁的英雄形象

书中交代，铎琴向福康安大人提出，数十年前莽吉里安班阿林淑勒罕玛发拖林普派往中原京师述职的乌莫图鲁应返回北疆。乌莫图鲁是何许人也？

乌莫图鲁出生在堪察加海岸北端一个野蛮部落居住的叫突伦的地方，这里是女人掌权，女罕有多个男人陪伴，生下的孩子只知妈，不知道爸爸，不叫爸爸，叫"堆"，即叔叔之意。乌莫图鲁从小跟"堆"们去大海捕鲸鱼和海豹。饥饿了，就跟"堆"们吃海豹的心、肝，喝海豹的血解渴。他跟"堆"们学会了游泳、潜海，他喜欢一个人在茫茫的大海上乘舟筏一漂几天几夜。他深恋大海，愿听大海的波涛声，愿嗅大海的腥味和浓浓的气息。只要闻到海的潮湿味，他浑身就产生无穷的力量。乌莫图鲁学会了海豹的叫声，能与它们互相呼唤。这样乌莫图鲁成了大海的主人，所向无敌。一次，莽古吉里安班阿林淑勒罕嘎珊玛发出海捕蟹，那天遇到凶猛的海浪，筏上人被颠簸得五脏六腑都要吐出来了，一个个都不省人事。艾曼里的人苦等了七天七夜也未见嘎珊玛发回来，焦急万分，都

求乌莫图鲁快快入海去寻找嘎珊玛发。乌莫图鲁不用舟筏，也不用助手，一人走进海中，他在海中靠海豹给他传来信息，在海豹的引领下来到熊尾巴岛，在岛上见到了嘎珊玛发和族众，并把他们接了回来。

乌莫图鲁有一种特殊的才智和奇能，学少数民族语言非常快，只要一听就能记住，而且还能跟他们对话。乾隆皇上发现了他的才能，没有让他及时返回北疆，而是在平定大小金川之乱时，充分发挥了他的作用，屡立奇功，乾隆皇上赐给他“巴图鲁”称号，赏赐妻室，称为“额驸”，这是受到皇上殊荣宏恩的亲属称谓。

乌莫图鲁为人正义，好打抱不平。在楚勒堪集上，当他看到几个强盗抢一个老人手中的雪狐皮时，他心中怒火燃烧，上去就把这几个人踢倒，把雪狐皮夺了过来，交给老人。老人夸他仗义，有骨气。乌莫图鲁心非常细，从老人谈话中了解到楚勒堪大集和清廷哈番的具体情况，心里有了底，决定与春公主、比牙格格三人夜探究竟。他们到了哈番住的帐篷里，将那个正熟睡的胖人哈番的耳朵薅起来，乌莫图鲁巴图鲁把兵部颁发的“关卡大照”给他看，此人一看魂飞魄散，如实交代了冒名顶替哈番官爷的罪行，但拒不交代真哈番到哪去了。乌莫图鲁巴图鲁在西南川藏地区审过多少次大小金川沙罗奔的叛匪，多难制服的叛匪，在他面前都一一服软，交代了罪行。这时，乌莫图鲁见这个胖人很傲慢的样子，气不打一处来，上去就把他一只耳朵割下来了，胖子疼痛难忍，不得不把事情的真相说了出来，是苦兀北山鲁木河的卢赖玛发抢走了大清国的哈番。乌莫图鲁巴图鲁了解到真实情况后，感到事情非常严重，马上写一封书函，让铎琴连夜送到瑷珲副都统衙门，让他们火速送往京师。由于乌莫图鲁及时粉碎这伙歹徒企图分裂大清与北疆各族关系的图谋，又恢复往昔楚勒堪大集朝贡、易货的繁荣景象。这充分表现出乌莫图鲁拳拳报国之心和敏锐的洞察力，周密思考的谨慎态度以及说干就干的性格。

当乌莫图鲁知道是卢赖抢走楚勒堪大集哈番之后，他一直在思索卢赖是前台小丑还是幕后的主要行凶者？回到苦兀之后他就想找机会会会这个卢赖。一天，沙皇女皇派卫士找卢赖，希望能捕捉到大鹏雕献给她，会得到厚赏。卢赖感到是献媚的好机会，但没有捕雕的能耐，便找拖林普安班玛发帮忙，拖林普老玛发把卢赖的来意告诉了乌莫图鲁巴图鲁。乌莫图鲁心想，这是一个好机会，可以从中暗查巴哈提部落的情况，顺势寻找被劫走的楚勒堪大集哈番。乌莫图鲁巴图鲁提出几个条件如卢赖同意就答应下来，卢赖一一答应，让他马上行动。

要知道，卢赖让乌莫图鲁巴图鲁捕的大鹏雕，是苦兀一带禽中之王，时时都矗立在高耸入云的山峰的最高端，迎风傲立。它锐敏的目光看得很远，就连数十里地的青蛙它都看得清楚，所以没等人到跟前它早就飞了。因巨鹏雕太大、太凶猛，捕雕人根本无法靠前，也无法制服它。当年卢赖曾花重金雇了不少著名的猎手前去捕雕，都未能如愿以偿。捕雕要有一套绝技、绝活，要有智慧、有胆识。乌莫图鲁巴图鲁自小勇敢无比，精灵、胆大，练就了一套捕雕的技巧，所以拖林普嘎珊玛发和卢赖玛发都深信只有他能办得到。卢赖为了得到大鹏雕，答应乌莫图鲁巴图鲁提出的一切要求。于是写下契约，按上手印。

乌莫图鲁巴图鲁是个很有头脑的人，在捕捉大鹏雕之前把一切应该做的事情都做完，免得捕到雕之后卢赖后悔。一切办妥之后，乌莫图鲁巴图鲁和铎琴开始捕雕行动。乌莫图鲁巴图鲁先做了一个老鸹眼形的吹管，是专门学雕的叫声的，用这叫声可以吸引雕飞来。他俩在苦兀的北海岸寻了两天也没见雕的踪影。一天，他俩走着走着，突然听见百鸟的惊唳之声，乌莫图鲁巴图鲁感觉大鹏雕来了，他仰脸往山顶望去，山顶已插入云端。他俩决定攀石而上，到山顶上看个究竟。他们在石头的缝隙中看到大白尾海雕。寻到雕之后，他们下山取网，卢赖央求让俄国使臣跟着去看看怎样捕雕，他们来到大雕居住的峭壁悬崖之下，根本无路可上，俄国使臣望着插入云端的山峰，吓出了一身冷汗，再也不敢上了。只见乌莫图鲁巴图鲁和铎琴，背着大网，熟练地向悬崖上攀爬。他们爬到山顶之后，悄悄地接近大雕，头顶着伪装的树枝，一点一点地慢慢向前移动。因大雕的听觉、视觉特别灵敏，他们屏住呼吸，任凭蛇从身上爬过，也一动不动。他已爬到一张网就可以把大雕罩住的地方。但他没马上张网，要测量好距离，免得网够不着，一切化为乌有。可是等待又不能太久，他算准距离后，毫不迟疑地突然从地上一跃而起，让身子高过了大雕，迅速张开方形大网往下一罩，把大海雕罩扣在大网中，手中的网绳一拉，把大海雕死死捆在网中，无法动弹了。讲述者把乌莫图鲁巴图鲁捕雕的英雄行为描绘得栩栩如生，先说雕是禽中之王，多么厉害难捕，落在插入云端的山峰上，山又是峭壁悬崖，用俄国使者来陪衬，把他吓出一身冷汗，不敢上了。又讲雕的嗅觉、听觉特别灵敏，乌莫图鲁巴图鲁怎样与雕巧妙迂回，最后身子突然跃起，张网罩住大海雕，这一系列动作讲述者讲得活灵活现，仿佛使你感到亲眼看到乌莫图鲁巴图鲁捕雕一样，那样生动具体。这一系列描述，都表现出讲述者塑造英雄人物的高超技巧。

乌莫图鲁巴图鲁捕大雕并不是目的，他是想通过捕到雕向卢赖要楚勒堪大集的哈番。他对卢赖说："你若不给我那位大清国的哈番，我不仅要抓你到官府去，还不给你这大雕，我会立即放了它……我不怕你有什么后台相助，我说抓你，现在就可以抓住你，你信不信？"卢赖在乌莫图鲁巴图鲁威严的气势下，不得不把楚勒堪大集的哈番交出来。这样可以恢复大清对楚勒堪大集的管理与北方族众的关系。从这里我们可以看出，乌莫图鲁巴图鲁的聪明才智，做事笔笔有宗，不达目的绝不罢休的坚强决心和性格。

当乌莫图鲁听到拖林普老玛发临终遗言，第一由乌莫图鲁做雪山罕王，第二不能与狼为伴，让铎琴领着族人迁往内地时，乌莫图鲁巴图鲁表示一件都不同意，他说："我不做雪山罕王，不做莽古吉里阿林拖林普嘎珊玛发，由铎琴继任，我来相助铎琴。我们是乞列迷人，祖祖辈辈都是苦兀人。我们活是苦兀人，死是苦兀鬼，我们不能白白把苦兀让给豺狼心肠的卢赖，让他作威作福，成他的天下，休想！再说，我们如一迁移，这苦兀的天下就说不定会落在何人之手，这块土地，也要丢啊。"

后来，按拖林普人的老传统，在族中神龛下的红蛤蜊族徽面前选举，乌莫图鲁巴图鲁当上了拖林普嘎珊玛发、雪山罕王，他日日夜夜为嘎珊的事操劳，与巴哈提哈喇的关系有了明显改善，但东正教在苦兀发展迅猛，俄国人用金钱收买乞列迷人，铎琴把拖林普人迁移到内地萨哈连出海口。别人都离开苦兀岛了，乌莫图鲁巴图鲁说："我是受皇上的旨意，手捧皇上的玉玺，回到我乞列迷人的故土，没有皇上的圣旨，我无论如何也不能离开这里，我得忠诚守职啊。所以，这块土地，我不能离开。"

他一个人，孤独地坐在木屋的熊皮大椅上，双眼凝视苦兀那片土地，任凭狂风卷着大雪刮进屋里，雪堆在他脚下，渐渐将他掩埋。这就是一代雪山罕王，热爱自己的故土，忠于大清，誓死捍卫疆域的英雄本色。

四、真实地记录了北疆少数民族的生存状态和风土人情，具有很高的文化人类学研究价值

《雪山罕王传》向听众和读者展示了一幅色彩斑斓的北疆少数民族风俗画卷。使人们从中了解到苦兀岛上的乞列迷人的生存状况以及由此

产生的风俗习惯。这是长期居住在北疆苦兀岛上的乞列迷人精神、性格以及技艺的真实记录，对研究民族史、民俗史具有很高的学术价值。

在书中第二章拖林普家族的开头，引了很长的拖林普古歌。在古歌的开头讲述海神奥姆妈妈的创世神话，是海神奥姆妈妈让大海中的螺盘蛤长成高挑的美女，接着唱道：

奥姆妈妈的欢笑，是大海的波涛，
奥姆妈妈的欢笑，是天庭的惊雷，
闪电、惊雷中美女受孕，生下众男子，
成家主业，传袭百代。
这就是黑土黑地，丘陵土地的海民艾曼。
是在古鸟声中成长的巨人，
是在闪电声中涌现的巨人，
雷鸣闪电其声是“拖——林——普斯——”，
这拖林普斯的声音，
就成了这个艾曼的名字——拖林普。
拖林普又被艾曼的人，
自称为哈拉姓氏，
凡这个艾曼的人，都姓拖林普。
拖林普族徽就是殷红殷红的红衫螺盘蛤的形状，
在大海滨渐渐赫赫有名，传遍千里。
凡为东海黑龙江——萨哈连乌拉，
最活跃、勇敢、勤奋的海民，
人丁兴旺，无病无灾，
又经千年锤炼，聪颖绝伦。
拖林普艾曼成为东海之主，
遥控海疆千万里，
是通踏南端萨哈连入海口，
北蹈北海数千岛屿。
在大海浪涛的推送下，
登上了苦兀岛、堪察加半岛，
还有楚克奇半岛，
远上北疆万万里的大海中心，

同冰山为伴，
同白熊为友，
无忧无虑，纵海欢歌。

这首古歌，是拖林普艾曼人奶奶爷爷传下几百年的老歌，它记载了拖林普人的艰辛岁月，也记录了祖先艰难创业所走过的足迹。所以，拖林普艾曼人都爱唱这首古歌，一唱就热血沸腾，心潮澎湃，手舞足蹈，双手摇动，仿佛在大海中摇浆。这正是他们海上生活的生动写照。

拖林普人认为自己的祖先是大海中的小红蛤蜊变的，所以族众男女脖颈上都戴着一串小白蛤蜊，那既是族徽、标志，又代表年岁，如孩子有二十个蛤蜊挂在身上，就说明二十岁了，可以有婚姻之事了。拖林普达玛发头戴东海十三角巨蛤徽帽，那是一种权力的象征。而且，每一代头领都要戴这种银巨蛤帽盔，银针巨蛤是小红蛤蜊的子孙，被拖林普人视为祖先。十三角巨蛤也说明他成为族中头人所走过的艰难历程，这种徽帽显示出至高无上的地位和特殊的本领。

从《雪山罕王传》中我们看到，苦兀岛上的乞列迷人，不仅视红蛤蜊为自己的祖先，还视熊为远世祖先神，他们认为自己是熊变成的人。所以，乞列迷人非常崇拜棕熊，把棕熊看成山神爷，称为熊玛发。他们过熊节、拜熊神，认为熊是吉祥之神，是光明磊落之神。人得到熊，就得到了神护，得到了平安吉祥。书中特别提到，拖林普嘎珊大玛发在雪野的熊窝中得到一个小“熊孩”。这个小“熊孩”是因为部落征杀，留下的一个弃婴，被棕熊带入窝中，由母熊喂奶，像看护崽子一样看护他渐渐长大。拖林普嘎珊大玛发捡到“熊孩”后带回艾曼，收为自己的儿子，起名为铎琴。铎琴，是乞列迷语，意为“野甸子”，意思是从野甸子上捡回来的野人。这与说部《雪妃娘娘和包鲁嘎汗》的狼孩同出一辙，反映出古代人和动物和谐相处的亲情关系。拖林普族人认为，嘎珊大玛发捡到“熊孩”，这是神赐予的精灵，是吉祥之兆。所以，拖林普嘎珊大玛发让铎琴带领族人千里迢迢去北京见皇上，还带了三只棕熊，保护他们一路平安。

更有意思的是，乞列迷人最喜欢过熊节，这是苦兀一带最古老、最传统的民族节日。这一天，各氏族的人都牵出自己部落奉养的熊玛发聚在一起，大家互庆互乐，其乐融融。将熊称为熊玛发或熊妈妈，这是对熊的敬称，视为自己的亲爷爷、亲奶奶。儿孙们能过上喜庆日子，不能忘了爷爷奶奶，饮水要思源，不能忘本，所以把熊牵来了，与老少共欢，吃了熊玛发的肉，才能一生平安、一生健康，任何疾病、魔鬼都不能侵犯，也不敢靠近自己。特别是乞列迷萨满，他们的神服要佩戴熊的头盖骨、掌骨、胸腔骨，这样才能增加神性。

书中还向人们介绍了乞列迷人的婚俗：在遥远的年代，祖上的老人就与其他部落约定俗成，建立“对婚”桩子，有的叫“婚姻楼”“换亲塔”，就是只要与自己没有血缘关系的任何一个部落的青年男女，互相都看中了，子孙都很健康、聪明，打猎出海都能干活，没有残疾，不是傻子、聋子、疯子等，皆可选婚。禀告嘎珊达或亲人，双方的嘎珊玛发选定良辰吉日，由男女萨满祭天跳神，向神母禀告，申明两个互不相识的部落从此成为儿女亲家部落。如有违背，或者男女私自偷婚、与本部族男女私自媾和，各首领一经捉拿，绝不宽恕。对严重违规者，有的以火烧死，有的投海淹死，甚至让野兽咬死。由于乞列迷人终年与白雪冰凌为伴，生下孩子时，妈妈们就先给他们洗冰浴，海水雪浴，孕妇和婴儿都不会因冷而冻病，反而更结实，不怕寒冷，个个像小铁疙瘩一样。

《雪山罕王传》的讲述者向人们详细介绍了乞列迷人海葬的全过程。当拖林普和巴哈提两个嘎珊的老玛发去世后，两个家族的人共同为他们举行了隆重的海葬仪式。首先萨满跳神，祈福禳灾。九个萨满、十八个助神人身穿鲸鱼皮的神服和熊皮神服，在海滨上建立起一座高大的神堂，在神堂上搭了祭坛。在祭坛前面的海面上，用十三只扎卡土船连接在一起，铺上白木板和熊皮，皮子上放好在海中采来的白玉石千枚，建起两张白玉石床，乞列迷人称为“魂床”或“长眠庄”。用海象皮搭起巨大棚子，罩住“魂床”，四周矗立一根一根的海象牙，象征“魂床”在海中至高无上的权利，永世安宁。萨满跳神完毕，由乞列迷人按辈分看守“魂床”。接着，萨满击鼓跳神，迎请海神妈妈神灵降世。

海神妈妈是专门管理入海宫的人，对入海宫的人都要“净身”，不能把污浊带入海宫。海神妈妈降临，在黑夜举行闭灯祭祀，萨满给两位老玛发用海水擦身，用海丁香花籽水浸泡，然后开膛。取出腹腔中的所有脏腑，一一交给逝者的直系亲人，由他们深深埋葬在海滩上。萨满清膛后，放入散发浓浓芳香的紫瓣豆冠花，然后用鲸鱼皮将尸体裹好，放在魂床上。用十块白岩石板将尸体紧紧缠实，不留空隙。由两只棕熊驮着“魂床”游入大海。当棕熊离岸时，人们跪岸拜送，但不许哭。乞列迷人认为海葬是人间喜葬，是回到祖神的怀抱，所以送行人还要唱祈福歌、安眠曲等来送行。这时，海面上有千万只海鸥在人们头顶上盘旋。乞列迷人认为，海鸥送葬越多，越预示着逝去的亲人真正回归到大海海神妈妈的怀抱，一路一帆风顺，将永远平安，而他的族人、亲人也将会一帆风顺、吉祥平安。这种庄严、神圣的海葬，既体现出乞列迷人纯洁的心灵，又是对萨满教观念的弘扬。这是珍贵的东海乞列迷人原生态的萨满文化的表述，对研究民族学、民俗学和萨满教提供了宝贵的资料。

综上所述，满族说部巴图鲁乌勒本，都是以古代历史事件为背景，塑造了历史上的英雄人物形象，有些情节尽管不一定都是人物生活年代和历史发生的当时而进行口头讲述的，但其中许多事迹和情节都保留了一些历史内容，具有一定的历史性。满族说部中的英雄人物形象，是经过数代传承人不断充实、加工、润色所形成的，虽然还保留了历史人物斗争的经历、生活的影子，但比历史人物更为丰满，充分反映了人民的愿望与幻想，表现了人们的爱、憎、好、恶，是理想化了的人物。因此，它是典型化了的艺术形象，是历史真实与艺术真实的统一。如前面所论述的阿骨打、王杲、努尔哈赤、雪妃娘娘、雪山罕王以及鳌拜、穆氏三巧、图泰、依克唐阿、窦尔敦、莫尔根等都是如此。讲述者为表达族人的愿望，调动了各种艺术手段，把故事讲得有头有尾，情节跌宕起伏，有张有弛，扣人心弦，在刻画人物上浓墨重彩，细微勾勒，并用朴实无华的民族语言，使人听后如闻其声，如见其面，人物形象栩栩如生，感人至深。从而达到了满族说部教育后人的目的。

第九章　给孙乌春乌勒本

给孙乌春乌勒本，即说唱体说部。这种类型的满族说部主要是以各氏族长期流传的历史传说中的人物为主，夹叙夹唱，有的是通过演唱形式歌颂英雄人物的非凡事迹和苦难的经历的，有的完全是以诗歌韵文形式唱诵祖先艰难的生存历程的。这种给孙乌春乌勒本以优美动听的满族先民古老的音乐旋律和女真语的古朴韵味，特别是保留了许多古谣、古歌，其音调听起来如溪水奔流一样铿锵有力。讲述者的表演形式活泼风趣，左手执鹿皮小抓鼓，右手执带有东珠彩穗的狍尾鞭，一边轻轻地忽急忽缓地敲着，一边口里吟唱着满语的民间长调，非常优美、悦耳、动听，极大地吸引、感染着听众，并迅速将听众带到讲述的特定环境中，与讲述者共同进行艺术创造，以至引起他们无限的联想，从而达到激励儿孙、寓教于乐的目的。这种类型的满族说部有《红罗女三打契丹》《比剑联姻》《绿罗秀演义》《苏木妈妈》《白花公主》《莉坤珠逃婚记》等等。

第一节　《红罗女三打契丹》和《比剑联姻》

在黑龙江省牡丹江地区和吉林省的敦化、珲春、汪清、蛟河等市县从古至今一直流传着优美的红罗女故事，而这些故事都和宁安渤海镇上京龙泉府和镜泊湖有关。考其源，与渤海国的社会发展和矛盾斗争有紧密联系。我们知道，民间口头文学作为意识形态，是当时社会生活的反映。早在周圣历元年，生活在东北东部边陲的粟末靺鞨族首领大祚荣创建了地方政权震国。到唐开元元年，册封大祚荣为左骁卫员外大将军、渤海郡王。始都旧围城（今吉林省敦化市敖东城），渤海文王大钦茂迁都上京龙泉府，而龙泉府的西南几十里就是镜泊湖。渤海国与中原大唐、新罗、契丹、日本等友好往来，经济发展，社会安定，创造了灿烂的渤海文化，史称“海东盛国”。从大钦茂开始，渤海国全面臣服于唐朝，因而渤海同契丹的关系由冷漠逐渐发展成兵戎相见，直到公元九二六年被契丹所灭，传国十五世，历时二百二十九年。靺鞨族所创建渤海国这些波澜壮阔的历史，成为人民群众进行口头创作的依据。人们在编创故事时，并不一定从书面记载中取材，也不一定以正史的定论为依据，往往将他们听到的、看到的人和事，与本地区的历史文化遗迹联系起来，编讲故事，并把本民族的生活习俗、宗教、地理风貌等因素综合起来，充分体现他们的理想与愿望。与“红罗女”同一母题的民间故事，由于地域不同，人们的经历和审美观念不同，传承人的文化素养不同，产生不同的版本。其中比较有代表性的传说《红罗公主》讲述的是：古时候，渤海郡王有一位小公主，俊俏无比，能歌善舞，吹一手好洞箫。她喜穿用九百九十九朵人参花染成的红裙，故名红罗公主。红罗公主要求婚者说明她箫声中说的是什么，说对的就算选中。文人武将都没有说对，唯有镜泊湖的年轻渔民以笛相和对上了。从此两人相爱，被红罗女父亲老渤海王阻拦，渔夫落水而亡，红罗女忧愁而死，被装在红石棺中，放在吊水楼瀑布下的深潭中。另外一则《红罗女》讲述的是：渤海郡王想选个天下最美的妃子，三年不成。一个云游的老道选一百个能工巧匠，造了一面美人镜，镜中照出了镜泊湖上小渔船前穿红袄红裙的红罗女，渤海郡王看她美丽要娶她，但红罗女已有心上人——捕鱼的青年支布。渤海郡王招来支布，要给他高官与金银，让他让出红罗女，支布坚决不答应，被渤海郡王杀害了。渤海郡王带着文武官员在湖上追赶红罗女，红罗女扎进了瀑布下面的深龙潭。红罗女没有死，每年的六月十五那天，善良的人们站在深龙潭畔的玄武崖上，就能听到欢乐的鸟叫：“织布！织布！织布！”这是支布变成了鸟，来看红罗女了。[①]

在民间众多的红罗女传说中这两则故事比较典型，都是浪漫的爱情故事，并以悲剧结局。但它不是满族说部，首先从传承上来看，没有固定的传承谱系，王家讲给孙家，孙家又讲给张家，没有固定的传承线路，无拘无束，很随意。另外，从讲述的内容来看，不是讲氏族祖先的家史或英雄史，而是讲古代人物的爱情故事，是一种消遣和余兴，没有讲述场合、讲述时间和听者礼俗的要求。因此，这些红罗女的传说和故事与满族说部中的《红罗女三打契丹》《比剑联姻》截然不同。

① 宋德胤. 镜泊湖民间传说［M］. 沈阳：春风文艺出版社，1984.

一、《红罗女三打契丹》和《比剑联姻》的传承与流传情况

黑龙江省宁安市的渤海镇是渤海的国都上京龙泉府，现在还留下许多宫城遗址和众多的文物。该市的西南五十公里处是世界著名的高山堰塞湖——镜泊湖。在一千多年前，满族的先人靺鞨人在这里创造了辉煌灿烂的历史和可歌可泣的英雄事迹及慷慨悲壮的史诗。这些都在人们的记忆中深深刻下印迹，随着时间和朝代的更迭，人们出于对祖先的热爱和崇敬，把记忆中的故事不断丰富、提高，逐渐形成故事首尾相接、情节跌宕起伏、人物形象生动感人、世代传承的长篇说部。在宁安的满族梅、关、傅、马等姓中流传比较久远。据傅英仁先生讲，早在同治年间他三太爷就在宫廷中的黄大衫队讲《萨布素将军传》和《红罗女三打契丹》，后来三太爷传给三爷傅永利。在傅英仁十四岁时，一进腊月门，他就跟着三爷到缸窑沟、西园子等屯讲《红罗女三打契丹》的故事，很受族众欢迎。三爷讲唱时，傅英仁细心听，用脑子记。到了十七八岁时，他已通了本，但没三爷讲述的熟练。后来，傅英仁当了小学教师，三爷就让他把所讲的《萨布素将军传》《红罗女三打契丹》用纸记录下来，三爷一再对他说："这是老祖宗传下来的，可不能失传。"到中华人民共和国成立初期时，傅英仁已记了六大本，足足有三百多万字，可惜在一九五七年被烧了。在烧之前，他记了简单的内容提纲。一九八三年他向王宏刚等人讲述《红罗女三打契丹》，就是根据这个提纲进行回忆讲述的。傅英仁一再说，三爷一边讲一边唱，唱的调特别好听，可惜他没学会。

在宁安关姓家族流传着与"红罗女"同一母题的另一种版本，叫《比剑联姻》。这是关福绵的祖、父传下来的一部大书。清末时，关福绵在宁古塔副都统衙门当差，满汉齐通，人称"福大人"。民国以后，成了落魄文人，靠在街头抽帖儿、卜卦为生。关福绵擅长讲说部，口若悬河，绘声绘色，走到哪儿必讲到哪儿，族众三五成群地跑去听，十里八村没有不知道的。关福绵的侄子关墨卿爱听说部，叔父讲到哪儿，叔父就跟到哪儿。叔父见侄子很聪明、有悟性，又热爱说部，就把《比剑联姻》这部说部传给了他。关福绵曾对侄子关墨卿说："学会书一部，大豆不需耕种自然收。东家有酒东家醉，西家有酒西家留。蝗虫水旱无伤损，快活风流到白头。"这是关福绵天天东奔西走，到各村屯讲唱说部，快乐后半生的精神写照。

民国时期，在宁古塔的满族人家讲唱说部十分盛行，许多姓氏都有

老祖宗传下来珍藏多年的有关红罗女的英雄故事。当时在宁安讲唱红罗女的说部分成南北两派，南派以傅永利为代表讲述的《红罗女三打契丹》，主要在宁安南半城缸窑沟、西园子一带讲述，在一个屯子一讲就是二十多天，因为讲的是祖先红罗女保家卫国的事，所以讲得很严肃。北派以关福绵为代表在北城一带的村屯讲唱。为了证实这部书是老祖宗传下来的，关福绵在一张存放百年的小桌子上供奉着红罗女、绿罗女的画像，每逢节日都要叩拜、祭祀，并供族人瞻仰。渐渐地傅永利与关福绵争论不休，互不相让。一个说唯自己讲得对，老祖宗就是这么吟诵的；一个说我讲的也没错，一代一代皆是如此讲唱的。总之，各说各的理，一时闹得不可开交。傅英仁的父亲傅明毓见两派各持己见、争论不休，担心长此下去会伤了两个家族的和气，便摆了一桌酒席，请傅永利和关福绵同桌共饮。席间，他们商定，以后各自仍按本家族传下来地讲，谁也别说谁对谁错了。从此化解了矛盾，平息了争论。[①] 从这件事我们可以看出，满族说部《红罗女三打契丹》和《比剑联姻》传承久远，深入人心，受到族众的欢迎。

满族诸姓之所以虔诚地崇敬和传诵红罗女的事迹，是因为他们已把红罗女当成自己的守护神。据王宏刚和程迅等人于一九八三年在吉林省珲春调查得知，满族郎、何、关姓的往昔萨满教祭礼中，要在神树下祭祀红罗女、绿罗女，因为他们是该氏族的守护神，庇护着他们的平安、幸福。在何玉霖、郎伯君等姓老人中仍能讲出《白马捎书》的故事，歌颂红罗女、绿罗女姐妹俩打退强敌、保家卫国的事迹。红罗女的故事在珲春有如此的影响力，是因为珲春的八连城曾是渤海国中的五京之一的东京，可见这里渤海经济、文化的发达。另外，在珲春的邻县汪清曾建有红罗女城寨，这说明红罗女是实有其人的。从红罗女成为满族部分氏族萨满教所信奉的守护神来看，证明红罗女在满族先民女真族中有重大的影响力，因而才能进入萨满教神系。[②] 这就是有关红罗女的满族说部一直流传至今的原因所在。

二、《红罗女三打契丹》与《比剑联姻》的故事梗概

《红罗女三打契丹》(傅英仁讲述，王宏刚、程迅整理）讲述渤海国

① 关墨卿，于敏. 萨布素外传 绿罗秀演义［M］. 长春：吉林人民出版社，2007.

② 福英仁，王宏刚. 红罗女三打契丹［M］. 长春：吉林人民出版社，2009.

第三代国王大钦茂时期的事，乌山将军和敖东将军在多年的戎马生涯中结为生死之交，乌山有一子叫乌巴图，才三岁，与敖东将军妻子腹中的孩子指腹为婚，如生女孩，许小儿为妻。不幸两位将军在反击契丹入侵时都以身殉国。敖东将军的小奥都格格被长白圣母收去学艺。圣母给她起名叫红罗女。经过八年学艺，拉弓射箭，耍枪舞剑，技艺大增，圣母让她下山为国效力，为民除害。师父告诉她，你下山后会遇到持有荷包簪花的勇士，他是你命中注定的夫君，也是你报效国家、为民除害的搭档。红罗女下山后射虎救了珍珠姑娘和小喜鹊姑娘，从此二人一直跟着红罗女。在回到敖东后，正赶上乌黑里将军设擂比武，红罗女获第一名，在敖东扬名。渤海王大钦茂去围场狩猎，国王侄子右相大英士暗中勾结契丹想暗中伏击射杀国王，在危机时刻，红罗女救驾，大英士对天姿国色的红罗女动了情，想入非非。由于红罗女救驾有功，国王和王后收红罗女为义女。国王学习唐朝开科取士的办法吸收天下精英报效国家。武科考试时，红罗女和乌山的儿子乌巴图都参加了，红罗女夺魁，乌巴图名列第二。在庆贺御宴上，红罗女和乌巴图两人都见到对方的荷包和簪花，王后同意他们联姻，并招乌巴图为驸马。不久，契丹狼兵大军压境，夺了渤海三关，国王命红罗女为帅，乌巴图为先锋，御驾亲征。红罗女率军打退耶律黑指挥的契丹兵，收复三关，占领三寨。就在老王御驾出征时，右相大英士与王妃密谋杀害忠良上京将军，陷害老左相企图谋叛，夺取王位。但老王回来了，没有得逞。这时忽尔汗海（即镜泊湖）有三个妖蟒作怪，大英士让红罗女派人到边关把乌巴图找来，叫他下水除妖蟒。乌巴图除了妖蟒，大英士又在国王面前告他私离边关犯了王法，把乌巴图发配东海边胡苏里部落。红罗女去东海找乌巴图，在部落长主持下与乌巴图完婚。朝廷视乌巴图和红罗女为叛逆，派乌黑里将军领兵来东海讨伐。红罗女让乌黑里将军禀告国王，重新裁定，还他们清白，于是两人一起跳入潭中。大英士得知红罗女和乌巴图已死，叫契丹大元帅耶律黑率兵来攻渤海国京城。红罗女和乌巴图得知后回京城解围，打退耶律黑的兵马。但耶律黑仍不死心，又占领西边的扶余府，这才引起二打契丹。红罗女打败耶律黑，让他立下永不犯边的字据。右相大英士为了得到红罗女，让乌巴图做出使大唐的使臣。后来红罗女中计，误认为乌巴图已被大唐招为驸马，变心了，忘了自己。乌巴图回到渤海国，听人说今天是红罗女与大英士成亲的喜日，又见从右相府抬出一顶红彩轿，这是大英士故意给乌巴图看的。乌巴图信以为真，回家写了绝笔信，要和红罗女一刀两断，然后回边关见刘总兵。刘总兵说红罗女不会变心，他这才感到上当了。回来的路上喝了大英士的毒酒。临死前给红罗女写了血书，表明自己中了奸臣的计，让红罗女替他报仇。红罗女看到白马带来的血书，知道乌巴图含冤而死，一定为他报仇。红罗女正在守墓，听到老王在敖东城举行祭祖大典，耶律黑又率兵包围了敖东城。大英士觉得夺权的机会到了，正当无比高兴时，红罗女和珍珠、喜鹊的兵马赶来，三打契丹，红罗女射死耶律黑，报了国恨家仇。回到上京龙泉府后，红罗女用计杀死了大英士为乌巴图报了仇，然后骑着大红马跳进了忽尔汗海。整个故事表现出红罗女、乌巴图保家卫国、奋勇杀敌的英雄气概和对爱情忠贞的主题，故事以悲剧结尾，激起人们对那些为一己私利，不惜用卑劣的手段，残害忠臣的丑恶人物的憎恨，使人们更加怀念、仰慕英雄人物的崇高品质。

满族说部《比剑联姻》(傅英仁、关墨卿讲述，王松林整理) 以唐玄宗开元元年，朝廷派郎将崔忻为使臣来渤海国，册封大祚荣为左骁卫大将军、渤海郡王为背景，渤海国派左平章夹谷清为赴唐进贡谢恩使臣，大祚荣长女红罗女、次女绿罗秀为护卫虎贲营总管，同唐朝天使同行，浩浩荡荡向大唐的首府长安进发，讲述了一场气势恢宏、情节曲折的东北边陲的地方政府渤海国与中央政权唐王朝彼此交往的一段佳话，演绎出一场波澜壮阔、威武雄壮的故事。书中着重刻画了以靺鞨女杰红罗女为代表的一大批各族英豪，为了圆满完成西去长安的朝唐重任，他们女扮男装，红罗女改名为蒲查隆，绿罗秀改名为蒲查盛，一路上在遇到强敌或复杂情况面前，机智果敢，巧妙周旋，勇敢地向邪恶势力挑战，顺利通过了天门岭以及额穆梭、乌拉城、旅顺湾、海湾岛等，或克敌破贼，或以武会友，化干戈为玉帛，一路上收纳英雄如黑大汉、拓跋虎等，化敌为友，壮大队伍，从一个联营发展成三个联营，有两千多人，使朝唐使团顺利前进。到了边境，天使崔忻与守卫伯张元遇带贡品先行赴长安复命。朝唐谢恩队伍渡海后，接到圣旨，命渤海国谢恩使带领兵马追捕劫贡品的流寇。天使郎将崔忻保护贡品来京，途中被流寇劫去，守卫伯张元遇被擒，郎将崔忻身负重伤逃回长安。左平章夹谷清领命率队伍继续前进，在路过五顶山时，发现谢恩队伍中两个被劫逃出的校尉，告诉他们，劫贡的敌寇是威镇三峡瞿塘峡葫芦峪的大寨主罗振天。渤海国朝唐使臣左平章兵扎长江瞿塘峡。罗振天一口否认劫贡品之事，并邀渤海国将士到寨中察看。罗振天老婆揭发他劫渤海国贡品，是为了串通唐朝奸臣杨国忠贿买招安，一气之下带领家人闯出大寨，蒲查隆派人将他们接过江。蒲查隆率二十八名英雄赴鸿门宴，在比武中，东门芙容、赫连英、夹谷兰三女杰逞雄风，大寨主只好认输。接着蒲查隆、蒲查盛、夹谷兰等夜探葫芦峪，众英雄从水牢中救出守卫伯张元遇。儿媳灌醉公爹罗振天，北化郎破暗器，蒲查隆取出贡品，罗振天在亲情的感召下诚服投降。渤海国朝唐使臣直奔长安，向皇上献上塞外稀世珍宝。红罗女之兄大门艺巧妙安排群英比武，蒲查隆、蒲查盛、夹谷兰获新科进士，接着三人夺了三甲，蒲查隆为状元、蒲查盛为榜眼、夹谷兰为探花。杨贵妃与奸贼杨国忠定下阴谋，命渤海国将领西征吐蕃，让他们葬身瀚海，派晋王为监军，把他也除掉。出人意料，西征奏凯，班师回长安，引出真假红罗女，皇太后垂帘听政，封堂大审，查明后来朝唐伪使中台相大查忽是渤海郡国叛臣，扮假红罗女、绿罗秀，陷害夹谷清，分裂邦交。后来，夹谷清官复原职，还了红罗女、绿罗秀清白。皇太后召红罗女进宫与孙子晋王李炫比剑，两人天配良缘，百年好合，两国和亲。派晋王当长史驻忽汗州，同渤海国朝唐谢恩使团一同回渤海国。

三、《红罗女三打契丹》和《比剑联姻》的艺术成就

1. 成功地塑造了一个光彩夺目的女英雄红罗女形象

满族说部是叙事性的民间口头文学，它以表现氏族祖先和英雄人物的思想感情、非凡事迹以及塑造鲜明的人物形象为主要任务。作为英雄传的满族说部来说，它是以人物为核心，沿着时间这根轴线，穿插古代征战、氏族聚散、部族兴亡发轫的波澜壮阔的历史史实，演出一场场惊心动魄、威武雄壮的故事来。英雄人物之所以受人崇敬、爱戴，是因为他在一系列的正义行为中表现出不畏艰险、不怕牺牲，为国为民赤胆忠心的精神和品格。所以，人物与行动是不可分割的。《红罗女三打契丹》的讲述者傅英仁先生把红罗女放在斗争的旋涡中来塑造红罗女的形象，再现出她爱国爱民、忠于爱情的高贵品格。红罗女从长白山圣母那里学艺归来，展示她一系列英雄行为，用长白山仙药为民救治瘟疫，射虎救女，围场救驾，承担起抗御契丹入侵的重任。后又二打契丹，打败契丹元帅耶律黑，逼迫他签订不再犯边的保证书。特别是在丈夫乌巴图被害的情况下，当她得知国王大钦茂去敖东城祭祖被契丹兵围困时，忍辱负重，立刻带领珍珠、喜鹊等人去敖东救主，三打契丹，保卫了渤海国。

而后智除奸相，报了国恨家仇，毅然投湖殉情。从这些惊人的壮举中，表现了红罗女对父母的孝、对国家的忠、对黎民百姓的爱、对朋友和下属的仁、对敌人斗争的勇、对奸臣的恨，充分反映出红罗女一身凛然正气，报效国家、忠于爱情的民族精神和传统美德。因而，这一切都使红罗女的形象闪耀出独特的个性光辉。

特别值得提出的是，主人公红罗女被安排在国家安危的征战中，围绕她的命运，对立双方展开了一系列的斗争，引出许多动人心魄、催人泪下的故事来。书中说，右相大英士为了夺权当上国王并得到红罗女，趁大钦茂去敖东城祭祖，勾引耶律黑包围敖东城，不料红罗女在夫死的悲痛中急忙来救驾。引出红罗女三打契丹，杀死了契丹大元帅耶律黑，虽然渤海国除去一个祸害，可乌巴图的黑锅还背着，害死他的奸臣还没有查清。红罗女拿出乌巴图的血书，看了又看，哭了又哭，心里发誓道："乌巴图啊乌巴图，我一天不给你报仇，我就一天不摘重孝。"一天，大钦茂见红罗女闷闷不乐，就对红罗女说："我侄儿大英士早就钟情于你，几年来给他介绍多少大家闺秀，他都摇头，你不能辜负了他这份痴情。"红罗女听了这话，把大英士平时对自己的表现联系起来，感觉到是大英士为了得到自己对乌巴图耍了手段。于是便问父王，乌巴图从边关回来，是不是右相带人去抓的？国王说是他让大英士带人把他逮回来，事关国法，我不能徇情啊。红罗女又说："你让他把人抓回来，可乌巴图怎么死在路上了呢？"国王说："那是他喝毒酒自杀了呀！"红罗女步步紧逼："乌巴图不喝酒，哪来的毒酒呢？"国王被蒙在鼓里，还为大英士辩解。为了弄清事实，红罗女在国王面前已无所畏惧了。当她听大英士的总管鬼阿哥说，大英士的心全扑到你身上了之后，红罗女的心已明白了一半，眼睛射出两道寒光，像两把利剑，直透鬼阿哥的心肺。鬼阿哥只好把大英士怎么勾结契丹想要夺他叔父江山，使用诡计，残害忠良，一五一十全说出来了。红罗女已掌握了充分的证据，大英士就是毒死乌巴图的凶手，是一个祸国殃民的大国贼。

第二天上朝时，红罗女表示已同意父王提亲之事，不过要答应她三件事：

"头一件，乌巴图是保国抗敌的英雄，不能死了还背黑锅，要官复原职，恢复名誉。"

"第二件，朝廷要给乌巴图立一个石碑，说明乌巴图都是怎么为国立功的事。"

“第三件，大英士必须到忽尔汗海边来娶亲，拜天地前先到乌巴图墓前祭奠。”

大英士一直听低头不语，红罗女厉声道：“三个条件，如有一件不允，亲事就拉倒。”大英士怕红罗女一气再跑了，赶紧答应。红罗女让豆满他们告诉海边的乡亲们都来参加她的婚礼。老乡们知道这一消息，都感到吃惊，乌巴图是他们的除蟒英雄，刚一走，红罗女怎么就嫁给大英士了，都迷惑不解。红罗女却用计谋杀了大英士，还了夫君乌巴图清白，报了仇。通过这些行为，深刻地表现了红罗女激烈的内心冲突和思想变化，刻画出疾恶如仇、勇于锄奸的栩栩如生的英雄形象。

《红罗女三打契丹》的讲述者，擅于在典型环境中多侧面、多层次、细致深入地刻画红罗女鲜明的性格，使人物有一种立体感。当大英士答应了红罗女提出成亲的三个条件，乡亲们和珍珠姐妹、豆满阿哥都不知红罗女怎么想的时，讲述者是这样说的：

> 第三天一早，红罗女把他们三人召集到一起，指着两个木箱子说道：“我们姐妹一场，情同手足，今天我要走了，这两箱兵书，是我跟长白圣母和刘总兵学的，也有我自己打完仗悟出来的，留给你们以后好好学习，国家需要你们的时候，你们得挺身而出，保卫国家呀！”三个人听了，心里真难受，两个妹妹已经掉眼泪了。
>
> 红罗女又说：“你们也得记住我师父的话，看人不能光看长得美丑，还得辨人心善恶，不要光看见白天的人，看不见夜间鬼。”
>
> 仨人听了，直点头。红罗女又说：“今天，你们一定要听我的，这是我最后一次求你们了。”听了这话，连豆满的鼻子也酸了。
>
> 红罗女一一吩咐好，就把他们带到乌巴图墓前，说道：“我还有一路撒手刀没教你们，今天就一起教你们吧。”说完就在那里舞了起来，只见刀光闪闪，画出一个大圈，掷出去有一丈多远，又回到手里，真是绝招，他们仨跟着细心地学了两遍。
>
> 撒手刀学完了，红罗女说：“乌巴图生前最爱看红罗巾舞，今天我在他墓前再跳一次吧，你们也看一看。”说罢，挥动着红罗巾跳了起来，这舞跳得比哪次都好，可珍珠他们却越看越伤心，红罗女自己两眼也闪着泪光。

红罗女跳完红罗巾舞，把红罗巾撕成三条，给他们三人一人一条，说道："这个你们带在身上，以后打仗的时候，就能保护你们。"三个人每人接过一条，眼泪再也止不住了，珍珠姐俩扑到红罗女身上，抱头痛哭，不让红罗女走。

红罗女轻轻摇头说："今天，我是要走了，你们一定要记住我的话。"说罢，让豆满押着契丹奸细，火速进京。让珍珠姐俩先回去休息一会儿。到午时时分，把总管鬼阿哥押到这里来，自己要单独在这里祭奠一下乌巴图。

他们三个人眼含着泪走了，坟前只剩下红罗女一人。她把给乌巴图绣的箭袋放在坟上，两朵翠花簪放在箭袋前面，就趴在土坟上痛哭起来。边哭边说："乌巴图啊乌巴图，为妻今天可以替你报仇雪恨了，你等一等我，咱俩一起走。"说罢又大哭，真是哭得惊天地，泣鬼神，眼睛都哭出血来了。

红罗女临走之前把两箱兵书给了她的两个妹妹和豆满，并告诉她们："国家需要的时候要挺身而出，保卫国家。"为使她们能够战胜敌人，把她的绝招撒手刀教给他们，把红罗巾撕成三条给他们每人一条，以备打仗时用。这说明红罗女心中一直装着国家，充分表现出她的爱国情怀，自己虽然要走了，可由珍珠、喜鹊、豆满来忠心耿耿地保卫国家，她也就放心了。因为乌巴图最爱看她跳红罗巾舞，她又跳一次，然后自己在乌巴图坟前单独祭奠。当她杀死大英士后，点起三炷香，哭喊道："乌巴图啊，乌巴图，我的夫君，为妻今天替你报仇了。"这一切都表现出红罗女对爱情的忠贞。红罗女在乌巴图坟前慷慨悲壮的陈词和对珍珠等人说的话，暗示着永别，在凄婉中夹带着深沉凝重、视死如归的浩然正气。红罗女临走之前的这些行为，深刻塑造了一个热爱国家、忠于爱情的光辉形象，看到这里，真让人撕心裂肺，感人肺腑，催人泪下。

书中结尾采取浪漫主义的手法，让人们永远怀念这位为民除害、保卫国家、忠于爱情的女英雄红罗女。书中是这样说的：

大伙正在沉痛中，那匹大红马不知什么时候来到红罗女身旁，红罗女翻身上马，那马就跳进了忽尔汗海，后面跟着那匹大白马，乡亲都惊呆了。

人们看那闪光的瀑布，说那是红罗女的水晶棺，那雪白的浪花，是为红罗女戴孝，那轰隆隆的瀑布声，是为红罗女痛哭。就在那天晚上，海面上突然升起两颗星，人们一下子认出来了，一颗是红罗女，一颗是乌巴图。两颗星并排着，冉冉升起，慢慢地向东飞去，飞向长白山。

这充分反映出人们对红罗女的崇敬、喜爱。满族及其先民按照自己的意愿来塑造一个文武双全、爱国爱民、屡立奇功的女英雄红罗女，她是一个理想化的真、善、美人物的形象。所以，在靺鞨人和后来的女真人、满族人心里，红罗女是不会死的，她成了满族及其先民的保护神，日日夜夜为民祈福禳灾，年年月月保佑人们平安。这就是这部书的重要价值所在。

在《红罗女三打契丹》和《比剑联姻》中，还通过对比衬托的手法刻画英雄人物的性格，塑造一些阴险毒辣、自私残忍的反面人物形象，并与英雄人物相映对照。在《比剑联姻》中把红罗女刻画成正义的化身，文武双全，有超人的智慧，在随朝唐使臣赴长安队伍中红罗女女扮男装，改名为蒲查隆，成为帐下虎贲营副总管。当葫芦峪大寨主罗振天得知渤海国朝唐使团来追讨贡品时，摆下鸿门宴，试探他们的胆量和武功，蒲查隆只带五人赴会。书中说道：“来到大寨门，只见大门挂彩，二门挂红，黄沙铺地，一旁列有一行喽啰雁翅排列，手擎大刀，高高举起，刀刃向下，五步一对，对排两旁。大寨门内摆下一张桌子，桌面上一罐酒，约有三斤重的黄泥瓦罐，写着鲜明的四个大字：绍兴花雕。方肉约有一斤，五花三层，上插一柄匕首。一个黑大汉，头戴壮帽，短衣襟，小打扮，下身是兜裆滚裤，足蹬抓地虎快靴，腰系一巴掌宽丝兰大带，两个穗直抵腰间。”这是讲述一进大寨门口的环境、气氛，介绍黑大汉这个人物穿着打扮，是一个凶恶的形象。然后书中接着说：“那大汉擎起酒罐，说声：‘请饮迎风酒。’一抬手，泥罐脱手而出，急如旋风，迅雷不及掩耳，向蒲查隆掷来。蒲查隆不慌不忙，安然接在手中，用手掌横扫千军功夫，擘去泥封，举罐而饮，遂即用手擎罐说：‘来而不往非礼也。’将罐抛回，‘礼’字刚说完，罐已抛到黑大汉脑门。黑大汉想用手接，已来不及，只好硬着头皮撞去，咔嚓一声，罐破酒流。黑大汉天庭起了红包。幸亏他练过油锤贯顶功夫，不然就得找阎王爷报到去了。黑大汉恼羞成怒，把匕首和肉举起来说：‘有酒无肴，不成敬意，请就肉下酒。’话未说完，就抖手抛去匕首和肉，他以为先下手为强，话还没有说完，就把匕首抛出，给他来个暗算。哪知蒲查隆一张口，叼住了透出肉的刀尖，咔嚓一声把刀尖咬掉，说声：‘肉中有刺。’喷向猛汉，猛汉猝不及防，被射中左眼，‘哎哟’一声，眼珠随血而下。‘扑’的一声，肉扑面而来，扑向脸门，‘啪’

的一声，打得贼人摇几摇，晃几晃，翻身跌倒。‘妈呀！’‘娘哟！’退了下去。”

这一段讲得非常生动、形象，把蒲查隆赴葫芦峪大寨鸿门宴，怎样识破摆下的迎风酒，以机智、果敢的行动和高超的技艺接住黑大汉抛出的酒罐和匕首，并将酒罐抛在黑大汉的脑门上，叼住尖刀而后喷向猛汉，射中他的左眼。真是魔高一尺，道高一丈，贼人本想暗算蒲查隆，结果自己却被吓退。通过这种对比、衬托的方法把勇敢无畏的女英雄红罗女的形象活灵活现地展现在听众面前。而勇敢正是英雄时代的传统美德，是祖先崇拜的偶像，因此被人们敬慕、欣赏和赞颂。这正是红罗女的故事千百年来一直被满族及其先民传诵的奥秘。

2.《红罗女三打契丹》《比剑联姻》具有鲜明的人民性和民族性

满族说部《红罗女三打契丹》《比剑联姻》作为世代传承的给孙乌春乌勒本具有鲜明的人民性，塑造了一群能够体现人民愿望的英雄人物，反映人民反对各部落彼此的争斗和各族之间的战争，渴望过着平静安适的生活，希望各部落、各族结成联盟，世代友好，充分体现热爱国家、热爱本民族的思想。因此，整个作品始终和人民生活紧密联系在一起，歌颂红罗女驱瘟治病，降水怪，惩恶扬善，为民解忧，让人民过上幸福生活。在《红罗女三打契丹》中讲述红罗女武艺学成下山后首先射虎救女，惩治要虎皮的官员，驱除瘟疾，乌巴图在忽尔汗海为民除掉三条怪蟒却被发配到东海一个荒僻部落。他在那里教民习武，治理部落。红罗女来到东海后，用比武说服萨哈连部落，从此与东海部落友好相处，等等。这些故事都和人民生活息息相关。《比剑联姻》中的蒲查隆对海湾岛大寨主拓跋虎道出朝唐的主要目的，他说：“我们渤海，地处塞外以游牧为生，要想振兴渤海，必须向唐朝先进的国家学习，因为这个才去朝唐。”而后，为了兵进瞿塘峡葫芦峪夺回被劫的贡品，蒲查隆对高僧说：“我们离开渤海是为朝唐，愿为停息战争，使南北数百万人成为一家，和睦相处。免除黎民遭受刀兵之苦，安居乐业。”蒲查隆不仅这样说，也是这样做的，为了避免杀戮，使人民群众免遭苦难，一路上化解矛盾招降了许多山寨大王，化敌为友，壮大了队伍。因而，蒲查隆等英雄受到人民的敬仰和爱戴。

纵观《红罗女三打契丹》《比剑联姻》两部说部，讲述者以无限崇敬的心情歌颂红罗女等一大批英雄人物以骁勇善战和聪明才智给人民带来幸福安康，因而人民热爱、敬仰英雄，把英雄看成部落、氏族的保护神。

这正是英雄和人民辩证统一的关系，也是作品人民性的具体体现。人民崇敬英雄，是通过对英雄人物的理想化、神圣化表现出来的，所以在这两部说部中，女英雄红罗女具有浪漫的传奇性和善良、正直的品德，以及不畏强暴、骁勇善战的性格和她那爽朗豪放的英雄气概。这就是该书中人民对英雄人物赋予的美德。

不仅如此，这两部书还具有鲜明的民族性。满族说部是先民代代传承下来的民间口述史，它记录先民的生存经验、开疆守土、迁徙征战的历史，有着鲜明的民族特征。在《红罗女三打契丹》的开头便说："相传在很久以前，在长白山下，粟末水旁，稀稀拉拉像晨星似的，住着一些靺鞨人部落。这些靺鞨人祖祖辈辈靠打鱼、狩猎为生。"简短几句便点明了族属、居住地，靺鞨人是个渔猎民族。《比剑联姻》在楔子中也说："在忽汗湖边住的靺鞨部的游牧民族，是满洲民族的祖先，在这水草丰茂、土地肥沃的地方辛勤劳动、繁衍生息。"书中还介绍了靺鞨人的生活习俗，过年时用黏米和小豆做年糕，贴春联、烧岁帷子。没有春联的，就沿用旧俗，劈桃木为牌，立在毡房外，俗名桃祭。辞岁拜年是靺鞨人祖先留下的老礼法。在大年初一，不管认识不认识，只要聚在一起过除夕的，就是你家到我家拜年，我家到你家拜年。即便平常吵过嘴、打过架的见了面总是彼此请安，说几句吉祥话，一切隔膜就被请安、说吉祥话冲淡了，重新和好。在《红罗女三打契丹》中还介绍了指腹为婚、抢婚的习俗。举办拜天仪式要在大神树下进行，四周点起篝火，人们打起手鼓，吹起螺号，大家围着篝火，边喝酒，边唱歌，边跳舞，别有一番风味。特别是书中还介绍了靺鞨人虔诚信奉萨满教的情景。红罗女见大鹰追捉逃命的小鸟，便射了箭，绿罗女说她闯了大祸，红罗女疑惑不解。原来靺鞨人开始种庄稼，但一到秋天山雀扑来啄食，害得人们连种子都收不回来。部落人跪在地边，向苍天祈祷，请求保佑。天神受了感动，就命山鹰帮助驱赶、捕杀山雀，保护了山民的庄田，人们便视山鹰为保护神供奉起来。这就是萨满教灵禽崇拜的具体表现。另外，书中还讲述靺鞨人篝火祭天活动，点上数十堆篝火，祭天神。祭完天神，大家伴随鼓声跳舞、唱歌，有些人还敞怀喝酒、吃肉；大家追逐嬉闹，真是人神同欢喜，老少皆忘忧。靺鞨人进山打猎首先要祭天、祭山；部落里闹瘟疫，家家都焚香禳灾，请神、祭神。所有这些都表明靺鞨人是虔诚信奉萨满教的，这是构成满族说部《红罗女三打契丹》和《比剑联姻》民族性的重要特征。

3.《红罗女三打契丹》和《比剑联姻》的艺术魅力

由傅英仁和关墨卿两位著名满族说部传承人讲述的《红罗女三打契丹》《比剑联姻》以宏伟的气势展现说部文化的多样性，这里既有女真语、满语、地方土语，又有民歌、民谣、民谚，还有音乐、舞蹈、祭祀礼仪等，因为是且说且唱，生动活泼，使说部呈现出朴实无华、抑扬顿挫、铿锵有力、色彩斑斓、遒劲奔放的画面，极富迷人的艺术魅力。这两部书用的满语如额娘、阿玛、格格、恩都力，其方言土语琳琅满目，比比皆是，如“捋杆儿爬”“虚乎劲”“赖赖叽叽”“太蝎虎了”“咋咋呼呼”“蔫不悄”“鼠迷”“丧荡游魂”等等。讲述这两部说部的语言富于生活气息，饱含着艺术魅力。书中讲大英士趁国王到敖东城祭祀勾结耶律黑杀死大钦茂自己当国王，眼看计划就要实现，不料红罗女来救驾，书中说大英士“真如三九天掉冰窟，浑身凉透了”，掉冰窟也预示他即将灭亡。当红罗女让大英士的总管鬼阿哥说出真相时，书中说：“鬼阿哥像鸡啄米似的磕了一阵子头，就一五一十把大英士如何勾结外敌，残害忠良，毒死乌巴图的事全说了。大英士一听，立刻像一摊泥似的瘫在地上了。”把敌人的丑恶面貌说得形象逼真，激起听众对他们的憎恨。此外，这两部书还引用了许多民谣、民谚，如“玉不琢不成器，人不学不知义”“人无远虑，必有近忧”“强龙难压地头蛇”“豪杰生在田野，英雄长在八方”“老天不负苦心人”“宝剑赠予烈士，红粉赠予佳人”“天道忌盈，月圆则虚亏，人道忌满，骄者必败”“祸福无门，庸人自扰”“鸟随鸾凤鸣声远，人伴贤良品格高”，古谚“龙找龙，虾找虾，癞蛤蟆寻找淤泥洼”“放下屠刀，立地成佛”“捉鸡不成，倒蚀了把米”“孤树不成林，单丝不成线”等。总之，这两部说部讲述者吸收了本民族的语言风格和北域粗犷豪放的风格，使听众感到语言朴素，比喻生动，绘声绘色，如听其声，如见其面，紧紧钳住听众注意力，并激起他们情感的应和力和感召力，与书中主人公喜而喜，忧而忧，有着无穷的艺术魅力。

全书的结构完整，布局严谨，情节跌宕起伏，故事一气呵成，使主题思想和英雄人物的非凡事迹如长河流水般顺畅地表现出来。这两部说部都是章回体，且回与回环环相扣，扣人心扉，当一个故事讲到山穷水尽或紧要关头的时候，讲述者卖个关子，用几句话一交代，使故事峰回路转，呈现一片柳暗花明的新天地。令人听了不知究竟如何，难舍难离，欲罢不能，必须听下去。讲述者这种手法，几乎在每一回终结时都表现得淋漓尽致。由于这两部书结构的完整性，每一回都讲得天衣无缝，形象地展示神奇瑰丽的情节，故而使该书具有震撼人心的艺术魅力，不愧是一部脍炙人口的无韵英雄史诗。

第二节 《苏木妈妈》

在二十世纪三十年代左右，黑龙江省瑷珲地区广泛流传着金代开国英雄苏木夫人的传说故事，有两种讲述形式，一是叙事体的说部乌勒本，叫《苏木夫人传》，因篇幅较长，有着紧密的连贯性，能连续讲一个月有余，另一种是韵文体的说唱形式，称作《苏木妈妈》。

一、《苏木妈妈》的传承情况与主要内容

给孙乌春乌勒本《苏木妈妈》(富育光讲述，荆文礼整理）是一部以说唱著称、影响很深的满族传统说部。它用女真语的诗韵和古歌、长调讴歌了近千年前满族先世女真人的一位著名女英雄苏木妈妈在反辽斗争中做出的非凡事迹。相传苏木妈妈是大金开国之君阿骨打的大夫人，她不仅能文能武、智勇双全，而且还是一位神机妙算的大萨满，为完颜部的发展、壮大和夺取反辽的最终胜利，付出了全部心血。在阿骨打攻占大辽宁江州，建立金朝称帝之前，不幸壮烈牺牲。苏木夫人的丰功伟绩女真人世代铭记、传诵，称颂她是女真的生育神、药神、记忆神、渍菜神，尊称为“苏木妈妈”。在完颜部萨满背灯祭中，要迎请苏木妈妈降临，与阖族同享欢乐。萨满祭祀神词，就是以咏唱苏木妈妈的事迹为内容，在氏族漫长的祭祀和传述中，得到不断充实、润色，从而渐渐形成满族传统说部给孙乌春乌勒本《苏木妈妈》，代代流传下来。虽然满族创世神话《天宫大战》《西林安班玛发》《恩切布库》《奥克敦妈妈》和东海萨满史诗《乌布西奔妈妈》也都是说唱形式的，具有诗的韵味，但与《苏木妈妈》不同，上述这些神话都是珍藏在萨满记忆之中，由萨满世代传承下来，讲述萨满祖世们的非凡事迹，如阿布卡赫赫怎样造天、造人等，幻想离奇的故事，而《苏木妈妈》歌颂的是生活中一位女英雄的斗争故事，它不是用虚幻的手法编织离奇的故事，也不是专门由萨满传承、讲述，族中玛发、妈妈都可以传讲。所以，《苏木妈妈》在各氏族流传已有久远的历史，并以它那古朴的女真语韵味、铿锵悦耳的演唱音调和喜闻乐见的

形式深受各氏族族众的欢迎。

在二十世纪四十年代左右，黑龙江省瑷珲地区大五家子的富察氏家族逢年遇节就有讲唱《苏木妈妈》的风俗。当时《苏木妈妈》的重要传承人是郭霍洛·富察美容。她在全族喜庆之时，多次讲唱《苏木妈妈》，其长子富希陆总是专心致志地聆听，并能将讲唱稿熟练地背诵下来。二十世纪六十年代，瑷珲地区的文艺工作者根据中央普查民族民间故事和民歌的精神，向富希陆了解满族民间故事和民歌时，才引起重视。富希陆在子女一再请求下，于一九六二年把母亲讲的《苏木妈妈》进行回忆抄录。富希陆对其子富育光等说："你奶奶唱的调特别好听，可惜一点也学不上来了。只是对故事情节还记得差不多，不过时间一长，唱词也忘不少，现在只能想出这些。"抄录稿在"文革"中丢失，一九八〇年富育光又请老人复述，并记录下来，记录卡片一直在富育光处保存。二〇〇九年吉林人民出版社出版、谷长春主编的《满族口头遗产传统说部丛书》中的《苏木妈妈》，就是富育光依照此卡片誊写后进行讲述的，保持说唱形式的原貌，特别是原来所有用汉字标音的满语，尽量保留下来，可以说保持了讲唱《苏木妈妈》的原汁原味。

二、塑造了一个完美的生动感人的苏木妈妈形象

该作品采用宏大的篇幅描述女真人的狩猎生活和与大辽王朝催鹰贡哈番的严酷冲突，从根本上再现了女真人与辽朝统治者之间的尖锐、激烈的民族矛盾，把英雄推向这场生与死斗争的广阔场景之中，不惜笔墨地歌颂英雄的本色和非凡事迹。

1. 苏木神奇般地出场显示出英雄的超群才能

书的开头用很长篇幅讲述艾曼（部落）一年一次选猎达的事，用各种比喻的手法烘托猎达的技能和厉害，即便是"万山之王猛虎，要用它的斑纹锦皮，它也得摇尾献上"，所以猎达是非常了不起的人物。猎达比布库（摔跤），经过数场较量，选出九名参加决赛，真是英雄里拔英雄。九个预选猎达一个个蹦上擂台，像猛虎下山似的号叫着，厮打在一起。第一个将第二个摔倒，第三个像只飞豹子蹿上台，用双腿一夹，第一个人像滩泥似的坐在台上。紧接着蹿上第四个人，来个野猪拱地，把第三人甩到台下。第四人刚想站起，第五人从树上跳下，压第四人双手趴地嘴啃泥，甘拜下风，接着第六、第七、第八都被他制服。这第五个胜者

昂首挺胸，趾高气扬地喊道："谁还敢跟我比？今年的猎达就是我的了。"正在这时，苗条、瘦小、健美、伶俐的第九名小猎达，大喝一声，腾空跃起，双脚旋转，横打在五号猎达的后背上，被打出十步外，折着跟头摔倒在草地上。他一颠一颠地来到九十岁老玛发跟前说："服了，服了。"

人们都惊异地问，这个独占鳌头的人，是谁家的孩子呢？老玛发惊讶地瞅啊瞅，只见这个人：

边脱掉豹点皮连体小皮袄，
边摘掉豹花小皮帽，
露出了头上盘卷着的粗粗的发辫，
闪着长睫毛、大眼睛，
红红的脸膛，
美丽地笑着，
显出两个可爱的小酒窝，
真是自己心爱的小苏木。

于是，老玛发宣布苏木为唐阔罗哈喇的猎达。

讲述者不是采取平铺直叙的办法，先介绍苏木是怎样一个人，而是采用叠进的手法，讲述选猎达布库比赛，一个个如蛟龙似虎，都是顶天立地的英雄汉，布库比赛正是在英雄里拔英雄，擂台上互不相让，一个胜一个，最后第九名独占鳌头。那么，他究竟是谁呢？给大家一悬念。然后介绍她是身材苗条、瘦小、健美、伶俐、盘卷粗粗发辫的女扮男装的小苏木。讲述者这样塑造小苏木的英雄形象，显得很神奇，不落俗套，给人以深刻印象。

2. 在与大辽"蒲鲁蒲"（兽军）生死搏斗中显示出苏木英雄本色

正当全部落人欢庆新选的猎达时，数百名辽兵冲了进来，马匹践踏着男女老少，不少人死于非命，还抓走捆绑上百人，拖在马后让他们去捕海东青。被抓的人顿时像窝蜂似的冲向"蒲鲁蒲"，与他们扭打在一起，一场血难就要降临。就在这千钧一发之际，飞马跑来了苏木，她大声断喝道："住手，狗强盗，光天化日之下，竟敢欺负我们珠申人。辽王不是要海东青吗？你们杀了我们的亲人，谁给你们去捕鹰？"辽"蒲鲁蒲"一听也对，让老玛发叫孩子们去打鹰。老玛发说，打鹰上路之前得祭祀，用这个办法拖延时间，并问重孙女苏木有什么办法？苏木说：

咱们只有一个办法，
老鹰来了，
群雀可以飞走啊；
野豹子来了，
小兔为什么不能逃呢？

老玛发明白了，吹起桦皮哨哨，这是族中暗语，人们一窝蜂似的冲散了。气坏了“蒲鲁蒲”，想砍死老玛发。老玛发要替孩子们去打鹰。“蒲鲁蒲”不相信，要冲上去绑苏木。苏木挺身而出，说：

我不怕你们绑，
不怕你们杀，
放了我的老祖宗，
我跟你们去！

“蒲鲁蒲”将苏木关押起来，等鹰贡归来再放苏木出牢。老玛发和族人冲了上来，要跟仇人拼了，“蒲鲁蒲”抽出钢刀要杀一儆百。小苏木怕爷爷、叔叔遭难，大声喊道：

不要吵，不必闹，
不用管我苏木，
就按贡牌办吧。
我的能耐，
爷爷、奶奶们还不相信吗？

族人知道小苏木大智大勇，必生降敌良策，于是就安心了。“蒲鲁蒲”将抵押人苏木双手双臂绑在木架上，任凭雨淋风吹，她毫不畏缩。由于一连二十多天的秋雨，天气寒冷，小苏木想到辽兵掠走的千张皮货就在库房中，她跳下高架，勒死三个辽兵暗哨，在雨中将皮张送给各家，等大辽哈番赶来，苏木仍昂首站立在高架上，这件事情永远是个谜。

讲述者把苏木置于珠申与大辽“蒲鲁蒲”尖锐矛盾冲突的典型环境中，为救族众，她以超人的胆量和机智挺身而出，甘愿做抵押人质，被绑在木架上，任凭雨淋风吹不动摇，企盼族人打鹰早日归来，将视死如归的女英雄气概表现得淋漓尽致。

3. 苏木是阿骨打的贤内助和谋士

完颜部阿骨打娶了唐阔罗哈喇的美女苏木，一连九日欢庆不绝。按年龄阿骨打比苏木小三岁。女真人古俗，“妻大于夫，事事幸福”。成婚不久，苏木就成了执掌家权的主持人。苏木不仅武功好，而且会干各种活。她会做纺织机，教族人纺织，从此完颜部有了“苏木布”；她会烹饪，世代传下了“苏木冻肉”“苏木烤肉”“苏木熏肉”；她用色木熬出蓝色，用椴木熬出黄色，用野花熬出红色，人们称“苏木蓝”“苏木黄”“苏木红”；苏木还是郎中，能治童子病、妇女难产、老人腰腿疼痛，她有土药、土方，了解草药炮制方法，人们说她是“天降的药神”，人称她为“福德西妈妈”，即“佛母”。珠申患病，只要冲着门外喊苏木三声，苏木就来到身边，将药送给珠申。虽然这些情节有传奇色彩，但将它置于生活之中，使听众感到信服，这就是苏木妈妈为珠申所做出的贡献，从而使完颜部如虎添翼，日益强大。

不仅如此，苏木还善于处理阿骨打兄弟之间、兵将之间和与外部落之间的关系。阿骨打兄弟喜欢饮酒，酒后大醉，互相跤斗谩骂，能够化解酒醉的人冲突的就是苏木。苏木温情脉脉地规劝众兄弟和兵将们，要勇于杀敌，严禁烈酒，不犯妻女。所以，只要苏木在的地方，酒坛子永远是封着的。有一次苏木跟随阿骨打去通肯比拉收降一个小部落，这个部落长悍勇，嗜杀成性，外号叫黑豹子，曾多次与辽兵厮斗，辽兵都战败了，所以他目空一切，更看不起完颜部落。阿骨打主张对黑豹子采取强取，不可安抚。苏木献策说：

> 畏根，你不可这样，
> 那是咱们的珠申兄弟啊！
> 你不是愿意广交天下人吗？
> 不可以强欺弱，
> 不能有征服之心，
> 那要是黑豹子与我结仇，
> 成了辽兵的帮凶，
> 他还怎能与辽兵争斗？
> 咱们的家室可要真正起火了！

阿骨打同意了苏木的想法，苏木便换了夫人装，带着贵重礼品来到通肯河大寨前。黑豹子见阿骨打和夫人亲自带礼物来见，备受感动，命城门四开，迎接阿骨打。就这样，兵马未动，没费吹灰之力，就收服了通肯比拉的萨哈连亚克哈将军。从这件事看，苏木不愧是阿骨打的谋士，她秘密联络女真各部，组成强大的部落联盟，为反辽斗争奠定了基础。

在阿骨打反辽的鏖战中，苏木始终跟随阿骨打，侍奉阿骨打，并组织珠申男女老少，形成庞大的小轮车给养后勤军，为前方将士运送鸡、鸭、鱼、肉和各种野菜、野果，使将士酒足饭饱，身强体壮，征杀辽兵，势如猛虎。辽兵哈番深知要打败阿骨打，首先要铲除他的心腹苏木，使之阻断后方补给力量。于是，上千名辽兵埋伏在阿布达里山的山路两旁，见苏木带领数百辆运送物资的小轮车已进埋伏圈，便燃起大火，火借风势，顿时整个山冈变成一片火海。可怜的苏木和族人们全被大火吞没。大火连续烧了三天三夜。后来，人们把山上的尸骨收集到一起，成为金代著名的"骨头山"，俗名"几蓝给阿林"。

综上所述，我们清晰地看出，讲述者先从唐阔罗哈喇选猎达和大辽"蒲鲁蒲"疯狂抓捕珠申去北疆打鹰的典型环境中，讲述十三岁的小苏木动人心魄的出场，与辽兵进行威武雄壮的斗争，为保护老玛发和族人生命安全，宁愿让辽兵将自己绑在木架上，塑造了一个任凭风吹雨淋不动摇，敌人的刀按在脖子上也不屈服的坚强性格和大智大勇的英雄形象。苏木嫁给阿骨打之后，始终与人民同呼吸共命运，顺应时代的主流，积极参与阿骨打反辽斗争，最后被辽兵放的烈火烧死在斗争前线。苏木的一切行为都代表了珠申的利益与愿望，她的心始终和珠申的心连在一起，所以受到人民群众的爱戴，歌颂她英雄事迹的给孙乌春乌勒本（即满族长歌）永远传诵不息。

三、《苏木妈妈》的重要价值

1. 再现了女真古老的抢婚习俗

女真抢婚习俗最早源于渤海国时期，那时抢婚带有野蛮的强暴性。随着社会的发展，抢婚变成两个部落友谊的象征。书中说当大辽哈番要苏木做他第三个沙里甘，也用抢婚习俗接走苏木时，被老玛发拒绝后，气急败坏地爬上高架要杀死苏木，在这千钧一发之际，被阿骨打刺死，并将苏木抱在怀里，苏木像见到了明月，见到了倾慕已久的“顺”（太阳），从心里喜爱。两个部落长商定，同意联姻，按照珠申的老习惯，以抢婚的古俗迎接苏木。如何抢婚，讲述者是这样说的：

双方约定鹰星夜里偏南的时候，
正是初秋降临北方，
在三天的夜里，
允许阿骨打用他自己的任何巧计，
悄悄地来到唐阔罗哈喇部，
接走苏木，
回到自己的部落成亲。

两方约定，阿骨打不能靠别人相助，也不能偷偷找唐阔罗哈喇人帮忙，更不能靠武力抢走。完颜部施展了巧计，麻痹唐阔罗哈喇人的注意力，阿骨打不断将马牵出塞外，与唐阔罗哈喇的马帮混在一起，日子一长，马恋群，日夜不回。一天，阿骨打以牧马人找马的身份来到唐阔罗哈喇，寻马急切的心情让老玛发感动，便让苏木领着阿骨打到南河口险要之地去寻马。正当大家都在焦急地寻找马时，只见阿骨打和几个兄弟来到老玛发面前，一齐叩头，这时从密林中走出一队人马。

都穿着美丽的彩衣，
有的吹着号角，
有的敲着锣鼓，
有的还抬着不少从完颜部带来的礼品，
敬献上他们从部落里早已备好的美酒，
一束束彩绸，
一捆捆新织的布匹，
一匣匣首饰和各种狐皮、貂皮、衿被、衣袄，
一队队赶来的牛羊。
阿骨打跪在地上说：
“我最尊敬的翁古玛发啊，
我代表我的家族受父母重托，
给您老送上聘礼了。”

老玛发说，你是来寻马，也没把我重孙女接去啊？阿骨打说，我在寻马时，已经恭恭敬敬地把苏木请到我的马背上了。难道这不是阿骨打“沙里甘索莎”（抢媳妇）么？阿骨打就这样巧妙地办了抢婚之事，唐阔罗哈喇的族人有口皆碑。

抢婚是女真人在社会生活中世代传承、沿袭成习的一种生活模式，也是规范人们的思想、行为的基本力量。从最初的野蛮强暴式的抢婚，是权利和势力的象征，到文明和谐的抢婚，是友谊与和亲的象征，它反映了女真社会在政治、经济、生活发展演变的过程，也是女真文化积累、发展的重要成果。抢婚习俗发展演变过程，为研究女真所处的社会经济状况提供了重要的参考资料。

2. 表现萨满祭祀活动，苏木接下萨满神鼓

满族的先人一直虔诚信奉萨满教。萨满一词在中国史书上最早见于南宋徐孟莘所撰《三朝北盟会编》，书中说：“珊蛮者，女真语巫妪也，以其变通如神，粘罕以下皆莫能及。”《金史·礼志》载：“金之郊祀，在于其俗，有拜天之乱。”《金史》卷六五《谢里忽传》载：“国俗有被杀者，必使巫觋以诅祝杀之者，迎系刃于杖端，与众至其家，歌而诅之。”可见，金代女真人中对萨满祭祀已成风气。这在满族说部给孙乌春乌勒本《苏木妈妈》中有详细记载。书中说：大辽“蒲鲁蒲”逼迫唐阔罗哈喇的族人快去打鹰，老玛发说：

兔羔子们，
你们也有爹、有娘、有祖宗，
不祭祖、不拜祖，
难道就让他们这么上路吗？

这说明女真人在打鹰上路之前就有祭祖、拜祖的仪式。书中接着说：

就地请唐阔罗哈喇的萨满们设坛祭祀。
珠申们的祭祀，
少则七天，
多则九日，
杀牛宰羊，

还从河里网来江鱼，
从山里捕来狍、鹿、野猪，
采来鲜花松子、百果，
祭坛供品如山。
族人们开始隆重大祭。

老玛发领着儿孙们，敲鼓、唱神歌，边歌边舞，通宵达旦。把打鹰上路之前的整个祭祀活动讲得比较详细。

更值得重视的是，书中把老萨满怎么口传心授小萨满的全过程介绍给听众。书中说：

苏木因天生丽质受到祖神的钟爱，在她十岁的时候，由养育她的老玛发将本家族萨满的神堂、神案、神服、神帽交给她保管。从此，苏木便跟随长辈击鼓学唱。在每次祭礼中，由德高望重的萨满把神歌口耳相授给她，经过从早到晚，又从晚到早，三个月圆月缺，又经过草一青一黄，所有萨满神歌都深深刻入苏木的脑海中，她已成了一名萨满。苏木嫁给阿骨打后，完颜部著名的老萨满布懒特钦对阿骨打的父王劾里钵说："我看阿骨打的沙里甘苏木天生有神质，可让她做族中的萨满。"可是，劾里钵以苏木是唐阔罗哈喇的人不能做完颜氏萨满为由拒绝了。布懒特钦老萨满临终前对阿骨打说："让苏木执鼓主持全族祭祀之事。"阿骨打感到是大好事便禀告父王，劾里钵还是不同意。就在安葬布懒特钦老萨满的第七天，劾里钵患了重病，人事不省。尽管请来郎中用好药及有苏木侍奉，劾里钵的病情仍不见好。就在大家焦急万分时，阿骨打率弟兄和族众到家族神堂祈祷神灵，护佑劾里钵。阿骨打夜梦布懒特钦老萨满嘱咐他按过去说的去办，就会平平安安。苏木接过布懒特钦交给他的萨满神器等遗物，拿到完颜氏堂子供奉。族众捕来八百斤重的鳇鱼一尾、天鹅九只、黑毛猪五头供上，苏木穿上布懒特钦老萨满穿过的神服，举行全族隆重祭祀。苏木在跳神中，传达神谕，选出九名大小萨满，年年举行祭祀。劾里钵在神鼓声中，缓缓苏醒，转怒为喜，准允唐阔罗哈喇的苏木担任完颜部的萨满，从此苏木传下了完颜部的神鼓，也打破了外姓的萨满不能做本姓萨满的陈规。

所有这些，为研究金代女真族萨满文化提供了丰富、鲜活的佐证。

3. 存留着满族及先民女真人古老、质朴的语言艺术

《苏木妈妈》最初是用女真语、满语演唱的长歌，在漫长的历史长河中，随着女真语、满语的废弃，传承人对歌调渐渐遗忘，只能把歌词的内容说出来。这些歌词都是长短句不齐，字数也不固定的松散体。歌词中用了许多与女真渔猎生活紧密相关的多种比喻和某些固定的套语，散发着浓烈的民族生活气息和泥土的芳香。如在第一章《北飞的雁阵啊，撒下了一路哀鸣》的开头，用比兴排比的诗句，形容部落中猎达的高超技艺和勇猛的能力。书中这样说道：

天上的大雁啊，
飞得比云彩都高，
我们的英雄——猎达们，
要射哪只就射哪只。
地上飞跑着的麋鹿啊，
在林中穿梭像流星，
我们的英雄——猎达们，
要取哪只就取哪只。
高山上的猛虎啊，
那是万山之王，
我们的英雄——猎达们，
要用它的斑纹锦皮呵，
它也得摇尾献上。

又如，形容苏木聪明美丽，也用了恰当的比喻和对比手法，如：

她也曾在女真部落里与哈哈们竞歌比箭，
她的歌比过天上的百灵，
美妙动听；
她的舞赛过天上的彩云，
婀娜多姿，
众部落有多少哈哈羡慕她，
追崇她，

爱恋她，
系念她。
然而，各个部落的哈哈、赫赫们，
都没有人比过她的歌，
赛过她的舞，
胜过她的箭，
超过她的马，
众哈哈们只能望洋兴叹。
当时，有句话：
“德恩，德恩伊，
阿布卡伊，都云伊，
比亚巴拉库伊！”[①]

书中通过这种比喻，使听众产生联想，对猎达英雄和苏木的聪明美丽有个生动的形象感，从而达到美的享受。后面用了一段“德恩，德恩伊……”这样质朴的满语古歌，表现了女真哈哈们对苏木高不可攀的心情，从另一面歌颂苏木女中魁杰的形象。

整个长歌诗句舒缓、朴素、上口、流畅，每段落前或结束都用“唐古里，哈里里，哈嘎勒哈里里”这样的衬词，虽无具体含义，但却表现讲述者演唱的情绪，同时也是划分诗节中段落的标志。讲述者是用汉语讲述的，但夹杂着大量的女真语和满语，特别是在一些关键词或表现民族特征的地方都使用女真语或满语。如：

在唐古阿尼雅（满语，百年）间，
给孙乌春（满语，说唱的歌曲）流传不息。
美妙悦耳的《苏木妈妈》乌春，
从翁古妈妈、玛发（满语，即远祖奶奶、爷爷）
传到妈妈、玛发（满语，即奶奶、爷爷），
一直唱到如今。

书中常见的女真语、满语有：“珠申包”（女真人的家）、“艾曼”（部落）、

① 满语古歌，汉语大意为，高啊，高，天啊，云啊，我走不上去啊，语义为高不可攀。

“尼亚勒玛”(人)、“莎彦哈哈”(壮汉)、“蒲鲁蒲”(兽军)、“额合旦”(仇敌)、“布特哈达”(捕猎首领)、“巴达”(仇家)、“萨克达伊巴士”(老鬼)、“谙达”(朋友)、“巴尼哈”(谢谢)、“蒙温色图们色”(千岁万岁)、“额曷太芬”(平平安安)、“沙里甘索莎”(抢媳妇)、“唐阔罗哈喇窝莫洛，苏木亨格勒莫”(唐阔罗哈喇姓氏的孙子给苏木磕头啦)、“勒勒色珍”(满族先民使用的大轮车)、“铁丽毛林”(北方铁丽产的名马)、“松阔罗”(苍鹰海东青)等。这些满语铿锵有力，简练生动，富于生活气息和表情，并反映着一种民俗。正如瑞士著名学者索绪尔指出的：“一个民族的风俗习惯常会在它的语言中有所反映，另一方面，在很大程度上，构成民族的也正是语言。”[①]《苏木妈妈》中保留着大量的女真语、满语，正反映了它所具有鲜明的民族特征，是研究满族及其先民女真人语言的可贵资料。

第三节 《莉坤珠逃婚记》

《莉坤珠逃婚记》在满族传统说部给孙乌春乌勒本中是一部很有代表性、很有影响力的长篇说唱书目。《莉坤珠逃婚记》旧本又称《姻缘传》，它以说唱的形式、曲折的情节、感人的故事，讲述清初在满族婚姻中惊动朝廷的一件大事，因而深受各族群众欢迎，与赫哲族的伊玛堪相媲美。

一、《莉坤珠逃婚记》的流传与传承情况

早在清代和民国年间，生活在黑龙江省省城齐齐哈尔和黑龙江沿岸的满族望族，逢年过节、寿诞、婚嫁、生子、合卺等喜宴时，都会延请名师讲唱乌勒本，而《莉坤珠逃婚记》以族众喜闻乐见，感人肺腑，屡屡成为首选书目。因该书揭示了明末清初盛京及京畿一带各阶层人士鲜为人知的故事和生活画面，所描绘的各类人物如同自己身边的人物，活灵活现、栩栩如生，所讲述的故事犹如附近村屯所发生的事一样，使人倍感亲切，耐人寻味。因此，《莉坤珠逃婚记》有着强烈的吸引力，不仅满族人喜欢听，就连汉族、达斡尔族、鄂伦春族、鄂温克族的群众都喜欢听，

① 费尔迪南·德·索绪尔.普通语言学教程[M].高名凯，译.北京：商务印书馆，1985.

所以很快就流传开来。从清末以后至民国年间，《莉坤珠逃婚记》在黑龙江省瑷珲地区满族诸姓耆老中流传颇为广泛，影响深远，说它是清末以来中国北方满族口述文学中最具代表性的说唱艺术佳作实不为过。

据青少年时曾于清末在黑龙江省省城卜奎生活的郭霍洛·富察美容回忆，《莉坤珠逃婚记》传了很长时间，不知何人、何时又将书名称为《姻缘传》。据传，民国年间在黑龙江督军衙门当差的满族上层社会中的郭府家宴中，每发海报开讲《姻缘传》时，便车水马龙，贵客盈门，人人争听《姻缘传》。当年，郭霍洛·富察美容就是经常听本家族传诵的《莉坤珠逃婚记》即《姻缘传》的，她反复听讲，牢记在心。清光绪年间，郭霍洛·富察美容嫁给瑷珲大五家子富察氏，即富育光的爷爷，将《莉坤珠逃婚记》遗稿也随嫁带到瑷珲。郭霍洛·富察美容曾多次在富察氏阖族及外族、外屯嘎珊讲唱过这部书，从此在瑷珲当地传播开来。当时在满族聚居的村镇，都是用满语讲唱的。后来，随着满语的退化，该书影响日深，除在满族中讲唱外，逐渐传入满汉杂居地区传唱，改用汉语说唱。

一九四六年春，富育光的祖母郭霍洛·富察美容病逝，《莉坤珠逃婚记》便由她的二姑爷儿张石头和长子富希陆继承下来。富希陆的长子富育光当时虽然年幼，但在奶奶和父辈的影响下，他非常爱听、爱学说《莉坤珠逃婚记》，还时常翻阅手抄本，使故事记忆犹新。富察氏家族祖传的《莉坤珠逃婚记》手抄本，为满汉文对译撰写本。民国年间因匪患而丢失，成为全族一大憾事。二十世纪七十年代末八十年代初，富希陆开始回忆、撰写《莉坤珠逃婚记》的唱本。二〇一二年富育光根据先父富希陆未完成的零散书稿和自己儿时的记忆，进行资料汇集与讲述。这就是满族传统说部给孙乌春乌勒本《莉坤珠逃婚记》的传承情况。

二、《莉坤珠逃婚记》的主要内容和产生的时代背景及重要价值

《莉坤珠逃婚记》(富育光讲述，荆文礼整理)讲述满族上层官吏穆克奚里·塔斯哈忠义侯的孙女莉坤珠，在家境一落千丈，母亲被贬为旗妇民女的窘境下，被骗到瓜尔佳氏傻儿家所遭受的一系列难以忍受的苦难，后来得到恩人瓜尔佳家中的侍女小桃和济世堂的孤儿佟小儿相救，脱离虎口，为彻底摆脱旧契约的枷锁，几经波折申诉无果，最后小桃领着莉

坤珠向皇太后、皇上告了天状。皇太后见证据属实，命侍卫将契约交给莉坤珠，恢复穆克奚里哈喇的荣誉，并发旨布告天下，允许满汉通婚。由皇太后做主，为莉坤珠、佟小儿和关振魁、小桃英巴图鲁完婚。

这个故事产生于一六四四年，顺治皇帝由盛京迁都燕京，大清定鼎中原，逐渐消灭明崇祯王朝的残余势力，使社会治安、民众生活、民族团结、民族文化融合呈现一派新的气象。但是在满族固有的民间婚俗中，历来不与汉人等外族通婚。这是从金以来满族及其先民，为保持自身的民族文化特征、性格和精神的纯洁性，主张和提倡“旗民不交产”，使其子女在族内非同哈喇（姓氏）中相互婚配。因而，在满族婚姻组合中始终出现血亲联姻的“姑表亲”婚姻形式。姑表亲又称姑舅亲，即兄妹、姐弟的子女，互称姑舅兄弟姐妹。俗话说：“姑舅亲、辈辈亲，打折骨头，连着筋。”这种排外的婚姻组合形式，无疑加强了氏族间的亲和力、凝聚力。满族先世女真人的这种婚俗一直延续到清初，从努尔哈赤起为政治上的需要，打破满族的先民女真人不与外族通婚的戒律，与蒙古科尔沁部建立联姻关系，接着皇太极娶了科尔沁部的三个美女为皇后、皇妃。尽管如此，满洲从来不与强大的汉族人通婚，已经成为严格的族规。凡违者，必遭本氏族律条的严惩。但是，自进入顺治朝初年，满洲八旗军旅进入广阔的中原，朝夕与浩如烟海的汉族生活在一起，思想、感情、生活习俗等都面临被融合的严峻局面。由于一些八旗子弟与汉族青年彼此相处，产生深厚感情，满汉通婚已成为不可阻挡之势。年轻的顺治皇上受其母孝庄皇太后的训诲，审时度势，改变了历代满洲人除蒙古人之外不与汉族等外族人通婚的严格禁忌，积极倡导满洲人与汉人通婚，改变了满族根深蒂固的旧的传统婚俗习惯。但是，改变祖宗旧制，谈何容易，遇到各种思想和守旧势力的抵触与反对。为此，孝庄皇太后极力倡导，主张大清定鼎中原，已不再是单独的满洲皇上，而是承继前明政权成为中原诸民族之圣君，就该五族融合，互称兄弟，倡导男女通婚，兄弟相亲，和睦一体，大清国方能国运昌盛，万民永享安居乐业。于是，在顺治五年戊子八月颁诏满汉通婚，谕礼部曰：“方今天下一家，满汉官民皆朕臣子。欲其各相亲和睦，莫若使之缔结婚姻。自后满汉官民，有欲联姻好之，听之。”在孝庄皇太后的极力倡导下，年仅冲龄的顺治福临皇帝深受启迪，忠实践行乃母之志，不仅在顺治初年遵母训颁圣旨倡导满汉通婚，而且自己身体力行，选娶汉女为妃。当时在社会上产生重大影响。于是，在民间产生许多满汉通婚故事，广泛流传。《莉坤珠逃婚记》

就是在这种社会背景下，一些满族有文化的故事家根据自己对满族旧的婚俗对社会发展的影响，特别是对指腹为婚所造成的严重后果和悲剧以及孝庄皇太后倡导的各族亲睦、缔结婚姻思想的亲身体验，编织而成的满族传统说部故事。此故事正是当时社会发展的深刻反映，形象而生动地表现了各阶层人物的思想面貌，歌颂了满汉通婚对社会发展的推动作用，因此该说部具有重要的认知价值和纪念意义。

三、《莉坤珠逃婚记》塑造了许多栩栩如生的人物形象

满族说部给孙乌春乌勒本《莉坤珠逃婚记》紧紧围绕莉坤珠被逼婚、受虐待、逃跑、被抓回、再逃跑、得好人相救、告天状等一系列错综复杂的矛盾纠葛，演绎了一场场生动曲折的故事，塑造了众多生动感人、惟妙惟肖的人物形象，使听众在娱乐中受到教育，得到美的享受。

1. 成功地塑造了莉坤珠和小桃美丽聪明、不服输、敢于斗争、勇于争取幸福的女中豪杰的形象

莉坤珠出生在满族世家望族穆克奚里哈喇，其玛发穆克奚里·塔斯哈曾追随努尔哈赤十三副遗甲起兵，转战各地，功勋卓著被爵封忠义侯。其阿玛亚钦哈哈济承袭忠义伯，城守尉，从二品差使。莉坤珠生来聪明伶俐、寡言乖巧、人见人爱，自幼学习满汉文章，有名师授业，又有武师习武，弓马箭法亦身手不凡。但在顺治元年，莉坤珠十三岁那年，其阿玛亚钦哈哈济被弹劾，贬去忠义伯世职，额莫被撤福晋衔，为民妇，家境一落千丈。亚钦突然病逝，其妻在尸体面前号啕大哭，不知所措。往日人前马后，门庭若市，今日无人光顾，真是世态炎凉。面对这种情况，小小的莉坤珠果断地做出决定，书中说：

> 莉坤珠擦擦泪，
> 从炕柜取出奶奶赏她的两副金手镯，
> 用手绢包好，一声不响出屋门，
> 当铺当银三千两，集镇招来百名工，
> 精选烫金好棺椁，
> 扎了童男童女、纸牛纸马，
> 雇了吹鼓手，哀乐葬阿玛。
> 八位庙中高僧来超度，

雇来一位老妇当嬷嬷，
让额莫福晋前夫人少忧伤。

年仅十三岁的小格格莉坤珠，按照满族望族老人去世的习俗办理，自己亲自骑着高头大马为阿玛送葬，并为阿玛立碑，永久纪念。看出莉坤珠很有主意，办事麻利，想得周全，为阿玛送完葬，怕额莫忧伤，雇来嬷嬷陪伴。正当悲哀之际，娶亲的催命人孟氏来了。嘎珊的人都心疼俊美、有良心、有善心的莉坤珠，这是凤凰落进狐狸口里。莉坤珠知道阿玛和额莫已收下彩礼定金，已是人家人了。莉坤珠坚定地对额莫说："看来大难临头，躲也躲不了，我后天去，还债去！"额莫说："莉坤珠你过门，他们不吃了你呀！"莉坤珠说："额莫，我不怕，是狼窝我也敢进。""看来我若不去，这个官司咱们也打不起，我若去了，一了百了。"她把阿玛给的金锣、银簪、金锞子留给额莫，让她安度晚年，不用惦记自己。表现出莉坤珠刚毅的性格及天不怕地不怕的勇气和信心，临走前把额莫安排好，便横下一条心，以原妆、原打扮，上彩轿走了。

莉坤珠到了关氏府邸就被关在一间小屋里，心想，这是什么出嫁呀，男人在哪呢？她一个人挨过了十天，没人理她，性子已被磨炼不少了。一天婆母孟氏对她说："既然是新媳妇，怎么没拜堂成亲？你那个新郎官在哪里？怎么这些天也没瞧见他出来拜堂，挑盖头，跨马鞍，进洞房呢？今天，莉坤珠，我告诉你吧，你既然是我家人了，你就得听我家摆弄，要信命。今儿个婆婆我不能再瞒着了，是仙是佛总得露真容。"孟氏领她到一间大屋，见藤席上坐着一个光膀子，仅穿小裤衩，一动一蹭，不能走路的人，是个傻子。这一切把莉坤珠惊呆了，气得蹦得老高，冲着孟氏大吼起来：

你们这是欺侮我们，
看我们现在没有能耐，
就想任你们掐，任你们熊，休想！
我莉坤珠不认这个账，
我现在就回穆克敦嘎珊，
与你们一刀两断！
休想唬住我！

孟氏告诉莉坤珠，你有卖身契，有大清国律条卡着你！你就是跑到天边，大清兵都能把你逮回来。莉坤珠快被气死了，一屁股瘫在地上，惊天动地地哭号不止。孟氏将两家画押订的婚约文书念给莉坤珠，让她死了这个心，吞下苦果。莉坤珠倔强不低头，不怕孟氏的威胁，大声地说道："我不吃你们这一套，我也不承认这个假婚姻！"说着就往外跑，孟氏叫来陈总管等人把莉坤珠绑上，吊在一个小黑屋里，她大声喊，大声骂，揭孟氏的老底，说她是骗子，就是不说软话，不服输。孟氏找来打手一顿暴打，越打莉坤珠骂声越大。后来孟氏没办法，就把她关在二小子的屋里。看到二傻子把猫屎、土块往嘴里塞，觉得他也是个人，太可怜了。莉坤珠是个心肠软、心地善良的人，她怎能看下去呢？于是把屋子收拾收拾，给二小子洗洗身子。孟氏以为莉坤珠回心转意了，渐渐对她管得不那么严了，可以在关氏府内走动。岂不知莉坤珠改变了招法，争取主动，才能揭露他们骗婚的罪行。她常常背着二小子到月牙河看野鸭子，这样取得孟氏对她的信任。她想借机逃出这个鬼地方，像小鸟一样自由飞翔。不久，大清迁都燕京，瓜尔佳将军被派到北京昌平驻守，全家搬迁。莉坤珠与孟氏的贴身丫鬟、明户部主事王桂的遗女小桃处得很熟，小桃很同情莉坤珠，默默地关心她。一天，二小子想要干男女之事，莉坤珠逃到小树林里，小桃追来，告诉她，我也是没爹妈的苦孩子，孟氏想让你成为真正的媳妇，你赶紧逃吧。于是，两人逃到一间小木屋——刘财宝爷爷那儿，后面陈总管在追。刘财宝也是苦命人，是给瓜尔佳将军家里选购蔬菜、鱼肉的。第一次刘财宝把她俩救了，但孟氏不死心，非要抓回莉坤珠，陈总管第二次又到刘财宝的小木屋来找，莉坤珠见实在隐藏不了，便叫小桃逃走，到山海关找她大姑夫安禄将军。结果小桃逃走了，莉坤珠被抓回，用大铁环套在她的脚腕上，不能迈步。孟氏拿竹棍狠打莉坤珠，打得她满身伤痕，可是她没叫一声，也没有哭。瓜尔佳将军喝令住手，把莉坤珠锁起来，让刘财宝看管。刘财宝是个心地善良的人，不忍心看到莉坤珠受这么大的罪，偷偷放莉坤珠逃出了火坑。

莉坤珠就像从笼中飞出的小鸟，自由了，她拼命往南跑，赶快离开这个鬼地方。不料，孟氏派嬷嬷和两个侍女乔装农妇在后面追赶莉坤珠。正在紧要关头，路上遇到推独轮车的济世堂的佟小儿，他见到不平事，用泥蛋打伤后面追撵的人，莉坤珠又得救了。佟小儿见莉坤珠脚趾和脚掌上都磨破了，满脚都是血，很同情她，帮她包扎好伤口，莉坤珠咬紧牙关，继续往前走。途中遇到反清的匪首柳一刀和醉闫罗，他们见莉坤珠姿色艳丽，便起了邪念，将莉坤珠抢走，正巧被在后面剿匪的小桃发现，杀死了二匪，莉坤珠第二次又被小桃救了，从此真正逃出虎口，过着自由的生活。

该说部将莉坤珠被骗婚而逃婚所经历的痛苦、折磨、虐待以及她在这恶劣的环境中表现出刚毅、顽强、勇于斗争、有智慧、不服输、争取自由的精神描绘得淋漓尽致，塑造了一个性格沉稳、坚定、勇于面对现实、宁死不屈、不达目的不罢休的倔强的格格形象。

莉坤珠逃出虎口，在济世堂得到佟小儿的关怀、体贴、呵护，但是佟小儿的爱并没得到莉坤珠的回应。佟小儿把自己的心事告诉了小桃。小桃问莉坤珠对佟小儿有什么想法，莉坤珠说："佟小儿对我是真心的好，是难遇到的好人。可我成了在逃的人，哪有心思想跟谁过日子的事？"接着她痛苦地说：

我怎么成了世上最苦最不幸的女人？
为啥偏偏到我这一代，
家园被抄，
家父遭贬，
好生生的忠义侯府门，
破落到只有我在遭殃受罪。
心中解不开这个疙瘩，
心不服，天理为何如此不公平？
瓜尔佳将军的黑心契约难道让我背到死吗？
难道就找不到评理之地？
杀人的老规矩，要把莉坤珠活活给逼死吗？
小桃，你说姐姐我哪有啥心思想什么知冷知热的男人，
那个又傻又痴又可怜的瓜尔佳二小子还背在我身上，
我还没有解脱开，
锁链子已经把我禁锢得死死的，
都喘不过气来，
我还有什么人生的奔头？
有啥希望啊！

短短几句道出莉坤珠的苦衷，虽然逃出孟氏的虎口，但又傻又可怜的瓜尔佳二小子还背在她身上，不合理的指腹为婚的契约把她禁锢得死死的，所以不能对佟小儿有非分之想。这说明莉坤珠是个很正派、很仗义、很有同情心的格格。她对未来没有信心时又得到小桃的帮助。

小桃是个活泼聪明的热心肠，又是个富有正义感和同情心的姑娘。虽然她是瓜尔佳将军抱养的明朝官员的遗女，并跟瓜尔佳将军学了文化和武艺，但她对瓜尔佳将军的家人对莉坤珠的狠心劲，耿耿于怀，要讨个公道。她对莉坤珠说："我帮你想办法，我就不信世上没有说理的地方?"她想出三个办法：一是，夺回孟氏偷莉坤珠额莫皇封的诰命册子和婚姻契约，重振穆克奚里哈喇家园；二是，只要通过瓜尔佳将军留下佟小儿，成为八旗一员，莉坤珠的事就好办了；三是，掌握这些证据后通过瓜尔佳将军长子、摄政王多尔衮驾前二等侍卫关振魁进宫告天状。这是小桃第三次救莉坤珠。

故事正是按照小桃的道儿一步步向前发展。小桃告诉莉坤珠，她在孟氏房里看见皇上封的诰命夫人宝册，但没有孟氏的名讳。莉坤珠说："我家的皇上御赐诰命宝册不知去向，孟氏曾到我家来过，那应该是我家的。"在小桃向瓜尔佳将军举荐下，佟小儿在演武场展示独树一帜的甩泥蛋，即"百步流星法"，瓜尔佳将军非常高兴，给起名佟晓，授健锐营奇弩手。小桃由关振魁推荐参与瓜尔佳将军剿匪，在雾灵山上她一人歼灭顽敌一百多人，皇上赐她英巴图鲁称号，是大清的女杰精英。小桃面见瓜尔佳将军，一想了解自己的身世和同胞姊妹，二想为莉坤珠讨回婚姻契约，可是将军守口如瓶，而安禄将军又否认他的桂赫格格与小桃有关系。可把小桃气坏了。书中是这样说的：

小桃边哭边琢磨，
瓜尔佳将军、安禄户部侍郎，
你们休猖狂，别再趾高气扬，
我小桃有地方惩治你们，
我直闯金銮殿，告你们我不怕杀头，
不怕什么车裂、凌迟，我就认一个"理"字，
我找皇太后、找顺治皇上评理去！

栩栩如生地塑造了一个性格豪爽、刚强，不怯懦，遇事有主意，说

干就干的女中豪杰的形象。小桃通过关振魁把她领进皇宫，与侍卫比武，正好遇见皇太后和皇上。小桃向太后和皇上献艺，得到皇太后和皇上的称赞，进而向皇太后和皇上禀奏莉坤珠的冤案，自己穿上宫妃的服装使顺治皇上认为自己就是桂赫格格，一切都明了，瓜尔佳和安禄不得不承认有欺君之罪，瓜尔佳将军让夫人孟氏交出莉坤珠额莫授皇封的诰命夫人宝册和婚姻契约。莉坤珠阿玛忠义伯是被诬告的，恢复原爵位，重修祠堂。安禄承认桂赫（小名叫小杏）与小桃都是明臣王桂的遗女，一奶同胞。经过小桃和莉坤珠等人坚持不懈地斗争，终于真相大白，平了冤案，打破旧的婚俗制约，莉坤珠获得了自由，小桃也找到自己一奶同胞的姊妹。皇太后说：

早年在盛京时，先王有训，
满汉不通婚，旗民不交产。
如今已定鼎燕京，
皇上非满洲人的皇帝，
而是满、蒙、回、藏、汉几族之君，
各族兄弟相亲，
各族间亦应自愿通婚，
旧习不宜固守。
近日，皇父摄政王受命发旨布告天下，
允许满汉相互嫁娶。
安禄你们夫妻的心情哀家我能理解，
不必自责啦，
你们爱女桂赫格格人品出众，
内务府已经上档，
选定入宫不变，
待皇上年长即进宫为妃嫔。
皇太后又说：
“安禄、瓜尔佳将军，
哀家为你们做主，
择选良辰吉日，
为忠义侯之后裔莉坤珠和佟晓、
振魁侍卫与小桃英巴图鲁完婚。”

有志者事竟成。莉坤珠经过痛苦的折磨和不屈的斗争，小桃的仗义相救，矢志不移地寻找自己的同胞姊妹，二人最终都喜结良缘，实现了自己的理想。两位年轻女性勇于斗争的形象塑造得比较完美，感人肺腑。

从这里我们可以看出，有人之所以将《莉坤珠逃婚记》改为《姻缘传》，就是因为全书的后半部分突出了莉坤珠巧遇佟小儿、小桃到山海关找莉坤珠大姑夫巧遇关振魁，他们经过一段波折之后，由皇太后做主，喜结良缘，使故事由悲转喜，更耐人寻味。

2. 塑造了一个鲜活的老刁婆孟氏形象

《莉坤珠逃婚记》全书都贯穿着善与恶、美与丑的斗争，这些矛盾与斗争有助于揭露事物的本质与特性，有助于刻画人物的性格和精神面貌。特别是书中运用对比衬托的手法，使莉坤珠的典型形象日臻完美，使孟氏等反面人物集丑恶于一身，成为十恶不赦的败类。所以，莉坤珠善良、聪明、勇于斗争、不甘失败的形象是通过与孟氏的形象对比、衬托突显出来的。

书中是这样描写孟氏初见莉坤珠的：

双手一扶轿车辕，
双腿向前一蹬，
头和胸脯往前一纵，
嗖的一声，向前一滑，
麻溜地蹦跃下了轿车，
一直奔莉坤珠的方向走来。
像瞧见啥宝贝似的，
两只大眼珠子都快蹦出来了，
一个劲往莉坤珠身上、头上、脚上，
紧瞅紧盯，盯瞅不够，
又要上手去摸莉坤珠的乌黑乌黑的亮油油的长辫子，
眼看快要抓住辫子上的红绒绳了。
莉坤珠多机灵啊，头一扭，辫子一甩荡，
老太太抓了个空，
眼珠子和空手还随着那长辫子在上下跟着动，
好像被迷住了似的，失了神。

好声好语地说:“哟，多么好的丫头啊，
这么俊俏，招人稀罕，
这么说，没猜错，
你准是亚钦勒富的千金大格格莉坤珠了吧?
我的小宝贝，
你可跟着那个不着调的爹，
遭尽了苦喽！啧，啧，啧，
叫人家多心疼啊！”

当莉坤珠额莫央求孟氏说，她有病没人照顾，孟氏家人口多，再晚一年让莉坤珠过门时，她立刻把脸一撂说:

呸，谁说我家多人手?
我现在就要人，
莉坤珠马上出嫁！
不让去，你嘴太小点！
咱们满洲人有规矩，
娘家不让去，
婆家可以来抢人，天经地义。
莉坤珠已是我们关家人，
你也得为你娘家人着想，
一天也拖不得，
后天我来接人，
就这么定了！

莉坤珠刚给阿玛送完葬，她和额莫还沉浸在悲痛之中，瓜尔佳将军的大福晋孟氏不顾别人的情感，就来要人，说明她没有人情味，是个很自私的人。一到莉坤珠家就表现出快语快腿的架势，见到了莉坤珠就像馋嘴猫嗅到美食一样扑过去，还假惺惺地表示对莉坤珠的心疼。当莉坤珠额莫央求她晚一年出嫁时，她却表现得像另外一个人，把脸一撂，飞扬跋扈，容不得别人说个不字，活现出一个以势压人的老婆娘的形象。

孟氏领着莉坤珠见到了她要嫁的畏根，这是个又傻又呆的二小儿，莉坤珠惊呼不认这个账，并哭号不止。这时，讲述者对孟氏做了生动、形象地描绘：

站在屋中的孟氏，双手叉着老母猪的腰，嘴快撇到天上去啦，照样是扬扬自得、满不在乎的架势。她还真有老猪腰子，摆出一副大大方方的样儿，都不稀罕看莉坤珠一眼，晃扭着身体，不大功夫，从后屋提出一个用铜花镶嵌的红漆木小匣，打开小匣取出十几册文书档案。果不其然，老奸巨猾的孟氏早有准备。甩甩个大屁股，走到莉坤珠跟前……拉着长声向莉坤珠大声念叨，然后又假慈悲地冲着莉坤珠说道："莉坤珠，唉，娘的好闺女，你再穷闹腾也是个不懂事的孩子，是我的好儿媳，一定要放聪明些。凡事都得讲理，不是瞎哭闹就行的。"

孟氏念完契约，用双手抚摸莉坤珠的长辫子，温情地说："孩子啊，你的大辫子这么美哟，都让你给哭乱啦。孩子啊，我心疼你啊。"还假惺惺掉了几滴泪，将好话说了千千万，就是让莉坤珠认命，忍一辈子。莉坤珠不怕她软硬兼施地威胁，不承认这个假婚姻，要往外走时，孟氏立刻变了一副嘴脸，让陈总管和两个嬷嬷把莉坤珠绑上吊起来，她对莉坤珠说："吊你三天你就得服软，看你再敢豪横！"把孟氏刁钻、蛮横、刻薄的丑恶形象刻画得活灵活现。她的丑恶形象与莉坤珠美丽、聪明、善良形成鲜明对比，并衬托出莉坤珠不认命要逃婚，争取自由是多么艰难、不容易啊。讲述者通过莉坤珠与集丑恶于一身的顽固、刁钻的孟氏进行抗婚、逃婚的斗争，把莉坤珠的形象刻画得有血有肉，给人留下了深刻的印象。

四、《莉坤珠逃婚记》的说唱艺术特征

在满族传统说部给孙乌春乌勒本中《莉坤珠逃婚记》是一部很典型、很有代表性的德布达力即说唱文学作品。从形式上看，全书引用了十五个在民间广泛流传、喜闻乐见的各种小调，如《采葡萄调》《叼叼令》《捉蝴蝶谣》《小拜年调》《将军令》《抬花轿》等，不仅增加了说唱气氛，还引入一个又一个生动的情节，制造悬念，引人入胜。

书中说亚钦哈哈济城守尉请郎中看福晋怀有何孕，郎中说是上天送来一仙女，神蝶入室，吉星高照。朱伯西唱了一段《捉蝴蝶谣》：

捉，捉，捉蝴蝶。

白蝴蝶、黄蝴蝶、
小芝麻蝶、大马莲蝶，
穿的花衣多好看。
无忧无虑逐春风，
着天到晚飞不歇。
朱伯西我一生爱百蝶，
纵然美丑各不一，
都是世间景一绝。
劝君莫要捕百蝶，
珍爱大千勿造孽。

郎中一句实事求是的话，却遭到亚钦哈哈济的不满，受到一顿暴打，是老太太给解了围。朱伯西站在同情的立场上唱了一段《采棒槌》调：

打，打，打，
揍，揍，揍，
可气这个亚钦勒富，
全是牲口秉性。
不问青红皂白，
就把郎中摁地惩罚。
凭着自己哈番威风，
鱼肉乡里，
种下罪孽终将还报。
勿以为占了便宜，
你就任意风流。
休，休，休，
错，错，错，
欠多少积债，
照样如数偿还。
朱伯西告诫众兄弟，
不论何时何地，
老实本分厚道，
宁自己吃亏，

手少贪，
一辈子万事大吉。

这些活泼生动的民间小调，在清末至民国年间，生活在齐齐哈尔和瑷珲的一些满族耆老都能用满语来唱，瑷珲大五家子郭霍洛·富察美容就是其中之一。随着满语渐废，改说汉语，这些曲调后人已不会唱了，现在只能记下歌词的内容，至于曲调的唱法、节奏已无从考证。但从满族民间小曲、俚曲来看，它是在继承金、元、明以来女真人的歌曲发展起来的。元末明初贾仲明创作的《金童玉女》杂剧曾描写女真人歌舞情况，第四折金母对女真族金安寿夫妻云：

女真家多会歌舞，您两个带舞唱，我试看咱。
于是二人边舞边歌，先后唱了《风流体》《忽都白》《唐兀歹》等女真曲。
（见《元曲选》）

从这里我们可以看出，在元末明初时女真歌曲就十分丰富，已有《风流体》《忽都白》《唐兀歹》等曲牌。所以，反映清初满汉通婚社会生活的《莉坤珠逃婚记》采用十几个满族歌曲的曲牌进行说唱，就不足为奇了。关键是，传承人能根据故事的内容，将这些曲牌巧妙地连缀起来，形象、生动地揭示了社会生活和表现各阶层人物的真实面貌，这更是难能可贵。

《莉坤珠逃婚记》运用通俗流畅的大众语言，为故事增添了生活色彩和风俗画面，使全书更具有亲和力、感召力和吸引力。全书采用汉语押尾韵的方法，听起来或读起来使人感到生动活泼、铿锵悦耳。书中虽然是用汉语讲唱的，但夹杂一些满语，使该书保持满族民间口承文学的民族特征。除了在人的称呼、动物的名称、官阶上使用人们熟悉的满语外，在一些特殊的词语和语句上用了满语，如亚钦哈哈济（黑小子，民间对熊的称呼）、萨克达艾根（老驴），嫁给畏根门都浑（即嫁给个丈夫是傻瓜，这是汉满合璧的句子）。胡突巴那（鬼地方），嘎思哈格热顿达（像鸟那样自由飞翔）等。这些满语穿插的运用，即“汉夹满”，无形中增加了满族口承文学的气氛和民族色彩，也说明满语被汉语代替的趋势越来越明显。

《莉坤珠逃婚记》与其他满族传统说部不同，别具一格的是，在讲唱中糅入诸多耳熟能详的喻世格言和启示录，对于刻画人物形象、突出主题思想、教育世人起到了重要作用。如“积德修得一世福，子孝家殷后继人”“广结仇冤自掘坟”“祸福相伴，福来或生祸，祸来或生福”“吃亏是德，吃亏是福，吃亏才能修得来世福”“满招损，谦受益，干一辈子缺德事的人，灾祸连连难平静”。又如，书中说刘财宝往日领陈总管从他继母处把莉坤珠抓回来，这次他要放鱼儿归大海，放小雀回山林了。讲唱到这儿，又唱了一个《穷帮穷》小调：

你要延生听我语，凡事惺惺须恕己。
多为他人想，笼中困鸟翔天际。
循环真道理，他若死时你救他，你若死时天救你。
延生千载无他法，戒杀救困而已矣。

这些喻世格言、警句和小曲都与内容、故事发展、人物思想变化紧密相关，运用得恰到好处，突显了该书的主题思想和教育意义，备受听众称颂，这正是《莉坤珠逃婚记》的重要价值所在。

第十章 满族说部乌勒本的重要价值及意义

在上述几章对满族传统说部乌勒本的重要价值和意义已分别做了详细论述，这一章将其归纳起来做一小结。

满族传统说部是满族的先民女真人自辽、金以来在民间广为流传的长篇说唱艺术，它以氏族口述史的形式反映满族及其先民世代在白山黑水间广袤的土地上社会生产、生活的情景以及氏族发展的历史和生存轨迹，隐藏着很丰富、很沉重的社会、历史内容。它以讲唱氏族、部落英雄史传为基本主题，其情节完整，内涵丰富，语言生动，气势恢宏，是群体智慧的伟大创作。它以众多鲜为人知的壮丽史实和族中各类人物的生活画卷反映满族及其先民的勇敢剽悍、自强不息、团结战斗、扶危济贫的民族精神，堪称北方民族的英雄大传和民族史诗。在二十一世纪伊始，全球保护非物质文化遗产的热潮中，满族口头遗产传统说部突然崛起，自二〇〇七年以来吉林人民出版社先后出版了三批满族口头遗产传统说部丛书，总计五十多部。这些满族及其先民一代代口耳相传的神话、族史、英雄传、民族史诗具有很大的震撼力，它不仅为中国文学多元一体的格局注入了新的气象、新的活力，还对历史学、民族学、宗教学、民俗学、语言学以及人文学的研究具有重要的价值。

一、满族说部乌勒本具有见证历史的特殊价值

英国学者爱德华·泰勒曾说过：“历史是口头或书面的回忆。”[1] 回顾人类的历史就是口头传承和书面记录的历史，两者相辅相成，并行不悖，因而使人类的历史呈现出绚丽多彩、色彩斑斓的画面。我国著名的史书《史记》，司马迁所依据的史料，主要是两部分，一部分是历代封建

① 爱德华·泰勒. 原始文化［M］. 连树声，译. 上海：上海文艺出版社，1992.

王朝遗留下来的史书，另一部分是流传在民间的口头上的资料，如司马迁在《赵氏家传》中写了有名的《赵氏孤儿》的故事，此故事就是战国时期的民间传说，这充分说明民间口头传说丰富了《史记》的内容。但是，过去由于统治者的偏见往往只重视书面记载的历史，忽视口头传承的历史。满族的先民女真人在没有文字时期，用口头语言记录了各个时期生存、发展的故事。所以，满族说部就是满族及其先民的口述史。满族传统说部大都是以古代英雄人物为中心，以历史事件为背景编织而成的，是述说满族及其先民“昨天的故事”。满族的先民在没有文字时期，许多史实都靠各个氏族的乌勒本代代口耳相传，据《金史》卷六六载：“天会六年诏书求访祖宗遗事，以备国史。命勖与耶律迪越掌之，勖等采摭逸言旧事，自始祖以下十帝，综为三卷。”金代统治者重视采集民间逸闻旧事，并根据民间逸闻旧事给始祖以下十帝立传，编入金史，这是满族说部乌勒本为民间口述史的很好证明。历史不仅是帝王将相的历史，也是人民大众的历史。它的意义在于让历史在这里变得民主起来。人民大众、各个氏族也有进入历史的权力。我们从各个氏族的满族说部乌勒本中看到，满族及其先民是怎样从遥远的过去走过来的，经历了哪些曲折坎坷和历史沧桑，它比正史有更多底层人民群众的活动场面和社会各阶层的具体细节。我们从满族说部乌勒本《女真谱评》《泾川完颜氏传奇》《东海沉冤录》《两世罕王传》《萨大人传》《扈伦传奇》《东海窝集传》《雪山罕王传》《木兰围场传奇》《飞啸三巧传奇》《寿山将军家传》中看到，各个氏族充满血泪、卓绝斗争的雄浑壮阔的历史。《东海窝集传》以生动的语言、感人的情节，栩栩如生地讲述了东海窝集野人女真从母系社会向父系社会过渡的艰难历程，充满了征战、厮杀的残酷斗争，最后男人夺取王位，掌管部落大权。该说部对母系社会中的野人女真的婚姻、家庭、殉葬制以及萨满比武的描写生动具体，向人们展示了满族先民原始生活无复可见的人文景观。正像高尔基所说：“如果不知道人民的口头创作，那就不可能知道劳动人民的真正历史。”而满族说部正是起到了让人们了解满族及其先民历史的作用。

满族说部乌勒本对各个氏族、部落的兴亡发轫、迁徙征战、抵御外患等斗争的叙述，事实详细、真实感人，因为这都是各氏族、部落祖先的亲身经历，大都是名不见经传、鲜为人知的秘籍，有的可补充史料之不足，有的可匡正史之误。

（1）匡正野史之讹

满族说部《两世罕王传》中有“先祭王杲，后祭皇陵”之礼，是因为努尔哈赤的祖父觉昌安向明总督李成梁提供王杲逃到王台所住寨址，因而使王杲被李成梁活捉。为摆平父祖的仇怨，才有上述之礼。可是野史《鸡林旧闻录》中载，王皋是个山东彪形大汉，庄妃狩猎与王皋相遇，并提王皋为贴身护卫，后来与庄妃有染，生顺治，王皋因事被斩，其尸不倒，呼之为父才倒。故清代每祭其祖，必先祭王皋，后祭皇陵。其实，王杲并非王皋，一字之差，编出天大的笑话，足以证明野史纯属荒诞之谈。另外，在满族说部《萨大人传》《飞啸三巧传奇》《碧血龙江传》《寿山将军传》中都谈到一六八九年《尼布楚条约》划定中俄国界，黑龙江以北、外兴安岭、额尔古纳河以东一直到北海都是中国领土，满族及北方民族的先民世世代代都在那里居住，一些山川、地名和古迹在说部中都记载得翔实，客观上批评了一些不实的谬论，无疑这对民族关系史、东北涉外疆域史的研究，都有见证历史的特殊价值。

（2）与考古学相互印证

在远古时代由于没有文字记载，对其历史研究最可靠的资料是考古发掘的地下实物，但实物资料只能说明社会发展的一般情况，对于原始人类的活动、精神面貌和历史事件很难反映出来，所以历史学家在研究地下发掘实物的同时，还要参考当地流传的神话、传说，作为考古实物资料的补充和印证。在二十世纪七十年代，黑龙江省考古工作队在密山市新开流新石器时代遗址发现了骨雕鹰头。与此同时，在新石器时代的康当遗址出土了女性雕像，它是母系氏族公社供奉的祖先神的偶像。在满族创世神话《天宫大战》中，天母阿布卡赫赫命神鹰哺育世上第一个百聪百伶的女大萨满。所以，考古发掘的骨雕鹰头和女性雕像与满族神话和各姓氏萨满所供祭的鹰头人形神偶、人体鸟翼神偶非常一致，属于同一文化传统，具有远古母系氏族社会的时代渊源，使考古遗物得到有力的印证。

正如钟敬文先生所说：“伟大的人民，他们是人类社会、历史的创造者，同时又是人类社会、历史最忠实的记录者，是它的不歪曲、不阿谀的史官。她们创造和传承的歌曲、故事等，正是我们认识历史、社会的最丰富、最可信赖的一宗档案。”①

---

① 钟敬文. 民间文艺谈薮［M］. 长沙：湖南人民出版社，1981.

二、满族说部乌勒本具有很高的文学价值

满族传统说部作为叙事性的口头文学作品，是以表现人物的思想感情和用事迹塑造鲜明的人物形象为主要任务。每一部说部都是以人物为核心，沿着时间发展这根轴线，演出一场场惊心动魄、威武雄壮的故事来。

满族传统说部千百年来之所以传承不衰，并受到外族群众的欢迎，因为它具有独立情节，结构完整，人物描写栩栩如生、有血有肉，是歌颂克难履险、不畏强暴、能征善战、疾恶如仇的英雄壮丽诗篇，充满了对英雄的崇敬，对美好生活的向往。《阿骨打传奇》讲述阿骨打当皇上穿便装体察民情，在留斡岭上一群人中有位老太太连哭带骂："阿骨打你这个狗娘养的，可将我们坑苦了，我儿子和媳妇就死在你手啊！你出兵打仗，争地盘儿却不要地盘儿，鼻子眼儿里插大葱，装的什么相啊，弄得百姓抛家舍业到处逃窜。被你招降的坏蛋还加害百姓，你咋不早杀他们呀！"此时，前来找阿骨打的耶律余睹听到这骂声，差点将他的魂儿吓飞了，见阿骨打站在老太太身旁挺着挨骂，不仅不生气，反鼓励老太太说："让她骂个够吧，心里痛快痛快！"原来明将张觉屈服于金朝的势力被招降，而后又叛变，其下属杀了一些百姓，老太太的儿子和媳妇也被杀了。阿骨打长叹一声说："民众受害，朕之过也，不能饶恕自己，朕割下一绺头发赎罪吧！"说着阿骨打用剑割下一绺儿头发弃之于地。把反辽的民族英雄、爱民之君阿骨打的形象描写得淋漓尽致。

不仅如此，说部中讲述的故事曲折生动，扣人心弦，语言朴实无华，简洁明快，具有感人至深的艺术魅力。《元妃佟春秀传奇》讲述努尔哈赤征讨兆甲城李岱的故事，此时正是大雪封地，峻岭路滑的正月。讲述人说："努尔哈赤带领人马直奔苏子河下游疾驰。天有不测风云，正行进中，北风骤起，阴云满天，不一会儿，下起了鹅毛大雪，漫天飘扬，越下越大。大军迎风冒雪来到噶哈岭下。噶哈岭陡峭险峻，像一堵墙一样横在面前。这时，努尔哈赤的几位叔弟一看，'哎呀，我的天呀，这可怎么上啊！'就七嘴八舌地说：'回去吧！等冰消雪融之后再来吧！'努尔哈赤听后心里想，这大雪下得正好，乘其不备，容易攻城。于是，他坚定地对众人说：'我们就是要趁这大雪天去，趁他不备，才好攻城。……今天，我们既然百里迢迢，冒雪而来，为了什么，我们怎能半途而废呢？我们连刀都不怕，何惧这个大岭呢？'只见他抽出腰刀，朝路上咔咔砍去，顿

时路上的冰地现出了一个个的脚窝，他命令道：‘把战马蹄子用布包好，将马链在一块，牵马上岭。’结果，第二天顺利攻下兆甲城，活捉了李岱。”从这段精彩的讲述，让我们看到努尔哈赤不畏艰险，足智多谋，敢于拼杀的将帅形象，对人很有启发。

许多说部在浩瀚的内容中都展现了浓郁的民族风韵，朴素、剽悍的独特风格，贯穿了反抗强权、除暴安良、保家卫国、急公好义、扶危济贫、知恩图报的积极主题，突出体现了满族及其先民的高贵品质和人文精神。《飞啸三巧传奇》讲述了大清皇上钦命北海打牲总管事务水陆兵马总哨官、三品侍卫穆哈连在巡察韩家窑时被匪徒暗害，为国捐躯。云、彤二老让已教授十年武艺的穆哈连一胎三女年仅十四岁的巧珍、巧兰、巧云，继承父业，雏虎出山，蛟龙入海，雪杀父深仇大恨，为大清增光。三巧在卡布泰的带领下，由穆哈连带去的小狗莱塔引路很快到了潘家窑（即韩家窑），认出杀害她阿玛穆大人的潘天虎、潘天豹。三巧夜探潘宅，见到仇人恨不得一剑将他们杀死。但三巧很听卡布泰的话，为了全局，给他们留个活口，以便牵出幕后的指使者。在给穆哈连举行葬礼时，三巧把眼泪和仇恨暗暗藏在心里，只砍下潘天虎、潘天豹的一只胳膊，祭奠亡灵。三巧的心真好，见潘天虎、潘天豹两个胳膊鲜血流淌不止，拿出两包林家止血的秘方药给他们撒上，止住了血，很快就好了。从这里看出三巧疾恶如仇、武艺高强、待人以德、英明盖世的英雄气概。可是，遇到普通的人三巧却表现出另一种情怀。当三巧在树林塔窝棚，饿了一天正准备吃饭时，在她们头顶的树上有个蓬头垢面、身上穿得破破烂烂、又埋汰又恶心人的疯老头管她们要吃的，三巧一看这个穷老头儿，认为是被不孝的儿子遗弃的人，或者是流浪乞丐，咱们不能不管，便不厌其烦地给他往树上扔烙饼和狍子肉。这一系列行动塑造了三巧以诚爱人、扶危济困、乐于助人、先天下之忧而忧的形象。我们从三巧的一系列行为中看出她爱憎分明，彰善瘅恶，做出了常人所不能做到的事情，并且闪现出她独特的个性光辉，代表了人民的感情与愿望，人们从她的身上看到了中华民族的精神和力量。满族说部中对主人公的刻画都做到了浓墨重彩、细微勾勒、形象鲜明、栩栩如生，具有很强的感染力和吸引力，为此千百年来受到人民的喜爱和传颂，这正是满族说部作为口头遗产的重要文学价值的体现。

在满族说部中保留有数量可观、绚丽多彩的神话故事，为我们研究满族及其先民的思想意识和原始文化提供了极为宝贵的资料。在《女真神话》中保留了完整的女真源流神话和萨满神除妖怪、为群女找男人、拯救人类的神话母题，我们从中可窥视到女真先民的原始信仰和群婚习俗，以及女真处于母系社会的生活状况。神话不是科学的历史，但它却含有一定的历史因素，是当时社会生活和人们意识的反映。正如马克思所说：神话“是已经通过人民的幻想用一种不自觉的艺术方式加工过的自然和社会形式本身”[①]。所以，我们可以从女真神话中寻觅到一些人类历史发展的影子和有关历史遗存。满族黑水女真萨满创世神话《天宫大战》，以它独有的神奇遐想和波澜跌宕的故事情节，并以优美动听、激情澎湃的满语咏唱古调为旋律，令听众迷醉，如聆听家珍，很多人都把它印在脑子里，随时咏唱，并在北方满族中广泛流传。《天宫大战》反映原始先民在生产、生活中与自然力的抗争，歌颂了掌管日月运行和繁衍人类的善神阿布卡赫赫等三百女神与以耶鲁里为代表的恶神进行惊心动魄地鏖战，最终以真、善、美、光明获胜，创造了人类世界。同属创世神话《天宫大战》分支的还有《恩切布库》《西林安班玛发》《奥克敦妈妈》等，为人们展现了多彩多姿的神话世界。所以，《天宫大战》系列神话是我国史前文化的重要遗迹，反映我国北方民族存在的久远历史，至今还以活态形式传承。这些创世神话可以同世界诸民族的古神话相媲美，因而丰富了世界神话宝库。满族传统说部中的史诗《尼山萨满传》和《乌布西奔妈妈》，以北方民族的独特语言，瑰丽神奇的情节，宏伟磅礴的气势，歌颂了萨满的丰功伟绩，具有很强的震撼力。女真神话、满族神话和史诗都产生在氏族社会向奴隶社会过渡阶段，即人类童年时期，正像恩格斯所说：“荷马的史诗以及全部神话——这就是希腊人由野蛮时代进入文明时代的主要遗产。”[②]这是开启满族神话和史诗重要意义的钥匙。有着六千多行的萨满史诗《乌布西奔妈妈》，记述满族东海野人女真乌布逊部落的一位女萨满——乌布西奔富有传奇色彩的一生，热情讴歌了她为氏族呕心沥血，最后统一东海诸部以及开拓东海海域的丰功伟绩，展现了她非凡的胆识和神威无比的风采。我们可以看出，《乌布西奔妈妈》有着丰富的原始文化内涵，反映诸多萨满教思想观念，无疑它是一部英雄时代的杰出作品，是北方民族罕见的、珍贵的民族史诗，有着永恒的艺术魅力。女真神话、满族神话和史诗都产生在氏族社会向奴隶社会过渡阶

① 马克思，恩格斯. 马克思恩格斯选集：第二卷［M］. 北京：人民出版社，2012.

② 马克思，恩格斯. 马克思恩格斯选集：第四卷［M］. 北京：人民出版社，2012.

段，即人类童年时期，正如恩格斯所说："荷马的史诗以及全部神话——这就是希腊人由野蛮时代进入文明时代的主要遗产。"[①] 这是开启满族神话和史诗重要意义的钥匙。至于《尼山萨满传》其影响力已超越亚洲、欧洲、美洲，被日本、韩国、美国、俄国、法国、意大利、德国、匈牙利等国翻译出版，目前世界上已建立"尼山萨满学"，被称为"全世界最完整和最珍贵的藏品之一"。

我们从女真神话和满族神话中可以看到已经消失了的人类童年的某些生活片段和历史发展轨迹。从这个意义上看，满族说部的价值不仅是文学的，那些蕴含深邃的文化价值更值得我们珍视。所以，我们认为满族说部是中华民族文化的精华和古卉，是我国和世界学术界研究满族及其先民历史和文化的不可或缺的宝贵资料，它填补了我国文学史和民间文学史的空白。

三、满族说部乌勒本具有重要的科学价值

在满族说部乌勒本中，对满族的先民沿袭弥久现已不复存在的生产生活习俗、原始宗教信仰、婚姻制度、部落和氏族的迁徙、融合等都有翔实、丰富的记述，具有重要的科学价值。

在漫长的历史发展中，满族的先民由原始氏族发展成部落进而形成民族，出现人群的集合体，于是便产生各种民俗现象，并逐渐丰富、完善，自上而下不断传承和保护下来，从而形成满族及其先民多彩多姿的民俗文化和人文景观，这是满族先民群体智慧的结晶。千百年来，满族及其先民主要靠口碑传承生产技艺、生存经验和各种生活习俗和礼仪，特别是没有文字时期，尤为重要。在《雪妃娘娘和包鲁嘎汗》《飞啸三巧传奇》等说部中，介绍了用桦树皮造纸、皮张的熟制、不同兽肉的制作和保鲜、鱼油灯的制作过程等古老工艺，还介绍了北方各种草药的药性和采集，北方少数民族的海葬、水葬、树葬，以及对鹰、狼、熊崇拜的来历等民俗。在《萨大人传》《萨布素将军传》中详细介绍了女真生育的习俗，生小孩儿前，门上单独挂布勒喀（彩条）的，预示要接女孩儿；挂带有彩皮彩条儿小弓箭的，象征着要接男孩儿。生育之前，要在依山傍水的地方搭建新帐篷，那里空气新鲜，产妇心里敞亮。孩子出生后，要用

① 马克思，恩格斯．马克思恩格斯选集：第四卷[M]．北京：人民出版社，2012.

江水为婴儿擦身子、擦眼睛，用露水擦身上的茸毛。这样孩子将来可吉祥长寿。从这些民俗现象我们可以看出，民俗不仅统一着社会成员的行为方式，还维系着满族及其先民群体的文化心理，它是一座取之不尽、用之不竭的文化宝库。特别是满族及其先民虔诚信仰萨满教中的自然崇拜、图腾崇拜、祖先崇拜观念及祭礼习俗，为宗教学研究提供了鲜活的资料。在《天宫大战》《东海窝集传》《乌布西奔妈妈》中介绍了萨满祭祀的全过程，尤其是对“祭火神”“跑火池”“上刀山”等祭祀活动介绍得非常生动。在《两世罕王传》中记述了明末清初一种娱乐活动，叫“跑柳池”。因此，满族传统说部，为我们展现了满族及其先民等北方诸民族沿袭弥久的生产生活景观、形形色色的民俗现象、生动的萨满祭礼仪式和古代的天文地理、航海行舟、地动卜测、医药去病以及动植物繁衍知识等，特别是生产知识、操作技艺等，往往通过故事中的口诀和韵语得以传承。如《萨哈连船王》中讲述《船经》三诵的《借风》是这样诵唱的：

万船生气源自然，
巧借东风奋争先。
东南西北八方拜，
舵力全赖有推旋。

纵晓船技三千三，
不解风语难撑帆。
古船命系风云关，
熟通天象方坦然。

这短短几句韵语口诀，总结传承千百年来行船借风的至关重要性。这些形形色色的民俗现象是满族先民在历史发展中所残存的原始观念与习俗的遗留物，其根脉一直延伸到当今社会的各个领域，为我们研究满族及其先民的历史发展提供了重要的资料依据。此外，还为研究北方诸民族的人文学、社会学、民俗学、语言学、医药学等学科提供了具体、真实的资料，使这些学科得到印证、阐明和补充。所以，有些专家称满族传统说部是北方民族的“百科全书”，其言不为过。

四、满族说部乌勒本对世界满学研究的贡献

每个民族都有自己的语言，语言是人类智慧的结晶，因此它是人类文化的宝贵财富。满族及其先民，数千年来，在亚洲阿尔泰语系乃至通古斯文化领域里，做出了不可磨灭的贡献，特别是有清二百六十余年来，为世界文化保留了浩瀚的满学典籍及各种文化遗产。满语的翻译历来为世界各国学者所青睐，满学已成为民族学、语言学的重要学科。但因清末以来，满语久已废弃，满族都操汉语，现存满语仅是清代书面语的沿用，已听不到口语的声音。近年来，我们多次在黑龙江省孙吴县四季屯采录八十六岁的何世环老人用流利的满语讲述满族说部《音姜萨满》《萨布素将军传》《莉坤珠逃婚记》，她向世人重新展示了久已不闻的但仍活在民间的活态满语形态，这对世界满学以及人文学、语言学的研究弥足珍贵。除此，由于千百年来世代传承，在满族说部中还保留着大量的环太平洋区域古老民族与部落的古歌、古谣、古谚，如《东海沉冤录》开篇唱的《东海号子》《赶海谣》《巴图鲁吉勒冈（英雄调）》等，声音激越、粗犷、古朴、豪放，袒露着东海儿女的宽阔胸襟。这些都是满族及其先民留下的宝贵的文化遗产，具有丰富世界文化宝库的意义。

满族说部是讲述“先人昨天的故事”，堪称民间口述史。正因它属于数千年来遗存于民间濒临消失的文化，随时代的变迁和进步，诸多历史细节因当事者的老去或逝去，遗漏或遗忘，使有些故事讲述的历史也有些不准确、不够真实的地方，请不要苛求，它毕竟是民间口头文学，不能要求它与史书一样准确无误。满族及其先民由于受历史的局限和各种思想影响，说部中难免有封建糟粕的成分。尽管如此，这不是主流，它同所有非物质文化遗产一样具有抢救、保护和存在的价值，这里就不一一赘述了。

附原序

谷长春

《满族口头遗产传统说部丛书》在文化部和中共吉林省委、省人民政府的领导与支持下，经过有关科研和文化工作者多年的辛勤努力和编委会的精选、编辑、审定，现在陆续和读者见面了。

中华民族大家庭中的满族，同其他民族一样有着自己独特的文化源流，作为非物质文化遗产的满族传统说部，是满族民族精神和文化传统的重要载体之一。“说部”，是满族及其先民传承久远的民间长篇说唱形式，是满语“乌勒本”（ulabun）的汉译，为传或传记之意。二十世纪初以来，多数满族群众已将“乌勒本”改为“说部”或“满族书”“英雄传”的称谓。说部最初用满语讲述，清末满语渐废，改用汉语并夹杂一些满语讲述。在漫长的历史进程中，满族各氏族都凝结和积累了精彩的“乌勒本”传本，如数家珍，口耳相传，代代承袭，保有民族的、地域的、传统的、原生的形态，从未形成完整的文本，是民间的口碑文学。清末以来，我国社会发生了翻天覆地的变化，由于历史的、社会的、政治的、文化的诸多原因，满族古老的习俗和原始文化日渐淡化、失传甚至被遗弃，及至“文革”，满族传统说部已濒临消亡。抢救与保护这份珍贵的民族文化遗产已迫在眉睫。现在奉献给读者的《满族口头遗产传统说部丛书》，是抢救与保护满族传统说部的可喜成果。

吉林省的长白山是满族的重要发祥地。满族及其先民世世代代在白山黑水间繁衍生息，建功立业，这里积淀着深厚的满族文化底蕴，也承载着满族传统说部流传的历史。吉林省抢救满族传统说部的工作始于二十世纪八十年代初。在党的十一届三中全会解放思想、拨乱反正精神的指引下，民族民间文化遗产重新受到重视，原吉林省社会科学院有关科研人员，冲破“左”的思想束缚，率先提出抢救满族传统说部的问题，得到了时任吉林省社会科学院院长、历史学家佟冬先生的支持，并具体组织实施抢救工作。自一九八一年起，我省几位科研工作者背起行囊，深入到吉林、黑龙江、辽宁、北京以及河北、四川等满族聚居地区调查访问。他们历经四五年的艰辛，了解了满族说部在各地的流传情况，掌握了第一手资料，并对一些传承人讲述的说部进行了录音。后来由于各种原因使有组织的抢救工作中断了，但从事这项工作的科研人员始终怀有抢救满族说部的“情结”，工作仍在断断续续地进行。一九九八年，吉林省文化厅在从事国家艺术科学规划重点项目《十大艺术集成志书》的编纂工作中，了解到上述情况，感到此事重大而紧迫，于是多次向文化部领导和专家、学者汇报、请教。全国艺术科学规划领导小组组长、中国文联主席周巍峙同志，文化部社文图司原司长陈琪林同志，著名专家学者钟敬文、贾芝、刘魁立、乌丙安、刘锡诚等同志都充分肯定了抢救满族传统说部的重要意义，并提出许多指导性的意见。几经周折，在认真准备、具体筹划的基础上，于二○○一年八月，吉林省文化厅重新启动了这项工程。二○○二年六月，经吉林省人民政府批准，省文化厅成立了吉林省中国满族传统说部艺术集成编委会，团结省内外一批专家、学者和有识之士，积极参与满族说部的抢救、保护工作。

这项工作，得到中国民间文艺家协会以及黑龙江、辽宁、北京、河北、吉林等省市民间文艺家协会和有关人士的认同与无私帮助，特别是得到了文化部和有关部门的鼎力支持。二○○三年八月，满族传统说部艺术集成被批准为全国艺术科学“十五”规划国家课题；二○○四年四月，被文化部列为中国民族民间文化保护工程试点项目；二○○六年五月被国务院批准为第一批国家级非物质文化遗产名录。这使我们增强了责任感、使命感和克服困难的信心。根据文化部和中国民族民间文化保护工程国家中心有关指示精神，我们对满族说部采取全面的保护措施，不但要忠实记录，保护好文本，还要保护传承人及其知识产权；不但要保护与说部的讲述内容和表现形式相关的资料，还要保护与说部传承相关的文物，从而对满族说部这一口头遗产进行整体保护。我们坚持保护为主、抢救第一的原则，以只争朝夕的精神，组织科研人员到满族聚居地区深入普查，扩大线索，寻源探流，查访传承人，利用现代化手段，通过录音、录像、文字记录等方式采录传承人讲述的说部。在记录整理过程中，不准许增删、编改，只是在文法、句式、史实方面做适当的梳理和调整，严格保持满族传统说部的原创性、科学性、真实性，保持讲述人的讲述风格、特点，保持口述史的原汁原味。

几年来的工作，使我们深感“抢救”二字的重要。目前健在的传承人多已年逾古稀，体弱多病，渐渐失去记忆。就在两三年前，我们刚刚采录完傅英仁、马亚川讲述的说部，还没来得及进一步发掘其记忆宝库，他们就溘然长逝了。一些熟悉往昔满族古老生活的长者和说部传承人，如二十多年前我们曾经访问过的黑龙江省的富希陆、杨青山、关墨卿、孟晓光，吉林省的何玉霖、许明达、关士英、赵文金、胡达千、张淑贞，辽宁省的张立忠，北京市的陈氏兄弟、富察·庄净，河北省的王恩祥，四川省的刘显之等先生都已相继谢世，使其名传遐迩、珍藏在记忆中的说部无以名世，成为永远的遗憾。今天出版这套丛书，也是对他们最好的纪念。《满族口头遗产传统说部丛书》所选的作品，都是满族各氏族传承人讲述的优秀传统说部的忠实记录，反映了满族及其先民自强不息、勤劳创业、爱国爱族、粗犷豪放、骁勇坚韧的民族精神，具有很强的思想震撼力和艺术感染力，可以说是我国民间文学中的宝贵珍品，具有较高的科学价值。它的出版，不仅是对弘扬我国优秀民族文化遗产，建设社会主义先进文化的贡献，而且也为世界非物质文化遗产保护工程增添了一分光彩。

一、满族传统说部产生的历史渊源

满族及其先民是一个有着悠久历史的古老民族。满族的先民肃慎人自古就在白山黑水一带繁衍。据《山海经》载：“东北海之外……大荒山中有山，名曰不咸，有肃慎氏之国。”据《孔子家语》卷四载：肃慎就以“楛矢石砮”为信物贡服于周天子。而后，汉、魏、晋、南北朝之挹娄、勿吉，隋唐之靺鞨，辽宋之女真，明清之满洲，这些同属于肃慎族系，只是不同朝代称谓不同罢了。唐朝初年，靺鞨人曾建立“渤海国”，是北方少数民族的地方政权，史称“海东盛国”。辽代以降，满族先世黑水女真部迅速崛起，其首领阿骨打承继祖业，敏黾韬晦，扫平有二百余年历史的桀骜恃强的庞然大国——辽王朝，建立了雄踞北方的大金王朝。到金世宗乌禄时代，在文化和经济等诸方面均达到了鼎盛时期，史称“小尧舜”。明末，建州女真首领努尔哈赤统一女真诸部，建立中国历史上又一个东北少数民族地方政权“后金”。其后人又从建立大清国到打败明王朝，定鼎中原。满族及其先民绵长的一脉相承的历史，是满族传统说部赖以产生的客观基础。

满族是一个创造源远流长、光辉灿烂文化的民族。满族及其先民女真人作为北方边远的游牧、渔猎少数民族，能够两度逐鹿中原，建立政权时间长达四百二十年，对统一中国版图，形成多元一体的历史格局产生了深远影响，做出了重要贡献，这是与其以自己的文化养育顽强、坚毅的民族精神分不开的。一方水土养一方人。满族及其先民历经三千余年的风雨沧桑，世代生活在广袤数千里的山林原野，征伐变乱的砥砺，苦寒环境的锤炼，培育了自己的民族精神与品格，使他们成为粗犷剽悍、质朴豪爽、善歌尚勇、多情重义，“精骑射，善捕捉，重诚实，尚诗书，性直朴，习礼让，务农敦本”（引自《盛京通志》）的民族。渤海的武人颇喜角斗，以骁勇为荣，有“三人渤海当一虎”（引自宋·洪皓《松漠纪闻》）之谚。靺鞨人盛行歌舞之风，其渤海乐不仅传入中原王朝和日本，而且在民间不断延续流传。金太祖完颜阿骨打在对辽作战相当激烈的时候，便命开国元勋完颜希尹创制女真文字，在金朝建国不久的太祖天辅三年正式颁行，当时被称为国书。女真有了文字，促进了文化的发展，以歌伴舞在民间广为盛行。有些贵族子弟为求佳偶，常“携尊驰马，戏饮其地，妇女闻其至，多聚观之，间令侍坐，与之酒则饮，亦有起舞歌讴以侑觞者”（见《三朝北盟会编》卷三）。这说明，女真民间一直保持先祖古朴的风俗习惯。随着北宋灭亡，金人大量入关，女真民间歌舞很快传遍中原大地，甚至在金、元杂剧中广为传唱。满洲统治者从建立后金到入主中原，注意保持满族及其先民尚武骑射和语言风俗方面的独立性，努尔哈赤时期创制满文，皇太极时期改革老满文，推动了民族文化的发展。康熙、雍正、乾隆等几代皇帝，在强调“国语骑射”为治国之本的同时，也注意各民族之间的文化交流与融合，特别是积极吸收汉文化。这是满族传统说部得以滥觞的文化根源。

几度争战几度崛起，几度鼎盛几度衰落，漫长的历史充满着可歌可泣的英雄人物和壮烈悲怆的故事，构筑了深厚的文化根基，从而孕育和产生了古朴而悠久的满族民间口头文学——传统说部。满族说部的形成与传播，历史相当久远。满族先民，在从肃慎、挹娄到靺鞨以及创建大金国的历史过程中，各氏族、部落迁徙、动荡、分合频繁，到明中叶以后，随着女真社会内部矛盾日益尖锐，强凌弱，众暴寡，各部落之间互相争雄，连年战乱，及至进入清代，内部争斗不断，外患与内祸迭起，这使各个氏族都无法选择地交织在历史的旋涡里，涌现众多的英雄人物和感人的事迹。满族及其先民凭借自己对善恶美丑的感受和对社会现象的审视，把一桩桩、一件件值得传诵、讴歌的人和事，详细地记载在各个氏族世代传袭的口碑之中，以此谈古论今。为此，不遗余力地随时积累、记录、采集、传扬本氏族的英雄故事，以光耀门楣，激励族人。满族诸姓氏间，都以据有“乌勒本”而赢得全族的拥戴和尊重，“乌勒本”令族众铭记和崇慕。

满族传统说部的广泛流传得益于“讲古”的习俗。满族及其先世女真人，是一个讲究慎终追远，重视求本寻根的民族。他们通过“讲古”“说史”“唱颂根子”的活动，将“民间记忆”升华为世代传承的说部艺术。“讲古”，就是一族族长、萨满或德高望重的老人讲述族源传说、家族历史、民族神话以及萨满故事等。元人宇文懋昭所撰的《大金国志》中说，女真金代习俗，“贫者以女年及笄，行歌于途。其歌也，乃自叙家世”。这说明在女真时期就有“行歌于途”“自叙家世”的“讲古”习俗。据《金史》卷六六载：“女真既未有文字，亦未尝有记录，故祖宗事皆不载。宗翰好访问女真老人，多得祖宗遗事。”从中可知，金代初期民间“讲古”的习俗就很盛行，已引起上层统治者的重视。据《金史·乐志》载：世宗不令女真后裔忘本，重视女真纯实之风，大定二十五年四月，幸上京，宴宗室于皇武殿，共饮乐。在群臣故老起舞后，自己吟歌，“上歌曲道祖宗创业艰难……歌至慨想祖宗音容如睹之语，悲感不复能成声”。世宗及群臣参与“唱颂根子”的活动，势必宣扬民间“讲古”的习俗。满族先人的故事在“讲古”中传播，在传播中又不断被加工、修改或产生新的故事。“讲古”不单单是本氏族内部的事，各氏族间互相比赛，场面十分热烈。据《瑷珲十里长江俗记》中记载：“满洲众姓唱诵祖德至诚，有竞歌于野者，有设棚聚友者。此风据传康熙年间来自宁古塔，成居瑷珲沿成一景焉。”由此可见，满族早年讲唱“乌勒本”，是相当活跃的，甚而搭棚竞歌，聚众观之。此景与我国南方一些民族的歌圩相类似。

满族及其先民将“讲古”“说史”“唱颂根子”的“乌勒本”，推崇到神秘、肃穆和崇高的地位，考其源，同满族先民所虔诚信仰的原始宗教萨满教的多元神崇拜观念，有着十分密切的关系。原始先民在漫长的社会劳动和生活中，由于生产力的极端低下，无力与强大的自然力抗衡，于是幻想在人的周围有一种超自然的力量主宰一切，并认为自然的东西都有灵魂，是他们控制着人类，给人类带来幸福，也带来灾难。正如恩格斯所说的，“由于自然力被人格化了，最初的神产生了”。这就是万物有灵论和原始神话。原始先民有了原始信仰和原始神话，便利用各种方法举行祭祀，向神灵祈祷、膜拜，于是产生了原始宗教，即萨满教。在萨满教诸神中，除自然神祇、动物神祇（包括图腾神祇）外，最重要而数目繁多者便是人神，即祖先英雄神祇。宗教与民俗从来就是形影相随的，“讲古”的习俗与萨满教的祭祀仪式结合了起来。满族及其先民以讲唱氏族英雄史传为中心主题的说部艺术，正是依照传统的宗教习俗，对本族英雄事迹和不平凡经历的讴歌和礼赞。人们对祖先英雄神，供奉它，赞美它，毕恭毕敬，祈祷祖灵保佑族众，荫庇子孙。萨满教极力崇奉祖灵，亦包括对本族历世祖先和英雄神祇的讴歌与缅怀。所以，在萨满祭祀中，有众多歌颂和祈祷祖先神祇的神谕、赞文、诗文和祷语，亦有叙事体的长篇祖先英雄颂词。满族及其先民的“颂祖”“讲祖”礼俗，世代承继不衰，是因为把勉励子孙铭记祖先创业艰难，承继祖德宗功，继往开来，奋志蹈进，作为祖先崇拜的根本目的和信条。特别是乾隆十七年颁布的《钦命满洲跳神祭天典礼》，统一了萨满祭规，使萨满祭祀变成家族祭祖活动，把祖先崇拜推向高峰。经年累世，各氏族在集体智慧的滋育下，赞文日益丰富扩展，情节愈加凝练集中，使之逐渐升华为长篇祖先颂歌。这也成为满族传统说部的一种源流。

二、满族传统说部的本体特征

满族传统说部经过千百年来的创作、传承和演变，形成了独特的表现空间和表现形式。满族先民自古“无文墨，以语言为约”（《太平御览》卷七八四），所以说部是以口头形式产生和传承的，讲唱内容全凭记忆。最初记述手段，用一缕缕棕绳的纽结、一块块骨石的凹凸、一片片兽革的裂隙，刻述祖先的坎坷历程。这便是说部的最古老的形态，也叫“古本”“原本”“妈妈本”。满族人将这种“妈妈本”尊称“乌勒本”特曷。古人就是通过望图生意，看物想事，唱事“讲古”的。随着社会的发展，氏族中文化人的增多，满族说部的“妈妈本”逐渐用满文、汉文或汉文标音满文来简写提纲和萨满祭祀时赞颂祖先业绩的“神本子”。讲述人凭着提纲和记忆，发挥讲唱天赋，形成洋洋巨篇。

满族传统说部内容丰富，气势恢宏，它包罗天地生成、氏族聚散、古代征战、部族发轫兴亡、英雄颂歌、蛮荒古祭、生产生活知识等，每一部说部都是长篇巨著。满族说部之所以如此厚重，主要有以下三个方面的因素：

（一）关于记录和评说本氏族所发生的重大历史事件的说部，具有极严格的历史史实约束性，不允许隐饰，以翔实的根据来讲述。

（二）说部由氏族中德高望重、出类拔萃的专门成员承担整理和讲述义务，整理和讲述时吸收了众人谈资，所讲内容全凭记忆，口耳相传，无固定文本拘束，因而愈传愈丰、愈精，是群体创作的累积。

（三）具有民间口头文学的生动性。说部多由一个主要故事为经线，辅以多个枝节故事为纬线，环环相扣，错综复杂，又杂糅地域的、民俗的奇特情景，加之口语化的北方语言，因而有深厚的文化积淀和感人的艺术魅力。

据我们掌握的五十多部满族说部来分析，从内容上可分为四种类型：

（一）窝车库乌勒本：俗称“神龛上的故事”，是由氏族的萨满讲述，并世代传承下来的萨满教神话和萨满祖师们的非凡神迹。窝车库乌勒本主要珍藏在萨满的记忆与一些重要的神谕及萨满遗稿中，如黑水女真人创世神话《天宫大战》、东海萨满创世史诗《乌布西奔妈妈》、瑷珲地区流传的《尼山萨满》等。

（二）包衣乌勒本：即家传、家史。如富察氏家族富希陆、傅英仁从瑷珲、宁安传承的姊妹篇《萨大人传》和《萨布素将军传》，黑龙江省双城区马亚川先生承袭的《女真谱评》，乌拉部首领布占泰后裔赵东升先生承袭祖传的《扈伦传奇》，富氏家族传承的《扎呼泰妈妈》《东海沉冤录》，傅英仁先生传承的《东海窝集传》等。

（三）巴图鲁乌勒本：即英雄传。满族说部有关这方面的内容很丰富，可分为两大类：一是真人真事的传述，如金代的《金兀术传奇》，明末清初的《两世罕王传》《雪妃娘娘和包鲁嘎汗》，清中期的《飞啸三巧传奇》等；一是历史传说人物的演义，如《元妃佟春秀传奇》等。

（四）给孙乌春乌勒本：即说唱故事。这部分主要歌颂各氏族流传已久的历史传说中的英雄人物，如渤海时期的《红罗女三打契丹》《比剑联姻》，明代的《白花公主》以及民间说唱故事《比剑联姻》等。

满族传统说部在长期流传中形成了自己独特的风格，凝聚了有别于其他口头文学的鲜明特征。主要表现在：

（一）讲述环境的严肃性。各氏族讲唱“乌勒本”是非常隆重而神圣的事情。一般在逢年遇节、男女新婚嫁娶、老人寿诞、喜庆丰收、氏族隆重祭祀或葬礼时讲唱“乌勒本”。讲唱“乌勒本”之前，要虔诚肃穆地从西墙祖先神龛上，请下用石、骨、木、革绘成的符号或神谕、谱牒，族众焚香、祭拜。讲述者事前要梳头、洗手、漱口，听者按辈分依序而坐。讲毕，仍肃穆地将神谕、谱牒等送回西墙上的祖宗匣子里。这一系列程序表明有严格的内向性和宗教气氛。不像平时讲“朱奔”（意为故事、瞎话）那样随便地姑妄言之，姑妄听之。

（二）讲述目的的教化性。满族传统说部与萨满祖先崇拜的敬祖、颂祖、祭祖观念密切相关。讲述祖先过去的事情，都是真实地记述，是对祖先英雄事迹的虔诚赞颂，不允许隐瞒粉饰和随意编造，否则则认为是对祖先的不敬。讲唱说部的目的，不只是消遣和余兴，而是非常崇敬地视为培育儿孙的氏族课本和族规祖训，是对族人进行爱国、爱族、爱家的教育，起到增强氏族凝聚力的作用。因此，讲述内容、目的以及题材艺术化程度，均与话本、评书有较大区别。

（三）讲述形式的多样性。满族传统说部多为叙事体，以说为主，或说唱结合，夹叙夹议，活泼生动，并偶尔伴有讲述者模拟动作表演，尤增加讲唱的浓烈气氛。从《萨大人传》和《飞啸三巧传奇》中我们可以看出，有说有唱，甚至还记录了讲唱的曲谱。讲唱说部关键在于说，说讲究真、细、险、趣四个字。真，即真实，故事情节合情入理，真实可信；细，即细腻，绘声绘色，细致入微；险，即惊险，突出关键的地方，有悬念，有艺术魅力；趣，即语言要风趣幽默，使人发笑。说唱时多喜用满族传统的以蛇、鸟、鱼、狍等皮革蒙制的小花抓鼓和小扎板伴奏，情绪高扬时听众也跟着呼应，击双膝伴唱，构成跌宕氛围，引人入胜。

（四）传承的单一性。满族传统说部的承继源流，主要以氏族中的一支或家庭中直系传承为主，虽有师传，但多半是血缘承袭，祖传父，父传子，子子孙孙，承继不渝，从而保持了说部传承的单一性与承继性。《萨大人传》是富察氏家族的祖传珍藏本，其传承顺序是：富察氏家族第十一世祖、清道光朝武将发福凌阿传给长子——瑷珲副都统衙门委哨官伊郎阿将军；伊郎阿又传给长子富察德连；富察德连又传给其子富希陆和其侄富安禄、富荣禄；富希陆又传给长子富育光。

一般来说，讲唱人大都与说部所宣扬的事件及其主人公有直系血缘关系，他们既对本氏族历史文化有一定的素养，又谙熟说部内容，并有组成说部题材结构的卓越能力和创作才华。《扈伦传奇》的传承就是很好的证明，其最早的传承人乌隆阿，纳喇氏第十一代，他把家史传给曾孙德明（五品官，通今博古），德明经过梳理后传给其侄十六辈霍隆阿（笔帖式），再传给十七辈双庆（五品官，精通满汉文），下传伊子崇禄（八品委官），二十辈的赵东升继承祖父崇禄先生，对家史进行整理。这些传承人都有高深的文化和创作才能。他们把记忆和传讲自己的族史视为己任，当作崇高而神圣的事情，世代不渝。他们在氏族中自行遴选弟子或由自己的后裔承继传诵。传承的方法是口耳相传，心领神会。所以，传承人在满族说部的纵向传承与横向传播的过程中，为保存民族文化遗产做出了应有的贡献。可以说，没有传承人，就没有满族说部。

（五）流传的地域性。满族说部在一些地域流传过程中，深受广大群众喜爱。因此，有的说部逐渐脱离原氏族的范围，被众多氏族传承诵颂，如《尼山萨满传》《飞啸三巧传奇》《松水凤楼传》《比剑联姻》等，在长期传诵中，已成为该地域更多姓氏甚至外族群众讲述的书目，并代代传承。

满族传统说部和其他口头文学一样，在流传过程中也有变异性。在传播中，传承人根据自己对讲述内容的认识和理解，不断加工、升华，从而产生新的故事纲目。特别是，随着氏族的繁荣，分出各个支系，每个支系都有自己的传承人，在讲述内容和形式上也有了变化。所以在不同的支系、不同的地域出现了不同的传本，如在黑龙江省牡丹江一带流传的《比剑联姻》《红罗女三打契丹》，而吉林省的东部就有《银鬃白马》《红罗绿罗》等不同传本，这是正常的现象。说部在传播中演变，获得新的发展，并吸收汉族的评书和明清小说章回体的特点，这正是满族传统说部具有顽强生命力的表现。

三、满族传统说部的价值和意义

满族传统说部，是满族及其先民在一定历史时期、一定社会中的一种意识形态的反映，其中蕴藏着丰富、凝重的社会、历史内容。

满族传统说部具有历史学价值。满族传统说部大都是以古代英雄人物为中心、以历史事件为背景编织而成的，是述说满族及其先民各个部落、氏族的兴亡发轫、迁徙征战、拓疆守土、抵御外患等“先人昨天的故事”。如《萨大人传》《东海窝集传》《扈伦传奇》等所讲述苦难的经历，不朽的宗功，都从不同的侧面反映了各个氏族充满血泪、卓绝斗争的雄浑壮阔的历史。从各个氏族的说部中，能使人更好地了解到满族及其先民是怎样从遥远的过去走过来的，经历了哪些曲折坎坷和历史沧桑，而且比起正史有更多底层人民群众的历史活动和当时社会各层面的具体细节。高尔基说：“如果不知道人民的口头创作，那就不可能知道劳动人民的真正历史。”说部的历史价值在于它是原生态的历史记忆，是那时民间留存下来的口述史。满族的先世在没有文字时，许多史实都靠各个氏族的说部代代相传，据《金史》卷六六载：“天会六年诏书求访祖宗遗事，以备国史。命勖与耶律迪越掌之，勖等采撷遗言旧事，自始祖以下十帝，综为三卷。”金代统治者重视采集民间遗闻旧事，并根据民间传说给始祖以下十帝立传，编入金史，这是满族说部为民间口述史的很好证明。满族说部是满族及其先民用自己的声音记述自己的历史，对各个部落、氏族重大事件的生动描写，细致记录，很多实事是鲜为人知的，有的补充了史料之不足，有的供专家研究或可匡正史误。说部以浩瀚的内容、恢宏的气势展示北方民族生动、具体的历史画卷，提供了各个历史时期活生生的人文景观。在《两世罕王传》《扈伦传奇》《雪妃娘娘和包鲁嘎汗》中记述了明朝与女真的交往、马市的内幕、东海窝集部与乌拉部的关系、扈伦四部争锋角逐、努尔哈赤创建八旗对女真的分化等等，都是各部族祖先的亲身经历。这对满族史、民族关系史、东北涉外疆域史的研究，都有见证历史的特殊价值。

满族传统说部具有文学审美价值。满族传统说部之所以能够世代传承诵颂，因为它具有独立情节，自成完整结构体系，人物描写栩栩如生、有血有肉，是歌颂克难履险、不畏强暴、能征善战、疾恶如仇的英雄的壮丽诗篇，充满了对英雄的崇敬和对美好生活的向往。说部中讲述的故事曲折生动，扣人心弦，语言朴实无华，简洁明快，具有感人至深的艺术魅力。许多说部都展现了浓郁的民族风韵，朴素、剽悍的独特风格，贯穿了反抗强权、除暴安良、保家卫国、急公好义、扶危济贫、知恩必报的积极主题，突出体现了满族及其先世的人文精神。它对启迪人们的智慧、端正人们的品格、鼓舞爱国主义思想、增强民族自豪感，有着潜移默化的作用。满族传统说部中反映的内容，与人民息息相通，因而受到北方各族群众的欢迎。像《尼山萨满传》《萨大人传》《雪妃娘娘和包鲁嘎汗》《松水凤楼传》等故事早已在达斡尔族、鄂温克族、赫哲族、鄂伦春族、锡伯族以及汉族中广泛流传，只是过去没有被发掘而已。说部的创作不排除有被流放到北疆的高官和文化人的参与，如《飞啸三巧传奇》把北方民族抗俄守边的斗争与宫廷斗争相联系做了具体生动的描写，就可见流民文学的影子。满族传统说部创世神话《天宫大战》，反映了原始先民与自然力的抗争，歌颂了掌管日月运行、人类繁衍的三百女神与恶神进行惊心动魄地鏖战，是我国史前文化的重要遗迹，可以同世界诸民族的古神话相媲美，丰富了世界神话宝库。满族传统说部中的史诗《尼山萨满传》和有着六千余行的萨满史诗《乌布西奔妈妈》，以北方民族的独特语言、瑰丽神奇的情节、宏伟磅礴的气势，歌颂了萨满的丰功伟绩，具有很强的震撼力。可以说，满族说部是满族及其先世的史诗，是民族文化的精华和古卉，是我国和世界学术界研究满族及其先民历史和文化的不可或缺的宝贵资料，填补了我国民间文学史的空白。

满族传统说部具有民俗学价值。满族及其先世，在长期社会生活中，主要靠口碑传承生产、生存经验。在《飞啸三巧传奇》《雪妃娘娘和包鲁嘎汗》中介绍了用桦树皮造纸、皮张的熟制、不同兽肉的制作和保鲜、鱼油灯的制作过程等古老工艺，还介绍了北方各种草药的药性和采集，北方少数民族的海葬、水葬、树葬等民俗。在《天宫大战》中介绍了祭火神、“跑火池”，在《两世罕王传》中记述了明末清初一种娱乐活动——“跑柳池”等。因此满族传统说部，为我们展现了满族及其先民等北方诸民族沿袭弥久的生产生活景观、五光十色的民俗现象、生动的萨满祭祀仪式和古时的天文地理、航海行舟、地动卜测、医药祛病以及动植物繁衍知识等，特别是有关生产知识、操作技艺，往往通过故事中的口诀和韵语得以传承。这为研究北方诸民族的人文学、社会学、民俗学、宗教学等学科提供了具体、真实、形象的资料，使这些学科得到印证、阐明和补充。所以，有些专家称满族传统说部是北方诸民族的“百科全书”，其言不为过誉。

满族及其先民，数千年来，在亚洲阿尔泰语系乃至通古斯文化领域里，做出了不可磨灭的贡献。特别是有清二百六十余年来，为世界文化保留了浩瀚的满学典籍及各种文化遗产，满语的翻译历来为世界各国学者所青睐，满学已成为民族学、语言学的重要学科。满语因久已废弃，现存满语仅是清代书面语的沿用。近年来，我们采录了黑龙江省孙吴县七十八岁的何世环老人用流利的满语讲述的《音姜萨满》，她向世人重新展示了久已不闻的仍活在民间的活态满语形态，这对世界满学以及人文学的研究是弥足珍贵的。除此，在满族传统说部中还保留着大量的环太平洋区域古老民族与部落的古歌、古谣、古谚，故而具有丰富世界文化宝库的意义。

满族传统说部作为民间口述史，其中对历史的记忆也会有不真实、不准确的地方，但它毕竟是民间口头文学而不是史书，作为信史虽不排斥传说，但不可要求口头传说与史书一样真实可信。满族及其先民由于受历史的局限和各种思想的影响，在说部中难免有不健康的东西和封建糟粕的成分，但这不是主流，它和所有非物质文化遗产一样，自有其存在的价值。我们把满族传统说部原原本本地奉献给广大读者，相信在批判地继承民族文化遗产的原则指引下，一些不健康的东西会得到剔除。我们在采录、整理、校勘、编辑过程中难免有所疏漏，敬请读者批评指正。

二〇〇六年六月

（根据原文整理有删节）

参考文献

［1］钟敬文. 民俗学概论［M］. 上海：上海文艺出版社，2006.

［2］赵志忠. 清代满族文学史略［M］. 沈阳：辽宁民族出版社，2002.

［3］马名超. 马名超民俗文化论集［M］. 哈尔滨：黑龙江人民出版社，1997.

［4］赵志忠. 满学论稿［M］. 沈阳：辽宁民族出版社，2005.

［5］富育光. 萨满教与神论［M］. 沈阳：辽宁大学出版社，1950.

［6］史禄国. 满族的社会组织——满族氏族组织研究［M］. 北京：商务印书馆，1997.

［7］史禄国. 北方通古斯的社会组织［M］. 呼和浩特：内蒙古人民出版社，1985.

［8］［英］泰勒. 原始文化［M］. 上海：上海文艺出版社，1992.

［9］陈汝衡. 陈汝衡曲艺文选［M］. 北京：中国曲艺出版社，1985.